Cupids Fluch

Eine Liebe wie Sterne

Ursa Jaumann

Das Zitat auf S. 121 stammt aus „Romeo and Juliet“ von William Shakespeare, Akt I, Szene 4, Z. 17f., gedruckt von Ballantyne, Hanson & Co, 13. Edition (1904), London.

c/o autorenglück.de, Franz-Mehring-Str. 15, 01237 Dresden

2. Auflage

Die Handlung und alle handelnden Personen sind frei erfunden. Jegliche Ähnlichkeit mit lebenden oder realen Personen wären rein zufällig.

Lektorat: Yvonne Lübben
Korrektorat: Monika Schulze
Cover: David Gardias unter Verwendung eines Fotos von Sripfoto | Dreamstime.com
Satz und Innengestaltung: Ursa Jaumann
Herstellung: Smilkov Print Ltd, Pokrovnishko shose, 2700, Blagoevgrad
Bestellung und Vertrieb: Wunderzeilen Verlag GbR, Hamburg

ISBN: 978-3-98867-017-5

www.ursajaumann.com

Liebe Lesende,

dieses Buchreihe enthält ein komplexes Worldbuilding. Deshalb findet ihr zur Orientierung am Anfang zwei Grafiken für das Magiesystem und hinten ein Personenregister sowie eine Erklärung zum Magiesystem.

Seid euch aber gewiss, dass es sich lohnt, denn auf euch wartet eine der wunderbarsten Liebesgeschichten, die je geschrieben habe.

Zudem enthält dieses Buch Elemente, die potenziell triggern können. Aus diesem Grund findet ihr auf der letzten Seite eine Inhaltswarnung.

Viel Spaß beim Lesen,

Ursa

Für meinen Mann,
weil erste Eindrücke nicht alles sind.

Erde
Uranus
Jupiter
Anbetung
Ekstase
Panik
Venus
Wachsamkeit
Verwunderung
Merkur
Wut
Abscheu
Kummer
Saturn
Neptun
Mars

ERDE	BEWEGUNG (GEGENSTÄNDE)
JUPITER	STERNENSTAUB-MODIFIKATIONEN
MARS	ANHALTEN (GEGENSTÄNDE)
MERKUR	ERSCHAFFEN (GEGENSTÄNDE)
NEPTUN	KÖRPERLICHE VERÄNDERUNG
SATURN	FLÜCHE
URANUS	MENTALE VERÄNDERUNG
VENUS	VERSCHWINDEN (GEGENSTÄNDE)

Prolog

Die erste Explosion hallte noch durch den Metrotunnel, als die zweite mich von den Füßen riss. Ein hoher Piepton summte in meinem Ohr, während meine rechte Wange auf eine schmutzige Fliese gepresst wurde. Vor mir stolperte eine Sklavin mit weit aufgerissenen Augen in Richtung Rolltreppe, weg von dem Chaos aus Staub, Steinen und Blut. Ich stöhnte, setzte mich auf und bereute es sofort. Es brauchte einen Moment, bis das doppelte Bild vor meinen Augen wieder zu einem verschmolz. Neben meinen Turnschuhen schaute eine leblose Hand unter dem schweren, goldenen Kronleuchter heraus, der vor wenigen Sekunden an der hohen Decke der Metrostation gehangen hatte. Hätte mich der junge Mann in Lederjacke eben nicht so unfreundlich umgestoßen, wäre ich das gewesen.

»Iwan!«, schrie ich, aber hörte meine eigene Stimme nicht. Hustend stand ich auf und tastete auf meiner staubigen Wange nach der warmen Flüssigkeit, die aus dem Ohr lief. »Iwan!«

Ich schüttelte den Kopf, um die Benommenheit loszuwerden, und drehte mich hektisch um. Fast verlor ich dabei das Gleichgewicht. Trotzdem versuchte ich in der fliehenden Menschenmasse aus Sklaven seinen blauen Mantel auszumachen. Wie sollte ich einen Zehnjährigen zwischen all den Erwachsenen entdecken? Panik schnürte mir den Brustkorb zu und mein Herz stolperte unter den Rippen. Alles, bloß nicht Iwan!

Wenn er während der Sklavenrebellion starb, würde ich mir das nie verzeihen.

Der Schlüssel an dem Band um meinen Hals brannte auf der Haut und erinnerte mich daran, dass ich über eine andere Möglichkeit verfügte, ihn zu finden. Mit zitternden Fingern umfasste ich den Magiefokus und das scharfkantige Metall bohrte sich in meine Handfläche. Ich dachte an das Gefühl von Regentropfen auf den Wangen, den Geruch von nasser Erde, an den Sarg, vor dem Mama, Nikolaj und ich gestanden hatten. Der Kummer floss durch meinen Körper. Schnell lenkte ich das Gefühl um und konzentrierte mich auf Iwan. Hinter einer weiß gekachelten Säule, die grau vor Staub war, leuchtete ein blauer Umriss. Ich stolperte vorwärts, wich einem vor Schmerz keuchenden Mann mit Bierbauch aus, dessen Fuß in einem seltsamen Winkel abstand, und fand einen zitternden Iwan vor.

»Geht es dir gut?« Ich packte ihn an den Schultern und schüttelte ihn, sodass Staub aus seinen dunklen Haaren auf den Boden rieselte.

Er war blass, trotzdem nickte er.

Zur Sicherheit prüfte ich ihn auf Flüche, aber der Detektionszauber blieb glücklicherweise ergebnislos. »Wir müssen weg hier, bevor die Strazh kommen!« Ich zerrte ihn an seinem Mantelärmel in Richtung Ausgang.

Iwan und ich gehörten zu den Letzten, die aus der Metrostation flohen. Die Rolltreppe brachte uns schnell nach oben und ich warf einen kurzen Blick zurück. Unter uns entdeckte ich eine Gestalt in schwarzer Lederjacke, einen grauen Kapuzenpulli tief ins Gesicht gezogen. Für den Bruchteil einer Sekunde meinte ich, die eisblauen Augen von Alexej Breschnew zu erkennen, doch im nächsten Moment machte die Gestalt einen Schritt in den Schatten einer Säule und war verschwunden. Ich musste hart mit dem Kopf aufgekommen sein. Selbst wenn die Hölle zufror, würde Alexej Breschnew niemals einen Fuß in eine Metrostation setzen – er hätte wahrscheinlich zu große Angst unfreiwillig einen Sklaven zu berühren. Außerdem hatten Zauberer wie er, die auf der anderen Seite der Sklavenrebellion standen, vermutlich diesen Anschlag verübt. Die Rache für die brennende Schuhfabrik gestern. Breschnew würde sich davor hüten, am Ort des Geschehens aufzutauchen. Ich schüttelte den Kopf, um jeglichen Gedanken an ihn zu verdrängen, und wandte mich Iwan zu. Mit einem kleinen Zauber reparierte ich mein Trommelfell, damit ich endlich wieder besser hörte, doch der Piepton blieb.

»Bist du verletzt?«, fragte ich.

Iwan schüttelte den Kopf und ich klopfte ihm den Staub vom Mantel und den Trägern seines Schulrucksacks. Er klammerte sich immer noch an sein Schulbuch über Sternenstaubmodifikationen. »Ich will die Metro nicht mehr benutzen.« Er schluckte.

»Ich weiß«, sagte ich. »Aber trotz allem ist das gerade die sicherste Art, sich in der Stadt zu bewegen.« Mit einem großen Schritt verließ ich die Rolltreppe und bugsierte Iwan vor mir durch das Drehkreuz, hinaus in den kalten Sankt Petersburger Frühlingsabend. In der Ferne ertönte die Sirene eines Rettungswagens. Leider war ich mir sicher, dass er nicht wegen der Sklaven kam, die einige Dutzend Meter unter unseren Füßen im Schutt begraben lagen. Ein Regentropfen traf meine Wange und lief hinunter wie eine Träne.

»Wann hört das auf, Irina?«, murmelte Iwan.

»Ich weiß es nicht.« Mit einem Zauber schirmte ich uns vom Regen ab. »Ich weiß es nicht.«

I

10 Monate später

Ich wischte die feuchten Handflächen an meiner Strumpfhose ab und rutschte auf der Holzbank hin und her. Zum hundertsten Mal schaute ich auf mein Astrolabium, das ich von meinem Vater geschenkt bekommen hatte. Einer der wenigen Fälle, in denen eine Uhr praktischer gewesen wäre. Planeten bewegten sich zu langsam, um ihnen beim Umrunden der Sonne zuzusehen. Mein Hals kratzte, aber ich traute mich nicht, im Gerichtssaal zu trinken. Stattdessen versuchte ich mich davon zu überzeugen, dass das Schlimmste vorbei war. Ich hatte jede Anschuldigung, jede Zeugenaussage gehört und selbst ausgesagt. Trotzdem saß dieser arrogante Arsch da und äußerte sich – genau – nicht. Als ob wir seiner Worte unwürdig wären, als ob wir auf der Anklagebank säßen. Vielleicht sollte ihm jemand eröffnen, dass seine Seite die Sklavenrebellion verloren hatte.

»Ich frage Sie noch mal, Herr Breschnew, haben Sie etwas zu Ihrer Verteidigung zu sagen?« Auf der schwarzen Robe des vorsitzenden Richters prangte das grünblaue Zeichen der Vereinten Gesellschaften Europas. Es bildete einen Kontrast zu der dunkelbraunen Holzvertäfelung des Gerichtssaals.

Für den Bruchteil einer Sekunde spannte Breschnew seinen Kiefer an und hob das Kinn einen Fingerbreit mehr, als notwendig gewesen wäre. »Nein.«

Meine Atemfrequenz erhöhte sich und ich grub die Fingernägel in die Oberschenkel, bis der Schmerz mich in den Moment zurückholte, anstatt mich auf das Keuchen des Reporters neben mir und den Gestank nach kaltem Zigarettenrauch zu konzentrieren. Meine Therapeutin wäre enttäuscht. Allerdings würde sie darüber nie ein Wort verlieren, sondern nur leicht die Oberlippe kräuseln. Aber das war eine Sorge für später. Gleich hätte ich es geschafft.

»In diesem Fall –«, hob der Richter an.

»Einspruch!« Der Anwalt, der direkt neben Breschnew saß, sprang auf. Er war bis jetzt der Einzige der drei Anwälte, der sich überhaupt geäußert hatte.

Breschnews Blick warf gefühlt Filetiermesser auf ihn, eine der wenigen Reaktionen am heutigen Verhandlungstag. Auch die letzte Woche hatte er meist wie eine Statue dagesessen, das Gesicht wie in Eis gemeißelt. Ein Zuschauer in seinem eigenen Prozess. Wie konnte ihn das alles so kaltlassen?

»Ich werde nichts sagen«, zischte er.

Ignorant. Er hatte jede Strafe verdient, aber wie dumm – oder wie stolz – konnte man bitte sein? Wie viel schlimmer konnte es für ihn kommen? Egal, sollte er doch für seine Vergehen im Gefängnis verrotten.

»Ich muss mich entschuldigen, Euer Ehren, meine Pflicht als Verteidiger verlangt es, meinen Klienten gegen die Vorwürfe zu verteidigen – selbst gegen seinen Willen«, sagte der Anwalt.

Breschnews Oberarmmuskeln spannten sich unter dem dunkelblauen Anzug an, der silberne Siegelring an seinem kleinen Finger blitzte im künstlichen Licht gefährlich auf. Er hatte ein weißes Hemd ausgesucht. Die Sklavenfarbe. Wie respektlos. Auch wenn ich zugeben musste, dass es ihm unverschämt gut stand. Ich sah das Titelbild und die Schlagzeile schon vor mir: »Russlands attraktivster Verbrecher wird verurteilt.«

»Ich beantrage die sofortige Entlassung meines Anwalts.«

Seine Stimme war hart und kühl wie Stahl. Sie klang so unbeteiligt, dass mir ein Schauer über den Rücken lief.

Der Richter schüttelte den Kopf. »Herr Breschnew, ein neuer Anwalt müsste sich durch Tausende Seiten von Prozessakten arbeiten. Dem Antrag wird zu diesem Zeitpunkt des Verfahrens nicht stattgegeben.«

»Ich verzichte auf einen Anwalt.« Breschnew verengte die Augen, eine Sehne an seinem Hals zuckte.

Ein Raunen fuhr wie eine Schockwelle durch die Menge an Schaulustigen, die es geschafft hatten, sich einen der wenigen Plätze im Gerichtssaal zu sichern. Die Reporterin neben mir kritzelte wie wild auf ihrem rosa Schreibblock herum. Ein Flamingokugelschreiber, wie originell. Doch gut genug, um mein rasendes Herz vom Explodieren abzubringen.

»Herr Breschnew, in Ihrem Regime mag es vielleicht üblich gewesen sein, das Recht nach Ihrem Willen zu beugen, jetzt unterstehen Sie aber dem internationalen Gericht von Den Haag. Die Prozessordnung sieht keinen Anwaltswechsel zu so einem späten Zeitpunkt vor und dabei bleibt es. Herr Petrow, fahren Sie bitte fort.« Der Richter machte eine wedelnde Handbewegung in Richtung des Anwalts.

Dieser fokussierte die Richter und ignorierte den Todesblick seines Mandanten. »Ich möchte mit Ihnen Erinnerungen meines Klienten teilen, die sein Verhalten während der Sklavenrebellion in einem neuen Licht erscheinen lassen. Ganz besonders seine Handlungen am 13. Juni und die Tötung der widerständischen Zauberer in der Zaubererschule in Bratsk.«

»Nein!« Breschnew sprang auf und zerrte an dem schwarzen Robenärmel seines Anwalts, um ihn dazu zu bewegen, sich zu setzen.

Sofort waren zwei Wächter zur Stelle und rissen den Angeklagten wieder auf den Platz. Ein dritter hinter ihnen umklammerte seinen Magiefokus und streckte die andere Hand aus. Sie leuchtete leicht bläulich, aber der Wächter zauberte nicht. Stattdessen strich Breschnew sich unsichtbaren Staub von seiner rechten Schulter und richtete den Knoten an seiner Krawatte, als wäre nichts geschehen.

Ich fragte mich, wo die Wächter wohl den gleichen Sternenstaub versteckt hatten, mit dem die Wände modifiziert waren, damit sie den Zauberbann umgehen konnten, der auf dem Gerichtssaal lag. Ein Amulett? Es musste irgendetwas sein, das nicht so leicht gestohlen werden konnte.

»Herr Breschnew, Sie haben Ihren Anwalt zur Vertretung Ihrer Interessen ausgewählt. Lassen Sie ihn seinen Job machen«, sagte der Richter.

Ich rutschte erneut auf der harten Holzbank hin und her und war überzeugt davon, dass nichts meine Meinung über Alexej Sergejewitsch Breschnew ändern würde.

Der Anwalt räusperte sich. »Ich beantrage die Hinzuziehung eines Gutachters für Erinnerungen. Frau Professor Schmidbauer von der Humboldt Universität zu Berlin hat sich vor diesem Gericht einen Namen bei anderen Verfahren gemacht, wenn ich so frei sein darf, sie als Expertin vorzuschlagen.«

Der Richter legte eine Hand an das Kinn. »Eine Extraktion der Erinnerungen stellt einen fundamentalen Eingriff in die Persönlichkeitsrechte eines Menschen dar. Es ist meine Pflicht, Sie darauf hinzuweisen, dass ein solch drastisches Mittel nur im äußersten Notfall zur Verteidigung eines Mandanten eingesetzt werden darf. Sollte der Eingriff ungerechtfertigt sein, hat die Strafverteidigung die juristischen Konsequenzen persönlich zu tragen.«

»Euer Ehren, ich bin mir der Konsequenzen bewusst, sehe aber diese Erinnerungen als essenziellen Baustein in der Verteidigung meines Klienten an«, sagte der Anwalt.

Das blasse Gesicht von Breschnew verlor noch mehr an Farbe, seine Haare wirkten dagegen rabenschwarz, ohne den leicht bräunlichen Schimmer, den sie sonst hatten.

Der vorsitzende Richter musterte ihn eindringlich, bis ein behäbiger, keuchender Gerichtsdiener ihm einen Zettel reichte.

Einen Moment studierte der Richter die Mitteilung und blickte dann zum Anwalt.

»Nun gut, Herr Petrow. Sie scheinen sich sicher zu sein. Ich gebe dem Antrag statt. Professor Schmidbauer ist gerade bei einem anderen Verfahren und kann danach hier tätig werden.« Er vollführte eine Handbewegung und der Gerichtsdiener zwängte sich durch eine hölzerne Seitentür nach draußen, auf der der Kopf eines Wasserdrachen prangte.

Breschnews Lippen bewegten sich.

»Lauter, Herr Breschnew, wir haben Sie nicht verstanden«, sagte der Richter.

Wenn er mich beleidigt hatte, war er immer unüberhörbar gewesen. Weißling, Magiedieb oder Sklavenkind waren noch die netteren Bezeichnungen gewesen, die sich mit der Zeit verschärft hatten. Doch die Erde hatte sich weitergedreht. Ich lächelte leicht. Das war die Genugtuung, auf die ich gehofft hatte. Warum ich überhaupt wertvolle Lernzeit verschwendete, um hier wieder und wieder in diesem Gerichtssaal zu sitzen anstatt zu Hause am Schreibtisch.

»Ich werde aussagen. Aber nur vor Ihnen.« Breschnews eisblaue Augen trafen meine und das Lächeln fiel von meinem Gesicht wie die Schneeflocken draußen vom Himmel. Einen Moment lang verschwamm Breschnews Gesicht, bis nur noch seine Iriden klar erkennbar waren. Sie strahlten ähnlich intensiv wie die des Mannes, der mich damals in den Keller gesperrt hatte. In Breschnews verfluchtem Heim.

Mein Herz schlug schneller und ich bekam keine Luft mehr. Der Raum wurde immer kleiner, immer dunkler. Es wurde still.

Zu still.

Ein Summen in den Ohren. *Nennen Sie mir fünf farbige Dinge, die nicht bedrohlich sind*, zwängte sich die Stimme meiner Therapeutin durch den Stahlmantel der Panik in meinem Kopf. Ich blinzelte und japste nach Sauerstoff. Die roten Stilettos der Reporterin der New York Times zwei Sitze neben mir. Ich hörte nichts mehr. Der blaue Regenschirm, der neben dem dicken Herrn im Gang auf dem Marmorboden lag. Die Dunkelheit breitete sich weiter aus, gleich würde sie mich verschlingen. Nein, jetzt nicht! Der pinke Flamingokugelschreiber. Der Raum wurde etwas heller. Die gelben Punkte auf meinem Kleid.

Das Klopfen des Holzhammers war meine Rettung.

»Ruhe!« Der oberste Richter verengte die Augen. »Das ist mein Gerichtssaal und hier herrscht Stille im Publikum, meine Damen und Herren. Wenn Sie sich nicht an die Regeln halten können, bin ich mir sicher, dass ein anderer Reporter draußen vor der Tür gerne Ihren Platz einnehmen wird.«

Ich hätte eine Stecknadel fallen hören. Ohne meine Fingernägel, die Halbmonde in meine Handflächen hineinpressten, wäre ich sicher in die nächste Panikattacke geschlittert.

Der Richter musterte den Angeklagten über den Rand seiner Brillengläser hinweg. »Herr Breschnew, dieses Gericht wird Sie privat anhören.«

»Nein. Nur Sie.« Breschnew lehnte sich zurück, die breiten Schultern zurückgezogen. Wer dachte er, dass er war?

Die anderen vier Richter blickten zum obersten, dessen graue Augenbrauen so weit hochgezogen waren, dass sie fast seine fehlenden Haare ersetzten. »Das entscheide immer noch ich, Herr Breschnew.«

»Entweder Sie hören mich allein an oder gar nicht.«

»Herr Breschnew, spätestens, wenn Frau Professor Schmidbauer vor diesem Gericht erscheint, haben Sie keine Wahl mehr.«

Ein gefährliches Lächeln umspielte Breschnews Lippen und er zog sich den einen Ärmel seines Hemdes unter dem Jackett zurecht. »Ich kann Ihnen versichern, diese Erinnerungen wird niemand zu Gesicht bekommen.«

»Drohen Sie mir etwa mit Suizid?«, fragte der Richter.

Breschnew verschränkte die Arme. Unter seinen Manschetten lugten die Enden seiner magischen Sternenstaubtattoos hervor wie Dornenranken. Ein ärgerlich pulsierendes blaues Leuchten ging von ihnen aus; der einzige Hinweis, wie sehr ihn diese Konversation mitnahm.

Der Richter musterte Breschnew, während der Flamingokugelschreiber neben mir über das Papier kratzte. »In einer ersten Anhörung werde nur ich Sie anhören. Über weitere Schritte entscheide ich dann.« Er klopfte einmal mit dem Holzhammer. »Dieses Gericht kommt in zwei Stunden erneut zusammen.«

Mäntel raschelten, Verschlüsse von Aktentaschen klickten und das Gemurmel der anderen Reporter draußen drang aus der offenen Tür, durch die der erste Journalist geschlüpft war.

Das hatte ich mir anders vorgestellt. Zufriedenstellender.

Einen Moment lang überlegte ich, so lange zu warten. Aber mein Lernplan für die Prüfungen in drei Monaten ließ keinen Aufschub durch Gerichtstermine zu. Ich hatte nicht freiwillig ein ganzes Schuljahr wiederholt, um meinen Abschluss in den Sand zu setzen.

Wenn ich da draußen außerdem nur einem weiteren ausländischen Reporter ein Interview geben müsste, könnte ich für nichts garantieren. Ich hätte meinen Fokus darum verwettet, dass vor der Tür schon die ersten lauerten wie Kikimora im Keller. Zumindest waren manche von ihnen genauso heimtückisch wie die Kellerhexen.

Seufzend stand ich auf, bevor ich auf einen Gerichtsdiener zumarschierte, der die restlichen Unterlagen in Ledermappen packte. »Entschuldigen Sie bitte.«

Er lächelte mich an. »Frau Iwanowa, richtig? Was kann ich für Sie tun?«

Ich zwang ein Lächeln auf meine Lippen. »Könnte ich den Seitenausgang benutzen? Ich würde gerne den Reportern entgehen, wenn Sie verstehen.« Mit dem Kopf deutete ich in Richtung der Tür mit dem Drachenkopf, durch die der andere Gerichtsdiener verschwunden war.

Mein Gegenüber lächelte verständnisvoll. »Natürlich, das Wohl der Zeugen liegt uns am Herzen.«

Ich nickte ihm dankbar zu und schlüpfte hinaus in den verlassen daliegenden Flur. Kurz warf ich einen Blick um die Ecke und sah mich in meiner Vermutung bestätigt. Vor dem Haupteingang des Gerichtssaals tippten die ersten Reporter schon auf ihren Smartphones herum.

Ich prüfte die Anzeige meines Astrolabiums. Obwohl ich die Nacht schlecht geschlafen hatte, hatte ich noch etwas Astron übrig. Zumindest sollte die restliche magische Energie für eine leichte Veränderung meiner Kleidung reichen. Eigentlich war ein Merkur-Zauber eine der leichtesten Übungen. Die magische Änderung von Gegenständen zählte zu den allerersten Zaubern, den ich überhaupt beherrscht hatte. Doch mit so wenig Astron fielen mir selbst diese schwer.

Heute würde ich trotzdem nicht auf etwas Tarnung verzichten und so umschloss ich meinen Magiefokus mit der rechten Hand. Ich rief mir vor Augen, wie ich das erste Mal die Schulbibliothek im Peterhof gesehen hatte. Der Geruch von altem Papier, der Staub, der mich in der Nase kitzelte. Erinnerte mich an die geschnitzte Wendeltreppe mit den Fabelwesen, spürte die warmen Sonnenstrahlen auf der Haut, die durch die hohen Fenster fielen. Ich ließ mich regelrecht in die Erinnerung fallen, versuchte die Emotionen von damals so genau wie möglich abzurufen. Bis zu dem Moment, in dem ein Gefühl der Verwunderung jede Pore meines Körpers erfüllte – exakt die Empfindung, die ich für den Merkur-Zauberspruch brauchte.

Meine Fingerspitzen kribbelten und ich lenkte meine Aufmerksamkeit schnell auf meine Kleidung, solange das Gefühl stark und präsent war. Die gelben Punkte auf dem Kleid wurden blau, das Kleid weinrot und die Stiefel und der Parka grau. Meine Haarfarbe änderte ich mit einem zusätzlichen Neptun-Zauber noch von braun zu blond und gab am Ende spontan etwas Astron aus, um den bläulichen Schimmer der

Magie zu verbergen. Das sollte mindestens zehn Minuten halten – mehr Energie wollte ich nicht für die Zauber ausgeben.

Ich straffte meine Haltung und bog um die Ecke, geradewegs auf die Menschenmassen zu. Schleichen brachte nichts, hatte ich schon versucht. Das rochen Journalisten auf hundert Meter Entfernung. Es war besser, in der Menge unterzugehen. Zügig, aber nicht zu schnell, glitt ich in dem Menschenstrom die geschwungene Marmortreppe herunter, die ins Erdgeschoss führte. Das Gemurmel der versammelten Masse aus der Empfangshalle schlug mir bald entgegen, summend wie ein Feennest. War ich froh, wenn dieser ganze Trubel vorbei war und wieder etwas Normalität einkehrte. Nun, neue Normalität müsste ich wahrscheinlich sagen.

Ich schüttelte die Gedanken an die Konsequenzen der Sklavenrebellion schnell wieder ab und bahnte mir einen Weg zwischen Wintermänteln, Aktenkoffern, Mikrofonen und Kameras hindurch.

»Frau Iwanowa?«, ertönte eine männliche Stimme hinter mir.

Ich zuckte zusammen und zog den Kopf ein. Das durfte doch nicht wahr sein.

»Frau Iwanowa – eine kurze Frage: Fühlen Sie sich schuldig, dass Sie als Einzige die dunkelblaue Nacht am 13. Juni überlebt haben?« Die Stimme kam näher und ich zwängte mich schnell an einer Marmorsäule vorbei.

»Frau Iwanowa, Irina, warten Sie doch! Wir können einfacher anfangen: Denken Sie, dass die Sklavenrebellion ohne Sie und Frau Pawlowa funktioniert hätte?«

Wenn dieser Journalist weitere Reporter auf mich aufmerksam machte, konnte ich mich von meinen Lernplänen verabschieden. Ich beschleunigte meine Schritte und klammerte mich fester an den Lederriemen meiner Handtasche.

»Bitte, Frau Iwanowa! Erzählen Sie mir wenigstens, wie es war, als eine von lediglich drei Zauberern aus einer Sklavenfamilie am Peterhof zur Schule zu gehen?«

Was zu viel war, war zu viel. Ich musste ihn zum Schweigen bringen, bevor alle mich bemerkten. Mit verengten Augen wirbelte ich herum und blickte einem rotgesichtigen Mann mit Glatze entgegen. In seiner Hand hielt er ein Mikrofon, das an sein Smartphone angeschlossen war. Gerade machte ich den Mund auf, um ihn zurechtzuweisen, da blinzelte er verdattert. »Entschuldigen Sie, ich habe Sie verwechselt.«

Meine Augenbrauen schossen nach oben, doch ich nickte nur und steuerte eilig auf die Kammer neben dem Eingang zu. Dort überreichte ich dem Domovoi im feinen Anzug einen Schokoriegel, den ich mir in der Kantine gekauft hatte. Bei so offiziellen Einrichtungen wie dem Gericht war ich nie sicher, wer ihm Essen opferte, da hier ja keine Menschen wohnten.

Ich schien aber alles richtig gemacht zu haben, denn das teufelsartige Wesen senkte den Kopf und tippte sich im Gruß mit seinen knittrigen, grauen Fingern an den Zylinder zwischen den beiden spiralförmigen Hörnern.

Ein Mann in dunkelblauem Anzug mit ebenso dunkler Krawatte drängte sich kurz an mir vorbei. Er stellte eine dampfende Aluminiumschale vor das magische Wesen, aus der ein köstlicher Duft drang. Dann verschwand er genauso schnell, wie er gekommen war.

Offenbar war ich nicht die Einzige, die sich Gedanken um das Wohl des Domovois machte. Oder er hatte hier einen Gerichtstermin und war so abergläubisch, dass er dachte, ein zufriedener Domovoi würde zu einem guten Ergebnis führen.

Wie auch immer lächelte ich dem Wesen zu und trat nach draußen in die beißende Kälte.

Das Hupen und die Abgase des Feierabendverkehrs empfingen mich und ich atmete tief ein. Geschafft. Ich warf einen Blick auf mein Astrolabium mit den Planeten und der Astronanzeige. Theoretisch würde es locker für einen Schattenschritt nach Hause reichen und ich wäre innerhalb einer Sekunde da, doch seit der Sklavenrebellion hatte ich lieber immer einen Notfallvorrat an Astron. Also musste mal wieder die Metro reichen.

Ich setzte mich in Bewegung und kam nach einer Weile an einem kaputten Haus vorbei, bei dem nur noch eine Wand stand. Die ehemaligen Fenster waren lediglich als Glaszacken am unteren Fensterrahmen erahnbar. Der Bagger hatte in den letzten Wochen schon den ganzen Schutt weggeschaufelt. Vom Gebäude daneben ragten nur die Eisenstangen des Fundaments wie Knochen in die Luft. Nicht zum ersten Mal fragte ich mich, wann wohl alle Spuren der Rebellion verschwunden sein würden. Was in Minuten zerstört worden war, bräuchte Jahre zum Wiederaufbau.

Kurz blieb ich stehen und sah den Bauarbeitern zu, die in leuchtenden Warnwesten mit einem Klemmbrett die Baustelle begingen. Meine Aufmerksamkeit wurde jedoch schnell auf ein kleines Mädchen gelenkt, das sich mit grauen Wollhandschuhen an den Zaun davor klammerte. Eine Frau, wahrscheinlich ihre Mutter, versuchte die Kleine verzweifelt zum Weitergehen zu bewegen und zerrte an ihrem Jackenärmel. »Komm schon, Ludmilla, wir müssen los.«

»Ich will aber nicht!«

Ich schmunzelte, ging vor dem Mädchen in die Hocke und stützte mich mit den Ellenbogen auf den Knien ab, wobei meine Ärmel etwas hochrutschten. »Weißt du, da vorne um die Ecke bei der Metrostation ist eine noch viel größere Baustelle. Die haben sogar einen Kran und gestern war der Betonmischer da«, sagte ich.

Das Mädchen öffnete den Mund im Protest, doch dann fiel ihr Blick auf mein Astrolabium. Seine Augen wurden rund wie Planeten. »Wow, du bist eine Zauberin!«

Ich schaute kurz zu seiner Mutter, unsicher, wie sie reagieren würde. Die Wangen der Frau waren leuchtend rot und das sicher nicht vor Kälte.

»Verzeiht, Meiste– Verzeiht, bitte. Unsere alten Meister hat sie nie zu Gesicht bekommen, nur die Sklavenaufseher und es ist noch alles neu für sie«, stammelte die Mutter. »Komm, Ludmilla, wir gehen weiter und belästigen die gute Dame nicht.«

»Ist schon in Ordnung.« Ich lächelte und beobachtete die Kleine, die weiterhin fasziniert auf mein Handgelenk starrte.

»Was machen die Planeten da? Zauberst du mit denen?«, fragte sie und tippte auf das Glas.

Ich schüttelte den Kopf. »Die verschiedenen Zauberkategorien sind jeweils einem Planeten zugeordnet. Mit Neptun-Zaubern zum Beispiel kann man körperliche Veränderungen erzeugen. Aber diese hier«, ich zeigte auf mein Astrolabium, »sind eigentlich nur zum Angeben da. Damit jeder weiß, dass ich zaubern kann. Ziemlich blöd, oder?«

Ludmilla nickte und beugte sich so weit vor, dass ihr warmer Atem meine Wange streifte, bevor er in einem Wölkchen in der kalten Abendluft verpuffte.

»Und siehst du das?« Ich deutete auf die Zahl in der Mitte, die von der Sonne umschlossen war. »Das ist meine Astronanzeige. Die zeigt mir, wie viel ich heute noch zaubern kann. Wenn ich genug schlafe, füllt sich das wieder auf.«

Das Mädchen beäugte die Zahl ganz genau und rückte sich ihre graue Wollmütze zurecht. »Ist das viel? Ich bin fast vier. Ist das mehr als vier?«

Ich schmunzelte. »Ein bisschen.«

»Und damit zauberst du?«

»Nicht ganz, das ist die Energie für meine Zauber. Ich denke je nach Zauberkategorie an ein Gefühl und dann leite ich es um. Bei Merkur zum Beispiel an Verwunderung.« Wieder erinnerte ich mich an den ersten Moment, in dem ich die Schulbibliothek im Peterhof gesehen hatte, und umfasste meinen Fokus.

Es war töricht, noch mehr Astron aufzubrauchen, aber das hier war es wert. Dieses kleine Mädchen sollte nicht mit Angst vor Zauberern oder Magie aufwachsen.

Ich nahm der Kleinen die Wollmütze ab, die nun statt des langweiligen Graus in einem strahlenden Orange leuchtete, wie die Sicherheitswesten der Bauarbeiter.

Ludmilla bekam erneut runde Augen und wendete die Mütze in ihren kleinen Händen. »Und das bleibt jetzt für immer so?«

»Nein, nur eine Weile. Sonst hätte ich mehr Energie aufwenden müssen.« Ich tippte auf mein Astrolabium.

Hinter uns stellten die Bauarbeiter den Bagger an. Der Motor ratterte laut, doch die Augen der Kleinen waren fest auf mich gerichtet. »Marija hat gesagt, dass sie einmal gesehen hat, dass Meister Aramowitsch ein Messer zum Zaubern hat. Hast du auch eins?«

Ich fröstelte kurz in der sowieso schon kalten Januarluft. Ein Messer als Fokus – da wollte ich lieber nicht genau über den Magiedurchbruch dieser Person nachdenken.

Ich schüttelte den Kopf und zeigte dem Mädchen den Haustürschlüssel, der um meinen Hals hing. »Nein, das ist mein Magiefokus. Das ist der Gegenstand, den ich dabeihatte, als meine Magie durchgebrochen ist.«

»Und wie ist das passiert?« Ludmilla musterte den silbernen Schlüssel genau, als könnte er ihr das Geheimnis verraten.

»Mein kleiner Bruder Nikolaj ist in einen Fluss gefallen und fast ertrunken. Ich hatte solche Panik, dass ich ihn aus Versehen herausgezaubert habe. Deswegen ist Panik auch meine Fokus-Emotion, obwohl man mit ihr sonst nur Sternenstaub modifizieren kann.« Ein trauriges Lächeln schlich sich auf meine Lippen. Es stach noch immer, wenn ich an Nikolaj dachte. Ganz würde es wahrscheinlich nie aufhören.

Meine begeisterte Zuhörerin schien meinen leichten Stimmungswechsel nicht bemerkt zu haben und legte den Kopf schief. »Was ist eine Fokus-Emotion?«

»Ludmilla, nun ist es wirklich genug!« Die Mutter packte sie am Ärmel. »Verzeihung, dass wir Sie so lange gestört haben, Meis– Haben Sie einen wunderbaren Tag! Gott segne Sie!« Die Frau zerrte das protestierende Mädchen in die Richtung, aus der sie gekommen waren.

Noch einen Moment lang schaute ich ihnen nach, bevor ich mich umdrehte und Richtung Metrostation schlenderte. Als ich durch das Drehkreuz ging und mit der Rolltreppe abwärtsfuhr, kämpfte sich der bläuliche Schimmer des Zaubers langsam wieder auf meine Kleidung und deren Farbe veränderte sich Stück für Stück zurück.

Unten angekommen, wichen die ersten Zemlyane vor mir zurück. Nein, nicht Zemlyane, Sternenbenachteiligte. Ich musste mich an den neuen Begriff gewöhnen. Was für eine Schande. Kurz blinzelte ich zu dem goldenen Kronleuchter an der Decke hinauf, meine Wangen brannten. Das war es, was Jahre von Gehirnwäsche mit mir gemacht hatten: Ich bezeichnete selbst die Menschen, zu der meine eigene Familie gehörte, als Erdlinge. Bis meine Magie zum Vorschein gekommen war, war ich selbst eine von ihnen gewesen. Nur ein Sklavenmädchen ohne Rechte oder Zukunft, bis sich mit zehn Jahren meine Magie gezeigt hatte und ich von einem Tag auf den anderen keine Sklavin mehr gewesen war. Was für ein absurdes System. Zum Glück war der ganze Unsinn jetzt vorbei.

Die silbernen Türen der Metrostation glitten auf, hinter denen der Zug gehalten hatte, und die Passagiere strömten nach draußen. Eine Menschentraube sammelte sich links und rechts an der weißen Wand daneben und ließ einen Gang in der Mitte frei. Ich verschränkte demonstrativ die Arme und wartete. Das Glas meines Astrolabiums glänzte im künstlichen Licht, während sich an den anderen Türen Männer und Frauen mit Wollmützen in die Metro drückten. Nur an meiner Tür staute es sich, weil alle darauf warteten, dass ich – die Zauberin – zuerst ging. Ich seufzte leise, presste die Lippen zusammen und stieg ein.

2

Zu Hause an meinem Schreibtisch versuchte ich mir die unterschiedlichen Sternenstaubquotienten für verschiedene Materialien einzuprägen. Wie wahrscheinlich war es, dass ich im echten Leben spontan etwas modifizieren musste? Ich seufzte. Es half nichts, das war relevant für die Abschlussprüfungen in Sternenstaubmodifikationen.

Mein Blick schweifte nach draußen. Unten im Innenhof stritten sich lautstark zwei Katzen an einer brennenden Mülltonne. Die eine fauchte, teilte mit der Tatze aus und ihre Gegnerin ergriff die Flucht.

Das Läuten meines Handys zog meine Aufmerksamkeit wieder zum Schreibtisch. Eine Push-Nachricht der Nowaja Gaseta. Drei jugendliche Sternenbenachteiligte sterben bei Unfall mit sternenstaubmodifiziertem Besen. Ich stellte das Smartphone auf lautlos. Nur, weil sie jetzt Sternenstaubgegenstände kaufen durften, bedeutete das nicht, dass es sinnvoll war. Ich schaute auf meine Karteikarte. Seide. 1,735? Ich drehte die Karte um. 1,357. Baumwolle. 1,355? Nein, 1,533. Diese verdammten Nachkommastellen.

Ich raufte mir die Haare, das hatte so keinen Sinn. Kurzerhand griff ich nach der Karteikarte für mein morgiges Kurzreferat in Politik- und Sozialwissenschaften. Ursachen und Wirkungskette der Sklavenrebellion war das Thema. Punkt für Punkt ging ich meine Notizen durch.

- Einberufung der Sklaven zur Armee zum Zweck der Gebietserweiterung Russlands
- Streik und friedliche Proteste; blutige Niederschlagung durch die Armee des Zaren bzw. Nachtblauen
- Protestaktionen über Guerillataktik der Sklaven, d.h. Anschläge auf Fabriken und kritische Infrastruktur und Gegenanschläge der Zauberer-Elite
- Massenhinrichtungen am 13. Juni; daraufhin Waffenlieferung der Vereinigten Gesellschaften Europas VGE
- Sturm auf den Roten Platz und den Romanow-Palast in Moskau mit Tod des Zaren am 20. August
- Aufhebung der Sanktionen gegenüber Russland und kulturelle Öffnung in Richtung Westen

Ich kannte die Punkte mittlerweile auswendig. Dass der Nachtblaue wahrscheinlich wegen zu viel Sternenstaubtattoos verrückt geworden war, hatte ich lieber ausgelassen. Dazu hatte ich keine seriöse Quelle gefunden, nur Spekulationen in Klatschblättern. Das ganze Thema war sowieso schon abstrus genug. Wir waren alle bei den Geschehnissen dabei gewesen. Trotzdem beschwerte ich mich nicht. Die gute Note brauchte ich dringend zum Ausgleich für die schlechte in Sternenstaubmodifikationen.

Ich drehte die Karteikarte um und steckte sie für morgen in meine schwarze Tasche. Seufzend schob ich den quietschenden Schreibtischstuhl zurück. Ich streckte mich einmal, bevor ich mich zwischen meinem Kleiderschrank und dem Bücherregal auf der anderen Seite aus dem beengten Zimmer zwängte. Über gesprungene Fliesen trottete ich durch den möbellosen, schmalen Flur in die Küche. Obwohl Eka die Fronten der Küchenschränke nach unserem Einzug in einem hellblauen Pastellton gestrichen hatte, täuschte es nicht darüber hinweg, dass die Küche in keinem besseren Zustand war als das Haus.

Automatisch blickte ich zu Iwans Tür, die offen stand. Er saß im Trikot seines Lieblingsspielers der Petersburger Eisdrachen am Schreibtisch, hatte Kopfhörer auf und machte Hausaufgaben. Die Rückenlehne seines Stuhls berührte die Wand hinter ihm und hatte schon dunkle Striemen an der weißen Tapete hinterlassen. Eka und ich hatten nach unserem Einzug vor knapp einem Jahr beschlossen, ihm das größte Zimmer zu geben. Er war der Jüngste und hatte den Verlust seiner Eltern während der Sklavenrebellion nur schwer verkraftet. Unser gemeinsamer Auszug aus dem Peterhof und die kämpferischen Auseinandersetzungen hatten es auch nicht unbedingt besser gemacht.

Ich atmete tief ein und suchte auf Google nach einem Rezept für Muffins. Dort fand man so viel mehr als auf Infodex. Eine mir unbekannte Nummer rief an und blockierte meine Suche, aber ich drückte sie weg. Hoffentlich hatte sich nur jemand verwählt. Da, das Rezept sah doch vielversprechend aus. Ich band meine fast schulterlangen Haare zu einem Pferdeschwanz – mehr eine Gewohnheit als noch wirklich nötig – und legte los.

Als ich gerade das Mehl abwog, spürte ich einen Lufthauch hinter mir. Meine Nackenhaare stellten sich auf und Adrenalin pumpte durch meine Adern. Blitzschnell beschwor ich das Bild von einem Grabstein herauf, den Geruch von nasser Erde, das Plätschern des Sommerregens, die kalten Zehen. Im nächsten Moment wirbelte ich herum, bereit, den Angreifer in Ohnmacht zu versetzen. Bevor ich jedoch dazu kam, fing Eka meine Hand ab und der Kummer in meiner Brust verpuffte.

»Entschuldige bitte, ich dachte, du würdest lernen.« Meine beste Freundin ließ mich wieder los, zog die Augenbrauen zusammen und zupfte sich eine Staubfluse von ihrem dunkelblauen Mantel.

Ich zuckte mit den Schultern. »Passiert.«

»Was gibt es?« In ihren blauen Augen blitzte Neugier auf,

bevor sie sich eine blonde Haarsträhne hinter das Ohr strich und über meine Schulter in die Rührschüssel blickte. »Pelmeni?«

»Muffins.« Ich schaltete die nigelnagelneue Küchenmaschine eine Stufe höher. Ein kleiner Luxus, den ich mir gegönnt hatte.

»Was sind denn Muffins?«

»Amerikanische Süßigkeiten, wie eine kleine Pirogge.«

»Diese Amerikaner. Du wirst an Diabetes sterben und wir gleich mit.« Eka rollte gespielt empört mit den Augen.

»Es steht dir frei auszuziehen.« Das Grinsen fiel mir aus dem Gesicht, als Eka mich plötzlich ernst anschaute. Wieso hatte ich das sagen müssen?

Sie klopfte langsam mit ihren rot lackierten Fingernägeln auf die Arbeitsplatte. Immer und immer wieder. Wie das laute Ticken einer Uhr. »Er wird nicht ewig hier wohnen bleiben können. Spätestens, wenn du nach Berlin studieren gehst, muss er zurück.«

»Nein.« Ich schlug ein Ei auf und zertrümmerte dabei die ganze Schale in tausend Teile.

»Bist du denn bei der Suche nach seiner Tante weitergekommen?«

Ich presste die Lippen aufeinander und schüttete Zucker über die Eier.

Eka holte sich ein Blini von gestern aus dem Kühlschrank und biss hinein. »Du weißt, ich sage das nicht, um dich zu ärgern.« Sie schluckte ein großes Stück des Pfannkuchens herunter und wischte sich mit dem Mittelfinger die nicht vorhandenen Krümel aus dem Mundwinkel. »Aber dieser Gebäudekomplex mit wie viel – circa zehntausend Menschen? – ist die praktisch gelebte Definition von sozialem Brennpunkt. Ich habe letztens die alte Frau aus dem neunten Stock gefragt, wie lange eigentlich der Aufzug kaputt ist. Du weißt schon, die mit den vielen Katzen. Rate mal, was sie gesagt hat? Er war bereits kaputt, als sie vor fünfzehn Jahren eingezogen ist. Und das Viertel ... Gestern wurde mir wieder von dem Typ an der Ecke Sternenstaub in einem Plastiktütchen angeboten – in schwarz.«

»Dafür ist es von hier aus nicht weit bis zum Peterhof und billig.« Ich zog die Wangen ein, holte einen Teigschaber aus der Schublade und schwenkte ihn vor Ekas Nase. Wir führten diese Diskussion immer und immer wieder, aber hatten beide einen zu großen Dickschädel, um nachzugeben.

»Eine halbe Stunde Fußweg würde ich nicht als kurz bezeichnen.« Eka zog eine perfekt gezupfte Augenbraue hoch.

Ich knirschte mit den Zähnen und pfefferte den Teigschaber neben die Schüssel. »Dann such dir eben eine andere Wohnung.«

»Ira, so war das nicht gemeint.«

»Ich weiß.« Mit verschränkten Armen drehte ich mich um und lehnte mich an die Arbeitsplatte mit dem eingebrannten Ring eines zu heißen Topfs. Mir war klar, dass Iwan nicht für immer hierbleiben konnte. Es war eine Notlösung gewesen, die beste Option, um sicher zu sein. Als die Kriegsvorbereitungen begonnen hatten und kurz darauf die Sklavenrebellion, war es den meisten Familien spätestens nach dem ersten Angriff auf die Schlafräume im Peterhof zu riskant geworden, ihre Sprösslinge in der Zaubererschule zu lassen. Als Iwans Eltern sich dann ebenfalls in der Rebellion engagiert hatten, waren Eka, Iwan und ich immer mehr zur Zielscheibe geworden. Eka und ich hätten ihn niemals allein im Peterhof zurücklassen können – schon deswegen nicht, weil er neben uns der Einzige aus einer Sklavenfamilie war.

Und so waren wir zusammen hier eingezogen und wenn es nach mir ging, würden wir auch wieder zusammen ausziehen. Iwan jetzt allein zurück in die Schlafräume zu schicken, getriezt von den Kindern, deren Familien nicht von der Sklavenrebellion begeistert waren … unvorstellbar.

Eka riss mich aus meinen Gedanken. »Selbst, wenn du seine Tante findest … bis er den Schattenschritt beherrscht, vergehen noch drei Jahre. Wer soll ihn holen?«

Ich öffnete den Mund, aber sie unterbrach mich. »Opekun Katschjenka hat auch Besseres zu tun, als den Kurierdienst für Iwan zu spielen. Dasselbe gilt für so ziemlich jeden anderen Lehrer am Peterhof. Außerdem weißt du gar nicht, wo seine Tante wohnt. Vielleicht lebt sie gar nicht mehr. Oder es ist zu weit und das Astron reicht nicht.«

Ich kniff die Lippen zusammen. »Wie war deine Verabredung?«

»Lenk nicht ab, erzähle ich dir nachher.« Eka verschränkte die Arme und starrte mich unnachgiebig an.

Ich seufzte. Sie kannte mich einfach zu gut. Trotzdem drehte ich mich um und rührte das Öl in den Teig. Die gleichmäßige Bewegung der Küchenmaschine und das leise Summen des Motors beruhigten mich etwas.

»Du hast fünfzehn Anrufe in Abwesenheit.« Eka schob mein Handy neben die Küchenmaschine.

Mit mehligen Fingern tippte ich den Code zum Entsperren ein. Nicht schon wieder eine neue Nummer. So hilfreich die Journalisten während der Sklavenrebellion gewesen waren, jetzt nervten sie bloß noch. Trotzdem musste ich zugeben, dass es ohne das Interview mit mir wahrscheinlich nie zu den Waffenlieferungen der VGE gekommen wäre. Ich blies mir eine lose Haarsträhne aus dem Gesicht und scrollte durch die Liste. Alles derselbe Anrufer. Das war frech. Ich blockierte die Nummer.

»Also, Iwan?«, fragte Eka.

»Ich überlege mir was.«

Eka seufzte. »Wie war es vor Gericht? Hattest du alles unter Kontrolle?«

»Mehr oder minder.«

Eka anzulügen hatte keinen Zweck, sie durchschaute mich viel zu schnell. Sie strich sich eine Haarsträhne hinter das Ohr. »Sind sie denn endlich fertig? Wie lang wollen die den Prozess noch in die Länge ziehen? Wird Zeit, dass der Bastard sich eine Zelle mit seinem Vater in I'dyna teilt.«

»Es gab heute wegen seiner Aussage wieder eine Verzögerung.«

Eka rollte mit den Augen. Etwas von ihrem Mascara war verschmiert, doch das tat ihrem tollen Make-up keinen Abbruch. »Ich hoffe für dich, dass es bald vorbei ist, dann kannst du endlich damit abschließen.«

Ich zuckte mit den Achseln, aber Eka grinste. »Du könntest ihm kurze Hosen zum Abschied schenken. Wie viel Grad hat es in I'dyna jetzt? So −20 °C?«

Ich lächelte. Eka wusste immer, was sie sagen sollte. Obwohl es wahrscheinlich im Gefängnis selbst weniger kalt war als draußen auf dem Baikalsee.

Plötzlich wurde ihr Gesichtsausdruck jedoch ernst. »Aber wegen dieser Panik-Geschichte … Du solltest dir echt überlegen, dir von deiner Therapeutin diesen Wisch für die Schule ausstellen zu lassen. Sonst kannst du deinem geliebten Stipendium auf Nimmerwiedersehen sagen.«

Ich atmete scharf ein. »Ich kriege das schon hin. Zur Not auch ohne Stipendium. Dann arbeite ich eben.«

»Als was? Edel-Prostituierte? Cam-Girl? So viel Kohle, wie du in Berlin brauchst, kannst du auf gar keinen Fall neben einem Studium verdienen.«

Ich schwieg und schaute noch mal auf der Internetseite nach, wie hoch die Temperatur des Ofens sein sollte. Eka wusste, dass sie die Diskussion nicht gewinnen konnte.

Sie stöhnte leise. »Ich geh duschen. Wann gibt es diese Muffins?«

»Warst du nicht heute schon duschen?«

»Ich habe mich bei meiner Verabredung vielleicht sportlich betätigt.«

»So was will ich nicht wissen.«

Sie streckte mir die Zunge raus und ließ ihren Mantel im Flur auf den Boden fallen. Ich grinste und hängte ihn an die Garderobe neben der Wohnungstür.

Eine Stunde später hatten wir es uns zu dritt in meinem Zimmer bequem gemacht. Iwan schlief an meine Schulter gelehnt, die Bettdecke bis an die Brust gezogen, während Eka und ich auf meinem Laptop eine Kochsendung verfolgten. Vorsichtig balancierte ich das Gerät auf meinen Knien neu aus und warf mir das letzte Stück Muffin in den Mund. Köstlich.

Eka rutschte derweil ein wenig hin und her und arrangierte das Kopfkissen zwischen ihrem Rücken und dem Kopfteil meines Hochbettes. Der Moderator der Kochsendung in weiß gestreifter Schürze erklärte gerade, wie man heißes Wasser für Nudeln erhitzte. Ich schmunzelte und dachte an die vielen Zauberer in Russland, die sich heute Abend ihr Essen selbst zubereiten mussten, weil ihre Sklaven es nicht mehr für sie taten. Schöne neue Welt.

»Also, wie war deine Verabredung?«, fragte ich.

»Ich verrate dir was, aber du darfst nicht lachen!«

»Versprochen.«

»Ich glaube, ich liebe ihn.«

Ich verschluckte mich an meiner eigenen Spucke. Diese Worte aus Ekas Mund ... »Aber du hast noch nie –«

»Ich weiß. Aber es fühlt sich so richtig an.« Sie lehnte ihren Kopf an die Wand. »Wir waren heute im Zauberlehrling essen.«

»Teuer.«

Eka summte, ein Lächeln auf ihren Lippen. Von ihrem Lippenstift entdeckte ich nur noch einen leicht rötlichen Glanz.

Ich kaute auf der Innenseite meiner Wange und überlegte kurz, ob ich wirklich aussprechen sollte, was ich dachte. Eka schaute immer noch mit einem untypisch verträumten Gesichtsausdruck aus dem Fenster. Er durfte ihr Herz nicht brechen. Besser, ich bereitete sie auf alles vor. »Lass mich raten, ihr saßt vorne an den großen Glasfenstern zur Promenade hin.«

Ekas Lächeln fiel ihr vom Gesicht. »Sei nicht so gemein.« Angestrengt betrachtete sie ihre dunkelrot lackierten Fingernägel.

»Also ja.«

»Wir waren spontan da, sonst war alles ausgebucht.«

Ich zog eine Augenbraue hoch. »Ich will lediglich, dass du vorsichtig bist. Der Typ ist es nicht wert.«

Eka kippte den Bildschirm meines Laptops vorsichtig etwas nach vorne. Die mit Gaffer-Tape geklebte Stelle knackte bedrohlich. Zum Glück wackelte das Bild nur kurz. Demjan und Wasilij hatten schon mehrfach angeboten, mir einen neuen Laptop zu kaufen – aber wozu? Dieser tat es noch bestimmt ein, zwei Jahre.

Eka schaute wieder mit höchstem Interesse der Kochshow zu. »Er ist anders, als du denkst.«

»Ich denke, es ist ein bequemer Zufall, dass die Woronin-Familie nach der Sklavenrebellion einen großen Imageschaden erlitten hat, der sie wörtlich Rubel kostet und kurz danach triffst du zufällig den Haupterben bei einer Vernissage in der Eremitage. Zufällig stammt euer beider Lieblingswerk von Louise Bourgeois und zufällig fragt er ausgerechnet dich nach einer Verabredung – eine Zauberin aus einer zufällig sternenbenachteiligten Familie. Etwas viele Zufälle.«

»Das hast du schon mal gesagt«, murmelte sie.

»Weil es nicht in deinen Kopf rein will.«

»Er ist nicht so. Die ersten Treffen waren wir auf seinem Landsitz, weit und breit kein Reporter. Und die letzten Wochen gab es auch keine Spur von einem der Zeitungsfuzzis. Wenn er es gewollt hätte, hätte er uns schon längst als Paar outen können.« Ihre Stimme klang mittlerweile mehr als defensiv.

»Und heute?«

»Vielleicht kam ein Reporter vorbei. Maximal zwei.«

So ein Zufall, wo Stanislaws Familie zufällig die größte Zeitung des Landes gehörte. Ich schaute Eka mahnend an. Sie hielt meinem Blick stand und ich seufzte. »Sei einfach vorsichtig, ja?«

»Er hat mir bei Alenjakova ein Praktikum besorgt – ein bezahltes.«

Ich griff nach ihrer Hand und drückte sie. »Nicht dein Ernst!«

»Er hat der Chefdesignerin meine Mappe gezeigt und ihr hat es gefallen. Meine Entwürfe sind wohl frisch und innovativ. Besonders meine Mäntel.«

Ich machte den Mund auf, aber Eka hob ihre Hand und brachte mich so zum Schweigen. »Egal, was seine Ambitionen sind: das Praktikum brauche ich sowieso für die Hochschule. Bezahlt umso besser. Wenn es gut läuft, kann ich vielleicht dort nach dem Abschluss als Modedesignerin anfangen.«

Ich nickte gedankenverloren. Kurz glitt mein Blick zu dem gerahmten Bilderrahmen auf der fleckigen Tapete. Schon in dem Zimmer im Peterhof, das ich mir mit Eka geteilt hatte, hatte es immer auf meinem Nachttisch gestanden. Es zeigte Demjan, Wasilij, Eka und mich am ersten Tag meines zweiten Schuljahrs vor dem Peterhof. Es fühlte sich an, als wäre dieser Moment Lichtjahre entfernt. Unsere kindlichen Gesichter waren noch frei von Sorge, hatten nie die Schrecken einer Rebellion gesehen. Wir hatten von Freistunden geträumt oder endlosen Ferien und jetzt machte sich Eka schon Gedanken, was sie nach ihrem Studium machen könnte. Nicht, dass ich sie verurteilte. Das wiederholte Schuljahr schob diese Überlegungen meinerseits nur etwas nach hinten, obwohl ich natürlich insgeheim seit längerem von einem Doktorandenplatz träumte, den ich danach annehmen würde. Vorausgesetzt, alles klappte.

Ich konzentrierte mich erneut auf die Kochsendung. Gerade schalteten die Hände des Moderators in einer Nahaufnahme den Herd an. Plötzlich erschien im unteren Bildrand ein laufender Text. *Richter ziehen sich im Breschnew-Fall zur Beratung zurück.*

Mir wurde eiskalt und ich stupste Eka an, die auf ihrem Handy eine Nachricht tippte. Sie schaute sofort auf und runzelte die Stirn. »Das ging zu schnell.« Damit sprach sie das aus, was ich dachte.

Hoffentlich hatten sie sich nicht von ihm um den Finger wickeln lassen – oder schlimmer, bestechen lassen. Es hatte einen Grund, warum die Familie Breschnew nicht bei den Reichsten auf der Forbes-Liste auftauchte: weil sie es nicht wollten und über genug Mittel verfügten, nicht erwähnt zu werden.

Eka musterte mich besorgt. »Wie geht es dir?«

Ich schluckte den Kloß in meinem Hals hinunter und zwang mich zu einem Lächeln. »Es geht schon.«

»Wann hast du deine nächste Therapiestunde?«

»Morgen.«

»Gut.«

Iwan murmelte etwas im Schlaf und drehte sich auf die andere Seite, seine Körperwärme das Einzige, was mich in diesem Moment festhielt. Ich starrte auf den Bildschirm, auf dem der Moderator die Nudeln in den Wassertopf fallen ließ, seine Stimme drang nicht zu mir durch.

»Soll ich Iwan in sein Bett levitieren?«, fragte Eka.

Ich nickte wie in Trance. Wenn Breschnew nicht das bekam, was er verdiente, dann ... Ich wusste es nicht so recht. Die Vereinten Gesellschaften Europas konnten sich auch nur an die Gesetze halten. Sie würden sich nicht bestechen lassen. Hoffentlich.

Eka stupste mich sachte in die Seite. »Ich kann bei dir schlafen.«

»Es geht schon.«

Sie gab mir einen Kuss auf die Wange, ließ mit einem Zauberspruch die Krümel in meinem Bett verschwinden und kletterte nach unten. Iwans Körper schwebte ihr wie ein braver Schoßhund hinterher.

An der Tür hörte ich ein Klicken und es wurde schlagartig stockdunkel im Zimmer. Panik stieg in mir auf wie ein Schattendämon, der meine Brust zusammenquetschte. Ich keuchte. In der nächsten Sekunde ging das Licht wieder an.

»Tut mir leid, Gewohnheit«, sagte Eka betreten.

Ich antwortete nicht.

»Gute Nacht«, drang ihre Stimme zu mir hoch, dann fiel die Tür ins Schloss.

Auf dem Handy suchte ich meinen Lieblingsradiosender heraus. Ich kannte das Lied nicht, das gespielt wurde, aber mein Herzschlag normalisierte sich. Nach langem Hin- und Hergewälze kuschelte ich mich unter die Decke, bis mich der Schlaf endlich fand.

3

Der Wecker riss mich aus dem Schlaf und ich blinzelte benommen. Gähnend streckte ich mich, bevor im nächsten Moment schon das Zimmertürschloss klickte. Wenigstens hatte ich trotz Albträumen drei Stunden geschlafen.

»Hey, Tschäk-Tschäk«, drang Wasilijs heitere Stimme zu mir nach oben. Wahrscheinlich hatte er vor der Tür auf das Klingeln meines Weckers gewartet. Er kannte mich zu gut, um mich einfach ohne Vorankündigung zu wecken, zumindest seit der Sklavenrebellion. Durch den einen oder anderen Fluch, den er sich davor zugezogen hatte, war er inzwischen schlauer.

Das Knarren der Hochbettleiter kündigte ihn an und seine braunen Wuschelhaare tauchten über meiner Matratze auf. Er lächelte breit und kroch zu mir, während ich mich langsam aufsetzte. »Ich soll dir Grüße von Eka ausrichten, die ist schon zur Arbeit.« Wasilij beugte sich zu mir vor.

Bevor er mich jedoch küssen konnte, drehte ich den Kopf weg. »Ich habe noch keine Zähne geputzt.«

Er zuckte mit den Achseln und akzeptierte es. Das war der Vorteil, wenn der Freund der ehemals beste Freund war. Wobei ich das so besser nicht Demjan gegenüber erwähnen sollte. Wer sich wirklich als mein bester Freund bezeichnen durfte, war ein beliebtes Streitthema zwischen den beiden gewesen, bis ich mit Wasilij zusammengekommen war.

»Tut mir leid wegen Breschnew gestern. Was für ein Arsch.« Wasilij verzog das Gesicht.

»Ist so.« Die Albträume, die mich deswegen geplagt hatten, ließ ich lieber unerwähnt. Dafür hatte mich Breschnew mit seinen stechend blauen Augen zu sehr an ihn erinnert. Wer auch immer er war.

»Ich habe dir frischen Kaffee mitgebracht.« Wasilij reichte mir einen Pappbecher und schenkte mir sein typisches schiefes Lächeln, das ich so sehr mochte. »Als Entschuldigung, dass ich gerade so wenig Zeit wegen der Strazh-Ausbildung habe.«

Ich drückte ihm einen Kuss auf die Wange. »Das kann ich gut gebrauchen, danke. Heute habe ich eine Doppelstunde Sternenstaubmodifikationen.«

Wasilij verzog das Gesicht. »Stimmt, heute ist ja Dienstag. Total vergessen.« Er kletterte vor mir die Leiter hinunter. »Bald hast du es geschafft, dann musst du nie wieder modifizieren, wenn du nicht willst.«

»Hoffentlich«, seufzte ich.

»So oder so werden eines Tages auch die Erinnerungen mit Panik wieder funktionieren. Manche Dinge brauchen nur Zeit.« Er schenkte mir ein weiteres Lächeln und trat einen Schritt in den Flur, damit ich an meinen Kleiderschrank unter dem Bett kam. »Jetzt, wo der Spuk vorbei ist, solltet ihr euch wirklich eine andere Wohnung suchen. Ein Mäuseloch wäre größer und ein Jahr hier zu hausen ist schon zu viel. Ihr könntet bestimmt um Spenden bitten oder Geld aus diesem Fond der Vereinigten Gesellschaften Europas beantragen.«

Wasilij musste gerade reden. Am Peterhof hatte er immer die abgetragene Kleidung seines älteren Bruders angezogen, weil er zu stolz gewesen war, Kleidergeschenke von Demjan anzunehmen.

Ich schüttelte den Kopf. »Auf die Almosen kann ich verzichten. Ich werde einfach weiterhin Nachhilfe geben und Hausarbeiten für andere schreiben. Außerdem brauche ich jeden Rubel zum Studieren, es ist sowieso schon sehr knapp.«

Wasilij kratzte sich am Kopf. »Wieso musstest du deiner Mutter auch so viel geben? Sie weiß es überhaupt nicht zu schätzen.«

Ich rollte mit den Augen, stellte den Kaffee auf den Schreibtisch und putzte mir vor dem kleinen Spiegel auf der Innenseite meines Kleiderschranks die Zähne. Drinnen quetschten sich Kleider, Schulbücher und Aktenordner enger aneinander als die Menschen in der Metro zur Hauptverkehrszeit.

Während mir der Geruch von unserem billigen Waschmittel in die Nase stieg, fiel mein Blick wieder auf Wasilij, dessen dunkelblaue Uniformhose der Zaubererpolizei schon jetzt etwas knittrig war. Ich schmunzelte, als er zurück in mein Zimmer schlurfte, die Schultern etwas hochzog und die Hände tief in den Hosentaschen vergrub. Die Haltung nahm er immer ein, wenn er verlegen oder unsicher war. Seine grünen Augen waren fest auf eine Stelle mit abgeplatztem Lack im Türrahmen gerichtet, als wollte er auf jeden Fall Blickkontakt vermeiden. »Ich will nur sagen, dass ich genug verdiene. Wir könnten uns zusammen eine Wohnung suchen.«

Iwan tapste aus der offenen Badtür in Richtung seines Zimmers und Wasilij wuschelte ihm durch die verstrubbelten Haare. »Hey, Kleiner.«

»Das geht nicht, das weißt du doch.« Mit schaumigem Mund lächelte ich Iwan an und zwinkerte ihm zu, weil er bei den Worten »Wohnung suchen« erschrocken aufgeblickt hatte.

Insgeheim musste ich mir jedoch eingestehen, dass es nicht nur an Iwan lag, dass ich mich bisher geweigert hatte, mit Wasilij zusammenzuziehen. Manchmal, eher häufiger, verschwammen die Linien zwischen vor unserem Kuss und danach. Als wären wir immer noch nur Freunde und kein Paar. Dann fragte ich mich, ob das alles war, was wir jemals sein würden. Bei dem Gedanken wurde mir stets etwas mulmig.

Ich wusste, wie ein Davor aussah. Vor diesem Abend nach der ersten Explosion in der Metro war alles einfach gewesen.

Demjan, Eka, Wasilij und ich. Eine Einheit, ein Team. Und dann hatte Wasilijs Kuss an diesem Abend meine sowieso schon schwankende Welt vollkommen aus den Fugen gerissen. Zu sagen, ich bereute es, wäre falsch. Aber ich ertappte mich öfter bei der Überlegung, was passiert wäre, wenn ich an diesem Tag nicht knapp dem Tod entronnen wäre. Jetzt gab es Demjan, Eka, Wasilij und mich. Gab es überhaupt ein Danach? Oder würde dann alles zu Bruch gehen? Eka würde zu mir halten und Demjan wahrscheinlich zu Wasilij. Bei der Vorstellung schauderte ich, schob sie jedoch schnell beiseite. Damit würde ich mich nach den Abschlussprüfungen beschäftigen, die waren wichtiger.

»Man kann es ja versuchen.« Wasilijs Stimme riss mich aus meinen Gedanken.

Ach ja, er dachte immer noch an eine gemeinsame Wohnung. Er grinste schelmisch und zog mich Richtung Küche, nachdem ich in ein Kleid geschlüpft war und mir wieder den Kaffeebecher geschnappt hatte. Im letzten Moment krallte ich mir auch noch meine Ledertasche von der Garderobe und warf sie auf die Arbeitsplatte der Küche. Vor der Spüle wischte ich mir den Rest Zahnpasta mit einem Waschlappen aus dem Gesicht und nahm einen Schluck aus dem Becher. Ich gab mir Mühe, beim bitteren Geschmack nicht den Mund zu verziehen. Zu wenig Milch und kein Zucker. Aber der Gedanke zählte.

Es raschelte, als Wasilij sich Cornflakes in eine weiße Porzellanschüssel schüttete. »Apropos Beziehung. Ich habe mir überlegt, ich plane unseren Jahrestag.«

Hinter seinem Rücken kippte ich Milch und Zucker in den Kaffee. »Bist du sicher?« Ich schaute ihn mit hochgezogener Augenbraue an.

»Du machst sowieso schon viel. Ich bin nicht so hilflos, wie ich immer tue. Immerhin bin ich jetzt Strazh in Ausbildung.«

Ich schmunzelte. »Das hast du in letzter Zeit ein-, zweimal erwähnt. Was macht ihr heute?«

»Wir haben eine Übung mit der Polizei. Koordination von magischer und nicht-magischer Hausdurchsuchung.« Er stopfte sich einen vollen Löffel mit Milch und Cornflakes in den Mund, eine neue Errungenschaft durch den Westen. »Noch mal wegen gestern: Ich könnte vielleicht was drehen und am Gefangenentransport teilnehmen – du verstehst, was ich meine.«

Wenn ich Wasilij nicht schon seit Jahren kennen würde, hätte ich ihn mit vollem Mund nicht verstanden. Aber im Peterhof hatten wir unzählige Male zusammen gefrühstückt und so war ich eine Meisterin des Wasilij-redet-mit-vollem-Mund-Verständnisses.

Also schüttelte ich den Kopf. »Nein, alles in Ordnung. Er ist es nicht wert, dass du deinen Job riskierst.«

»Ich bin gespannt auf das Urteil. Soll der Bastard endlich mit seinem Vater in I'dyna verrotten. Wenn seine Mutter schon nicht das bekommt, was sie verdient. War ganz schön schlau, im letzten Moment die Seiten zu wechseln.«

Ich zuckte mit den Schultern und steckte den Arm bis zur Achsel in meine schwarze Ledertasche. Die Modifikationsbücher mussten da irgendwo sein. Ich hatte sie gestern nach dem Lernen eingepackt.

Meine Finger ertasteten alles Mögliche, aber die Bücher waren nicht dabei. Das war der Nachteil an einer sternenstaubmodifizierten Tasche. Ich steckte den Kopf hinein und knipste die Taschenlampe an, die ich extra für den Zweck in einer der oberen Innentaschen verstaut hatte. Der Lichtkegel glitt über Notfallkonserven und meinen Reisepass. Daneben steckte in einer Innentasche genug Bargeld, um aus dem Land zu fliehen. Es war albern, das immer noch herumzuschleppen, das war mir klar. Aber es war gut für mein Sicherheitsgefühl, bereit zu sein. In einem Fach neben meinem Schlafsack ganz hinten, der eigentlich ebenfalls überflüssig war, entdeckte ich schließlich die verdammten Lehrbücher. Wie waren sie denn da hingerutscht? Vorsichtig beugte ich mich weiter in die Tasche und packte die Bücher, um sie oben, neben der Dose mit den Piroggen, zu platzieren, bevor ich wieder aus der Öffnung auftauchte.

Wasilij schaute mich mit hochgezogenen Augenbrauen an. »Ich traue dem Ding immer noch nicht. Das ist mehr wert als das Haus meiner Eltern.«

»Ich habe sie jetzt schon seit fast einem Jahr und es ist nichts passiert. Dann wird auch nichts mehr passieren.«

»Ich sage nur, es ist ein sehr teures anonymes Geburtstagsgeschenk. Wenn du wüsstest, was ich für abartige Fälle auf dem Schreibtisch liegen habe. Ein Zauberer hat während der Rebellion seinen Sklaven einen sternenstaubmodifizierten Topf gegeben.« Wasilij schaufelte sich einen neuen Löffel Cornflakes in den Mund. Ein Tropfen Milch landete auf der sauberen Arbeitsplatte. »Alle, die daraus gegessen haben, haben aus Ohren und Augen geblutet.« Milch lief seinen Mundwinkel herunter und tropfte auf das zerknitterte hellblaue Hemd der Uniform. »Er hat ihnen gesagt, das passiere, weil sie negative Gedanken gegen Zauberer hätten und Gott sie deswegen bestrafen würde.«

Eine Gänsehaut breitete sich auf meinen Armen aus. Das war das einzig Gute gewesen, dass ich damals als Sklavenmädchen weit weg von jeglicher großen Stadt gewohnt hatte. Meister Wladimir Jewdokimowitsch hatte uns gut behandelt – so gut man Sklaven eben behandelte. Nachdem sich meine Kräfte gezeigt hatten und ich an den Peterhof gekommen war, hatte ich bis zur Sklavenrebellion nicht mehr viel mit ihnen zu tun gehabt. Aber ich hatte Gerüchte gehört oder mitbekommen, wie meine Mitschüler oder ihre Eltern mit ihren Sklaven umgingen. Bei dem Gedanken schauderte ich.

»Euer Domovoi hat mich heute übrigens nicht mehr angespuckt«, sagte Wasilij.

Ich grinste. »Er gewöhnt sich langsam an dich. Das hat bei

mir über ein halbes Jahr gebraucht.« Mein Handy vibrierte, der stumme Alarm. »Ich muss zur Schule.«

»Und ich zur Arbeit. Sehen wir uns heute Abend?« Wasilij küsste mich auf die Stirn und steckte sich etwas von den Piroggen in die blaue Anzugtasche.

»Ich weiß noch nicht, wie es mir heute nach der Therapie geht.«

Er nickte verständnisvoll und verschwand im Schatten, den die Küchentür auf den Fliesenboden warf.

»Iwan, bist du so weit?«, rief ich.

Prompt erschien er im Türrahmen, Zahnpasta an dem einen Mundwinkel, aber in seiner Schuluniform. Der oberste Knopf des hellblauen Hemds war offen und ich schmunzelte, als mein Blick über die sechs goldenen Sterne auf seiner Schulter glitt. Bald wäre er schon in der siebten Klasse, die Zeit verging so schnell.

Iwan schlüpfte derweil noch schnell in den dunkelblauen Mantel, den Eka ihm genäht hatte. Seine zerschlissenen Schlittschuhe baumelten für das Koldkey-Training über seiner Schulter und die Schuhbänder verfingen sich an einem der protzigen goldenen Knöpfe des Jacketts, das Iwan trug. War ich froh, dass die Abschlussklasse die Schuluniform nicht mehr anziehen musste. Ich putzte ihm mit einem Taschentuch den Mundwinkel ab und wir trotteten los.

Keine fünfundvierzig Minuten später saß ich auch schon im Kurs über Sternenstaubmodifikationen und starrte gedankenverloren durch die hohen Fenster auf die graue Wolkendecke. Das Quietschen des Whiteboard-Stifts in der Hand meiner Lehrerin und ihre Ausführungen zur Herleitung einer weiteren Formel blendete ich aus. Genauso wie das eifrige Rascheln von Papier meiner Mitschüler, das zwischen den Marmorsäulen und an der hohen, stuckbesetzten Decke des Raums verhallte. Mein Blick wanderte zu dem Garten des Peterhofs.

Dieses Jahr würde ich die Fontänen der Springbrunnen zum letzten Mal aus diesen Klassenzimmern sehen. Ein seltsamer Gedanke. Ich hatte fast die Hälfte meines Lebens hier verbracht und nächstes Jahr würde ich vielleicht nicht mal mehr in Russland sein.

Hoffentlich.

»Frau Iwanowa, ist es zu viel verlangt, Ihrer Aufmerksamkeit würdig zu sein?«

Ich schaute in das strenge Gesicht von Opekun Katschjenka. »Verzeihung, Opekun. Natürlich nicht.«

Sie nickte leicht und strich ihr waldgrünes Kleid glatt. »Erinnern Sie uns doch an Da Vincis Gesetz, da Ihre Gedanken sowieso das Weite suchen.«

»Die benötigte Sternenstaubmenge zur Modifikation eines Materials verhält sich umgekehrt proportional zur Organität desselbigen«, sagte ich. Eine Frage für das zweite Jahr Modifikationen. Das konnte nicht ihre eigentliche Intention hinter der Aufgabenstellung gewesen sein.

»Was bedeutet das für die Herleitung der Formel?« Sie runzelte leicht die Stirn und musterte mich streng.

Zum Glück hatte ich die Unterrichtsstunde schon zu Hause vorbereitet. »Der erste Impuls wäre es, den Zahlenmodifikator deswegen in den Nenner statt den Zähler einzubringen. Durch die Auswirkungen von Newtons Gesetz jedoch ist das ein Trugschluss und der Modifikator muss in den Nenner nach der Massenberechnung des Materials aufgenommen werden.«

»Gut.« Sie nickte kurz und in ihren Augen schimmerte fast so etwas wie Stolz – wenn sie überhaupt zu so einer Emotion imstande war. Ihr Erscheinungsbild ließ keinen Zweifel daran, dass Opekun Katschjenka aus einem sehr guten Elternhaus stammte. Die sehr aufrechte Körperhaltung, die ordentliche Frisur und ihre elegante Kleidung sprachen da eine eindeutige Sprache. Ihre perfekte Emotionsregulierung war nur das Sahnehäubchen ihrer ganzen Erscheinung.

Wobei sie bei dieser Figur wahrscheinlich gänzlich auf Sahne verzichtete.

Opekun Katschjenka schrieb unterdessen die Formel an das Whiteboard. »Da Frau Iwanowa uns jetzt allen die Herleitung der Berechnung erläutert hat, nutzen wir die Formel auch. Denken Sie daran, die Hälfte des Examens in Modifikationen besteht aus der praktischen Anwendung.« Damit verteilte sie kleine Glasfläschchen mit braunen Korken aus einer durchsichtigen Box.

Mit gemischten Gefühlen betrachtete ich mein Exemplar, in dem eine winzige Menge blaumetallischen Sternenstaubs funkelte. Dass die Schule sich das leistete, überraschte mich jedes Mal aufs Neue. Wahrscheinlich spendeten genug Oligarchenfamilien, damit ihre Kinder eine hervorragende Ausbildung bekamen.

Kurz fragte ich mich, aus welcher der wenigen Minen dieser Sternenstaub wohl gewonnen worden war. Für die Modifikation machte es keinen Unterschied, aber manchmal interferierten sternenstaubmodifizierte Gegenstände miteinander, die mit unterschiedlichem Sternenstaub modifiziert worden waren. Je nach Anwendung könnte das problematisch werden.

»Die Menge ist bereits abgewogen. Sie werden einen Kompass so modifizieren, dass dieser nach Einlesung eines Haares in Richtung dieses Menschen zeigt. Wer kann mir sagen, was hier die maximale Reichweite für diese Menge Sternenstaub ist?«

Ich meldete mich, ein paar andere Hände wurden ebenfalls in die Luft gestreckt. Auch Jemeljan hob zögerlich die Hand. Natürlich wusste er die Antwort. In allen anderen Kursen, die wir gemeinsam hatten, war er der Zweitbeste – nach mir.

»Herr Makarow?« Opekun Katschjenka faltete die Hände vor ihrem Etuikleid zusammen und nickte in seine Richtung.

»Nach Cunninghams Formel müssten das ungefähr zwei Kilometer sein.« Jemeljan nickte kurz, doch ein unsicherer Ausdruck huschte über sein Gesicht.

»Geht das noch genauer?«

Alle Hände außer meiner sanken nach unten.

»Frau Iwanowa, es sieht so aus, als ob Sie uns wieder retten müssten.«

»1.876 Meter und 21 Zentimeter. Um genau zu sein, 20 Zentimeter und 8 Millimeter«, sagte ich.

»Da hören Sie es. Machen Sie sich an die Arbeit. Geben Sie sich Mühe, die Kompasse werden danach den Vereinigten Gesellschaften Europas zur Verfügung gestellt.« Opekun Katschjenka stellte sich wieder vor das Whiteboard und ihr strenger Blick wanderte durch die Reihen. »In diesem Zusammenhang möchte ich Sie noch mal daran erinnern, dass alle vermissten, ehemaligen Sklaven der VGE gemeldet werden müssen. Sollte dies nicht geschehen, werden nach Ablauf der Frist erhebliche Strafen fällig.«

Manchen Gesichtern nach zu urteilen, traf die Warnung genau die Richtigen. Und wenn nicht meine Mitschüler für das »Verschwinden« direkt verantwortlich waren, dann ihre Familien.

Jemeljan überwand den kurzen Schock als Erstes und sprang auf. Nach und nach standen auch die anderen auf und schlurften in Richtung der vergoldeten Vitrinen, die an der Wand zwischen den Marmorsäulen standen.

Ich wartete ab, bis alle anderen sich ihren Glaskasten mit den integrierten Handschuhen geholt hatten. Während Jemeljan am Marmortisch neben mir den Kompass in seinem Kasten platzierte, rutschte ich langsam zurück. Die goldenen Stuhlbeine kratzten über den in Muster gelegten, polierten Parkettboden. Ich ballte die Hände zu Fäusten und schritt auf den letzten Glaskasten im untersten Fach zu, als wäre es mein Gang zum Schafott. Mit knirschenden Zähnen zog ich ihn heraus. Seine Glaskanten bohrten sich in meine Handinnenflächen und ich hätte das Teil am liebsten fallen gelassen.

Doch ich riss mich zusammen und setzte den Kasten vorsichtig auf meinem Tisch ab. Die Glasklappe klemmte etwas, als ob sie mir mitteilen wollte, dass das Ganze keine gute Idee war. Gegen meinen Widerwillen ankämpfend, legte ich den Kompass und den Sternenstaub trotzdem hinein. Daneben platzierte ich mein Werkzeug, bevor ich den Kasten verschloss und in die Gummihandschuhe schlüpfte.

Mit zitternden Fingern zog ich mit der Pinzette den Korken des Glasfläschchens heraus. Dann brachte ich den Kompass in Position und ergriff die Phiole. Mit der rechten Hand hielt ich den Einhornhaarpinsel so fest, dass sich meine Fingernägel tief in das Ebenholz bohrten. Feinste Borsten, importiert aus Indien, von der Herde der Maharani. Nur das Beste für die ganzen Oligarchenkinder, die hier zur Schule gingen. Etwas anderes wäre eine Zumutung.

Ich schüttelte den Gedanken ab und versuchte mich wieder auf meine Aufgabe zu konzentrieren. Die Zeichenmuster kannte ich, das war nicht das Problem. Ich tauchte die bebende Pinselspitze in glitzerndes Blau. Sternenstaub rieselte über das Glas des Kompasses. Der Pinsel berührte ihn fast, aber mein Körper weigerte sich mit aller Kraft, daran zu denken. Allerdings würde ohne die Kanalisierung der richtigen Emotion nichts passieren. Vielleicht konnte ich eine andere Panik-Erinnerung nutzen. Zwar hatte ich das schon unzählige Male versucht, doch mit etwas Glück war heute der Tag, an dem es klappte.

Das Gewicht des Fokus an der silbernen Kette hing schwer an meinem Hals, während ich mich an den Tag erinnerte, an dem mein Bruder Nikolaj in den Djas gefallen war. Ich zwang mich, an das Rauschen des Flusses, den kalten Schweiß auf meiner Haut zu denken. An den Schlüssel, der um meinen Hals hing, so wie jetzt. Panik kribbelte in meinen Fingerspitzen – sofort hörte der Djas auf zu tosen. Ich hörte nur mein eigenes Blut durch den Körper schießen. Der Raum wurde dunkler, ein spinnenhafter Zeigefinger strich über meine Wange.

Ich ließ den Pinsel fallen. Sternenstaub fiel wie Mehl auf den Glasboden.

»Klappen die Jupiter-Sprüche immer noch nicht? Bis zu den Examen sollten Sie das im Griff haben.« Opekun Katschjenka trat an meinen Tisch und lächelte mich sorgenvoll an.

Ich schwieg.

»Panik ist Ihre Fokus-Emotion. Ohne Kontrolle über –«

»Ich arbeite daran.« Ich biss die Zähne aufeinander.

»Frau Iwanowa, Sie könnten eine Ausnahmegenehmigung beantragen. Jeder würde verstehen, dass –«

»Nein.« Ich zog die Hände aus den Handschuhen und griff für die Dokumentation der Modifikation zu meinem Kugelschreiber.

Sanft legte Opekun Katschjenka ihre Hand auf meine. Ihre dünne Haut mit den Altersflecken bildete einen Kontrast zu meiner gebräunten. Obwohl es Jahre her war, hatte sich die Arbeit auf dem Feld unvergesslich eingebrannt. Opekun Katschjenkas mandelförmige Augen suchten meinen Blick. »Frau Iwanowa, Irina ... Sie sind meine beste Schülerin seit Ihrem ersten Jahr hier. Lassen Sie Ihren Stolz nicht zwischen sich und Ihre Erfolge kommen. Eines Tages werden die Jupiter-Sprüche wieder funktionieren. Wunden brauchen Zeit zu heilen. Versprechen Sie mir, wenigstens darüber nachzudenken.«

Ich nickte und zog meine Hand weg. Zum Glück hatte ich mich für die Neptun-Uranus-Vertiefung und damit für menschliche Verzauberung entschieden. In der Jupiter-Saturn-Vertiefung, mit ihrem Fokus auf Flüchen und Sternenstaubmodifikationen, wäre ich schon längst durchgefallen.

Ich hätte wegen dieses ganzen Desasters heulen können und versuchte während der restlichen Doppelstunde nicht zu viel darüber nachzudenken, was passieren würde, wenn ich die praktische Abschlussprüfung nicht bestand. Trotzdem brannten Tränen in meinen Augen und beim Läuten der Pausenglocke fiel mir ein Stein vom Herzen. Ich hatte natürlich keinen Kompass für die VGE und verließ als eine der Ersten den Kursraum.

Allerdings kam ich nicht weit, denn vor der goldenen Tür lehnte jemand an der Wand, den ich schon einige Zeit nicht mehr gesehen hatte. Und wenn es nach mir gegangen wäre, hätte das auch so bleiben können.

»Irina ... hallo!« Ilja Protopov schob sich mit seinem Zeigefinger die eckige Brille hoch.

Ich lächelte schmal und verengte misstrauisch die Augen. Einer von Breschnews Freunden im Peterhof konnte nichts Gutes bedeuten. »Ilja, was machst du hier?«

»Ist es verboten, seiner alten Schule einen Besuch abzustatten?« Seine Mundwinkel zuckten nervös nach oben.

»Verboten nicht, ungewöhnlich schon.«

Ilja räusperte sich. »Du hast jetzt mentale Veränderungen, oder?«

Ich nickte und legte den Kopf schief. Er war zwar der Netteste von Breschnews Gefolge, doch er hatte nie viel mit mir geredet. Und das, obwohl wir jahrelang die gleichen Kurse besucht hatten, bevor Ilja letzten Sommer mit Demjan, Eka und Wasilij den Abschluss gemacht hatte.

»Ich begleite dich zum Klassenraum. Darf ich dir deine Tasche tragen?« Er machte fast schon eine kleine Verbeugung.

Ich schüttelte den Kopf. Die schwarze Ledertasche leuchtete zwar nicht bläulich, aber sie war immer noch meine Lebensversicherung. Ich setzte mich wieder in Bewegung und durchquerte zielstrebig die obere Empfangshalle mit dem Schachbrettmuster. Ilja heftete sich an meine Fersen und so marschierten wir schweigend an den Nischen zwischen den Säulen vorbei, in denen die goldgerahmten Porträts aller Schulleiter seit 1723 hingen. Besonders die älteren Herren schauten ausgesprochen grimmig drein und einer posierte sogar mit einem toten Alkonost. Der bärtige Mann hatte einen Fuß auf die Flügel des magischen Wesens gestellt und das menschliche Frauengesicht schaute den Betrachter mit schreckgeweiteten Augen an, die Vogelflügel seltsam abgespreizt. Ich fröstelte und stieg die breite Marmortreppe hinunter, Ilja stets an meiner Seite.

»Tut mir leid mit deinem Vater«, sagte ich, um die unangenehme Stille zwischen uns zu füllen. Tat es mir nicht wirklich. An den Händen des Mannes hatte mehr Sklavenblut geklebt als auf dem roten Platz in Moskau.

»Machst du Witze? Ich bin froh, dass er nicht mehr unter den Lebenden weilt. Schon als ich klein war, hat er mich geschlagen und sein Verhalten unter dem Nachtblauen wurde nicht salonfähiger.« Ilja richtete sich nervös den Kragen seines Mantels – fast verlegen, dass er die Worte ausgesprochen hatte.

Ich presste die Lippen zusammen und räusperte mich. »Machst du trotzdem die Ausbildung zum Meistermodifikator?« Es war mehr eine rhetorische Frage. Er würde als einziger Erbe die Geschäfte der Familie übernehmen. Da war die Ausbildung ein Pflichtprogramm, keine Wahl.

»Ja. Es ist ganz in Ordnung, die Theorie dahinter ist sehr interessant, die Praxis nicht so sehr.« Er schob sich mit dem Zeigefinger wieder seine Brille nach oben und presste sich seine Aktentasche an die Brust. Der Form nach waren darin mindestens vier Bücher verstaut. Ich erinnerte mich daran, dass er sich ebenso für Magietheorie interessierte wie ich. In einer anderen Welt hätten Ilja und ich vielleicht Freunde sein können, aber so hoffte ich nur, dass das Gespräch nicht unangenehm werden würde.

Eine Horde Erstklässler stürmte lachend die Treppe an uns vorbei. Wir stellten uns kurz an die Seite, um sie vorbeiziehen zu lassen.

»Du musst später ja nicht praktisch arbeiten.« Ich lächelte ihm zu. »Du bist jedoch sicher nicht im Peterhof, um mit mir über deine Zukunftspläne zu sprechen.« Ich folgte der Biegung des Treppenhauses und wich Opekun Kusnezow aus, der sein Mathematikbuch auf dem Kopf die Stufen hoch balancierte.

»Um ehrlich zu sein, bin ich mit einem Auftrag hier.« Ilja fuhr sich mit einer Hand durch die mausbraunen Haare.

Das Lächeln fiel von meinem Gesicht wie Sterne vom Himmel.

Er räusperte sich. »Alexej möchte mit dir sprechen. Er lädt dich zu sich ein.«

Beim Klicken des Schlosses der Aktentasche zuckte ich zusammen und Ilja streckte mir Sekunden später eine glänzende Platinkugel entgegen, auf der das Wappen der Breschnews eingraviert war. Ohne diesen Schlüssel wäre ein Schattenschritt auf das Anwesen unmöglich.

»Wenn er auch nur denkt, ich würde jemals einen Fuß wieder in diesen Palast setzen, ist er noch bescheuerter, als ich dachte.« Ich ignorierte seine ausgestreckte Hand und blieb wie festgezaubert stehen.

»Ich bin mir sicher, dass er sich an einem Ort deiner Wahl mit dir treffen würde, seine Handlungsoptionen sind jedoch gerade begrenzt«, sagte Ilja.

»Eine schöne Beschreibung von Hausarrest.«

Iljas Wagen röteten sich. Ich verschränkte die Arme.

»Vielleicht könntest du ihn ansonsten in seiner Zelle im Gericht besuchen, wenn er das nächste Mal da ist?«

»Um was geht es?« Ich konnte mir nach all den Jahren nicht vorstellen, was Alexej Breschnew ausgerechnet von mir wollte. In unserem ganzen Leben hatten wir nie ein halbwegs normales Gespräch geführt. Zumindest keines, das nicht in einer Beleidigung geendet hatte.

Ilja trat von einem polierten schwarzen Schuh auf den anderen. »Dazu hat er sich nicht so genau geäußert.«

»Großartig! Wenn das so ist … bitte entschuldige, meine Pause ist gleich vorbei und ich würde tatsächlich noch gerne etwas Sinnvolles tun.« Ich rauschte die letzten Stufen hinunter in die Haupthalle.

»Er sagt, es geht um Leben und Tod!«, rief mir Ilja hinterher.

»Natürlich geht es um Leben und Tod, wenn Alexej Sergejewitsch Breschnew nicht das bekommt, was er will. Allerdings leben wir in einer neuen Zeit, mach ihm das klar.«

Ich schüttelte den Kopf. Wie konnte er es wagen? Nach allem, was er getan hatte? Nach all den Beleidigungen über die Jahre und seinem Verhalten während der Sklavenrebellion. Mich in das Haus zurückzubitten, in dem ich von seiner Kikimora gefoltert worden war. Der Sternenstaub seiner Tattoos war ihm eindeutig zu Kopf gestiegen.

Wütend stampfte ich durch eine Gasse von ehrfürchtig ausweichenden Schülern in den anderen Flügel. Da konnte er lange waren. Beinahe rauschte ich am Klassenraum für mentale Veränderungen vorbei. Nicht mal mein Lieblingsfach konnte mich heute aufmuntern.

4

Der rote Samtsessel war an diesem Dienstag unbequemer als sonst. Ich rutschte vor und zurück, nach links und nach rechts, fand aber keine Position, die gemütlich war. Frau Smirnowa beobachtete mich zurückgelehnt in ihrem Sessel, die Beine übereinandergeschlagen, ihr blaues Notizbuch im Schoß. Ich würde ihr nicht noch mehr zeigen, wie unwohl ich mich fühlte und ließ mich schnell zurücksinken. Bequemer würde es heute wohl nicht mehr werden.

Sie lächelte ihr Therapeuten-Lächeln – freundlich, aber etwas distanziert. »Frau Iwanowa, wie ist es Ihnen seit dem letzten Mal ergangen?«

Von draußen drang leise das Rauschen des nachmittäglichen Straßenverkehrs in den Raum. Es hörte sich beinahe wie ein Dröhnen in der Stille zwischen uns an.

»Gut, denke ich.«

Frau Smirnowa legte den Kopf schräg, ein klares Zeichen dafür, dass sie meine Lüge durchschaute. Ihre braunen Locken fielen ihr dabei etwas ins Gesicht, konnten jedoch nicht ihr sanftes Lächeln verbergen, das sich auf ihrem rundlichen Gesicht festgesetzt hatte, die Krähenfüße an ihren Augen noch tiefer als sonst.

Ich trommelte mit den Fingern auf meine Oberschenkel. Wem machte ich etwas vor? Wir hatten das Spiel schon oft gespielt, ich konnte nicht gewinnen. Nicht, wenn ich hier weiterkommen wollte. Ich presste die Lippen zusammen. »Manchmal auch nicht so gut. Ich hatte fast eine Panikattacke im Gericht gestern.« Unruhig knackte ich mit meinen Fingerknöcheln. »Und eine heute in der Schule.«

»Haben Sie denn Ihre Freundin gefragt, ob Sie mitkommt, wie Sie es sich letzte Woche vorgenommen hatten?«

Ich zeichnete Wirbel und Zacken in den Samt. »Nein.«

»Was hat Sie daran gehindert?« Ihre Stimme war sanft, nicht fordernd. Aber sie hätte mich anschreien können, es hätte denselben Effekt gehabt.

Ich musterte den Vinylboden, auf dem ich die Schlieren des Putzmittels erkennen konnte. »Das wissen Sie genau.« Ich war bockig, das war mir klar. Aber wieso musste sie so fies sein?

»Ich würde es gerne von Ihnen hören.«

Das Kratzen ihres Kugelschreibers erinnerte mich an den Flamingokugelschreiber gestern im Gericht. Ein Schauer lief mir über den Rücken, doch ich drückte das unangenehme Gefühl weg. »Ich wollte es allein schaffen«, sagte ich und vermied jeglichen Blickkontakt.

»Wieso denken Sie, dass Sie es allein schaffen müssen?«

»Weil ich mich auf niemanden verlassen kann.«

»Konnten Sie sich bis jetzt auf Jekaterina verlassen?«

Ich nickte einmal und betrachtete den Saum meines petrolfarbenen Kleides. Eka hatte es für mich genäht und ich liebte den leicht ausgestellten Rock, der meine schmale Taille betonte und meine quasi nicht vorhandene Hüfte verschleierte. Ein Faden war lose und ich zwirbelte ihn zwischen den Fingern.

Frau Smirnowas Stimme riss mich aus meinen Gedanken. »Wieso denken Sie, dass Jekaterina Ihnen plötzlich nicht mehr helfen würde?«

Weil es früher oder später der Fall sein musste, weil ich am Ende immer für mich allein sorgen musste, dachte ich mir, aber sagte nichts. Frau Smirnowa wartete eine Minute, doch mein Mund blieb verschlossen. Ich schaute auf, ihr Lächeln wirkte mittlerweile verkrampft.

»Konnten Sie eine Ihrer Techniken anwenden?« Sie war enttäuscht, ich erkannte es am leichten Zucken ihres rechten Augenwinkels. Zwar versuchte sie es zu verbergen, aber dafür kannte ich sie schon zu lange. Bei meiner ersten Sitzung vor fünf Monaten hatte ich keine zehn Sätze gesagt, da hatte ich es zum ersten Mal gesehen. Doch seitdem war ich weitergekommen.

Ich lächelte. »Ja, konnte ich.«

»Sehr gut. Können Sie benennen, was Ihre Attacke ausgelöst hat?«

»Seine Augen, die gleichen wie die des Mannes, der mich in den Keller gesperrt hat.«

»Dann werden wir daran als Nächstes arbeiten. Es ist nicht gut, wenn nur die Augenfarbe des Täters diese Reaktion bei Ihnen hervorruft. Sollte so etwas wieder passieren, können Sie sich auch noch Ihr Mantra in Erinnerung rufen: Die Vergangenheit ist vorbei. Ich definiere meine Zukunft«, sagte sie.

Ich seufzte, aber nickte. Das würde eine anstrengende Sitzung werden.

Nach der Stunde fühlte ich mich wie ein emotional ausgewrungener Waschlappen und schleppte mich nach draußen auf den Gehweg in die Kälte. Ich schloss für einen Moment die Augen und atmete die eisige Luft ein, die in meinen Lungen brannte. Doch bevor ich den Rückweg antreten konnte, ertönte plötzlich hinter mir eine Stimme.

»Da ist ja meine Lieblingszauberin mit sternenbenachteiligter Abstammung!«

Ich zuckte zusammen und drehte mich langsam um. Das durfte nicht wahr sein. Der Nächste aus Breschnews Anhängerschaft. Maxim Blinow streckte mir breit grinsend einen Pappbecher mit einem grünen Logo darauf entgegen.

»Was ist das?« Ich verengte die Augen.

»Kaffee natürlich! Von so einer neuen Ladenkette aus dem Westen. Cleveres Marketing für Zauberer: der Name ist Star-Bucks. Die machen dir alles in den Kaffee. In dem hier ist Lebkuchensirup. Ich dachte, das wäre genau dein Ding. Schöne neue Welt, oder?« Lässig fuhr sich Blinow über seine Frisur, die er, seit ich ihn das letzte Mal gesehen hatte, verändert hatte. Nur ein Streifen des Afros stand in der Mitte seines Kopfs. Dort wellte sich sein schwarzes Haar lockerer als sonst. Er hatte es bestimmt künstlich glätten lassen. Leicht beugte er sich zu mir nach unten und ich hasste es, dass er mich um mindestens einen Kopf überragte. Trotzdem versuchte ich, mich nicht von seiner hochgewachsenen Figur einschüchtern zu lassen.

Mit trotzig erhobenem Kinn und spitzen Fingern ergriff ich den warmen Becher und erinnerte mich an mein erstes Entdecken der Bibliothek im Peterhof. Der Pappbecher glühte kurz metallisch blau, bevor das Schimmern wieder verebbte.

»Du verletzt mich. Ich würde dir doch nie Schaden zufügen.« Blinow legte sich theatralisch eine Hand auf seine Brust, als hätte ich ihn mit einem Pfeil ins Herz getroffen, das Braun seiner Haut in schönem Kontrast zu dem Grau des Mantels.

Auch wenn ich ihn schon allein wegen seines Freundeskreises nicht ausstehen konnte, musste ich gestehen, dass er mit den hohen Wangenknochen und der schmalen, geraden Nase attraktiv war. Sein Charme trug nur noch mehr dazu bei, dass er am Peterhof als Frauenheld verschrien war. Mich würde er allerdings nicht so einfach einwickeln.

Ich zog beide Augenbrauen hoch und nippte an dem Becher. Vorsichtig leckte ich die Sahne von meinen Lippen. Es schmeckte wirklich lecker. »War deine Familie nicht auf der Verliererseite der Sklavenrebellion?«, fragte ich sarkastisch.

Blinow bot mir seinen Arm an, den ich ignorierte. »Ts, ts, ts, sag doch nicht so was Hässliches. Meine Frau Mama war klug genug, sich rechtzeitig von Ehemann Nummer vier zu trennen.«

Ich nickte nur und verengte die Augen. »Woher wusstest du, wo ich bin?«

Blinow entblößte wieder seine perfekte Reihe perlenweißer Zähne. »Dein kleiner Mitbewohner war nach dem Koldkey-Training gesprächsfreudig. Besonders, nachdem er neue Schlittschuhe hatte.«

Natürlich. Er hatte Iwan bestochen und der hatte es nicht mal gemerkt. »Was willst du, Blinow?« Ich machte einen Schritt auf ihn zu. Von ihm würde ich mich garantiert nicht einschüchtern lassen.

»Irina, wir kennen uns doch. Nenn mich Maxim.«

Ich seufzte. Er würde nicht aufgeben, bis er das hatte, was er wollte. »Was willst du, Maxim?«

»Komm, ich fahr dich nach Hause. Lass uns nicht wie zwei Sk… Bauern auf der Straße sprechen. Du kannst dir dafür dein Astron zum Üben sparen und wir können auf dem Weg plaudern.« Er beschrieb mit seinem Fokus, einem schwarzen Regenschirm, Kreise in der Luft.

Ich zog die Augenbrauen hoch und nahm einen Schluck aus dem Kaffeebecher. »Geht es um Breschnew?«

»Ich vergaß, du warst Jahrgangsbeste aus gutem Grund.«

»Bin.« Selbst mit meinem Handicap in praktischer Sternenmodifikation.

»Natürlich.« Er grinste breiter, fischte aus seiner Manteltasche einen Autoschlüssel und drückte darauf.

»Was ist das?« Ich deutete auf das Auto mit aufleuchtender Warnblinkanlage hinter ihm. Er hatte im Halteverbot geparkt.

»Ein Aston Martin DB 11, die Shadow Edition. Hübsch, oder? Sie ist so sehr mit Sternenstaub modifiziert, dass sie sich unsichtbar machen und natürlich fliegen kann. Hat ein Vermögen gekostet. Willst du mal sehen?« Er musterte den wolkenverhangenen Himmel.

Meine Augen weiteten sich und ich schaute schnell nach rechts und links. Hoffentlich hatte das niemand gehört. »Bist du irre? Schon gar nicht in der Stadt!«

»Die Strafe zahle ich aus der Portokasse und ich habe einen guten Anwalt.« Maxim machte eine abfällige Bewegung mit der Hand. Natürlich.

Ich nippte wieder an dem Kaffee, der mir tatsächlich etwas neue Energie schenkte. »Habt ihr nichts Besseres zu tun, als Postbote für Breschnew zu spielen? Studieren oder so?«

Maxim zuckte mit den Schultern. »Ich bin reich, ich kann machen, was ich will.«

Ich kräuselte die Stirn. »Selbstverständlich.«

»Außerdem studiere ich Kunst, da muss der Geist wandern. Vielleicht bist du ja meine neue Muse?« Er zwinkerte mir zu. Ich rollte mit den Augen. Maxim hatte keinen Funken Scham in seinem Körper. Er bot mir wieder seinen Arm an. »Kommst du jetzt oder nicht?«

Ich überlegte einen Moment. Wir waren jahrelang in der gleichen Stufe gewesen und Maxim hatte zwar den ein oder anderen Kommentar abgelassen, mir aber sonst nie ein Haar gekrümmt. Wenn ich mich richtig erinnerte, war seine Mutter selbst als junges Mädchen nach Russland gekommen und hatte mit der Grausamkeit vieler Sklavenmeister nicht viel am Hut. Die Wahrscheinlichkeit, dass Maxim mir tatsächlich schaden wollte, war gering und das Angebot würde mir eine lange Fahrt mit der Metro ersparen. Also hakte ich mich bei ihm unter. Sein grauer, eleganter Kaschmirmantel fühlte sich weich unter meinen Fingerspitzen an – und kostete wahrscheinlich mehr als unsere Miete.

»Hetzt mir Breschnew bald Marija Ruslanowa Fradkowa auf den Hals?« Das war die Einzige aus seinem Dunstkreis, die mich neuerdings noch nicht heimgesucht hatte. Zumindest, was seine engeren Freunde anging. Hoffentlich würde wenigstens Breschnew weiterhin einen Bogen um mich machen, wenn sein Hausarrest endete.

Maxim musterte mich belustigt. »Bist du wahnsinnig? Die Frau würde eher all ihre Chanelhandtaschen zerschneiden und die Fetzen mit einem Alexander McQueen Kleid anzünden.« Er führte mich zur Beifahrertür des schwarzen Sportwagens und öffnete die Tür. »Die Dame.« Er hielt mir die Hand hin, damit ich leichter einsteigen konnte.

Ich ignorierte die Geste und ließ mich auf den Ledersitz fallen. Unterdessen entledigte Maxim sich mit einem Zauber seines Mantels. Darunter kam ein großflächig kariertes Jackett mit giftgrünen Lederflicken an den Ellenbogen zum Vorschein. Nur ein teures Designerstück konnte so hässlich sein. Einen Moment lang überlegte ich, was Eka wohl dazu sagen würde.

»Wohin darf es gehen?«, fragte Maxim, sobald er hinter dem Steuer Platz genommen hatte, und trommelte mit seinen Fingern auf das schwarze Lenkrad.

»Fahr mich einfach zum Peterhof, das ist schon okay.«

»Ich kann dich auch direkt nach Hause fahren« Er hob beide dunklen Augenbrauen und grinste wieder. Was wohl passieren musste, damit er aufhörte?

Aber ich würde ihm nicht auf den Leim gehen. »Vielen Dank, ich behalte meine Adresse lieber für mich.«

»Kluges Mädchen.« Maxim zwinkerte mir zu und startete den Motor. »Schnurrt wie ein Kätzchen, nicht wahr?« Er gab Gas und glitt ohne Schulterblick in eine Lücke des fließenden Verkehrs, während sich der schwarze Ledersitz unter mir erwärmte.

»Also, Maxim, was willst du?«

»Eine Frau, die weiß, was sie will. Alexej hatte schon immer einen guten Geschmack.«

Ich schaute ihn fragend an, aber Maxim beschleunigte und ich wurde in den Sitz gedrückt.

»Alexej will mit dir reden.«

»Das hätte ich nach dem Gespräch mit Ilja nicht erraten können.«

»Sei nicht so hart zu unserem armen Alexej.« Er blickte mich mit Hundeaugen an.

»Könntest du vielleicht auf die Straße schauen?«

Er grinste erneut. »Ich lebe gerne gefährlich. Sonst wäre ich wohl kaum mit dir in ein Auto eingestiegen.«

»Richtig, euresgleichen wurde ja jahrelang verfolgt und ausgenutzt.«

»Touché. Das ist Französisch für –«

»Ich weiß.«

»Naturellement.«

Ich erinnerte mich vage, dass Maxims Mutter aus Frankreich kam. Oder war es seine Großmutter? Ich kaute auf meiner Unterlippe und musterte Maxim von der Seite. Der riss etwas abrupt das Lenkrad herum und sauste an einem schäbig aussehenden, silbernen Auto vorbei. Es herrschte wenig Verkehr und die flackernden Straßenlaternen flogen vor dem Fenster vorbei. Dicke Flocken wirbelten vom Himmel und brachten eine Ruhe über Sankt Petersburg, wie es nur der Winter konnte.

»Also?« Maxim trommelte erneut mit den Fingern auf das Lederlenkrad und schaltete etwas ruckartig in den nächsten Gang.

»Also was?«

»Redest du mit ihm?«

»Sag mir gleich noch mal, warum ich das tun sollte?« Ich fuhr über die gezackte Kante meines Fokus. Meister Wladimir Jewdokimowitsch hatte das Schloss am Haus meiner Eltern austauschen lassen, nachdem der Schlüssel zu meinem Fokus geworden war. Er hatte es als unwürdig empfunden, es nach meinem Magiedurchbruch zu nutzen.

»›Weil ich dich darum gebeten habe‹ ist nicht die Antwort auf die Frage, oder?«, sagte Maxim.

Ich zog eine Augenbraue hoch.

»Schade, wäre auch zu schön gewesen. Lass es mich umdrehen: Was muss passieren, damit du mit ihm redest?« Er lehnte sich leicht zu mir herüber.

Ich tippte mir mit dem Zeigefinger ans Kinn. »Da fallen mir viele Dinge ein. Die Hölle müsste zufrieren, alle Ozeane austrocknen, meine Schulzeit ausradiert werden – soll ich weitermachen?«, fragte ich zuckersüß.

»Du bist eine harte Nuss.«

»Ich gebe mir Mühe.«

»Iwanowa, eine Schande mit dieser ganzen Sklavengeschichte. Du hättest toll in unseren Freundeskreis gepasst. Wobei, was nicht ist, kann ja noch werden.«

Draußen verwandelte der Schnee die Menschen in geisterhafte Gestalten. Die meisten hatten die Mützen tief ins Gesicht gezogen und eilten nach vorne gebeugt über den Bürgersteig. Ein Hund pinkelte an eine Straßenlaterne und wurde von seinem Besitzer weitergezogen.

Ich spürte Maxims Blick auf meiner Haut, wandte den Kopf zu ihm und seufzte. »Du hast mich durchschaut. Ich mache einen auf distanziert, um die Eroberung interessanter zu gestalten.«

»Das kannst du wohl laut sagen, ich spreche da aus Erfahrung.«

»Mit Sicherheit.« Nichts lag weiter entfernt von der Wahrheit. Als ob Maxim je Interesse an mir gezeigt hätte. Er war und blieb ein Playboy.

»Ich kann dich also nicht davon überzeugen, mit ihm zu reden oder zu telefonieren?«, fragte Maxim.

»Ja.«

Maxims Augen leuchteten auf. »Du redest also mit ihm?«

»Ich dachte, du wärst der russischen Sprache mächtig? Ja, ich werde nicht mit ihm reden.«

»Hm … Schade.«

»Das war es?« Ich verengte die Augen zu Schlitzen und musterte Maxim von der Seite. »Kein manipulativer Versuch, meine Meinung zu ändern? Keine Bestechung? Oder Erpressung?«

»Du bist zu schlau für mich, Verschwendung von wertvoller Energie.«

Ich zog die Augenbrauen zusammen, doch Maxim grinste nur und wartete darauf, dass die Ampel grün wurde. Er zwinkerte der Blondine in dem roten Cabrio neben uns zu und ließ das Gas aufheulen. »Was gibt es sonst so Neues bei dir, Iwanowa? Zukunftspläne?«

»Wieso sollte ich dir das verraten?«

»Weil ich so charmant bin.«

Ich verdrehte die Augen, musste aber schmunzeln. Auf Dauer war es schwer, seiner lockeren Art zu widerstehen. »Ich möchte magische Psychologie studieren«, hörte ich mich sagen.

»Und wo?«

»Berlin.«

»Weit weg. Da geht ja das ganze Astron für einen Tag für den Schattenschritt drauf.«

»Ich plane auch nicht, jeden Tag zu wechseln.«

»Verstehe.« Maxim hängte die Blondine an der Ampel ab und schlängelte sich durch den Verkehr, indem er unerlaubt rechts und links überholte. Das Tor zum Peterhof tauchte auf und er bremste so abrupt, dass ich gegen den Gurt gepresst wurde. »Da wären wir. War schön, mit dir gesprochen zu haben.«

»Ich wünschte, ich könnte dasselbe sagen.«

Maxim lachte und ich griff nach meiner schwarzen Ledertasche, die ich im Fußraum abgestellt hatte. »Bis hoffentlich nicht so bald«, sagte ich.

»Da wäre ich mir nicht so sicher.« Maxim zwinkerte mir zu.

Augenverdrehend öffnete ich die Autotür und stieg aus. Keine Sekunde später winkte er noch einmal lässig und brauste davon.

Ich starrte dem Wagen hinterher, bis er außer Sichtweite war. Erst dann umschloss ich den silbernen Schlüssel und erinnerte mich an das Gefühl beim ersten Betreten der

Peterhofbibliothek. An die Verwunderung, die jede Pore meines Körpers erfüllt hatte. Danach lenkte ich meine Aufmerksamkeit auf meinen Körper, um zu prüfen, ob meine Kleidung magisch verändert worden war. Kein Zauber. Vielleicht hatte Maxim es doch einfach nur gut gemeint. Obwohl mir weiterhin suspekt war, dass Breschnew mir seine Freunde auf den Hals hetzte.

Nachdenklich drehte ich mich um und sah zur Schule. Hinter den weitläufigen Gartenanlagen des Peterhofs leuchteten die weißen Akzente der gelb angestrichenen Außenwände fast trotzig gegen die Dunkelheit an. In wenigen Klassenzimmern brannte noch Licht, im Seitentrakt, in dem die Schlafräume waren, sowieso.

Bevor jedoch schmerzliche Erinnerungen in mir hochsteigen konnten, wandte ich mich ab und schlich über Seitengassen nach Hause. Wenn mich die Sklavenrebellion eines gelehrt hatte, dann, dass man niemals vorsichtig genug sein konnte.

Dank Maxim dauerte es nicht allzu lange, bis ich schon von Weitem das mehrstöckige, bröckelige Monster aus altem Beton, abblätternder Farbe und schmutzigen Fenstern sah, das ich Zuhause nannte. Aber es wohnten genug Leute dort und das machte es sicher. So sicher es eben sein konnte.

Ich warf einen Blick über die Schulter. Niemand da. Ich checkte noch mal mein Astrolabium. Nicht genug Astron. Sonst wäre ich durch das Labyrinth aus Kellergängen des Gebäudekomplexes gegangen, um im Zweifelsfall nicht mal unsere Haustür preiszugeben. Viel Glück damit, mich in dem riesigen Betongebirge mit mehr als zehntausend Leuten zu finden. Aber ohne Astron wollte ich auf keinen Fall einer der Kikimora gegenübertreten, die in den Kellern hausten.

Schon allein bei dem Gedanken an die menschlich wirkenden Wesen mit den klauenartigen Händen und dem alten, weiblichen Gesicht rann mir ein Schauer über den Rücken.

Manchmal zuckte ich auf der Straße nur deswegen zusammen, weil eine alte Frau einen ähnlichen Buckel wie eine Kikimora hatte. Ich schüttelte mich. Solch einem Geschöpf würde ich heute nicht mal gegenübertreten, wenn mir der Nachtblaue persönlich den Weg versperrte.

Vor der Eingangstür drehte ich mich erneut um. Mein Blick schweifte über die vielen alten und lädierten Autos, die außerhalb der Markierungen geparkt waren. Kein teures Modell in Sicht, stellte ich zufrieden fest.

Hinter dem Parkplatz erhoben sich weitere Plattenbauten aus Beton, einer trister und schäbiger als der andere, aber auch in der schmalen Gasse dazwischen entdeckte ich niemanden. Links von mir waren die Straßenlaternen kaputt und die Mülltonnen quollen über – auch keine gute Möglichkeit, um sich dahinter zu verbergen. Ich rümpfte die Nase bei dem Gestank. Dieser Teil der Stadt war früher schon ein Sklavenghetto gewesen und nur durch deren Befreiung hatte sich nicht viel geändert. Alle Zauberer, selbst die armen, waren zu wohlhabend, um in eine solche Gegend ziehen zu müssen. Mir war es damals recht gewesen, es war ein perfektes Versteck. Aber trotzdem sehnte sich ein Teil von mir danach, nicht in einer Gegend zu leben, in der man schon nachmittags um vier überfallen wurde.

Ich atmete geräuschvoll aus, wandte mich der Tür zu und schloss sie mit einem Klicken auf. Unserem Domovoi gab ich einen Teil der Piroggen aus meiner Tasche. Gierig verschlang er gleich die erste und peitschte dabei aufgeregt mit seinem Schwanz, der in einer dreieckigen Spitze endete. Immerhin würden die Piroggen nur Krümel und keine weiteren Flecken auf seiner schmutzigen Jeans hinterlassen.

Ich schritt an dem verblichenen und eingerissenen Papierschild an den Aufzugtüren vorbei und erklomm langsam die Stufen des ersten Stockwerks. In unserer Wohnung angekommen, seufzte ich erleichtert auf und hängte meinen Mantel an den freien Garderobenhaken. Die eine Manteltasche war seltsam ausgebeult und ich griff hinein. In meiner Hand blinkte ein GPS-Tracker. Dieser Bastard. Diese Runde ging an Maxim.

5

Nachdenklich betrachtete ich das Stuckmuster an der hohen Wohnzimmerdecke über mir, das von der Straßenlaterne in orangefarbenes Licht getaucht wurde. Die Uhr, die ich Demjan zu seinem Einzug hier geschenkt hatte, tickte unablässig weiter. Zehn nach drei. Frustriert starrte ich auf die Astronanzeige meines Astrolabiums. Mein Astron war nicht mal halbvoll. Wie auch? Vielleicht schaffte ich es ja, wenigstens etwas zu schlafen.

Leise seufzend drehte ich mich auf die Seite und lauschte Iwans Schnarchen. Zumindest einer von uns, der auf Demjans grauer Couch vor sich hinschlummerte. Iwan hatte im Gegensatz zu mir auch keine Albträume zu befürchten.

Ich rutschte tiefer und zog meine Decke bis zur Brust, fand aber keine gemütliche Position und wälzte mich wieder auf die andere Seite. Außerdem ließ mich der Gedanke an Maxim und den GPS-Tracker nicht los. Die Wahrscheinlichkeit, dass heute Nacht jemand zu uns in die Wohnung kam, hielt ich zwar für gering, allerdings konnte es nicht schaden, auf Nummer sicher zu gehen. Trotzdem fragte ich mich, was Breschnew mir so dringend sagen wollte.

Aber wenn er sich tatsächlich auf irgendeine verquere Weise an mir rächen wollte, sollte ich wenigstens imstande sein, mich zu verteidigen. Ich rollte mich zu einer kleinen Kugel zusammen und versuchte eine der Atemtechniken, die mir meine Therapeutin beigebracht hatte.

Mit geschlossenen Augen konzentrierte ich mich auf das Ticken der Uhr und zählte die Zeit, in der ich ein- und wieder ausatmete. Doch ohne Radio und nur mit dem Licht der Straßenlaterne widerstrebte es jeder Faser meines Körpers, selbst ein klitzekleines bisschen Entspannung zuzulassen. Ich schlug die Decke zurück, krabbelte von der Couch und holte meinen Laptop aus der schwarzen Ledertasche. Wenn ich nicht schlafen konnte, würde ich die Zeit wenigstens zum Lernen nutzen. Ich warf einen Blick auf meinen Lernplan. Astronberechnung von mentalen Erinnerungsmanipulationen. Dann mal los.

Ich war so vertieft in eine Ausführung von Anastasia Gorbatschowa über die Kosten von Erinnerungsextraktion in Abhängigkeit zu der verknüpften Emotion, dass ich erst bemerkte, dass jemand das Wohnzimmer betreten hatte, als das Licht anging.

»Hast du wieder nicht geschlafen?« Demjans Brille saß schief auf seiner Nase und er gähnte.

»Du kennst mich.« Mein Blick fiel auf die Uhr. Viertel nach sechs. Mein Wecker würde erst um halb sieben klingeln.

»Magst du einen Kaffee?« Demjan fuhr sich durch seine zerzausten, dunkelbraunen Haare.

»Da fragst du noch?«

Er grinste, drehte sich um und tapste in die Küche. Ich klappte den Laptop mit einem leisen Knacken zu, streckte mich und stand auf. Iwan lag immer noch zu einer Kugel zusammengerollt auf der Couch und ließ sich von dem Licht offensichtlich nicht beeindrucken. Leise schloss ich die Wohnzimmertür und folgte Demjan, nachdem ich die Deckenlampe ausgeschaltet hatte.

Die Kaffeemaschine empfing mich surrend und ratternd in der Küche. Demjan lächelte mich schief an und holte zwei

Tassen aus dem Schrank. »Soll ich dich in eure Wohnung begleiten?«, fragte er.

»Danke, das kriege ich schon hin. Wahrscheinlich habe ich überreagiert.« Sobald ich den GPS-Sender gefunden hatte, hatte ich mir Iwan geschnappt und war mit ihm sofort per Schattenschritt zu Demjan geflüchtet.

Der zuckte nur mit den Schultern. »Sicher ist sicher. Die VGE mag hier vielleicht neue Strazh eingesetzt haben, aber ein System ändert sich nicht einfach innerhalb von fünf Monaten.«

Ich stellte meine Lieblingstasse mit dem goldenen Rand unter die Kaffeemaschine und drückte auf *Doppelter Espresso.*

»Was denkst du, was Breschnew von dir will?«, fragte Demjan und verschränkte die Arme über seinem dunkelblau karierten Schlafanzug.

Ich schmunzelte. So, wie das Oberteil aussah, hatte sein Freund es für ihn ausgesucht. Von allein hätte Demjan niemals zwei zusammenpassende Teile zum Schlafen getragen, eher Boxershorts und T-Shirt.

Er zog fragend eine Augenbraue hoch, während mein Blick noch an der zu dem Schlafanzug passenden Hose hängen blieb.

Ich zuckte mit den Schultern. »Gute Presseberichte?« Die Kaffeemaschine hörte auf zu summen und ich drückte noch mal auf denselben Knopf. Der Duft hüllte mich ein wie eine warme Decke und ich atmete erleichtert auf. Wenigstens der Morgen war gerettet.

»Ein bisschen viel Arbeit, dir für gute Presseberichte gleich Maxim und Ilja auf den Hals zu hetzen.« In seiner Stimme schwang kaum unterdrückter Sarkasmus mit.

»Er denkt wahrscheinlich, es wirkt sich mildernd auf sein Strafmaß aus, wenn er mit mir gesehen wird oder sich entschuldigt.« Ich öffnete den großen Kühlschrank und schüttete Milch in meinen Kaffee. Schon jetzt vermisste ich das laute Knattern und Summen des Exemplars in unserer Wohnung.

So ein altes Gerät würde Demjans Mutter natürlich nie in die Nähe ihres Sohnes lassen.

Dieses Haus hatte sogar einen Pförtner und glänzende Marmorböden aus Italien im Treppenhaus, die auch den Flur in Demjans Wohnung zierten.

»Dann hätte er sich während des Prozesses entschuldigen können.« Demjan stellte die Zuckerdose neben mich auf die Arbeitsfläche.

»Manchmal vergesse ich, wie behütet du aufgewachsen bist.« Ich rollte mit den Augen, aber lächelte. Er konnte schließlich nichts dafür, in eine der reicheren Familien Russlands hineingeboren worden zu sein. Dumm nur, dass seine sexuelle Orientierung es ihm unmöglich gemacht hatte, unter dem Zaren jemals als respektables Mitglied der höheren Zauberergesellschaft angesehen zu werden. Oder glücklicherweise. Anderenfalls hätte sich wahrscheinlich jemand wie Demjan nie mit jemandem wie Eka oder mir angefreundet.

Nun, genau genommen hatte er sich mit Eka angefreundet. Aber da sie mich quasi an meinem ersten Schultag unter ihre Fittiche genommen hatte, weil ich mit zehn Jahren viel später an den Peterhof gekommen war als die anderen, hatten weder Wasilij noch er ein großes Mitspracherecht gehabt. Sie hatten sich nie darüber beschwert.

Demjan streckte mir nun die Zunge raus und mir wurde wieder einmal bewusst, wie froh ich war, ihn in meinem Leben zu haben. Ich zog die Augenbrauen hoch. »Es wirkt für Breschnew doch viel besser, wenn er sich bei mir insgeheim entschuldigt und sich anscheinend um Diskretion bemüht. Das lässt die Entschuldigung aufrichtiger wirken und dann – wie konnte das passieren – bekommt die Presse Wind davon und zack, wirkt es sich mildernd auf das Urteil aus.«

»Das traust du ihm zu?« Demjan reichte mir das kleine Vorratsglas mit dem Zucker.

»Das ist Alexej Breschnew. Ich traue ihm alles zu. Hast du aus den letzten Jahren nichts gelernt? Was war das Erste, das der Zar unter seine Kontrolle gebracht hat? Genau, die Medien. Öffentliche Meinung ist wichtig.«

Beim Wort »Zar« zuckte Demjan kurz zusammen. Ich weigerte mich weiterhin, ihn den »Nachtblauen« zu nennen. Ein Name hatte nur so viel Macht, wie man ihm verlieh. Nach seinem Tod schon gleich dreimal. Und ohne den Zaren konnte unsere Gesellschaft nun endlich so werden, wie sie sein sollte. Zauberer und Nicht-Zauberer Seite an Seite. Keine Sklaven, keine Schreckensherrschaft mehr. Endlich eine Demokratie, keine Diktatur.

»Komisch ist das trotzdem«, sagte Demjan. In seinen grüngrauen Augen blitzte Besorgnis auf und er kratzte sich am dunklen Bartansatz, den er noch nicht wegrasiert hatte.

Ich zuckte mit den Schultern. »Ich werde nicht mal versuchen zu verstehen, was in seinem Kopf vorgeht. Da kann ich nur verlieren.« Der Löffel klirrte in der Tasse und ich nahm einen Schluck. Perfekt.

»Was hast du eigentlich mit dem GPS-Sender gemacht?«

Ich grinste. »An das Fahrrad eines Domovoi-Belieferers geklebt. Das sollte so ungefähr dreißig Minuten gehalten haben.«

»Ihr habt Domovoi-Belieferer in eurem Viertel?«

Ich schüttelte den Kopf. »Nein, aber einen Fahrer drei Häuser weiter.« Ein Domovoi-Belieferer in unserem Haus wäre vollkommen utopisch. Besonders Reiche beauftragten oft einen solchen, der dem Domovoi des Hauses Essen brachte, anstatt ihm selbst etwas zu opfern. Das war bequemer und sie konnten sich sicher sein, dass der Hausgeist immer gut auf die Bewohner zu sprechen war.

Demjan lachte und auch ich konnte mir ein Grinsen nicht verkneifen.

»Könntest du Iwan heute zur Schule bringen?«, fragte ich.

»Klar. Willst du Eka noch warnen?« Demjan öffnete den Kühlschrank und holte eine Flasche Wasser heraus. Dann packte er sie in Iwans Rucksack, den er sich mit einem Zauberspruch von der Garderobe her anfliegen ließ. Mir reichte er einen frischen Karton Milch.

»Ich habe ihr gestern schon eine SMS geschrieben. Sie hat bei ihrem Freund übernachtet«, sagte ich.

»Bei Stanislaw Woronin?«

»Genau der.«

»Interessantes Paar.« Demjan zog die Augenbrauen hoch und verschränkte die etwas schlaksigen Arme.

»Du denkst also das Gleiche wie ich?«

»Dass er sie ausnutzt?«

»Exakt.« Ich schüttete den Rest der Milch in einen Messbecher und stellte einen Topf auf den Induktionsherd. »Hast du Buchweizen da? Im Schrank, wo er sonst immer war, ist nichts mehr.«

»Markov hat umgeräumt.« Er drehte sich um und stöberte in dem unteren Vorratsschrank, bis er fündig wurde und mir ein Vorratsglas in die Hand drückte.

»Er darf jetzt also die Schränke umräumen?« Ich schmunzelte und stieß Demjan mit dem Ellenbogen in die Seite. Dessen Wangen erröteten und er räusperte sich.

»Gut für dich.« Ich röstete den Buchweizen im Topf an und sein angenehmer Geruch durchzog die ganze Küche.

»Wir werden sehen. Seitdem wir uns nicht mehr verstecken müssen, will er die ganze Zeit in Restaurants essen gehen, mich neu einkleiden und meine Wohnung umräumen. Ich hoffe, das legt sich bald.« Demjan schlürfte aus seiner Tasse Kaffee. »Aber vielleicht ist er nicht so übel, wie wir denken.«

»Wer? Breschnew?«, fragte ich.

»Nein, Stanislaw.«

»Wir waren mit seinem kleinen Bruder in einer Klasse, schon vergessen? Wenn Stanislaw nur ein bisschen so ist wie Pjotr, dann viel Spaß.«

»Sollten wir ihm nicht eine zweite Chance geben?« Demjan kratzte sich an den Bartstoppeln.

»Nicht auf Kosten von Ekas Herz.«

Draußen flackerten in den Häusern immer mehr Lichter auf. Sankt Petersburg erwachte langsam zum Leben. Auf den Straßen hatte sich der frisch gefallene Schnee von den Abgasen bereits grau gefärbt.

Demjan seufzte und raufte sich die dunklen Haare. »Wahrscheinlich hast du recht.«

»Davon ist auszugehen.« Ich grinste und goss die Milch in den Topf. »Schaffst du es, die Kascha für Iwan fertig zu machen?« Ich hielt ihm den Kochlöffel vor die Nase und musterte Demjan etwas misstrauisch.

»Ich bin kein Genie in der Küche, aber das kriege ich hin.«

Ich gab ihm einen Kuss auf die Wange. »Ich bin dann weg, wir sehen uns Sonntag zum Spieleabend?«

»Klar. Besuchst du am Freitag wieder deine Mutter?«

»Ja.« Ich atmete aus und presste die Lippen zusammen.

Demjan verzog das Gesicht. »Viel Erfolg.«

»Danke, das kann ich brauchen. Denk an den Mohn«, rief ich, als ich schon halb aus der Küchentür war.

Schnell trat ich ins Wohnzimmer, gab dem schlafenden Iwan einen Kuss auf die Stirn, stopfte den Laptop in meine Tasche und schritt durch den Schatten des Couchtischs bis vor unser Haus. Dort verharrte ich erst einmal neben den überquellenden Mülltonnen und musterte aufmerksam die Umgebung. Doch auf den ersten Blick wirkte alles wie sonst. Aus dem zweiten Stock drang das Gebell der Dobermänner von dem zwielichtigen Typ, der immer in grauen Kapuzenpullis rumrannte. Keine Einbruchsspuren an der Tür, keine Überreste von Magie.

Langsam näherte ich mich der Haustür, von der schon der weiße Lack abblätterte. Kurz überlegte ich, vielleicht doch Wasilij Bescheid zu geben. Aber er würde wahrscheinlich sowieso nicht kommen können. Deswegen atmete ich tief ein und trat schließlich in den dunklen Flur. Vorsichtig schritt ich auf unseren Domovoi zu, der in seiner schmutzig grau gefliesten Kammer auf einem Stapel vergilbter Zeitungen saß.

»Guten Morgen«, sagte ich.

Sein Schwanz mit den kleinen Zacken und der Pfeilspitze am Ende wischte hin und her und schlug dabei wieder und wieder mit einem Klatschen gegen die Kacheln. An den Stellen, an die der Schwanz peitschte, kam das Weiß der Fliesen zum Vorschein. Eine davon war gesprungen.

»Ich möchte dir nichts wegnehmen, ich bringe dir immer Essen. Erinnerst du dich?«, fragte ich.

Seine verknitterten grauen Finger mit den krallenhaften Fingernägeln klammerten sich trotzdem fester um ein Stück Blini. Aber er legte den Kopf schief und knurrte mich nicht an. Aus den Tiefen meiner Ledertasche kramte ich eine der Notfallkonserven heraus. Rinder-Tuschonka. Ich rollte ihm die Dose über den schmutzigen Fliesenboden zu. Bei jeder Fuge klickte es kurz. Vor seinen abgewetzten Lederstiefeln, aus denen vorne schon seine Krallen herausragten, blieb die Dose liegen. Langsam griff der Domovoi danach und schnupperte an ihr. »Was willst du?« Seine schlitzartigen Pupillen zogen sich zusammen und er funkelte mich an.

»Ist hier gestern oder heute jemand reingekommen, der noch nie da war?«

»Einer.« Mit einem Klicken hatte er die Dose geöffnet und der Geruch von Rindfleisch füllte die kleine Kammer.

»Könntest du etwas genauer sein?«, fragte ich betont geduldig.

»Heute ganz früh. Dunkelblauer Anzug. Sonnenbrille. Roch nach Zigaretten und Rührei.«

»Zauberer oder Sternenbenachteiligter?«

»Was weiß ich? Ihr seht alle gleich aus.« Er grub seine Finger in das braune Fleisch.

Klar, als hätte er keinen Spürsinn für Magie. Ich wartete einen Moment, doch der Domovoi verschlang nur schmatzend seine Mahlzeit. Ich kannte nicht mal seinen Namen. »Danke trotzdem.«

Er ignorierte mich und so stieg ich langsam die Linoleumtreppen hoch. Immer wieder untersuchte ich das Treppenhaus, aber nichts Auffälliges. Selbst wenn hier jemand hereingekommen war: Woher sollte er wissen, welches unsere Tür war? Ich hatte gute Chancen, dass der Eindringling uns in diesem riesigen Hochhaus nicht gefunden hatte. Die Wohnungstür war ebenfalls unberührt. Ich entriegelte das oberste Schloss und hielt die Luft an, bis das fünfte klickte und die Tür aufsprang. Es passierte nichts.

Ich seufzte auf, doch dann fiel mir auf dem Fußboden ein leuchtend weißes Rechteck auf. Ein Brief, unter der Tür durchgeschoben. Meine Finger glitten über das glatte, teure Papier, das schwer in der Hand wog. Mein Name und die Adresse waren mit königsblauer Tinte auf die Vorderseite des Umschlags geschrieben. Keine Briefmarke. Auf der Rückseite war er mit blauem Siegelwachs verschlossen und einem Wappen, das ich nicht erkannte. Keins der Sieben auf jeden Fall, die hatten sich in mein Gedächtnis gebrannt wie mein eigener Name.

Die Wappen der sieben reichsten und einflussreichsten Zaubererfamilien waren eines der ersten Dinge gewesen, die ich am Peterhof kennengelernt hatte. Allerdings mehr unfreiwillig. An meinem ersten Tag war ich Breschnew über den Weg gelaufen und hatte ihn nicht als den Erben einer der Zaubererfamilien erkannt. Besser gesagt als ein Mitglied einer Familie aus dem engsten Kreis des Zaren, seinen ergebensten Dienern, seinen Lieblingen. Doch weil mir das nicht bewusst gewesen war, hatte ich ihm wohl nicht angemessen Platz im Flur gemacht. Als Dank dafür hatten ihn damals zwei seiner Freunde festhalten müssen, während er mit seinem Siegelring so kurz vor meiner Nase herumfuchtelte, dass ich die ganze Zeit Angst gehabt hatte, er würde sie mir brechen. Das war das erste Mal gewesen, dass ich realisiert hatte, dass meine neu erweckten Zauberkräfte mich nicht gänzlich aus der Unterdrückung geholt hatten. Ich war nur von einem System in das andere gerutscht.

Und jetzt der Brief. Der Papierqualität nach zu urteilen ebenfalls eine Machtdemonstration. Doch von wem? Ich untersuchte den Umschlag auf magische Veränderungen. Nichts.

Die Wohnung war still, in der Küche tropfte der Wasserhahn, aber das tat er immer. Hinter mir fiel die Wohnungstür ins Schloss und ich hängte die Sicherheitskette ein.

Es gab nur einen Weg herauszufinden, was ich da bekommen hatte. Ich riss den Umschlag auf, schmiss ihn in unser Bad und knallte die Tür zu. Etwas Farbe blätterte davon ab und fiel auf eine gesprungene Fliese. Ich zählte im Kopf bis sechzig und öffnete die Tür wieder. Unter dem Waschbecken holte ich Einmalhandschuhe und streifte sie mir über. Mit spitzen Fingern hob ich den Brief auf, hielt den Atem an und spähte in den Umschlag. Kein Pulver zu sehen. Er roch nicht ätzend oder chemisch. Der Brief schien sicher zu sein. Also zog ich das Papier heraus und entfaltete es.

Oben prangte ein geprägtes Wappen mit einem Adler und einem Löwen. Darunter der Schriftzug: *Anwaltskanzlei Petrow und Kollegen*. Das Datum war von heute, 18. Januar. Ich überflog den Text.

Sehr geehrte Frau Irina Igorevna!

Ich möchte Sie herzlich zu einem Gespräch in meine Kanzlei einladen. Bitte finden Sie sich am 20. Januar 2023 um vierzehn Uhr im Newski-Prospekt 14 ein. Gerne schicken wir Ihnen einen Chauffeur, der Sie abholt.
Sollten Sie den Chauffeur in Anspruch nehmen wollen oder den Termin verschieben müssen, kontaktieren Sie meinen Sekretär unter der unten genannten Nummer oder per E-Mail.

Hochachtungsvoll
Michail Alexandrowitch Petrow

Breschnew ließ nichts unversucht. Unfassbar. Ich warf den Brief in das Waschbecken und zog die Handschuhe aus. Die E-Mail hatte ich schnell runtergetippt.

Heute, 06:52 Uhr
An: mapetrow@kanzlei-petrow.ru
Betreff: Ihr Schreiben vom 18. Januar 2023

Sehr geehrter Herr Petrow!

Ich kann mir durchaus denken, um welche Angelegenheit es sich handelt. Sollte Ihr Mandant nicht von weiteren Kontaktversuchen absehen, bin ich gezwungen, juristische Schritte einzuleiten. Ich bin mir sicher, dass selbst die beste Anwaltskanzlei Russlands eine Unterlassungsklage unter den vorliegenden Umständen nicht verhindern könnte. Gerne erinnere ich Sie in diesem Kontext freundlich an den 13. Juni 2022.

Hochachtungsvoll
Irina Igorevna Iwanowa

Senden. Hoffentlich hatte der Spuk damit ein Ende.

Aus der Küche holte ich ein Feuerzeug und schaute zu, wie das Feuer den Brief auffraß. Mit Genugtuung lauschte ich dem gluckernden Wasser, als ich die Asche den Abfluss hinunterspülte. Es wurde Zeit, dass Breschnew endlich nach I'dyna kam und aufhörte, mich zu belästigen.

6

Mein Schattenschritt brachte mich direkt vor die so vertraute Holzhütte. Die abgewetzten Winterstiefel meiner Mutter standen auf der Fußmatte, die Spitzen bereits eingeschneit. Ich atmete noch einmal tief durch und wappnete mich. Dann trat ich vor und öffnete die Tür mit einem Knarren, das der Wind sofort mit sich über die schneebedeckten Felder riss. Ich sollte daran denken, die Angeln wieder zu ölen.

Bevor die Kälte ins Innere vordringen konnte, schloss ich die Tür schnell hinter mir und streifte als Erstes meine nassen Schuhsohlen auf der Fußmatte ab. Unser Domovoi stand von seinem Holzhocker auf und zog sich die dunkelblaue Schiebermütze zwischen seinen Hörnern vom Kopf. Seine grauen Wangen waren etwas eingefallen.

»Meisterin Irina Igorevna, Ihr seid zurück.« Er verneigte sich.

»Lajew, wie oft soll ich dir sagen, dass du mich nicht so nennen sollst? Du hast mich schon in Windeln gesehen.« Ich lächelte und kramte in meiner Ledertasche.

»Die Meisterin ist eine Zauberin und ihr gebührt besonderer Respekt.«

Er war unverbesserlich, aber was konnte ich von einem Domovoi verlangen, der seit über hundert Jahren hier hauste? Ich reichte ihm die Tschäk-Tschäk und er verneigte sich so tief, dass seine spitze Nase fast seine Cordhose berührte. Lajew hatte eine Schwäche für die Honigsüßigkeit und ich wusste es. Als Dank schenkte er mir ein Lächeln. »Meisterin ist zu gütig.«

»Eine Selbstverständlichkeit.« Ich lächelte noch mal. So viel zum angenehmen Teil des Besuchs. »Hat sie dir diese Woche regelmäßig zu essen gegeben?«

Lajew scharrte mit seinen gestutzten Krallen über den neuen Laminatboden und seine grauen Wangen verdunkelten sich. »Meisterin Anastasia Wladimirowna bringt manchmal etwas vorbei.« Er setzte die Schiebermütze auf und schob sie sich tief ins Gesicht.

»Lajew, du hättest ruhig Bescheid sagen dürfen. Ich werde dir regelmäßig Essen bringen lassen.«

Der Domovoi schüttelte heftig den Kopf. »Meisterin Irina Igorevna, das kann ich nicht annehmen.«

»Doch, kannst du. Du hast so oft auf Nikolaj und mich aufgepasst, siehe es als Rückzahlung dieser Schuld.«

»Aber das habe ich gern gemacht.« Er richtete sich auf und streckte die Brust heraus. Einige grau gekräuselte Haare zwängten sich zwischen den Knöpfen des Leinenhemds durch, das schon unzählige Male geflickt worden war.

»Und ich sorge gerne dafür, dass du immer genug zu essen hast und das Haus in Schuss bleibt.«

Der Domovoi verneigte sich noch mal tief und kletterte wieder auf seinen Holzhocker, baumelte mit den Beinen und summte ein altes Bauernlied. Ich schritt derweil durch den großen Wohnraum. Während des ganzen Gesprächs hatte sie sich nicht einmal umgedreht.

»Hallo, Mama«, begrüßte ich sie und legte die Christrose auf den Tisch, die ich mitgebracht hatte.

Meine Mutter saß am Fenster neben der Küchenzeile und schaute in den Schnee hinaus, die Hände im Schoß gefaltet. Auf dem Herd stand der Eintopf, den ich ihr letzte Woche gekocht hatte. Ich hob den Deckel an und verzog das Gesicht.

Der Schimmel konnte schon fast als Haustier gelten, so flauschig, wie er war.

Der Deckel des Mülleimers klappte mit einem metallischen Klicken auf und ich entledigte mich des ungebetenen Gasts. Immerhin waren von dem Brotlaib nur Krümel übrig.

Mama hatte sich immer noch nicht bewegt. Auch die schwarze Armbinde trug sie weiterhin über der weißen Kleidung, als wäre sie in der Zeit vor einem Jahr eingefroren.

»Ich habe selbst gebackene Prjaniki mitgebracht.« Ich kramte sie aus der Tasche und legte die Lebkuchen auf einen sauberen Teller, an dessen Rand ein Stück abgesprungen war. Der Zuckerguss klebte an meinen Fingern und ich leckte ihn ab. Auf der Fensterbank sah das einsame Stück Porzellan verloren aus, aber ich ließ es trotzdem stehen. Für Lajew packte ich einige der Gebäckstücke auf eine Untertasse, der sie mit leuchtenden Augen entgegennahm.

Ich zog den Stuhl mit dem wackligen Bein am Küchentisch hinter Mama zurück, ließ mich fallen und kämpfte gegen das dumpfe Gefühl in meiner Brust an. Doch ich würde nicht aufgeben. Meine Kehle war trocken und ich räusperte mich. »In der Schule wiederholen wir gerade alles nur für die Examen, das kommt mir ganz gelegen mit meinem Lernplan.«

Das Kauen von Lajew war eine erleichternde Abwechslung zu der unwillkommenen Stille. Draußen auf den Feldern bildeten sich zwischen den Erdhügeln weiße Schneegebirge. In einigen Monaten würde das Getreide goldgelb strahlen, aber jetzt war die Erde gefroren. Das Winterlicht fing sich in den grau gesträhnten Haaren meiner Mutter. Immerhin hatte sie sich die Haare gekämmt und einen Dutt gemacht.

»Opekun Katschjenka hat mir ein Empfehlungsschreiben für die Beantragung meines Studentenvisums für Deutschland geschrieben. Damit kann ich mich für einen Studienplatz an der Humboldt Universität bewerben.«

Oder es zumindest versuchen. Das linke Auge meiner Mutter zuckte, aber sie starrte weiter in das Treiben und Wirbeln der Schneeflocken, das langsam etwas nachließ.

Ich stand seufzend auf und pflückte die getrocknete Christrose ab, die zwischen der Wand und dem Kreuz eingeklemmt war, und steckte die frische Blume an den Platz der alten. Danach wischte ich mit dem Zeigefinger die dünne Staubschicht der letzten Woche von den Bilderrahmen links und rechts des Kreuzes. Wenigstens zwei freundliche Gesichter. Nikolaj und Vater lächelten auf mich herab.

Einen Moment lang überlegte ich, den Herd anzufeuern, aber wem machte ich etwas vor? Sie würde nichts essen. Ich atmete tief ein und aus. »Mama, bitte ...«

Sie regte sich nicht und ich setzte mich wieder auf den Stuhl. Der Sekundenzeiger der Uhr an der Wand tickte zu langsam und nicht schnell genug. Ein Geschenk von Herrn Gagarin zum vierzigsten Geburtstag meines Vaters.

Der Minutenzeiger rückte unablässig vorwärts, der Schnee hörte auf, vom Himmel wie gefrorene Tränen zu fallen und Mama sagte wie immer nichts. Ich war fast versucht, meine Karteikarten herauszuholen und Faktoren für Sternenstaubmodifikationen zu pauken. Die Zeit hier war vergeudet, aber Lernen wäre meiner Sache sicherlich nicht zuträglich gewesen.

Irgendwann leuchtete an der Straße zum Hof die erste Laterne auf und warf ihren gelben Lichtkegel auf den Schneemann, den die Enkelkinder von Herrn Gagarin gebaut hatten. Ein blauer Wollschal war ihm um den Hals gewickelt. Ob die Kleinen eines Tages auch den Peterhof besuchen würden? Bei dem Gedanken an meine Schule machte sich erneut ein flaues Gefühl in meiner Magengegend breit. Kurz schielte ich zu meiner Tasche, in der meine Lernunterlagen verstaut waren.

Wenigstens im Kopf ging ich alle mentalen Aufbauten der prüfungsrelevanten Uranussprüche durch. Danach waren die Neptunsprüche dran – zumindest alle, die mir einfielen. Die würde ich noch mal wiederholen müssen, auch wenn mir viele während der Sklavenrebellion in Blut und Knochen übergegangen waren.

Nach den obligatorischen zwei Stunden stand ich auf und streckte meine steifen Glieder. Ich heizte den Ofen mit den Kohlebriketts an und legte zwei frische Laibe Brot auf die zu bunte Wachstischdecke. »Ich gehe dann, Mama.«

Die Andeutung eines Nickens.

»Bis nächste Woche.«

Lajew sprang von seinem Stuhl auf, verneigte sich erneut und ich winkte, bevor ich mir extra draußen einen Schatten suchte und nach Hause verschwand.

Zwei Stunden später saß ich regungslos im Schneidersitz vor »Der Tanz« von Henri Matisse auf dem Parkettboden der Eremitage und versuchte mein Gefühlschaos zu ordnen. Neben mir tuschelten zwei Sternenbenachteiligte und deuteten hinter vorgehaltener Hand auf mich. Trotzdem war mein einziger Gedanke, dass Papa sich gefreut hätte, dass sie jetzt Zugang hatten und die atemberaubende Kunst mit ihren eigenen Augen betrachten konnten.

Ich war dazu heute nicht wirklich in der Lage; nach dem Besuch bei meiner Mutter hatte ich den Fehler gemacht und den Fernsehsender der VGE über meinen Laptop aufgerufen. Dass Dmitri Kamenski, einer der treusten Diener des Nachtblauen, mehr Verbrechen während der Sklavenrebellion begangen hatte als angenommen, hatte mich nicht überrascht, das Urteil für Breschnew hingegen … Den Sternen sei Dank hatte die Eremitage ihre Öffnungszeiten wegen des großen Andrangs verlängert. Aber der innere Frieden, den ich sonst hier verspürte, blieb heute aus.

Als neben mir vertraute Schritte erklangen, atmete ich erleichtert aus und meine Schultern fielen nach unten. Ich hatte nicht mal gemerkt, dass ich sie hochgezogen hatte.

»Wusste ich doch, dass ich dich hier finde.« Demjan setzte sich neben mich.

Ich schaute nicht auf, sondern legte den Kopf schief und ließ das Bild weiter auf mich wirken. Nach all den Jahren hatte es seine Bannkraft nicht verloren. Ich erinnerte mich, wie mein Vater es mir das erste Mal gezeigt hatte, die schwarz-weiße Kopie aus seinem Kunstbuch. Jedes Mal, wenn ich ihn zu sehr vermisste, kam ich in die Eremitage. Zwar hatte er nie einen Fuß in diesen pompösen Palast gesetzt, dennoch fühlte ich mich ihm zwischen all seinen geschätzten Kunstwerken am nächsten. Er hatte Kunst und das Zeichnen so sehr geliebt. An die Wand neben meinem Bett hatte er mir mit einem Stück Kohle einen Drachen gezeichnet, als ich noch klein gewesen war. Nikolaj und ich hatten oft davor gestanden und sein Werk betrachtet.

Demjan räusperte sich. »Ich nehme an, du hast es gehört?«

Ich strich mir eine kinnlange, braune Haarsträhne aus dem Gesicht. Sie waren wieder länger geworden und seit einiger Zeit spielte ich mit dem Gedanken, sie wachsen zu lassen. Jetzt, wo lange Haare nicht mehr Sklavenfrisur bedeuteten. Vielleicht sogar bis zur Taille, so wie früher.

»Lustig, wie er als Hintergrundfarben grün und blau ausgewählt hat, als hätte er es gewusst.« Ich musterte die roten Figuren, die auf der grünen Wiese vor blauem Himmel eine Art Tanz in einem Kreis vollzogen. Die gleichen Farben wie die VGE.

»Vielleicht besaß er die Gabe der Sternensicht. Das Blutrot passt auf jeden Fall.« Demjan lächelte mich kurz an und schwieg dann mit mir. Er würde mich nicht drängen, etwas zu sagen. Eine seiner besten Eigenschaften.

Nach einer gefühlten Ewigkeit schluckte ich den Kloß im Hals hinunter. »Fünf Monate. So viel Blut an seinen Händen und Breschnew kriegt fünf Monate. Es wurde kein einziger lebender Zauberer in der Schule in Bratsk gefunden. Keiner.« Meine Stimme war kaum mehr als ein Flüstern.

Demjan legte seine Hand auf meine, aber ich zog sie weg. »Bis Zweiundzwanzig gilt Jugendstrafrecht. Und wenn seine Anwälte argumentiert haben, dass er von seinem Vater dazu gezwungen wurde – was nicht abwegig wäre –, ist es verständlich.«

»Du verteidigst ihn?« Ich runzelte die Stirn und schaute ihn zum ersten Mal an. Demjan hatte sich von dem Bild abgewandt und musterte mich besorgt.

»Nein, ich sage nur, ich kann mir Gründe vorstellen, die zu diesem Urteil geführt haben. Außerdem wurde anerkannt, dass er ja schon fünf Monate Hausarrest wegen der Untersuchungshaft hatte.«

»Trotzdem.« Ich betrachtete wieder das Bild.

»Wusstest du, dass er auch wegen des Mordes an einigen Oligarchen aus dem Zirkel des Nachtblauen angeklagt war? Konnten sie ihm aber nicht nachweisen.«

Mein Kopf flog zu Demjan, der mich genau musterte. Nein, das hatte ich nicht gewusst. Ich hatte mir die Verlesung der Anklageschrift gespart. Mein Herz pochte wie wild in der Brust. Die ganze Familie gehörte weggesperrt.

»Spielt das etwa eine Rolle, ob er sie getötet hat? Wie die ihre internen Machtkämpfe ausgemacht haben, ist mir doch egal.« Ich wandte erneut den Blick ab.

Demjan brummte leise neben mir. »Vielleicht gibt es auch einen anderen Grund und er hat deswegen weniger Zeit bekommen.«

»Weniger Zeit ist gut. Fünf Monate sind ein Witz!«, spuckte ich aus.

»Hast du inzwischen mit ihm geredet? Vielleicht will er sich entschuldigen.«

Meine Augenbrauen schossen so hoch, wie sie konnten. Ich sollte sie für ein Kosmonauten-Programm anmelden, höhenerprobt waren sie jetzt.

»War ja nur so ein Gedanke.« Demjan schlang tröstend einen Arm um mich.

Ich legte den Kopf auf seiner Schulter ab. »Weil es lediglich ein internationales Gericht braucht, damit Breschnew sieht, dass seine jahrelangen Triezereien falsch waren.« Schon vor der Sklavenrebellion hatte mir Breschnew das Leben im Peterhof zur Hölle gemacht. Unser erstes unschönes Aufeinandertreffen im Flur war nur der Anfang gewesen. Fiese Sprüche und Streiche waren an der Tagesordnung gewesen. Über die Jahre waren sie immer schlimmer geworden, weil ich mich anscheinend nicht genug darüber geärgert hatte. Als sich dann während der Sklavenrebellion zwei Fronten unter den Zauberern gebildet hatten – diejenigen, die die Sklaven in ihrem Freiheitsstreben unterstützten und diejenigen, die zur alten Ordnung zurückkehren wollten –, hatte ich keine Sekunde daran gezweifelt, welcher Fraktion Breschnew angehören würde. Und ich hatte recht behalten.

Ich starrte wieder die tanzenden roten Figuren des Bildes an und musste unweigerlich an meine Mutter denken. Für eine Sekunde fragte ich mich, ob sie damals nicht richtiggelegen hatte. Dass ich an den Peterhof gegangen war, um zaubern zu lernen, hatte sie schon immer für einen Fehler gehalten. Wenn es nach ihr gegangen wäre, hätte ich mein Leben lang ein Sklavenmädchen bleiben können. Ich öffnete den silbernen Verschluss des Astrolabiums und fuhr mit Daumen und Zeigefinger über das zerschlissene Band. »Hat er auch Sklaven getötet?«, fragte ich leise.

»Davon habe ich zumindest nichts gehört.« Demjan nahm seinen Arm weg und stupste mich in die Seite. »Komm, ich habe Wasilij schon Bescheid gegeben. Wir holen Eka und Iwan ab und du darfst dich in meiner Küche austoben.«

Ich verdrehte die Augen und legte das Astrolabium wieder an. »Kochen ist nicht mein einziger Ausgleichsmechanismus.«

»Wenn das so ist, können wir gerne etwas zu essen holen. Es gibt jetzt nebenan ein chinesisches Restaurant. Oder wir holen Pelmeni bei Yestikja.« Demjan grinste und strich sich eine der längeren dunkelbraunen Haarsträhnen aus dem Gesicht.

Ich funkelte ihn an. Er stand auf und klopfte sich den fast nicht vorhandenen Staub von der blauen Hose. Dann legte er das Jackett sauber gefaltet über seinen Arm und reichte mir eine Hand zum Aufstehen. Ich schmunzelte. Demjan gab sich Mühe, doch seine gute Kinderstube konnte er nicht verbergen.

Einige Minuten später gingen wir Seite an Seite durch die weiten Hallen an abstrakten Gemälden und asiatischer Kunst vorbei, die sich hier seit mehr als zweihundert Jahren angehäuft hatte.

»Wie läuft eigentlich das Studium?« Ich klammerte mich an meine schwarze Tasche, weil uns zwei Männer mit dunkelblauen Mänteln entgegenkamen. Einer hielt etwas Silbernes in der Hand. Ich musterte den Gegenstand akribisch, aber es war nur ein Schlüsselbund. Hörbar atmete ich auf.

»Meine Mutter tut zwar immer so, als wäre sie traurig, dass ich nicht den Sternenmodifikationsmeister mache, aber sie hat mich gestern bei einem ihrer Wohltätigkeitsbälle Lina Rosenqvist vorgestellt. Ich darf ein Praktikum bei ihr machen.« Demjan gab sich Mühe, ruhig zu sprechen – er wollte wahrscheinlich aus Rücksichtnahme seine Freude zurückhalten –, doch das gelang ihm nicht wirklich.

»Lina Rosenqvist? Die Lina Rosenqvist, die vor Kurzem den Amun-Fluch gebrochen hat?«

Demjans Ohren röteten sich. »Ja.«

»Das ist fantastisch. Wann geht es los?«, fragte ich.

Demjan strich über seine Bartstoppeln. »Erst im Juli.«

»Eka wird ausrasten, wenn sie hört, dass du nach Stockholm gehst. Sie wird dich wahrscheinlich jedes Wochenende besuchen und ins Moderna Museet schleppen.« Ich grinste, während wir an den schwarzen Marmorsäulen vorbei über den Boden mit Schachbrettmuster zum Treppenhaus gingen.

»Wahrscheinlich. Aber das Ganze findet nicht in Stockholm

statt. Irgendeine Ausgrabung auf Hawaii.« Demjan blickte fast schon verlegen zur Seite.

Ich blinzelte und versuchte mir nicht anmerken zu lassen, wie traurig mich das machte. Das war eine wahnsinnige Chance für Demjan. Eine Zusammenarbeit mit einer der besten Fluchbrecherinnen weltweit. Und das, wo er doch selbst Fluchbrecher werden wollte. Jedes Fluchbrecher-Unternehmen würde ihn nach seinem Abschluss wegen dieses Praktikums mit Kusshand nehmen. Und mit etwas Glück könnte er bei Lina Rosenqvist vielleicht sogar seine Doktorarbeit schreiben, wie er es sich immer gewünscht hatte. Aber ein kurzer Besuch auf Hawaii mit einem Schattenschritt war unmöglich. Telefonieren würde auch schwierig werden. Die Zeitverschiebung machte uns einen Strich durch die Rechnung.

Demjan holte tief Luft und blieb kurz auf einem Absatz stehen. »Wenn wir schon mal bei Neuigkeiten sind … Mein Bruder hat Stanislaw im Club getroffen und der hat damit geprahlt, dass Eka seine Freundin ist.«

Ich verzog das Gesicht und atmete tief ein. »Immerhin hat er der Presse kein Interview gegeben. Wobei, das ist wahrscheinlich nur eine Frage der Zeit.«

»Sollten wir ihr das sagen?«

Ich schüttelte den Kopf. »Das letzte Mal haben wir uns fast deswegen gestritten. Du kennst Eka. Wenn sie sich was in den Kopf gesetzt hat, macht sie das auch.«

Demjan grinste. »Da kenne ich noch jemanden.«

Ich rollte mit den Augen und überwand die letzte Treppenstufe nach unten. Wir schritten durch den Winterpalast über polierte Böden zum Ausgang an der neuen Eremitage. Im Foyer stand Petjenka, der Domovoi der Eremitage, in frisch gebügeltem und gestärktem Gehrock. Gerade erklärte er einer Truppe von Touristen mit ausschweifenden Gesten, wie Katharina die Große nur seinetwegen die Eremitage ausgebaut hatte. Ich schmunzelte und legte ihm einen Apfel auf die marmorne Tischplatte in seiner goldverzierten Kammer.

Demjan wartete auf mich und schließlich traten wir zusammen durch die grüne Flügeltür nach draußen in die kalte Januarnacht. Ein älterer Herr im Frack empfing uns und offerierte Demjan die Schlüssel seines Volvos auf einem silbernen Tablett. »Herr Lebedew, Ihr Wagen steht bereit.« Er verneigte sich kurz und deutete elegant hinter sich auf die Straße.

Manche Dinge änderten sich nie.

Demjan nickte dem Mann kurz zu und wandte sich dann mir zu. »Ich dachte, du fährst lieber mit dem Auto, als einen Schattenschritt zu machen.«

Ohne einen Blick auf meine Astronanzeige werfen zu müssen, wusste ich, dass es keine Frage von Wollen war. Der Schattenschritt zu meiner Mutter hatte mich alles an Astron gekostet, was ich hatte, und es war nicht viel in diesen Tagen.

Dankbar lächelte ich ihm zu, schritt zum silbernen Auto und stieg ein. Beim Klicken des Gurts fielen mir der Thermosbecher Kaffee und der Schokoriegel auf, die auf mich warteten. Demjan war einfach zu gut für diese Welt. Der Sommer ohne ihn würde hart werden.

7

Viel zu früh am nächsten Morgen lehnte ich mich in der roten Hartplastikschale des Sitzes vor und rieb meine Wollhandschuhe aneinander, um die klirrende Kälte in der Halle zu vertreiben. Wenigstens würde ich nicht mehr lange leiden müssen. Dies war eines der letzten Spiele, Ende März würde es wegen der Examen eine Pause geben. Ich verschränkte die Arme und lehnte mich wieder zurück.

»Kusnezow am Zvezda«, hallte die Stimme des Kommentators über die Anfeuerungsrufe.

Iwan sauste mit seinen neuen Schlittschuhen über das Eis einem roten Gummiball hinterher. Er hatte die Nummer achtundzwanzig auf dem Rücken, wie sein Idol bei den Petersburger Eisdrachen. Sein Schläger glühte kurz blau auf und traf dann den Zvezda. Der wurde riesengroß wie ein Gymnastikball und schleuderte zwei Gegner aus dem Weg, die krachend zu Boden gingen. Der Zvezda landete als roter Puck im gegnerischen Tor.

»Kusnezow verschafft sich mit einem gut platzierten Megethynsi Raum, verwandelt rechtzeitig zurück. Tor für die Peterhofer Teufel!«

Ich sprang auf, klatschte und jubelte mit der Fangemeinde in den roten Trikots. Iwan winkte mir zu und ich ließ aus meiner Hand einen kleinen roten Funkenschauer sprühen, bevor ich mich wieder hinsetzte. Der Schiedsrichter platzierte den

Zvezda wieder auf der Mittellinie und Iwan durften beim Anstoß mit vorne stehen. In den nächsten paar Minuten erzielten die Peterhofer Teufel noch drei weitere Tore, kassierten aber auch eins. Ein weiteres Tor verhinderte Iwan und ich platzte fast vor Stolz. Zum Glück hatte er letztes Jahr zu spielen angefangen. Das hatte ihn wenigstens etwas von der Sklavenrebellion abgelenkt.

»Er hat Glück, dass er Sie hat.«

Trotz der vertrauten Stimme zuckte ich zusammen. Ich hatte Opekun Katschjenka über den Lärm in der Halle hinweg nicht kommen hören. Sie ließ sich elegant neben mir nieder. In ihrem schicken beigefarbenen Wollmantel passte sie hier so gut hin wie ein Kamel in die Arktis.

»Er erinnert mich an meinen Bruder.« Meine Stimme war belegt und ich ballte die Hände kurz zu Fäusten.

Opekun Katschjenka musterte mich von der Seite. »Er ist nicht umsonst gestorben.« Sie klang ernst.

»Ich weiß.« Trotzdem musste ich kurz schlucken und zupfte Flusen von meinen zitternden Handschuhen.

»Ich habe gestern zufällig Frau Pawlowa getroffen«, sagte Opekun Katschjenka und kam damit wohl zum eigentlichen Grund ihres Auftauchens.

Was hatte Eka jetzt schon wieder veranstaltet?

»Sie erwähnte in einem Nebensatz, dass Sie sich um die Finanzierung Ihres Studiums Gedanken machen.« Ein Nebensatz. Als ob. »Sie meinte, nun, wo ein Stipendium wahrscheinlich nicht mehr infrage kommt und Sie ein Großteil Ihres earbeiteten Geldes Ihrer Familie zur Verfügung gestellt haben, könnte es herausfordernd werden.«

Ich ballte die Hände zu Fäusten und das Zittern hörte auf. Kurz schloss ich die Augen und atmete tief ein. Die kalte Luft brannte in meinen Lungen. Der Kommentator verkündete ein Tor für die Moskauer Bären. Eka hatte recht. Natürlich hatte sie recht, dennoch tat es weh, das zu hören. Vor einem Jahr hätte ich meine Hand dafür ins Feuer gelegt, dass ich die

Examen mit Bestnote abschließen würde. Dann wäre mir das Stipendium sicher gewesen. Aber Sternenstaubmodifikationen machte mir einen Strich durch die Rechnung.

»Ich möchte Sie nicht in Verlegenheit bringen. Im Gegenteil. Ich bin hier, um Ihnen einen Arbeitsplatz anzubieten – zwischen Schulende und Studium. Start wäre der erste April. Das ist das monatliche Gehalt.« Opekun Katschjenka musterte mich über den Rand ihrer goldumrahmten Brille hinweg und holte einen sorgsam zusammengefalteten Zettel aus ihrer Manteltasche. Sie hielt ihn mir zwischen Zeigefinger und Mittelfinger geklemmt entgegen.

Ich zupfte ihn ihr aus der Hand und öffnete das schwere Papier. Auf dem eine Zahl mit königsblauer Tinte geschrieben stand. »Muss ich dafür jemanden umbringen?«, sagte ich halb im Spaß, halb im Ernst.

»Ich versichere Ihnen, der Arbeitgeber ist seriös und bringt Sie in kein moralisches Dilemma. Die Universität Oxford hat ein Projekt zur Digitalisierung der russischen Zauberliteratur und Lehrbücher initiiert. Es ist ein neues Unterfangen, da die diplomatischen Beziehungen wieder aufgenommen wurden. Ihre Aufgabe wäre es, alle magischen Bücher aus dem Nationalarchiv in Moskau einzuscannen.«

Es krachte. Ich sprang auf und schaute auf das Spielfeld. Einer der Peterhofer Teufel krümmte sich auf dem Eis. Sein Unterschenkel stand in einem Winkel ab, wie es die Natur nicht vorgesehen hatte. Immerhin lag sein Fokus, eine silberne Gabel, noch heil in der durchsichtigen Box neben ihm. Ganz offensichtlich hatte sie ihren Zweck erfüllt.

Ich atmete auf, als ich sah, dass Iwan sich unversehrt über seinen Teamkollegen beugte. Währenddessen lief ein Zaubererarzt mit zwei Sanitätern und einer schwebenden Trage auf das Spielfeld. Der Zvezda rollte langsam als rote Bowlingkugel über das rissige Eis. Der Schiedsrichter glitt vor die Nummer siebzehn der Moskauer Bären und hielt pfeifend eine rote Karte hoch, bevor er auf die Ersatzbank zeigte.

Ich schaute wieder auf den Zettel in meiner Hand. »Und dafür zahlen die ein halbes Vermögen? Sind die Bücher verflucht?« Ich runzelte die Stirn.

»Nicht direkt verflucht, aber bei manchen ist man sich nicht sicher, was für magische Eigenschaften sie haben. Deswegen braucht man eine Zauberin oder einen Zauberer, der diese Aufgabe übernimmt. Sie können gleich nach den Prüfungen anfangen.«

Meine Augen weiteten sich. Für dieses Gehalt hätte ich auch mit einer Zahnbürste die Kanalisation gereinigt. Ich rechnete kurz nach. Bis zum Studienbeginn konnte ich fast sechs Monate arbeiten. Mit der verdienten Summe würde ich die ersten zwei Jahre finanzieren, wenn ich sparsam war. Mindestens. Ich würde zwar gleich nach den Examen Ende März mit der Arbeit anfangen müssen, ohne Pause, aber das war ein geringer Preis. »Wo muss ich mich bewerben?«

Opekun Katschjenka lächelte mir zu und holte einen zweiten Zettel sowie ein Foto aus ihrer Manteltasche. »Sie haben den Job schon. Es wurde explizit nach Ihnen gefragt. Ich gebe Bescheid, dass Sie angenommen haben. Auf dem Zettel steht Ihr Kontakt, die Adresse und ein Bild für den Schattenschritt.«

»Vielen Dank.« Nach einem kurzen Blick verstaute ich beides in meiner schwarzen Tasche.

Opekun Katschjenka nickte mir mit ernstem Gesicht zu. »Ich bin noch aus einem anderen Grund hier.«

Der Schiedsrichter hatte mittlerweile die Risse und Sprünge im Eis repariert und das Spiel ging weiter. Iwan hatte den Zvezda zum Anspiel. Er verwandelte ihn in einen Federball und schlug ihn über den Kopf von drei Gegnern. Ich lächelte. Seine Spezialität.

»Herr Breschnew hat mich kontaktiert.«

Jede Faser meines Körpers spannte sich an. Das Glücksgefühl, das mich eben erfüllt hatte, verschwand und ich knirschte mit den Zähnen. Hoffentlich hatte sich Opekun Katschjenka nicht in seine Intrigen einspannen lassen.

Sie räusperte sich mit der geschlossenen Faust vor den rot bemalten Lippen. »Er hat mir glaubhaft versichert, dass es von äußerster Dringlichkeit ist, mit Ihnen zu sprechen. Anderenfalls wäre ich seiner Bitte nicht nachgekommen. Er bat mich, Ihnen das zu übergeben, sollte sein verbal übemitteltes Anliegen nicht genügen.« Opekun Katschjenka überreichte mir einen schweren Papierumschlag. Das Wappen der Breschnews prangte in blaues Siegelwachs gestempelt auf der Rückseite.

Ich presste die Lippen zusammen. Das war schon dreist. Reichte es nicht, dass er mich jeden Tag seit Montag in irgendeiner Form belästigte? Was bei allen Sternen konnte er von mir wollen? Immerhin hatte er mir nicht mehr Ilja oder Maxim auf den Hals gehetzt.

Opekun Katschjenka tippte rhythmisch mit ihrem Zeigefinger auf den Brief in ihrer Hand.

»Das kann ich nicht annehmen.« Ich schüttelte den Kopf. »Ich korrigiere, das will ich nicht annehmen.«

Ihr Gesicht glättete sich und in ihren Augen spiegelte sich stummes Verständnis. »Ich kann Ihr Ressentiment sehr gut verstehen und möchte Sie nicht von etwas überzeugen, von dem ich nicht weiß, worum es geht. Ich möchte Ihnen jedoch nicht vorenthalten, dass der junge Herr Breschnew auf seine Magie und alle Sterne des Himmels geschworen hat, dass es um Ihr Wohlergehen und Ihre Gesundheit geht.« Um den Mund meiner Lehrerin bildeten sich dünne Fältchen, als sie die Lippen spitzte und den Brief etwas höher hielt.

Ich schüttelte den Kopf. »Tut mir leid, Sie wissen, dass ich Ihnen vertraue, aber diesen Brief nehme ich nicht an.«

Opekun Katschjenka nickte einmal kurz. »Vielen Dank für Ihre Zeit. Wir sehen uns morgen bei der Examensvorbereitung im Unterricht.« Sie lächelte mich einmal kurz an, stand auf und glättet magisch ihren Mantel, bevor das Klackern ihrer hochhackigen Stiefel im Jubel der Masse verebbte.

Mit einem Seufzen lehnte ich mich zurück, doch durch das Vibrieren meines Handys schrak ich wieder auf. Ich zog es aus meiner Jackentasche – Ekas Bild leuchtete mir auf dem Display entgegen. Während der Schiedsrichter den Zvezda wieder zum Anspiel platzierte, zauberte ich einen kleinen Stillezauber um meinen Kopf, sodass sich eine durchscheinende blaue Kugel um mich legte. Sofort erstarben das Tosen der Menge und die Stimme des Stadionsprechers.

Schnell nahm ich den Anruf entgegen. »Eka, alles okay?«

»Wo bist du?« Ekas Stimme klang tränenerstickt und sofort beschleunigte sich mein Puls.

Ich klammerte mich an die dünne Lehne der Hartplastikschale. »Bei Iwan im Eisstadion. Er hat doch heute ein Spiel. Was ist passiert?«

»Kannst du einfach ein Bild schicken?«

»Klar, ich beeil mich. Bis gleich.« Ich sprang auf und wechselte schnell in die Kamera-App. Mit zitternden Fingern machte ich ein Bild vom Schatten des Sitzes neben mir, damit Eka das Stadion für ihren Schattenschritt visualisieren konnte. Hastig schickte ich das Foto ab und keine Sekunde später trat sie durch den Schatten. Ihr Mascara war verlaufen und hatte graue und schwarze Schlieren auf ihrem zarten Rouge hinterlassen, ihre Augen waren gerötet.

Ich packte Eka an den Oberarmen und erweiterte den Stillezauber um uns. Sie sagte immer noch nichts. Es musste etwas wirklich Schlimmes geschehen sein, wenn sie so hier auftauchte. Normalerweise ging Eka überall nur perfekt geschminkt und gestylt hin, selbst in den Supermarkt.

»Was ist passiert?« Ich strich über ihre Arme, drückte sie sanft in den Stuhl und gab zusätzlich etwas Astron aus, damit wir von neugierigen Blicken verborgen blieben. Sie würde es mir später danken.

»Er ist so ein Arsch«, schluchzte Eka.

Ich sank auf meinen Stuhl zurück und setzte mich knapp auf die Kante. Ekas und meine Knie berührten sich und ich spürte das Beben ihrer Beine, als ihr Körper bei einem weiteren Tränenschwall erzitterte. »Wer? Dein Chef-Chef bei Alenjakova? Hat er etwas gesagt wegen des Stoffes für das Kleid, das du entworfen hast? Und das, nachdem er dich samstags extra zur Arbeit kommen lässt?«

»Nein.« Eka wischte sich mit dem Ärmel ihrer gestreiften Bluse den Rotz von der Nase. Ihr Lippenstift hinterließ auf dem hellen Stoff rote Schlieren. »Stanislaw ist der Arsch.«

»Was hat er gemacht?«

Der süßliche Vanilleduft ihres Parfüms waberte zu mir hinüber, als Eka die Arme um ihren Oberkörper schlang. Sie zitterte schon leicht in der Kälte. »Ich bin so blöd. Bei Alenjakova war ich schneller fertig als gedacht und wollte Stanislaw zu Hause überraschen, damit wir zusammen frühstücken gehen können. Ich bin sogar extra noch zu uns und hab mir die schöne Unterwäsche angezogen. Du weißt schon, die mit der Spitze und dem BH mit den kleinen Perlen.«

»Und dann?«

Eka starrte auf den Sitz vor sich, weitere Tränen liefen ihre Wangen hinunter. Sie streckte eine Hand aus und fuhr das mit Filzstift gemalte Herz nach, das jemand auf das rote Plastik des Sitzes vor ihr geschmiert hatte. »A + I« stand in der Mitte. Mit einem Zauber ließ Eka unter einem leicht bläulichen Glühen die schwarzen Striemen verschwinden.

»Dann bin ich zu ihm nach Hause. Direkt in sein Schlafzimmer. Und wen finde ich da? Stanislaw. In Gesellschaft von Darija. Es sah nicht gerade so aus, als wäre er auf einer Bananenschale ausgerutscht und in sie reingefallen, bei dem Spaß, den er hatte.«

»Darija? Die ›beste‹ Freundin, die du so ätzend findest?«

»Genau die.«

»Was für eine blöde Kuh.«

»Was für ein Scheißkerl.« Eka zog die Beine an und stellte die Füße auf die Kante des Sitzes.

Wegen ihrer geraden, weiten Wollhose bemerkte ich erst

jetzt, dass einer ihrer Pumps fehlte. »Was ist mit deinem Schuh passiert?«

»Den habe ich aus Versehen in den Schlafzimmerspiegel geworfen, in dem er sich jeden Morgen so gern betrachtet.«

Meine Mundwinkel zuckten leicht nach oben, ich legte meinen Arm um Ekas Schultern und zog sie an mich. Sie atmete ein paarmal tief ein und ihr Körper hörte auf zu beben.

»Das tut mir leid. Der Kerl hat dich nicht verdient.«

»Oder ich ihn nicht«, sagte sie leise. Ihre Schultern klappten nach vorn. Es war, als ob Ekas ganze Pose in sich zusammenfiel. Von der selbstbewussten jungen Frau war nur noch ein Schatten übrig.

Ich zog sie enger an mich und Eka legte ihren Kopf auf meiner Schulter ab. »So ein Blödsinn. Einen betrügenden, schmierigen Kerl hat keine Frau der Welt verdient. Du vor allem nicht.«

»Ich war nicht gut genug als Freundin.«

Ich drückte ihr einen Kuss auf die blonden Haare. Am liebsten hätte ich ihr das Gefühl von Zuhause und Geborgenheit übergestülpt, das der blumige Duft ihres Shampoos in mir ausgelöst hatte. Stattdessen verstärkte ich nur den Druck meiner Umarmung.

»Natürlich warst du gut genug. Er ist einfach nur ein manipulatives Arschloch. Was willst du da erwarten? Ein Oligarchensohn wie er nimmt sich, was er will, keine Rücksicht auf Verluste. Und du kamst ihm gerade recht, um seine Reputation aufzupolieren.«

»Ich hätte auf dich hören sollen.«

»Liebe verdient eine Chance.«

Eka stieß einen Seufzer aus, der fast spöttisch klang, und musterte den abgesplitterten Nagellack an ihrem Ringfinger. »Für mich reicht es erst mal mit der Liebe.«

»Gib dir Zeit, noch ist es ganz frisch.« Ich blickte auf. Die Zeit auf der Anzeigetafel war abgelaufen. Die Peterhofer

Teufel hatten gewonnen, 42:38, und Iwans Mannschaft schlug die Koldkey-Schläger im Jubel aneinander.

»Komm, lass uns Iwan abholen und dann gehen wir nach Hause und essen die größte Packung Eis, die wir finden können«, sagte ich.

Eka schniefte. »Es ist Januar, nicht Juli.«

»Eis geht immer.«

8

Nachdenklich starrte ich auf mein Abschlusszeugnis, das seltsam deplatziert auf dem Küchentisch meiner Mutter wirkte. Daneben stand in einigem Abstand die Honigtorte, deren einziges Stück Lajew gegessen hatte. Ich trommelte mit den Fingern auf die Wachstischdecke und ging im Kopf noch mal das Motivationsschreiben für die Bewerbung an der Uni durch. Die Leichtigkeit, die mich heute Mittag erfüllt hatte, nachdem ich auf der Verabschiedungszeremonie mein Zeugnis in Empfang genommen hatte, war schon längst verflogen. Irgendwie waren die letzten Wochen mit Lernen, Prüfungen und dem Beginn meines neuen Jobs wie im Flug vergangen. Jetzt, da ich ganz offiziell die Schule abgeschlossen hatte, fühlte sich alles langsam und träge an. Und hier, in meinem alten Zuhause, verstärkte sich dieser Eindruck. Mama saß wie eh und je in Weiß gekleidet am Fenster, noch immer mit schwarzer Armbinde.

Hinter vorgehaltener Hand räusperte ich mich. »Ich gehe auf den Friedhof, ich bin bald wieder da.« Die Stuhlbeine schabten über den Boden, als ich aufstand. Mama jedoch starrte ungerührt auf das grüne Meer aus Weizen, das sich vor ihrem Fenster erstreckte. Bald würde es sich gelb färben. Ich versuchte den dicken Kloß im Hals zu ignorieren, davon verschwand er aber auch nicht. Was hatte ich erwartet? Ich hatte es doch gewusst. Wieso hatte ein Teil von mir angenommen, dass es anders sein würde, wenn ich meinen Abschluss hatte? Vielleicht hätte ich doch das Angebot von Eka annehmen sollen und lieber mit ihr, Demjan und Wasilij den Nachmittag verbringen und feiern. Selbst schuld.

Der Wind fuhr mir durch die Haare und die Vögel zwitscherten, als ich am Gutshof der Gagarins vorbei an den anderen alten Sklavenhäusern zum Friedhof in Kuchino schlenderte. Ich zwang mich, an etwas anderes zu denken als an die kühle Abweisung meiner Mutter. Zum Glück wohnte ich nicht mehr mit ihr in dieser Holzhütte. Zu Beginn meiner neuen Arbeitsstelle hatte ich überlegt, für die Zeit hierherzuziehen, um die Astronkosten für den Schattenschritt nach Moskau jeden Tag zu reduzieren. Doch der regungslose Gesichtsausdruck meiner Mutter war es nicht wert. Dann schluckte ich lieber regelmäßig Schlaftabletten, um mein Astron aufzufüllen. Auch wenn mir allein bei dem Gedanken schlecht wurde. Einfach so regungslos dazuliegen, wehrlos. Aber ich brauchte das Geld.

Im nächsten Moment klingelte mein Handy und riss mich so aus den trübsinnigen Gedanken. Ich zog es aus meiner Jackentasche. Die Detektei Golubew. Mit einem mulmigen Gefühl in der Magengegend drückte ich auf den grünen Hörer.

»Frau Iwanowa?« Die angespannte Stimme von Frau Golubewa, mit der ich schon öfter gesprochen hatte, ertönte.

»Ja, am Apparat.«

»Wir haben Fortschritte bezüglich Ihres Auftrags gemacht«, sagte sie.

Ich hielt die Luft an und umklammerte meinen Fokus. Die Zacken des Schlüssels gruben sich in meine Finger. Die letzten Überbleibsel der Regenwolken spiegelten sich in einer großen Pfütze vor meinen Füßen, vor der ich stehen blieb. »Ja?«

»Ich muss Ihnen leider mitteilen, dass wir Anfang der Woche vom Tod von Frau Tolokonnikowa erfahren haben. Gestern haben wir die Unterlagen der Pathologie erhalten und sie stimmen mit den Informationen überein, die wir bisher gesammelt haben.« Frau Golubewa atmete am anderen Ende der Leitung tief ein. »Sie sind zwar lückenhaft, aber ein Zeuge hat es bestätigt. Sie war tatsächlich die Frau in dem roten Kleid aus dem Massengrab. Es tut mir leid.«

Mir wurde schlecht und meine Hand mit dem Handy zitterte. Iwans einzige Tante war tot. Eine Vollwaise. Der Arme.

»Frau Iwanowa, sind Sie noch am Telefon?«

»Ja … vielen Dank.« Ich schluckte.

»Ich stelle die Unterlagen zusammen und sende Ihnen alles zu.«

Ich nickte und realisierte erst einen Moment später, dass Frau Golubewa das ja nicht sehen konnte. »Danke.« Mein Mund war trocken, als ich auflegte und mein Handy in der Tasche verstaute. Die Welt drehte sich und ich setzte mich auf den feuchten Asphalt. Ich atmete tief ein und wieder aus, wie es mir Frau Smirnowa gezeigt hatte. Bei jedem Atemzug wechselte ich den Finger, der meinen Daumen berührte, bis ich endlich das Gefühl hatte, bei mir zu sein.

Langsam erhob ich mich wieder. Mein Hintern war nass und obwohl es schon Sommer war, fröstelte ich. Ich konzentrierte mich auf meinen Fokus und dachte kurz an die erste praktische Prüfung in Sternenstaubmodifikationen im dritten Schuljahr. Das glitzernde Mikrogramm Sternenstaub in dem kleinen Glasfläschchen. Den Geruch von frisch gewachstem Parkettboden. Das weiche Polster des antiken Stuhls, auf dem ich saß. Opekun Katschjenkas feines Lächeln. Und schließlich wirkte der Venuszauber. Meine Hose war trocken.

Sofort wanderten meine Gedanken wieder zu Iwan und ich hatte das Gefühl, dass mir der Oberkörper zusammengepresst wurde. Jetzt war er ganz allein, keine Familie, die ihn unterstützte. Und bald wäre ich auch weg, zumindest theoretisch. Aber ich konnte ihn nicht einfach zurücklassen. Nicht, wenn ich so gut wusste, wie es war, wenn man sich auf niemanden verlassen konnte. Meine Entscheidung fällte ich innerhalb einer halben Sekunde. Das war es mit dem Studium. Mein Notenschnitt wäre sowieso nicht gut genug für die Humboldt-Universität.

Ich blickte die Straße mit den kleinen Häusern Richtung Friedhof herunter. Mein Herz schmerzte und der Brustkorb war wie zugeschnürt. Papa und Nikolaj hatten meine letzten Schulprüfungen und die Zeugnisübergabe vielleicht vom Himmel aus verfolgt. Wenn es den denn gab. Ich musste ihnen nicht am Grab davon erzählen. Frau Smirnowa versicherte mir immer wieder, dass es in Ordnung war, auf das eigene Gefühl zu vertrauen, statt nur Verpflichtungen nachzukommen. Einen Moment zögerte ich noch, dann drehte ich mich um und trottete zurück.

In unserem alten Haus saß Mama nach wie vor am Fenster. Ich hängte meinen gelben Sommermantel an den hölzernen Garderobenständer neben der Tür. Wenigstens war Lajew der Aufforderung nachgekommen und hatte sich ein zweites Stück Torte geholt. Ich setzte mich wieder auf den Holzstuhl und schaltete den Fernseher an. Die Nachrichtensprecherin war viel zu sehr geschminkt und erklärte, wie die neuen Wahlen ablaufen sollten.

»Du bist schon zurück?« Mama schaute wie durch mich hindurch.

Ich schluckte und hielt mich mit zitternden Händen an den Knien fest. Ihre ersten Worte zu mir seit Monaten. »Ich habe es nicht übers Herz gebracht hinzugehen.«

»Du hast wirklich keinen Funken Anstand mehr in dir.« Ihre Stimme war tonlos.

Ich klammerte mich fester an die Knie. Meine Knöchel wurden weiß. Die Nachrichtensprecherin beschrieb im Hintergrund anhand einer farbigen Grafik, welche Ähnlichkeit die neue Regierung mit der Übergangsregierung haben würde.

»Das heißt nicht, dass ich sie nicht liebe.« Ich presste die Lippen zusammen.

»Wenn du uns lieben würdest, hättest du auf mich gehört

und wärst damals nicht auf diese verdammte Schule gegangen. Damit hat das ganze Unglück angefangen.« Sie starrte wieder aus dem Fenster.

»Die Einberufung der Sklaven zur Bildung einer Armee hätte es auch ohne mich gegeben. Papa hätte das trotzdem nicht für richtig gehalten und hätte mit den anderen Sklaven protestiert. Ich war es nicht, die diese friedlichen Protetierenden niedergemetzelt hat.« Meine Unterlippe zitterte.

Lajew zog sich in seine Ecke zurück. Er schob sich die Schiebermütze über die Augen und hielt sich die spitzen Ohren zu. Die Nachrichtensprecherin war dazu übergegangen, das Wetter für den nächsten Tag zu präsentieren. Gewitterwarnung.

»Du denkst, du hast all den Toten einen Dienst erwiesen, die vor den Augen ihrer Familie ermordet wurden, indem du dieses absurde Vorhaben unterstützt hast? Du denkst, du hast all denen geholfen, die gegen ihren Willen aus dem Schutz ihrer Meister herausgerissen wurden und jetzt allein dastehen? Ihr von der Rebellion, euch war es egal, was ihr anrichtet.« Mama presste kurz die Lippen zusammen und zeigte dann mit dem Zeigefinger auf mich. »Es hat sie doch nur befeuert, eine Zauberin unter ihren Reihen zu wissen. Du warst ihre Legimitation für diesen absurden Anspruch. Ohne dich wäre diese ganze Rebellion nie so ins Rollen gekommen. Wenn eine Zauberin das auch so sieht, können sie ja nicht falschliegen! Noch dazu eine, die selbst Sklavin war.« Mama zupfte an ihrer schwarzen Armbinde und zog ihren weißen Ärmel wieder herunter.

»Ich habe sie nicht ermordet«, zischte ich. »Das waren ihre ach so tollen Meister. Nicht alle hatten so viel Glück wie wir mit Wladimir Gagarin.«

»Rede nicht so abschätzig von ihm!« Meine Mutter schaute mich an, die Augen zu Schlitzen verengt. Sie legte ihre zitternden Hände in den Schoß. »Ohne dich würden dein Vater und dein Bruder noch leben.«

Das Blut gefror mir in den Adern und Mama verschwamm vor meinen tränenden Augen. Lajew wippte in seiner Ecke mit dem Oberkörper vor und zurück und summte ein altes Bauernlied, die Hände weiterhin auf die Ohren gepresst.

»Es ist besser, wenn du jetzt gehst«, sagte meine Mutter mit einer Gleichgültigkeit in der Stimme, die mich zusammenzucken ließ.

Der Stuhl fiel mit einem Knallen zu Boden, als ich plötzlich aufsprang. Die Erinnerung an die Beerdigung von Nikolaj so lebhaft wie schon lange nicht mehr, griff ich nach meiner Tasche und machte einen Schattenschritt durch den Schatten des Küchentischs. Die Torte mit den zwei fehlenden Stücken blieb auf der Wachsdecke des Küchentischs stehen.

Ich kam auf der anderen Seite direkt im Schatten von Ekas Hochbett an und japste nach Luft. Meine Nägel gruben sich in das lackierte Holz des Hochbetts. Tränen brannten in meinen Augen und meine Kehle war wie zugeschnürt. »Eka?«, rief ich, bis mir einfiel, dass sie mit Demjan und Wasilij unterwegs war. Schnell schrieb ich ihr eine SMS.

Kannst du kommen? Bin zu Hause.

Es dauerte keine Minute, da stand sie in einem mit Blumen gemusterten, weich fließendem Kleid vor mir, das für diesen wechselhaften Juni eigentlich zu dünn war. Kritisch musterte sie mein Gesicht und ihre Augen weiteten sich. »Deine Mutter?«

Ich nickte und sank auf die cremefarbene Couch, die unter ihrem Hochbett stand. Das einzige Möbelstück, das wir aus unseren Schlafräumen im Peterhof mitgenommen hatten.

Eka setzte sich neben mich und legte einen Arm um meine Schultern, während die Tränen auf meinen Handrücken fielen. Sie war einfach nur für mich da, während ich schniefte und um Kontrolle rang. Nach einer Weile seufzte ich und wischte mir die Tränenspuren von den Wangen. »Ich war so durcheinander, dass ich meinen Sommermantel dort hängen gelassen habe.« Nachdem mir doch schon im März mein Wintermantel geklaut wurde. Stöhnend fuhr ich mir durch die Haare.

Eka rümpfte ihre Stupsnase. »Der war sowieso hässlich. Ich nähe dir einen neuen.« Sie zupfte eine Fluse von ihrem Kleid. »Willst du drüber reden?«

»Es ist immer dasselbe.« Ich presste die Lippen zusammen.

Eka stieß mich mit dem Ellenbogen leicht in die Seite. »Sie kann nicht ewig so drauf sein.«

»Vielleicht«, murmelte ich und kuschelte mich tiefer in das Polster der Couch. Eka hatte irgendein Textilspray darauf gesprüht und der künstliche, aber frische Duft erinnerte mich an unsere Zeit am Peterhof. Damals hatte Eka die schweren, dunkelblauen Samtvorhänge in unserem Schlafzimmer regelmäßig damit eingesprüht.

»Weißt du was, ich fange mit dem Mantel an. Steh auf.«

Meine Augen weiteten sich. »Jetzt?«

»Natürlich jetzt! Ich muss Maß nehmen. Du hast dir doch heute extra freigenommen. Das muss sich lohnen.« Eka sprang auf, riss eine mit Kreidefarbe angestrichene Schublade ihrer Kommode auf und warf diverse Stoffreste auf den Boden, bis sie triumphierend ein Maßband herauszog. »Tada.«

»Du hättest einfach Magie zum Herzaubern nutzen können«, schniefte ich.

Eka schüttelte den Kopf. »Da zerknittern die Stoffe. Aufstehen.«

Ich musterte den Haufen Textilen, der sich um Ekas Füße wie eine kleine Gebirgslandschaft auftürmte und schmunzelte, obwohl meine Brust sich immer noch schmerzhaft zusammenzog. Doch in Ekas Anwesenheit erschien der Streit mit meiner Mutter nicht mehr so schlimm. Ich wusste nicht, wann es passiert war, aber irgendwann in den letzten Jahren war Eka zu meiner Familie geworden. Und ich zu ihrer. Ein warmes Gefühl verdrängte den Schmerz, obwohl ein kleiner

Teil noch weiter in einer Ecke meines Herzens lungerte. Ein immerwährender Schatten. Er würde wohl nie ganz verschwinden.

»Arme hoch.« Eka legte das Maßband um meine Brust und notierte den Umfang in ihr kleines grünes Notizbuch, das immer auf dem Schreibtisch lag. Immerhin hatte sie endlich das Bild von Stanislaw weggeschmissen, das noch zu lange dagestanden hatte. Wenigstens für sie ging es bergauf.

Eka ließ das Maßband runter an meine Taille gleiten, zog es fest und schrieb einen anderen Wert mit zusammengezogenen Augenbrauen auf. Ich hielt mir die Hand vor den Mund und gähnte. Der Streit mit meiner Mutter hatte mich viel Kraft gekostet und gerade machte ich wieder eine Pause mit den Schlafmitteln. Eine Abhängigkeit war das Letzte, was ich brauchen konnte. Meine Astronanzeige dankte es mir allerdings nicht.

»Du hast etwas abgenommen. Deswegen ist dir auch die ganze Zeit schwindlig. Du isst zu wenig«, sagte Eka.

Ich rollte mit den Augen. »So viel habe ich nicht abgenommen. Der Job ist anstrengend. Ich schleppe viele Bücher und bin den ganzen Tag auf den Beinen, manchmal vergesse ich zu essen.« Meine Arbeit forderte zwar wenig meinen Geist und ab und zu schmerzte mein Rücken abends, wenn ich den ganzen Tag über dem Scanner gehangen hatte, doch es war leicht verdientes Geld.

Eka schüttelte den Kopf und kritzelte neben die Maße eine Skizze eines Sommermantels mit einem Stoffgürtel. Sie drückte das Ende des Maßbands auf meine Schulter und hielt es an meinen ausgestreckten Arm.

»Meine Arme werden wohl kaum seit letztem Mal geschrumpft sein.« Ich verkniff mir ein Lachen.

Jekaterina reagierte allerdings nicht auf den kleinen Scherz, sondern kaute auf dem Ende ihres Bleistifts herum. »Ich denke an ein Innenfutter mit einem Kirschblütenmuster. Der Außenstoff in einem sanften Lindgrün.«

Ich schmunzelte und setzte mich zurück auf die Couch. »Du bist hier die angehende Modedesignerin, nicht ich.« Vom Boden hob ich meine schwarze Ledertasche auf und zog zwei Schokoriegel hervor, von denen ich einen Eka anbot. Sie schüttelte den Kopf, wahrscheinlich wieder eine ihrer Diäten. Ich jedoch riss das Papier ab und biss hinein. Bis jetzt hatte es noch nie einen Streit gegeben, den nicht Eka und Schokolade besser gemacht hätten.

Sie ließ sich neben mich fallen, legte ihren Kopf auf die Rückenlehne und starrte auf den Lattenrost ihres Betts, den sie erst vor drei Wochen erneut lackiert hatte. Gerade war er pastellrosa. »Bis der Mantel fertig ist, kannst du dir meine alte Jacke ausleihen. Die ist vielleicht etwas kurz, aber besser als nichts. Denkst du, deine Mutter wird sich melden?«

Ich schüttelte den Kopf. »Du kennst sie doch. Das tut sie nie.«

»Scheiß auf sie. Wenn sie nicht rafft, dass die Sklavenrebellion für hundertzwanzig Millionen Menschen eine Befreiung war, dann kannst du ihr auch nicht helfen.«

»Sie trägt immer noch weiß.« Ich malte mit dem Zeigefinger Kringel und Wirbel auf den Stoffbezug des Sofas. Eka hatte ihn vorletzten Winter genäht, um den Blutfleck auf dem darunterliegenden Samtstoff zu verdecken.

»Dein Ernst?«, fragte Eka.

Ich nickte.

»Wie stur kann man bitte sein? Vielleicht sollten wir temporär ihre Waschmaschine modifizieren, damit sie ihre Wäsche färbt. Fliederfarben zum Beispiel. War Lila nicht immer ihre Lieblingsfarbe?«

Ich lachte kurz und ließ meinen Kopf ebenfalls auf die Rückenlehne fallen. Eka fischte einen Handspiegel aus der Ritze ihrer Couch und verwandelte den Bleistift in eine Pinzette. Sie zupfte sich damit ihre Augenbrauen zurecht, der Spiegel schwebte über ihrem Gesicht in der Luft. Der Neid nagte etwas in meiner Magengegend. Wann ich wieder, ohne über die Astronkosten nachzudenken, zaubern konnte, wussten nur die Sterne. »Lajew würde sich freuen. Der Arme leidet unter ihrer Depression wahrscheinlich mehr als ich«, sagte ich.

»Das bezweifle ich.« Eka seufzte. »Manchmal bin ich froh, dass meine Mutter gestorben ist, als ich ein Baby war.« Sie ließ ihre rechte Hand mit der Pinzette sinken und ich drückte sie kurz.

Eka musterte mich von der Seite und seufzte. »Hast du überlegt, was du jetzt wegen Iwan machen willst? Ich bin immer noch dafür, ihn in die Schlafräume an den Peterhof zurückzubringen. Er ist dort sicher.«

Mir wurde flau im Magen. »Sie haben vorhin angerufen. Seine Tante ist tot.«

»Scheiße.«

»Das kannst du laut sagen. Erzählen wir es ihm?«

»Erst mal nicht. Also, was ist der Plan? Fräulein Ich-weiß-immer-was-ich-tue-und-habe-einen-Ausweg-für-alle-Eventualitäten? Peterhof?«

»Nach allem, was passiert ist? Wie soll er sich dort jemals wieder wohlfühlen?« Ich schüttelte den Kopf und holte tief Luft. Der Streit mit meiner Mutter hatte mich nur noch darin bestärkt. Ich würde Iwan nicht im Stich lassen. Nicht so, wie sie mich im Stich ließ. Eka und ich waren seine Familie. Er würde sich auf uns verlassen können. Ich holte tief Luft. »Ich werde hier wohnen bleiben.«

»Sternchen, ich liebe dich bis zum Mond und noch viel weiter. Aber täglich von Berlin nach Sankt Petersburg einen Schattenschritt und zurück zu machen, wäre zwar mit dienem maximalen Astron theoretisch möglich, ist jedoch gerade nicht drin. Ich habe auch nicht genug, dich jeden Tag zu bringen, zurückzukommen und wieder abzuholen.« Eka setzte sich auf die Kante der Couch und wendete sich mir zu. Sie musterte mich mit schräg gelegtem Kopf und mitleidigem Gesichtsausdruck.

»Ich weiß – ich werde nicht studieren gehen.« Ekas Blick ausweichend, starrte ich auf die Blümchentapete, die an einer Stelle so abgerissen war, dass ich die nackten Steine darunter sehen konnte.

»WAS?« Eka plumpste vom Sofa und schaute mit großen Augen zu mir hoch.

Ich schüttelte den Kopf und spielte mit dem Band meines Astrolabiums. Mit höchstem Interesse begutachtete ich die ausgerissenen Tapetenränder. An den Rändern waren die verschiedenen Muster erkennbar, die immer wieder überklebt worden waren. »Zumindest erst mal nicht. Oder ich suche mir eine andere Universität, die näher ist. Bei dem Numerus Clausus wird es mit meinem Notenschnitt sowieso schwierig. Aber der Job in Moskau ist gut und ich kann ihn etwas verlängern. Das gibt mir genug Zeit, bis Iwan mit der Schule fertig ist.«

»Bis Iwan mit der Schule fertig ist, könntest du mit deinem Master fertig sein.« Eka setzte sich wieder auf die Couch und glättete mit ihren Fingern ihre etwas zerzausten Haare. Sie schüttelte den Kopf. »Ich bin doch auch noch da, dann wohnen Iwan und ich eben weiter zusammen. Mit deinem 1,2-er Schnitt solltest du wenigstens versuchen, dich zu bewerben.«

»Wie willst du das machen mit deinem Praktikum bei Alenjakova? An manchen Tagen bist du erst nach zwanzig Uhr da und wenn du wieder an der Hochschule bist, wird das nicht viel besser. Vor allem mit deiner Arbeit in der Bar.« Ich schluckte. »So ist es besser für alle.«

Eka legte einen Arm um mich und zog mich an sich. »Das ist dein Traum, seitdem du von dem Studiengang gehört hast. Wir schaffen das gemeinsam. Uns fällt schon was ein.« Sie drückte mir einen Kuss auf die Wange.

Ich nickte und versuchte jeglichen Gedanken an das Psychologiestudium zu verdrängen.

»Breschnews Hausarrest ist morgen übrigens vorbei«, sagte Eka vorsichtig.

Ich entwand mich ihrem sanften Griff und massierte meine schmerzenden Arme. Wahrscheinlich sollte ich mehr Sport machen, so wie mich das Tragen von ein paar Büchern am Tag mitnahm. »Ich weiß. Und?«

Eka zuckte mit den Schultern und zauberte die Skizze für meinen Mantel hervor. Sie trug darauf die neuen Maße ein. »Nachdem er trotz Drohung einer einstweiligen Verfügung so penetrant den Kontakt gesucht hat, dachte ich, du wärst nervöser.« Sie hielt im Schreiben inne und schaute mich an. »Ich meine, der Typ hat dir jetzt über Monate hinweg jeden Tag einen Brief geschrieben. Und darf ich dich an den Besuch seiner Mutter erinnern? Oder die Ausgabe von Romeo und Julia zu deinem Geburtstag mit dieser hässlichen Postkarte mit dem Engel?«

Ich zog die Augenbrauen hoch und umfasste den Schlüssel, der an einer silbernen Kette um meinen Hals hing. »Es ist mir ganz egal, was er will. Wir haben uns nichts zu sagen. Und wenn er es wagt, sich mir auch bloß zu nähern, werde ich nicht zögern, all mein Astron auf einmal auszugeben und ihn so zu verzaubern, dass ihm nur ein Zaubererarzt helfen kann.«

9

Gedankenverloren wich ich einem Schrank von einem Mann aus, der mir mit mürrischem Gesicht entgegenschlenderte. Ich zögerte, als mein Gehirn langsam das Bild verarbeitete, das sich mir eben dargeboten hatte. Für einen Moment kam es mir so vor, als hätte er in seinen Jackenärmel geflüstert. Ich blinzelte und drehte mich nach ihm um, aber es war nur ein Fremder, der die Straße entlangging. Kopfschüttelnd trottete ich weiter. Das war nicht das erste Mal nach der Therapie, dass ich so neben mir stand, obwohl Frau Smirnowa heute nicht viel aus mir herausgepresst hatte. Alles, was zu sehr mit meinem Leben als Sklavenmädchen zusammenhing, fiel mir schwer anzusprechen. Und nach dem Streit mit meiner Mutter gestern war die Therapiestunde noch anstrengender als sonst gewesen und hatte mich das letzte bisschen Energie gekostet.

Meine Aufmerksamkeit verfing sich in einer riesenhaften Sprechblase in einem Schaufenster wie eine Maus sich in den Fängen einer Kikimora. »NEUERÖFFNUNG – 50 % Rabatt« stand da in weißen Lettern auf rotem Grund. Ich war auf dem Hinweg so in Gedanken vertieft gewesen, dass ich daran vorbeigelaufen sein musste. Drinnen stapelten sich blitzende Kuchenformen, bunte Schneebesen und eine Pyramide aus Schokoladenkuvertüre. Eigentlich brauchte ich jeden Rubel, den ich verdiente. Doch jetzt, da das Studium außer Frage stand, konnte ich mir ruhig eine Kleinigkeit gönnen, bei so viel Rabatt sowieso. Mit einem neuen Teigschaber machte das Backen bestimmt doppelt so viel Spaß.

Kurzerhand schritt ich durch die glänzenden Glasschiebetüren und der Duft von frisch gebackenem Kuchen umhüllte mich wie eine warme Decke. Der Mann vom Sicherheitsdienst war davon nicht so begeistert, seinem grimmigen Gesicht nach zu urteilen. Er musterte mich kurz und nickte mir dann zu, bevor er die Arme verschränkte und sich weiter in den Eingang stellte.

Aus irgendeinem Grund erhöhte sich mein Puls und mir drehte sich der Magen um. Alles in mir schrie, dass ich gehen sollte, obwohl ich nicht wusste, warum. Lag es nur an dem düster aussehenden Mann vom Sicherheitsdienst? Seine Anwesenheit war überraschend, doch je nach Laden keine Seltenheit. Trotzdem ... Ich war schon im Begriff, auf mein Bauchgefühl zu hören und umzukehren, als ich eine Mutter mit ihrem Sohn an der Hand entdeckte. Sie standen vor den Backöfen, die in die Wand eingelassen waren, vor ihnen ein Kinderwagen mit einem schlafenden Baby. Der Junge zeigte begeistert auf eine Kuchenform in einem Ofen. Neues Konzept für einen Haushaltswarenladen, aber es gefiel mir.

Viel entspannter als noch Sekunden zuvor schritt ich an einer Auslage vorbei, auf der sich bunt gemustertes Geschirr stapelte. Eine ältere Dame stand an einem Regal mit Kochbüchern und kniff ihre Augen zusammen, während sie versuchte über den Rand ihrer Brille den Titel zu entziffern. Die sanften Klavierklänge, die durch den Laden hallten, beruhigten meine restliche Nervosität und ich wendete eine Schale mit Punkten hin und her, die mir besonders ins Auge stach. Bei dem Preis wunderte ich mich, warum der Laden nicht aus allen Nähten platzte. Vielleicht hatten sich mehr Leute von dem Sicherheitsdienst abschrecken lassen, der dem Mann von der Straße eben erstaunlich ähnlich sah.

Meine Finger glitten über farbige Glasmessbecher und

blieben bei einem roten hängen. Den könnte ich mir doch gönnen. Es war außerdem der letzte. Ich stellte ihn kurz wieder hin, um nachzuschauen, wie viel Geld ich noch für den Monat zur Verfügung hatte.

Der Junge war mittlerweile zu mir hinübergewandert und betrachtete ebenfalls die Messbecher. Die Mutter versuchte sich währenddessen mit dem Kinderwagen zwischen einer Pyramide aus Töpfen und einem Tisch voll beladen mit Teigrollen und bunten Fondantpackungen durchzuzwängen. Da passierte es. Der Kleine riss an dem letzten roten Messbecher, der auf dem hellen Boden in tausend Splitter zersprang.

»Leonid!«, schimpfte die Mutter und das Baby fing zu weinen an. Die Frau hob es aus dem Wagen und wippte es unter Sch-sch-sch-Lauten sanft im Arm hin und her, stieß dabei aber mit ihrem Fuß an einen Teil der Pyramide, von der einige Töpfe scheppernd zu Boden fielen. Der kleine Leonid heulte auf wie eine Alarmanlage.

Ich kniete mich zu ihm hin und lächelte ihn an. Aus meiner Ledertasche fischte ich ein Taschentuch und reichte es ihm. »Schon gut, wir sammeln das einfach wieder auf.«

Ich konzentrierte mich auf meine Magie, dachte daran, wie Nikolaj und ich rechts und links von unserem Vater saßen, während er uns die Geschichte von Baba Jaga vorlas. An den versichernden Druck des Leinenkissens im Rücken, den Geruch des Pirok für die Gagarins in der Nase. Dann lenkte ich die Emotion um. Die Scherben flogen in meine ausgestreckten Hände.

Im nächsten Moment eilte bereits eine Verkäuferin auf uns zu und nahm mir gleich die Überreste ab. »Vielen Dank.«

Ich nickte kurz. Leonid schniefte immer noch.

»Das ist wirklich nicht schlimm, das ist uns allen schon passiert.« Ich lächelte ihm erneut zu.

»Kannst du mich kurz drücken?« Eine dicke Träne kullerte seine Wange hinunter.

Unsicher schaute ich zu seiner Mutter auf, die nur nickte.

»Ja, klar.« Ich breitete die Arme aus.

Der kleine Junge warf sich gegen meine Brust und stieß mich dabei fast um. Für so einen kleinen Wichtel hatte er ganz schön viel Kraft. Seine Arme schlossen sich eng um meinen Nacken.

Die Verkäuferin rettete mich schließlich mit einem Bonbon in der ausgestreckten Hand. Für einen Moment dachte ich, sie würde leicht bläulich schimmern, aber mit dem nächsten Wimpernschlag war der Eindruck verflogen. Leonids gierige Finger rissen ihr die Süßigkeit gleich weg. Das Baby hatte mittlerweile aufgehört zu weinen und lag wieder im Wagen.

Ich richtete mich auf und schmunzelte, weil Leonid das Papier in Windeseile öffnete und das Bonbon in seinem Mund verschwand.

»Danke.« Die arme Mutter war sichtlich gestresst, nahm Leonid an der Hand und zerrte ihn aus dem Laden.

Die Verkäuferin räusperte sich und strich ihre rosa Schürze mit den zwei Taschen glatt. »Hatten Sie Interesse an dem Messbecher?«

»Nicht schlimm, ich war sowieso unsicher.« Ich wandte mich ab und wollte gerade den Laden verlassen, als ihre Stimme mich noch einmal innehalten ließ.

»Im Lager haben wir bestimmt weitere Exemplare vorrätig. Ich kann schnell nachsehen.«

Langsam drehte ich mich um. Einen Moment überlegte ich, während die alte Dame auf einen Stock gestützt zu den Kuchenformen hinkte. »Das wäre sehr freundlich.«

Die Verkäuferin nickte mir kurz zu und verschwand hinter einer Tür gegenüber der Kasse. Ich wendete die Schale von vorhin erneut in meiner Hand, da hörte ich das Splittern von Porzellan und einen spitzen Schrei. Der Boden bebte kurz. Ich stellte die Schale wieder zu den anderen und rannte zur Lagertür. Doch zwischen Regalen voller Tassen, Teller und Auflaufformen fand ich weder die Verkäuferin noch ein umgestürztes Regal.

»Hallo? Sind Sie verletzt?«, rief ich in den erstaunlich großen Lagerraum. Die Tür fiel schwer ins Schloss und ich hörte nur meinen rasselnden Atem. Ich schluckte und meine Hand wollte nach dem Fokus tasten – aber griff ins Leere. Mein Herzschlag stolperte und ich fasste hektisch an meinen Nacken. Die silberne Kette war weg und mit ihr mein Fokus. Ich atmete schneller. *Ganz ruhig, Irina, durch Panik wird nichts besser.* Ich hatte ihn eben gehabt. Hektisch suchte ich den Boden hinter mir ab.

»Suchst du etwa das hier?« Eine allzu bekannte Stimme drang an meine Ohren und die Haare in meinem Nacken stellten sich auf.

Ich fuhr herum. Alexej Sergejewitsch Breschnew schlenderte zwischen zwei Regalen hervor. An seiner linken Hand baumelte ein Schlüssel an einer silbernen Kette.

Mein Fokus.

»Gib das sofort wieder her!« Ich machte einen Satz nach vorne, aber er wich mir mit nervender Eleganz aus.

»Der kleine Leonid ist ein hervorragender Schauspieler für sein Alter. Hat lange gedauert, so einen zu finden. Etwas Anerkennung für seine Leistung wäre nett«, sagte Breschnew in einem lässigen Plauderton.

Hastig ließ ich den Blick über die Regale schweifen, aber eine anständige Waffe entdeckte ich leider nicht. In meiner Verzweiflung griff ich nach einem Puderzuckerpäckchen, das ich nach ihm warf. Doch wie zu erwarten, beeindruckte ihn das nicht sonderlich. Mit einem Wischen seiner Hand hielt Breschnew das Päckchen im Flug an und es fiel zu Boden. Zwischen uns erhob sich eine Wolke aus feinem Zucker wie in einer Schneekugel. Ich blinzelte hektisch und stürzte wieder nach vorn.

»Iwanowa, du bist ganz schön schwer zu kontaktieren.« Er wich zurück, trat hinter ein Regal und ich stolperte ihm nach, Puderzucker auf meinen Ballerinas. Er hatte tiefe Augenringe und seine Wangen wirkten eingefallen.

»Ich rufe die Polizei oder die Strazh!« Meine Stimme überschlug sich fast.

Er zuckte mit den Schultern und machte einen Schattenschritt, sodass jetzt zwei Regalreihen zwischen uns lagen. Sein Gesicht war zu ruhig, soweit ich es zwischen Töpfen und Pfannen erkennen konnte. »Tu, was du nicht lassen kannst.«

Er wusste anscheinend, dass mein Astron viel zu niedrig war, um ohne Fokus zu zaubern. Ich knirschte mit den Zähnen. »Breschnew, was willst du?«

»Ich will, dass du mir zuhörst. Fünfzehn Minuten. Schwöre auf die Sterne.«

»Fünf.«

»Meinetwegen.« Er rollte genervt mit den Augen. »Du wirst mich darum anflehen, dass ich dir mehr erzähle.«

»Das bezweifle ich.« Ich verschränkte die Arme und blies mir eine Haarsträhne aus dem Gesicht, die sich aus meinem Zopf gelöst hatte.

»Also?«

Ich schnaubte, verengte die Augen und hielt beide Handflächen Richtung Decke. »Hiermit schwöre ich auf die Sterne, dass ich Alexej Breschnew fünf Minuten zuhören werde.«

»Netter Versuch. Noch mal.« Dieser Bastard hatte tatsächlich die Nerven, die Kette mit meinem Fokus um seinen Zeigefinger schwingen zu lassen, als wäre das irgendein Schlüssel. Aber es half ja nichts.

»Hiermit schwöre ich, Irina Igorevna Iwanowa, auf die Sterne, dass ich Alexej Sergejewitsch Breschnew hier und jetzt für fünf Minuten zuhören werde.«

»Na also, geht doch.« Breschnew erschien aus dem Schatten des Regals vor mir und warf mir meinen Fokus zu.

Schnell hängte ich mir die Kette um und ließ den Schlüssel im Dekolleté verschwinden. Dass Breschnew eine Augenbraue hob, ignorierte ich. Ich hatte meinen Fokus wieder, das allein zählte. Meine Schultermuskeln lockerten sich etwas mit dem Gefühl von vertrautem kaltem Silber auf meiner Haut. Trotzdem war ich innerlich angespannt wie eine Sprungfeder. Aber Breschnew machte keine Anstalten, mich anzugreifen.

»Deine Zeit läuft.« Demonstrativ stellte ich die Stoppuhr auf meinem Handy und hielt das Display so, dass Breschnew die vergehenden Sekunden sah.

»Zaubere einen Wahrheitszauber.« Er lehnte sich an einen Regalpfosten, überkreuzte die Beine und warf seinen Fokus spielerisch immer wieder in die Luft. Die Platinkugel blitzte im künstlichen Licht.

»Wieso sollte ich so viel Astron für dich verschwenden? Und dann noch für einen Zauber, der illegal ist.« Ich versuchte mich kerzengerade aufzurichten, um den Kopf, den er größer war, zu überspielen.

»Tu es einfach.« Er verdrehte die Augen.

Ich spähte auf das Handydisplay. Zehn Sekunden vorbei. »Breschnew, ich bin mir nicht sicher, wo zur Hölle du dir so den Kopf angeschlagen hast. Aber falls du nach deiner erpresserischen Aktion gerade und all den Jahren, in denen du mich behandelt hast wie Dreck, auch nur eine Sekunde denkst, ich würde irgendetwas tun, weil du es sagst, dann ist dir der Sternenstaub deiner Tattoos zu Kopf gestiegen!«

Er zuckte mit einer Schulter. »Dein Problem. Ich erzähle das Ganze nicht mehr als einmal.« Sein muskulöser Brustkorb hob sich.

Sofort ärgerte ich mich darüber, dass ich das überhaupt wahrgenommen hatte. Wenn ich alle Zeit der Welt hätte, würde ich sie sicher nicht im Fitnessstudio verschwenden.

»Du und ich sind verflucht. Wir haben noch ungefähr ein halbes Jahr, bis der Fluch uns tötet.« Er verzog keine Miene bei den Worten.

Ich lachte laut auf, aber nur Breschnews Mundwinkel zuckte. Das war das Albernste, was ich je gehört hatte.

»Mir war nicht klar, dass du den Tod so erheiternd findest.« Er verengte die Augen.

Ich ging mit erhobenem Zeigefinger einen Schritt auf ihn zu und stellte mich auf die Zehenspitzen, sodass sich unsere Nasenspitzen fast berührten. »Was auch immer du für ein krankes Spiel spielst, spar es dir.«

Er wich nicht zurück, stattdessen funkelte in seinen eisblauen Augen der Zorn. Ich erkannte die hellen, fast schon weißen Sprenkel in seiner Iris. Ein Eissturm. Mein Herz pochte wie wild.

»Ich würde dir raten, auf Abstand zu gehen, sonst kann ich für nichts garantieren.« Seine Nasenflügel bebten.

Ich schluckte und wich zurück. Nein, Moment, er war der Böse hier. Also holte ich tief Luft und ballte meine Fäuste. »Wieso sollte ich dir glauben? Du willst mich nur manipulieren.«

»Ich sage dir das, damit du aus deinen letzten Tagen noch das Beste machen kannst. Du verdienst die Wahrheit.«

»Als ob dir an meinem Wohlergehen irgendetwas liegen würde.«

Er presste die Lippen zu einer dünnen Linie zusammen. »Tut es vielleicht.«

Ich verengte die Augen zu Schlitzen. »Ich wurde im Weinkeller deines verdammten Palasts gefoltert, während draußen zahlreiche andere hingerichtet wurden! Im Innenhof deines verdammten Palasts! Versuch nicht mir weiszumachen, du wusstest von nichts. Dass du an meinem Wohlergehen interessiert bist, ist das Letzte, das ich glaube«, zischte ich.

Er spannte seinen Kiefer an. »Ich habe alles getan, um dich zu schützen«, presste er zwischen zusammengebissenen Zähnen heraus.

»Du lügst.«

Breschnew strich sich den Puderzucker von seinen breiten Schultern. »Ich habe dir gesagt, du sollst einen Wahrheitszauber nutzen. Du warst zu stur.«

»Wahrheitszauber sind unzuverlässig und man kann sie mit manchen sternenstaubmodifizierten Gegenständen umgehen, das weißt du so gut wie ich. Nach allem, was du hier vorbereitet hast, wäre es dumm, das nicht zu tun.« Ich hatte große Lust, eine der Tassen aus dem Regal hinter mir, die mir bei meiner vorherigen Suche nach einer Waffe entgangen waren, an seinen Dickschädel zu werfen.

»Ich habe es dir gesagt. Was du damit tust, ist deine Sache.« Er richtete sich auf, während er seinen Fokus in die Tasche der schwarzen Hose gleiten ließ. Dann hatte Breschnew tatsächlich die Nerven, an mir vorbeizugehen. Seine schweren Schritte hallten in dem Lagerraum wider.

Ich hielt ihn am Ärmel seiner Lederjacke fest. »Das war es? Du nervst mich seit Monaten, lockst mich hierher, sagst, ich sterbe und gehst einfach?«

Er blickte mich über seine Schulter an. »Du hast sehr deutlich gemacht, was du von mir hältst und du weißt das Wichtigste. Meine Pflicht ist getan«, zischte er und machte einen kleinen Schattenschritt nach vorne, sodass ich plötzlich nur noch nach Luft griff.

»Was soll das überhaupt für ein Fluch sein? Die wenigsten Flüche sind stark genug, um jemanden zu töten. Schon gar nicht über einen so langen Zeitraum.«

Breschnew drehte sich um, rollte mit den Augen und schnaubte. »Hättest du dich ein wenig mit den Sachen beschäftigt, die ich dir geschickt habe, wüsstest du es längst.«

Ich runzelte die Stirn. Das ergab alles keinen Sinn. »Du verrätst es mir nicht mal?«

»Ich sage es dir, wenn du es für dich behältst.« Er hob eine dunkle Augenbraue und schaute mit erhobenem Kinn auf mich herab.

»Das ist lächerlich. Was ist das hier für ein erbärmlicher Manipulationsversuch?«

Breschnew zuckte mit den Schultern. Die Lederjacke stand ihm unverschämt gut, aber ich verdrängte den Gedanken schnell.

»Dann nicht. Schönes Leben noch, Iwanowa.«

»Halt, warte! Ich werde nichts sagen, wenn ich es für sinnvoll halte.«

Er drehte sich wieder um und fixierte mich wie ein Löwe seine Beute. »›You are a lover; borrow Cupid's wings and soar with them above a common bound‹, Romeo und Julia, Akt eins, Szene vier, Zeile siebzehn und achtzehn.«

Meine Augen wurden so groß wie Unterteller. »Was soll mit Romeo und Julia sein?«

Er schnaubte. »Romeo und Julia sind die Erben zweier rivalisierender Adelshäuser. Sie verlieben sich ineinander und wollen heiraten. Am Schluss sterben beide.«

Ich stemmte die Hände in die Hüften und funkelte ihn an. »Natürlich kenne ich Romeo und Julia. Ich verstehe nur nicht, was du mir damit sagen willst.«

Er fuhr sich durch die perfekt gestylten Haare und sein Blick schweifte durch den halbleeren Lagerraum. »Hast du jemals vom Cupids Fluch gehört?«

Ich überlegte kurz und schüttelte den Kopf.

»Das erste Mal wurde er von Shakespeare in dieser Zeile erwähnt. Es ist allerdings ein antiker Fluch, bereits die Römer kannten ihn. Im viktorianischen England erfreute er sich großer Beliebtheit, als Zauberer anfingen, aus Liebe und nicht mehr aus politischem Geplänkel zu heiraten.«

Ich runzelte die Stirn. Wir konnten nicht ferner von solch einer Situation sein.

Breschnew nahm sich die gleiche bunt gemusterte Schale aus einem Regal, die ich vorher schon in der Hand gehalten hatte. Er drehte und wendete sie, bevor er noch mal tief Luft holte. »Es ist eigentlich einer der guten Flüche. Zwei … Zauberer werden von einer dritten Partei verflucht. Sie werden krank. Sehr krank. Wenn sie sich nicht magisch binden, sterben beide – durch innere Blutungen, Organversagen und ein paar andere nette Effekte.«

Ich trat von einem Fuß auf den anderen, meine Haut juckte. Für einen Moment war ich davon überzeugt, gleich in meinem Bett aufzuwachen – zu absurd war diese ganze Situation.

»Der Fluch wurde entworfen, um die Familien der zwei Personen zu zwingen, das Paar zu akzeptieren. Selbst dann, wenn sie damit nicht einverstanden waren. Denn anderenfalls würde die Familie ein Kind verlieren – oder noch schlimmer, den Stammhalter.«

Ich funkelte ihn an. Breschnew stellte die Schale zurück und hob beide Hände. »Schau mich nicht so an, Iwanowa, ich habe die Regeln nicht gemacht.« Er schüttelte kurz den Kopf. »Wie auch immer, Romeo und Julia sind das perfekte Beispiel. Der magische Bund kommt im Endeffekt einer Ehe gleich. Bei ihnen hatte Bruder Lorenzo seine Hände im Spiel.«

»Was willst du mir hier eigentlich sagen? Was soll das mit uns und diesem angeblichen Fluch zu tun haben? Und wieso sollte jemand versuchen uns dazu zu zwingen, uns magisch aneinanderzubinden?« Ich verschränkte die Arme.

Breschnew schritt auf mich zu und streckte fordernd seine Hand aus. »Zeig mir deine Hände.«

»Wieso sollte ich das tun?« Der Zweifel knabberte an mir. Es war zu absurd.

»Iwanowa, zeig mir deine Hände. Jetzt.«

Aber was hatte ich zu verlieren? Ich verdrehte die Augen und streckte sie vor. »Zufrieden?«

Breschnew holte seinen Fokus aus der Tasche, der kurz leuchtete und meine Hände für eine Sekunde in blaues Licht tauchte.

»Da«. Er zeigte auf eine metallisch blau schimmernde Linie, die sich von der Spitze des Ringfingers bis zu meiner Handinnenfläche erstreckte.

Ungläubig schaute ich zu ihm auf. »Das hast du gerade dorthin gezaubert mit was auch immer für einem Spruch.«

Sein Blick wurde hart wie Stahl und sein Gesichtsausdruck ernster als ohnehin schon. »Nein, Iwanowa, habe ich nicht. Zaubere selbst einen Anakalypsi für Flüche, wenn du mir so misstraust.«

Saturnzaubersprüche lagen mir für die kurze Fluchanalyse gerade näher als Neptun, wütend war ich schon. Ich lenkte meine Wut auf Breschnew und mich, dachte an die Veränderung und wartete. Unsere beiden Hände glühten kurz und Breschnew zeigte mir seinen rechten Ringfinger. Die gleiche Linie.

Er schüttelte leicht den Kopf. »Das war kein Trick.«

Es fühlte sich an, als hätte mir jemand in die Magengrube getreten und alle Luft aus den Lungen wäre verpufft. Bis eben hatte ich an Breschnews Aussage gezweifelt. Mein linker Zeigefinger fuhr über die Linie, die etwas schmerzte. Ich hatte mich in der ganzen letzten Zeit nicht so gut gefühlt. Übelkeit, Zittern, Müdigkeit – ich hatte es auf die Examen und meine schlaflosen Nächte geschoben. Doch was, wenn es einen anderen Grund gab?

»Die Linie zeigt uns, wie viel Zeit wir noch haben. Erreicht sie das Herz, sterben wir. Schwindel, Kopfschmerzen, Gliederschmerzen, Zittern, das sind alles Nebeneffekte des Fluchs. Das ist allerdings nur der Anfang. Die Symptome werden sich verschlimmern, je weiter die Linie wächst.«

»Aber …« Ich schaute ihn verdattert an. »Ich verstehe nicht, warum ausgerechnet wir beide?«

Breschnew schnaubte wieder. »Ganz offensichtlich ist das nicht relevant.«

Erneut starrte ich ungläubig auf die bläulich schimmernde Linie. »Wer hat uns verflucht?«

»Der mächtigste Zauberer unserer Zeit.«

»Der Zar ist seit fast einem Jahr tot. Wie kannst du dir da so sicher sein?«

Breschnews rechtes Auge zuckte bei der Erwähnung seines Namens, aber kurz darauf glich seine Miene wieder einer

Maske. Kalt und unberührt, wie Eis. »Wenn ich mir einer Sache sicher bin, dann dieser, Iwanowa. Es gibt keine andere sinnvolle Erklärung dafür, wie sonst das Fluchmal auf unsere Arme gekommen ist.«

»Gut, unter diesen Umständen kann er eben nicht den Fluch umkehren, aber es gibt Hunderte Fluchbrecher. Demjan studiert gerade, er kann vielleicht helfen. Im Sommer ist er außerdem bei Lina Rosenqvist. Die begabteste Fluchbrecherin dieses Jahrhunderts wird den Fluch sicher lösen können. Sie hat letztens erst einen Amun-Fluch bei einem kleinen Mädchen gebrochen.«

Breschnew griff mich an beiden Schultern und schüttelte mich leicht. »Hast du vorher nicht zugehört? Du kannst niemandem von diesem Fluch erzählen! Nur deiner Familie.«

»Wieso?«

»Der ganze Sinn des Fluchs ist, zwei Liebende gegen Widerstände aneinanderzubinden. Wenn deren Familien zum nächsten Fluchbrecher rennen würden, wäre der Fluch umsonst.«

»Zwei Liebende? Aber wir lieben uns nicht.«

Breschnew ließ mich los und vergrub seine Hände in den Hosentaschen, während er sich umdrehte. »Du weißt alles, was du wissen musst. Tut mir leid, Iwanowa.«

»Breschnew, das ergibt doch alles keinen Sinn!«, rief ich ihm hinterher, doch er war schon im Schatten eines Regals verschwunden. Ich sah auf das Handy. Die Stoppuhr lief immer weiter. Die letzten Sekunden der vierzehnten Minute verstrichen und die Vier verwandelte sich in eine Fünf.

Wieder und wieder drückte ich auf die goldene Klingel und wartete auf das Summen des Türöffners. Meine Hände zitterten immer noch und die blau leuchtende Linie verhöhnte mich. *Mach endlich auf.* Keine Sekunde später surrte es und ich drückte die schwere Holztür mit dem goldenen Löwenklopfer auf. Tarej, dem Domovoi von Demjans Haus, nickte ich heute nur kurz zu und stürmte das luftige Treppenhaus hoch in den dritten Stock.

Demjan stand schon in seiner Wohnungstür, seine Krawatte hing ihm lose um den Hals und der oberste Knopf seines Hemdes war geöffnet. »Ich bin gleich nach deiner Nachricht nach Hause gekommen. Was ist passiert?«

Ich zwängte mich an ihm vorbei in die Wohnung und rannte auf das weiße Holzregal mit den vielen Büchern zu. Noch immer klebten meine Sohlen von dem Puderzucker. Meine Finger glitten über die dicken Buchrücken. Ich überflog die Titel. Es war grün, wenn ich mich nicht täuschte. *Flüche des einundzwanzigsten Jahrhunderts, Flüche im Wandel der Zeit, Flüche und der Stand des Saturns*, las ich. Da war es endlich. Ich zog Benevolente Flüche aus aller Welt aus dem Regal und blätterte so wild darin, dass die Seiten nur so rauschten.

»Was willst du denn damit? Das war so dringend? Hättest du das nicht einfach kurz im Internet suchen können?« Demjan stand in der Wohnzimmertür und kratzte sich am Kopf.

»Kennst du den Cu– Ah!« Ein stechender Schmerz fuhr mir in den rechten Arm, als wäre jemand die Haut mit einer heißen Klinge entlanggefahren. Ich presste ihn an meine Brust und fiel auf die Knie.

»Irina!« Demjan stürzte auf mich zu, seine Augen in Panik geweitet.

Stöhnend öffnete ich meine Hand. Die immer noch bläulich schimmernde Linie war mindestens einen Zentimeter gewachsen. Schnell ballte ich meine Finger zur Faust.

»Zeig mal.« Demjan nahm meine rechte Hand vorsichtig in seine und fuhr über meinen Unterarm. »Seltsam. Ich sehe nichts. Was tut denn weh?«

Ich starrte ihn an. Jede Faser meines Körpers war gespannt, aber Demjan untersuchte weiterhin den Arm. Dann bog er sanft meine Finger auseinander, schien die so verräterische Linie jedoch nicht zu sehen.

»Das … war wahrscheinlich nur ein Krampf«, stotterte ich.

»Bist du sicher, dass alles in Ordnung ist? Du verhältst dich wirklich seltsam. Ist in der Therapie etwas passiert?«

Ich schüttelte den Kopf, entzog ihm meine Hand und blätterte wieder in dem Buch, um den Index aufzuschlagen. Nichts, nicht die kleinste Erwähnung, genau wie auf Google und Infodex. Vielleicht doch ein grausamer Scherz von Breschnew. Ich legte Benevolente Flüche aus aller Welt auf den Parkettboden und zog den Almanach der Flüche heraus.

»Ira?«, riss mich Demjans Stimme aus meinen Gedanken. »Ich mache mir gerade wirklich Sorgen um dich.«

»Könntest du mir einen Kaffee machen? Das wäre eine große Hilfe.« Ich versuchte nicht mal, ihn kurz anzulächeln und blätterte gleich zum Inhaltsverzeichnis. Mein Finger glitt über *C. Cäsars Fluch, Calypsos Fluch, Ciceros Theorie der Fluchenergie* –

»Ähm … ja … klar.« Der arme Demjan tapste mit einem verdatterten Gesichtsausdruck in die Küche.

Wie sollte ich herausfinden, ob Breschnew gelogen hatte, wenn ich nichts über diesen Fluch herausfand? Ich zog das nächste Buch aus dem Regal.

»Hast du noch das Buch über Zauberer im viktorianischen England?«, rief ich durch den Gang in die Küche, während ich in Das große 1x1 der Flüche blätterte.

Demjans Kopf lugte aus der Küchentür. »Du meinst das, das ich für mein Referat für Zaubergeschichte gebraucht habe?«

Die Kaffeemaschine ratterte und surrte und das Aroma des Lebenselixiers beruhigte meine flatternden Nerven etwas. Ich nickte und klappte das Buch frustriert wieder zu. In *Die beliebtesten russischen Flüche* würde ich Cupids Fluch bestimmt nicht finden. Stattdessen fiel mein Blick auf den ledernen Einband von *Fluchweben und Fluchanalyse – eine Einführung*. Schnell zog ich das schwere Buch heraus.

»Ira, das ist Jahre her. Das habe ich sicher nicht mehr.« Demjan schüttelte den Kopf und streckte mir meine Lieblingstasse mit Kaffee entgegen, die ich dankbar annahm. Er hatte sogar ein Herz aus Kakao auf den Schaum gestreut.

Ich zwang mich zu einem kurzen Lächeln, nahm einen kleinen Schluck und trommelte mit meinen Fingern auf den Buchrücken. »Wenn ich Fluchbrechen studieren würde, wie lange bräuchte ich, bis ich einen Fluch analysieren könnte?«

»Was ist denn heute los mit dir? Du stehst ganz neben dir.« Demjan setzte sich neben mich auf den Boden und musterte mich besorgt mit schräg gelegtem Kopf.

»Demjan – wie lange?«

»Wir fangen im dritten Semester erst richtig damit an.«

»So viel Zeit habe ich nicht.« Ich raufte mir die Haare und spielte mit dem Verschluss meines Astrolabiums. Mein Astron war fast leer.

»Muss ich das jetzt verstehen?« Demjan beäugte die Bücher, die ich herausgezogen hatte. »Sag mal, bist du überhaupt Irina?« Er verengte die Augen zu Schlitzen. »Das werden wir gleich sehen.«

»Nein!« Ich stürzte mich auf ihn und schlug ihm seinen Fokus aus der Hand, bevor er den Zauber wirken konnte. Das Nagellackfläschchen mit der roten Farbe blieb scheppernd unter dem Couchtisch liegen. Demjan hechtete ihm hinterher, den Sternen sei Dank war es nicht kaputtgegangen. Ich tauchte unter Demjan durch, schlitterte über das Parkett. Er streckte die bläulich schimmernde Hand aus und das Fläschchen rutschte ihm entgegen. Im letzten Moment schlug ich seine Hand weg und bekam es zuerst zu greifen.

»Bitte, Demjan, warte –« Ich japste nach Luft, doch Demjan hatte mir schon das Fläschchen entrissen und wich zurück, eine Hand in meine Richtung ausgestreckt.

»Wer bist du?« Sein Brustkorb hob und senkte sich schnell.

»Ich bin es, Irina. Wirklich. Ich weiß, ich benehme mich seltsam, aber das hat einen guten Grund.« Zur Sicherheit hob ich die Hände in die Luft, weit weg von meinem Fokus.

»Und was für einen?«

»Das kann ich dir nicht sagen.«

Demjan lief um mich herum wie ein Drache um seine Beute. Ich konnte es ihm nicht verdenken. Die Sklavenrebellion hatte bei uns allen Spuren hinterlassen.

»Welche erste Regel haben wir zusammen im Peterhof gebrochen?«, fragte er.

»Wir sind nachts in die Bibliothek, weil ich dir beweisen wollte, dass ich bei den Einhörnern recht hatte.«

»Was habe ich dir zu deinem ersten Geburtstag hier geschenkt?«

»Neue Turnschuhe.«

Demjans Hand sank, die Schultern fielen nach vorne und er machte mit einem betretenen Gesichtsausdruck einen Schritt auf mich zu. »Tut mir leid, Ira. Du verhältst dich wirklich seltsam und ich mache mir Sorgen um dich.«

Kurz verzog ich das Gesicht. »Ich weiß. Tut mir leid. Ich bin da in etwas hineingeraten.«

Demjans Augen weiteten sich. »Brauchst du Hilfe, Ira? Oder Geld? Was auch immer es ist, wir können es lösen!«

Ich schüttelte den Kopf und betrachtete kurz die leuchtende Linie auf meiner Hand, die langsam verblasste, während der Zauberspruch nachließ. »Danke, aber das muss ich allein regeln. Du hilfst mir am ehesten, wenn du mich nicht mit Fragen bedrängst.«

Demjan öffnete den Mund, schloss ihn allerdings gleich wieder und nickte. »Was kann ich noch tun?«

10

Ich gähnte und schlurfte von einem gelben Lichtkegel der Straßenlaterne zum nächsten. Vielleicht würde ich unsere Wohnung noch erreichen, bevor sie erloschen und Sonnenstrahlen den Asphalt wärmten. Den Abdruck der Buchkante, über der ich in der Universitätsbibliothek eingeschlafen war, konnte ich immer noch auf meiner Wange ertasten. Wenigstens hatte ich keine Albträume gehabt. Das bisschen Schlaf hatte allerdings kaum ausgereicht, mein Astron auch nur annähernd aufzufüllen. Also hatte ich mal wieder die Metro nutzen müssen, um nach Hause zu kommen.

Die Sache mit der Universitätsbibliothek war Demjans Idee gewesen und er hatte mich natürlich sofort dorthin gebracht. Über den Fluch hatte ich jedoch nichts herausgefunden, obwohl ich die ganze Nacht gesucht hatte. Wie ich in einer halben Stunde nach Moskau zu meinem Arbeitsplatz kommen sollte, war mir schleierhaft. Vielleicht konnte Eka mich bringen. Aber schon allein der Gedanke, die vielen Stockwerke zu erklimmen, machte mich noch müder. Wenn jemals dieser Aufzug repariert werden sollte, würde ich zur Feier des Tages die aufwendigste Torte backen, die ich im Internet finden konnte.

Ich gähnte erneut, wich einer umgekippten Mülltonne aus, deren Inhalt über den Bürgersteig verstreut war, und kam dann stolpernd zum Stehen. Jetzt fing ich schon an, vor Schlafmangel zu halluzinieren. Ich rieb mir die Augen, aber als ich die

Lider wieder hob, saß nach wie vor eine zusammengesackte Figur vor unserer Haustür. Breschnew hatte noch immer die Lederjacke an und sein Kopf war auf seine Brust gesunken. Es grenzte an ein Wunder der Sterne, dass er nicht ausgeraubt worden war, Zauberer hin oder her. Sein Astrolabium von Glasplanet um sein Handgelenk war so viel wert wie ein gehobener Mittelklassewagen.

Ich überwand die letzte Distanz zwischen uns und trat mit meinem Fuß an seinen Schuh. Er zuckte nur kurz und ich kickte wieder. Breschnew schlug die Augen auf und gähnte. »Hat sich die Dame auch mal bequemt, nach Hause zu kommen?« Er streckte sich und stand auf.

»Ich bin dir keine Rechenschaft schuldig.«

»Wo sind deine zwei anderen Sidekicks?«

Ich kramte in meiner Tasche nach dem Schlüssel. »Du hast Glück, dass ich nicht direkt einen Schattenschritt in meine Wohnung gemacht habe.«

Breschnew zog nur eine perfekt geformte Augenbraue hoch und verschränkte die Arme. »Ich hätte auch drinnen gewartet, aber Pawlowa und der Kleine haben sich geweigert, mich reinzulassen.«

»Zu Recht. Wieso hast du überhaupt hier die ganze Nacht gesessen?«, fragte ich. Ganz konnte ich die aufkeimende Neugier nicht unterdrücken.

»Es ist nicht so, dass ich eine Wahl gehabt hätte, nachdem du offensichtlich beschlossen hast, uns schneller zu töten als unbedingt notwendig.« Der Sarkasmus in seiner Stimme war unüberhörbar.

Prompt schoss mir Hitze in die Wangen und ich umfasste meine rechte Hand mit der linken. Mir war nicht klar gewesen, dass schon die Erwähnung des Fluchs Demjan gegenüber problematisch war.

Breschnew zog den Reißverschluss seiner Lederjacke zu und rieb sich die Hände. »Wo können wir reden, ohne dass uns jemand zuhört?«

»Hier nirgendwo.«

»Was ist mit dem Dach?«

»Du willst auf das Dach?« Überrascht blinzelte ich ihn an.

»Von wollen kann keine Rede sein, aber ich nehme an, dass du dich weigerst, mit mir irgendwo hinzugehen, wo wir Ruhe haben und nicht belauscht werden.« Er zog fast schon spöttisch eine Augenbraue hoch.

»Da liegst du richtig.« Ich steckte den Kopf und den Arm in die Tasche, knipste das Licht an und suchte die oberen Seitenfächer nach dem verdammten Schlüssel ab. Ich war mir sicher, dass ich ihn in eines der vorderen Fächer gesteckt hatte, aber da war nur ein Schokoriegel, den ich verloren geglaubt hatte.

»Dir ist schon bewusst, dass diese Serie von der *Manufaktur Medici* extra Fächer mit Schlüsselketten für Leute wie dich hat?«, drang gedämpft Breschnews genervte Stimme zu mir.

Natürlich wusste er, welches Fabrikat das war. Ich tauchte aus der Tasche auf, verengte die Augen und ballte die freie Hand zur Faust. »Was genau meinst du mit Leuten wie mich?«

»Vergiss es. Also, Dach?«

»Wenn ich meinen Schlüssel finde ...«

Breschnew warf einen kurzen Blick auf mein Astrolabium und verdrehte die Augen. »Ich nehme an, du hast ihn auf deine magische Signatur geprägt?«

Ich zog den Ärmel von Ekas Jacke tiefer, sodass meine Astronanzeige nicht mehr zu sehen war. Einen Moment überlegte ich zu lügen. Als ob ich genug Astron für eine langfristige Prägung übrig hätte. Nach gestern hatte ich allerdings den Verdacht, dass er den Astronmangel zumindest vermutete. Also schüttelte ich langsam den Kopf.

Breschnew runzelte die Stirn. »Ich hätte dich als weniger fahrlässig eingeschätzt.« Er streckte fordernd die Hand aus und ich hielt ihm zögerlich meine Tasche auf, in die er seinen Arm steckte. Sein Gesicht wurde kurz von dem bläulichen Licht erhellt, das aus der Öffnung schien, und schon zog er meinen Schlüssel heraus. Breschnew nahm ihn in die andere Hand und wollte wieder hineingreifen. Ich sprang jedoch einen Schritt zurück, schloss die Taschenöffnung und presste sie an die Brust.

Breschnew rollte genervt mit den Augen. »Iwanowa, es gibt fast nichts in deinem Besitz, das ich haben will.« Sein Blick fiel auf meine ausgewaschene Jeans und die mit Puderzucker verklebten Ballerinas. »Selbst wenn – glaube mir, das habe ich selbst nach den Reparationszahlungen nicht nötig.«

»Und was heißt fast nichts?«, fragte ich.

Er zog nur eine Augenbraue hoch und vollführte mit dem Zeigefinger eine fordernde Bewegung. Zögerlich öffnete ich die Tasche wieder und hielt sie ihm hin. Breschnew griff hinein und zog eine Schnur mit einem Ring heraus, an dem er den Schlüssel befestigte und ihn dann auf seine offene Hand legte. Das surrende Geräusch einer Spule drang aus der Tasche und zog den Schlüsselbund klimpernd an der Schnur hinein.

»Sieh nach«, sagte er.

Ich steckte meinen Kopf durch die Öffnung. Tatsächlich, der Ring samt Schlüssel hing an dem geblümten Innenfutter, an einer Stelle, die ich nie wahrgenommen hatte. Ich richtete mich wieder auf und fast wäre mir ein »Danke« rausgerutscht. Ich beließ es bei einem Nicken und schloss die Haustür auf. Der Bastard besaß die Dreistigkeit, sie mir wie ein Gentleman aufzuhalten, doch ich war zu müde, um mich dagegen zu wehren.

Das Schnarchen des Domovois hallte durch den kahlen Gang, als ich die Treppe hochstieg. Immer wieder blinzelte ich über meine Schulter, um zu prüfen, ob Breschnew mir folgte. Tat er und er war sogar klug genug, sich nicht dazu zu äußern, dass wir nicht den Aufzug für die zweiundzwanzig Stockwerke benutzten.

An unserer Wohnungstür wurde ich kurz langsamer. Einen Moment überlegte ich, ob das alles nicht nur ein perfider Plan war, um mich vom Dach zu stoßen. Aber der Gedanke erschien mir selbst mit Breschnews und meiner Vergangenheit als absurd.

Eine gefühlte Ewigkeit später erreichten wir endlich das oberste Stockwerk. Die Tür zum Flachdach öffnete sich quietschend und ich schritt nach draußen. Der Wind wehte hier oben stärker und löste einige Haarsträhnen aus meinem Pferdeschwanz, der sowieso schon zerzaust war. Hinter mir fiel die Tür ins Schloss und ich drehte mich mit verschränkten Armen um. Prompt hörte der Wind auf, an meinen Haaren zu reißen, und das nächtliche Gemurmel der Stadt verstummte. Ich hatte keinen blauen Schimmer um uns gesehen und hasste Breschnew für einen Moment dafür, dass er zusätzliches Astron ausgeben konnte, damit sein Stillezauber nicht entdeckt wurde.

»Iwanowa, ich dachte, ich hätte mich klar ausgedrückt. Wenn du irgendjemandem von dem Fluch erzählst, sterben wir früher. Das solltest selbst du verstehen.« Breschnew klang genervt.

Meine Wangen wurden warm und ich starrte auf den schwarzen Boden. Zwischen meinen Füßen verlief eine Schweißnaht. »Denkst du etwa, du kannst mir sagen, ich sterbe und ich unternehme nichts? Du bist gestern einfach gegangen, ohne mir alles zu verraten! Außerdem habe ich niemandem erzählt, dass ich betroffen bin. Ich habe lediglich Demjan fragen wollen, ob er etwas von dem Fluch weiß.« Trotzig hob ich das Kinn.

Breschnew verdrehte die Augen. »Du kannst dir die Recherche sparen. Außer der magischen Bindung gibt es keinen Ausweg.«

»Wieso sollte ich dir glauben?«

»Weil ich nicht sterben will?« Breschnew seufzte und fuhr sich durch das dunkle Haar. »Ich habe jede verdammte freie Sekunde meines Hausarrests dazu genutzt, um einen Ausweg zu finden. Ich habe im Internet gesucht, unzählige Bücher gelesen, aber nichts. Der Fluch ist ohne den Verursacher unumkehrbar. Es gibt keinen Ausweg. Unser Tod ist unumgänglich.«

Obwohl es nicht so kalt war, fröstelte ich. »Du würdest eher sterben, als dich an mich zu binden?«, fragte ich mit tonloser Stimme. Mir war klar, dass er mich hasste. Er hatte mir das Wissen darum mit jedem bösartigen Kommentar und jedem abfälligen Blick in meine Knochen gebrannt. Doch dass er lieber sterben würde ...

Breschnew starrte auf die ersten Lichter, die in den Wohnungen angingen. Der Himmel hing trotz des Frühsommerwetters voller Wolken. »Ich kann dir meine Rechercheergebnisse zur Verfügung stellen. Dann wirst du es selbst sehen.«

»Aber hast du keinen Lebenswillen, willst du nicht kämpfen?«

»Es gibt keinen Ausweg. Wann geht das endlich in deinen Dickschädel rein?«, fuhr er mich an.

Ich ging einen Schritt auf ihn zu und hob meinen Zeigefinger. Breschnew richtete sich auf und überragte mich wie ein Eisberg. Seine Nasenflügel bebten, doch davon ließ ich mich nicht einschüchtern. »Ich habe nicht in einer verdammten Sklavenrebellion gekämpft, bin mehreren Anschlägen entgangen und wurde in deinem verdammten Keller gefoltert, um jetzt von so einem Scheißfluch dahingerafft zu werden!«

Es war, als hätte man aus einem Ballon alle Luft herausgelassen. Für einen Moment fielen seine Schultern nach vorne, er fing sich jedoch gleich wieder. Typisch Oligarchensohn. Immer kontrolliert bis zum Erbrechen.

»Ich gebe dir alles, was du willst. Aber du musst dich mit dem Gedanken abfinden, dass es nicht zu ändern ist.« Seine Stimme war so ruhig wie ein spiegelglatter See. Nur eine Ader pochte wie wild an seinem Hals und aus den Ärmeln seiner Lederjacke drang das ärgerliche, blaue Pulsieren seiner Tattoos.

Ich schüttelte den Kopf. »Ich will, dass du dich nicht diesem Schicksal hingibst.«

»Denkst du, für mich ist das leicht? Denkst du, ich wollte das so?« Er funkelte mich einen Moment an, bevor er sich abwandte, die Spannung zwischen uns gebrochen. In der Ferne grollte der Donner. Sein Blick schweifte über die Dächer. »Ich arbeite an einem Trank, um zumindest die Symptome zu mildern. Wenn er fertig ist, sage ich dir Bescheid.«

Ich atmete aus und tief wieder ein. Es roch nach Sommerregen und nasser Erde; ein Tropfen traf meine Wange und lief daran hinunter wie eine Träne. Mein Tod wäre gewiss, wenn ich diesen verdammten Fluch nicht löste. Und von allen Menschen auf der Welt war Breschnew der einzige, mit dem ich ernsthaft darüber reden konnte – meine Mutter und seine Eltern konnte ich wohl kaum mitzählen. Aber ich konnte nicht sterben, ich wollte nicht sterben. Ich hatte mein ganzes Leben vor mir, Iwan brauchte mich und Eka würde ohne mich verzweifeln. Wir waren doch selbst wie eine kleine Familie. Und Wasilij würde ohne meine Erinnerungen nie seine Uniform aus der Reinigung abholen. Ich knirschte mit den Zähnen. Wenn Eka mir vor einem Monat gesagt hätte, was ich jetzt aussprechen würde, hätte ich sie ausgelacht. Ich holte noch mal tief Luft. »Breschnew, ich weiß, wir waren nie Freunde. Aber wir stecken beide in dem Schlamassel. Lass uns wenigstens einmal in unserem Leben am gleichen Strang ziehen.«

Breschnew machte ein Geräusch, das halb klang wie ein ironischer Lacher, halb wie ein Seufzer. Er steckte seine Hände tief in die Hosentaschen, holte seinen Fokus heraus und musterte ihn. Die Platinkugel glühte kurz blau, während der Platzregen, der den Himmel verdunkelte, Bäche und Pfützen auf dem Dach bildete. Der unsichtbare magische Schirm hielt uns jedoch trocken. Ich streckte eine Hand aus, aber bevor meine Fingerspitzen seinen Oberarm berühren konnten, wirbelte er herum und funkelte mich an. »Fass. Mich. Nicht. An.«

»Wir sind die Einzigen, die über den Fluch reden können. Wir müssen gemeinsam einen Ausweg suchen, Breschnew.

Ich mag das so wenig wie du. Du musst mir alles sagen, was du weißt, und wir müssen zusammenarbeiten.«

Sein Kiefer spannte sich an und seine Hand presste sich so fest um seinen Fokus, dass er zersprungen wäre, wenn er nicht aus so einem harten Material gefertigt worden wäre.

»Okay.« Er atmete kontrolliert aus und musterte mich, sein Gesichtsausdruck unlesbar.

Lesen – mein Job! Ich stolperte einen Schritt zurück. »Lass uns später anfangen, ich muss zur Arbeit.«

Breschnew zog eine Augenbraue hoch. »Du wirst sterben und willst zur Arbeit?«

»Nicht jedem wurde der Platinfokus in die Wiege gelegt.«

Seine Wangen röteten sich vor Zorn.

Ich schaute noch mal kurz auf mein Astrolabium und wischte mit dem Ärmel von Ekas Jacke ein paar Wassertropfen vom Glas, die trotz des Schirmzaubers darauf gefallen waren – als ob sich dadurch das Astron magisch auffüllen würde.

Breschnew verdrehte die Augen. »Ich bring dich hin.«

Ich wollte protestieren, aber er hatte schon mein Handgelenk umfasst und zerrte mich in den schwachen Schatten der Mauer, die das Dach umgab.

Jedes Mal, wenn ich einen verstohlenen Blick zu dem langen Mahagoniholztisch warf, stellten sich meine Nackenhaare auf. Wie Breschnew so am Kopf des Tisches saß, sah es so aus, als hielte er eine Besprechung mit unsichtbaren Menschen ab.

Ich schüttelte den Kopf und schob gähnend den quietschenden Bücherwagen zu dem Regal und räumte die Bücher wieder zurück. Hinter mir hörte ich das Klicken der Tasten von Breschnews Laptop. Ganz verstand ich ihn immer noch nicht. Er war nur einmal kurz weg gewesen und hatte bei seiner Rückkehr den hauchdünnen Laptop mitgebracht, sonst hatte er kein Wort gesagt und arbeitete vor sich hin. Warum war er überhaupt hier?

Ich lugte erneut über meine Schulter zu ihm. Die Sonnenstrahlen, die durch die hohen Fenster fielen, ließen kleinste Partikel über dem Tisch sichtbar werden, auf dem neben dem Laptop ein schwarzes Notizbuch lag, das Breschnew aus seiner Lederjacke gezogen hatte. Er kräuselte die Stirn, schlug es auf, vermerkte etwas und schloss es wieder. Vor dem Bildschirm des Laptops hatte er eine seltsame Scheibe eingesetzt, sodass ich von der Seite unmöglich sagen konnte, an was er arbeitete.

Mit einem leisen Klicken schwang die eine Flügeltür am Ende der Lesehalle auf und ein junger Mann trat herein. Vor sich balancierte er einen Stapel von Büchern. Seine Turnschuhe quietschen mit jedem Schritt auf dem Parkettboden des Lesesaals und die rechte Oberlippe meines unwillkommenen Begleiters zuckte kurz. Mit einem Kopfnicken legte der junge Mann die Bücher auf den rechten Platz neben Breschnew und zog den schweren Stuhl zurück.

Der verengte die Augen und funkelte ihn an. Hastig griff sich der ungebetene Gast seine Bücher und eilte zum nächsten Tisch. Dort ließ er sich nieder, Breschnew den Rücken zugewandt, und strich sich nervös durch die blonden Haare. Er konnte nicht wissen, was Breschnew alles während der Sklavenrebellion getan hatte, aber besser, er hielt Abstand.

Ich schüttelte den Kopf und räumte das nächste Buch ein, als das Handy in meiner Tasche vibrierte. Die sechste Textnachricht von Eka.

Ira, sag mir sofort, was los ist.

Offenbar hatten sie meine vorherigen Versicherungen, dass alles in Ordnung sei, nicht überzeugt.

Bei der Arbeit. Mir geht es gut. Melde mich später.

Schon allein deswegen musste ich einen Ausweg finden. Wie sollten das Eka, Demjan, Iwan oder Wasilij jemals verstehen?

Ich würde Eka in der Mittagspause anrufen. Meinen Chef, Herrn Bulgakow, hatte ich den ganzen Morgen nicht gesehen, wahrscheinlich hatte er sich wie ein Maulwurf in seinem Büro unter Bergen von Papier vergraben.

Ich seufzte und stellte den Ratgeber für den guten Sklaven zurück, da meldete sich knurrend mein Magen.

Der Duft von Zedernholz und Kardamom verschlug mir für einen Moment den Atem, zu gut kannte ich ihn. »Wir gehen«, sagte er dicht hinter mir.

Ich drehte mich um und starrte in seine eisblauen Augen. »Was meinst du damit?«

»Gehen – diese komische Sache mit den Beinen, die dich von A nach B bringt.«

Ich verschränkte die Arme und er rollte mit den Augen.

»Du wolltest mehr wissen. Jetzt hast du Pause. Wir gehen.«

»Ich muss zuerst meinem Chef Bescheid sagen.« Ich stampfte auf dem Parkettboden auf und verfluchte mich im nächsten Moment für meine mangelnde Selbstkontrolle.

»Betrachte das als erledigt.«

»Das kannst du nicht einfach so bestimmen.«

»Kann ich schon.«

»Breschnew, nur, weil du Geld zum Kotzen hast, kannst du nicht alles tun und lassen, was du willst.«

Er zog herausfordernd seine Augenbrauen hoch und richtete sich gerader auf. Wahrscheinlich musste er in seiner Kindheit mit einem Stahlkorsett durch die Gegend laufen. Anders war es menschenunmöglich, die ganze Zeit so aufrecht zu stehen. Noch dazu besaß er die Frechheit, sich nun auf dem Absatz umzudrehen und den Lesesaal zu verlassen. Die harten Sohlen seiner Schuhe klickten bei jedem Schritt und der junge Mann, der mittlerweile seinen Kopf in ein Buch gesteckt hatte, zog diesen wie eine verschreckte Schildkröte ein.

Mit einem Knallen fiel die schwere Flügeltür zu. Ich zählte in meinem Kopf bis dreißig, aber sie schwang nicht wieder auf. Verdammter Bastard. Ich grummelte, schob den Bücherwagen auf die Seite und stiefelte ihm hinterher. Natürlich nicht, ohne einen kurzen Abstecher zu Herrn Bulgakows Büro zu machen und mich abzumelden.

Als ich schließlich ins Freie trat, lehnte Breschnew an einer langen Limousine mit getönten Scheiben, die am Straßenrand parkte. »Endlich.« Er öffnete die Tür und gab mir mit einer abfälligen Handbewegung zu verstehen, dass ich einsteigen sollte.

Ich zögerte jedoch und versuchte einen Blick auf das Nummernschild und den Fahrer zu erhaschen, der schwarze Handschuhe und eine Sonnenbrille trug.

»Iwanowa, wenn ich dich töten wollte, hätte ich es längst getan. Wir haben keine Zeit für so einen Quatsch. Jetzt steig ein.«

Ich löste mich aus meiner Starre und schlüpfte in den Wagen. Auf der Bank der Limousine rutschte ich zum Fenster, die Ledersitze kalt unter meinen Fingerspitzen. »Wohin fahren wir?«, fragte ich, sobald auch Breschnew Platz genommen hatte.

»Es ist deine Mittagspause. Zum Essen natürlich.«

»Es gibt einen Yestikja und einen Supermarkt gleich um die Ecke.«

»Ich werde mit Sicherheit nicht bei einem Yestikja essen.« Das Entsetzen in seiner Stimme war fast schon komisch.

Währenddessen glitt das Auto leise in den Verkehr. Ich bemerkte fast gar nicht, dass wir fuhren.

Breschnew zauberte kurz und die ganze Kabine glänzte blau. »Wir sollten uns angewöhnen, bei unseren Gesprächen die Handys auszumachen. Sicher ist sicher. Der Fluch ist zwar alt, aber ich bin mir nicht sicher, ob elektronische Geräte ausgeschlossen sind.« Er hielt mir das schwarze Notizbuch hin und zeichnete ein Muster mit seinem Zeigefinger darauf. Es leuchtete kurz bläulich und ich zog schnell meine Hand weg.

Breschnew stöhnte. »Iwanowa, wenn du mir nicht mal so viel vertraust, können wir das gleich sein lassen. Das ist nur eine Sicherung, damit niemand ohne meine Freigabe in dieses Buch sehen kann. Sollte das da jemand lesen, wäre es tödlich – für uns beide.«

Zögerlich hob ich das Buch von dem dunklen Boden der Limousine auf und blätterte es durch. Jede Seite war über und über mit einer eleganten Schrift bedeckt. Ab und zu unterbrachen Berechnungen und Skizzen von Fluchdiagrammen den Text.

»Das ist die Zusammenfassung meiner Arbeit. Ich habe noch drei weitere Notizbücher. Alles in unserem Palast, eingeschlossen in einem sternenstaubmodifizierten Kabinett. Ich konnte nicht riskieren, dass irgendwer die Aufzeichnungen findet.«

»Das muss dich Monate gekostet haben.«

»Ich hatte Zeit.« Ein sarkastisches Lächeln umspielte seine Lippen.

»Erzähl mir alles, was du weißt.«

»Zunächst werden wir ein paar Grundregeln festlegen müssen. Wenn du mir nicht vertraust, können wir die Zusammenarbeit an dieser Stelle beenden. Ich verstehe gewisse … Ressentiments deinerseits, aber ich brauche dein Vertrauen. Zumindest bezüglich Informationen über diesen Fluch.«

Ich nickte langsam. Das war plausibel.

»Sollte diese Zusammenarbeit über eine längere Zeit andauern, brauchen wir eine glaubhafte Geschichte.«

Er redete so distanziert von unserem Tod, als würden wir uns bei einer Geschäftsverhandlung befinden. Leider änderte das nichts an der Tatsache, dass er recht hatte.

»In Ordnung. Was hast du deinen Freunden erzählt? Maxim und Ilja?«

»Nichts«, sagte er.

»Nichts?«

»Hast du was an den Ohren, Iwanowa? Nichts. Bis jetzt konnte ich meine … Aktivitäten gut verschleiern.«

Ich warf einen kurzen Blick auf den Teppichboden. Die Streifen, die der Staubsauger hinterlassen hatte, waren gut zu erkennen. »Warum dachten sie, dass sie mich für dich kontaktieren sollten?«

»Andere Gründe.«

»Die Antwort ist sehr erhellend.«

»Ich weiß.« Er besaß die Dreistigkeit zu grinsen und drehte den Kopf zum getönten Fenster. Draußen flogen gläserne Hochhäuser an uns vorbei. Wir blieben an einer Ampel stehen und ich beobachtete zwei Bauarbeiter dabei, wie sie eine neue Scheibe in ein Fenster einsetzten. Am Rahmen erkannte ich immer noch die schwarzen Brandflecke. Bestimmt hatte es hier während der Rebellion einen Anschlag gegeben. Vorsichtig schielte ich zu Breschnew.

Als hätte er meinen Blick bemerkt, wandte er sich mir zu. »Also?«

»So sehr ich es hasse, das auszusprechen, du hast recht. Wir könnten sagen, dass du dich für dein mieses Verhalten entschuldigt hast und wir versuchen uns anzunähern. Zeichen neuer Zeiten und so.«

Breschnew rümpfte nur für den Bruchteil einer Sekunde die Nase, aber ich hatte es gesehen. Das Blut kochte in meinen Adern. Unfassbar, dass dieser Ignorant sich selbst nach der Sklavenrebellion und dem Hausarrest keinen Millimeter von seinen antiken Sichtweisen verabschiedet hatte.

»Weißt du was, lassen wir es einfach«, zischte ich durch zusammengebissene Zähne. Ich wollte so schnell wie möglich raus hier und rutschte auf der Lederbank zu der Fensterscheibe zum Fahrer. Gerade wollte ich dagegenklopfen, da umfasste Breschnew mein Handgelenk. Ungläubig starrte ich ihn an.

Sofort ließ er los, als hätte er sich verbrannt. »Ich habe gesagt, ich helfe dir so gut ich kann und dazu stehe ich.« Er hob sein Kinn und schaute mich herablassend an.

Wieso musste ich ausgerechnet mit dem weltgrößten Arschloch verflucht werden? Ich presste die Lippen zusammen und atmete tief ein. Die emotionale Seite in mir wollte ihm sein blödes Notizbuch vor die Füße knallen, aus diesem Auto steigen und ihn nie wiedersehen. Aber mein stures Gehirn erinnerte mich daran, dass er der einzige Mensch auf der Welt war, mit dem ich über den Fluch reden konnte. Meine Mutter mal ausgenommen, die hasste, dass ihre Tochter eine Zauberin war. Ich atmete stoßartig wieder aus und dachte an Iwan. Schon allein der Gedanke, dass er mich verlieren könnte ... Er wäre dann ganz allein. Und Eka ...

»Also, was für eine bessere Geschichte hast du auf Lager?«, fragte ich.

»Keine.«

Ich verdrehte die Augen. »Dann nehmen wir meine.«

Für einen Moment betrachtete mich Breschnew nur und ich starrte zurück. Die gleichen eisblauen Augen wie er, wer auch immer er war. Der Motor brummte leise vor sich hin, das ferne Rauschen des Verkehrs eines der wenigen Dinge, die mich im Hier und Jetzt verankerten. Plötzlich kam mir ein furchtbarer Gedanke. Was, wenn Breschnew mich damals persönlich in den Keller gesperrt hatte? Mein Herzschlag beschleunigte sich, ich atmete hektisch und meine Sicht engte sich ein. Meine Hände klammerten sich an den Knien fest, das Buch fiel mit einem dumpfen Geräusch auf den Boden.

Ein Auto hupte und Breschnew wandte seinen Blick ab. Mein Herz raste, als wäre ich einen Marathon gerannt. Fünf Dinge, die ich sah. Die Frau mit der roten Jacke auf dem Bürgersteig, der silberne Türgriff, das blaue Armband meines Astrolabiums, meine blaue Jeans, die grauen Ballerinas. Mein Puls wurde langsamer und ich atmete tief ein. Fünf Dinge, die ich fühlte. Der kalte Ledersitz, mein Fokus auf der Haut, die Jeans unter den Fingern – langsam weitete sich meine Sicht und ich atmete noch mal tief ein. Ich hob das Buch vom Boden auf und starrte aus dem Fenster, an dem silberne Wolkenkratzer und graue Häuser vorbeizogen. Die nächste Panikattacke konnte ich nicht gebrauchen. Mein Mund war trocken und in meinem Hals kratzte es.

»Was hast du jetzt vor?«, riss mich Breschnews Stimme aus meinen Gedanken.

Ich schluckte, damit meine Stimme wenigstens kein Krächzen war. »Wir machen einen Plan und ich will alle deine Unterlagen sichten.«

»Nummer?« Als ich nicht sofort reagierte, verdrehte er die Augen. »Es wäre äußerst nützlich, wenn wir uns kontaktieren könnten.«

Ich diktierte ihm meine Handynummer, die er in sein Smartphone eintippte. Selbstverständlich das neuste von ProStar. Nur das Beste für den reichsten Oligarchensohn Russlands.

Mit einem leisen Summen fuhr die Trennscheibe zwischen Passagierraum und Fahrer herunter. »Herr Breschnew, wir sind in einer Minute da«, sagte dieser über seine Schulter.

»Wohin genau sind wir jetzt gefahren?«, fragte ich Breschnew.

»Das siehst du gleich.«

II

Dekadent war die Untertreibung des Jahrhunderts. Natürlich hatte mich Breschnew nicht in ein beliebiges Restaurant gebracht, sondern gleich in eines, das anscheinend das gesamte sechzigste Stockwerk eines dreieckigen Hochhauses einnahm. Ich fühlte mich so fehl am Platz, dass ich beinahe in dem gläsernen Aufzug zurück nach unten fuhr. Doch ich überwand mich und trat mit Breschnew nach draußen. Auf einer Tafel, gerahmt von einem goldenen Barockrahmen, stand »Geschlossene Gesellschaft«. Breschnew ignorierte das Schild – wie konnte es anders sein. Er schlenderte in den großen Raum mit den festlich gedeckten Tischen, als würde ihm der Laden gehören. Genau genommen konnte ich nicht ausschließen, dass dem tatsächlich so war.

Ich seufzte. Wieso von allen Leuten musste ich nicht nur mit meiner Nemesis verflucht werden, sondern mit dem verzogensten Mann, den Russland seit dem Abtreten der Zarenfamilie Romanow gesehen hatte? Er konnte nicht mal im Ansatz nachvollziehen, was Opferbereitschaft hieß. Ich schüttelte den Kopf. Half nichts, nach vorne schauen und weitermachen.

Mittlerweile war ein Kellner im Frack und mit einem silbernen Tablett zu uns geeilt, die braunen Haare streng zurückgekämmt. Er verneigte sich. »Herr Breschnew, wir haben Sie erwartet. Wir wussten nicht, welcher Tisch Ihnen recht ist, also haben wir alle vorbereitet.«

Mehrere Kellnerinnen im schwarzen Bleistiftrock eilten von einem Tisch zum anderen, um die Kerzen in den Kerzenständern zu entzünden. Im Hintergrund spielte irgendein Klavierkonzert von Rachmaninoff.

Breschnew nahm eines der zwei hellblauen, dampfenden Handtücher vom Tablett und wischte sich die Hände ab. »Die Kerzen werden nicht nötig sein.«

Der Kellner erstarrte einen Moment. Dann verneigte er sich noch mal und gab den Kellnerinnen mit einer scharfen Handbewegung zu verstehen, dass sie die Kerzen wieder löschen sollten. Emsig wie kleine Ameisen machten sie sich ans Werk.

In solchen Momenten könnte ich kotzen. Wie viele von ihnen waren vor nicht mal einem Jahr noch Sklavinnen gewesen? Ziemlich sicher alle. Und jetzt waren sie frei und wurden minimal würdevoller behandelt, wobei der Maßstab mit Sicherheit am alten Meister festhing.

Breschnew stolzierte unterdessen, ohne die Bedienung zu beachten, auf einen Zweiertisch am Fenster zu. Zwei weitere Kellner zogen unsere Stühle zurück, bevor sie eilig den silbernen Kerzenständer abräumten. Ohne nur einen Fingerzeig von uns, wurden unsere Wassergläser gefüllt. Breschnew schickte die eilig wuselnden Kellner mit einer Handbewegung weg und es leuchtete kurz eine bläuliche Kugel um uns herum. Die Musik verstummte.

Mein Blick fiel auf das Straßengewirr Moskaus, durch dessen Schluchten sich die Moskava wie ein Drache schlängelte, mehr grau als blau. Irgendwie fühlte ich mich gerade ähnlich eingetrübt, was mein Handeln anging. Wenn mein Vergangenheits-Ich wüsste, was ich hier gerade trieb, würde es mich für verrückt erklären. Ich verkniff mir ein Kopfschütteln und konzentrierte mich wieder auf Breschnew.

»Wolltest du nicht etwas essen?« Ich rutschte auf dem gepolsterten Stuhl bis zur vorderen Kante und legte meine Hände auf die Lehnen.

»Ich habe schon bestellt.«

Ob er auch für mich etwas geordert hatte, fragte ich lieber nicht. Ein Essen in diesem Etablissement kostete wahrscheinlich einen guten Batzen meines hart erarbeiteten Gehalts.

»Also, was willst du wissen, nachdem du uns fast umgebracht hast?« Er zog eine Augenbraue hoch und legte sein Notizbuch zwischen uns auf das makellos gebügelte Tischtuch.

Richtig, der ganze Zirkus hier hatte mich etwas abgelenkt. Ich hatte noch gar keinen richtigen Blick in seine Notizen geworfen.

Ich räusperte mich. »Erst mal will ich all deine Materialien zum Fluch sehen.«

»Nein«, sagte er.

»Nein?«

»Nein. Iwanowa, du solltest zu einem Ohrenarzt gehen.« Seine Stimme tropfte vor Arroganz.

Ich ballte meine linke Hand kurz zur Faust und widerstand dem primitiven Drang, ihm ins Gesicht zu schlagen. »Breschnew, was bitte ist dein Problem? Erst veranstaltest du ein riesiges Spektakel, um mit mir sprechen zu können. Dann sagst du, du hilfst mir so gut du kannst und jetzt rückst du nicht mit den Informationen raus?«

»Ich gebe dir die Informationen, die du brauchst, das ist etwas anderes.«

Wieso musste er so verdammt anstrengend sein? Doch bevor ich mich weiter über ihn aufregen konnte, nahm ich aus dem Augenwinkel einen Kellner mit einem silbernen Tablett wahr, der etwas nervös von einem Fuß auf den anderen trat. Breschnew hatte ihn auch gesehen, denn er winkte ihn mit einer genervten Handbewegung an den Tisch. Der Kellner betrat unsere stille Kugel und stellte uns höflich lächelnd zwei Teller vor die Nasen.

»Ein Gruß aus der Küche«, sagte er, bevor er sich leicht nach vorne gebeugt zurückzog.

Breschnew rümpfte kurz die Nase, als er das halbe Ei mit der gelben Creme, dem Lachs und dem schwarzen Kaviar begutachtete. Mit spitzen Fingern schob er es von sich weg. »Ich kann dir heute Abend alle meine Ergebnisse zeigen. Wir brauchen aber einen Raum, der uns garantiert, dass wir nicht belauscht, bespitzelt oder gestört werden. Ich habe keine Ahnung, was passiert, wenn eine andere Person diese Aufzeichnungen sieht. Du kannst auch zu mir kommen.«

»Auf keinen Fall.«

»Iwanowa, ich lebe gerade nicht im Palast, sondern in einer Wohnung in Sankt Petersburg. Nach ... den unglücklichen Ereignissen im letzten Jahr würde ich dich nicht dorthin bringen.«

Ich zog meine linke Oberlippe leicht nach oben. Als ob es klar wäre, dass ich ihm so viel Anstand zutraute. Trotzdem verschränkte ich die Arme. »Bei mir oder gar nicht.«

»Wie du willst«, sagte er erstaunlich entgegenkommend. »Was muss man in diesem Laden hier machen, damit man etwas Anständiges zu essen bekommt?«

»Wahrscheinlich warten sie, bis wir das aufgegessen haben?«

»Noch ein Grund, nie wieder herzukommen. Ich hatte explizit gesagt, kein Fisch.« Mit einem Wischen seiner Hand verschwand sein Ei mit dem Kaviar und der Lachs und er schob sich die Ärmel hoch.

Ich warf einen verstohlenen Blick auf seine Tattoos. Die Lotusblumen überlappten sich und in den kleinen Lücken dazwischen schimmerten Mandalamuster. Definitiv keine Wahl, die ich ihm zugetraut hätte.

»Ich bringe dir heute Abend meine Aufzeichnungen. Sorg dafür, dass deine Mitbewohner ihre Nase da nicht reinstecken, sonst ist dieses kleine Abenteuer schnell vorbei.«

Ich verdrehte die Augen. »Ist ja gut. Ich habe es verstanden, ich bin nicht blöd.«

»Was willst du noch wissen?«

»Wieso wurden wir ausgerechnet nach der Rebellion verflucht? Das ergibt doch keinen Sinn.« Ich biss in das Ei, es schmeckte vorzüglich. Der Kaviar knackte leise zwischen meinen Zähnen.

»Wir wurden nicht jetzt verflucht, wir wurden während der Sklavenrebellion verflucht.« Breschnew leerte sein Wasserglas in einem Zug. Sofort wollte ein Keller herbeispringen, um es wieder zu füllen, aber er winkte ihn mit einer ungeduldigen Geste weg.

Ich kaute weiter und hob fragend die Augenbrauen.

»Der Fluchauslöser für die Symptome des Cupids Fluchs wurde nicht gleich aktiviert. Erst, wenn jemand von dem Fluch erfährt, werden die in unserem Fall ausgelöst. Bis dahin waren nur unsere Leben aneinandergebunden. Wäre der eine gestorben, hätte er den anderen mit in den Tod gerissen.«

»Was genau hat die Symptome ausgelöst?«, fragte ich.

Breschnew schnaubte und öffnete den Mund, wurde aber von zwei Kellnern unterbrochen, die uns dampfende Teller mit Pasta und einer roten Soße brachten. Der frische Parmesan darauf roch vorzüglich. Ich erinnerte mich nicht daran, wann ich jemals ein solch köstliches Essen vorgesetzt bekommen hatte. Selbst wenn ich kochte, konnte ich mir solch hochqualitative Zutaten nicht leisten.

Breschnews Stimme riss mich aus meinen Gedanken.

»Der tolle Richter der VGE war der Auslöser.« Breschnew wandte kurz seinen Blick ab und beobachtete die kleinen Autos, die sich durch die vollen Straßen unter uns quetschten. »Ich wurde gezwungen, meine Erinnerungen zur Verfügung zu stellen. Die Symptomfreiheit beziehungsweise das Nicht-Auslösen des Fluchs war daran geknüpft, dass ich niemandem davon erzähle.«

»Wusste dein Anwalt davon?«

»Ja, aber das waren besondere Umstände.«

Ich traute mich nicht zu fragen, was für Umstände er meinte. Hoffentlich würde ich es früh genug erfahren. Langsam kaute ich die Nudeln klein und schaute ebenfalls aus den großen Fenstern. Zwischen den Hochhäusern klafften immer noch Löcher wie Wunden, obwohl die meisten Trümmer schon weggeschafft worden waren.

Ich wandte mich wieder Breschnew zu. Sein Griff um die Gabel war verkrampft, doch ich hielt es für besser, das nicht zu kommentieren. »Und du bist dir wirklich sicher, dass wir von ihm verflucht wurden und dass es nicht irgendwer anderes war?«

»Wenn ich alle ... Gegebenheiten betrachte, ist es das Einzige, was Sinn ergibt.«

»Wieso wollte uns der Zar verfluchen?«

»Iwanowa, verstehst du nicht, dass uns das keinen Meter weiterbringt? Was geschehen ist, ist geschehen.«

»Wenn ich sterbe, würde ich wenigstens gerne verstehen, warum«, zischte ich.

Das Vibrieren meines Handys in meiner Tasche erinnerte mich daran, dass ich mich bei Eka melden sollte. Ein Blick aufs Display verriet mir, dass es dafür jetzt zu spät war. »Da muss ich rangehen.« Der Stuhl glitt fast widerstandslos über das Parkett zurück und ich lief zu den Aufzügen zurück.

»Ja, Eka?«, sagte ich und hielt mir das Handy ans Ohr.

»Irina, wo zur Hölle bist du?« Eka klang panisch.

»In Moskau bei der Arbeit. Ich habe gerade Pause.«

»Willst du mich verarschen? Du kommst gestern von der Therapie nicht nach Hause, schreibst nur zwischendurch mal, dass alles ok ist und bist jetzt bei der Arbeit?«

Ich hatte sie selten so aufgeregt erlebt. »Ich bin nicht bei der Arbeit, ich habe gerade Pause.«

»Irina Igorevna Iwanowa, du weißt genau, was ich meine.« Sie holte kurz Luft. »Breschnew war gestern Abend vor unserer Tür.«

»Ich weiß«, murmelte ich.

»Ich dachte, er hat dich entführt oder was. Ich dachte, du bist in Lebensgefahr!«

»Bin ich nicht.« War ich schon.

Eka musste meine Zweifel registriert haben, denn sofort schlug ihre Sorge in Wut um. »Ira, im Ernst: Was zur Hölle ist los?«

»Das ist alles zu viel, um es dir am Telefon zu erklären, ich erzähle es dir heute Abend.«

Kurzes Schweigen in der Leitung, dann wieder Ekas Stimme. »Was ist meine Sicherheitsfrage?«

Wie Demjan und ich hatten auch wir eine geheime Frage vereinbart. Es war unsere Garantie für den Fall, dass einem von uns etwas zustoßen sollte. Eine Vergewisserung, dass die andere nicht durch einen Spion oder Doppelgänger ersetzt worden war. Besonders, nachdem die sternenstaubmodifizierten Masken den Markt geflutet hatten.

»Wann erschien die erste Kollektion von Yves Saint Laurent. Und die Antwort ist 1958, die Kollektion hieß *Trapeze.*«

Ich hörte Eka am anderen Ende tief Luft holen. »Versprichst du mir, dass es dir gut geht?«

»So gut es mir gehen kann.« Das war wenigstens die Wahrheit.

»Okay, wir reden heute Abend. Aber denke ja nicht, dass sich das erledigt hat.« Ich hörte das Knirschen ihrer Zähne bis fast nach Moskau. Dann legte sie auf.

Ich mahlte mit dem Kiefer, schluckte den Kloß in meinem Hals hinunter und trotte zu Breschnew zurück, der mich mit einem herablassenden Blick empfing. »Und, will Naganow mir die Strazh auf den Hals hetzen?«

»Wasilij ist selbst gerade in Ausbildung.« Ich strich mir eine Haarsträhne aus dem Gesicht und plumpste auf den Stuhl. Mir fehlte inzwischen die Kraft für ausufernde Diskussionen.

»Wie auch immer.«

Ich seufzte. »Wo waren wir?«

»Müsstest du das nicht wissen?«

Augenrollend verschränkte ich die Arme. »Ich werde dieses Schicksal nicht so einfach hinnehmen. Wenn es sein muss, kämpfe ich bis zur letzten Sekunde.«

»Wieso habe ich mir das schon gedacht?«

Ich ignorierte ihn und stach endlich mit der Gabel in eine Nudel. »Hilfst du mir oder nicht?«

»Mir bleibt ja keine große Wahl, oder?«, sagte er.

Ich nickte und widmete mich ganz meinem Teller. Breschnew tat es mir gleich und wir verbrachten die restliche Zeit im Restaurant schweigend.

Am Schluss zahlte er, während ich auf der Toilette war. Ich ließ es mir jedoch nicht nehmen, ihm das Geld zurückzugeben, auch wenn es ein erhebliches Loch in mein Budget riss.

Gähnend stapfte ich die Stufen zu unserer Wohnung hoch. Immerhin hatte Breschnew mich wieder zurückgebracht, nachdem wir den ganzen Tag im Nationalarchiv verbracht hatten. Ich stellte die Tasche aus dem Supermarkt neben der Tür ab und kramte nach dem Schlüsselbund, bevor mir einfiel, dass er jetzt ja an dem Ring befestigt war. Mit einem gezielten Griff zog ich ihn hervor, doch ehe ich von ihm Gebrauch machen konnte, riss Eka die Tür auf.

»Wo bei den Sternen warst du die ganze Zeit? Ich war kurz davor, einen Suchtrupp loszuschicken!« Ihre perfekt geglätteten Haare waren durcheinander und ihre Bluse hing zur Hälfte aus ihrem Bleistiftrock heraus.

»Eka, es ist alles gut.« Ich hob die Tüte auf und zwängte mich an ihr vorbei.

»Alles gut? Du verschwindest für fast achtundvierzig Stunden, meldest dich nur per SMS beziehungsweise kurz per Telefon und sagst mir dann, es ist alles gut? Du wolltest dich erklären, also tu es.« Eka zog die Augenbrauen hoch und verschränkte die Arme vor der Brust.

Tief einatmend hängte ich meine Tasche an den Garderobenhaken. »Ich habe zufällig Breschnew nach der Therapie getroffen. Er ... hat sich entschuldigt und wir wollen neu anfangen.«

Eka starrte mich mit offenem Mund an. »Was meinst du mit neu anfangen?«

»Die Vergangenheit zusammen aufarbeiten. Ein Zeichen der Versöhnung setzen. Uns kennenlernen.«

»Das ist nicht dein Ernst.«

Ich biss die Zähne aufeinander und gab mir Mühe, Ekas Blick auszuweichen. »Doch.« Samt der Tüte vom Supermarkt quetschte ich mich an ihr vorbei in die Küche.

»Ira, vor einem Jahr hat der Typ quasi versucht dich umzubringen.« Sie tauchte im Türrahmen auf und schlug zum Schluss mit der flachen Hand dagegen, um ihre Worte zu unterstreichen.

»Das war nicht er. Er kann auch nichts dafür, dass ich in seinem Palast eingesperrt wurde.« Nahm ich zumindest an. Ich öffnete den Kühlschrank und räumte die Milch ein. Das laute Brummen beruhigte mich etwas und die kühle Luft in meinem Gesicht half mir, die Fassung nicht zu verlieren.

»Als ob er nichts davon gewusst hätte! Und du weißt immer noch nicht, wer diese Person mit den blauen Augen war. Vielleicht war es ja er. Er gehört immerhin zu den ganzen feinen Herrschaften aus dem Zirkel des –«, sie senkte ihre Stimme, »Zaren. Muss ich dich daran erinnern, wie viele Anschläge es auf uns und andere Mitglieder der Rebellion gab?« Sie schob den Ärmel ihrer Bluse hoch und zeigte mir zur Erinnerung die Brandnarbe von der sternenstaubmodifizierten Milchpackung, die vor über einem Jahr in unserem Kühlschrank ein magisches Feuer entfacht hatte.

»Und ich habe jeden überlebt, oder?« Ich blickte sie über die Kühlschranktür an. Ekas Lippenstift war verblasst und sie starrte mich erneut mit offenem Mund an.

»Du bist wie ausgewechselt. Was ist passiert, Ira?«

Das Klingeln an der Tür rettete mich und ich eilte zum Öffner.

»Hast du etwas zu essen bestellt?«, fragte Eka.

Ich schüttelte den Kopf und holte tief Luft, während ich das erste der diversen Schlösser öffnete. »Das ist Breschnew.« Ich hätte keine anderen Wörter sagen können, die explosiver gewirkt hätten.

»Was?«, schrie Eka mit schriller Stimme.

Iwans Tür öffnete sich einen Spaltbreit und er linste mit einem Auge durch den Spalt. Ich versuchte zu lächeln und ihm zuzuzwinkern.

»Du willst ihn in unsere Wohnung lassen?« Ekas Augen fielen ihr fast aus dem Kopf.

»Eka, ich habe dir mit Stanislaw vertraut, vertrau du mir hier.« Kaum hatten die Worte meine Lippen verlassen, verfluchte ich mich dafür.

»Ja, und du hast mich auch davor gewarnt. Du hast ja gesehen, wohin das geführt hat!«

Das laute Klopfen an der Wohnungstür ließ uns beide aufschrecken. Einen Moment lang starrten wir uns nur an, bevor ich die restlichen Schlösser mit zitternden Fingern öffnete und Breschnew hereinließ.

»Er ist jetzt wirklich hier?«, fragte Eka, als stände er nicht direkt vor ihr.

»Es ist ebenfalls schön, dich zu sehen, Pawlowa.« Breschnew richtete sich zu seiner vollen Größe auf und trat in unsere Wohnung. Er hatte geduscht, seine Haare waren feucht und der Duft von Zedernholz und Kardamom umhüllte mich.

»Steck's dir, Breschnew, du kannst gleich wieder gehen«, fauchte Eka.

»Wollen wir Iwanowa fragen? Ich bin mir sicher, sie ist anderer Meinung.«

»Ira?« Eka wandte sich mir mit verschränkten Armen zu.

»Er kann bleiben. Wir wollten etwas besprechen«, sagte ich so ruhig wie möglich und schloss die Tür hinter ihm.

Eka schritt auf mich zu und griff nach meinem Ärmel. »Ira! Ich würde dich am liebsten schütteln. Was ist hier los? Letzte Woche hast du ihn noch bis aufs Blut gehasst und jetzt redet er einmal mit dir und ihr werdet beste Freunde?«, zischte sie. Ihre Augen weiteten sich kurz. »Er hat dich verzaubert.«

Ich spürte ein kurzes Kribbeln, sah das leicht bläuliche Glimmen auf meiner Haut und riss meine Hand aus Ekas Griff. »Eka, das ist unhöflich«, presste ich zwischen zusammengebissenen Zähnen heraus.

Breschnew war von unserem Austausch sichtlich unbeeindruckt. »Kannst du dich jetzt runterregulieren wie ein normaler Zauberer?«, fragte er mit hochgezogener Augenbraue. Ansonsten zeigte sein Gesicht keine Regung. Kalt und ebenmäßig wie Eis, genau wie seine Augen. Gelassen knöpfte er die Manschetten seines frisch gebügelten Hemdes auf und krempelte sich die Ärmel hoch. Im schummrigen Flurlicht glänzten seine Lotusblütentattoos leicht bläulich. Sie machten den Kontrast zwischen dem reichen, gepflegten Oligarchensohn und dieser heruntergekommenen Wohnung noch deutlicher.

»Ist alles in Ordnung? Soll ich Demjan oder Wasilij rufen?«, drang Iwans piepsige Stimme aus dem Türspalt.

Breschnew betrachtete ihn aufmerksam, doch regte sich nicht.

Ich wiederum lief zu ihm, öffnete die Tür etwas weiter und fuhr ihm zärtlich durch das Haar. »Alles ist gut, Iwan.« Ich schluckte den Kloß in meinem Hals hinunter. »Breschnew ist nur zu Besuch und Eka und ich haben eine Meinungsverschiedenheit. Das kommt vor.«

Iwan senkte den Kopf und schielte zu mir hoch. »Aber ihr streitet euch sonst nie.«

»Es wird schon wieder alles in Ordnung kommen, Iwan.« Eka versuchte zu lächeln und trat zu uns. »Komm, Ira hat eingekauft. Wir schauen, ob etwas Schönes dabei ist.« Sie legte ihm den Arm um die Schulter und führte ihn in die Küche. Einen letzten eindeutigen Blick in meine Richtung konnte sie sich jedoch nicht verkneifen.

»Pawlowa ist so charmant wie eh und je. Das habe ich seit dem Schulabschluss jedenfalls nicht vermisst.« Breschnew wischte sich unsichtbaren Staub von seinem Ärmel und betrachtete angewidert die fleckige Tapete neben der Badezimmertür. Dann schaute er mich auffordernd an. »Können wir jetzt anfangen?«

Ich nickte knapp und führte ihn in mein Zimmer, das mit ihm darin noch einmal kleiner wirkte. Um die Tür zu verschließen, musste ich mich an ihm vorbeidrängen und streifte dabei leicht sein Hemd. Breschnew atmete scharf ein, als hätte ihn eine eklige Schnecke berührt. Ich unterdrückte ein Augenrollen. Das konnte ja heiter werden.

»Es ist nicht viel Platz, aber –«, setzte ich an.

»Nicht viel Platz? Ich bin mir sicher, dass es Schuhkartons gibt, die größer sind als das hier. Wenn du kein Hochbett hättest, gäbe es nicht mal Platz für einen Schreibtisch oder einen Schrank.«

»Bist du jetzt fertig damit, Offensichtlichkeiten festzustellen?«

»Die Wohnung gehört grundsaniert.« Er blickte zu der Zimmerdeckenecke, in der sich mal wieder der schwarze Schimmel breitmachte. »Das ist ja gesundheitsgefährdend.«

»Musste man sich nach der Geburt melden, wenn man viel Geld haben wollte? Dann habe ich das wohl verpasst.«

Breschnew schwieg kurz. »Du könntest in den Schlafräumen des Peterhofs einziehen.«

»Nach allem, was passiert ist? Iwan hat heute noch Albträume von der Schlägertruppe des Zaren. Nein, danke. Außerdem kommen im September die neuen Schüler und spätestens ab dem Zeitpunkt müsste ich sowieso ausziehen.«

Breschnew presste die Lippen zusammen, öffnete kurz den Mund, aber schloss ihn wieder. Dafür holte er aus seiner

Hemdtasche ein handtellergroßes, silbernes Rechteck heraus. Er entriegelte einen Verschluss an der Seite. Anschließend klappte er es zweimal auf, sodass es auf einmal viermal so breit war und legte es auf den Boden. Ein kleiner, silberner Ring war in der Mitte zu erkennen und Breschnew zog ihn nach oben. Plötzlich stand vor mir ein kleines Bücherregal, gefüllt mit ordentlich aneinandergereihten Büchern. Quer obenauf lagen mehrere dünne Notizbücher.

Ich vergaß manchmal, wie viel man mit Sternenstaub anstellen konnte, wenn Geld keine Rolle spielte.

»Da ich zuerst nicht wusste, welcher Fluch der … Zar benutzt hat, habe ich meine Symptome in chronologischer Reihenfolge protokolliert und mit mehreren infrage kommenden Flüchen verglichen. Meine Mutter hatte schließlich die Idee mit dem Cupids Fluch. Daraufhin habe ich meinem Vater geschrieben. Er konnte mir etwas zur Symptomatik sagen und zu zwei Fällen in unserer Familie. Außerdem wusste er, wie der Fluch gezaubert wird.«

Ich zog ein Buch heraus und wendete es in der Hand. Shakespeare. »Wird die Post nicht überwacht? Hätte das die Auswirkungen nicht viel schlimmer gemacht, wenn ein Strazh das gelesen hätte?«

»Die Post zwischen Anwalt und Klient darf nicht überwacht werden. Und Herr Petrow ist der Bastardsohn eines Cousins meiner Mutter, also gehört er auch zur Familie.« Breschnew grinste, als wäre er stolz, dieses Schlupfloch gefunden zu haben.

Ich verdrehte die Augen. Aber zumindest wusste ich jetzt, was er mit den besonderen Umständen gemeint hatte, als ich ihn heute Mittag auf den Anwalt angesprochen hatte.

Breschnew deutete auf zwei in Leder gebundene Bücher mit goldener Verzierung. »Das hier sind private Tagebücher aus meiner Familie. Der Fluch war ab circa 1850 sehr beliebt, als die ersten Liebesheiraten populär wurden. Die Tagebücher stammen von Anastasia Breschnewa und Igor Breschnew.

Beide haben den Verlauf des Fluchs dokumentiert.« Er zog das dünnere der Bücher aus dem Regal und blätterte es durch. Nur die ersten Seiten waren mit blauer Tinte beschrieben. »In Igors Fall wurde der Fluch schnell aufgelöst. Er entwickelte erst gar keine schlimmen Symptome, weil er Izolda rechtzeitig heiratete. Anastasia hingegen ... Ihr Fall hat davor ein Exempel statuiert. Meine Vorfahren waren dementsprechend gewarnt und hätten nie riskiert, dass ihrem männlichen Erben etwas schadet.«

Ich funkelte ihn an.

»So war das damals.« Er schüttelte den Kopf. »Durch Anastasia konnte ich aber eine gute Zeitlinie der Symptome aufstellen und sie mit meinen abgleichen. Die bereinigte Form der Ergebnisse ist hier drin.« Er reichte mir das Notizbuch, das ich schon am Mittag in der Hand gehalten hatte.

Ich atmete tief ein und hielt mich am Pfosten meines Hochbetts fest. Er hatte nicht gelogen, als er gesagt hatte, dass es viel Arbeit gewesen war.

Breschnew zeigte auf die zweite Regalreihe. Dort standen mehrere einfarbige Bücher, die ich vom Erdenrund-Verlag kannte. Günstige Bücher, die für Sklaven und jetzt eben Sternenbenachteiligte gedruckt wurden. Was machte er damit?

»Da der Fluch von Shakespeare erwähnt wurde, habe ich alle seine Werke gelesen, um noch weitere Hinweise zu erhalten. Cupid kommt immer wieder vor, der Fluch findet allerdings keine weitere Erwähnung.« Er zog ein Buch heraus und blätterte mit dem Daumen schnell durch die Seiten, auf denen verschiedene Haftnotizen Lesestellen markierten. Textpassagen waren ab und zu mit einem gelb leuchtenden Stift hervorgehoben.

»Das sind Erdenrund-Bücher«, sagte ich.

»Messerscharf beobachtet, Iwanowa. Wer stellt hier jetzt Offensichtlichkeiten fest?«

»Aber wieso hast du die? Ich hätte von dir eher etwas … Teureres erwartet.«

Breschnew rollte mit den Augen. »Ich konnte ja meine Anmerkungen schlecht in die ersten Auflagen kritzeln, die bei uns in der Bibliothek stehen.«

Natürlich hatte er erste Auflagen von allen Shakespeare-Werken. Ich unterdrückte den Impuls, ihm die Zunge herauszustrecken. Als Kind in einer Sklavenfamilie hätte ich viel für die Erdenrund-Bücher gegeben. Wladimir Jewdokimowitsch Gagarin war zwar ein netter Meister gewesen, viel Geld hatten meine Eltern aber nie gekriegt. Ich war froh gewesen, wenn Mama jedes zweite Jahr das Geld für die Zutaten für einen kleinen Geburtstagskuchen mit Schokolade zusammenkratzen konnte. Von einem Geburtstagsgeschenk ganz zu schweigen. Mein Vater hatte für mein Astrolabium die goldene Uhr seines Urgroßvaters verkauft. Er hatte sie damals als Dank von Zar Nikolaj Alexandrowitsch Romanow für die Rettung seines Lebens geschenkt bekommen.

Mein Blick fiel wieder auf das portable Bücherregal. Ganz unten standen ähnliche Werke, wie ich sie schon bei Demjan gesehen hatte.

Breschnew fuhr sich durch die Haare. »Ich habe eine genaue Fluchanalyse gestartet, um zu sehen, ob es nicht doch ein Schlupfloch gibt. Gibt es nicht. Aber ich bin ja, wie bereits gesagt, gerade dabei, einen Trank gegen die Symptome zu entwickeln. Das ist wahrscheinlich das einzig Sinnvolle, das wir tun können.«

»Du lügst. So eine Fluchanalyse würde nicht mal Demjan hinbekommen und er ist im zweiten Semester zum Fluchbrecher.«

»Kann ich etwas dafür, dass du dir Holzköpfe als Freunde ausgesucht hast?«, fragte Breschnew.

Ich schluckte meinen Ärger hinunter. Am liebsten hätte ich ihm ins Gesicht geschlagen. Tief einatmen, erinnerte ich mich. Das war nicht zielführend. »Wo ist die Fluchanalyse?«

»Auf meinem Laptop. Kann ich dir zeigen.«

Ich nickte. Das war wahrscheinlich der beste Startpunkt für die Nachforschungen.

12

Ich saß auf dem Hochbett und drehte mit der Maus das dreidimensionale Fluchdiagramm, das Breschnew erstellt hatte. Er saß nur zwei Meter unter mir an meinem Schreibtisch und arbeitete an dem Trank.

Zum gefühlt hundertsten Mal runzelte ich die Stirn. So ein kompliziertes Fluchdiagramm hatte ich in meiner ganzen Schulzeit nicht gesehen. Es hatte allein eine halbe Stunde gedauert, bis ich mich mit allen Symbolen vertraut gemacht hatte. Einen Moment bereute ich es, dass ich mich für die Neptun-Uranus-Vertiefung entschieden hatte. Meine Stärke waren körperliche und mentale Veränderungen, nicht Sternenstaubmodifikationen und Flüche. Auf der anderen Seite konnte ich dankbar sein, dass Breschnew wie Demjan die Saturn-Jupiter-Vertiefung gewählt hatte und offensichtlich mehr Wissen über Fluchanalyse mitbrachte als ich.

Inzwischen hatte ich aber trotzdem begriffen, dass es nicht gut aussah. Das zeigten mir die unzähligen Verbindungen der Fluchebenen untereinander. Die oberste Ebene mit den Krankheitszeichen leuchtete rot. Die Symptome waren darauf als Symbole eingetragen. Schwindel, Gliederschmerzen, Zittern, Krampfanfälle und Organversagen waren auf einer Spirale angeordnet, die sich immer enger zuzog.

Ich schluckte den Kloß in meinem Hals hinunter. »Hey, Breschnew?«

»Hm?«, grummelte er.

»Wofür steht diese Spirale?«

Ich hörte ein Seufzen von unten, als ob er nicht fassen könnte, was für eine dumme Frage ich gestellt hatte. »Das ist der zeitliche Verlauf. In der Latenzphase sind die Symptome noch mild, die hält lange an. Am Schluss geht es dann ziemlich schnell.«

Ich umklammerte den Laptop fester und betrachtete die nächste Ebene, die die Auslöser repräsentierte. Es handelte sich um einen breiten lila Ring, auf dem verschiedene Auslöser verteilt waren. Über lila Linien waren sie mit der Spirale darüber verbunden. Lediglich in der Mitte gab es ein Loch mit einem Icon, das zwei große Personen und eine kleine zeigte. Sollte Breschnew den Fluch richtig analysiert haben, durfte ich wirklich nur mit meiner Familie über den Fluch reden. Mein Kopf fiel mit einem dumpfen Geräusch gegen die Wand und ich fragte mich mal wieder, wie ich in dieses Schlamassel hineingeraten war. »Breschnew?«

»Iwanowa, wenn du mich alle fünf Sekunden störst, komme ich nie mit dem Trank voran. Ich dachte, du hättest ein Interesse an Symptomfreiheit?«

Ich betrachtete noch mal die unterste Ebene, zwei Kreise, die sich überschnitten und Verbindungen zu den oberen zogen. Der eine war blau und mit einem Symbol versehen, der andere grau. Ich klickte darauf und versuchte mit der Maus hineinzuzoomen. Nichts passierte, kein Symbol ploppte auf und der Kreis färbte sich nicht. »Das Diagramm ist auf der Auflösungsebene unvollständig.«

Sogar durch die Matratze hindurch konnte ich ihn mit den Zähnen knirschen hören.

»Bitte, du darfst es gerne ergänzen.« Seine Stimme tropfte vor Arroganz.

»Ich habe keinen Abschluss im Fluchbrechen oder in Fluchanalyse.«

»Ich auch nicht.«

Mist, wieso musste er recht haben? Ich hatte das Fach Flüche in meinen Examen mit einer Eins bestanden und ich verstand das Diagramm nicht mal ohne Erklärung. Eine ganze Fluchanalyse wäre für mich undenkbar. Ich presste die Lippen zusammen und klickte auf die von Breschnew erstellte Zutatenliste für den Fluch. Zwei Krampuskrallen, neun Gramm Waldgeistmoos, zwanzig Gramm Faunfell, ein Gramm Satyrhufe und drei Meerjungfrauenhaare (40 cm). Als Kind hatte mir mein Vater aus Büchern mit ihnen vorgelesen. Zu gern hätte ich einmal eine gesehen. Doch das war die geringste meiner Sorgen.

Ich überflog noch mal die Liste. Alles keine Zutaten, die leicht zu besorgen waren. Das hätte man aus einem der Länder der VGE importieren müssen. Ich hatte nur eine Vermutung, wozu die Komponenten dienten. Die Krampuskrallen beispielsweise waren da zur Herbeiführung des Todes, aber es musste etwas fehlen. Was war der Dotis Dynamis, der Träger der Magie für den Fluch? Keine der Zutaten war mächtig genug, den Fluch über so eine lange Zeit aufrechtzuerhalten. Geschweige denn zum Tod zu führen.

»Breschnew?«

»Bei allen Sternen, Iwanowa. Ich bin gerade versucht, dir den Mund zuzuzaubern.«

Ich ignorierte seine hohle Drohung. »Woher hast du die Zutatenliste?«

»Die hat mein Vater mir geschickt.«

»Es fehlt ein Dotis Dynamis.«

Breschnew schwieg. Mich überkam ein triumphierendes Gefühl. Endlich hatte ich einen Fehler seinerseits gefunden. Doch dann holte er tief Luft und eine dunkle Vorahnung überrollte mich.

»Es braucht keinen Dotis Dynamis. Der Fluch ernährt sich von unserem magischen Kern.«

Meine Freude verpuffte im stickigen Zimmer. »Wir verlieren unsere Magie?«

»Hast du es nicht bemerkt? Mein maximales Astron ist um schätzungsweise zehn Prozent gesunken, seitdem der Fluch wirkt.«

Mir war nichts aufgefallen. Wobei, ich erinnerte mich nicht mal, wann ich das letzte Mal über mein gesamtes Astron verfügt hatte. Wahrscheinlich gegen Ende der Sklavenrebellion. Ich presste die Lippen zusammen. »Aber das ist nur temporär, oder?«

Breschnew sagte nichts.

»Oder?«, fragte ich noch mal.

»Ich ... vielleicht haben wir Glück.«

Mein Blick wanderte zum Schimmelfleck in der Ecke und saugte sich daran fest. Er verschwamm kurz vor meinen Augen. Meine Magie, die mich von einem Sklavenmädchen zu einer Zauberin gemacht hatte. Die seit dem Tag, an dem ich Nikolaj vor dem Ertrinken gerettet hatte, immer an meiner Seite war. Da war der Tod die bessere Wahl. Ein Leben ohne Magie – das konnte ich mir beim besten Willen nicht vorstellen.

Plötzlich zuckte ich zusammen, als die Tür in den Angeln ratterte – jemand rüttelte von außen heftig daran.

»Hast du einen Stillezauber gewirkt?«, fragte ich Breschnew.

»Natürlich, alles andere wäre fahrlässig gewesen.«

Ich fluchte und warf den Laptop fast auf die Seite. Hastig kletterte ich die Leiter des Hochbetts hinunter.

»Heb den Zauber auf, sofort«, zischte ich Breschnew zu, während ich den Schlüssel herumdrehte und die Tür aufriss. Davor stand Wasilij mit hochrotem Kopf und erhobenen Fäusten, daneben Eka mit verschränkten Armen. Hinter ihr lehnte Demjan etwas verloren an der Wand. Wasilij sah aus, als wäre er kurz davor, mein Zimmer zu stürmen.

»Ira! Alles in Ordnung?« Er packte mich an den Schultern und musterte mich von oben bis unten. Dann warf er einen misstrauischen Blick über meine Schulter und seine Miene verdunkelte sich. »Wo ist er? Hat er dir etwas getan?«

»Wenn du mit ›er‹ mich meinst – ich bin hier«, ertönte Breschnews gelangweilte Stimme hinter mir.

»Hat er dich gefangen gehalten? Hat er dir etwas getan?« Panik tränkte Wasilijs Stimme.

Für den Bruchteil einer Sekunde wurde mir übel. Schnell löste ich mich aus seinem Griff und funkelte Eka an. »Nein, alles in Ordnung. Findet ihr das hier nicht etwas übertrieben?«

»Übertrieben?« Wasilij wirkte fast schon hysterisch. »Erst kommst du nach einer Therapiestunde nicht nach Hause und dann willst du plötzlich mit Breschnew befreundet sein?«

»Jetzt atmen wir mal alle tief durch.« Demjan hatte sich von der Wand abgestoßen und machte mit beruhigenden Handbewegungen einen Schritt in die Mitte des Flurs. »Breschnew, würde es dir etwas ausmachen, uns etwas Raum zu geben?«

Hinter mir erklang ein schnaubendes Geräusch und meine Zimmertür fiel klappernd ins Schloss.

»Ira, möchtest du uns erklären, was los ist? Eka hat uns angerufen und nachdem ich dich in die Universitätsbibliothek gebracht habe, habe ich nichts mehr von dir gehört.« Demjan wirkte relativ gelassen, doch ich sah die Besorgnis in seinen Augen.

»Nicht hier.« Eka schüttelte den Kopf und scheuchte uns in ihr Zimmer, in dem es jetzt voller war als gerade im Flur.

»Wo ist Iwan?«, fragte ich.

»Wir haben ihn sicherheitshalber zu Demjans Mutter gebracht. Wir wussten nicht, womit wir es zu tun haben würden.« Ekas Stimme klang eiskalt.

Ich hatte nicht gedacht, dass es so schwierig werden würde. Kopfschüttelnd ließ ich mich auf ihre Couch fallen, aber weder Wasilij noch Demjan und schon gar nicht Eka setzten sich. Stattdessen bauten sie sich vor mir auf wie drei Racheengel.

»Leute, alles in Ordnung?« Ich hörte mich fast schon normal an.

»Das sollten wir dich fragen«, sagte Eka und nickte Demjan zu. Der griff blitzschnell nach meinem Arm und seine Hand leuchtete bläulich auf.

Bevor ich überhaupt realisiert hatte, was passiert war, war es schon vorbei. Ich zählte innerlich bis zehn und wartete auf einen Schmerz oder auf eine Veränderung. Vielleicht auch auf den Tod, aber nichts passierte.

Demjan schüttelte den Kopf. »Keine Flüche.«

Frustriert warf Eka die Hände in die Höhe. »Ira, sag uns jetzt sofort, was los ist. Du verhältst dich absolut seltsam.«

Ich holte tief Luft, um Zeit zu gewinnen. Irgendwie musste ich sie überzeugen. Langsam atmete ich aus, während sich Ekas, Wasilijs und Demjans Blicke in meinen Kopf bohrten.

»Die Therapiestunde …« Ich zeichnete Kringel und Muster auf die Lehne der Couch, um meine Freunde – meine Ersatz-Familie – nicht ansehen zu müssen. »War nicht einfach. Frau Smirnowa meint, ich komme nur voran, wenn ich mir selbst verzeihe. Und um das zu tun, muss ich die Vergangenheit loslassen und mich der Gegenwart zuwenden.« Das klang plausibel, zumindest in meinen Ohren.

Demjan setzte sich neben mich und legte einen Arm um meine Schultern. Lieber, gutgläubiger Demjan.

Ich holte noch mal tief Luft. »Dafür muss ich aber meinen Hass Breschnew gegenüber überwinden. Er ist der Anker, der mich in der Vergangenheit festhält.« Ich traute mich aufzublicken.

Ekas Haltung entspannte sich und ihre Schultern fielen leicht nach vorne. »Und du dachtest, es ist eine gute Idee, das allein zu tun?«

Ich zuckte mit den Schultern. »Ich wollte da niemanden mit reinziehen.«

»Was wolltest du mit den Flüchen?«, fragte Demjan.

Ich lächelte, die Lüge kam mir zu leicht über die Lippen. »Meine Trotzreaktion war, einen schönen Fluch für ihn auszusuchen, ihn genauso leiden zu sehen, wie ich es getan habe.« Ich biss mir kurz auf die Unterlippe. »Aber dann dachte ich an Iwan und an euch und daran, dass ich auf ein Leben im Gefängnis noch weniger Lust habe.«

Eka quetschte sich auf die andere Seite neben mich und legte ihre Hand auf meinen Oberschenkel. »Die Reaktion ist verständlich.«

Wasilij schaute mich etwas hilflos an, trotzdem lächelte er mir zu.

»Was machst du jetzt?«, fragte Demjan.

»Ich versuche Breschnew besser kennenzulernen. Zu verstehen, was er wieso getan hat. Aber das wird einige Zeit dauern. Dazu brauche ich eure Hilfe. Oder zumindest euer Verständnis«, sagte ich.

Eka nickte langsam, drückte meinen Oberschenkel und wechselte einen kurzen Blick mit Demjan und Wasilij. »Wo hast du ihn getroffen?«

»Ich habe ihn nach der Therapiestunde angerufen.«

Eka nickte. »Pass einfach auf dich auf, ja? Der Typ ist gefährlich.«

»Das kannst du laut sagen.« Wasilij verschränkte die Arme. Er trug immer noch seine hellblaue Strazh-Uniform. Ein kleiner roter Fleck glänzte neben dem dritten Knopf.

»Ich bin mir sicher, dass alles gut wird.« Obwohl ich versuchte zu lächeln, wollten meine Mundwinkel nicht so recht gehorchen. »Ich muss los. So lange will ich ihn dann doch nicht in meinem Zimmer allein lassen.« Mit einer ungewohnten Anspannung zwischen den Schulterblättern ließ ich die drei zurück und ging wieder in mein Zimmer.

Breschnew saß auf meinem Schreibtischstuhl über sein Notizbuch gebeugt da und blätterte parallel im Almanach der Trankzutaten. Auf seiner Nase thronte eine Lesebrille. Ich blinzelte zweimal, um mich zu vergewissern, dass ich richtig sah.

Er schaute auf. »Haben deine Sidekicks dich gehen lassen?«

Ich war so baff wegen der Brille, dass ich nur nickte und

die Tür hinter mit schloss. Draußen war es noch hell, aber das hieß nichts. Wir näherten uns den weißen Nächten, in denen es nie ganz dunkel wurde. »Bist du weitergekommen?«

Breschnew verdrehte die Augen. »Einen Trank entwickelt man nicht eben mal so im Vorbeigehen.«

»Das habe ich auch nicht angenommen.«

»Dann stell nicht so belanglose Fragen.«

Im Zimmer war kein Platz für einen zweiten Stuhl und mein Astron war noch leer. Deswegen setzte ich mich auf den Boden und lehnte mich an den Kleiderschrank. »Demjan hat den Fluch nicht entdecken können.«

Breschnew nickte. »Eine Sicherheitsmaßnahme. Damit die Verfluchten nicht aus Versehen getötet werden.«

Ich öffnete die Schnalle meines Astrolabiums und fuhr mit dem Zeigefinger am abgewetzten Band entlang. »Und was machen wir jetzt? Hast du schon in allen Bibliotheken nachgesehen?«

»So eine geniale Idee. Wieso bin ich nicht selbst darauf gekommen?« Breschnews Stimme tropfte vor Sarkasmus.

Ich rollte mit den Augen und ließ den Kopf gegen die Schranktür fallen. »Ich nehme mir am besten die nächsten Tage frei. Wenn ich allen Urlaub nutze, den ich habe, kann ich mindestens eine Woche mit dir recherchieren.«

»Ach, und du denkst, eine Woche Recherche bringt uns substanziell weiter, nachdem ich mehr als fünf Monate gesucht habe?«

»Vielleicht hast du nicht richtig gesucht?«, antwortete ich bissig. »Es gibt schließlich noch mehr Bibliotheken außer denen in Sankt Petersburg und Moskau. Außerdem, was soll ich sonst deiner Meinung nach tun?«

»Kündige.«

»Wie bitte?«

»Du hast mich schon verstanden. Kündige. Entweder du stirbst, dann hilft dir der Job keinen Gramm Sternenstaub weiter oder du steckst all deine Ressourcen in die Suche nach einer Lösung und überlebst. Danach kannst du dir immer noch etwas Neues suchen.«

So sehr ich es hasste, gegen Breschnews Logik kam ich nicht an. Ich knirschte mit den Zähnen. Eher hätte ich meine Zunge verschluckt, als zuzugeben, dass er recht hatte. Ich verschränke die Arme. »Aber in der Zeit muss ich auch leben. Rechnungen zahlen sich nicht von selbst.«

Breschnew schnaubte genervt und zog sein Smartphone aus der Hosentasche. »Kontonummer?«

»Wie bitte?«

»Iwanowa, ich dachte, wir hätten schon festgestellt, dass wir wertvolle Zeit verlieren, wenn ich dir immer alles zweimal sagen muss. Ich frage nur noch einmal. Wie. Ist. Deine. Kontonummer?«

»Ich will kein Geld von dir.«

»Da mein Leben unter anderem auch an deinem Geld hängt, habe ich ein Mitspracherecht. Wenn du stirbst, sterbe ich ebenfalls. Das müsste selbst in deinem Hirn logisch erscheinen.«

Ich schwieg und rechnete im Kopf nach. Sechs bis neun Monate würde ich mit der neuen Arbeit und meinem Ersparten über die Runden kommen. Vorausgesetzt, ich achtete auf meine Ausgaben. Ich hob trotzig das Kinn. Auf Almosen war ich nicht angewiesen, von Breschnew schon zweimal nicht.

Er verdrehte die Augen. »Sag Bescheid, wenn du es dir anders überlegst.« Breschnew lehnte sich auf meinem Bürostuhl zurück, der bedrohlich quietschte, und verschränkte die Hände hinter dem Kopf. »Und wegen der Bibliotheken: Ich habe meine Mutter durch halb Russland geschickt. Nichts. Nirgendwo auch nur ein halbwegs vernünftiger Anhaltspunkt. Das, was mich neben den Informationen meines Vaters noch am weitesten gebracht hat, waren die Tagebücher meiner Vorfahren.«

»Was ist mit anderen Tagebüchern?«, fragte ich.

Er verdrehte schon wieder die Augen. Ich hatte gute Lust, mit einem Zauber eine Schraube der Rollen des Schreibtischstuhls zu lösen. Leider hatte ich nicht mal dafür genug Astron.

»Die stehen nicht so einfach in Bibliotheken, Iwanowa. Besonders die Sieben lassen sich ungern in die Karten schauen.«

»Was ist mit deinen Freunden?«

»So klug war ich auch.« Er machte eine abfällige Handbewegung und drehte einen silbernen Kugelschreiber zwischen Daumen und Zeigefinger. »Aber wenn ich nach all den Jahren einfach in Iljas Bibliothek spaziere und die Tagebücher seiner Ururgroßtante Elena lese, wirkt das verdächtig.«

»Was ist mit mir?« Ich schaute ihn direkt an. Seine stechend blauen Augen durchbohrten mich und ich wandte schnell den Blick ab. Eine Panikattacke brauchte ich jetzt nicht. An der Sache mit den Augen musste ich dringend mit Frau Smirnowa arbeiten, das würde sonst auf Dauer nicht funktionieren. Auf Dauer.

Schon allein der Gedanke daran drehte mir den Magen um. Vorsichtig linste ich wieder in seine Richtung. Breschnew musterte mich mit zusammengekniffenen Augen von Kopf bis Fuß. »Das könnte klappen«, sagte er langsam.

Ich hob eine Augenbraue. »Solltest du dann nicht schleunigst Ilja schreiben und uns ankündigen?«

Ohne ein Wort des Widerstands nahm Breschnew sein Handy und tippte schnell eine Nachricht. »Zufrieden?«

»So zufrieden, wie ich sein kann.«

Er nickte, streckte sich beziehungsweise versuchte es unter meinem Hochbett und gähnte. »Ich gehe jetzt. Die letzte Nacht an deiner Haustür war alles andere als bequem. Ist meine Annahme korrekt, dass du morgen mit der Recherche weitermachen willst?«

Ich presste die Lippen zusammen. Von wollen war keine Rede. Aber je schneller ich den Fluch brach, desto eher war ich ihn wieder los. Wenn es überhaupt eine Lösung gab. Daran wollte ich lieber nicht denken. Ich nickte.

»Hier.« Er schnippte mir eine bläulich glänzende Münze zu, die ich mit einer Hand auffing. Auf der einen Seite war ein Drachenkopf eingeprägt, auf der anderen ein Löwe.

»Ich schicke dir morgen ein Bild von meiner Wohnung, damit du einen Schattenschritt machen kannst.« Er richtete sich den Kragen seines Hemds und ich verdrehte die Augen.

Natürlich hatte er eine Wohnung, die mit Sternenstaub gesichert war. Ohne einen Gegenstand mit dem gleichen Sternenstaub kam man nicht hinein. Ich drehte die Münze mit meinen Fingern und gab mir Mühe, keinen bissigen Kommentar deswegen abzulassen. Stattdessen rang ich mir ein »Bis morgen dann« ab.

Breschnew nickte mir zu und verschwand im Schatten, den die Schreibtischlampe auf den Boden warf.

Langsam rappelte ich mich auf und blickte auf mein Handy, gleich halb zehn. Ein verpasster Anruf von Wasilij, aber ich war zu müde, um zurückzurufen. Ich schrieb noch eine kurze Mail an Herrn Bulgakow, um für morgen einen Urlaubstag anzukündigen. Hoffentlich gab es keinen Ärger, weil es so spontan war. Ich gähnte wieder. Die Buchstaben tanzten schon vor meinen Augen und verschwammen.

Ich musste dringend schlafen – ich hatte nicht mal mehr einen Notfallvorrat an Astron. Meine Schuhe plumpsten mit einem dumpfen Geräusch auf den Boden. Ich kroch die Leiter hoch ins Bett, in das ich mich, ohne mich umzuziehen, fallen ließ. Wie automatisch startete ich die Musik-App. Ich war am Wegdriften, da zuckte ich erschrocken auf. Die Zimmertür stieß gegen die Wand und übertönte das Klavierstück, das mein Handy von sich gab.

»Irina?«, erklang Iwans kleinlaute Stimme.

»Iwan? Alles in Ordnung?«

»Ich denke schon. Deine Zimmertür war abgeschlossen und ich habe den Ersatzschlüssel aus dem Kühlschrank genommen«, sagte er.

»Warst du nicht bei Demjans Mutter?«

»Eka hat mich vor einer halben Stunde abgeholt.« Er atmete tief ein. »Darf ich hochkommen?«

»Na klar.«

Das Knarren der Holztreppe unter seinem leichten Gewicht beruhigte mich etwas. Wenigstens mit Iwan und mir war alles in Ordnung.

Vorsichtig setzte er sich an das Fußende, auf seiner Unterlippe kauend und seine Fingernägel mit größter Sorgfalt betrachtend. Seine rechte Hand hatte immer noch den blauen Fleck vom letzten Koldkey-Training.

Ich rieb mir die Augen und setzte mich auf. Der Schlaf würde warten müssen. »Was ist los?« Ich legte den Kopf schief.

»Eka sagt, sie hätte etwas wegen dir und Breschnew regeln müssen. Sie wollte, dass ich weggehe, damit mir nichts passiert ... hat er dir wehgetan?«

»Nein, Iwan, es ist alles in Ordnung.«

»Aber wir mussten die ganze Zeit so aufpassen und jetzt ist er einfach nett?«

Ich versuchte zu lächeln. »So einfach ist das leider nicht. Wir müssen ein paar Dinge zusammen regeln.«

Iwan schluckte und zupfte an dem Deckenbezug mit den blau-weißen Karos. »Ist das ... ist das meine Schuld?«

»Wie kommst du denn da drauf?«, fragte ich entsetzt.

Iwan kaute auf der Innenseite seiner Wange. »Im Januar war ein Freund von Breschnew beim Koldkey-Training. Er hat mir neue Schlittschuhe geschenkt und nach Eka und dir gefragt. Vielleicht ist mir das ein oder andere rausgerutscht.« Selbst im dumpfen Abendlicht glühten seine Wangen. »Ich weiß, ich soll eigentlich nichts sagen, aber ich dachte, die Sklavenrebellion ist vorbei und er war doch bei euch in der Klasse und er war so nett ...« Eine einsame Träne kullerte Iwans Wange hinunter.

»Hey, es ist alles in Ordnung. Das kann passieren. Nichts, was gerade geschieht, ist deine Schuld.« Ich beugte mich vor und strich mit meinem Daumen die Träne weg.

Iwan schluckte laut, doch er nickte. »Kann ich heute bei dir schlafen?«

»Na klar.«

Er rutschte unter die Decke und kugelte sich am Fußende zusammen. »Will er dir wirklich nicht wehtun?«, fragte er nach einer Weile, während die Klaviermusik die Stille im dämmrigen Raum erfüllte.

»Nein, du brauchst dir keine Sorgen machen.« Ich klang nicht überzeugend, aber für Iwan reichte es.

Er gähnte und drehte sich auf die andere Seite. »Dann ist gut. Ich wüsste nicht, was ich ohne dich machen würde.«

Als Iwans Atmung schon lange tief und regelmäßig war, hatte ich trotz der bleiernen Müdigkeit Probleme, in den Schlaf zu finden. Ich musste eine Lösung für diesen Fluch finden. Ich musste. Es gab gar keine andere Option.

13

Ich wachte auf, als sich etwas am Fußende des Bettes bewegte. Adrenalin schoss mir in den Körper, ich tastete nach dem Schlüssel um meinem Hals und saß augenblicklich kerzengerade im Bett. Dann erkannte ich, was oder besser wer mich aus dem Schlaf gerissen hatte. Iwan biss die Zähne zusammen und sah schuldbewusst aus. »Ich wollte dich nicht wecken.«

Ich schaute auf mein Astrolabium und die Astronanzeige. Dreiviertel voll. Mein Puls beruhigte sich langsam wieder und ich grinste. »Alles in Ordnung, Iwan. Wie viel Uhr ist es denn?«

»Gleich halb acht.«

Ich warf ihm einen strengen Blick zu. »Du kommst zu spät zur Schule.«

Iwan zuckte mit den Schultern und kletterte die ersten Sprossen der Leiter runter.

»Komm, beeil dich mit dem Anziehen. Ich bring dich mit einem Schattenschritt.«

Iwans Gesicht tauchte wieder über der Bettkante auf, ein breites Grinsen ließ seine Augen noch mehr strahlen. »Wirklich?«

»Wirklich, so weit ist es nicht. Aber jetzt schnell.«

Seine unbändige Freude ließ mich kurz überlegen, wann ich ihn das letzte Mal mit einem Schattenschritt zur Schule gebracht hatte. Ein Jahr war es bestimmt schon her. Seit dieser schicksalsvollen Nacht hatte ich wegen der Albträume nie genug Astron gehabt, um eine andere Person mitzunehmen.

Ich schüttelte den Kopf und schaute auf das Handy. Donnerstag. Ich musste Wasilij schreiben, dass er seine Uniformen in die Reinigung bringen musste. Gerade, als ich die Erinnerung abgeschickt hatte, klingelte mein Handy kurz und zeigte mir eine neue Nachricht einer unbekannten Nummer an.

Es war ein Bild von einem großen Zimmer. Eine moderne Skulptur stand in der Mitte auf einem Podest.

Ich bin wach. Komm, wenn du bereit bist.

stand unter dem Bild. Kein guten Morgen, kein Gruß, kein Smiley.

Langsam drangen die Geschehnisse der letzten zwei Tage in mein Bewusstsein und ein seltsames Gefühl stieg in mir auf. Konnte ich einfach so in Breschnews Wohnung? Vielleicht war das doch alles Teil eines ausgefeilten Plans? Aber das war alles zu umständlich, um mich nur aus Rache zu töten. Auch wenn er viele Gründe hätte. Ich war mit für den Tod des Zaren verantwortlich, schließlich hatte ich wichtige Informationen zur Berechnung von Astronkosten weitergegeben. Außerdem war meine Aussage über meine Folternacht in seinem Palast bestimmt mit dafür verantwortlich, dass er verurteilt worden war. Auf der anderen Seite schien es den Fluch wirklich zu geben und bis jetzt war Breschnew mehr oder weniger nett zu mir gewesen. So nett er sein konnte.

Ich umfasste meinen Fokus und beschwor das Bild von damals herauf, als er in unserem achten Schuljahr meinen Rucksack mitsamt allen Büchern auf das Dach des Peterhofs gezaubert und mir meinen Fokus weggenommen hatte. Ich spürte die leichte Brise fast in den Haaren. Das Pochen des Bluts in meinen Adern. Meine Fingernägel, die sich in die

Handflächen meiner geballten Faust gruben. Schließlich lenkte ich die Wut um. Die Linie an meiner rechten Hand leuchtete immer noch. Genauso, wie sie es im Lager des Backladens getan hatte. Kein Trick.

Ich seufzte. Wenn ich Iwan zur Schule bringen wollte, musste ich mich beeilen. Schnell schlüpfte ich in frische Kleidung und bürstete mir grob die Haare; für einen Kaffee oder eine Dusche reichte die Zeit nicht mehr. Iwans freudestrahlende Miene, als er hinter dem Tor des Peterhofs verschwand, machte das jedoch mehr als wett.

Ich atmete tief ein und starrte auf das Bild auf dem Handy-Bildschirm, das Breschnew mir geschickt hatte. Es half ja nichts. In meiner Hosentasche tastete ich nach der Münze, die er mir gegeben hatte. Sollte sie nicht mit dem gleichen Sternenstaub modifiziert sein, mit dem seine Wohnung geschützt wurde, könnte das böse enden. Das Schlimmste war, dass er recht hatte. Wenn ich nicht anfing, ihm zumindest etwas zu vertrauen, dann arbeitete ich besser allein. Mit zusammengepressten Lippen verschwand ich im Schatten der Mauer des Peterhofs und tauchte tatsächlich dort auf, wo ich hingewollt hatte.

Das Erste, was mir auffiel, war der Geruch. Es roch sauber, frisch. Nach einem teuren Putzmittel, nicht aufdringlich, aber doch so, dass ich es merkte. Ich sah mich vorsichtig um. Ein Kronleuchter spiegelte sich auf dem glänzenden Parkettboden des großzügigen Flurs und an der freien Wand hing ein großes Porträt eines Labradors, der in den buntesten Farben gemalt war. Eka hätte es gut gefallen.

»Das hat Maxim mir geschenkt. Von einer französischen Künstlerin. Francoise Joboutin«, erklang es da neben mir.

Ich zuckte kurz zusammen. Breschnew lehnte mit der Lässigkeit und dem Selbstbewusstsein eines Mannes an einem Türrahmen, der meinte, ihm gehörte die Welt.

Tat sie vielleicht auch ein Stück weit. Zumindest in Russland.

Breschnew musterte mich langsam von oben bis unten. Vielen Dank, ich wusste selbst, dass ich in meiner augewaschenen Jeans trotzdem schlechter aussah als er in seiner grauen Markenjogginghose. Zu allem Überfluss war mir die Hose am Bund zu groß und ein Gürtel hielt sie an meiner schmalen Hüfte zusammen. Definitiv das Ergebnis einer Kindheit, in der es nicht immer genug zu essen gegeben und die Arbeit auf den Getreidefeldern mir viel abverlangt hatte.

Kurz wartete ich auf einen Kommentar, doch er nahm nur einen Schluck aus einer Tasse und streckte mir eine zweite entgegen. Ich rollte mit den Augen, aber trat einen Schritt auf ihn zu und lugte vorsichtig hinein. Dampfender Kaffee, dem Geruch nach zu urteilen. Ich nippte vorsichtig an der grauen Porzellantasse mit dem geometrischen Muster und verzog überrascht das Gesicht. Nicht, dass ich das jemals zugegeben hätte, doch der Kaffee war perfekt. Genau genug Milch und so viel Zucker, dass er süß, aber nicht zu süß war.

»Woher wusstest du, dass ich Kaffee trinke?«, fragte ich so beiläufig wie möglich und nahm einen weiteren Schluck.

»Wir waren über mehrere Jahre im selben Internat, Iwanowa. Es war praktisch unmöglich, deine schlechten Manieren beim Frühstück zu ignorieren. Inklusive der Kaffeeflecken auf deiner Schuluniform und deinen Büchern.«

Ich war mir sicher, in meinem ganzen Leben nicht einen einzigen Kaffeefleck auf einem Buch hinterlassen zu haben. Aber um des Friedens willen ließ ich es unkommentiert. »Wann fangen wir an?«

»Sofort.« Ohne ein weiteres Wort drehte er sich um und schritt durch den Raum, aus dem er gekommen war. Zögerlich folgte ich ihm, bis Breschnew vor einem Bücherregal stehen blieb, das fast bis unter die hohe Decke reichte.

Ich schaute mich kurz um. Ein moderner Schreibtisch stand parallel zum Fenster, auf ihm ein hauchdünner Bildschirm und eine Designer-Schreibtischlampe. Breschnew räusperte sich und zog eine Augenbraue hoch.»Solltest du jemals allein hierher müssen, der Mechanismus wird durch Ein Sommernachtstraum ausgelöst«, sagte er.

Ich wollte fragen, was genau er damit meinte, da kippte er ein rotes Buch aus dem Regal. Das weiße Bücherregal schwebte zur Seite und gab eine große Tresortür frei, die bläulich schimmerte.

Kurz fröstelnd tastete ich nach der Münze in meiner Hosentasche. Ich hätte genug Astron, ihn ohnmächtig zu zaubern und zu verschwinden. Mich hier einzusperren wäre aus seiner Sicht bestimmt eine angemessene Rache für meine Unterstützung der Sklaven während der Rebellion. Gefangen in einem schalldichten Raum und nur genug Essen, dass ich am Leben blieb. Immer schön die Hoffnung auf Rettung aufrechterhalten und mich über Jahre quälen. Ein Schauer lief mir den Rücken hinunter.

Ich versuchte mich zu erinnern, dass ich ihm zumindest etwas vertrauen musste. Ansonsten könnten wir unsere Zusammenarbeit gleich einstellen. Den Kaffee hatte ich auch nicht auf magische Veränderungen überprüft. Sicherheitshalber stellte ich ihn trotzdem auf dem Schreibtisch neben Breschnews Tasse ab.

»Warum hast du einen so großen Tresor in deinem Arbeitszimmer?«, fragte ich mit immer schneller schlagendem Herzen.

»Kein Tresor. Ein geheimes Arbeitszimmer. Ich habe es während meines Hausarrests einbauen lassen. Alternativ hätte ich meinem Besuch gleich ein Memo schicken können, dass ich vom Cupids Fluch betroffen bin.«

Da hätte ich selbst draufkommen können. Immerhin war er vorsichtig.

Breschnew stellte unterdessen an drei Rädchen verschiedene Zahlen ein, die metallisch ratterten, und tippte auf ein silbernes Nummernfeld eine weitere Zahlenkombination ein. Es folgte ein hoher Piepton und Breschnew drehte an einem großen Rad.

»Die Kombination für das Nummernpad ist 21 03 04«, sagte er plötzlich. »Die andere 14 12 02.«

Ich starrte ihn ungläubig an.

»Unsere Geburtstage sind gut zu merken.« Seine Wangen waren leicht gerötet. Wahrscheinlich, weil ich ihn zwang, jeden Schritt zu erklären.

Mein Mund war trockener als die Sahara und ich bekam eine Gänsehaut. Welche Informationen hatte er noch? »Woher wusstest du, wann ich Geburtstag habe?«

»Mach keine große Sache draus. Wir sind zusammen zur Schule gegangen, so ein Geheimnis war das jetzt auch nicht.« Er rollte mit den Augen.

Ich räusperte mich. »Geburtstage als Code sind nicht sehr sicher.«

»Das hier ist nicht Fort Knox. Außer meinem Personal, meiner Mutter, Ilja, Maxim und Marija hat sowieso niemand Zutritt. Die Wohnung hat nicht mal eine Eingangstür. Der Pförtner bringt die Reinigungskraft mit einem Schattenschritt hoch.«

Natürlich hatte er noch nach der Rebellion Personal, wie sollte es anders sein. Wobei es Magier sein mussten, sonst könnten sie nicht mit einem Schattenschritt in die Wohnung hochgebracht werden.

»Hier.« Er streckte mir eine weitere Münze entgegen und ich schaute ihn fragend an. Breschnew rollte schon wieder mit den Augen.

Wenn er das weiter tat, würden sie wahrscheinlich rauskullern. Bei dem Gedanken lächelte ich etwas. »Wieso brauche ich die?«

»Die Münze ist ebenfalls modifiziert. Das Arbeitszimmer ist mit anderem Sternenstaub als die Wohnung gegen Magie gesichert. Solltest du allerdings nicht fähig sein wollen, darin zu zaubern, behalte ich sie.« Er machte Anstalten, die Münze in der Tasche seiner grauen Jogginghose verschwinden zu lassen, da schnappte ich sie ihm aus der Hand. Sie hatte ein Loch und ich fädelte sie an die Kette, an der auch mein Fokus hing, sodass sie fast aussah wie ein teures Medaillon. Leider machte sie mir so noch mehr bewusst, wie wenig ich hier mit den löchrigen, zu großen Jeans und dem ausgewaschenen T-Shirt hinpasste.

Schnell verdrängte ich den Gedanken wieder. »Wo ist dein Sternenstaub versteckt?«

Breschnew tippte sich auf seine teure Uhr und öffnete die dicke Tür mit einem Quietschen. Kaum hatte er den ersten Fuß über die Schwelle gesetzt, ging bereits das Licht an. Zögerlich folgte ich ihm. Ich dachte kurz an Papa, wie er Nikolaj und mir Baba Jaga vorlas und die Kaffeetasse flog in meine Hand. Immerhin hatte Breschnew nicht gelogen.

Neugierig studierte ich die Wände, die über und über mit beschriebenen Plakaten tapeziert waren. Teilweise verbanden rote Fäden einzelne Stichwörter und bildeten ein Spinnennetz über den ganzen Raum verteilt. Neben einem Whiteboard, auf dem eine Zeitlinie aufgezeichnet war, hing ein großes Bild des Fluchdiagramms. Jedes Detektivbüro wäre wegen der akribischen Arbeit vor Neid erblasst.

»Wenn ich es nicht besser wüsste, würde ich sagen, du bist verrückt.« Mit den Fingerspitzen fuhr ich die Verbindungen nach.

Breschnew schloss die Tür hinter uns. »Tja, ich arbeite für mein Leben gern.«

Hätte jemand anders diesen Witz gemacht, hätte ich geschmunzelt. So gab ich mir Mühe, aus einer der Berechnungen schlau zu werden, die neben eine Tabelle angeheftet war. Sie stellte einen zeitlichen Verlauf dar. Mit einem roten Stift war eine weitere beschränkende Variable eingefügt worden.

»Was ist das?«

»Anhand meines Wissens und der Symptome habe ich versucht zu berechnen, wie viel Zeit uns noch bleibt. Der Verlauf erfolgt nicht linear.«

»Und?« Die Abbildung daneben ließ nichts Gutes ahnen.

»Irgendetwas stimmt nicht. Die letzten zwei Tage war der Fortschritt langsamer, als er es hätte sein müssen.«

»Woran lag das?«

»Iwanowa, wenn ich so viel über den Fluch wüsste, ständen wir nicht hier. Da«, sagte er. Ein in Leder gebundenes Notizbuch schlitterte über die hellblauen Kacheln des Labortischs auf mich zu, der zwischen uns stand. Ich fing es gerade rechtzeitig auf, bevor es auf den gefliesten Boden fallen konnte. »Du solltest jeden Morgen dein relatives Astron aufschreiben und sonstige Symptome. Das macht die Diagnose einfacher.«

»Das wird keinen Sinn ergeben«, sagte ich kühl.

Breschnew hob nur eine Augenbraue.

Genervt rollte ich mit den Augen. »Ich schlafe seit der Nacht in deinem Keller nicht mehr gut, höchstens mit Schlafmitteln. Mein Astron war seitdem nicht mehr auf hundert Prozent.«

Breschnew presste die Lippen aufeinander und wandte sich einem kleinen, silbernen Regal zu, auf dem in verschiedenen Glasbehältern Trankzutaten standen. Ich entdeckte sogar zerfurchte Rakshasa-Zähne und schneeweißes Yetifell.

Die Stille zwischen uns war erdrückend. Ich setzte mich auf einen der zwei Schreibtischsessel und drehte mich um meine eigene Achse. »Wie machen wir jetzt weiter? Wann können wir zu Ilja?«

»Ich arbeite an dem Trank, du liest dich weiter ein. Ilja erwartet uns am Samstag.«

Ich nickte langsam, zwei Tage würde ich sowieso zum Lesen brauchen. »Mir ist noch nicht alles ganz klar.«

Breschnew hob nur fragend eine Braue und setzte sich eine Schutzbrille auf.

»Wie viel Zeit haben wir noch?«

»Wenn ich alles richtig berechnet habe, circa vier Monate. Nicht eingerechnet, dass wir wahrscheinlich am Ende ohne

Gegenmaßnahmen gar nicht mehr in der Lage sein werden, irgendetwas zu tun.«

Die Antwort war wie ein Schlag in die Magengrube. Vier Monate. Ich presste die Lippen aufeinander und zwang mich zu einem Lächeln, mehr für mich selbst als für Breschnew. »Dann machen wir uns besser an die Arbeit.«

Er hatte schon sein tragbares Bücherregal auf dem Labortisch aufgebaut und klappte seinen Laptop auf. Ich nickte, stellte mein Handy auf lautlos und zog das letzte Tagebuch heraus, mit dem ich gestern aufgehört hatte.

Mein Magen knurrte und ich blickte von einer von Breschnews Zusammenfassungen auf die schmutzigen Teller, die vom Mittagessen zwischen uns auf dem gekachelten Tisch standen. Nichts mehr übrig. Breschnew hatte sich mir gegenüber wieder eine Sicherheitsbrille aufgezogen und erhitzte mit einem konzentrierten Blick Wassermannschuppen in einem Reagenzglas über einem Bunsenbrenner. Sie begannen grünlich zu glühen. Er kippte sie in eine violette Flüssigkeit, die kurz zischte, blubberte und sich dann zu einem hässlichen Braun färbte. Frustriert schmiss Breschnew die Zange auf die Arbeitsfläche, mit der er das Reagenzglas gehalten hatte. Sie schlitterte etwas zu mir und blieb klirrend liegen.

Einen Moment überlegte ich, ob ich für heute Schluss machen sollte. Auf der anderen Seite hatte ich noch viel zu lesen.

»Entweder ich höre jetzt auf oder wir essen etwas«, sagte ich.

Breschnew schaute auf seine Uhr. »Schon fast zu spät zum Abendessen. Der Zauberlehrling liefert nicht mehr um die Zeit.«

»Hast du eine Küche?«

Breschnew runzelte die Stirn. »Natürlich.«

»Ich kann kochen.«

»Aber kochen ist eine Sk–« Er war klug genug, den Mund zu schließen.

»Sklavenaufgabe?«, fragte ich mit hochgezogenen Augenbrauen.

Kurz presste Breschnew die Lippen aufeinander, bis wieder der übliche arrogante Gesichtsausdruck zurückkehrte. Er stand wortlos auf und stolzierte zur Tresortür, deren Rückseite transparent war. Es rotierten zahlreiche Zahnräder beim Drehen des Rads und ein schwerer Eisenbalken schob sich zur Seite, um Breschnew den Weg freizugeben.

Ich folgte ihm durch das Arbeitszimmer und den Flur in eine großzügige, moderne Küche. Alles in Hochglanz, selbst die marmorne Arbeitsplatte reflektierte das Licht. Ich würde beim Putzen wahnsinnig werden, hier sah man jeden Fingerabdruck. Aber wenn andere Menschen das für einen übernahmen, war das sicherlich keine Sorge, die Breschnew hatte.

Ein großer, zweitüriger Kühlschrank summte leise vor sich hin. Ich zog an einer Tür und traute meinen Augen nicht. Ein buntes Sammelsurium an frischen Lebensmitteln lachte mich an. Schöne, gesprenkelte hellbraune Eier, glänzende Äpfel, eine Ananas und eine Mango. Verschiedene Fleischsorten, von hellrosa bis dunkelrot. Damit könnte ich locker ein Drei-, nein, wahrscheinlich ein Fünf-Gänge-Menü zubereiten.

»Ich dachte, du kochst nicht?«, fragte ich.

»Mache ich auch nicht. Mein Personal füllt den Kühlschrank.« Er zuckte mit den Schultern.

»Und was machen sie mit den ganzen Sachen, die du nicht isst?«

»Keine Ahnung. Wegschmeißen, nehme ich an.«

Ich starrte ihn ungläubig an und Wut kochte in mir hoch. Was hätte ich in meinen Kindheitstagen für so eine Auswahl gegeben? Von unseren Meistern, der Familie Gagarin, hatten wir nicht das Schlechteste bekommen, aber so ein Angebot an Lebensmitteln hatte es nie gegeben. Ich hatte gut Lust, ihm die

Flasche mit der frischen Milch auf den Kopf zu knallen. Ruhig, Irina. Wenn du wegen Körperverletzung festgenommen wirst, hilft das niemandem. Trotzdem platzte eine Tomate durch etwas unkontrollierte Magie. Der Saft mit den gelben Körnern lief an der blitzeblanken weißen Kühlschrankwand hinunter.

Ich versuchte die Wut zu regulieren. Stattdessen dachte ich gezielt an einen Moment vor über einem Jahr, eine Woche nach einem missglückten Anschlag, als ich die Rolltreppe zur Metro hinuntergefahren war. Das Flügelschlagen der Tauben über mir. Das gummiartige Rolltreppengeländer unter meiner Hand, der leichte Wind in den Haaren. Ich, wie ich jedes Gesicht auf der mir entgegenkommenden Rolltreppe musterte, lauernd auf ein Zeichen, dass die Person mir Böses wollte.

Ich lenkte die Wachsamkeit um und der Tomatensaft und die Kerne verschwanden. Zumindest bis morgen. Blöder Masseerhaltungssatz. Mit so wenig Astron konnte ich die Tomate nicht gänzlich verschwinden lassen und die Überreste würden wieder auftauchen. Doch zumindest musste Breschnew nicht unbedingt jetzt erfahren, dass ich die Beherrschung verloren hatte.

Ich legte mein Handy auf die glänzende, schwarze Marmorarbeitsplatte und starrte erneut in den Kühlschrank. Es juckte mich in den Fingern, etwas Aufwendiges zu kochen und sei es nur, um meine Nerven zu beruhigen, aber wir hatten keine Zeit. »Sind Blinis okay?«, fragte ich.

»Ich kann helfen.«

Das bezweifelte ich stark. Trotzdem wollte ich seinen freundlichen Versuch nicht torpedieren. Ich zog die metallisch funkelnde Küchenmaschine etwas nach vorne, die wahrscheinlich noch nie angestellt worden war, und nahm die silberne Schüssel heraus. Nicht zu vergleichen mit meiner Maschine zu Hause. »Du kannst die Eier aufschlagen. Vier Stück.«

Ich öffnete derweil die Schränke auf der Suche nach Mehl. Buchweizenmehl hatte er nicht, dafür Buchweizen und einen

Mahlaufsatz für die Küchenmaschine. Natürlich. Er wusste mit Sicherheit nicht mal zu schätzen, was er hier alles zur Verfügung hatte. Ich beobachtete Breschnew über meine Schulter hinweg. Er hielt etwas hilflos ein Ei über die Schüssel. Ich rollte mit den Augen.

»Du musst es am Rand der Schüssel aufschlagen.«

Er nahm das Ei und zerdepperte es so energisch, dass die Hälfte danebenlief und er genervt auf die unzähligen Eierschalenteile in seiner Hand starrte. Das Ei auf der Arbeitsfläche schimmerte kurz bläulich und waberte zurück in die Schüssel. Ich presste meine Lippen aufeinander, um nicht zu lachen, Breschnew hin oder her.

»Kein Wort, Iwanowa«, drohte er mir leise, aber es machte mir keine Angst. Ich schüttelte grinsend den Kopf und löste die Hefe in einer Schüssel mit Milch auf.

»Du wirst angerufen«, sagte er.

Ich runzelte die Stirn. Den ganzen Tag war ich so mit dem Fluch beschäftigt gewesen, dass ich gar nicht auf das Handy geschaut hatte. Aber jetzt grinste mich ein kleines rundes Bild von Eka an. Ich wischte die mehligen Hände an der Jeans ab, schnappte mir das Handy und ging in den Flur vor das Hundeporträt.

»Ja, Eka?«

»Wo verdammt noch mal bist du? Ich erreiche dich den ganzen Tag nicht«, zischte sie.

»Bei Breschnew. Wir machen gerade Abendessen.«

»Und deswegen bist du nicht zu erreichen und lässt mich allein Demjans Abschiedsfeier für morgen vorbereiten? Hast du wenigstens an den Kuchen gedacht?«

Mist. Nein, hatte ich nicht. Ich hatte seit dem Gespräch in dem falschen Backladen überhaupt kein richtiges Zeitgefühl mehr gehabt. »Eka, tut mir leid, habe ich vergessen. Mache ich später.«

»Du redest seit zwei Tagen mit diesem Arschloch und vergisst uns schon? Dass Wasilij es vercheckt, damit hatte ich fest gerechnet, aber mit dir ... Beweg jetzt deinen Arsch hierher. Warst du wenigstens die Kuchenzutaten einkaufen?«

Ich presste die Lippen aufeinander und überlegte fieberhaft, wo ich um die Uhrzeit einkaufen gehen konnte. »Ich ... schaue, was ich machen kann.«

»Ira, wirklich?«

»Morgen habe ich frei. Dann mache ich es einfach morgen früh«, sagte ich.

»Du hast morgen auch frei? Wieso hast du nichts gesagt?«

Ich sollte den Mund halten. Oder mir vorher bessere und konsistente Ausreden überlegen. »Soll ich noch kommen?«

»Lass es. Ich bin sowieso fertig. Der Kuchen wäre wichtig.« Eka klang erschöpft.

»Eka, alles in Ordnung? Du klingst nicht so gut.«

»Hätte ich dir erzählt, wenn du da gewesen wärst oder auf eine meiner vielen Nachrichten reagiert hättest. Lass es einfach, Ira. Ich brauche jetzt Zeit für mich.«

Der Auflegeton des Handys traf mich wie ein Schlag ins Gesicht. Ich rief sofort wieder an, aber Eka drückte mich weg. Fünfzehn verpasste Anrufe von Eka und dreiundzwanzig ungelesene Nachrichten. Irgendwas war passiert. Bis auf eine von Wasilij alle von Eka. Ich scrollte durch.

Ira, OMG er ist da. Stanislaw ist hier. Bei Alenjakova.

Der Penner hat seine neue Freundin dabei und zeigt sie rum wie einen preisgekrönten Hund. So ein Arsch.

Er hat Hallo gesagt, als ob nichts gewesen wäre. Wie kann er es wagen?

Ira, hallo?

SCHEISSE. Er hat ein neues Projekt mit meiner Chefin und kommt jetzt wöchentlich vorbei. WÖCHENTLICH. Womit habe ich das verdient?

Ira? Ira, etwas Unterstützung wäre nett?

Irina?

Boah, ich halte das hier nicht mehr aus. Ich mach krank. Wenn ich noch mal sein Gesicht sehe, kotze ich.

Und es ist passiert. Das Gesicht sehen, nicht das Kotzen.

Ira?

Iraaa?

Geh mal bitte an dein Handy.

Was um alles in der Welt ist so wichtig, dass ich warten muss?

Ich hab bei deiner Arbeit angerufen, du hast frei. Wo bei den Sternen bist du?

Ira?

Irina? Ich mache mir Sorgen.

Wieso muss ich von Iwan erfahren, dass du bei Breschnew bist? Du hast dir freigenommen für den Arsch?

Ira, ich bräuchte a) deine Unterstützung und b) deine Hilfe. Melde dich – bitte.

IRINA IGOREVNA IWANOWA! Was muss ich denn alles tun, damit du antwortest?

Ira?

Ach, ich geb's auf. Melde dich, wenn du das hier liest.

Denk wenigstens an die Vorbereitungen heute Abend.

Wo bist du?

Scheiße. Ich versuchte noch mal Eka anzurufen, aber sie ging nicht ans Telefon. Schnell entschuldigte ich mich per Textnachricht, verlor einige fluchende Worte über Stanislaw und wartete. Sie schrieb nicht zurück. Sie hatte die Nachrichten nicht mal geöffnet.

»Alles in Ordnung?«, riss mich Breschnew aus meinen Gedanken.

»Ich muss nach Hause«, sagte ich und schritt ohne Erklärung durch einen Schatten in der Küche.

Leicht stolpernd kam ich in unserem Wohnungsflur an. Ekas Mantel war da, also klopfte ich an ihre verschlossene Tür. »Bitte mach auf, Eka. Es tut mir leid!«

Hinter mir hörte ich ein zweites Atmen und zuckte zusammen. Breschnew tauchte aus dem Schatten hinter mir auf. »Alles in Ordnung?«

»Jetzt ist wirklich kein guter Zeitpunkt, geh wieder nach Hause«, zischte ich und hämmerte gegen die Tür. »Eka!«

Breschnew legte den Kopf schief, verschränkte die Arme und wartete. Ich klopfte weiter, aber sie rührte sich nicht.

Meine Fäuste schmerzten schon von dem Hämmern, da meinte Breschnew mit herablassender Stimme: »Wenn sie Zeit für sich will, solltest du das akzeptieren.«

Ich hätte ihn am liebsten umgeboxt. Natürlich hatte er recht, aber das musste er mir ja nicht so unter die Nase reiben. Mein Magen knurrte.

»Also, ich habe Hunger. Ich esse jetzt etwas, mit dir oder ohne dich.« Er machte einen Schattenschritt und war verschwunden.

Ich seufzte. Das Letzte, was ich wollte, war, ihm nachzulaufen wie ein Hund. Doch ich hatte meine schwarze Tasche bei ihm und mein Magen knurrte. Ich klopfte noch einmal an Ekas Tür. Keine Reaktion. Also drehte ich mich um und verschwand im selben Schatten wie Breschnew.

14

Die Luftballons tanzten unter der Stuckdecke im Luftzug des offenen Fensters und wirkten in ihrem ständigen Auf und Ab fast schon hypnotisch auf mich. Ich gähnte und wippte zumindest den Kopf etwas zur Musik hin und her. In meiner Hand zitterte der dritte Kaffee ein bisschen. Ich würde nie wieder von diesem Sofa aufstehen, hatte ich beschlossen.

»Ira, schau dir das an. Das wird dir gefallen.« Demjan hielt auf der anderen Seite seines Wohnzimmers ein dickes Buch in die Höhe, das halb in Geschenkpapier verpackt war, aber ich schüttelte den Kopf. Wenn ich heute in noch ein Buch blicken müsste, würden mir die Augen rausfallen. Immerhin war ich mit allen Werken aus dem portablen Bücherregal fertig geworden.

Demjan runzelte besorgt die Stirn, entschuldigte sich kurz bei seinem Bruder und ging zu mir. »Alles in Ordnung? Du wirkst heute etwas abwesend.« Er ließ sich neben mich plumpsen.

Ich versuchte zu lächeln und nickte, während ich ein erneutes Gähnen unterdrückte. Nur zu gern würde ich es Iwan gleichtun und mich ebenfalls auf der Couch zusammenrollen, um etwas zu schlafen.

»Der Kuchen schmeckt übrigens vorzüglich. Du hast dich selbst übertroffen«, sagte Demjan.

Bei den Zutaten und der Küchenmaschine kein Wunder. Breschnew hatte vorgeschlagen, dass ich den Kuchen bei ihm backte, um dann den Freitag weiter für die Recherche in seinem geheimen Tresorraum zu nutzen. Das war wahrscheinlich der beste Kuchen, den ich je gemacht hatte. »Demjan, ich glaube, ich muss bald nach Hause. Die Woche hat mich fertig gemacht.«

Er runzelte erneut die Stirn. »Ist alles in Ordnung auf der Arbeit? Oder hat es was mit Breschnew zu tun?«

»Nein, er hat mir nichts getan. Und mit dem Job ist auch alles klar. Mach dir keine Sorgen.« Das schlechte Gewissen meldete sich augenblicklich, aber den Sternen sei Dank klingelte es im nächsten Moment an der Tür und hielt Demjan so davon ab nachzubohren.

Er sprang auf, um die nächsten Gäste in Empfang zu nehmen, wurde jedoch direkt von Wasilij ersetzt, der gleich seinen Platz einnahm und etwas Wodka auf dem Sofa verschüttete. Kurz schaute er auf den Fleck und zuckte nur mit den Schultern. Dann legte er einen Arm um mich. Mir wurde schlecht und ich schüttelte seine Hand ab. Die Übelkeit wurde gleich wieder besser.

»Was ist los, Irina? Du verhältst dich den ganzen letzten Monat seltsam«, fragte er mit verwaschener Stimme.

Ich atmete tief ein. Bei allen Planeten, nicht auch noch das. Dafür hatte ich nicht die Nerven. »Alles okay. Wir reden ein andermal, nicht jetzt, nicht hier.«

»Wieso nicht hier?«

»Weil du angetrunken bist und ich fertig bin. Das wird nicht gut enden.«

Wasilij schüttelte den Kopf und nahm einen weiteren Schluck aus dem bunten Pappbecher, sein Arm ruhte inzwischen auf der Sofalehne hinter mir. »Wir sehen uns zurzeit so wenig und wir reden nie darüber.« Er klang fast schon vorwurfsvoll.

»Und wer geht gerade gerne abends mit seinen Strazh-

Kumpels was trinken?« Ich biss die Zähne zusammen. Wenn ich nicht so verdammt müde wäre, hätte ich das besser formuliert.

»Du hast gesagt, das ist in Ordnung für dich und Kontakte seien wichtig.«

»Ich meine nur, dass es nicht allein meine Schuld ist, dass wir uns gerade so wenig sehen.«

Wasilij lehnte sich nach vorne und griff in eine gemusterte Porzellanschale, um sich eine Handvoll Chips zu grabschen, die er sich in den Mund warf und mampfend verschlang. Er öffnete den Mund und schloss ihn wieder, bevor er den Kopf schüttelte und sich seufzend zurücklehnte. »Wann wurde das Ganze so kompliziert? Früher haben wir uns einfach immer spontan getroffen und alles war cool. Keine Erwartungen. Wenn es geklappt hat, war gut, wenn nicht, auch.«

»Früher waren wir nicht zusammen.« Ich legte den Kopf auf die Lehne und starrte erneut zu den tanzenden Luftballons unter der Decke.

Wasilij nahm meine Hand und mir wurde speiübel. Aber ich unterdrückte den Impuls, meine Finger wegzuziehen. Zum Glück hielt Wasilij sie lediglich kurz und ließ dann wieder los.

»Ich denke, ich gehe bald nach Hause. Ich bin ziemlich müde«, sagte ich.

Wasilij nickte nur und stand auf.

»Wir sehen uns Sonntag?« Gegen die Müdigkeit ankämpfend richtete ich mich etwas auf.

Er verzog das Gesicht. »Da bin ich doch beim Koldkey-Training mit den Jungs.«

»Und was ist mit unserem Frühstück?«

»Habe ich vergessen.« Er schaute wenigstens zerknirscht aus.

»Schon gut. Es kommen wieder andere Zeiten.« Ich versuchte zu lächeln und Wasilij zog ab, um mit Demjans Bruder über weiß Gott was zu reden. Ich sollte mich verabschieden und mit der Metro nach Hause fahren. Doch allein der Gedanke aufzustehen, war mir ein Graus. Hoffentlich würde die Erschöpfung wenigstens die Albträume in Schach halten. Seufzend wollte ich mich erheben, aber das Vibrieren meines Handys ließ mich zurück in die Polster sinken. Ich zog es heraus und stöhnte innerlich, als ich die neue Textnachricht sah.

Komm in meine Wohnung, bevor du schlafen gehst. AB

Breschnew hatte echt Nerven. Keine Erklärung, nichts. Ich blickte kurz auf und sah Demjan ein Stück Kuchen essen und sich mit einem Kommilitonen unterhalten.

Keine Zeit heute Abend. Außerdem habe ich nicht genug Astron.

Ich raffte mich auf und holte meine Tasche. Dabei ignorierte ich das erneute Vibrieren meines Handys und drückte Wasilij zum Abschied einen Kuss auf die Wange.

Demjan drehte sich schon zu mir um, als ich mich ihm näherte.

»Ich muss jetzt ins Bett. Wir sehen uns noch mal, bevor du fährst?«, fragte ich.

»Mit Sicherheit.« Er nahm mich fest in die Arme und drückte mich an sich, zum Glück wurde mir nur leicht übel. »Lass dich nicht unterkriegen, ja?«, flüsterte er mir ins Ohr. »Und pass gut auf dich auf.«

Tränen sammelten sich in meinen Augenwinkeln und es bildete sich ein dicker Kloß in meinem Hals. Wenn ich es ihm doch bloß sagen könnte. Die Realität sah jedoch anders aus. Schnell blinzelte ich die Tränen weg und nickte, meiner Stimme nicht vertrauend. Langsam löste ich mich von ihm und schenkte ihm ein letztes Lächeln, bevor ich mich auf die

Suche nach Eka machte. Als ich sie nirgends fand, verließ ich allein die Wohnung und stieg die Steintreppen hinunter. Ich holte mein Handy erneut hervor und las die letzte Nachricht von Breschnew.

Schick mir ein Bild, ich hol dich ab.

Er ließ mir keine Ruhe. Während meine Finger über den Touchscreen flogen, um Eka zu schreiben, kaute ich auf meiner Unterlippe. Im Zweifelsfall hatte Breschnew etwas Wichtiges herausgefunden und ich wollte nicht denselben Fehler noch mal machen. Ich knipste ein Bild vom Eingangsbereich und schickte es ihm.

Im nächsten Moment hallten im Treppenhaus eilige Schritte wider. Eka kam die Treppen hinunter und musterte mich besorgt. »Ira? Seit wann kannst du nicht mehr fünf Minuten warten, bis ich von der Toilette komme?«

»Die Metrofahrt ist lang und ich bin müde.«

»Ich kann dich nach Hause bringen.« Sie streckte die Hand nach mir aus.

»Schon in Ordnung, nimm nachher lieber Iwan mit.«

Eka beäugte mich misstrauisch. »Ruf dir wenigstens ein Taxi.«

Ich öffnete den Mund, doch da trat Breschnew aus den Schatten der Briefkästen. Ich schloss kurz die Augen. Hätte er nicht eine Minute später auftauchen können?

»Iwanowa, Pawlowa.« Breschnew nickte einmal. Trotz der Temperaturen trug er ein hellblaues Hemd mit hochgekrempelten Ärmeln. Er hatte sich mit einem Kugelschreiber Striche in verschiedenen Abständen über seine Lotusblütentattoos gezeichnet.

Eka verengte die Augen und trat einen Schritt nach vorne. »Breschnew, was willst du hier?«

Ich schüttelte hinter ihr wild den Kopf. Entweder sah Breschnew mich nicht oder es war ihm egal. Er lächelte süffisant und ich hatte Lust, ihm seinen arroganten Gesichtsausdruck mit einer Ohrfeige aus dem Gesicht zu wischen.

»Hat dir Iwanowa nichts gesagt? Ich hol sie ab.«

Eka wirbelte herum. »Stimmt das?«, zischte sie.

Ich presste die Lippen aufeinander.

»Ira, was soll der Scheiß? Ich dachte, du willst nach Hause?« In ihren Augen sah ich Enttäuschung aufblitzen.

Wieder einmal drohte mich das schlechte Gewissen zu erdrücken. »Das war auch der Plan, ich wollte nur kurz bei Breschnew vorbei.«

»Die Damen, ich wäre dankbar, wenn ihr eure Plauderei zu einem anderen Zeitpunkt fortführen könntet. Ich für meinen Teil habe keine Lust, die Nacht in einem Hausflur zu verbringen.« Breschnew klopfte ungeduldig mit dem Schuh auf den gemusterten Steinboden.

Ich wollte etwas sagen, aber da drehte sich Eka auf dem Absatz um und stapfte wieder nach oben. Ihre Pumps klackerten laut auf der Steintreppe.

»Hättest du nicht etwas netter sein können? Ich habe hier schon genug Probleme«, zischte ich.

»Kommst du jetzt mit oder nicht?«, fragte er.

Ärgerlich verdrehte ich die Augen, griff jedoch nach seinem Oberarm und in dem Moment zog er mich in den Schatten. Das helle Licht des Kronleuchters brachte mich zum Blinzeln und ich fand mich einem Mann in schwarzem Anzug gegenüber. Er hatte seine Hände vor dem Körper gefaltet und stand von einem schwarzen Ledersessel auf, hinter dem sich Bücherregale türmten. Den Raum kannte ich nicht.

Das war sie, die lang befürchtete Falle.

Mein Herz machte einen Satz und ich konnte nicht atmen. Ich stolperte rückwärts und hatte bereits halb meine Hand ausgestreckt. Wieso gab es hier keinen Schatten?

Ich kollidierte mit dem Türrahmen und warf einen Blick über die Schulter. Dort hing das bunte Porträt des Hunds an der Wand. Ich war in Breschnews Wohnung. Der rollte mit den Augen. »Iwanowa, entspann dich. Darf ich dir Dr. Gergijew vorstellen? Er ist magischer Psychiater und spezialisiert auf Schlafstörungen.«

Die Anspannung verpuffte und ich blinzelte verwundert. »Was soll das denn heißen?«, fragte ich.

»Stell dich nicht so an. Ein blinder Domovoi würde sehen, dass du Probleme beim Schlafen hast. Außerdem hast du es selbst zugegeben. Wenn du nicht genug schläfst, hast du nicht genug Astron und kannst dich nicht richtig konzentrieren. Du hast heute ungefähr nur halb so schnell wie sonst gelesen. Also lass dir verdammt noch mal helfen. Ich bin im Arbeitszimmer, wenn ihr mich braucht«, sagte Breschnew und kehrte auf dem Absatz um. Das Klicken der sich schließenden Tür hatte etwas Endgültiges.

Zögernd wandte ich mich Dr. Gergijew zu, der eine einladende Bewegung zu einer schwarzen Couch machte und sich selbst wieder auf den Sessel setzte. Auf seiner Glatze spiegelte sich das Licht der teuren Deckenlampe.

»Frau Iwanowa, Herr Breschnew hat mir von Ihren Schlafproblemen erzählt. Darf ich erfahren, welche Ursache diese haben?«, fragte Dr. Gergijew mit der Ruhe eines Mannes, der oft mit schwierigem Klientel Umgang pflegte.

Langsam ging ich zur Couch und musterte sein teures Astrolabium, das unter dem Ärmel seines Tweet-Sakkos hervorblitzte. »Dürfen Sie nicht.«

»Je besser Sie mir Ihre Symptome und Ursachen schildern, desto besser kann ich auswählen, welcher Zauber Ihnen zumindest temporär Erleichterung verschafft.«

Wieso hatte ich nicht selbst daran gedacht? Wahrscheinlich, weil dieser Doktor ein halbes Vermögen als Honorar nahm. Und weil der Gedanke, jemanden mit Magie nur in die Nähe meines Kopfs zu lassen, mir einen Schauer über den Rücken laufen ließ.

»Habe ich zumindest Ihre Erlaubnis, Sie zu behandeln?«

Ich verschränkte die Arme, schüttelte den Kopf und setzte

mich langsam auf die Couch. Zur Sicherheit rutschte ich jedoch mit meinem Hintern so weit an die Kante, dass ich jeden Moment aufspringen konnte.

»Von dem, was Herr Breschnew erzählt hat, vermute ich, Sie leiden an einer PTBS, einer Posttraumatischen Belastungsstörung.«

Mein rechtes Augenlid zuckte kurz. Woher wusste Breschnew das? War er an Frau Smirnowas Akten gekommen? Einen Moment wurde mir schlecht.

Dr. Gergijew musterte mich intensiv. »Das hatte ich mir gedacht. Die Albträume können furchtbar sein. Ein einfacher Zauber lässt Sie besser schlafen, ohne eine Schlafmittelabhängigkeit zu provozieren.« Er rieb seine Hände aneinander, die bläulich zu schimmern anfingen. »Ich lege lediglich drei Finger an Ihre Schläfen. Es ist ein gut erprobter Zauber, Sie finden ihn auch auf der Internetseite der VeMPRu, der Vereinigung Magischer Psychiater Russlands.«

»Ich vertraue Ihnen nicht.«

»Wenn Sie mich nicht an Ihren Kopf lassen, kann ich Ihnen nicht helfen.«

»Wer hat gesagt, dass ich Hilfe will?« Ich klang wie ein trotziges Kleinkind, aber für so einen Mist hatte ich jetzt keine Nerven. Auf der anderen Seite war die Aussicht auf mehr Astron durchaus verlockend – und mehr Schlaf. Ich starrte kurz auf meine Sneakers, deren weißes Gummi an der Seite schon graue Streifen hatte. »Zeigen Sie mir, wie es geht.« Ich blickte Dr. Gergijew an.

»Frau Iwanowa, bei aller Achtung Ihrer Fähigkeiten als Zauberin: Um so einen Spruch zu beherrschen, braucht es ein Medizinstudium und jahrelange Übung. Das kann ich Ihnen nicht eben im Vorbeigehen zeigen wie eine einfache Levitation. Sie müssen gezielt Prazosin bilden und das auf die α1-Adrenozeptoren stecken. Wir reden von Millionen von Rezeptoren, die erfolgreich geblockt werden müssen.«

Das hatte ich befürchtet.

Ich überlegte kurz, aber er war von Breschnew hierher bestellt worden. Konnte ich darauf vertrauen, dass er mich nur in einem konzentrierteren Zustand haben wollte, um den Fluch besser zu lösen? Ein Teil von mir wartete auf die versteckte Agenda, auf den Plottwist, der kommen musste.

Dr. Gregijew schaute mich derweil über den Brillenrand seiner schwarzen Brille an.

»Vielen Dank, Ihre Hilfe wird nicht benötigt«, sagte ich schließlich.

Er zuckte kurz leicht mit den Schultern und stand mit geradem Rücken auf. »Richten Sie Herrn Breschnew meine besten Wünsche aus.« Er verschwand im Schatten des kleinen Beistelltischs, den ich vorher übersehen hatte.

Ich ließ mich zurück an die Lehne der Couch fallen. Zu steif und zu hart für meinen Geschmack. Wieso kaufte man sich Designermöbel, wenn die so ungemütlich waren? Ein Klopfen riss mich aus meinen Gedanken.

Breschnew lehnte im Türrahmen, die Hände in den Hosentaschen einer grauen Jogginghose. Die hatte er eben noch nicht getragen. Mit dem schwarzen T-Shirt sah er aus wie ein Model. Ich blinzelte kurz und wies mich selbst zurecht. Was war das bitte für ein Gedanke? Attraktiv, oder nicht, vor einer Woche war er noch mein Feind gewesen. Und das aus gutem Grund, erinnerte er mich selbst gleich wieder. Denn er war zu arrogant, um zu fragen und hob nur eine Braue.

»Nächstes Mal rede vorher mit mir«, sagte ich bissig.

»Ich hätte es wissen müssen. Irina Iwanowa würde wahrscheinlich eher sterben, als Hilfe anzunehmen.«

»War's das? Dann gehe ich nämlich nach Hause.«

Breschnew rollte mit den Augen. »Ohne mich kommst du hier eh nicht raus.«

Ich starrte auf die fast leere Astronanzeige und unterdrückte die anschwellende Panik in mir. Meine Fingernägel gruben sich in das kalte Leder der Couch.

»Entspann dich, Iwanowa. Ich bring dich nach Hause, wann immer du willst.«

Ich hatte nicht gemerkt, dass ich meine Schultern hochgezogen hatte, aber ich ließ sie fallen. Dann dachte ich wieder an seine Nachricht. »Wolltest du eigentlich noch was anderes, außer mich mit dem Doktor zusammenzustecken?«

»Ich habe schlechte Neuigkeiten.«

»Was aus den letzten Tagen waren denn schon gute Neuigkeiten?«

Er ignorierte meinen Kommentar. »Ich habe die Störvariable berechnen können, die dafür sorgt, dass der Fluch nicht so voranschreitet, wie ich gedacht hatte.« Breschnews Gesicht war unlesbar.

Deswegen also die Kugelschreiberstriche auf seinem rechten Arm.

»Und? Irgendwelche sternentdeckende Erkenntnisse?«, fragte ich, auch wenn ich die Antwort eigentlich gar nicht hören wollte.

»Wenn wir uns in der Nähe des anderen aufhalten, geht es langsamer. Passt zur Intention des Fluchs.«

Und gerade hatte ich gedacht, es könnte nicht mehr schlimmer kommen. Mein Mund klappte auf und mein Herzschlag wurde schneller. »Das heißt, wir verbringen jetzt Tag und Nacht zusammen?«

»Nein.« Seine Stimme klang scharf wie ein Messer und ich zuckte kurz zurück. »Glaub mir, darauf habe ich so viel Lust wie auf ein Leben ohne Magie. Vielleicht bringen die Tagebücher von Iljas Verwandten uns neue Erkenntnisse.« Er streckte mir eine Hand hin. »Steh auf, Iwanowa, ich bring dich nach Hause.«

»Erst will ich deine Berechnung sehen.«

Er rollte mit den Augen, ließ seine Hand fallen und ging, ohne ein weiteres Wort zu sagen, in Richtung Arbeitszimmer.

Drei Stunden später atmete ich die stickige, warme Luft in meinem Zimmer ein und lehnte mich an die geschlossene Tür. Es kam mir schmutzig und klebrig vor im Vergleich zu Breschnews Wohnung.

Wieso musste jeder Tag schlimmer werden als der zuvor? Zum Glück schlief Iwan schon. Sobald Breschnew mich in unserer Wohnung abgesetzt hatte, war ich direkt in sein Zimmer gehuscht und hatte nach ihm gesehen. Der Anblick, wie er in seinem Hochbett friedlich schlummerte, hatte mir etwas innere Ruhe geschenkt, die mir seit Tagen fehlte.

»Ira?«

Ich zuckte zusammen und umgriff instinktiv den Fokus. Doch es war nur Eka, deren Kopf nun am Fußende meines Hochbetts auftauchte. »Bei den Sternen! Willst du mich an einem Herzinfarkt sterben sehen?«

»Das sollte ich eigentlich dich fragen.« Sie verengte die Augen.

»Was willst du?« Ich wich ihrem Blick aus und zog ein altes Shirt von Wasilij hervor sowie eine Jogginghose von der Lehne des Schreibtischstuhls. Es klang abweisender, als ich es gewollt hatte. Aber ich war so verdammt müde und wollte endlich schlafen. Unser erneuter Streit vorhin hatte mir schon gereicht. Außerdem hatte ich beschlossen, dass ich ihr zwar nicht alles erklären konnte, sie mir doch wenigstens einen Hauch von Verständnis entgegenbringen konnte. Die Welt drehte sich nicht nur um sie.

Eka stieg die Leiter nach unten und verschränkte ihre Arme, sie war nicht mal abgeschminkt. »Was sollte das bitte vorhin? Erst vergisst du fast die Party, dann gehst du früher, um IHN zu sehen?«, fragte sie mich.

»Es ist kompliziert.«

»Erklär es mir.«

»Wir haben viel aufzuarbeiten. Wir beide.« Ich roch kurz an den Schlafsachen und schmiss sie dann auf den wachsenden Wäscheberg neben dem Schrank. Sollten wir nicht bald einen Durchbruch mit der Recherche erzielen, musste ich mir eine bessere Ausrede überlegen. Meine nächsten Worte wägte ich sorgfältig ab. »Ich hoffe, dass ich besser in meiner Therapie vorankomme, wenn ich das mache.« Ich wandte mein Gesicht ab und kramte aus dem Kleiderschrank ein neues Schlafshirt von Wasilij heraus. Ich hielt es einen Moment in der Hand, legte es dann aber doch zur Seite und nahm eines meiner T-Shirts.

»Du lügst.« Ekas Stimme schien regelrecht zu zittern vor unterdrückter Wut.

Ich drehte mich zu ihr um. »Kannst du einfach akzeptieren, dass es für mich lebenswichtig ist?«

Eka verfolgte jede meiner Bewegungen wie ein Raubvogel. »Ich will, dass du zu einem professionellen Fluchanalysten und Menschenmodifikationsmeister gehst.«

»Weißt du, was das kostet?« Ich schüttelte den Kopf.

»Demjan hat das Geld. Er würde nie Nein sagen, wenn wir ihn fragen.«

»Eka, das ist übertrieben. Breschnew hat mich nicht verflucht oder verzaubert.« Mein Tonfall war so ruhig wie nur möglich.

»Du solltest dich mal selbst reden hören. Hätte ich dir vor einer Woche erzählt, dass wir so ein Gespräch führen würden … Du hättest mich ausgelacht! Was hier vorgeht, ist Wahnsinn! Bedroht er dich?«, blaffte sie.

Ich schüttelte müde den Kopf. »Lass es einfach, Eka.«

»Ich finde noch heraus, was los ist. Der Typ ist brandgefährlich. Nur, weil sie ihm wenig nachweisen konnten, ist er nicht harmlos. Muss ich dich an seinen Beitrag zum 13. Juni erinnern? Wie viele Leichen hat man in den Massengräbern in der Nähe seines Palasts gefunden? Fünfhundert?«

»Dreihundertfünfunddreißig. Für jeden Tag der Rebellion zwei Sklaven. Abzüglich mich. Und anscheinend wurde er wegen der Morde nicht verurteilt, sonst hätte er nicht fünf Monate Hausarrest gekriegt«, sagte ich kleinlaut.

Ekas Kopf war mittlerweile hochrot, ihr Gesicht zu einer Fratze verzerrt. »Du verteidigst ihn? Und dass er mit einem blauen Auge davongekommen ist, macht das Ganze nur schlimmer. Du siehst doch, was seine Familie noch immer für eine Macht hat. Geld regiert die Welt.« Sie ging einen Schritt auf mich zu und fuchtelte mit ihrem ausgestreckten Zeigefinger vor meinen Augen herum. Mit dem Lattenrost des Hochbetts über mir fühlte ich mich in dem kleinen Zimmer in die Ecke gedrängt. »Was Breschnew auch vorhat, es ist nichts Gutes. Zauberer wie er, aus so einer Familie, handeln immer nach einer verdeckten Agenda. Immer! Denk daran, was mir mit Stanislaw passiert ist. Ira, ich will dich nur schützen. Du bist wie eine Schwester für mich.«

»Bin ich aber nicht, Jekaterina! Und jetzt Schluss damit«, platzte es aus mir heraus. Es wäre so viel einfacher, wenn sie meine Schwester wäre. Ich könnte ihr alles erzählen. Doch dem war nicht so und ich hatte nicht die Kraft, mich ihr gegenüber zu rechtfertigen oder sie anzulügen. Mein Leben stand auf dem Spiel. Es war schon schlimm genug, dass ich mit Breschnew zusammenarbeiten musste und mit niemand anderem darüber reden konnte.

Eka wich einen Schritt zurück, als hätte ich sie mit einem Speer direkt ins Herz getroffen. Hatte ich wahrscheinlich auch. Wieso hatte ich das sagen müssen?

»Weißt du was, geh doch zu deinem Scheißoligarchensohn und lande mit Betonschuhen im Meer. Oder krieg dein Herz gebrochen oder die Fingernägel einzeln rausgezogen, mir egal. Iwan und ich kommen problemlos ohne dich klar«, schleuderte sie mir entgegen.

»Eka …«

Sie ignorierte mich, drängte sich an mir vorbei und knallte die Tür zu. Ich brüllte laut vor Zorn und schlug mit der Faust gegen die Holztür des Schranks. Er bekam nicht mal einen Knacks. Dafür fuhr mir ein stechender Schmerz in die Knöchel und ich schüttelte mein Handgelenk. So eine verdammte

Scheiße! Wie sollte ich das richten, wenn ich ihr nicht mal die Wahrheit sagen konnte? Wie hatte sich mein verdammtes Leben in so kurzer Zeit um hundertachtzig Grad drehen können? War es nicht genug, meinen Vater und Bruder in dieser verdammten Sklavenrebellion verloren zu haben? Musste ich jetzt auch noch um Eka kämpfen?

Heiße Tränen der Wut und Verzweiflung liefen mir die Wangen hinunter. Schniefend beugte ich mich zum Wäschehaufen hinunter und putzte mir mit einem alten T-Shirt die Nase. Wieso hatte ich nicht die Klappe gehalten? Meine Hände zitterten und ich raufte mir die Haare. Eka hatte doch sowieso daran zu knabbern, dass sie stets die Außenseiterin unter ihren Schwestern gewesen war. Sie war die Tochter, nach deren Geburt die Mutter gestorben war. Wenn Eka nicht selbst in der Schuhfabrik tätig gewesen war, hatten sich ihre Schwestern um sie gekümmert. Sie war ihnen immer nur ein Klotz am Bein gewesen, die Prinzessin, weil der Vater sie als die Kleinste geschützt hatte, wo er konnte. Als sich dann ihre Magie im Alter von sechs Jahren gezeigt hatte und sie an den Peterhof gekommen war, hatten sie sich bestätigt gefühlt.

Ich riss den Schrank auf, fiel auf die Knie und kramte unter den Schuhschachteln nach der Tafel Schokolade, die ich dort für Notfälle versteckt hatte. Mit Waffeln und Mandeln, wie Eka sie liebte. Dabei war nicht mal Stanislaw ein Schokonotfall gewesen. Der letzte war ein Brief von einer von Ekas Schwestern gewesen, der sie für die Ausgrenzung ihrer Familie während der Sklavenrebellion verantwortlich gemacht hatte. Weil Eka es gewagt hatte, die Stimme zu erheben. Zu sagen, dass Sklaven auch ein Recht auf gute Behandlung hatten. Es fühlte sich an, als wäre das schon so unendlich weit weg, ein anderes Leben.

Ich starrte auf die abgedruckte tobende Bärenfamilie auf der Vorderseite der Schokolade. Sie verspottete mich schon fast. Ich umklammerte die Tafel so fest, dass sie in der Mitte durchbrach. Mit dem Handrücken wischte ich erneut die

Tränen weg und atmete tief ein. Eka war mit Sicherheit die Stolzere von uns beiden und mir würde es nicht leichter fallen, je länger ich wartete. Deswegen drückte ich quietschend die Türklinke herunter und lief zu Ekas Zimmer.

15

Sowohl fasziniert als auch eingeschüchtert betrachtete ich am nächsten Morgen die spitzen, neogotischen Türme von Iljas Zuhause, die sich trotzig in den grauen Himmel reckten. Die weitläufige, sauber gepflegte Gartenanlage, die das Herrenhaus umgab, war in eine dicke Nebeldecke gehüllt und ich fragte mich unwillkürlich, wie viele Sklaven es gebraucht hatte, um dieses Anwesen in Schuss zu halten. In meiner Manteltasche umklammerte ich das letzte Stück Schokolade von gestern Abend. Hier würde ich sie als Nervennahrung gut gebrauchen können.

»Bereit? Du siehst heute noch fertiger aus als sonst«, fragte Breschnew neben mir und riss mich so aus meinen Gedanken.

Ich war überrascht, dass er überhaupt so lange den Mund hatte halten können, während ich das Anwesen gemustert hatte. Mit zusammengekniffenen Lippen schluckte ich einen bissigen Kommentar zu Albträumen, die den Ursprung in seinem Palast hatten, herunter. »So bereit, wie ich sein kann.«

Breschnew stöhnte genervt. »Spuck's aus, Iwanowa. So nimmt dir niemand ab, dass du freiwillig mit mir hier bist.« Er schaute mich erwartungsvoll an und verschränkte die Arme über seiner dunklen Lederjacke.

Genervt blies ich mir eine Haarsträhne aus dem Gesicht. »Wegen der Fluchsache streite ich mich ständig mit Eka. Wir haben uns gestern zwar so gut es geht ausgesprochen, aber das Verhältnis ist … angespannt«

»Pawlowa soll sich nicht anstellen, die kriegt sich schon wieder ein. Naganow sollte dir mehr Probleme bereiten.«

»Wasilij ist mit seinen Kumpels von der Arbeit beschäftigt. Dem würde es wahrscheinlich nicht mal auffallen, wenn wir durchbrennen. Eka dagegen denkt, du willst mich umbringen.«

Einer von Breschnews Mundwinkeln zuckte kurz. »Es gibt leichtere Wege, dich zu töten, als einen Fluch vorzugaukeln.« Er machte eine Pause und zog eine Augenbraue hoch. »Denkst du, ich will dich umbringen?«

Ich öffnete den Mund, aber schloss ihn gleich wieder. Unsicher presste ich meine Tasche enger an mich.

Für den Bruchteil einer Sekunde verfinsterte sich sein Gesicht. »Reiß dich irgendwie zusammen. Tu wenigstens so, als wärst du freiwillig hier. Ich habe keine Zeit, mich jetzt auch noch mit deiner Inkompetenz in Emotionskontrolle rumzuschlagen.« Die Steine auf der Auffahrt knirschten, als er sich in Bewegung setzte und auf den Haupteingang zumarschierte.

In diesem Moment hätte ich am liebsten auf dem Absatz kehrtgemacht. Doch dann fingen meine Hände an zu zittern und ein langsamer Druck baute sich in meinen Schläfen auf. Verdammter Fluch. Mit ein paar großen Schritten setzte ich seinen langen Beinen nach, sodass wir schließlich Seite an Seite auf das Anwesen zugingen, das immer mehr zu einem gewaltigen Gebirge aus Spitzbogenfenstern und dunklem Stein heranwuchs. Nicht einmal die blühenden Rosen in den Beeten rechts und links neben dem Weg erhellten den Eindruck dieses dunklen Palastes. Langsam bereute ich es, nicht gleich Breschnews Angebot angenommen zu haben, mit ihm direkt den Schattenschritt in die Empfangshalle zu machen. Aber auf Berührungen, selbst, wenn wir keinen direkten Hautkontakt hatten, reagierte er immer, als müsste er eine eklige Nacktschnecke anfassen.

Breschnew musste bemerkt haben, wie ich mit den Zähnen knirschte, denn er meinte in einem versöhnlichen Ton: »Ilja ist harmlos. Er wird nicht halb so viele unangebrachte Fragen stellen wie Maxim. Du wirst ihn mögen, Iwanowa.« Er streckte kurz seine Hand aus, um sie mir wohl rückversichernd auf meinen unteren Rücken zu legen. Aber dann ließ er sie doch leblos an seine Seite gleiten und schüttelte sie angewidert aus. Sagte ich ja, Nacktschnecke.

Als wir endlich vor der schweren Holztür mit dem Drachen-Türklopfer und den kunstvoll eingravierten Planeten standen, stieg meine Nervosität sprunghaft an.

Breschnew hob die Hand zum Klopfen, doch da öffnete sich die Tür bereits.

»Herzlich willkommen, Irina, Alexej.« Ilja nickte uns beiden zu und schob mit dem Zeigefinger seine Brille hoch. »Es freut mich, euch hier begrüßen zu dürfen. Ich muss sagen, es ist mir eine Ehre, dass ich mich dir, Irina, von allen von Alexejs Freunden, zuerst offiziell vorstellen darf.« Bei den Worten richtete er sich etwas auf und die Knöpfe seines hellblauen Hemds spannten sich. Kurz streckte er mir seine Hand entgegen, ließ sie aber gleich darauf wieder fallen und verschränkte die Hände hinter dem Rücken. Ein nervöses Lächeln huschte über sein blasses Gesicht.

Ich konnte nicht anders, als es zu erwidern, auch wenn mich die Aussage irritierte. »Vielen Dank, dass ich kommen durfte.«

»Könnt ihr euch bitte die Formalitäten stecken? Ihr seid keine zweihundert Jahre alt und kennt euch schon aus der Schule«, schnaubte Breschnew.

»Wir wurden uns nie formell vorgestellt.« Ilja trat einen Schritt zur Seite.

Breschnew schlenderte augenrollend in die Empfangshalle, deren Boden ein Schachbrettmuster aus Marmor bildete, wie bei so vielen solcher Paläste.

»Möchtet ihr etwas trinken? Tee, Kaffee, Wasser?«, fragte Ilja.

»Sie ist hauptsächlich wegen der Bücher da. Du glaubst doch nicht, dass Iwanowa eine nicht-magische Flüssigkeit in die Nähe ihrer geheiligten Bücher lässt?« Breschnew warf Ilja einen beinahe amüsierten Blick zu.

Überrascht schaute ich zu ihm herüber. Demjan und Wasilij zogen mich deswegen immer auf. Woher wusste er das? Hatte er mich nicht erst vor Kurzem beschuldigt, Kaffeeflecken in Bücher zu machen?

Ilja lächelte und winkte uns weiter herein. »Nun, ich möchte sicherlich nicht zwischen Irina und den Büchern stehen. Komm, ich zeige dir die Bibliothek und nehme dir Alexej ab, damit du in Ruhe stöbern kannst.«

Breschnew seufzte theatralisch und schlenderte ohne einen Abschiedsgruß davon. War wahrscheinlich besser so.

Ilja lächelte mich an. »Hier geht es lang.« Er führte mich über ein großzügiges Treppenhaus in den ersten Stock und durch eine doppelflügelige Tür aus Ebenholz. Ich trat in den großen Saal und atmete den Geruch von alten Büchern und Holzpolitur ein. Die deckenhohen Fenster ließen mich auf einen groß angelegten Garten mit einem Springbrunnen und einem künstlichen Flusslauf blicken, der in einen See mündete.

»Suchst du etwas Bestimmtes?«

Ich drehte den Kopf und lächelte in Iljas freundliches Gesicht. Es war schwer, ihn nicht zu mögen. »Nein, ich denke, ich stöbere einfach etwas.«

»Melde dich einfach, wenn du etwas brauchst.«

Ich widerstand dem Drang, meine Fingerspitzen über die Abertausenden von Büchern gleiten zu lassen. Früher hatte ich gedacht, die Bibliothek im Peterhof wäre umfangreich, aber das hier … ich schüttelte den Kopf. Wie es wohl war, in einem Palast wie diesem aufzuwachsen?

Ich musste die Frage aus Versehen laut ausgesprochen haben, denn Ilja sagte: »Furchtbar. Absolut furchtbar.« Er holte tief Luft. »Du musst verstehen … Männer wie Alexej und ich …

wir wurden mit einer gewissen Erwartung erzogen. Wir mussten eine Rolle erfüllen: Die perfekten Erben für das Imperium, das unsere Vorfahren für uns geschaffen haben.« Er ging ein paar Schritte in den Raum hinein und zog ein altes, in Leder gebundenes Buch mit goldenen Buchstaben heraus, das er aufklappte. Mit einem Finger fuhr er über das Inhaltsverzeichnis.

»Meinen ersten Tutor für Tischmanieren und Etikette hatte ich mit vier, Klavierstunden mit fünf, ich hatte meine erste Tanzstunde mit acht … Liebe oder Wärme sind Fremdwörter in diesen Hallen.« Ilja klappte das Buch zu und führte mich an den Erkern vorbei, in denen große Ohrensessel mit unzähligen Kissen zum Lesen standen. Es sah fast schon heimelig aus, nicht so steif, wie ich erwartet hatte.

»Du wächst mit dem Wissen auf, dass du früher oder später einen Fehler machen wirst, und das wird dir immer vorgehalten werden. Es ist egal, was du alles davor richtig gemacht hast, welche Erwartungen du erfüllt hast. Es ist ein Spiel, das du nur verlieren kannst.«

»Warum erzählst du mir das alles?«, fragte ich.

»Damit du wertschätzen kannst, was es bedeutet – was Alexej riskiert hat.«

Verwundert schaute ich in Iljas ernstes Gesicht. Ich verstand nicht, was er damit meinte. Weil Breschnew mich hierherbrachte und angab, mit mir befreundet zu sein? Und versuchte er wirklich Breschnews Taten während der Sklavenrebellion schönzureden? Ich runzelte die Stirn.

»Vergiss, was ich gesagt habe.« Ilja räusperte sich. »Genug mit den Anekdoten. In den Regalen unten sind die Bücher in der Reihenfolge der Planeten geordnet.« Er zeigte auf eine goldene Skulptur von Saturn, die über unseren Köpfen im Raum schwebte.

Ich wollte lieber nicht daran denken, wie viel Stenenstaub verschwendet wurde, damit sie nicht herunterfiel.

»Auf der Empore findest du Belletristik, Geschichtsbücher

und private Aufzeichnungen.« Er deutete auf das obere Stockwerk, dessen Galerie den unteren Raum wie einen Rahmen umspannte.

Kurz blieb mein Blick an der kunstvoll geschnitzten Holztreppe hängen, die mich an die Treppe in der Bibliothek im Peterhof erinnerte. Ein detaillierter chinesischer Drachenkopf bildete den Anfang des Geländers und der geschuppte Leib schlängelte sich bis hoch zur Empore. Auf dem Holzband, das die Treppen umfasste, waren magische Wesen verewigt, von Domovois über Feen bis hin zu Einhörnern. Schnell klappte ich meinen Mund wieder zu.

Ilja schmunzelte, kommentierte es aber nicht. »Olga?«, rief er stattdessen.

Nach einem Moment trat eine ältere Dame mit grau gesträhntem Haar in einem schwarzen Bleistiftrock durch die Tür der Bibliothek. »Ja, Meister Ilja?«

»Wie oft muss ich dich noch bitten, mich nicht so zu nennen?«, fragte Ilja.

»Immer einmal mehr, das wissen Sie doch.« Die Dame schob sich ihre weiße Haube zurecht.

Ilja wandte sich an mich. »Das hier ist Olga, die gute Seele des Hauses.«

Das Anwesen als Haus zu bezeichnen, war die Untertreibung des Jahrtausends. Allein in die Empfangshalle hätte die Hütte meiner Eltern zweimal hineingepasst. Ich unterdrückte den Impuls, den Kopf zu schütteln. Wahrscheinlich war das nicht Iljas einziger Palast.

»Bitte hilf Frau Iwanowa dabei, sich in der Bibliothek zurechtzufinden und bei jedem anderen Wunsch.« Ilja nickte ihr zu.

»Natürlich, Meister Ilja.«.

Er wandte sich wieder mir zu und lächelte mich an. »Bleibt nur zu sagen: viel Spaß.«

Ich nickte höflich und verfolgte, wie er Richtung Empfangshalle verschwand. Erst dann wurde mir bewusst, dass Olga mich freundlich, aber wachsam beobachtete. Ich trat einen Schritt nach vorne zu den Regalen, dann noch einen. Sie folgte mir in einigem Abstand, wie eine etwas zu eifrige Verkäuferin in einem Kleidungsgeschäft. Wenn das jetzt die ganze Zeit so ging, kriegte ich die Krise. Aus den Augenwinkeln musterte ich die ältere Frau, die ihre kräftigen Hände über der weißen Schürze zusammengefaltet hatte. An der einen aufgesetzten Tasche hing ein glitzerndes, buntes Namensschild, das so gar nicht zu ihrem sonstigen Aufzug passte. Ich räusperte mich. »Entschuldigung, darf ich Sie etwas fragen?«

»Ja, bitte?« Olga nickte.

»Wieso steht Papierserviette auf dem Namensschild?«

»Das war der Name, unter dem mich der alte Meister gerufen hat. Er meinte, ich sei so hässlich und ersetzbar wie eine Papierserviette. Meister Ilja hat mir das Schild in der ersten Klasse gebastelt, zu Ostern. Er hatte damals noch nicht verstanden, dass es eine Beleidigung sein sollte und dachte, es wäre mein Spitzname –« Olga fuhr sachte mit ihrem Finger über die krakelige Glitzerschrift.

»Wieso sind Sie nach der Sklavenrebellion geblieben?«

»Meister Boris Wladimirowitsch ist in den letzten Ausläufern der Sklavenrebellion verstorben und seitdem hatten wir hier ein gutes Leben. Außerdem könnte ich Meister Ilja nie allein lassen. Er hat doch schon seine Mutter verloren, als er so klein war. Der alte Meister hat mir nie erlaubt, zu heiraten oder ein Kind zu kriegen. Meister Ilja ist das Nächste an einem Sohn, das ich habe.«

Ich schluckte den Kloß im Hals herunter und nickte. Manchmal vergaß ich, dass Meister Wladimir Jewdokimowitsch Gagarin trotz seiner kleineren Macken ein verhältnismäßig guter Meister gewesen war. Ich räusperte mich noch mal verlegen. »Wo finde ich denn die privaten Aufzeichnungen der Familie Protopov?«

Olga führte mich die hölzerne Wendeltreppe hoch auf die Empore zu einem schweren Holzregal. »Hier stehen alle privaten Journale. Oben rechts sind die ältesten, rückdatiert bis zum fünfzehnten Jahrhundert.« Sie reichte mir ein paar hellblaue Baumwollhandschuhe, die ich überstreifte.

»Danke, das wäre alles«, sagte ich.

Olga verneigte sich leicht. »Ich werde unten auf Sie warten, sollten Sie etwas benötigen.«

Zum Glück. Unter ihren wachen Augen fühlte ich mich wieder wie ein Schulmädchen in der ersten Klasse, das ihre Hausaufgaben der freundlichen, aber strengen Lehrerin vorzeigen musste. Ich atmete tief durch. Dann mal los.

Ich zog das erste Exemplar heraus und blätterte durch die Seiten. Schon nach dem zweiten Tagebuch schmerzte mein Rücken und ich ließ mich im Schneidersitz auf dem Boden nieder, bevor das dritte und vierte folgten. Bald hatte ich eine gute Technik zum Querlesen entwickelt, doch es dauerte trotzdem ewig, sich durch die Tagebücher zu arbeiten. Es war eine mühselige Arbeit, als wollte man Sandkörner aus Wasser sieben. Zu viele Journale drängten sich in dem alten Bücherregal. Allein Alexander Dmitrijewitsch Protopov hatte ganze fünfzehn Tagebücher geschrieben. Wenn ich mich noch einmal im Leben mit dem Preis von importiertem Feenstaub aus Irland beschäftigen musste, konnte ich für nichts garantieren. Wer schrieb so etwas überhaupt in sein Tagebuch?

Das Knurren meines Magens ließ mich schließlich das Tagebuch von Oleg Fjodorowitsch Protopov zurück an seinen Platz stellen. Es war Zeit für eine kleine Pause. Ich ging zurück zur Wendeltreppe und kaum war ich an ihrem Fuß angekommen, stand Olga vor mir. »Kann ich behilflich sein?«, fragte sie.

»Wäre es möglich, mir eine Kleinigkeit zum Essen zu bringen?«

Olga lächelte. »Das würde ich ungern. Meister Ilja hat für Sie alle draußen im Garten ein Picknick herrichten lassen. Herr Breschnew wartet bereits auf Sie.«

Ich schaute kurz auf mein Handy, schon fast vierzehn Uhr. Wie war die Zeit nur so schnell vergangen? Aber mit leerem

Magen würde ich mich nicht konzentrieren können. Sehnsuchtsvoll warf ich einen letzten Blick auf die Galerie, in deren Regalen unzählige ungelesene Journale auf mich warteten. Dann folgte ich über Marmorböden und Galerien Olga in die Gärten. Wenn die Porträts wüssten, dass ein ehemaliges Sklavenmädchen in diesen heiligen Hallen wie ein Gast behandelt wurde ... Ich schmunzelte.

»Dort werden Sie erwartet«, sagte Olga ein paar Minuten später und deutete auf eine kleine Insel im See. Ein Pavillon stand darauf, auf dessen Boden eine blau karierte Picknickdecke lag. Ilja hatte keine Mühen gescheut – oder andere keine Mühen scheuen lassen. Erdbeeren mit Schokolade überzogen, kleine Blinis, glänzende Äpfel und frische Ananas, Waffeln. Ich wusste nicht, wohin ich zuerst schauen sollte. Zu allem Überfluss saß auch noch ein grimmig dreinblickender Breschnew auf der Decke und blätterte in seinem Notizbuch.

Ich bedankte mich bei Olga und schritt über eine kleine Brücke zum Pavillon. Breschnew entdeckte mich und zog eine Augenbraue hoch.

»Wo ist Ilja?«, fragte ich und ließ mich neben ihm nieder.

»Er hat beschlossen, wir bräuchten Zeit für uns.« Breschnew rollte mit den Augen. »Konntest du etwas herausfinden?«

»Bis jetzt noch nicht«, sagte ich. »Vielleicht gab es keinen Cupids Fluch bei den Protopovs.«

Breschnew warf sich eine Weintraube in den Mund und blickte auf den See. Auf der Wasseroberfläche spiegelten sich die wenigen Wolken, die der Wind nicht vertrieben hatte. »Der Fluch ist manipulativ und heimtückisch. Garantiert wurde der einmal eingesetzt. Das wäre eine Schande für die Familie gewesen, eine erzwungene Hochzeit. Wenn der Fluch nicht direkt benannt wird, dann verklausuliert.«

»Hättest du das nicht früher sagen können?«, fragte ich genervt.

»Da sieh mal einer an, wer auch endlich mal seinen Hintern aus dem Loch bewegt hat, das er Stadtwohnung schimpft.«

Die zu heitere Stimme kannte ich zu gut. Maxim spazierte über den Kiesweg zu uns und hatte die Insel schon fast erreicht. Er lächelte breit. »Und in so charmanter Begleitung. Hallo, Irina!« Er schlenderte über die Brücke auf den Pavillon zu, ein Ilja mit hochrotem Kopf joggte ihm hinterher.

»Tut mir leid, ich wollte ihn aufhalten, aber du kennst ja Maxim«, sagte Ilja entschuldigend zu Breschnew.

Maxim griff sich einen Teller, verwandelte ihn in einen Sessel und ließ sich darauf plumpsen. »Was sitzt ihr hier auf dem Boden wie ein paar Skla–«

Ich verengte die Augen und Maxim war klug genug, den Satz nicht zu vollenden. Stattdessen levitierte er den ganzen Teller mit den Trauben zu sich und griff beherzt zu. Er teilte den Stiel in drei Teile, warf sie in die Luft und verwandelte sie in drei identische Sessel. Ich war mir sicher, dass er irgendwo Sternenstaubtattoos hatte, wenn er so verschwenderisch mit seinem Astron umging.

Breschnew stand auf, strich die unsichtbaren Falten aus seiner Hose und setzte sich seufzend auf einen der Sessel.

»Was habe ich verpasst, ihr zwei Turteltäubchen?«, fragte Maxim, aber weder Breschnew noch Ilja antworteten.

»Ich bin hier, um mir Iljas Bibliothek anzusehen, nun wo Breschnew und ich Frieden geschlossen haben«, erklärte ich nach der seltsamen Gesprächspause und setzte mich ebenfalls auf den neuen Sessel.

Breschnew warf Maxim einen drohenden Blick zu.

»Frieden, soso. Irina, ich muss sagen, ich bin unendlich froh, dass ihr zwei jetzt miteinander redet. Weißt du, wie sehr diese lächerlichen Botengänge genervt haben? Oder Alexejs Gejammer, dass du ihn nicht beachtest?«

Breschnew kickte an den Schuh von Maxim.

»Hey, vorsichtig, das ist Yetileder, die sind empfindlich. Wo war ich? Ach ja: Nachdem du auf wundersame Weise tatsächlich Zeit mit Alexej verbringst, hört das hoffentlich auf. Außerdem hat Ilja dann einen anderen Nerd, mit dem er sich über Zaubertheorie austauschen kann. Sonst quatschen Alexej und er die ganze Zeit darüber und ich kann mit niemandem über Koldkey reden.«

Ilja schob sich mit seinem Zeigefinger die Brille hoch und setzte sich in unseren Kreis auf den Sessel neben mich. Und als ob Maxim seine Aussage direkt unter Beweis stellen wollte, verwickelte er Breschnew sogleich in ein Gespräch über irgendeinen Transfer in der Koldkeyliga, der seinen Club betraf. So viel zum Thema gemeinsame Recherche.

Ich nahm mir eine Waffel und drehte mich zu Ilja. »Wie läuft die Ausbildung als Sternenstaubmodifikator?«, fragte ich ihn.

»Gar nicht mehr.« Ilja grinste. »Unser Gespräch im Januar hat mich zum Nachdenken gebracht. Wenn mein Vater jetzt schon im Jenseits weilt, kann ich das auch ausnutzen. Wem bin ich Rechenschaft schuldig? Ich werde im Wintersemester an der Universität ein Studium in Fluchanalysen anfangen.«

Ich lächelte und Wärme erfüllte mich. »Das ist wirklich toll für dich, Ilja.«

»Danke, ich kann es selbst noch nicht so ganz glauben. Ich wollte immer mal nach Ägypten, um mir dort die ganzen Flüche in den Pyramiden anzuschauen. In der letzten Ausgabe des britischen Journals über Fluchanalysen gab es einen Artikel über einen neuen Fluch, den sie in einem alten Maya-Grab entdeckt haben. Sehr faszinierend. Da –«

»Habe ich da gerade ›Britisches Journal über Fluchanalysen‹ gehört?«, kam es von Maxim. »Ilja, übertreib es nicht gleich mit der Theorie und lass unsere arme Irina bitte in Ruhe. Es reicht, dass sie sich an einen Verrückten gewöhnen muss.« Maxim nickte mit dem Kopf in Richtung Breschnew. Die Sonne verlieh seiner braunen Haut einen fast schon goldenen Glanz und seine ebenfalls braunen Augen funkelten belustigt. »Da wollen wir die Gute doch nicht gleich mit Genters Theorie des Ursprungs vertreiben.«

Ich musterte Ilja neugierig. »Was ist Genters Theorie des Ursprungs?«

Maxim rollte mit den Augen und krempelte sich die Ärmel seines dunkelblauen Hemds hoch, auf dem dunkelgrüne Lorbeerblätter geometrische Muster bildeten. »Ach, irgendeine neue Fluchtheorie, die im März im Britischen Journal für Fluchanalysen erschienen ist. Ilja hat mindestens einen Monat über nichts anderes mehr gesprochen. Ich war mir sicher, dass, wenn ich die Worte ›Genter‹ und ›Theorie‹ jemals wieder zusammen in einem Satz hören muss, ich auf der Stelle mein Astron zum Explodieren bringe und in einer blauen Wolke von dieser schönen Welt verschwinde.«

Ilja wurde rot bis zu den Haarwurzeln und schob sich erneut mit dem Zeigefinger die Brille hoch. Unruhig rutschte er auf seinem Sessel hin und her. »Ich kann ja nichts dafür, dass du nicht anerkennen kannst, was für ein wahnsinniger Durchbruch das ist.«

Maxim schüttelte nur den Kopf und widmete sich wieder seinem Lieblingsthema. Breschnews Blick blieb kurz an mir hängen, bevor er seinem Freund den Kopf zuwandte.

»Worum geht es in Genters Theorie des Ursprungs?«, fragte ich Ilja.

»Interessiert es dich wirklich?« Er schaute zweifelnd, aber ich nickte ihm lächelnd zu.

Ilja räusperte sich. »Magische Wesen sind regional begrenzt entstanden und verlieren ihre magische Kraft, je weiter sie sich von dieser Region entfernen. Die meisten zumindest. Vampire, bevor sie ausgestorben sind, in Rumänien, Domovois nur in Russland, Feen und Kobolde in Irland und so weiter …«

Ich war zu höflich, um ihn darauf hinzuweisen, dass wir denselben Opekun in der Geschichte magischer Wesen gehabt hatten und nickte.

»Darwin hat ja schon postuliert, dass die Entwicklung der Wesen aufgrund der unterschiedlichen Sternenfälle zustande kam. Anderer Sternenstaub, andere Wesen. Nun, Genter hat diesen Gedanken auf Flüche übertragen. Durch die Sanktionen war Russland ja lange aus der internationalen Forschungsgemeinschaft ausgeschlossen. Aber seit der Öffnung letzten September wurde der Austausch wieder angeregt. Dadurch konnte Genter die nötigen Daten kriegen und den globalen Nachweis für seine Theorie liefern.«

Auf dem See stritten sich zwei weiße Schwäne um ein Stück Waffel, das Maxim ihnen zugeworfen hatte. Die zwei Vögel rupften sich gegenseitig lautstark die Federn aus. Ich wandte mich wieder Ilja zu. »Ich verstehe nicht so ganz, was du meinst.«

»Flüche werden irgendwo erfunden. Durch die Zutaten, durch die sie hervorgerufen werden, sind sie magisch an eine Region gebunden. Das heißt, dass man durch die Betrachtung der Zutaten feststellen kann, zu ungefähr welcher Zeit und wo ein Fluch entwickelt wurde. Im Umkehrschluss ist der Fluch an diesem Ort gezaubert viel stärker, weil die Sternenmagie ihn unterstützt. Wenn jetzt zum Beispiel in einem Fluch ein Sphinxhaar verwendet wird, ist klar, dass der Fluch im alten Ägypten entstanden ist. Denn es gab Sphinx bloß im alten Ägypten und die letzte ist beim großen Brand der Bibliothek in Alexandria umgekommen. Alte Flüche mit Vampirblut können nur aus Rumänien stammen. Das macht auch die Einordnung von verschiedenen historischen Schriften durchaus einfacher.«

»Aber Fluchzutaten kommen selten alle von einem Ort.« Ich legte eine Waffel zur Seite, die ich mir geholt hatte. So würde ich nie zum Essen kommen. Dabei knurrte mein Magen schon bedrohlich laut.

Iljas Augen wiederum leuchteten regelrecht und seine Stimme überschlug sich fast. »Das ist ja das Geniale! Dadurch kannst du erkennen, ob die Zutaten alle original sind.

Du kannst die wenigsten magischen Zutaten eins zu eins ersetzen, klassisches Merlin-Paradigma eben. Wenn ich zum Beispiel Feenstaub in Mabs Fluch ersetzen will, müsste ich das mit Cupidsfedern und Trollpilzen machen, um den gleichen Effekt zu erzielen. Cupidsfedern stammen aber aus Italien, während Trollpilze aus Schweden kommen. Der Fluch kann also ursprünglich nicht auf beides angewiesen sein.« Ilja beugte sich in seinem Sessel zu mir hinüber und gestikulierte wild weiter. »Feenstaub hingegen kommt aus Irland. Wenn wir uns dann die anderen Zutaten anschauen, wie Koboldhaare oder Kelpieschuppen, ist klar, dass der Fluch aus Irland oder Schottland kommen muss. Genter konnte unter anderem zeigen, dass der Fluch mit den ersetzten Zutaten weniger effektiv ist. Gleiches gilt für den Sonnenfluch, da wird zum Beispiel Ghulstoff und Harpyienatem verwendet. Wenn wir aber den alten Aufzeichnungen glauben, könnte man beides durch Dahukrallen ersetzen. Der Fluch kommt also ursprünglich aus –«

»Frankreich.« Ich tippte mir mit dem Zeigefinger auf die Lippen und

Iljas Gesicht leuchtete auf wie eine Supernova.

»Ganz genau. Präziser gesagt irgendwo aus dem Südosten, der Alpenregion. Cool, oder?«

In meinem Kopf ratterten die Rädchen. Wir hatten die Zutatenliste. Wenn wir dadurch die Region eingrenzen könnten oder wenigstens das Land, würde das unsere Recherche unter Umständen deutlich erleichtern. Dort gab es bestimmt mehr Aufzeichnungen über den Fluch. Wir mussten hier weg. Ich schaute zu Breschnew, der immer noch mit Maxim über Koldkey redete. Als hätte er meinen Blick bemerkt, sah er auf und hob leicht seine Augenbrauen.

»Es tut mir leid, ich muss nach Hause. Mir ist etwas schlecht«, log ich. Meine Hände zitterten wie Phönixfedern, ob vom Fluch oder vor Aufregung konnte ich unmöglich sagen.

»Ich bringe dich.« Breschnew stand sofort auf.

»Ach, ganz der Gentleman, total uneigennützig.« Maxim grinste breit.

Breschnew drehte seine Platinkugel kurz in der Hand und der Sessel unter Maxims Hintern verwandelte sich in einen Teller zurück. Maxim fiel unelegant zu Boden, das Porzellan krachte unter ihm.

»Hey, wieso nur ich und nicht Ilja?«, fragte er empört.

»Weil Ilja Manieren hat.« Breschnews Stimme war kühl und er bot mir seinen Arm an.

»Gute Besserung, Irina. Du kannst sehr gern jederzeit wiederkommen.« Ilja lächelte mir schüchtern zu.

Ich nickte zurück, bevor Breschnew mich schon in den Schatten der Säule des Pavillons zog.

16

Ich stolperte, als meine Füße auf dem Fliesenboden meines Flurs aufsetzten, und meine Hände glitten von Breschnews Lederjacke. In der Küche tropfte wie immer der Wasserhahn, die Luft war stickig.

»Willst du dich hinlegen?«, fragte Breschnew mit undeutbarem Gesichtsausdruck.

»Was?« Irritiert blinzelte ich ihn an.

»Wie bitte. Ob du dich hinlegen willst.« Er klang genervt.

»Nein, wieso?«

»Gerade war dir noch schlecht«, erinnerte er mich an meine Notlüge.

Ich wollte gerade zu einer Erklärung ansetzen, als Iwan plötzlich den Kopf durch seine Zimmertür steckte. »Irina?«

Das war knapp gewesen. Fast hätte ich den Fluch angesprochen.

Iwans Wangen röteten sich unter meinem und Breschnews Blick. »Eka ist einkaufen. Kannst du mir mit den Hausaufgaben helfen?«

»Ähm, klar, Iwan, ich bin gleich da. Kannst du kurz fünf Minuten warten?«, fragte ich.

Er nickte und sobald er wieder hinter seiner Tür verschwunden war, zog ich Breschnew am Ärmel seiner Lederjacke in mein Zimmer. Er riss sich gleich los, machte einen Schritt zurück und verengte die Augen.

Ich zauberte kurz einen Stillezauber. »Ilja hat mir unbeabsichtigt einen wichtigen Hinweis gegeben. Ich brauche die Zutatenliste und ein Lexikon für Fluchzutaten. Kannst du das besorgen, während ich Iwan bei den Hausaufgaben helfe?«

»Was genau willst du machen?«, fragte Breschnew mit zumindest etwas Interesse in der Stimme.

»Das ist zu kompliziert, um es jetzt schnell in zwei Sätzen zu erklären.«

Zu meiner Überraschung protestierte er nicht. »Ich bring dir ein Buch und helfe dem Kleinen mit den Hausaufgaben, du gehst dem Hinweis von Ilja nach.«

Ich starrte ihn ungläubig an. »Du willst Iwan bei den Hausaufgaben helfen?«

»Hältst du etwa meine Fähigkeiten für so minderwertig, dass ich einem Sechstklässler nicht bei den Hausaufgaben helfen kann?« Herausfordernd hob er eine Augenbraue.

»Nein, ich bin nur überrascht.«

»Mach da jetzt kein Drama daraus, wir arbeiten hier mit limitierter Zeit. Ich bin gleich wieder da.« Und weg war er.

Kopfschüttelnd ging ich zu Iwan, der seinen Kopf in – ironischerweise – ein Fluchbuch steckte. »Iwan, ich muss leider selbst noch ein bisschen was erledigen. Breschnew wird dir bei den Hausaufgaben helfen.«

»Aber Eka hat erzählt, dass er zu den Bösen gehört und wir ihm nicht vertrauen sollten«, piepste Iwan.

Ich atmete geräuschvoll ein, ging in die Hocke und schaute ihm tief in die Augen. »Vertraust du mir?«

»Natürlich.«

»Und ich sage dir, du kannst mit ihm die Hausaufgaben machen. Ich bin in meinem Zimmer, wenn etwas ist.«

Iwan nickte langsam und ich wuschelte ihm durch die Haare, doch er zog den Kopf weg.

Er wurde so schnell groß. Ich grinste. »Aber solange er noch nicht da ist, können wir schon anfangen. Was musst du denn lernen?«

»Fünf maligne und fünf benevolente Flüche heraussuchen, die den magischen Kern betreffen. Das Aussehen und Zutaten dazuschreiben.« Er zeigte mir eine Tabelle auf einem Arbeitsblatt.

»Du hast den Seelenfluch falsch eingetragen.« Ich deutete auf Iwans krakelige Schreibschrift in der zweiten Zeile.

»Warum? Er nimmt einem Zauberer seinen magischen Kern und transferiert ihn an einen anderen Zauberer. Das ist mega böse.« Iwan runzelte die Stirn.

»Aber das geht nur mit der freiwilligen Zustimmung des Spendenden«, sagte ich.

»Wieso sollte jemand freiwillig seinen magischen Kern hergeben?«

»Zum Beispiel, wenn jemand durch die Vampir-Pest einen Teil des magischen Kerns verloren hat. Dann kann ihm etwas gespendet werden, damit er wieder zaubern kann.«

Iwan sah nicht überzeugt aus, trotzdem strich er den Seelenfluch durch und schrieb ihn auf die andere Seite zu den benevolenten Flüchen. »Und was sind hier die Trankzutaten?«, fragte er.

»Sind das meine Hausaufgaben oder deine?«

Iwan schaute mich nur mit Hundeaugen an.

Ich seufzte, schnappte mir sein Almanach der Flüche und schlug hinten die tabellarische Übersicht auf. »Hier, da steht alles.« Ich tippte mit einem Finger auf die richtige Passage. »Seelenfluch: Haare der beiden Zauberer, Feenstaub, Phönixfedern, Schwanenfedern, Kranichherzen und eine Pegasushufraspel. Klarheitszustand eins.«

»Iwanowa?«, erklang Breschnews Stimme in diesem Moment aus dem Flur.

Ich legte Iwan eine Hand auf die Schulter und drückte sie kurz. »Wenn er dich ärgert, ruf mich oder tritt ihm zwischen die Beine.« Ich zwinkerte ihm noch mal zu, ehe ich zu Breschnew trat, um ihm die Bücher abzunehmen, die er mir entgegenstreckte.

Ich beugte mich leicht nach vorne. »Wenn du nicht nett zu ihm bist, Breschnew, trete ich dir so fest in den Hintern, dass du zum Mond keine Rakete brauchst«, flüsterte ich ihm zu und forderte ihn mit einem Nicken auf, zu Iwan ins Zimmer zu gehen. Er erwiderte nichts, sondern glitt nur in einem Bogen an mir vorbei.

Anschließend marschierte ich zielstrebig zu meinem Schreibtisch und ließ mich auf den Stuhl fallen. Nachdem ich zumindest etwas Astron ausgegeben hatte, um die Tür magisch zu verschließen, schlug ich die Seite mit den Fluchzutaten auf. Ich schrieb alle möglichen Kombinationen auf und versuchte herauszufinden, wie man zwei oder drei durch eine ersetzen könnte. Nach zwanzig Minuten gab ich auf. Je nach gewünschtem Effekt und Verarbeitung ergaben sich viel zu viele Möglichkeiten und ich kannte mich mit Saturnsprüchen nicht gut genug aus.

Ich brauchte eine andere Strategie und starrte auf die Postkarte mit dem Cupid vor der Arena in Verona, die neben einem Stapel Bücher lag. Sie hatte in der Romeo und Julia-Ausgabe gesteckt, die Breschnew mir zum Geburtstag geschickt hatte. Wahrscheinlich sogar auf der richtigen Seite. Und ich hatte wertvolle Zeit verplempert und seinen Hinweis ignoriert. Ich seufzte. Sich darüber zu ärgern, half jetzt auch nicht mehr. Trotzdem griff ich nach der Postkarte und hielt sie einen Moment in den Händen. Wie gerne wäre ich als Kind nach Europa gereist, um mal eine Meerjungfrau in Venedig zu sehen.

Italien. Cupid. So herum gedacht könnte es klappen. Ich zog den Atlas über magische Zoologie aus meinem Schrank heraus und schlug die Verbreitung der einzelnen Wesen aus dem Fluch nach. Krampusse gab es nur in Österreich und Südtirol, das war einfach. Meerjungfrauen hingegen waren gefühlt in der ganzen Welt zu finden. USA, Japan, China, Italien oder an der Atlantikküste Spaniens. Ich kaute auf der Rückseite meines Bleistifts und malte hinter »Meerjungfrau« mehrere Fragezeichen. Waldgeister gab es hauptsächlich in

Deutschland und Schweden. Faune in Kanada, das passte gar nicht. Ich schrieb das Faunfell an den Rand. Satyre lebten in der gesamten Alpenregion. Damit waren das Faunfell und die Kombinationen mit ihm die einzige Möglichkeit, das erleichterte die Rückwärtssuche etwas.

Ich drehte mich einmal mit dem Schreibtischstuhl um meine eigene Achse und zwirbelte den Stift zwischen den Fingern. Dabei fiel mir auf, dass es erstaunlich still war. Iwan hatte sich nicht gemeldet. Hatte ich in Gedanken einen Stillezauber gewirkt? Ich stand auf und öffnete leise die Tür mit etwas Astron. Dann schlich ich auf Zehenspitzen zu Iwans Zimmer. Die Tür war nur angelehnt und ich spähte durch den Spalt. Und dann traf mich fast der Schlag. Breschnew saß tatsächlich auf dem Boden und sah Iwan an, der ihn ebenso ungläubig anschaute.

»Woher weißt du das?«, fragte Iwan gerade.

»Durch Wut ist meine Magie durchgebrochen.« Breschnew zog eine Schulter hoch.

»Wut ist deine Fokus-Emotion? Wirklich, nicht Panik?« Iwans Überraschung war ihm deutlich anzuhören.

Langsam wich ich einen Schritt zurück in den Schatten des Flurs und war froh, dass wir keinen Holzboden hatten, der knarren konnte. Panik war die Fokus-Emotion unter den Sieben. Ich war mir zwar nicht ganz sicher, wie sie beeinflussten, bei welcher Emotion der Magiedurchbruch kam. Dennoch hatte ich noch nie von einflussreichen Zauberern aus reichen Familien gehört, deren Fokus-Emotion nicht Panik gewesen war. Wer hätte gedacht, dass der perfekte Oligarchensohn einen Makel hatte? Oder dass er sich auf den Boden setzte?

Kopfschüttelnd schlich ich in mein Zimmer zurück und setzte mich wieder an die Recherche, bis ich irgendwann das Lexikon über Fluchzutaten aufschlug und nach Äquivalenten suchte. Ich war so in die Arbeit vertieft, dass ich fast das Klopfen an der Tür überhörte. Iwan hüpfte in seinem Koldkey-

Trikot wie ein Flummi von einem Bein auf das andere. Breschnew stand schon fast gelangweilt daneben, Hände in den Hosentaschen, aber seine Mundwinkel zuckten.

»Irina! Ich bin mit den Hausaufgaben fertig und wir gehen zu den Petersburger Eisdrachen! Alexej sagt, wir können beim Training zuschauen.« Iwans Stimme überschlug sich fast.

Ich runzelte die Stirn und richtete meinen Blick auf Breschnew. »Ich lasse dich auf keinen Fall allein mit Iwan gehen.«

»Dann komm mit.« Sein rechtes Augenlid zuckte leicht.

»Au ja.« Iwans ganzes Gesicht leuchtete auf.

Kurz musterte ich die Tabelle, die ich erstellt hatte, und nestelte an dem Armband meines Astrolabiums. Iwan konnte nicht den ganzen Tag allein bleiben und Eka war noch nicht da. Ich atmete tief ein, nickte und verschloss die Unterlagen in der Schreibtischschublade.

»Mein Fahrer wartet unten.« Breschnew warf mir Ekas alte Jacke vom Haken an der Garderobe zu, bevor wir dem aufgeregt plapperndem Iwan in den Hausflur folgten.

Ich war gerade dabei, das letzte Schloss zu verriegeln, da pfiff Breschnew Iwan zurück und hielt seinen Arm zwischen die offenen Aufzugtüren. Ich blinzelte. Eine Halluzination. Nein, die Aufzugtüren waren tatsächlich offen und zeigten den senfgelben Boden des Aufzugs.

»Das kann nicht sicher sein«, sagte ich zu Breschnew. »Das Ding ist seit weiß Gott wann kaputt. Wenn er jetzt aufgeht, stürzen wir bestimmt ab.«

»Stell dich nicht so an, Iwanowa. Hier ist ein Siegel. Er wurde gestern gewartet.« Breschnew tippte auf ein leuchtend rotes Schildchen auf der Anzeige mit den Aufzugknöpfen. Iwan war inzwischen bereits hineingehüpft und grinste mir zu.

Ich hingegen blieb vorsichtig und betrat nur langsam den klebrigen Aufzugboden. Es roch nach Staub und Motoröl. Doch ehe ich mir zu viele Gedanken machen konnte, waren wir im ersten Stock angekommen. Im Gang klebten zwei Handwerker in farbbekleckerten, grauen Latzhosen den Boden ab. Für einen Moment überlegte ich ernsthaft, ob wir uns nicht in einem Paralleluniversum befanden. Unser Domovoi hatte sich in die hinterste Ecke seines Raums zurückgezogen. Die vergilbten Zeitungen waren verschwunden, die Kacheln glänzend weiß. Misstrauisch starrte er einen Haufen neuer Kleidung an.

Ich war so verwirrt, dass ich beinahe vergaß, Eka zu schreiben, dass ich mit Iwan unterwegs war.

»Iwanowa, kommst du?«, rief Breschnew durch die offene Haustür. Draußen hatte sich eine ganze Traube Kinder um den glänzenden Geländewagen versammelt, der wie durch ein Wunder durch die enge Gasse an geparkten Autos gekommen war. Ein Fahrer mit Sonnenbrille und schwarzem Anzug hielt uns die Tür auf. Ehe ich mich's versah, saß Iwan schon auf den dunklen Ledersitzen. Immer noch hüpfte er aufgeregt auf und ab, alle Vorsicht in den Wind geschlagen.

Ich zwängte mich durch die Schar der Kinder und setzte mich neben ihn, bevor Breschnew hinter uns die Tür zuzog und der Motor zu schnurren begann.

In einem wahnsinnigen Tempo raste der Fahrer durch die breiten Straßen von Sankt Petersburg und fädelte sich so mühelos durch den Verkehr, dass ich fast Magie dahinter vermutete. Mit quietschenden Reifen hielt er schließlich vor dem Koldkey-Stadion in der Severnaya Doroga. Wir stiegen aus und Breschnew führte uns durch ein Labyrinth aus Gängen auf eine Tribüne, durch deren große Fenster wir in eine Halle schauten. Es roch nach Proteinpulver und Schweiß.

»Herr Breschnew! Wie schön, dass Sie uns wieder besuchen. Wir haben Sie das letzte Jahr schmerzlich vermisst.« Ein drahtiger Mann in einem eleganten Jogginganzug löste sich von der Fensterfront und schüttelte Breschnew die Hand.

Durch die offene Glastür strömte kalte Luft aus der Trainingshalle. Unten jagten ein Dutzend stämmige Männer durch einen aufgebauten Parcours. Einer hatte den Zvezda in einen Tischtennisball verwandelt. Er schlug ihn durch ein kleines Loch in einer Pressspanwand und verwandelte ihn dahinter zurück in eine schwere Eisenkugel.

Iwan presste mittlerweile seine Nase gegen das Glas der Tribüne. »Irina, siehst du das? Das ist Ossopow, er hat letzte Saison zweihundertdreiundfünfzig Tore gemacht! Und da! Das ist Gussejnow!«

Breschnew war hinter ihn getreten, pfiff wieder den Trainer her und redete leise mit ihm. Der nickte und schickte einen jungen Mann mit Jogginghose weg. Kurz darauf lehnte sich Breschnew neben Iwan an das Geländer und schaute einen Moment lang dem wilden Treiben zu. »Magst du mit ihnen trainieren?«, fragte er.

»Wirklich?« Ungläubig blinzelte Iwan zu ihm auf.

Breschnew nickte in Richtung der Kabinen, aus denen der jüngere Mann mit ein paar Schlittschuhen und einem Helm in der Hand angelaufen kam.

»Geh«, sagte Breschnew und lächelte schon fast.

Iwan fiel vor Aufregung fast die Treppen hinunter, als er zur Eisfläche stolperte. Schnell zog er sich die Schlittschuhe über, die der junge Mann magisch anpasste.

»Wer hätte gedacht, dass du unter dieser Diamanthaut ein Herz besitzt.« Ich lächelte.

»Du wärst überrascht, Iwanowa.« Er hielt kurz inne und musterte mich mit einem Blick, den ich nicht zu deuten wusste. Dann schaute er wieder zu Iwan, der sich den Helm überstülpte. »Er bedeutet dir viel.«

»Ich liebe ihn wie einen Bruder.« Ich seufzte leise und verknotete meine Finger. »Außerdem hat er niemanden mehr. Seine Eltern sind während der Sklavenrebellion gestorben und die Suche nach seiner restlichen Familie ist leer ausgegangen.«

»Du solltest ihn besser unter Verschluss halten. Liebe ist eine Schwäche, die ausgenutzt wird«, sagte Breschnew.

»Das ist eine sehr düstere Weltansicht.« Ich schmunzelte.

Breschnew schaute mich nur ernst an. »Aber eine wahre.« Er räusperte sich. »Ich kann eine Kindermädchenagentur anrufen, es gibt einige gute. Dann musst du dir nicht wegen seiner Betreuung Sorgen machen.«

»Ich überlege es mir«, murmelte ich. Solange es anders ging, würde ich mich selbst um Iwan kümmern. Auch wenn ich durch den Fluch weniger Zeit hatte.

Breschnew seufzte und fuhr sich durch die schwarzen Haare. »Also, was hast du jetzt Sternveränderndes herausgefunden?«

Während Iwan wie ein Zwerg neben den riesenhaften Eishockeyspielern über das Eis flitzte, erzählte ich ihm von Genters Theorie.

»Und konntest du das Wissen«, er blickte kurz zu dem Fahrer, der uns gefolgt war und mit verschränkten Armen vor der Tür der Tribüne stand, »anwenden?«

»Ja, aber es gibt Probleme. Zeige ich dir später.«

Breschnew nickte und die Pfiffe und Rufe aus der Halle füllten die Stille zwischen uns.

»Deine Freunde sind wirklich nett. Ich hätte mehr … Skepsis erwartet«, durchbrach ich unser Schweigen und war selbst überrascht über meine Worte. Bisher war ich gar nicht dazu gekommen, groß über Ilja oder Maxim nachzudenken, aber sie waren tatsächlich sehr zuvorkommend gewesen.

Breschnew machte ein Geräusch, das sich nach einer Mischung aus Lachen und Schnauben anhörte. »Du hast Marija noch nicht getroffen.«

»Wieso bist du überhaupt mit deiner Ex-Freundin befreundet?« In dem Moment, in dem die Worte meine Lippen verlassen hatten, zuckte ich zusammen. Die Frage war eindeutig zu persönlich.

Breschnew schien sie jedoch nicht zu überraschen. »Die Beziehung war von Anfang an zum Scheitern verurteilt. Irgendwann hat sie es ebenfalls eingesehen.« Er schaute weiter auf das Eis, ein harter Zug um seinen Mund.

Ich nickte. »Ilja und Maxim sind wirklich lieb. Und das, obwohl Maxim manchmal etwas ... drüber ist.«

»Etwas? Er ist der Exzentriker in Person. Wenn ich es nicht besser wüsste, würde ich sagen, er ist die personifizierte Aktionskunst.«

Ich schmunzelte und selbst Breschnews Mundwinkel zuckte leicht. Wer hätte gedacht, dass er Humor hatte?

Bevor ich jedoch etwas in die Richtung aussprechen konnte, fuhr mir plötzlich ein stechender Schmerz in den rechten Arm und ich umschloss ihn reflexartig mit der linken Hand.

Breschnews Blick durchbohrte mich. »Hast du irgendwelche Unterlagen rumliegen lassen?«, fragte er.

Ich schüttelte den Kopf. »Ich habe alles weggesperrt. Niemand hat Interesse daran, meine Sachen zu durchwühlen. Höchstens –« Eka. Sie hatte doch gesagt, dass sie rausfinden würde, was los war. »Wir müssen sofort zu mir!«

»Juri, bring Iwan zurück zur Adresse, von der du mich abgeholt hast«, rief Breschnew dem Fahrer zu und ergriff mein Handgelenk.

Im nächsten Augenblick landete ich auf dem unebenen Boden unter meinem Hochbett. Überall verstreut lagen Kleidung, Schuhe und Schulbücher. Für den Bruchteil einer Sekunde schwebte das erstaunte Gesicht von Eka vor mir. Dann wurde sie von einer unsichtbaren Hand gegriffen und neben meinem Schreibtisch an die Wand gepresst. Hinter mir stand Breschnew wie ein Racheengel, einen Arm in ihre Richtung ausgestreckt. Mit zusammengezogenen Augenbrauen warf er mir einen besorgten Blick zu.

Die Unterbrechung in der Emotion oder Konzentration nutzte Eka aus und riss ihrerseits die rechte Hand nach oben. Das zwanzig Jahre alte Modemagazin zu ihren Füßen glühte kurz blau und Breschnew wurde mit einem hölzernen Krachen an die Zimmertür geschleudert und fiel zu Boden.

Eka setzte zum nächsten Zauber an, da hatte Breschnew sie schwer keuchend wieder an die Wand gepresst. Aus seiner

Nase tropfte dunkelrotes Blut auf mein Lieblingssommerkleid, das am Boden lag. Seine Sternenstaubtattoos pulsierten blau im Rhythmus seines wohl beschleunigten Herzschlags.

Ekas Gesicht war wutverzerrt. »Damit wirst du nicht durchkommen, Breschnew!« Sie konnte nicht einmal mehr mit den Beinen strampeln.

Mein Puls raste. »Breschnew, lass sie runter! Eka, beruhige dich«, fuhr ich sie beide an und hielt abwehrend meine ausgestreckten Hände in beide Richtungen. Noch immer stand ich zwischen ihnen.

»Siehst du, wie gefährlich er ist? Der Arsch ist unberechenbar!«, kreischte Eka. Breschnew öffnete seine gekrümmte Hand und sie rutschte die Wand hinunter. Stolpernd kam sie zum Stehen und rieb sich den Hals.

»Jetzt atmen wir alle mal tief durch«, rief ich.

»Nicht hier.« Breschnews Stimme war eiskalt. Er hatte sich nicht mal das Blut weggewischt. Stattdessen verengte er die Augen zu Schlitzen und hob das Kinn.

»Mit dem rede ich gar nicht.« Eka spuckte vor seinen Füßen aus, auf mein schönes Kleid.

»Seid ihr beide verrückt geworden? Sofort mit den harten Neptun-Sprüchen um die Ecke zu kommen?« Noch immer hielt ich beschwichtigend meine ausgestreckten Hände nach links und rechts. Als hätte ich eine realistische Chance, die beiden auseinanderzuhalten.

»Er kommt in unsere Wohnung und greift mich an!« Eka verschränkte die Arme und musterte jede seiner Bewegungen.

»Mutige Worte für jemanden, der gerade das Zimmer seiner angeblich besten Freundin durchsucht.« Breschnews Stimme war zu ruhig.

»Was weißt du schon von Freundschaft und Loyalität?«, zischte Eka.

»Genug, um zu wissen, dass du ihr vertrauen solltest.« Breschnews Augen funkelten gefährlich. Er machte eine kleine

Bewegung mit dem Finger und meine Kleidung schwebte vom Boden hoch, legte sich zusammen und stapelte sich auf dem Schreibtisch. Die Bücher flogen zurück in den Schrank und alle Papierunterlagen rollten sich ein. Ein loser Schnürsenkel wand sich wie eine Schlange darum und bildete am Schluss eine Schleife. Dann schwebte ein kleines Paket Dokumente vor seine Füße und mein Zimmer sah wieder so aufgeräumt aus wie zuvor.

Eka funkelte Breschnew nur an. »Ira, schick dieses Arschloch weg. Wir müssen reden.«

»Iwanowa, ticktack.« Breschnew legte den Kopf leicht schief.

Mein Blick flog zwischen den beiden hin und her. Eka schaute mich erwartungsvoll an, Breschnew schon fast gelangweilt. Aber die letzten Tage hatte ich ihn genug beobachtet, um die leichte Anspannung seines Kiefers zu erkennen. Es würde ein langes Gespräch mit Eka werden. Vor allem, wenn sie erfuhr, dass bei meinem und Iwans Ausflug Breschnew dabei gewesen war. Dafür hatte ich jetzt die Zeit nicht. Ich konnte ihr alles erklären, nachdem der Fluch gelöst war, sie würde es verstehen. Oder ich redete heute Abend mit ihr, wenn wir substanziell weitergekommen waren.

Ich seufzte und meine Schultern fielen nach vorne. »Eka, es tut mir leid, Breschnew und ich müssen noch dringend etwas besprechen.«

Jekaterinas Mund klappte auf und sie starrte mich ungläubig an. »Nicht dein Ernst.«

»Wir reden nachher«, sagte ich flehend.

Eka zwängte sich an mir und Breschnew vorbei. »Steck's dir. Bleib doch einfach bei Breschnew, wenn ihr so viel zu reden habt. Er hat mich angegriffen, Ira. Hier, in unserer Wohnung!«

Ich wusste nicht, was ich antworten sollte. Wenn ich ihr die Lage nur erklären könnte. Ich starrte auf die zugeknallte Zimmertür, die in den Angeln nachbebte.

»Eines Tages wirst du es ihr erklären können, Iwanowa«, sagte Breschnew hinter mir.

Ich wirbelte herum. »Musstest du sie gleich so angreifen?«

Sein eben noch etwas weicherer Gesichtsausdruck fiel ab wie eine Maske. »Deine tolle Freundin hätte uns fast getötet. Ich habe Schlimmeres verhindert. Wer weiß, was für einen Schaden sie angerichtet hat.«

Das Schlimmste war, dass er recht hatte. Wie viel Zeit hatte Eka uns genommen? Wir würden gleich nachsehen müssen. Ich sackte in mich zusammen. »Lass uns einfach verschwinden. Wie geht es Iwan?«

»Juri hat ihn gerade zum Auto gebracht. Es geht ihm gut.« Breschnew zeigte mir ein Bild auf seinem Handy von einem verschwitzten, aber strahlenden Iwan mit hochrotem Kopf. Wenigstens einer hatte Spaß. Breschnew steckte die Rolle mit den Dokumenten in seine Jackeninnentasche. »Komm, Iwanowa. Lass uns hier verschwinden«, sagte er fast schon sanft und einen Moment später standen wir auf dem glänzenden Parkettboden seines Flurs.

Aus Breschnews Nase tropfte immer noch Blut auf den Boden. Ich schritt von meinem Gastgeber gefolgt in die Küche, nahm ein Geschirrhandtuch, goss Wasser darüber und legte es Breschnew in den Nacken. Dabei streiften meine Finger für den Bruchteil einer Sekunde ein Stück nackter Haut. Wie von einem Mantikor gestochen, zuckte er zusammen.

Kurz kochte Wut in mir hoch. Wenn jemand das Recht hatte, so zu reagieren, dann ja ich. Aber diese Abneigung gegen Berührungen, selbst für die Zeit eines Schattenschritts ... Ich versuchte, nicht zu lange darüber nachzudenken. *Nacktschnecke*, tönte eine Stimme in meinem Kopf.

»Wie hast du es eigentlich geschafft, dass Iwan so spontan mit den Petersburger Eisdrachen trainieren kann?«, fragte ich, um mich abzulenken.

»Der Club gehört mir. Geschenk meines Vaters zum vierzehnten Geburtstag.«

»Dein Vater hat wohl alle Sterne in Bewegung gesetzt, um dich glücklich zu machen.« Ich unterdrückte ein Augenrollen.

»Wie man es nimmt«, sagte Breschnew kryptisch. Er wischte sich mit einem herbeigezauberten Taschentuch den Rest Blut von der Nase und richtete sich wieder gerade auf. Danach griff er in seine Jackeninnentasche, holte meine Dokumente heraus und öffnete das Band. Er machte eine einladende Bewegung und ich blätterte durch Skripte, Rechnungen und Hausaufgaben, bis ich die Tabelle mit den Trankzutaten und den möglichen Alternativen fand.

»So weit bin ich gekommen.« Ich schob das Blatt über die Küchenarbeitsfläche in Richtung Breschnew. »Italien würde als Ursprungsort Sinn ergeben, aber ich kriege Waldgeistmoos und Faunfell nicht so ersetzt. Deswegen habe ich überlegt, ob eventuell die Meerjungfrauhaare nur ein Ersatz sind«, sagte ich.

Breschnew schüttelte den Kopf. »Meerjungfrauen sind zwar jetzt überall zu finden, im Mittelalter gab es jedoch schon eine große Kolonie in Venedig. Der Fluch ist alt. Vielleicht sind sie von da migriert und doch eine originale Zutat.«

»Woher weißt du das?«, fragte ich erstaunt.

»Ich war als Kind mit meinen Eltern in Venedig.« Breschnew wischte sich mit dem nassen Geschirrhandtuch den Rest Blut aus dem Gesicht. Dann knallte er es auf die Marmorarbeitsplatte, bevor er den Kühlschrank öffnete und mir einen gekühlten Orangensaft reichte. Sich selbst nahm er eine Flasche Wasser.

»Wie seid ihr die Sanktionen umgangen und konntet ausreisen?« Ich runzelte die Stirn. Selbst für Zauberer wäre das damals ein Ding der Unmöglichkeit gewesen.

»Ich habe einen europäischen Pass aus Zypern. Kriegt man relativ problemlos, wenn man da investiert.« Breschnew zuckte kurz mit den Schultern und ich verkniff mir jeglichen Kommentar.

Der süßsaure Orangensaft schmeckte vorzüglich und erinnerte mich an meine ersten Tage im Peterhof. Zu Hause hatten wir nie so etwas gehabt ... Schnell konzentrierte ich mich wieder auf unser Fluch-Problem.

»Italien würde auch gut zu Romeo und Julia passen, aber das einzige Äquivalent für den Waldgeist und das Faunfell wären dann die Meerlöwenschuppen. Doch die würden nicht alle Effekte auf der dritten Fluchebene unterstützen«, sagte ich.

»Nicht am Stück. Wenn man sie zu Pulver zerreibt und aufkocht, schon.« Breschnew runzelte die Stirn.

»Bist du dir sicher? Davon habe ich noch nie gehört.«

»Wer von uns war in der Jupiter-Saturn-Vertiefung und kennt sich daher mit Flüchen und Sternenstaubmodifikationen aus?« Breschnew strich Waldgeistmoos und das Faunfell durch und schrieb stattdessen drei Gramm Meerlöwenschuppen, zerrieben.

Um des Friedens willen kommentierte ich seinen Seitenhieb nicht und legte den Kopf schief. »Hast du an –«

»Morganas Formel gedacht?« Er zog fast spöttisch eine Augenbraue hoch. »Natürlich, wie dachtest du, bin ich auf die drei Gramm gekommen?« Breschnew atmete tief ein. »Und jetzt? Wir verfluchen mit den richtigen Zutaten Pawlowa und Maxim, damit wir nicht allein leiden?«

Ich schmunzelte und lehnte mich an die Arbeitsplatte, aber schüttelte den Kopf. »Jetzt wissen wir, dass der Fluch aus Italien kommt. Das heißt, wenn wir irgendwo noch Aufzeichnungen finden, dann wahrscheinlich am ehesten dort.«

»Verona«, sagte Breschnew.

»Wieso?«

»Dort gibt es eine große magische Universität und Romeo und Julia spielt dort. Außerdem ist wegen Genters Theorie und den Zutaten der Norden von Italien wahrscheinlicher als der Süden. Ich treffe die notwendigen Arrangements. Wir fliegen spätestens übermorgen.« Breschnew schaute mich nicht mehr an, sondern tippte wild auf seinem Handy herum.

Die Realität traf mich wie ein Schlag ins Gesicht. Es war schon schwer genug, Eka zu erklären, warum ich Zeit mit Breschnew verbrachte. Ich wollte mir nicht ausmalen, wie sie reagieren würde, wenn ich ihr erklärte, dass wir zusammen nach Italien flogen. Erst recht nicht nach dem letzten Streit. Und was war mit Wasilij? Was machten wir nur mit Iwan? Außerdem flog Demjan morgen. Meine Hände zitterten und Breschnew blickte von seinem Handy auf.

Mit einer wischenden Bewegung seinerseits flog das mir schon bekannte Notizbuch aus dem Flur in seine ausgstreckte Hand. »Ich setze mich gleich an den Trank. Mit etwas Glück kriege ich ihn heute fertig.«

Ich drückte mich von der Arbeitsplatte weg und mir wurde kurz schwarz vor Augen. Meine Finger pressten gegen meine Schläfen und ich lehnte mich wieder an, um nicht umzukippen. »Ich helfe dir.« Selbst in meinen Ohren klang meine Stimme schwach.

»Ich bestelle uns erst etwas zu essen. Danach können wir weiterarbeiten. Dein Blutzucker ist jetzt schon zu niedrig.«

Wenn ich es nicht besser wüsste, hätte ich gesagt, dass Breschnew fürsorglich klang. Trotzdem schüttelte ich den Kopf.

Breschnew rollte mit den Augen. »Dein Dickkopf bringt uns noch eines Tages beide um. Dann setz dich wenigstens ins Wohnzimmer, ich hole die Unterlagen.«

Wir waren mitten in der Überlegung, wie wir Pegasusfell ersetzen konnten, ohne die anderen Zutaten zu destabilisieren, da kam schon der Anruf vom Pförtner. Breschnew rollte die Unterlagen ein, die Tischplatte glänzte kurz bläulich und eine Papiertüte tauchte auf, aus der es köstlich duftete. Breschnew öffnete die diversen Pappschachteln und verteilte sie um die ausgebreiteten Dokumente. »Pause.« Er verwandelte einen Kugelschreiber in einen Teller und stellte ihn vor mich.

»Ich hätte gedacht, du hast einen eigenen Koch«, sagte ich, während ich in eine Frühlingsrolle biss und das Stück Porzellan vor mir ignorierte.

»Habe ich auch. Aber du fühlst dich hier sowieso nicht wohl und ein zusätzlicher Mann macht das nicht besser.«

Ich kräuselte die Stirn. Das war überraschend sensibel von ihm. »Danke.«

Breschnew nickte nur einmal und tauchte seine Frühlingsrolle in die süßsaure Soße ein. Er versuchte es zu verstecken, doch seine Hand zitterte ebenfalls. Eine unangenehme Stille breitete sich aus.

»Wir könnten Wassermanngras verwenden, das würde nicht mit den Phönixfedern interferieren«, schlug ich schließlich kauend vor.

Breschnew schüttelte den Kopf. »Das habe ich schon vor Wochen verworfen. Zu schnelle Abhängigkeit.«

»Dann wenigstens für jetzt. Für ein, zwei Wochen sollte das gehen, bis wir eine bessere Lösung haben.«

Breschnew öffnete den Mund, schloss ihn wieder und presste kurz die Lippen aufeinander.

»Was?«, fragte ich.

»Mir hilft schon die Nähe«, sagte er ungewohnt leise.

Ich musste nicht nachfragen, welche Nähe er meinte. Im Vergleich zu gestern Abend ging es mir heute blendend – das Zittern mal außer Acht gelassen. Ich nickte langsam. Früher oder später würden wir aneinanderrasseln, wenn wir so viel Zeit zusammen verbrachten. Aber sollten die Symptome dadurch tatsächlich besser werden ... Andererseits, wie viel schlimmer konnte es werden? Eka und ich stritten uns seit dem ersten Treffen mit Breschnew sowieso die ganze Zeit. Vielleicht würden wir in Verona eine Lösung finden. »Wie viel Zeit haben wir noch wegen Ekas Aktion?«, fragte ich.

»Zwei Monate ungefähr? Bei größerer Nähe mehr.«

Mir lief es kalt den Rücken hinunter und eines der Essstäbchen in meiner Hand zerbrach. Zwei Monate. Dann würde ich Nikolaj nur um weniger als ein Jahr überleben. Vor meinem inneren Auge sah ich Iwan neben Eka, Demjan und Wasilij an meinem Grab in Kuchino stehen. Ich blinzelte die Tränen weg und schluckte den Kloß in meinem Hals hinunter.

»Willst du …«, Breschnew schaute kurz zur Seite, bevor er mich mit seinen blauen Augen durchbohrte. »Willst du hierbleiben, bis wir fliegen? Ich habe ein Gästezimmer.«

Einen Moment zögerte ich, dann schüttelte ich jedoch den Kopf. »Eka zu sagen, dass ich mit dir nach Verona gehe, wird schon schlimm genug. Besser, ich fache das Feuer nicht noch mehr an.«

Breschnew presste die Lippen aufeinander und nickte. Die Antwort gefiel ihm nicht. Ich hatte fast vergessen, dass seine Symptome sich ja genauso verschlimmerten, wenn ich ging. Trotzdem hatte Eka jetzt Priorität. Ich aß noch einen halben Container voll gebratener Nudeln und stand auf. »Es ist schon spät. Ich sollte gehen. Morgen komme ich nach Demjans Verabschiedung so um elf Uhr.«

»Klär lieber alles mit Pawlowa, packe und komm danach. Montag sollten wir spätestens los.«

Ich nickte und Breschnew bot nicht an, mich zu bringen. Ein kleiner Teil in mir war etwas enttäuscht, aber ich schüttelte das Gefühl schnell ab. Durch den Schatten der Couch machte ich einen Schattenschritt nach Hause.

17

Es roch nach frischem Kleister und Lack, als ich aus einem abendlichen Schatten in unseren Wohnungsflur trat. »Hallo?«, rief ich in die Stille und klammerte mich fester an meine Tasche, als keine Antwort folgte. Wenn die Umgebung nicht so vertraut gewesen wäre, hätte mich die nächste Panikattacke überfallen.

Hastig marschierte ich zu Iwans Zimmer und riss die Tür auf. Der Schrank war offen, seine Schulbücher weg. Mein Magen ballte sich schmerzhaft zusammen. Ich konnte fast nicht atmen und stürzte zu Ekas Zimmer. Ihr quietschgelber Koffer – weg. Mit zitternden Fingern und dröhnenden Kopfschmerzen zog ich mein Handy hervor und wählte ihre Nummer. Den Sternen sei Dank meldete sie sich kurz darauf.

»Eka? Wo seid ihr? Geht es euch gut?«

»Wir sind in Demjans Wohnung«, sagte sie kühl.

»Was macht ihr da?«

»Zu Hause sind wir ganz offensichtlich nicht mehr sicher, nachdem Breschnew da einfach reinplatzen, mich angreifen kann und du untätig danebenstehst.« Ekas Stimme klang abweisend.

Ich ließ mich auf ihr Sofa fallen und fuhr mir durch die Haare. »Eka, das war ein Missverständnis.«

»Du hast ganz deutlich gezeigt, auf welcher Seite du stehst«, fauchte sie.

»Eka –«

Ein rhythmischer Piepton. Sie hatte aufgelegt. Meine rechte Hand begann unkontrolliert zu zittern und das Handy fiel auf den Boden. Es kostete mich alle Kraft, es aufzuheben. Dann wählte ich Wasilijs Nummer. Die Mailbox. Ich wählte erneut. Wieder die Mailbox. Noch einmal versuchte ich es, bevor ich ihm schrieb.

Ruf mich an.

Einen Moment überlegte ich, Demjan zu schreiben, aber ich wollte ihn nicht zwischen die Fronten ziehen. Außerdem war er heute mit seinen Eltern und Markov im Theater und hatte sein Telefon bestimmt ausgeschaltet. Zudem wollte ich ihm nicht seinen letzten Abend in Russland ruinieren.

Ich streifte meine Schuhe ab, rollte mich auf Ekas Couch zu einer Kugel zusammen und ließ meine Tasche mit einem dumpfen Geräusch auf den Boden fallen. Dann presste ich mein Handy auf die Brust und wartete auf Wasilijs Rückruf.

Der modrig feuchte Geruch kroch mir über die Haut wie tausend kleine Spinnen. Die kalten Kanten der Stufen rissen meinen Rücken auf, während ich die Treppen hinunterschlitterte. Unten kam ich zum Liegen, mein rasselnder Atem das einzige Geräusch in der Dunkelheit. Mein Kopf dröhnte und ich fasste an der Schläfe in eine warme, nach Eisen riechende Flüssigkeit. Blut. Blinzelnd versuchte ich mich in der Dunkelheit zu orientieren und erkannte nach kurzer Zeit weiter hinten in dem feuchten Kellergewölbe eine Kerze, die ein paar verstaubte Weinflaschen erhellte.

Etwas stimmte nicht.

Ich hatte fest damit gerechnet, dass sie mich folterten, aber es sah hier nicht nach einem Folterkeller aus. Oder sie töteten mich gleich, wie die anderen. Ein weiterer Kopf im Springbrunnen.

Die Kerzenflamme flackerte in einem Luftzug und ging aus. Aus einer fernen Ecke drang ein gehässiges Kichern an meine Ohren. Der Kerzendocht glomm noch leicht. Ich atmete schneller und rutschte zurück, die letzte Kellerstufe bohrte sich in meinen Rücken. Meine Finger tasteten den Boden um mich herum ab, nach einer Waffe, einer Flasche, aber sie glitten nur über feuchten, grob behauenen Stein.

»Sie haben dich mir zum Spielen gebracht.« Die weibliche Stimme klang alt und knarrend, wie eine verrottete Holzhütte im dunklen Wald – und sie kam näher.

»Was mache ich mit dir?«, ertönte es und plötzlich glitt ein spinnenhafter Finger über meinen Arm.

Ich zuckte zusammen, schlug mit der Faust nach vorne, doch traf nur Luft. Mein ganzer Körper zitterte in dem zerrissenen Sommerkleid und ich kam auf wackeligen Beinen zum Stehen. Meine Knie waren aufgeschlagen und bluteten und ohne meinen Fokus fühlte ich mich hilflos. Aber ich würde nicht aufgeben, nicht ohne einen Kampf. Die zitternden Fäuste schwebten vor meinem Körper. Mein pochender Herzschlag dröhnte zu laut in den Ohren.

Ein weiterer spinnenhafter Finger strich meinen Nacken entlang. »Hm, womit fangen wir an? Wie wäre es mit dem Fühlen?«

Das Gefühl meiner Fingernägel, die sich in meine Handinnenflächen bohrten, verschwand. Besser gesagt, bemerkte ich es nicht mehr. Ich tastete nach der Wunde an der Schläfe, doch ich fühlte nichts. Nicht das Blut, nicht meinen Kopf. Das Glimmen des Dochts war mein einziger Anhaltspunkt in der Dunkelheit. Ich stolperte darauf zu.

»Ts, ts, ts«, erklang die Stimme zu nah an meinem Ohr.

Ich zuckte erneut zusammen, aber ich spürte den Atem nicht.

Pechschwarze Dunkelheit umhüllte mich. Das Glimmen war erloschen, nicht das kleinste Licht. Mein Herzschlag dröhnte lauter in meinen Ohren und dann … Stille.

Ich stolperte weiter nach vorn, doch vernahm meine Schritte nicht. Der modrige Geruch des Kellers war nur noch eine entfernte Erinnerung. Ich schrie aus voller Seele. Meine Lungen brannten, aber ich hörte nichts. Ich spürte die Vibration meiner Lungen nicht. Schluchzend schlug ich um mich. Wenn ich etwas traf, merkte ich es nicht …

Mein eigener Schrei ließ mich hochschrecken und mit einem dumpfen Plumps auf den Boden fallen. Reflexartig fasste ich mir ins Gesicht und brauchte einen Moment, um zu begreifen, dass die warme Flüssigkeit kein Blut, sondern meine Tränen waren. Ein paar Minuten lang rollten sie meine Wangen hinunter, bis ich vollkommen realisierte, dass ich nicht mehr in meinem Albtraum steckte, sondern in Ekas Zimmer lag. Mit rasendem Herzschlag tastete ich nach dem Handy. Kein Anruf. Mit dröhnendem Kopf und zitternden Fingern wählte ich erneut Wasilijs Nummer. Nach einer gefühlten Ewigkeit nahm er ab.

»Ja, Ira?« Seine Stimme klang verwaschen, er hatte getrunken.

»Hast du meine Nachricht gekriegt?« Ich versuchte, nicht zu schluchzen, doch ich zitterte am ganzen Körper.

»Ja, aber ich bin gerade mit den Jungs weg«, lallte er.

»Kannst du kommen?«, fragte ich leise.

»Was? Ich verstehe dich nicht.« Aus dem Hintergrund drangen Gegröle, Gelächter und Stimmengwirr durch den Lautsprecher.

»Ob du kommen kannst«, rief ich gegen den Lärm aus dem Telefon an. Mir fiel fast das Handy aus der Hand, so sehr zitterte ich.

»Ach so, ist es dringend? Gerade ist es schlecht.«

»Schon gut.« Mehr Tränen liefen mir über die Wangen und ich schluchzte.

»Alles klar, dann bis morgen!« Und schon hatte er aufgelegt.

Die einsetzende Stille im Raum drohte mich zu veschlucken und plötzlich fühlte ich mich wie der letzte Mensch auf dieser Erde. Während die Schmerzen in meinem Kopf fast unerträglich wurden, stellte ich die Radio-App an. Einen Moment überlegte ich, Eka anzurufen. Aber sie war sicher noch sauer. Meine Mutter würde nicht ans Telefon gehen. Selbst wenn, sie würde mich nicht verstehen.

Ich war allein. Ich konnte niemanden anrufen, weil es niemanden mehr gab.

Schwer atmend wuchtete ich mich auf die Couch. Zu allem Überfluss fing mein ganzer Körper wieder zu zittern an. Mit zwei Klicks drehte ich die Lautstärke an meinem Handy herunter. Die leichte Vibration der Musik fuhr mir durch die schmerzenden Glieder.

Ich schloss die Augen, in der Hoffnung, dass dadurch wenigstens die Kopfschmerzen besser werden würden. Gerade lief ein altes amerikanisches Lied von Taylor Swift. Eine Passage des Texts verfing sich in meinem Kopf wie eine Spinne im Netz. Besonders ein Wort. Romeo. Romeo, Romeo, Romeo.

Warum auch immer, öffnete ich meine Augen und suchte wie in Trance *seine* Nummer heraus. Ich zwang mich, nicht darüber nachzudenken, was ich da tat. Es klingelte zweimal, dann hob er ab.

»Kannst du mich holen kommen?«, fragte ich leise schluchzend.

»Wo bist du?« Seine Stimme war kontrolliert, wie immer.

»Zu Hause.«

»Ich bin sofort da.«

Keine zehn Sekunden später trat Breschnew zu Ekas Tür herein. Die Kopfschmerzen waren sofort besser und das Zittern wurde weniger. Breschnews Haare waren zerzaust, das weiße Shirt etwas zu durchsichtig, sodass ich seinen Waschbrettbauch erkannte. »Alles in Ordnung?« Er zog beide Augenbrauen hoch, ohne mein wahrscheinlich verheultes Gesicht zu kommentieren.

Ich schüttelte den Kopf.

»Du kannst im Gästezimmer schlafen, Juri ist gleich mit

dem Auto da.« Er hob meine Tasche vom Boden auf und streckte auffordernd eine Hand aus.

Ich stand auf, das Handy immer noch umklammert, aber meine Beine gaben nach und ich sank wieder auf die Couch. Als auch mein zweiter Versuch missglückte, hob Breschnew mich auf seine Arme. Nur an der Tür setzte er mich kurz ab, um die unzähligen Schlösser zu öffnen. Vor dem Aufzug angekommen, drückte er mit seinem Ellenbogen auf den Knopf, während ich es mir nur für den Bruchteil einer Sekunde erlaubte, den Kopf an seiner Schulter anzulehnen.

Der Geruch nach Kleister und Lack war im Flur stärker, der Boden abgeklebt. Endlich öffneten sich die Aufzugtüren. Das Surren des Neonlichts erklang und ich schloss die Augen. Ich war so unendlich müde und ausgelaugt, wie immer nach meinen Albträumen.

Wenige Minuten später traten wir ins Freie und die Nachtluft ließ mich frösteln – und etwas klarer denken. Was machte ich hier? Vor einer Woche hätte ich Breschnew nicht mal mit der Kneifzange angefasst. Ich räusperte mich. »Du kannst mich runterlassen, es geht wieder.«

Breschnew ließ mich so ruckartig los und trat einen Schritt zurück, dass ich beinahe umfiel. Der Teer unter meinen nackten Füßen war warm, ein Steinchen pikste mich in die Fußsohle.

Auffordernd hielt Breschnew mir meine Tasche entgegen und achtete darauf, dass sich unsere Finger nicht berührten, als ich nach ihr griff. Erst jetzt fiel mir auf, dass er mich eben noch, ohne zu zögern, angefasst hatte. Seine Kiefermuskeln spannten sich kurz an, ein untrügliches Zeichen, dass etwas nicht stimmte. Aus seiner Hosentasche zog er eine Packung Zigaretten heraus und steckte sich eine an. Eine Rauchwolke verschwand in den Nachthimmel.

»Wieso warten wir auf Juri?« Ich versuchte, nicht auf seine Lotusblütentattoos zu starren, die mit jedem seiner Herzschläge bläulich pulsierten.

Er fuhr sich mit einer Hand durch die Haare und lenkte meine Aufmerksamkeit kurz auf seinen Siegelring. »Heute reicht mein Astron nicht mehr für einen Schattenschritt zu zweit.«

Das schlechte Gewissen nagte an mir. Er musste nicht hier sein. Trotzdem stand er ebenfalls barfuß zwischen mir und den überquellenden Mülltonnen in einem der ärmsten Viertel in ganz Sankt Petersburg. »Du musst nicht auf mich warten, geh ruhig schlafen.«

Breschnew schwieg und blickte einfach Richtung Straße. Das Pulsieren seiner Tattoos war allerdings noch einen Hauch schneller als vor ein paar Sekunden.

Ein Mann in schmuddeliger Jogginghose mit einem Schäferhund an der Leine schlurfte an uns vorbei. Er musterte uns misstrauisch mit seiner im Mundwinkel hängenden Zigarette. Breschnew funkelte ihn an und er eilte weiter. Der Hund jaulte. Noch nie war ich so dankbar für diese dunkle Aura gewesen, die Breschnew ausstrahlte.

»Eka ist ausgezogen«, sagte ich leise.

Überrascht schaute Breschnew mich an, dann glättete sich sein Gesicht wieder. Er zog an der Zigarette. »Pawlowa wird sich einkriegen. Ihr seid seit acht Jahren so unzertrennlich wie Castor und Pollux, was sind da schon ein paar Tage.«

Skeptisch zuckte ich mit den Schultern, während Juri mit quietschenden Reifen vor uns hielt. Ich wollte lieber nicht wissen, wie viele Verkehrsschilder und Tempolimits er ignoriert hatte. Juri knallte die Fahrertür zu, joggte um den schwarzen SUV und öffnete die hintere Tür.

Breschnew warf die Zigarette achtlos auf den Boden. »Nach dir.« Er machte eine einladende Geste mit der Hand und demonstrierte einmal wieder, dass er Manieren hatte, wenn er wollte.

»Du solltest aufhören«, murmelte ich, als er sich neben mich in einigem Abstand auf den Sitz gesetzt hatte. Es roch nach Zigarettenqualm und Lederpolitur.

»Mit dem Rauchen?«

Ich nickte. »Das ist eklig und ungesund.«

Breschnew antwortete nicht. Stattdessen starrte er die ganze Fahrt über aus dem Fenster. Immer wieder ballte er seine Hand zur Faust, nur um sie im darauffolgenden Moment erneut zu strecken.

Nach einer kurzen Fahrt hielten wir vor einem Gebäude mit zwei goldenen Türen, die zwei Pagen für uns öffneten. Die letzten Male, die ich bei Breschnew gewesen war, hatte ich nie sonderlich darauf geachtet, wo er wohnte. Ich schaute auf die Hausnummer. Newski Prospekt Nummer 66. Es war wohl kein Zufall, dass dem Teufel die Nummer 666 zugeordnet wurde, dachte ich bei mir, bevor ich Breschnew in die Eingangshalle folgte.

Dort eilte uns eine Person im Frack entgegen, um Breschnew und mir seinen Arm anzubieten. Dann schritt der Mann mit uns durch den Schatten einer teuer aussehenden Skulptur und brachte uns so in die Wohnung. Er verneigte sich kurz und verschwand, ohne ein Wort zu sagen.

Breschnew schlurfte ebenfalls wortlos einen kurzen Gang entlang, der von dem Empfangsraum wegführte, und öffnete eine Tür. Vor ihm befand sich ein großes Bett, das in der Mitte des Raums stand. Mit einem Schnippen seiner Finger glitten die schweren Vorhänge automatisch zu.

»Brauchst du noch was?« Seine Stimme klang nach einem Seufzen, als er sich zu mir umdrehte.

Natürlich war das Angebot vorhin nur höflich gewesen und nicht ernst gemeint. Wieso sollte er wollen, dass ich in seiner Wohnung schlief? Ich war so dumm. Aber jetzt war ich hier und es kam mir unverschämt vor, ihn zu bitten, mich zurückbringen zu lassen.

»Könntest du die Vorhänge wieder aufmachen? Bei Dunkelheit – ich habe Probleme.« Ich blickte verlegen zur Seite.

Kurz weiteten sich seine Augen, bevor er zweimal schnippte und die Vorhänge geräuschlos zur Seite glitten. Sein

Brustkorb hob sich merklich, sein Gesicht unlesbar. Erneut spannte er kurz seinen Kiefer an.

Ich wusste nicht so recht, was ich machen sollte. Er blockierte den Eingang zum Gästezimmer und machte keine Anstalten, zur Seite zu gehen. Aber er sagte auch nichts. Ich öffnete den Mund, da ballte er die Hände zu Fäusten. Für den Bruchteil einer Sekunde hatte ich den albernen Gedanken, dass er mich jetzt schlagen würde.

»Es tut mir leid«, presste er zwischen zusammengebissenen Zähnen heraus, als würde dieses Geständnis ihm physische Schmerzen bereiten.

»Das konntest du ja nicht wissen«, sagte ich langsam.

Fast schon genervt schüttelte er den Kopf. »Nicht das mit den Vorhängen. Deine Furcht vor der Dunkelheit. Ich hätte ihn gestoppt, wäre das möglich gewesen.« Breschnew presste seine Lippen wieder aufeinander.

Einen Moment lang war ich sprachlos. Im jetzigen Zustand kostete es mich das letzte bisschen Kraft, keinen Streit vom Zaun zu brechen. Wer auch immer der Mann war, der mich in seinen Keller gesperrt hatte, es war sein verdammter Palast. Seine Familie bestimmte, wer Zugang hatte. Wenn er gewusst hatte, dass ich in dieser Nacht dort gewesen war ... Er hätte mich mit einem Schattenschritt wegbringen können. Sklaven waren in dieser Nacht getötet worden, in *seinem verdammten Innenhof.* Er hätte mich da rausholen können, doch stattdessen hatte er mich den Fängen der Kikimora überlassen.

»Ich bin sicher, du hast getan, was du konntest«, brachte ich mühsam hervor, klang aber selbst in meinen Ohren nicht mal einen Hauch glaubwürdig.

Breschnew öffnete kurz den Mund und schloss ihn wieder. Dann trat er einen Schritt zur Seite, nickte und ging, ohne ein weiteres Wort zu sagen, auf die andere Seite des Gangs. Ich hörte nur das Klicken einer Tür. So viel dazu. Doch den fragilen Frieden zwischen uns wollte ich keinesfalls gefährden.

Nicht, wenn er der einzige Mensch auf der Welt war, mit dem ich über den Fluch sprechen konnte.

Erschöpft tapste ich in das Zimmer, ließ meine Tasche neben das Bett fallen und steckte mein Handy an das Ladekabel, das auf dem Nachttisch lag. Fast schon blind stellte ich die Radio-App an und kletterte auf die weiche Matratze. So musste es sich anfühlen, wenn man in einer Wolke lag. Ich fand noch die Kraft, mich einmal umzudrehen und die Bettdecke über meine Schultern zu ziehen. Dann driftete ich weg.

Ich stapelte den vierten Blini auf den Teller und gähnte. Dafür, dass ich bei Breschnew geschlafen hatte, war die Nacht erstaunlich erholsam gewesen. Wenn man vom Teufel sprach … Breschnew schlenderte in die Küche und sah unverschämt gut aus für so früh am Morgen. Hatte ich das wirklich gedacht? Kurz schüttelte ich den Kopf. Ich musste dringend mehr Zeit mit Wasilij verbringen.

»Was ist das?«, fragte Breschnew mit zusammengekniffenen Augen in meine verwirrenden Gedanken hinein.

Schnell drückte ich ihm eine dampfende Tasse Kaffee in die Hand. »Wie sieht es aus? Ich mache Frühstück. Ein Dankeschön für die Rettungsaktion gestern.«

Breschnew streckte die Finger nach einem der Blini aus, doch ich verpasste ihm einen spielerischen Klaps.

»Finger weg, da fehlt noch die Füllung.«

Er zog eine Schnute, setzte sich aber auf einen der Barhocker und stellte die Kaffeetasse mit einem Klicken auf die schwarze Marmorplatte.

»Gibt es eigentlich etwas Neues wegen Verona?«, fragte ich in die entstehende Stille hinein.

»Morgen können wir los, die Wohnung ist bereit.«

Ich nickte.

»Hast du schon deinen Freunden Bescheid gesagt?«

Ich presste die Lippen zusammen und schüttelte den Kopf.

»Das solltest du tun, bevor mich Pawlowa zur Fahndung ausschreibt.« Es klang wie ein Witz, aber es lag ein Fünkchen Wahrheit darin.

»Ich weiß«, sagte ich etwas bissiger, als ich es beabsichtigt hatte. Ich atmete schwer aus und wendete den Blini in der Pfanne. »Tut mir leid, so war das nicht gemeint. Gerade ist es einfach schwer.«

»Alexej?«, drang plötzlich eine mir bekannte Stimme aus dem Flur und ich sah Breschnew fragend an.

»Das hatte ich ganz vergessen.« Breschnew raufte sich die Haare.

Im nächsten Moment schlenderte Maxim in die Küche. Ein Grinsen breitete sich auf seinem Gesicht aus, als er mich sah. »So ein unerwarteter Gast. Hallo, Irina. Bist du nicht mit Naganow zusammen? Ich erinnere mich noch, wie ich bei jedem Bild online auf –«

»Maxim!« Breschnews Stimme war schärfer als ein Dolch.

Maxim fror in seiner Bewegung ein. Er schaute kurz zwischen Breschnew und mir hin und her. »– nichts gedacht habe«, sagte er dann und biss sich auf die Unterlippe, doch seine Mundwinkel zuckten nach oben.

Ich verengte die Augen.

»Kein Wunder, dass unser lieber Alexej kaum Zeit für uns hat. Nach all den Jahren ... Kommst du mit zum Frühstück und dann zum Training?«, wandte sich Maxim an mich.

Ich runzelte fragend die Stirn und stapelte den nächsten Blini auf den Teller.

»Das Frühstück fällt die Woche aus.« Breschnew nahm einen großen Schluck aus der Tasse.

»Was? Das kannst du mir nicht antun.« Maxim zwinkerte mir zu und stellte eine frische Tasse unter die Kaffeemaschine. »Morgen verschwindest du nach Italien für weiß der Himmel wie lange und dann gibt es nicht mal eine letzte Henkersmahlzeit? Sag bloß, dass du auch nicht zu der Überraschungsparty kommst, die ich für heute Abend geplant habe? Na ja, Marija hat sie geplant – aber ich habe sehr untätig daneben gesessen und meine Zeit verschwendet.« Maxim stopfte sich ein Blini in den Mund.

»Keine Party.« Breschnew hatte wieder diesen harten Zug um den Mund.

»Sei kein Spielverderber. Marija wird deinen Kopf auf einem goldenen Tablett mit einer Kirsche im Mund auf deiner Abschiedsparty als Dessert servieren, wenn du nicht kommst.«

Breschnew rollte mit den Augen. »Macht die Party kurz und klein. Maximal Marija, Ilja und du.«

»Was ist mit Woronin und seinen Jungs?«

»Nein.« Breschnew warf seinem Freund einen warnenden Blick zu.

»Aber unsere liebreizende Irina wird doch sicherlich kommen dürfen?« Maxim hob suggestiv die Augenbrauen und grinste mich an. »Nachdem sie schon diejenige ist, wegen der du überhaupt weggehst.«

Ich sah Breschnew fragend an, doch sein Kaffee war wohl interessanter.

Maxim knuffte mich mit dem Ellenbogen spielerisch in die Seite. »Also, wie sieht es aus? Ich weiß, dass Marija sogar Ruslan und Rumen engagiert hat.« Er pflückte sich aus dem reichhaltigen Obstkorb eine grüne Traube ab, warf sie in die Luft und fing sie mit dem Mund auf. »Dafür hat sie nur die Bar, in der sie heute gewesen wären, erpresst, dass sie den Gig absagen, weil sie die sonst aufkauft und pleitegehen lässt. Klassischer Marija. Aber dafür werden die dir sicher die süßesten Cocktails mixen, die du in deinem Leben getrunken hast. Und wenn du nett fragst, mischen sie dir bestimmt Kaffee rein.«

Ich presste die Lippen zusammen. Mein Leben war kompliziert genug. Der halbe Tag auf dem Anwesen von Ilja hatte mir gereicht. Ilja und Maxim anzulügen, war schon anstrengend genug gewesen. Marija Fradkowa musste ich wirklich nicht begegnen. Sie würde mich missbilligend von Kopf bis Fuß mustern, wie sie es immer im Peterhof getan hatte. Ich sah die Verachtung in ihrem Blick schon vor meinem inneren Auge – als wäre ich eine Kakerlake. War ich in ihren Augen wahrscheinlich auch. Eher würde ich mir die Haare einzeln ausrupfen, als ihr zu begegnen. »Vielleicht kann ich meine Pläne ändern.« Ich versuchte zu lächeln.

»Das ist ein höfliches Nein«, sagte Maxim. »Ich mache dir einen Vorschlag, Irina. Wenn du heute Abend kommst, hast du einen Gefallen bei mir gut.« Lässig wirbelte er seinen schwarzen Regenschirm durch die Luft.

Breschnew schnaubte. »Tu nichts, was du nachher bereust.«

»Irina ist lang nicht so gewieft wie wir, sie würde das nie ausnutzen, oder?« Maxim zwinkerte mir zu.

»Ich würde das Angebot annehmen, Iwanowa. Einen Gefallen von Maxim bekommt man nicht so leicht«, sagte Breschnew.

»Ich überlege es mir.« Ich goss den letzten Rest Teig in die Pfanne. Der blubberte lautstark und die Küche füllte sich ganz mit dem Aroma der Blini.

Maxim seufzte. »Dann hoffentlich bis heute Abend. Nachdem ich hier jetzt kein Frühstück bekomme, gehe ich einfach gleich zum Training. Eine Schande, wirklich. Dafür ist die Neue an der Rezeption heißer als eine Supernova. Ich versuche mal mein Glück.« Er zwinkerte uns zu und verschwand im Schatten der Theke.

»Er ist … etwas ganz Besonderes«, sagte ich zu Breschnew und begann die Blini mit Schokocreme zu füllen.

»Im Herzen ist er ein guter Kerl.«

»So wie du?« Ich grinste, aber er antwortete nicht. Vielleicht hatte er den Witz als Seitenhieb verstanden, ich sollte vorsichtiger sein.

»Hast du heute Zeit für Recherche oder andere Pläne?« Breschnew nahm noch einen Schluck aus seinem Kaffee und stellte meine Tasse unter die Maschine.

»Ich muss Demjan verabschieden und packen.«

»Ich bringe dich. Mit welchem Schattenschrittkurierdienst geht er?«

»Das ist nett, aber Eka wird ziemlich sicher da sein und ich will sie nicht unnötig verärgern. Ich muss Wasilij und ihr auch noch von Verona erzählen.«

Breschnew presste kurz die Lippen aufeinander und nickte abgehackt, bevor er einen Schluck aus seiner Tasse nahm.

Ich stellte ihm die gefüllten Blini vor die Nase und holte tief Luft. »Danke, dass du mich gestern geholt hast«, sagte ich, aber Breschnew schwieg. Also nahm ich meinen Fokus von der Arbeitsplatte, hängte ihn um und ging auf die Tür zu.

»Stell dich drauf ein, dass die Symptome heftig werden. Seit der Schnüffelei von Pawlowa ist der Fluch so weit fortgeschritten, dass wir mit ernsthaften Einschränkungen rechnen müssen.«

Als hätte ich das nicht längst gemerkt. Ich hielt inne und starrte auf meine Ellenbeuge, auch wenn das Ende der Linie nicht sichtbar war. Breschnew räusperte sich und ich sah auf.

»Hier.« Er zog eine kleine Phiole aus seiner Jogginghosentasche und warf sie mir zu. Wäre ich nicht bereits seit zwei Stunden wach, hätte ich sie sicherlich nicht gefangen. »Der Trank gegen die Symptome mit Wassermanngras. Nimm das maximal zehn Tage lang. Außerdem kannst du damit intus keinen großen Schattenschritt machen, die Magie interagiert sonst und ich weiß noch nicht, wie genau. Juri kann dich zu Demjan bringen.«

Ich rollte mit den Augen, nickte aber und stürzte den Inhalt hinunter. Wieso musste er immer so fordernd sein und konnte nicht einfach höflich fragen? Ich verzog das Gesicht. Das Zeug schmeckte nach Haaren, Algen und Pfefferminz.

Doch das war wahrscheinlich Breschnews geringste Sorge gewesen bei der Kreation dieses Gebräus.

Ich murmelte einen kurzen Abschiedsgruß und erst als der Pförtner mich im Flur abholte, wunderte ich mich, dass ich nicht mal hinterfragt hatte, ob Breschnew mich mit dem Gemisch vergiften wollte.

18

Meine Ballerinas quietschten auf dem Marmorboden, als ich den Schattenschrittkurierdienst in der Nähe des Winterpalasts betrat und mir neben einer Säule einen Platz in einer Ecke suchte. Die kleine Abschiedshalle war fast leer, nur um Demjan hatte sich eine Menschentraube gebildet.

Möglichst unauffällig ließ ich meinen Blick über alle Anwesenden streifen und landete schließlich bei dem Zöllner, der an der Theke des Pförtners lehnte und munter mit ihm plauderte. An manchen Tagen hatte ich immer noch das Bedürfnis, jeden Menschen ganz genau im Auge zu behalten. Man konnte ja nie wissen. Die Anschläge hatten definitiv ihre Spuren hinterlassen.

Ich atmete tief ein und wandte mich wieder Demjan zu, dessen Eltern sich gerade überschwänglich von ihm verabschiedeten. Langsam lichtete sich die Menschenmenge und die meisten verschwanden durch die großen goldenen Türen mit den Ornamenten. Zurück blieben Wasilij, Markov, Iwan und Eka, die Demjan nacheinander drückten und einen Schritt zur Seite traten. Erst dann trottete ich zögerlich auf ihn zu.

Demjan lächelte mich an. »Ich hatte schon Sorge, du würdest nicht kommen.«

»Na klar komme ich.« Ich knuffte ihn mit dem Ellenbogen und er nahm mich fest in die Arme.

»Pass auf dich auf, ja? Ich weiß nicht, was genau du da mit

Breschnew treibst, aber vielleicht findest du ja einen Weg, dich mit Eka zu vertragen. Sie macht sich nur Sorgen um dich.« Er ließ mich los und drückte noch mal sanft meinen Oberarm, bevor er uns zuwinkte und mit seinem Koffer durch die Tür verschwand, hinter der sein Kurier wartete.

Einen Moment starrte ich auf die Stelle, an der er eben gestanden hatte. Wenn es keinen Ausweg für den Fluch gab, war das vielleicht das letzte Mal, dass ich ihn sah. Ein dicker Kloß bildete sich in meinem Hals, den ich schnell herunterschluckte. Nein, so durfte ich nicht denken, es musste eine Lösung geben und darauf musste ich mich fokussieren. Davor musste ich allerdings mit Eka sprechen, deren Blick ich bereits zwischen den Schulterblättern spürte.

Ich drehte mich um. Iwan wollte auf mich zulaufen, doch Eka hielt ihn zurück. Trotzdem machte ich einen Schritt auf sie zu, meine Zunge klebte am Gaumen.

»Iwan, wieso erzählst du nicht Wasilij von deinem Training mit den Petersburger Eisdrachen?«, sagte Eka.

Zweifelnd schaute Iwan zwischen uns hin und her, hatte aber den Hinweis verstanden und schlurfte davon. Sobald er außer Hörweite war, musterte Eka mich kurz von oben bis unten. Dann drehte sie den Kopf demonstrativ zur Seite. Dabei hatte sie Iwan weggeschickt.

»Kann ich kurz mit dir reden?«, fragte ich.

Eka verschränkte die Arme.

»Ich wollte dich nicht verletzen, wirklich nicht. Das tut mir leid, aber Breschnew ist gerade einfach wichtig für mich.«

»War ja klar, eine Entschuldigung und darauf gleich ein Aber«, fauchte Eka.

Langsam begann mein Blut zu kochen. Ja, ich war die letzten Tage etwas komisch gewesen, doch sie zeigte nicht mal ein Fünkchen Verständnis. »Ich erwarte nicht, dass du es verstehst. Ich will lediglich etwas Unterstützung.«

»Ich schütze dich hier, Ira. Auch wenn du es nicht wahrhaben willst. Du rennst gerade mit offenen Augen in dein eigenes Verderben. Breschnew hat irgendwas vor, das garantiere ich dir. Die ganze Schulzeit hat er dich nur geärgert und auf einmal – nach der Sklavenrebellion – ist er nett? Da stimmt was nicht. Ich vertraue ihm nicht.«

»Du sollst auch nicht ihm vertrauen, sondern mir.« Mein Herz schlug wild gegen meine Rippen, als ob es sich seinen Weg freihämmern wollte.

Eka jedoch sagte nichts und das war fast das Schlimmste.

Ich schüttelte den Kopf. »Egal, jetzt bin ich sowieso erst mal weg.«

»Wohin gehst du?«, fragte sie und zog ihre perfekt gezupften Augenbrauen hoch.

»Mit Breschnew nach Italien.«

»Warum sagst du mir das?«, fragte sie.

»Wegen Iwan. Wie wollen wir das –«

»Du machst doch sowieso, was du willst. Komm von deinem Breschnew-Trip runter, dann reden wir. Ich kümmere mich um Iwan.«

Automatisch blickte ich zu dem Jungen, der mittlerweile fast wie mein kleiner Bruder war. Er demonstrierte gerade mit großen Augen und einem strahlenden Lächeln Wasilij einen Schlag vom Koldkey-Training, bevor er wild gestikulierend weiterredete. Ich würde ihn vermissen.

Zögerlich wandte ich mich wieder Eka zu, die auf ihren dunkelrot lackierten Nägeln kaute. Fast hätte ich sie gebeten, sich mit mir auf die Bank an der Wand zu setzen.»Aber was ist mit deinem Praktikum? Breschnew hat eine gute Agentur gefunden, die Kindermädchen vermittelt und –«

»Breschnew also?«, unterbrach Eka mich und stolperte zurück. Das Geräusch ihrer Absätze wurde von den hellblau gestrichenen Wänden zurückgeworfen. »Auf einmal ist eine Fremdbetreuung gut genug, obwohl du dich so dafür eingesetzt hast, dass er nicht zurück an den Peterhof oder in ein Heim kommt?«

»Gerade liegt der Fall anders. Du hast das Praktikum und

ich muss das mit Breschnew machen.« Ich presste die Zähne fest aufeinander und ballte eine Hand zur Faust.

»Keine Sorge, wenn es nicht geht, verschiebe ich mein Praktikum. Ich weiß, wo meine Prioritäten liegen. Deine sind auf jeden Fall sternenklar.« Sie drehte sich auf dem Absatz um und stolzierte aus der Halle.

Iwan schaute ihr verwirrt hinterher und danach mich fragend an. Ich nickte und er rannte ihr nach. Auf keinen Fall wollte ich ihn zwischen die Fronten ziehen.

Wasilij kratzte sich verwirrt am Kopf und schaute in den leeren Gang, durch den die beiden verschwunden waren. »Was ist denn da los? Habt ihr euch gestritten?« Er trottete auf mich zu.

Ich hatte nicht die Energie, ihm jetzt alles zu erklären. Erst da fiel mir auf, dass ich ihn so lange nicht gesehen hatte, dass ich mir nicht mal eine Lügengeschichte ausdenken musste, warum ich nicht mehr mit Eka redete. Er wusste nichts davon. Weil er die letzten Monate so abwesend in meinem Leben gewesen war, wie es für einen Freund eigentlich unmöglich sein sollte. Wann war das passiert? Und ich hatte nicht mal Zeit gehabt, ihn zu vermissen. Ich schluckte und fuhr mit dem Zeigefinger am verschlissenen Band meines Astrolabiums entlang. »Wir brauchen einfach etwas Zeit für uns, denke ich.« Hoffte ich.

Ich holte tief Luft. »Ich bin ein paar Tage weg, mit Breschnew in Italien.« Ich musterte die blank polierten Fliesen unter meinen Schuhen. Die Rolle eines Koffers hatte einen hässlichen schwarzen Schmierer hinterlassen.

»Alles klar, ich habe sowieso lange Training die nächsten Tage«, sagte Wasilij bloß.

Ich blickte auf. »Das stört dich nicht?« Ich wusste nicht, ob ich erleichtert oder enttäuscht sein sollte. War es ihm egal, ob ich da oder weg war?

Wasilij runzelte die Stirn und kratzte sich am Kopf. »Ähm … Nun ja. Ihr habt offensichtlich Wichtiges zu besprechen und ich vertraue dir. So können wir uns an die Distanz gewöhnen, wenn dein Studium beginnt.«

Ich öffnete den Mund und schloss ihn wieder. Mir fehlten die Worte. In meinem Kopf war ich verschiedene Szenarien durchgegangen. Lange hatte ich überlegt, was ich sagen könnte, was glaubhafte Ausreden waren, die ihn nicht verletzten. In keinem davon war es so gelaufen. Ein Teil in mir brüllte wütend auf, weil es so einfach ging. Er war mein Freund. Es sollte ihn kümmern, wenn ich ein paar Tage mit einem anderen Mann in ein fernes Land fuhr – oder zumindest sollte er es hinterfragen.

»Gut …«, brachte ich zögerlich hervor.

»Gut.« Wasilij lächelte. »Bring mir eine Pizza mit. Und denk dran, mir wegen meiner Uniform zu schreiben.«

Der Kommentar traf mich wie ein Schlag und ich trat einen Schritt zurück. Zwischen uns spiegelte sich der goldene Kronleuchter auf dem Boden wie ein spitzer Stacheldrahtzaun.

»Wie bitte? Ich gehe auf unbestimmte Zeit weg und das wünscht du dir von mir?«

Wasilij zuckte mit den Schultern und schaute etwas unbeholfen zu der Tür, durch die Demjan verschwunden war. »Wenn du mir nicht schreibst, vergesse ich es.«

Mein Freund sollte sagen, dass ich mich regelmäßig melden sollte. Dass er mich vermissen würde. Dass er mich liebte. Nicht, dass ich ihn an seine Uniform erinnern sollte. Ich war nicht seine Mutter! Instinktiv ballte ich die Hände zu Fäusten. Wut kochte in mir hoch, auf ihn und auf mich. Als wir angefangen hatten zu daten, hatte ich doch gewusst, wie er war. Wieso ärgerte ich mich jetzt so darüber?

Er weiß nach über einem Jahr nicht mal, wie du deinen Kaffee trinkst. Breschnew hat das nach einem Tag verstanden, ertönte eine Stimme in meinem Kopf. Ich schob sie weg und versuchte zu lächeln. »Ich werde dich vermissen.«

»Ich dich auch.« Wasilij schabte mit den Schuhen auf dem Boden. »Am meisten dein Essen.« Er lächelte. Es sollte ein

Kompliment sein, aber er legte damit nur den Finger in die Wunde, die mir gerade so schmerzlich bewusst wurde.

»Das ist alles?«

»Natürlich nicht allein deswegen.« Er kratzte sich verlegen hinter dem Ohr. Eine kleine Pause. Der Zöllner redete immer noch mit dem Pförtner, doch sie schauten interessiert zu uns herüber. »Was vermisst du denn an mir?« Wasilij legte den Kopf schief.

Gute Frage. Mein Blick wanderte zur stuckbesetzten Decke, bevor ich mich wieder Wasilij zuwandte. Er musterte mich aufmerksam, während die Sekunden so träge dahinflossen wie Teer.

»Das funktioniert nicht mehr, oder?«, sagte er schließlich.

Ich musste nicht nachfragen, was er meinte. In meinem Kopf suchte ich nach Worten, um ihm etwas entgegenzusetzen, damit es nicht vorbei war. Nicht einfach so, in der Halle eines Kurierdiensts. Es fühlte sich an wie ein Versagen, doch in mir regte sich keine Stimme des Widerstands.

»Du hast in den letzten Wochen viel Zeit auf der Arbeit verbracht und letzte Woche nur mit Breschnew. Ich meine, ihr geht zusammen nach Italien.«

»Wasilij, da ist nichts.«

»Ira, du bist genial, klug und fleißig. Aber was Gefühle angeht, ist dein Kopf manchmal in den Wolken. Ich weiß doch, wie er dich immer in der Schule angesehen hat. Vielleicht magst du ihn auch und kannst es nicht zugeben. Nicht einmal dir selbst gegenüber.«

Ich schüttelte den Kopf und klammerte mich an meine Ledertasche. Es war nicht mal eine Woche vergangen, seit Breschnew mir von dem Fluch erzählt hatte. Er war bei Weitem nicht so furchtbar, wie ich dachte. Breschnew war fast schon freundlich, doch verliebt war ich garantiert nicht in ihn und im Peterhof hatte er mich immer nur getriezt. Wenn Wasilij mehr Zeit für mich gehabt hätte, wüsste er das. Trotzdem wäre dieses Argument gerade ein einfacher Ausweg.

Für ihn und für mich.

»Ich will einfach, dass du glücklich bist«, sagte Wasilij.

»Ich bin so glücklich, wie ich es unter den Umständen sein kann.« Ich verschränkte die Arme und hob das Kinn.

»Aber nicht mit mir.« Er versuchte zu lächeln. »Ich dachte immer, wir sind es. Zusammen mit der besten Freundin, kann man sich etwas Besseres vorstellen?«

Ich schluckte schwer. Es war, als ob ich einen Lastwagen auf mich zurasen sehen würde und nicht ausweichen konnte. Oder nicht ausweichen wollte? Ich wusste es selbst nicht.

»Vielleicht müssen wir einsehen, dass das alles ist, was wir sind. Freunde«, sagte er. Lieber, schusseliger Wasilij. Wann war er so weise geworden?

»Wasilij ...«, fing ich an zu widersprechen, schloss den Mund jedoch wieder. Er hatte recht. Wir funktionierten nicht mehr, hatten es vielleicht nie. Ich atmete tief ein, Tränen sammelten sich in meinen Augenwinkeln. »Können wir denn noch Freunde sein? Ich könnte es nicht verkraften, dich zu verlieren«, murmelte ich mit belegter Stimme.

Wasilij lächelte traurig. »Bestimmt. Aber erst mal brauche ich etwas Zeit ...« Er legte eine Hand auf meinen Unterarm und drückte ihn kurz.

Eine Welle der Übelkeit überrollte mich trotz des Gegenmittels, aber ich ließ die Berührung zu. Wie gerne hätte ich ihm gesagt, dass ich keine Zeit mehr hatte. Meine Augen brannten. »Du warst und bist ein sehr wichtiger Mensch in meinem Leben. Ohne deinen Beistand hätte ich weder die Schulzeit noch die Sklavenrebellion überlebt.«

»Sag so was nicht. Ich habe mir vorgenommen, nicht zu weinen. Ich brauche Zeit und bin nicht sterbenskrank.« Er grinste schief. Ach Wasilij ...

Er nahm mich in den Arm und küsste mich auf die Stirn. Nur wegen meiner Willenskraft kotzte ich nicht auf den glänzenden Boden. Wie er das nicht bemerken konnte, war mir ein Rätsel. »Soll ich dich nach Hause bringen?«, fragte er.

»Nein, es geht schon.« Sanft löste ich mich von ihm.

Wasilij zuckte mit den Schultern. »Viel Spaß in Italien.« Er lächelte noch mal und war im nächsten Schatten verschwunden.

Aus der sicheren Distanz des Arbeitszimmers lugte ich am späten Nachmittag durch die offene Tür in das Empfangszimmer. Drei Bedienstete staubten die Statue in der Mitte noch mal ab, saugten und hängten Dekorationen auf. Obwohl die Party-Vorbereitungen auf Hochtouren liefen, kreisten meine Gedanken nur um den Cupids Fluch. Hoffentlich würden wir in Verona weiterkommen. Ich rollte mit den Schultern, um die Verspannung im Nacken zu lösen, und schrieb dann schnell die E-Mail an meinen Chef fertig, dass ich auch nächste Woche nicht kommen konnte. Anschließend klappte ich Breschnews Laptop zu.

»Kannst du mich kurz nach Hause bringen? Ich muss meine Sachen packen«, fragte ich ihn, der gerade die letzten Unterlagen im Safe verstaute.

»Reicht dein Astron?«

Ich rollte mit den Augen. »Für einen begleiteten Schattenschritt auf diese Distanz reicht es.«

Breschnew nickte und hielt mir seinen Arm hin. Mittlerweile fand meine Hand wie gewohnt in seine Ellenbeuge. Und wie gewohnt presste er bei der Berührung die Lippen aufeinander. Dann zog er mich mit einem Schritt in den nächsten Schatten.

Ein Brief war unter unserer Wohnungstür durchgeschoben worden. Ich löste mich von Breschnew und ging darauf zu.

»Brauchst du lange?« Er spreizte kurz seine Hände und ballte sie zu Fäusten, als könnte er es nicht erwarten, wieder zu verschwinden.

Ich schüttelte den Kopf, überprüfte kurz den Brief und riss ihn auf. Mietminderung wegen Baulärm, fast die Hälfte.

Wenigstens eine gute Nachricht, wenn ich bald wahrscheinlich meinen Job kündigen musste. Nach der Woche hatte ich keinen Urlaub mehr übrig.

Schnell marschierte ich in mein Zimmer und stopfte die wenigen Sommerkleider in die großen Seitentaschen meiner Ledertasche. Zum Schluss kletterte ich die Leiter zu meinem Bett hoch, um mein Handy-Aufladekabel zu holen. Ich hielt inne. Ein lindgrüner Sommermantel mit einem Innenfutter aus Kirschblüten lag auf meinem Bett. Der Mantel, den Eka für mich entworfen hatte, nachdem ich meine Jacke bei meiner Mutter vergessen hatte. Das war gerade einmal sieben Tage her. Es kam mir wie ein halbes Leben vor.

Ich wischte mir hastig die heißen Tränen mit dem Handrücken von den Wangen, holte das Kabel und stopfte es in die Tasche. Mit einem letzten Blick auf den Schreibtisch zog ich die Zimmertür zu und ließ mich von Breschnew zurück in seine Wohnung bringen.

Dort hatte Maxim es sich schon auf der Couch bequem gemacht und zappte durch die Sender. »Da seid ihr zwei Turteltäubchen ja endlich.«

Breschnew verpasste Maxim einen leichten Schlag auf den Hinterkopf.

Er zog den Kopf ein. »Au! Hier wird man doch noch seine Meinung kundtun können. Ich fühle mich diskriminiert.«

»Das muss hart sein, nachdem du so sehr für das Recht für Meinungsfreiheit gekämpft hast«, sagte ich trocken.

»Touché, Irina, touché.« Maxim grinste breit. »Ilja kommt etwas später, Marija ist gleich da.«

Kaum hat er zu Ende gesprochen, stolzierte wie aufs Stichwort auch schon Marija Fradkowa aus dem Schatten der Skulptur. Um ihre braunen Augen hatte sie dramatisch falsche Wimpern geklebt – oder sie magisch verändert. Ihr folgte ein halber Hofstaat an Bediensteten mit Kisten, Tabletts und Stapeln von hellblauen Servietten.

Breschnew seufzte und griff sich mit Daumen und Zeigefinger an seine Nasenwurzel. »War das nötig, Marija? Wir sind zu fünft.«

»Nachdem du meine schönen Yacht-Party-Pläne zunichtegemacht hast, musste ich improvisieren«, sagte Marija.

Hinter ihr tauchten zwei gut aussehende, junge Männer in dunkelblauen Anzügen auf, die neben Breschnews Couch eine Bar aufbauten. Wahrscheinlich Rumen und Ruslan.

Marija warf sich eine perfekt geföhnte lange Haarsträhne über die Schulter. Ihre Stilettos klackerten auf dem Parkett und sie stellte ihre eckige Chanelhandtasche auf den Couchtisch, bevor sie die Spitze ihres schwarzen Cocktailkleids glattstrich. Wie die meisten Oligarchenfrauen hatte sie sich nach der Sklavenrebellion gleich Extensions machen lassen.

»Und natürlich sind wir nicht nur zu fünft. Keine Sorge. Ich habe den Kreis klein gehalten. Es kommen maximal dreißig Leute.«

Ich blinzelte und verzog mich unauffällig in das Arbeitszimmer, bevor mich ihr Blick treffen konnte. Ein vielversprechend aussehendes Buch über mentale Verarbeitung von Traumata fiel mir ins Auge, ich zog es aus dem Regal und verlor mich in den Seiten. Es dauerte jedoch nicht lange, bevor mich der Lärm der ersten Gäste aus dem Lesefluss riss. War vielleicht auch besser so bei dem dunklen Thema. Durch einen Spalt in der Tür spähte ich in den Flur. Die Herren waren im Smoking gekleidet, die Damen im Cocktailkleid, Acht-Zentimeter-Absatz mindestens.

Ich schluckte und fühlte mich auf einmal sehr fehl am Platz. Besser, ich blieb einfach hier und wartete ab, bis der ganze Zirkus wieder vorbei war. Ich hatte nicht mal angemessene Kleider zum Anziehen und würde aus der Masse herausstechen wie ein Troll unter Waldelfen.

Ich versicherte mich erneut, dass der geheime Raum im Arbeitszimmer verschlossen war und machte es mir dann wieder im Schreibtischsessel bequem. Erstes Gelächter drang durch die geschlossene Tür und ich zog ein anderes Buch in englischer Schrift aus dem Regal. Mit so vielen anderen Menschen ein paar Meter von mir entfernt, war mir eher nach leichterer Lektüre. Ich wog den Wälzer in der Hand. Er roch noch neu. Ich kramte in der sorgfältig sortierten Schublade und fand schnell eine Übersetzungsbrille. *Soul Curse – Loopholes and Pitfalls* war der Buchtitel. Interessant. Ich schlug den in Leder gebundenen Deckel auf und begann das Vorwort zu lesen. Die zweite Seite raschelte beim Umblättern, doch ich kam nicht dazu, mich weiter auf den Inhalt zu konzentrieren, denn in diesem Moment schwang die Tür auf und Breschnew schritt in einem perfekt gebügelten Hemd unter seinem schwarzen Anzug ins Zimmer.

»Hier.« Er hängte ein wunderschönes grün schimmerndes Kleid an die Tür.

Ich klappte das Buch zu und schlenderte zu ihm. »Was ist das?« Meine Finger glitten über den glatten, kühlen Stoff. Überrascht stellte ich fest, dass es meine Größe war. Temporäre magische Anpassungen hätten dem Stoff sicher nicht gutgetan.

»Ganz offensichtlich ein Kleid für dich – wenn du willst.« Er richtete sich seinen Kragen.

»Woher hast du das?«

Breschnew zuckte leicht mit den Achseln. »Hat mal ein One-Night-Stand vergessen.«

Ich rümpfte die Nase und zog meine Finger zurück, als hätte ich mich verbrannt. »Das zieh ich auf keinen Fall an.«

»Das war ein Witz, Iwanowa. Juri hat es besorgt.«

Komische Art, Witze zu machen. Aber ich musste zugeben, dass dieses Kleid genau das richtig war, wenn ich mich auf die Party wagen sollte.

»Passende Schuhe stehen unter dem Schreibtisch. Tranknachschub auf dem Nachttisch im Gästezimmer.« Einen Moment lang ruhten seine Augen auf mir. Dann nickte er, als müsste er sich von dem Anblick losreißen und schlüpfte durch die Tür nach draußen.

Hin- und hergerissen starrte ich auf das Kleid und überlegte, was ich tun sollte. Schließlich gab ich mir einen Ruck und streifte mir den grünen Stoff über. Wenn mir Breschnew schon extra die passende Garderobe für diesen Anlass hatte besorgen lassen, würde ich mich zumindest für eine kurze Weile unter die mehr als fragwürdige Gesellschaft mischen.

Ich atmete noch einmal tief durch und wagte mich dann aus dem Zimmer. Überall standen plaudernde Grüppchen zusammen und dazwischen schlängelten sich die Kellner, die Häppchen servierten. Leicht überfordert erspähte ich die dunkelbraunen Haare von Ekas Ex-Freund und entfernte mich schnell von ihm. Auf seine Gesellschaft konnte ich gut verzichten.

Nach einer gefühlten Ewigkeit, wahrscheinlich doch nur zwanzig Minuten, in denen niemand mit mir redete, zog ich mich ins Gästezimmer zurück, um gleich darauf von Maxim mit den Worten »Versprochen ist versprochen. Draußen ist die Party!« wieder herausgescheucht zu werden.

Ich wanderte durch die Wohnung auf der Suche nach einem vertrauten Gesicht – Breschnew, Ilja, irgendwer. Doch beide waren mit einem jungen Mann, dessen Name ich nicht kannte, in ein Gespräch vertieft. Maxim hatte seine blondierte Begleitung gefunden und war damit beschäftigt, ihre Zähne mit seiner Zunge zu untersuchen.

Ich seufzte. Das würde ein langer Abend werden. Zuerst wollte ich zurück ins Arbeitszimmer, aber nachdem ich ein knutschendes Pärchen halb liegend auf dem Schreibtisch vorfand, wich ich lieber auf die Küche aus. Es war der einzige Ort, an dem es etwas ruhiger war. Ich lehnte mich an die Arbeitsplatte und atmete tief durch. Vielleicht sollte ich einfach nach Hause gehen. Ein Teil von mir fand es unfassbar, wie sie da draußen Cocktails tranken in ihren Designerkleidern mit Sternenstaubtattoos und so taten, als wäre die

Welt dieselbe wie vor einem Jahr. Immerhin schmeckte der alkoholfreie Cocktail, den mir Rumen – oder war es Ruslan? – zusammengemixt hatte.

Im nächsten Augenblick stolzierte Marija herein und stellte klirrend ihr Schampusglas auf die marmorne Arbeitsfläche. Ich schaute mich um, aber ich war immer noch die Einzige in der Küche. Marija beugte sich etwas vor und verengte die Augen zu Schlitzen. Sicherheitshalber lokalisierte ich die nächsten Küchenmesser.

»Irina, dich habe ich schon gesucht.« Ihr Gesicht verzerrte sich zu etwas, das wahrscheinlich wie ein Lächeln aussehen sollte. Stattdessen kamen mir ihre weißen Zähne eher vor wie die eines Hais. Sie legte den Kopf schief, ihre Haare fielen zur Seite und ich erkannte den Schlangenkopf des Sternenstaubtattoos, das sich um ihren Hals wand. Natürlich hatte sie auch eines, um ihre Magie zu maximieren. Sie lächelte verkniffen. »Ich dachte, ich nutze die Gelegenheit für eine kleine Plauderei.«

»Ha–«, setzte ich an, wurde jedoch sofort von ihr unterbrochen.

»Pssst!« Sie hielt ihren Zeigefinger vor meine Lippen – selbstverständlich, ohne sie zu berühren. »Wenn du ihm das Herz brichst, Iwanowa, werde ich dich zerbrechen. Du denkst, die Folter durch die Kikimora war schlimm? Warte ab, was ich mir einfallen lasse«, zischte sie. Anschließend griff sie sich ihr Glas, drehte sich auf ihren Stilettos um und stolzierte davon. Ich hatte nicht einmal die Gelegenheit zu sagen, dass Breschnews Herz so weit vom Brechen durch mich entfernt war wie nur möglich. Wenn er überhaupt eines hatte.

In der Tür drehte sie sich noch mal um. »Es ist übrigens eine Schande, ein Outfit von Vampire Desire mit so einem abscheulichen Astrolabium zu ruinieren.« Sie nippte elegant an ihrem Glas und tauchte in der Masse der Blau-, Gelb- und

Grüntöne unter. Was für eine absurde Begegnung. Der Alkohol war ihr zu Kopf gestiegen.

Immerhin fand mich bald darauf Ilja und verhinderte, dass der Abend in einem totalen Fiasko endete.

19

In meinen Ohren dröhnte das ständige Summen des Flugzeugs, während ich mich am nächsten Morgen tiefer in den dunkelblauen Ledersitz kuschelte. Es fühlte sich seltsam an, Russland das erste Mal in meinem Leben zu verlassen. Eine kleine Stimme in meinem Kopf erinnerte mich an das Flugticket, das ganz unten in meiner Tasche versteckt gewesen war, als ich sie bekommen hatte. Aber damals hätte ich Russland nicht verlassen können. Nicht ohne meine Freunde, nicht ohne meine Familie.

Ich atmete schwer aus. Wie sich die Dinge geändert hatten. Unwillkürlich blickte ich zu Breschnew, der in dem Sitz mir gegenüber döste. Er sah so friedlich aus, so entspannt. Als könnte er nur im Schlaf er selbst sein, ohne die Maske der vollkommenen Emotionskontrolle. Und ich durfte diese Seite von ihm sehen, dabei hatte er im Gegensatz zu mir andere Optionen.

Zur Sicherheit hatte ich noch mal nachgerechnet. Aber selbst mit einem Schattenschrittkurierdienst waren die 2071 Kilometer von Sankt Petersburg nach Verona zu weit für mein weniges Astron. Von den Nebenwirkungen des Gegenmittels mal ganz abgesehen, die Breschnew und mir nur eingeschränkte magische Reisen ermöglichten. Trotzdem war es erstaunlich nett von ihm, dass er die Strapazen der Reise auf sich nahm, um mich zu begleiten.

Das Piepen meines Handys riss mich aus meinen Gedanken. Eine E-Mail von meinem Chef. Das Forschungsprojekt war wegen Unstimmigkeiten erst mal auf Eis gelegt und meine Dienste wurden daher nicht benötigt. Ich war beurlaubt – bei voller Bezahlung. Manchmal durfte ich wohl einfach Glück im Leben haben. Erst die Mietminderung und dann das.

Hoffentlich fanden wir in Verona nun auch eine Lösung, doch ich hatte ein gutes Gefühl. Zur Not sollte ich dringend mit Breschnew erörtern, ob eine magische Bindung nicht doch eine Option wäre – bevor wir beide starben. Aber er war vor einer Woche so abweisend gewesen und bis jetzt hatte sich keine gute Gelegenheit ergeben.

Ich umklammerte die Lehnen des breiten Sitzes fester und blickte weiter aus dem Fenster. Langsam wandelte sich die Landschaft unter uns. Ich fischte mein Handy hervor und tippte ein Memo, damit ich Iwan eine kurze Nachricht schrieb, wenn wir gelandet waren.

Breschnew regte sich endlich, streckte sich und blinzelte. »Wo sind wir?«, fragte er verschlafen. Bei einer anderen Person wäre die schlaftrunkene Stimme fast süß gewesen.

Ich räusperte mich und stellte das Glas Orangensaft zur Seite, das die Flugbegleiterin mir gebracht hatte. »Bald da.«

»Hier.« Breschnew warf mir eine Tüte zu, die ich rechtzeitig auffing, bevor sie auf den dunklen Holzboden des Jets fiel. Ich zog die erste Schachtel heraus. Der Deckel hatte einen Magnetverschluss und schnappte mühelos auf. Im Inneren befand sich ein schlichtes schwarzes Lederband, das eine silberne Astronanzeige festhielt. Ich runzelte die Stirn.

»Außerhalb von Russland ist es verpönt, zur Schau zu stellen, dass man Zauberer ist.« Breschnew schob sich den Ärmel hoch und zeigte ein ebenfalls schlichtes Armband.

Meine Hand glitt zu meinem Astrolabium und ich fuhr über das verschlissene Band. Ein Bild blitzte in meinem Kopf auf, wie ich das Päckchen von zu Hause öffnete und die Karte meines Vaters las.

Ich presste die Lippen zusammen. »Nein.« Ich warf die Schachtel zurück zu Breschnew.

»Iwanowa, hör auf, ein sturer Gargoyle zu sein und wechsle deine verdammte Astronanzeige.«

Ich verschränkte die Arme. »Nein.«

»Wieso musst du mich auf jedem Zentimeter dieser Reise bekämpfen? Wir haben das gleiche Problem, schon vergessen? Ich rette dich damit vor einer Blamage.« Seine Augen verengten sich zu Schlitzen.

»Vielleicht will ich nicht gerettet werden.«

»Dann oute dich eben als unzivilisierter Troll.« Er hob das Kinn und deutete auf die Tüte in meinem Schoß. »Die willst du garantiert behalten. Ein Metafrastis für die Ohren und zum Lesen. Es sei denn, du sprichst fließend Italienisch?« Herausfordernd hob er eine Augenbraue.

Ich zog die zweite Schachtel hervor und versuchte sein Grinsen zu ignorieren, während ich mir den kleinen Stöpsel ins Ohr drückte. Er passte perfekt und das machte mich beinahe wütend. Wieso musste er manchmal nur so aufmerksam sein? Wenn er mehr wie Marija wäre, würde es mir vielleicht auch nicht so schwerfallen, ihn weiterhin zu hassen. Unwillkürlich dachte ich an gestern Abend zurück.

»Wieso hat Marija mir gedroht, mich zu vernichten, wenn ich dir das Herz breche?«

Das wischte ihm sein dummes Grinsen vom Gesicht. Geschah ihm recht.

»Ich musste mir etwas einfallen lassen, warum wir so viel Zeit miteinander verbringen. Dating war die einfachste Erklärung«, sagte er beinahe gelangweilt.

»Und du fliegst normalerweise mit deinen Dates auf unbestimmte Zeit nach Italien?«

Breschnews Hände umklammerten so fest die Lehne, dass seine Knöchel weiß wurden, aber er antwortete nicht.

»Und was ist mit Wasilij?« Wir hatten uns erst gestern getrennt. Es konnte unmöglich schon die Runde gemacht haben.

»Ich habe gesagt, ihr habt euch getrennt.« Breschnew wandte den Kopf ab und schaute aus dem Fenster. Eine Sehne an seinem Hals zuckte.

Zugegebenermaßen hatte es in letzter Zeit online auf Sternkontakt wenig Bilder von Wasilij und mir gegeben. Was an unseren mangelnden Dates lag. Ich schüttelte trotzdem den Kopf. »Und das haben die dir geglaubt? Nach all den Jahren, in denen wir uns in der Schule gehasst haben?«

Breschnew schaute wieder zu mir und zuckte leicht mit der Schulter. »Vielleicht genau deswegen. Liebe und Hass liegen nah beieinander. Und sie stehen sich diametral gegenüber, genau, wie es die Fokusemotionen von Paaren tun sollten.«

Am liebsten hätte ich ihn geohrfeigt. Wie konnte er die Jahre des Triezens so runterspielen? Auf der anderen Seite musste ich dankbar sein, dass er eine glaubhafte Ausrede gefunden hatte. Angestrengt musterte ich meine Fingernägel. Ich konnte es nicht erwarten, diesen Fluch loszuwerden.

»Was bekommst du eigentlich für die Unterkunft von mir und den Flug?« Trotzig hob ich den Kopf. Das würde ein riesiges Loch in mein Budget reißen, auch mit der Mietminderung. Aber da kam ich wohl nicht drum herum.

»Nichts.« Er zog die Schultern zurück und richtete sich gerader auf.

»Breschnew, ich stecke hier in demselben Schlamassel wie du.«

»Aber wir wurden wegen mir verflucht, ich zahle.« Sein Tonfall machte klar, dass er keinen Widerspruch zuließ. Immerhin rieb er mir nicht unter die Nase, dass die Ausgabe für ihn wahrscheinlich ein Tropfen auf dem heißen Stein war.

Ich protestierte nicht, das konnte ich mir im wahrsten Sinne nicht leisten.

»Herr Breschnew, wir landen in Kürze am Aeroporto di Verona-Villafranca.« Die Flugbegleiterin lächelte ihn bezaubernd an, knickste leicht und verschwand wieder hinter dem Vorhang zum Cockpit.

»Was machen wir heute?«, fragte ich.

»Ich arbeite an dem Trank weiter, damit wir das Wassermanngras ersetzen können. Du kannst dich erst einrichten oder gleich in die Bibliothek gehen, mir egal.« Er schaute aus dem Fenster, sein Gesicht eine Maske der Gleichgültigkeit, wie ein Eisprinz. Als ginge es bei ihm um nichts. Als wäre das hier ein munterer kleiner Schulausflug. Aber ich war zu müde, um einen Streit anzufangen.

Als ich einige Stunden später die letzten Sandsteinstufen der Biblioteca Magica dell'Università di Verona erklomm, tropfte mir der Schweiß auf mein hellblaues Sommerkleid mit den weißen Punkten. Eka hatte es mir genäht und es stand mir hervorragend. Die Blutflecken von dem Streit mit Breschnew in meinem Zimmer hatte ich zum Glück wieder rausgewaschen bekommen. Für die Sommer in Sankt Petersburg war es fast schon zu leicht mit dem dünnen Stoff und dem großen Ausschnitt, aber für die Hitze Italiens war es genau richtig.

Zwei junge Frauen, etwas älter als ich, traten aus der Drehtür und plauderten in Italienisch über eine Prüfung, wenn ich das Wort essame richtig deutete. Ich drückte mein Metafrastis etwas fester ins Ohr, bis ich sie verstehen konnte. Die eine erzählte von einem süßen Typ, der in Fluchmodifikationen vor ihr im Hörsaal gesessen hatte.

Prompt musste ich an Eka denken. Früher, in einem anderen Leben, hätten das wir sein können. Ich schluckte schwer, zwängte mich zwischen anderen Studierenden in die Vorhalle und schloss meine wenigen Sachen in den Spind.

Niemand beachtete mich, als ich mir die sternenstaubmodifizierte Brille zurechtschob und die Wegweiser las. Saturn-Bücher und damit alles über Flüche waren im oberen Stockwerk zu finden und so kämpfte ich mich durch Ströme von Studierenden, bis mich die Stille der Räume einhüllte wie eine Decke. Eilig schritt ich durch die Gänge. Meine Ballerinas quietschen auf dem Marmorboden, bis ich endlich bei »C« ankam. Suchend ließ ich meine Finger über die Buchrücken gleiten.

Nahe einem großen Fenster, durch das ich auf den belebten Universitätscampus schauen konnte, war ich endlich bei »Cu« angelangt. Mein Blick streifte die Schilder auf den Regalbrettern. Cubo, Cucciolo, da war es. Cupido. Ein ganzes Regal voll.

Ein triumphierendes Gefühl breitete sich in meiner Brust aus. Hier lag die Lösung. Ich konnte sie förmlich schon riechen. Sie musste hier liegen.

Ich grinste und zog ein Buch heraus. Erneut rückte ich die Metafrastis-Brille zurecht. Die lateinischen Buchstaben verschwammen nach dem Bruchteil einer Sekunde zu einem lesbaren Titel: *Die Auswirkungen des Cupids Fluchs auf die Familiendynastie der de'Medici – eine komparative Analyse.* Eine Liste von prominenten italienischen Adeligen, die den Cupids Fluch angewandt hatten, befand sich im Anhang. Das war das Beste, was wir bis jetzt gefunden hatten.

Mein Herz pochte wie wild und ich schlug mit feuchten Händen das nächste Buch auf. *Die historischen Ursprünge des Cupids Fluchs, Wie zaubert man … den Cupids Fluch.* Meine Wangen schmerzten von dem breiten Grinsen. Eine riesige Last fiel von meinen Schultern und ich konnte endlich wieder etwas freier atmen. Wir würden eine Lösung finden, da war ich sicher. Ich schaute mich noch mal nach links und rechts um. Niemand war zu sehen und so setzte ich mich auf den Boden und begann das erste Buch zu lesen.

Erst beim dritten Aufruf, die Bibliothek zu verlassen, klappte ich mein aktuelles Buch zu. Langsam stand ich auf und streckte mich. Mein Rücken schmerzte und meine Augenlider waren schwer, doch trotzdem wollte das Lächeln nicht von meinem Gesicht verschwinden.

Heute hatte ich nichts gefunden, aber die Antwort war nah. Ich konnte sie fast schon zwischen den Buchseiten lauern spüren, als ich mir meinen Weg zum Treppenhaus durch das Bücherregallabyrinth suchte.

Draußen empfing mich das Lachen und Getümmel des Restaurants auf der Straßenseite gegenüber. Es hatte sich seit meiner Ankunft gut gefüllt. Für den Bruchteil einer Sekunde schien alles weit weg: der Streit mit Eka, Sankt Petersburg oder der Fluch. Dann sprach mich ein kleinerer Mann mit lichten schwarzen Haaren an.

»Signorina Iwanowa? Herr Breschnew mich geschickt.« Sein Russisch war gebrochen und er zeigte auf ein glänzendes schwarzes Auto. Neben den vielen bunten Mopeds sah es fehl am Platz aus. Nachdem der Mann sich noch mal umgedreht und mir zugenickt hatte, eilte er vor und öffnete die hintere Tür.

Ich schlüpfte auf die Rückbank. »Grazie«, sagte ich, die italienischen Worte, die das Metafrastis umwandelte, fremd in meinen Ohren.

Kurz darauf zwängte sich das Auto hupend durch enge Gassen mit Kopfsteinpflaster an brechend vollen Restaurants vorbei, aber brachte mich nicht zurück zu der Wohnung, die Breschnew für uns besorgt hatte. Stattdessen hielt es vor einem kleinen Restaurant mit direktem Blick auf die Arena. Deren Bögen glänzten schon im Scheinwerferlicht, obwohl der Himmel noch hell genug war. Etwas abseits stand ein schön gedeckter Tisch. Breschnew saß zurückgelehnt auf einem Stuhl, eine Hand auf das weiße Tischtuch gelegt und klopfte in regelmäßigen Abständen mit seinem silbrigen Siegelring auf den Tisch.

Ich stieg aus und beinahe streifte mich eine junge Frau, die in Hotpants an mir vorbeilief. Kein Wunder, dass sie mich nicht gesehen hatte. Ihre Augen waren fest auf Breschnew gerichtet. Auf der Höhe seines Tischs wurde sie etwas langsamer und lächelte charmant, aber er beachtete sie nicht. Stattdessen schaute er gedankenverloren auf die Piazza, über die ein Pärchen Hand in Hand schlenderte.

Ich kaute auf der Innenseite meiner Wange und trottete ihr nach, bis ich fast neben Breschnew stand. Der hatte mich immer noch nicht bemerkt. »Da hast du uns ja den schönsten Tisch ausgesucht.«

Breschnew schaute zu mir, sprang auf, schlenderte betont langsam um den Tisch und zog meinen Stuhl zurück, auf dem ich mich niederließ.

»Hättest du kein anderes Kleid anziehen können?« Er klang fast schon genervt. Charmante Begrüßung.

»Was stört dich daran?«

»Der Ausschnitt ist unangemessen.« Er rümpfte leicht die Nase und fläzte sich wieder mit einer Eleganz auf den Stuhl, die mich neidisch machte.

Mein Blick schweifte über die anderen Gäste des Restaurants, die trotz der Preiskategorie ebenfalls nicht mehr bekleidet waren als ich. »Ich finde es wunderschön. Eka hat es genäht. Finde dich damit ab«, sagte ich und stieg auf seine Triezerei nicht ein.

Offensichtlich war das die richtige Entscheidung gewesen, denn er seufzte nur schicksalsergeben und fragte: »Erfolg gehabt?«

»Es wird Zeit brauchen, aber ich habe bereits einiges gefunden.« Das Lächeln schlich sich erneut auf mein Gesicht.

»Zeit ist das Einzige, was wir nicht haben.«

Wie schaffte er es bloß, den gefühlten Triumph, den ich schon so sicher in meinen Händen geglaubt hatte, wie eine Seifenblase zum Platzen zu bringen? Erst der Kommentar zu meinem Lieblingskleid und nun das. So nah wie jetzt waren wir noch nie an einer Lösung dran gewesen und trotzdem … Ich verstand ihn nicht. Auf der einen Seite hielt er die ganzen Bemühungen um eine Lösungssuche für absurd und auf der anderen Seite saß er mir hier gegenüber in der lauen Abendluft von Verona.

Im nächsten Moment brachte ein Kellner ungefragt zwei Gläser Wein und eine Flasche Wasser, aber keine Karte. »Ich habe schon für uns bestellt.« Breschnew klopfte mit dem Siegelring ungeduldig auf den Tisch und nickte mir zu, als hätte er meine Gedanken gelesen.

»Machst du das immer?«

»Was?«

»Anzunehmen, zu wissen, was andere Leute wollen?« Ich verengte die Augen und meine Rückenmuskulatur spannte sich an.

»Du magst also keine Pasta mit frischen Pilzen?« Er schaute mich mit einer hochgezogenen Augenbraue an, ein Lächeln umspielte seine Lippen.

Ich konnte nur verlieren. Ich hatte schon verloren. »Natürlich mag ich Pasta mit frischen Pilzen. Das ist nicht der Punkt. Du konntest aber nicht wissen, dass ich Pilze mag.«

»Außer, dass du sie im Peterhof bei jeder sich bietenden Gelegenheit gegessen hast?«, sagte er, als wäre es die beiläufigste Sache der Welt.

Für einen Wimpernschlag war ich irritiert, bis es mir wie Schuppen von den Augen fiel. Natürlich wusste er das kleinste Detail über mich. Wie sollte man die Schwächen von anderen ausnutzen, ohne sie zu kennen? Ich knirschte mit den Zähnen und beobachtete, wie die Kohlensäurebläschen in meinem Wasserglas nach oben stiegen und an der Wasseroberfläche zerschellten. Ob ich es wagen konnte zu fragen, ob er an einem der Anschläge auf Eka oder mich beteiligt gewesen war? Zuzutrauen wäre es ihm. Vielleicht wusste er auch, wer mich in seinen Keller gesperrt hatte. Wollte ich es überhaupt wissen?

Besser ich wahrte den Frieden und startete nicht mit unangenehmen Gesprächsthemen. Ich schaute auf und blickte in Breschnews blaue Augen, mit denen er mich aufmerksam musterte. Hätte Frau Smirnowa nicht bis jetzt so hervorragende Arbeit geleistet, hätte mich das wahrscheinlich in die nächste Panikattacke katapultiert. So versuchte ich aus seinem regungslosen Gesichtsausdruck schlau zu werden. Aber ich gab es auf, als Breschnew sich räusperte und kurz zur Seite schaute.

Der Kellner servierte währenddessen Bruschetta.

Ich beschloss den Spieß umzudrehen. »Wenn du schon so viel über mich weißt, dann sollte ich auch etwas über dich erfahren.«

»Was willst du wissen?«

Ich schaute ihn verdattert an. Mit der Antwort hatte ich nicht gerechnet. Gerade die Sieben waren dafür bekannt, ihre Feinde mit Informationen zu erpressen. Natürlich waren das lediglich Gerüchte, doch ich kannte die Oligarchen zu gut, um zu wissen, dass mit Sicherheit eher ein Feuer als ein Funken Wahrheit dahintersteckte. Informationen waren Macht. Sie waren manchmal entscheidend, das war spätestens seit der Sklavenrebellion klar.

Aber vielleicht hatte Breschnew es ernst gemeint, als er gesagt hatte, wir müssten uns vertrauen. Sein Gesicht verriet, wie immer, nichts. War das nur ein weiterer Trick? Ich wollte ihn aus der Reserve locken. Irgendwie musste sich das Mysterium Breschnew lösen lassen. Und die Art, wie er aufgewachsen war, könnte der Schlüssel dazu sein. Ich zwirbelte den Griff der Gabel zwischen meinen Fingern und legte den Kopf schief. »Wie war es, mit deinem Vater aufzuwachsen?«

»Es wird also gleich ganz persönlich? Ich verstehe. Wenn wir das so machen, will ich auch etwas wissen. Für jede Frage, die ich dir beantworte, beantwortest du mir selbst eine.«

Ich schüttelte den Kopf. »Du hast einen Vorsprung. Für jede meiner Fragen beantwortest du zwei.«

»Du bist hart im Verhandeln«, sagte er mit dem Hauch eines Lächelns auf den Lippen. »Na gut.«

Kurz blinzelte ich überrascht. Ich hätte nicht gedacht, dass er zustimmte. Schnell glättete ich meinen Gesichtsausdruck und schaute ihn erwartungsvoll an, während er kurz mit einer Gabel ein Stück Basilikum von seiner Bruschetta fischte. Dann legte er sie zur Seite und lehnte sich im Stuhl zurück.

Die letzten Sonnenstrahlen ließen seine schwarzen Haare glänzen. Er sah fast so aus, als hätte er einen Heiligenschein.

»Ich bin typisch aufgewachsen. Die Ehe meiner Eltern ist arrangiert, wie die meisten in unseren Kreisen. Es geht nicht um Liebe, vielmehr um Nutzen, magisches Potenzial und den Aufbau einer Familiendynastie. Die Tradition, das richtige Verhalten, Loyalität – das zählt. Den Rest kannst du dir vorstellen.«

Ich erinnerte mich an Iljas Worte und schauderte kurz in der warmen Sommerluft. Schnell nahm ich einen Schluck des Weißweins, um mein Gesicht zu verdecken. Auf keinen Fall würde ich Mitgefühl für Breschnew entwickeln. »Und deine Mutter?« Ich nippte erneut an dem Wein. Er war nicht schlecht, Breschnew hatte ihn gut ausgesucht. Das nussige Aroma lag federleicht auf meiner Zunge und im starken Kontrast zu der schweren Stimmung zwischen uns.

»Steht größtenteils dahinter. Sie hat versucht, mich vor dem ein oder anderen zu bewahren. Aber letztendlich ist sie genau gleich erzogen worden. Sie akzeptiert die Umstände so, wie sie sind. Im Gegensatz zu Vater hat sie mich allerdings unterstützt, als ich meine arrangierte Ehe aufgelöst habe.«

Ich verschluckte mich am Wein und ein Husten schüttelte mich. Die Tränen in den Augenwinkeln wischte ich mit der Stoffserviette weg. »Du warst verlobt?«

»Nein, nein, nein, Iwanowa. So war das nicht verabredet. Jetzt bin ich dran.« Er zog leicht die Mundwinkel hoch und holte seinen Fokus aus der Tasche. Auf seinem Zeigefinger balancierte er die Platinkugel, während er mich genau musterte.

Ich rutschte etwas auf meinem Stuhl hin und her und biss in eine Bruschetta, um wenigstens irgendetwas zu tun zu haben. Noch nie hatte ich mich so beobachtet gefühlt.

»Wieso willst du dein Astrolabium nicht ablegen?«, fragte er schließlich.

»Mein Vater hat es mir geschenkt. Er war sehr stolz, als meine Magie durchgebrochen ist. Es ist eines der wenigen

Erinnerungsstücke an mein altes Leben.« Ich machte eine wegwischende Handbewegung und lehnte mich weiter nach vorn. »Mit wem warst du verlobt?«

»Mit Marija.«

Meine Augen wurden so groß wie Suppenteller. »Und warum hast du das aufgelöst?«

»Es gab jemand anderen in meinem Leben.«

Ich wollte bereits den Mund aufmachen, als Breschnew leicht einen Zeigefinger in einer stillen Mahnung hob. Obwohl die Bewegung minimal war, presste ich die Lippen zusammen und wartete auf die Gegenfrage. So weit war ich schon. Ich reagierte wie ein dressierter Hund. Aber je besser ich ihn kennenlernte, umso mehr stellte ich fest, dass ich mich vielleicht in ihm getäuscht hatte. Ein bisschen zumindest.

»Wo bist du aufgewachsen?«, fragte er.

Ich zuckte mit den Schultern. »Auf einem Bauernhof. Meine Eltern waren die Sklaven des Bauern und haben hauptsächlich auf den Feldern gearbeitet.« Ich holte kurz Luft und drehte das kalte Silbermesser zwischen Daumen- und Zeigefinger. »Wer war sie?«

Breschnew hob eine Augenbraue. »Wer hat gesagt, dass es eine sie war?«

»War sie nicht?«

»Doch.«

Die Stille zwischen uns wurde drückend, trotz der heiteren Gespräche und des Lachens um uns herum. Breschnew musterte den Himmel, den die Abendsonne blutrot färbte. Während der Sklavenrebellion hatte ich die Farbe zu hassen begonnen.

»Also?« Ich legte die Hände auf das weiße Tischtuch und unterdrückte den Drang, darauf herumzutrommeln.

»Es spielt keine Rolle. Es ist eine Liebe wie Sterne … unerreichbar.« Seine Stimme klang fast schon schmerzerfüllt.

Ich konnte mir nicht vorstellen, dass irgendeine Russin mit Verstand Breschnew ablehnte. Seine Familie hatte Geld wie Heu. Und auch wenn ich es hasste, sah er aus wie ein junger griechischer Gott. Ein junger, blasser, griechischer Gott, aber trotzdem.

»Unerreichbar wie tot?«, frage ich nach einer längeren Pause. Breschnew presste nur seine Lippen zu einer dünnen Linie zusammen.

Sofort musste ich an die schöne Elena Kasparowa mit ihren langen, schwarzen Haaren aus unserer Schulzeit denken. Sie war beim Versuch, während der Sklavenrebellion zu fliehen, an der Grenze zu Litauen ermordet worden. Mitsamt ihrer Familie. Sie hatte Breschnew immer schon beobachtet. Eka und ich hatten uns gerne darüber lustig gemacht. Doch bis zu dem Zeitpunkt war mir nicht bewusst gewesen, dass die Zuneigung auf Gegenseitigkeit beruht hatte. Eine andere Frau kam mir nicht in den Sinn. Im Endeffekt spielte es keine Rolle. Zumindest war mir nun klar, was es mit seiner kryptischen Antwort auf sich hatte, warum er mit Marija Schluss gemacht hatte. Deswegen war es ihm egal, dass er sterben würde. Er hatte seine große Liebe bereits verloren. Das Leben hatte für ihn keinen Sinn mehr. Für einen Moment hatte ich das Gefühl, ihm direkt in die Seele schauen zu können.

»Das tut mir leid«, sagte ich leise. Fast unbewusst streckte ich meine Hand aus und legte sie auf seine.

Breschnew zog sie zurück, als hätte ich ihm einen Stromschlag versetzt. Ein beinahe panikartiger Ausdruck zeichnete sich für eine Millisekunde auf seinem Gesicht ab. Richtig, das hatte ich ganz vergessen.

Er räusperte sich und wandte den Blick ab. »So ist das Leben. Nicht immer verläuft alles so, wie wir es uns wünschen. Das solltest du doch am besten wissen. Außerdem ist Liebe eine Schwäche, die ausgenutzt wird.«

Das war wohl sein Mantra, er hatte es mir schon einmal gesagt. »Das stimmt nicht.«

»Wenn ich dich vor zwei Jahren gefragt hätte, ob du dein Leben dafür geben würdest, dass die Sklaven ohne Blutvergießen frei werden – hättest du es getan?« Er hob herausfordernd eine Augenbraue und nahm einen Schluck Wein.

»Natürlich.«

»Und wenn ich dich gefragt hätte, ob du Iwans oder Pawlowas Leben dafür opfern würdest?«

Ich schwieg. Er hatte recht. Etwas weiter weg spielte ein Straßenmusiker auf der Geige eine melancholische Melodie, aber wurde gleich von einem der Kellner weggescheucht. Trotzdem erfüllte mich Trauer und ich fröstelte in der warmen Abendluft. Nicht nur wegen des Gedankens, ob ich einen der beiden zugunsten eines höheren Zwecks aufgeben würde. Eka war gerade wie tot für mich. So lange hatten wir noch nie nicht geredet. Ich schluckte den Kloß in meinem Hals herunter.

»Es ist einfach, sich selbst zu opfern. Unsere größte Schwäche sind die Menschen, die wir lieben. Durch sie werden wir verwundbar.« Breschnew fixierte mich, nagelte mich geradezu mit seinem Blick fest.

Doch ich nickte und fuhr mit dem Zeigefinger über den Rand des Weinglases. Der Kellner hatte mir wieder einen, dem Etikett nach zu schließen, teuren Weißwein nachgeschenkt.

»Denkst du viel an sie?«, fragte ich.

»Jeden Tag. Jede Stunde.« Seine eisblauen Augen durchbohrten mich.

Ich schluckte noch mal schwer und versuchte das seltsame Gefühl, das sich in mir breitmachte, mit einem Schluck Wein hinunterzuspülen. Wer hätte gedacht, dass Breschnew zu so aufrichtigen Gefühlen fähig war? Ein beinahe trauriges Lächeln umspielte seinen Mund. Ich nippte wieder an meinem Wein und lehnte mich nach vorne. Meine Fingerspitzen kribbelten wegen des Alkohols.

»Ich weiß, es ist hart. Aber sie wird mit Sicherheit nicht die Einzige sein, die du lieben kannst. Es wird Zeit brauchen, darüber hinwegzukommen. Und wenn wir unsere … Situation gelöst haben, wird es eine andere geben. Bestimmt.«

Verächtlich stieß Breschnew ein Schnauben aus wie ein verärgerter Drache, es fehlten nur die Rauchwolken. »Denkst du, das hätte ich nicht versucht? Denkst du, ich hätte nicht schon mit tausend Methoden versucht, sie zu vergessen, aus meinem Gedächtnis zu verbannen, aus meinem Herzen zu brennen? Nein, Iwanowa, dafür gibt es keine Heilung. Ich habe mein Martyrium vor Langem akzeptiert. Bei manchen Dingen im Leben gibt es keinen Ausweg. Es gibt nur sie. Niemanden sonst. Das Zentrum meines Universums.« Er wandte den Blick ab und fasste sich an seinen rechten Unterarm, auf dem die unsichtbare Linie verlief. »Wo bleibt der Kellner? Wird Zeit, dass der Hauptgang kommt.« Breschnew verengte die Augen und richtete sich mit einem etwas angewiderten Gesichtsausdruck in seinem Stuhl auf.

Und wieder zurück zum alten Selbst. Dabei hatte er seine Vorspeise fast nicht angerührt.

Den ganzen Hauptgang schwieg er und starrte nur auf seine Pizza, die er nicht mal aufaß. Dabei roch sie köstlich, genau wie meine Pasta mit den Pilzen, die noch besser schmeckte.

»So fühlt es sich fast ein bisschen wie Urlaub an«, sagte ich, um der unangenehmen Stille zu entgehen. Aber Breschnew reagierte nicht, sondern nahm nur einen großen Schluck aus seinem Wasserglas. »Wasilij würde das Restaurant gefallen. Er liebt Pizza.«

Breschnew schwieg immer noch. Vielleicht hätte ich besser meinen Mund halten sollen. Wenn er die ganze Zeit jetzt so drauf war – viel Spaß. Der Tod von Elena musste ihn wirklich hart getroffen haben. »Wir könnten morgen wieder hier essen gehen.« Ich versuchte zu lächeln, doch meine Mundwinkel gehorchten mir nicht.

»So einfach war es nun auch nicht, einen Tisch zu kriegen, Iwanowa«, sagte er nur bissig und schob den Teller von sich weg, ohne mich anzusehen.

»Du hast eine Frage frei«, versuchte ich es.

Das brachte ihn wirklich zum Aufblicken. »Was bereust du in deinem Leben?«

Die Frage erwischte mich eiskalt. Ich überlegte kurz. Mama hatte nie gewollt, dass ich zur Zauberin ausgebildet wurde. Aber das bereute ich keinesfalls. Auch der Entschluss, mit Eka und Iwan zusammen aus dem Peterhof auszuziehen, hatte sich als goldrichtig erwiesen. Trotz des Zustands unserer Wohnung. Ich bereute es höchstens, dass ich mitten im Trubel der Sklavenrebellion mit Wasilij zusammengekommen war. Manchmal fragte ich mich, wie es wohl mit uns weitergegangen wäre, wenn wir nicht jede Sekunde um unser Leben hätten fürchten müssen. Vielleicht hätte sich dann alles anders entwickelt. Aber das würde ich Breschnew sicher nicht auf die Nase binden. »Ich glaube, nichts. Mir fällt zumindest nichts ein.«

Der Hauch eines Lächelns umspielte seine Mundwinkel. »Wer hätte das gedacht.«

»Ich finde das nicht schlimm. Es heißt doch nur, dass ich zufrieden bin, wo ich jetzt im Leben stehe.«

»Es war keine Anschuldigung.«

»Oh.«

Er beobachtete mich wieder wie ein Raubvogel seine Beute. Eines Tages, falls wir uns noch besser kennenlernten, musste ich ihn mal fragen, was es damit auf sich hatte.

Breschnew schaute auf meinen leeren Teller. Es war nicht ein einziger Soßenrest darauf zu erkennen. »Willst du Dessert? Wenn wir schon in Italien sind, solltest du wenigstens das Tiramisu versuchen.«

»Kaffee und süß? Da bin ich dabei.« Ich lächelte ihn an und er lächelte tatsächlich zurück.

20

Gähnend schlurfte ich aus meinem Zimmer und band die Haare in einem Pferdeschwanz zusammen. Die Nacht war furchtbar gewesen. Meine Albträume waren seit unserer Ankunft in Verona vor drei Wochen eher schlimmer als besser geworden. Vielleicht lag es auch an dem Fluch, der sich immer mehr bemerkbar machte.

Ich strich mir eine lose Haarsträhne aus dem Gesicht und ließ mich auf den weißen Holzstuhl am Küchentisch fallen. Breschnew hatte seinen Kopf schon in der aktuellen Tageszeitung vergraben. Wortlos, wie jeden Morgen hier, schob er mir Kaffee und ein Cornetto über den Küchentisch. Unsere eigene kleine Routine.

»Danke«, murmelte ich und biss in das Hörnchen, während ich *Stolz und Vorurteil* zu mir heranzog.

Breschnew faltete die Zeitung zusammen und musterte mich mit schräg gelegtem Kopf. Seine schwarzen Haare waren noch dunkler als sonst von der letzten Dusche. Wie er so auf dem Designerstuhl in diesem alten Gemäuer saß, hätte ich ihn einfach für eine Lifestylezeitschrift fotografieren können. Kein Zweifel hatte er die Wohnung einrichten lassen. Obwohl mir der moderne Stil zu kalt war, liebte ich mittlerweile unser kleines Refugium. Im Innenhof des alten Hauses befand sich ein Restaurant und abends, wenn ich auf dem Balkon saß und las, drang das muntere Geplapper bis zu uns ganz nach oben. Trotzdem mochte ich den anderen Balkon lieber, der zu der kleinen Gasse auf der anderen Seite des Hauses hinausblickte. Dort konnte ich wenigstens für eine Minute so tun, als wäre ich genauso wie die zahlreichen Touristen. Nur hier, um Urlaub zu machen und den italienischen Juli zu genießen.

Genüsslich biss ich in das Cornetto. Etwas Schokocreme lief heraus und ich wischte sie schnell mit dem Zeigefinger aus dem Mundwinkel, um sie abzulecken. Breschnews leichter Muskelzuckung im Gesicht nach zu urteilen, waren meine Manieren total inakzeptabel. Aber er kommentierte es nicht. Ein Fortschritt, oder? Ich räusperte mich und verschluckte mich dabei an dem Cornetto. Ein Hustenkrampf schüttelte mich so sehr, dass einige Krümel wieder auf den Teller fielen. Ich sollte wirklich aufhören, in seiner Anwesenheit so nervös zu werden.

»Was hast du heute geplant?«, fragte ich mit glühenden Wangen, sobald der Hustenreiz nachgelassen hatte.

»Ich hoffe, ich kann heute Dschinnsand und Fomori-Nägel so kombinieren, dass sie das Wassermanngras ersetzen. Drei Wochen Einnahme sind definitiv zu lang.«

Ich nickte abwesend und war dankbar, von meinem Missgeschick abgelenkt zu haben.

»Bei dir?«, fragte er.

»Ich hoffe, ich finde einen neuen Anhaltspunkt. Langsam habe ich das Gefühl, schon jeden Winkel in der Bibliothek durchsucht zu haben. Diese ganzen historischen Abhandlungen und Auswirkungen auf die Gesellschaft sind zwar nett, aber bringen uns keinen Schritt weiter. Bist du dir außerdem sicher mit dem Fluch? Der Zar hätte ein Haar oder einen Fingernagel oder so was von uns gebraucht. Irgendwas mit DNA.«

»Ich bin mir ziemlich sicher.« Er nahm einen Schluck aus seiner gemusterten Tasse. »Ich habe übrigens noch mal darüber nachgedacht, was du gestern beim Abendessen gesagt hast.«

Ich schaute ihn fragend an und er rollte mit den Augen. »Dass nach dem Tod des Zaren der Fluch gar nicht mehr getriggert hätte werden können.« Er machte eine unwirsche, wirbelnde Geste mit der Hand.

»Und?«

»Wahrscheinlich hat er es wie die bei den alten ägyptischen Flüchen gemacht. Da hat es auch funktioniert.«

»Das liegt aber ziemlich sicher an den sternenstaubmodifizierten Sarkophagen.« Ich verschlang den Rest meines Cornettos. Dabei achtete ich penibel darauf, nicht noch mal Schokocreme zu verkleckern. Mit der Handkante schob ich die Krümel auf der Tischplatte zusammen und tippte sie mit dem Zeigefinger auf.

»Den Sternenstaub konnte bis jetzt niemand nachweisen«, sagte Breschnew.

»Ja, weil die so alt sind.«

»Oder es gibt eine andere Erklärung. Wer weiß, was für alte Bücher der Zar ausgegraben hat? Ihm war so ziemlich alles zuzutrauen. Ich möchte dich nur an die Wiederbelebung von Koshmar erinnern.«

Mir wurde kurz schlecht, als ich an den halbtoten Drachen dachte. Ich hatte Koshmar ein einziges Mal gesehen. Es hatten schon die ersten Knochen unter der schuppigen Haut herausgeragt. Ich war unendlich erleichtert gewesen, als er endgültig diese Welt verlassen hatte. Soweit ich wusste, hatte die VGE dafür gesorgt, dass der Körper nicht an einem Stück vergraben wurde. Sie waren außerdem so klug gewesen, die Stücke an unterschiedlichen Orten zu verstecken.

»Wann willst du eigentlich aufhören, Iwanowa?«, fragte Breschnew plötzlich. Er drehte die blau-weiß gemusterte Tasse auf der Tischplatte.

»Was meinst du damit?«

»Wann beschließt du, dass es genug mit der Suche ist?«

Ich hätte beinahe meine Kaffeetasse fallen gelassen. »Du willst aufgeben?« Fast klappte mir der Mund auf.

»Ich frage dich, wann genug ist. Das ist etwas anderes.«

Ich richtete mich gerade auf dem grauen Kissen auf und rückte den Stuhl zurecht. »Na, auf jeden Fall muss ich jedes Buch aus der Bibliothek durcharbeiten. Davor aufzugeben wäre ja unsinnig, jetzt, wo wir so nah dran sind.« Ich klammerte mich an den Griff der Tasse. Wieso hatte ich immer das Gefühl, dass Breschnew so gar nichts an der Lösung lag? Wieso war er überhaupt hier?

»Sind wir das wirklich?« Er klang nicht erschöpft, fast schon … resigniert.

»Manchmal habe ich das Gefühl, du willst den Fluch gar nicht lösen.« Ich sprang auf. Mit einem Knallen stellte ich die Porzellantasse in die Spüle, die sich mit einem Wink meiner Hand selbst säuberte. Dann wirbelte ich wieder zu Breschnew herum.

Seine Nasenflügel bebten. »Was soll das heißen?«

»Hasst du mich so sehr?« Ich verschränkte die Arme und fixierte ihn. Es war unfair von mir. In der ganzen Zeit in Italien hatte er nie ein böses Wort verloren. Er kochte mir jeden Morgen Kaffee und war ein angenehmer Mitbewohner. Den ein oder anderen Abend hatten wir schon in einer Diskussion über Magietheorie und klassische englische Literatur am Küchentisch verbracht. Aber diese Einstellung …

Dieses Mal schaute er wenigstens auf die Tischplatte. »Ich hasse dich nicht«, murmelte er. Er hob den Kopf und blickte mich so ernst an, dass ich ihm fast glaubte.

»Anders kann ich es mir nicht erklären. Nur, weil du offensichtlich eine Todessehnsucht wegen Elena verspürst, heißt das noch lange nicht, dass ich sterben will. Etwas Hilfe wäre nett.«

Breschnew sah kurz verwirrt aus. Aber keine Sekunde später hatte er seine Gesichtszüge wieder voll unter Kontrolle. »Es geht nicht um eine Todessehnsucht, sondern um eine sinnvolle rationale Entscheidung. Außerdem helfe ich dir. Ich bin hier, oder?« Eine Ader pochte an seinem Hals und seine Sternenstaubtattoos pulsierten im Einklang mit seinem schnelleren Herzschlag. Breschnew lehnte sich vor und durchbohrte mich mit seinem Blick. »Sollten wir den Fluch nicht lösen können, willst du dann so den Rest deines Lebens verbracht haben? Zwischen Büchern, weit weg von deinen Freunden und deiner Familie?«

»Ich will für mein Leben kämpfen – bis zum Ende.«

Breschnew zuckte mit den Schultern und ließ sich zurückfallen. »Wenn es das ist, was du willst.«

Wie schaffte er es nur jedes Mal, mich innerhalb kürzester Zeit so auf die Palme zu bringen? Ich widerstand dem Drang, ihn an den muskulösen Oberarmen zu packen und zu schütteln. »Manchmal verstehe ich dich nicht.«

»Musst du auch nicht.«

»Vielleicht würde ich gerne«, sagte ich, während ich die Badezimmertür hinter mir zuzog. Ich lehnte mich an die geschlossene Tür und atmete tief ein. Mein Herz raste, als hätte ich gerade eine Runde Koldkey gespielt. Je besser ich Breschnew kennenlernte, umso komischer wurde alles. Der triezende Breschnew, der meine Schulbücher über meinen Kopf hielt oder mich in den Brunnen im Garten des Peterhofs schubste, schien ein anderer zu sein als der Mann, der auf der anderen Seite der Tür saß. Er war fast der Einfachere von beiden. Der Vorhersehbare. Klar, Breschnew war immer noch arroganter als die Sonne, aber er war … menschlicher, als ich gedacht hatte. Netter. Dabei wäre es leichter, ihn zu hassen – vor allem, nach dem Ganzen, was er getan hatte. Wie oft hatte ich mir wegen eines gemeinen Streichs oder einer Beleidigung die Augen ausgeweint? Außerdem hatte er Menschenleben auf dem Gewissen. Das Schlimmste war, dass das gar nicht zu dem Breschnew passte, den ich jeden Tag Stück für Stück kennenlernte und das machte mir Angst.

Verwirrt setzte ich mich auf den Rand der weißen Badewanne und wischte mit dem Fuß einen Wassertropfen von einem der goldenen Drachenfüße. Mit einer kurzen Handbewegung drehte ich das Wasser voll auf und hielt meine Hand unter den kalten Strahl. Wie oft hatte ich mir als Kind gewünscht, warmes Wasser zu haben? Besonders im Winter, wenn der Kamin nur die Wohnstube erwärmt und ich mich nach dem Duschen mit einer Daunendecke ans Feuer verkrochen hatte. Es fühlte sich an wie ein anderes Leben. Ein Stück weit war es das auch. Jetzt war das kalte Wasser eine willkommene Abkühlung, obwohl die Klimaanlage ihr Bestes tat. Das war der Preis für die phänomenale Aussicht.

Ich spritzte mir Wasser ins Gesicht, um auf andere Gedanken zu kommen. Mein Herzschlag beruhigte sich etwas. Eigentlich wollte ich schon längst auf dem Weg in die Bibliothek sein. Schnell zog ich mich aus und stellte mich unter den kalten Strahl.

Wieso bei allen Sternen des Himmels kämpfte Breschnew nicht mehr? Er war doch sonst mindestens so dickköpfig wie ich. Wenn wir uns in einer Sache ähnelten, dann in unserer Sturheit. Und in unserem Interesse für Magietheorie. Und ein paar anderen Sachen, über die ich lieber nicht genauer nachdenken wollte. Sonst kam ich bloß auf falsche Gedanken. Wieso musste er auch so unverschämt gut aussehen? Ich verdrängte das Bild von Breschnew aus meinem Kopf und dachte lieber an den Cupids Fluch.

Hatte Breschnew während seines Hausarrests so viel recherchiert, dass er deswegen davon überzeugt war, dass es keine Lösung gab? Als letzten Ausweg könnten wir uns natürlich magisch aneinanderbinden, aber das schien für ihn vollkommen außer Frage zu stehen. So viel also dazu, dass ich mich in ihm getäuscht hatte. So arrogant war er dann doch. Verheiratet mit einem ehemaligen Sklavenmädchen ... Die Vorstellung brachte wahrscheinlich seinen Fokus zum Platzen. Vielleicht war das der falsche Ansatzpunkt und ich sollte mich mehr damit beschäftigen, wie wir überhaupt verflucht wurden. Bis jetzt verstand ich nicht, wie genau seine Erinnerungen ein Auslöser für den Fluch gewesen waren. Eventuell konnte ich ihn jetzt noch mal fragen. Mit klappernden Zähnen seifte ich mich ein und duschte mich wieder ab.

Als ich mir das weiche Handtuch umwarf, das flauschiger war als die wolkenweichen Handtücher in den Schlafräumen des Peterhofs, ging es mir schon etwas besser. Ich betrachtete mich kurz im Spiegel. Die Augenringe waren fast dunkelblau. Auch wenn die Trennung von Wasilij mich überraschenderweise fast gar nicht mehr beschäftigte, so tat es der zusätzliche Stress wegen Eka umso mehr.

Mich wunderte, dass Breschnew nicht mindestens einmal nachts in mein Zimmer geplatzt war, als ich schreiend aus einem Albtraum aufgewacht war. Seufzend putzte ich mir die Zähne und schickte parallel mal wieder eine SMS an Eka mit der Bitte, sie solle sich melden. Ich scrollte durch meine vielen unbeantworteten Nachrichten und schluckte den dicken Kloß im Hals herunter, der beinahe zur Gewohnheit geworden war. Zumindest Iwan schrieb zurück.

Mit einem metallischen Klicken schloss ich die Badezimmertür auf und hielt einen Moment inne. Breschnew verteilte gerade auf der Arbeitsplatte der Küche seine ganzen Utensilien zum Trankbrauen. Verschiedene Reagenzgläser und Kolben standen in Eisenhalterungen bereit und an die große Gasflasche unter dem Herd war ein Bunsenbrenner angeschlossen. Breschnew klappte einen Aluminiumkoffer auf und entnahm verschiedene Petrischalen mit den wichtigsten Trankzutaten. Leise pfiff er vor sich hin. Das Bild war so absurd, ich musste fast schmunzeln.

»Bist du jetzt unter die Singvögel gegangen?«, fragte ich.

Breschnew wirbelte herum und funkelte mich böse an. Dann wanderte sein Blick über mein feuchtes Dekolleté zu dem Handtuch, das ich um mich geschlungen hatte. Seine Augen weiteten sich und er stolperte einen Schritt zurück. Da hinter ihm allerdings gleich die Arbeitsplatte der Küche war, verlor er etwas das Gleichgewicht. Breschnew stützte sich mit einer Hand auf der Arbeitsplatte ab und brachte dadurch mehrere Reagenzgläser zu Fall, die klirrend auf dem hellen Marmorboden zersprangen. Schnell verengten sich seine Augen wieder. »Bei allen Sternen, Iwanowa, könntest du dir was anziehen?«

»So schlimm sehe ich auch nicht aus«, sagte ich halb im Scherz, aber er verengte seine Augen noch weiter.

Seine Stimme duldete keinen Widerspruch. »Jetzt, Iwanowa.«

Wut brodelte in mir hoch und ich ballte meine Hand zur Faust. »Ich lass mir gar nichts vorschreiben. Was ist auf einmal dein verdammtes Problem?« Ich hatte diese Stimmungsschwankungen satt. Dabei hieß es doch, Frauen seien so launisch. Diese Person war wahrscheinlich niemals Breschnew begegnet.

Ohne ein weiteres Wort schritt dieser in sein Schlafzimmer und knallte die Tür zu. Das Scheppern hallte in meinen Ohren nach. Die Scherben hatte er liegen gelassen. So viel zum Fortschritt in unserer Beziehung.

Kopfschüttelnd ging ich in mein Zimmer und machte mich für die Bibliothek fertig. Nach den Erinnerungen zu fragen konnte ich heute definitiv vergessen.

Ich streckte mich und blätterte auf meinem Bett liegend die nächste Seite des Buchs Cupids Fluch im Wandel der Zeit um. Zum Glück hatte ich mich dazu entschlossen, ein paar Bücher auszuleihen. Auf Dauer war das Versteckspiel in der Bibliothek doch etwas anstrengend. Immer diese Angst im Nacken, jemand könnte mich mit den Büchern entdecken und der Fluch würde vielleicht noch weiter voranschreiten. Außerdem hatte die Nähe zu Breschnew den Vorteil, dass der Fluch uns langsamer tötete.

Breschnew hatte ich nach meiner Rückkehr nur kurz gesehen. Seit dem Handtuch-Vorfall, wie ich ihn nun nannte, hatte er kein einziges Wort mit mir gewechselt und die Stimmung war zum Zerreißen gespannt. Warum, verstand ich immer noch nicht, wie oft ich auch die Szene im Kopf durchging. Aber ich hatte andere Sorgen und versuchte wieder die Stelle im Text zu finden, bei der ich zu lesen aufgehört hatte.

Plötzlich knallte es in der Wohnküche. Erschrocken ließ ich das Buch fallen und sprang von meinem Bett auf. Die Tür flog auf, ehe ich mich darauf zubewegen konnte.

»Es reicht.« Breschnew strich sich eine angekokelte Haarsträhne aus der Stirn. Über seinen Augenbrauen hatte sich Ruß in die feinen Falten abgesetzt.

Ich spähte an ihm vorbei. Die Küchenschränke waren nicht mehr ganz so weiß. An den gemusterten Wandfliesen lief eine grüne Flüssigkeit herunter und hinterließ weiße Spuren im Ruß. Etwas glibberiges Grün befand sich auch in Breschnews Haaren. Ich presste meine Lippen aufeinander, um nicht zu lachen.

»Wenn wir so viel arbeiten, machen wir Fehler.« Er atmete so tief ein, dass sich sein T-Shirt fast schon zu sehr über seine muskulöse Brust spannte.

»Du vielleicht.«

Wenn Blicke töten könnten, müssten wir nicht darauf warten, dass der Fluch uns dahinraffte. Definitiv die falsche Wortwahl nach dem Streit heute Morgen. Aber ich sah es gar nicht ein, für ihn auf Eierschalen zu gehen.

Breschnew wischte sich mit einem Papiertaschentuch einen Teil des Glibbers aus den Haaren. »Wir setzen uns einen Zeitrahmen. Wir arbeiten von acht bis siebzehn Uhr. Jeden Tag. Davor und danach ist frei. Und ein Tag in der Woche arbeiten wir gar nicht.«

»Nein, die Zeit haben wir nicht.« Ich hob das Buch vom Boden auf und schlug die Seite auf, auf der ich zu lesen aufgehört hatte. Als wäre er nicht da, setzte ich mich wieder auf mein Bett, in der Hoffnung, dass er mich in Ruhe lassen würde. Meine Augen sahen die Buchstaben nur verschwommen. Ich blinzelte und blickte erneut auf.

Breschnew trat einen kleinen Schritt auf mich zu. »Iwanowa, das geht so nicht. Wer weiß, vielleicht hast du schon eine wichtige Stelle überlesen, weil du nicht mehr konzentriert warst. Du kannst unmöglich so viele Bücher gewissenhaft auf einmal durcharbeiten.« Er nickte mit dem Kopf in Richtung meines »gelesen«-Stapels.

Ich verengte die Augen zu Schlitzen. »Du sagst, ich arbeite schlampig?«

»Ich habe niemandem von dem Fluch erzählt und meine Unterlagen offen rumliegen lassen«, blaffte er.

»Sie waren abgeschlossen!«

»Darum geht es jetzt nicht. Wenn wir dieses lächerliche Unterfangen verfolgen, brauchen wir Pausen. Punkt. Das können wir unmöglich so durchhalten.« Seine Stimme duldete keinen Widerspruch.

Mit einem lauten Knall klappte ich das Buch zu und stand auf. »Lächerliches Unterfangen? Das denkst du über unsere Versuche, unser verdammtes Leben zu retten? Ich will den verfluchten gleichen Streit nicht wieder und immer wieder führen. Du hattest vielleicht ein schönes Leben, aber meins war ziemlicher Mist.« Das Buch zitterte in meinen Händen. »Ich will diesen Fluch brechen und das Leben leben, das ich verdiene. Ich habe nicht umsonst in einer verdammten Sklavenrebellion gekämpft.«

»Dann nimm mein verdammtes Geld und mach das Beste aus dem bisschen, was du übrig hast, anstatt wertvolle Zeit mit einer Geisterjagd zu verschwenden! Wieso kannst du mir nicht glauben, dass es kein Schlupfloch gibt?« Seine Stimme wurde sekündlich lauter und an seinem Hals pochte eine Ader wie wild.

»Du musst ja nicht hier sein, ich brauche deine Hilfe nicht.« Ich funkelte ihn an. »Es ist ja nicht so, als hätte ich tolle Alternativen. Meine beste Freundin redet nicht mit mir, Demjan ist auf Hawaii mit seinem Praktikum beschäftigt und Wasilij widmet sich lieber seiner beschissenen Strazh-

Ausbildung, als nachzufragen, was mit mir los ist. Wenn ich ein besseres Leben haben will, ist der Versuch, eine Lösung zu finden, die beste Entscheidung.«

Er atmete tief ein, seine Nasenflügel bebten. »Du kannst dich mit Pawlowa versöhnen, schieb es auf mich. Oder geh nach Hawaii, verbringe die Abende mit Lebedew. Wenn Naganow nicht weiß, was er an dir hat – scheiß auf ihn. Aber Iwanowa, ich sage es jetzt nur noch einmal: Das sind deine letzten Wochen auf dieser Erde und du willst sie mit Nachforschungen verbringen? Mit mir? In einer Wohnung weit weg von Sankt Petersburg?«

»Sollte ich es richtigmachen, sind es nicht die letzten Wochen«, zischte ich.

»Das liegt nicht in deiner Hand. Wieso musst du so verdammt stur sein?«

Ich verschränkte die Arme vor der Brust und das Buch presste sich fast schon schmerzhaft in meine Rippen.

Breschnew warf das schmutzige Taschentuch auf den glänzenden Steinboden. Etwas Glibber hing immer noch in seinen Haaren. »Weißt du was? Mach, was du willst. Ich vergeude meine Zeit nicht mit der Suche nach nichtexistierenden Lösungen. Den Trank entwickle ich dir noch und dann bin ich fertig. Wenn du es dir anders überlegst – das Angebot mit dem Geld steht.« Er wandte sich zum Gehen, doch ich hielt ihn an seinem Handgelenk fest und riss ihn herum.

Mit eisigem Blick entwand er sich meinem Griff und trat einen Schritt auf mich zu. »Wie oft muss ich dir das noch sagen? Fass mich nicht an«, spuckte er aus, aber ich ignorierte ihn.

»Tu bloß nicht so, als ginge es hier um mich. Als wärst du nur daran interessiert, dass es mir gut geht. Du denkst, mit deinem Geld kannst du dir einen Ausweg aus deinem schlechten Gewissen kaufen, wenn du überhaupt eines hast!« Ich warf das Buch mit einem Knallen an die Wand und mein Herz polterte wie wild in der Brust.

»Wie meinst du das?« Überrascht trat er einen Schritt zurück.

»Du musstest nie für etwas arbeiten. Nie für etwas kämpfen. Und jetzt gibst du gleich auf. Und weil du mich in die Sache mit reingezogen hast, fühlst du dich schuldig!«

Seine Augen funkelten gefährlich. »Ich kämpfe für die Dinge, die mir am Herzen liegen«, sagte er mit stählerner Stimme. Sein Blick durchbohrte mich wie ein Eisenpfeil.

»Viel kann das ja nicht sein«, spuckte ich aus. »Du hattest immer alles, was du wolltest. Sogar dein Fokus ist aus Platin. Du hast gar keine Ahnung, wie die Menschen gelitten haben, wie die Sklaven kämpfen mussten, um überhaupt am Leben zu bleiben. Unser Kampf hier gegen einen Fluch ist lächerlich dagegen.« Ich stampfte mit dem Fuß auf den kalten Marmorboden, um meiner Wut Luft zu machen. Es half nicht.

»Du denkst, nur weil meine Eltern in Geld ersticken, hätte ich eine schöne Kindheit gehabt?« Breschnews Wangen röteten sich und seine sich hebende und senkende Brust war der einzige Hinweis, dass ihn unser Streit doch mehr mitnahm, als seine gleichmäßige Stimme verriet. »Du hast keine Ahnung. Weißt du, wie es zu Magiedurchbrüchen bei den Sieben kommt? Was für eine Schande es ist, wenn der Fokus irgendein zufälliger Gegenstand ist? Frag Ilja, frag Marija! Ich wette mit dir, ihre Väter haben ihnen ihren jetzigen Fokus in die Hand gedrückt und sie halb totgeschlagen! Eine andere Fokus-Emotion außer Panik – das wäre inakzeptabel!« An seiner Stirn pochte eine Ader, etwas Glibber lief ihm die Wange hinunter. Aber es ließ ihn nur gefährlicher aussehen. Wie ein Racheengel.

Die Wut, die in meiner Brust getobt hatte, verpuffte. »Dein Vater hat dich geschlagen, damit deine Magie durchbricht?«

Breschnew holte seine Platinkugel, seinen Fokus, aus seiner Hosentasche. Er umschlang sie mit den Fingern, als wollte er sie zerdrücken. »Geschlagen?« Er schnaubte. »Ich wünschte, das wäre so. Nein, mein Vater hätte sich nie selbst die Hände schmutzig gemacht. Er hat sich etwas anderes überlegt.« Breschnews Augen waren von kaltem Hass erfüllt. Seine gefährlich leise Stimme überzog meinen Körper mit Gänsehaut. »Ich habe zu meinem dritten Geburtstag einen Hund bekommen, Antares. Schwarzer Labrador, süßes Ding. Jede Nacht schlief er am Fußende meines Bettes.«

Ich erinnerte mich an das bunte Bild in seiner Wohnung. Langsam wich ich einen Schritt zurück.

»Ich habe an den damaligen Schuldirektor des Peterhofs geschrieben und ihn darum gebeten, dass ich ihn mitnehmen kann. Es war für mich unvorstellbar, ohne ihn zu gehen.« Breschnew blickte aus meinem Fenster in die Ferne, als ob dort die Antwort auf eine nicht gestellte Frage läge. Seine Stimme wurde fast zu einem Flüstern.

»An meinem sechsten Geburtstag wartete mein Vater auf mich. Er stand in einem unserer Badezimmer. Die Wanne war bis zum Rand mit Wasser gefüllt. Dann drückte er mir eine Platinkugel mit unserem Wappen in die Hand, nahm Antares und drückte ihn unter Wasser.«

Ich japste nach Luft, streckte die Hand in Richtung Breschnew aus und ließ sie wieder fallen.

»Ich versuchte meinen Vater zu schlagen, zu treten, Antares zu retten. Aber er pinnte mich magisch an die kalten Fliesen. Antares strampelte, wehrte sich. Wasser schwappte über den Rand, spritzte zur Decke, doch er lockerte nicht einmal seinen Griff. Die ganze Zeit starrte er mir in die Augen und wartete, trotzdem brach meine Magie nicht durch. Du hättest seinen enttäuschten Blick sehen sollen, als das Wasser aufhörte, Blasen zu schlagen und meine Magie nicht da war. Er ging und ließ mich zu Boden fallen. Nass, tränenüberströmt und mit einem toten Hund in der Badewanne.«

Ich schlug die Hände über dem Mund zusammen und starrte Breschnew an. Trotz der höheren Temperaturen in der Wohnung war mir eiskalt. Das Buch, das ich vorher gelesen hatte, lag mit verknickter Seite vor mir auf dem Boden, neben dem schmutzigen Taschentuch.

»Ich war in meinem ganzen Leben nie so angewidert von einem Menschen oder so wütend, als ich das Wasser herausließ und Antares aus der Badewanne zog.« Breschnew presste die Lippen zusammen.

Deswegen war Wut seine Fokus-Emotion. Ich öffnete und schloss meinen Mund. Aber ich wusste nicht, was ich sagen sollte.

»Da.« Er warf seine Platinkugel mit einem metallischen Knall auf den Boden. Sie kugelte vor meine Füße. Es klickte bei jeder Fuge, über die sie rollte. Mit einem Schnipsen seiner Finger öffnete sich ein versteckter Mechanismus auf der Seite und die Kugel sprang auf.

Sie war hohl.

In der Mitte kam ein schwarzer Stöpsel mit silberner Kette zum Vorschein, der auf die kalten Marmorfliesen kullerte und liegen blieb. Die Stille zwischen uns war erdrückend. Ich starrte den Stöpsel an.

»Zufrieden?«, fragte er spöttisch und rauschte aus meinem Zimmer. In der Küche lehnte er sich an die freie Wand und rutschte an ihr herunter, die Beine angezogen. »Tu ja nicht mehr so, als wärst du die Einzige mit einer schwierigen Kindheit. Geld kann nicht alles kaufen. Liebende Eltern leider gleich zweimal nicht.«

»Das …«, ich schluckte, »Das tut mir sehr leid.«

Breschnew atmete tief ein. Dann sackten seine Schultern nach vorne und er raufte sich die Haare. »Schon gut, Iwanowa.«

Ich folgte ihm, sank neben ihm auf den Boden und lehnte den Kopf mit einem dumpfen Geräusch an die Wand. »Ich denke, es ist an der Zeit, dass du mich Irina nennst.«

21

Die Sonne färbte die letzten Häuserdächer orange und pink. Wir hatten uns noch immer nicht von der Wand wegbewegt. Breschnew – oder besser gesagt Alexej – reichte mir wieder die Weinflasche, die er aus einem Regal geholt hatte. Ich nahm einen großen Schluck und verzog das Gesicht. Mittlerweile schmeckte der Solaia nicht mehr ganz so schlimm nach Essig.

»Und was ist mit deiner Familie?«, fragte Alexej.

»Mein Vater ist vorletzten Dezember bei den ersten Protesten getötet worden und mein Bruder war beim letzten Ansturm auf den Roten Platz dabei. Er gehörte zu dem Team, das zum Zaren wollte.«

Alexejs Mundwinkel zuckte leicht.

Ich nahm noch einen Schluck. Mein Blick saugte sich an seinen Tattoos fest, als könnten sie mich in diesem Moment festhalten. Ich atmete tief ein. »Nikolaj war klug. Er hat sich unzählige Videos angeschaut, Taktiken analysiert, Fokus-Emotionen identifiziert und mich dann zur Berechnung von den Astronkosten befragt.« Ich schüttelte den Kopf. »Wie Vokabeln hat er mühsam alles auswendig gelernt und für jeden Angreifer das Astron berechnet. Am Schluss stand er Dmitri Kamenski gegenüber, der eigentlich kein Astron mehr haben sollte.« Ich starrte auf die weiße Wand, auf die die Abendsonne ihre Schatten warf. »Nikolaj hat gezögert, auf ihn zu schießen. Und das war's dann. Erst nach seinem Tod habe ich herausgefunden, dass Dmitri Kamenski sich ein paar Tage zuvor ein neues Sternenstaubtattoo hat stechen lassen, das gab ihm genug Astron für einen *Mortus.*«

»Irgendwie ist meine Familie dazu veranlagt, deiner zu schaden«, sagte Alexej.

Ich schaute ihn fragend an.

»Ich meine, mein Vater ...« Sein Blick verfinsterte sich. »Und dann wird zudem noch dein Bruder durch einen seiner Cousins getötet. Zu allem Überfluss hast du jetzt wegen mir einen Fluch am Hals.«

Es stimmte, Sergej Breschnew war während der Sklavenrebellion nicht gerade zimperlich gewesen, aber das waren andere auch nicht. Ich zuckte mit den Schultern. Mein alkoholvernebeltes Hirn verarbeitete seine Worte nicht richtig, doch eines war mir klar: Ich hätte es weitaus schlimmer treffen können. »Du bist wenigstens gewillt, trotz allem mit mir zusammenzuarbeiten. Stell dir vor, der Fluch hätte mich und Fradkowa erwischt. Sie hätte mich wahrscheinlich zuerst getötet, bevor der Fluch eine Chance gehabt hätte.«

»Marija ist etwas übergriffig und beschützend, meint es aber nur gut. Sie ist ein größerer Mensch, als sie sich anmerken lässt – und sehr loyal. Außerdem hat sie ihr eigenes Päckchen zu tragen.« Er drehte fast schon gedankenverloren den Siegelring um seinen kleinen Finger.

»Und warum hat eure Beziehung nicht gehalten, wenn sie doch so toll ist?«, fragte ich etwas bissiger, als ich wollte. Aber Breschnew, ich meinte, Alexej, schien sich nicht daran zu stören.

Er nahm mir die Flasche aus der Hand und achtete peinlichst genau darauf, dass sich unsere Finger nicht berührten. »Die Beziehung war von Anfang an zum Scheitern verurteilt. Es ist besser so. Wir haben uns Unterschiedliches davon erwartet. Am Ende konnten wir beides nicht erfüllen«, sagte er kryptisch.

Ich traute mich nicht, noch mal nachzufragen. Bestimmt hatte es was mit Elena zu tun.

Eine Taube landete auf dem Balkon und Alexej levitierte blind ein Stück Ciabatta aus der Küche, zerpflückte es und warf es ihr hin.

»So werden wir bald in Tauben ersticken.« Ich schmunzelte.

»Dann kaufen wir uns eben eine Katze.«

Als würden wir für immer hier wohnen, als wäre das eine realistische Option. Wo wir in zwei Wochen wären? Ich wusste es nicht.

»Was ist mit deiner Mutter?«, fragte Alexej weiter und drehte das letzte Stück Ciabatta in der Hand. Er legte einen Teil davon zur Seite, drückte die anderen Krümel zu einem Teigklumpen zusammen und warf ihn in Richtung der Taube. Dabei gab er darauf acht, sie nicht zu treffen. Irgendwo, unter dieser Mauer aus Eis, die ihn umgab, steckte tatsächlich ein Herz.

Alexej sah mich erwartungsvoll an und ich seufzte. »Die lebt, macht mich aber für alles verantwortlich. Die Sklavenrebellion, Nikolajs Tod … Gerade reden wir nicht miteinander.«

»Sie ist nicht froh, keine Sklavin mehr zu sein?«, fragte er.

Ich schüttelte den Kopf. »Das Problem ist, dass sie nicht weiß, was sie tun soll. Sie kann mit der Freiheit nicht umgehen. Ich habe viel gearbeitet, Geld verdient und ihr den Großteil davon gegeben. Und wo wohnt sie? In dem Haus, in dem wir als Sklaven gelebt haben. Es gibt nicht mal fließendes warmes Wasser und dafür ist die Miete absurd hoch.«

»Man kann Leute nicht zu ihrem Glück zwingen.«

Ich schmunzelte. »Und das ausgerechnet von dir.«

»Ich weiß das besser als die meisten.« Alexej klang ernst.

»Was tun wir, wenn wir hier keine Lösung finden?«, fragte ich leise.

»Dann machen wir das, was ich dir die ganze Zeit schon sage: Wir machen das Beste aus den letzten Wochen.«

»Ich kann mir nicht vorstellen aufzugeben. Wir könnten doch die magische Bindung in Erwägung ziehen.« Ich hielt die Luft an und wagte nicht, ihn anzusehen.

»Nein.« Alexejs Stimme war schneidend.

Das war eindeutig. Er würde eher sterben, als auf ewig mit mir zusammen zu sein. Wow. Was für ein neues Tief.

»Iwanowa, das ist nichts gegen dich. Im Gegenteil. Das ist für dich. Ich kann mich nicht an dich binden. Wirklich nicht. Wenn du denkst, der Tod ist das Schlimmste, was dir widerfahren kann, dann hast du während der Sklavenrebellion nichts gelernt.« Er fuhr sich durch die Haare und starrte auf den Fliesenboden zwischen seinen Beinen. Ein paar wenige Krümel des Ciabattas lagen da auf dem Boden. Durch eine kreisende Bewegung von Alexejs Zeigefinger sammelten sie sich zu einem kleinen Häufchen, das er mit einem Schnippen in Richtung offener Balkontür schickte. Die Taube stürzten sich sofort darauf.

»Aber warum?«, fragte ich.

»Erstens wissen wir nicht, ob das wirklich hilft. Zweitens ist das nicht nur eine magische Bindung. Der Fluch verlangt ein antikes Bindungsritual. Verbunden mit der alten Blutmagie, die über meiner Familie lastet, müsstest du in unserem Palast leben – den Rest deines Lebens. Wir könnten uns nicht scheiden lassen oder anderen Menschen ... körperlich nah sein.« Er raufte sich die Haare und krallte sich kurz darin fest, als würde ihm allein der Gedanke körperliche Schmerzen zufügen.

Ich presste die Lippen zu einer dünnen Linie zusammen. Diese Info war nicht gerade erheiternd. Doch hatte ich eine Wahl? »Aber das ist besser als zu sterben«, sagte ich nach einer kurzen Pause.

»Du willst in dem Haus leben, in dessen Keller du gefoltert wurdest? In dessen Innenhof Hunderte Sklaven starben?«

Ich schluckte, mein Mund war staubtrocken. »Ich habe eine gute Therapeutin.«

»Nein.« Alexej warf den mittlerweile zwei Tauben den letzten großen Brocken des Ciabattas hin, die sich darum stritten, bevor die eine damit wegflog.

»Wieso hast du verdammt noch mal ein so großes Problem damit? Wir kommen doch einigermaßen klar.« Was in aller Welt hielt ihn so davon ab? Für was würde er den Tod riskieren? Mir fiel die aufgelöste Verlobung ein. Vielleicht wollte er Elena, oder wem auch immer, über den Tod hinaus treu bleiben und es nicht sagen. Oder es war ein anderes Mädchen. Es gab nur einen Weg, das herauszufinden.

»War es Elena?«, fragte ich.

»Wer?« Alexej schaute mich irritiert an.

»Das Mädchen, wegen dem du die Verlobung gelöst hast.«

Er hielt mich mit seinem intensiven Blick fest. Ich fühlte mich wie ein Reh im Scheinwerferlicht. Die Bedrohung kam direkt auf mich zu, aber ich war unfähig, mich zu bewegen.

Er wandte den Kopf wieder ab und der Bann war gebrochen. »Nein.«

»Ist sie tot?«

»Nein.«

Ich musterte ihn von der Seite, seine fast schon scharfen Wangenknochen und den leichten Bartansatz, der sich über den Tag gebildet hatte. Wieso musste er stinkreich und dazu mit solchem Bartwuchs gesegnet sein? Eines der beiden Sachen wäre genug gewesen.

Und doch hatte ihn eine Frau so dermaßen im Griff, dass er dafür mit der Tradition seiner Familie gebrochen hatte. Sie musste absolut umwerfend sein. Aber aus unserer Schule fiel mir außer Marija sonst niemand ein, der diesem Kriterium gerecht wurde. »Wer ist es dann?«

»Wieso ist das wichtig?«, fragte er.

»Wenn das hier alles nicht klappt … du solltest deinen Frieden schließen können«, sagte ich. Die Ausrede klang lahm, selbst in meinen Ohren. Aber Alexej schien sie eher zu belustigen. Seine Mundwinkel zuckten verdächtig.

»Du willst mir helfen sie zu erobern?« Er gab ein Geräusch von sich, das fast nach einem Lachen klang.

Ich zuckte mit den Schultern. »Sie sollte wissen, was du fühlst. Das ist das Mindeste.«

»Sie hat einen anderen.«

»Oh.«

»Hauptsache, sie ist sicher und glücklich«, sagte er.

»Das ist nobel von dir.«

Alexej schüttelte den Kopf und nahm einen großen Schluck aus der fast leeren Weinflasche. »Ich bin egoistischer, als du denkst.«

»Noch egoistischer? Ist das überhaupt möglich?« Ich lächelte und stupste ihn spielerisch mit dem Ellenbogen an.

Alexej zuckte zusammen, als hätte ich ihm einen Stromschlag verpasst.

»Entschuldigung«, murmelte ich, meine Aussprache durch den Wein schon etwas verwaschen. Zudem nahm mir der Alkohol jegliche Hemmungen nachzubohren. Die Worte purzelten aus meinem Mund, bevor ich sie aufhalten konnte. »Was ist das mit dir und Berührungen? Du hast nicht bei jedem Probleme.«

Sofort verengte er seine Augen. »Bist du jetzt meine Therapeutin?«

»Nein ... ich dachte nur –«

»Was?«, blaffte er mich an. Ich zuckte zusammen und rutschte ein Stück weg. Alexej seufzte und raufte sich die Haare. »Tut mir leid, Irina. Das ist ein schwieriges Thema. Aber das ist mein Problem, nicht deins.«

Irina.

Der Name klang so seltsam, wenn er ihn aussprach. Aber es gefiel mir. Es hatte etwas Melodisches. Er hatte ihn vorsichtig ausgesprochen, behutsam, als hätte er Sorge, ihn mit zu groben Tönen zu verletzen.

»Vielleicht hilft es, darüber zu reden«, sagte ich, doch er schüttelte den Kopf.

»Da muss ich dich enttäuschen, Iwanowa. Das Geheimnis werde ich mit ins Grab nehmen.« Er atmete tief ein. »Morgen ist unser freier Tag. Was willst du machen?«

Ganz eindeutig wollte er nicht mehr mit mir teilen. So gut waren wir schließlich nicht befreundet. Aber immerhin redeten wir jetzt miteinander.

»Ich wollte schon immer nach Venedig«, sagte ich.

»Dann fahren wir nach Venedig. Am Abend habe ich Karten für Aida in der Arena.« Alexej stand auf, stellte die Weinflasche mit einem leisen Klicken auf den Steinboden und strich den nicht vorhandenen Staub von seinen Leinenshorts. »Es ist spät. Ich gehe schlafen, wir sehen uns morgen.« Er steckte seinen Fokus in die Tasche und kurz darauf hörte ich seine Zimmertür klicken.

Am nächsten Tag fand ich mich tatsächlich inmitten von Hunderten Touristen wieder, die es ebenfalls nach Venedig gezogen hatte. Ich lehnte mich an das sonnengewärmte Steingeländer der Rialtobrücke und blickte auf das Wasser unter mir. Gerade kollidierte beinahe eines der Transportboote mit einer Gondel auf dem Canal Grande. Der Gondoliere schimpfte laut auf Italienisch.

Hinter mir zwängte sich eine beleibtere Frau durch die Menschenmassen und machte ein Foto über meine Schulter. Ihr heißer Atem in meinem Nacken ließ mich zusammenzucken und ich trat schnell einen Schritt zur Seite, um meinen Platz am Geländer aufzugeben, den sie nur zu gerne einnahm.

»Wieso wollte ich noch mal nach Venedig?« Ich runzelte die Stirn und wandte mich Alexej zu. Nach dem Streit gestern war es, als wäre eine unsichtbare Mauer zwischen uns eingerissen. Er redete offener mit mir und machte sogar ab und zu den ein oder anderen Witz.

»Wer bin ich, deine Entscheidungen zu hinterfragen?« Der Schalk blitzte in seinen Augen und er schmunzelte.

Er hatte leicht reden. Die Menschen machten bereitwillig einen kleinen Bogen um ihn. Wie durch ein Wunder hatte er auf dieser überfüllten Brücke tatsächlich Platz zum Atmen.

Dabei sah er in seinem hellblauen Polohemd, das auf unfaire Weise seine blauen Augen zur Geltung brachte, gar nicht so furchterregend aus wie sonst. Er war heute so entspannt, wie ich ihn selten, nein, eigentlich noch nie, erlebt hatte. Alexej lächelte sogar und die sonstige Grundanspannung, die jeden seiner Muskeln so festhielt, als hinge Alexejs Leben davon ab, war verschwunden. Zurückgelassen in unserer Wohnung in Verona.

Es war, als hätte sich nach gestern ein Schalter umgelegt und ich durfte einen neuen Alexej kennenlernen. Heute war es einfach, sich vorzustellen, warum er mit so einer wunderbaren Seele wie Ilja befreundet war oder warum Marija für ihn durch die Feuer der Hölle schreiten würde.

Trotzdem funkelte ich ihn an, aber er lachte nur laut. Hatte ich ihn jemals lachen hören? Ich konnte mich nicht daran erinnern. Es war ein schöner Klang, tief, melodisch.

»Du siehst aus wie ein wütender Waldwichtel«, sagte er, doch es klang nicht wie eine Beleidigung. Fast schon liebkosend.

Ich blinzelte. Moment, woher kam der Gedanke? Entschlossen schob ich ihn zur Seite und streckte Alexej die Zunge raus.

»Komm, kleiner eingeschnappter Waldwichtel, ich habe eine Idee.« Er setzte seine Sonnenbrille auf, deren Bügel in dem Ausschnitt seines Polohemds geklemmt hatte. Alexej stieß sich vom Geländer ab und stieg die überdachten Treppen der Rialtobrücke hinunter.

Links und rechts wichen ihm die Leute aus, aber schlugen kurz hinter ihm zusammen wie Wellen, sodass ich ihm nicht folgen konnte. Es dauerte keine zehn Sekunden, da konnte ich nur noch seinen Hinterkopf in der Menschenmasse ausmachen.

»Alexej«, rief ich.

Er drehte sich um. Einen Moment sah sein Gesicht panisch aus, bis er mich zwischen Touristen mit Socken in den Trekkingsandalen, japanischen Kameras und runden Sonnenhüten entdeckt hatte. Sein Gesicht entspannte sich wieder, vielleicht hatte ich mich getäuscht. Wieso sollte er panisch sein?

Mit vier großen Schritten stand er vor mir. Er überragte mich, obwohl ich eine Treppenstufe über ihm stand. Fast schon amüsiert hielt er mir seine rechte Hand hin. Sein Siegelring blitzte im hellen Licht. »Die Dame«, sagte er.

Ich rollte mit den Augen und legte dennoch meine schmale Hand in seine große, ohne darüber nachzudenken. Vorsichtig schloss er seine Finger um meine und legte sachte einen Daumen auf meinen Handrücken. Durch seine Sonnenbrille sah ich nicht, wo genau er hinblickte. Aber sein Kopf war in Richtung unserer Hände geneigt. Hatte ich da einen Fleck oder eine Narbe, von der ich nichts wusste? Ich schaute auf meine Hand, konnte jedoch nichts erkennen. Die vielen Leute um uns herum nahm ich gar nicht richtig wahr, als ständen wir allein auf der Brücke. Zart zeichnete Alexej einen Halbmond mit seinem Daumen auf meinen Handrücken und mir wurde heiß. Heißer als sowieso schon durch die italienische Morgensonne.

Ich musste mich stark daran erinnern, dass er eine andere liebte. Sonst könnte ich auf falsche Ideen kommen. Ich räusperte mich und der Zauber war gebrochen. Das Gebrabbel der anderen Touristen drang wieder an mein Ohr, der Geruch von Brackwasser gemischt mit Sonnencreme. Ich versuchte zu lächeln. »Was ist jetzt deine Idee?«

»Meine Idee ...«, wiederholte Alexej, aber bewegte sich nicht.

War ihm unwohl, weil wir uns berührten? Aber er hatte mir seine Hand angeboten. Sollte ich meine wieder zurückziehen? Wenn ich doch wenigstens seine Augen sehen könnte. Er zeigte nicht viel, doch ich konnte mittlerweile zumindest die kleinen Zuckungen oder ein angespanntes Augenlid erkennen.

»Ist etwas nicht in Ordnung?«, fragte ich.

Er schüttelte sich kurz, als erwachte er aus einer Trance. »Alles gut, gehen wir.« Sein Adamsapfel hüpfte kurz, bevor er sich abwandte und uns einen Weg runter von der Brücke an den Canal Grande bahnte. Er winkte einem Gondoliere. Als ein anderer in einem rot-weiß gestreiften T-Shirt kam, bedeutete er ihm weiterzufahren. Stattdessen wartete er auf den im blau-weißen Shirt mit flachem Strohhut.

»Was war an der ersten falsch? Hat dir die Gondel nicht gefallen?« Ich runzelte die Stirn.

»Wir brauchen einen magiebegabten Gondoliere für den Ort, an den wir wollen.«

Mittlerweile hatte der offensichtlich magiebegabte Gondoliere seine schwarze Gondel vorsichtig parallel zur Mauer des Kanals manövriert. Ich war so verzaubert von der goldenen, gezeichneten Bordüre, die sich am oberen Rand der Gondel entlangzog, dass ich gar nicht mitbekam, was Alexej zu ihm sagte.

»Nach dir.« Er nickte in Richtung der gepolsterten Bank auf dem Boot und hielt meine Hand fester, als ich in das wackelnde Gefährt stieg. Danach setzte er sich elegant neben mich, sichtlich unbeeindruckt von dem unsteten Grund unter ihm.

»Woher kannst du das so gut?«, fragte ich.

»Ich musste als Kind Systema lernen, da braucht man einen guten Gleichgewichtssinn.«

»Systema, wirklich?«. Kurz lachte ich. Ich hatte von der Kampfkunst gehört, fand es allerdings absurd, dass ein Oligarchensohn das lernen sollte. Er war immerhin auf eine der besten Zaubererschulen Russlands gegangen. Bestimmt kannte er bessere Methoden, um sich zu verteidigen, als brutale Körperkraft.

»Du lachst, aber spätestens, wenn du versuchst, mich zu entführen, wird dir das Lachen vergehen.« Er grinste.

»Ich bin wohl eher diejenige, die von dir entführt wird.«

Er lächelte verschmitzt. »Vielleicht ist das ja schon passiert und du weißt es nicht.«

Zum ersten Mal fragte ich mich nicht, ob er es insgeheim ernst meinte. Ob nicht doch ein Funken Wahrheit dahintersteckte oder ob das alles für ihn ein krankes Spiel war. Stattdessen lachte ich und schaute ihn an, als seine Mundwinkel kurz zuckten. Zum Glück hatte er eine Sonnenbrille auf, sonst wäre ich wahrscheinlich in seinen Augen versunken.

Ich erstarrte, als mir plötzlich klar wurde, wie nah wir uns waren. Wie sich mein Oberschenkel gegen seinen presste, nur vom dünnen Stoff des blauen Sommerkleids getrennt, das er so hasste. Wie sich meine nackte Schulter an ihn drückte, unsere verschlungenen Hände auf seinem Oberschenkel liegend. Seine Körperwärme kroch mir unter die Haut und ich bekam trotz guter vierzig Grad im Schatten eine Gänsehaut. Zu allem Überfluss schaute er mich direkt an. Zwar mit Sonnenbrille, aber ... meine Kehle war trocken und meine Zunge klebte am Gaumen. Schnell leckte ich mir über die Lippen.

Alexejs Mundwinkel zuckte und seine Hand schloss sich enger um meine. Er tippte dreimal mit seinem Zeigefinger auf meinen Handrücken, doch ich wusste nicht, was das bedeuten sollte. Nicht mal beim ersten Kuss mit Wasilij hatte mein Herz so geflattert wie in diesem Moment.

Und mit einem Schlag wurde mir bewusst, wie unangemessen die Situation war. Alexej und ich, das würde niemals passieren. Er liebte eine andere. So sehr, dass er alles für sie aufgegeben hatte. Das Letzte, was ich gebrauchen konnte, war, mein Herz an einen unerreichbaren Mann zu verlieren. Aber es war einfach, so zu tun, als ob es sie nicht gäbe. Trotzdem ließ ich erschrocken seine Hand los.

Als hätte er nur darauf gewartet, gab Alexej gleich meine Finger frei. Natürlich. Er hatte sich wahrscheinlich die ganze Zeit gedacht, wie bescheuert ich war, dass ich mich so verkrampft an ihm festhielt. Wie ein bedürftiges Kleinkind.

Schnell zog ich die Hand zu mir und rückte ein Stück auf der gepolsterten Bank mit dem rot-goldenen Muster, die aussah, als hätte man sie aus dem Salon von Katharina der Großen stibitzt.

Ich drehte den Kopf weg und schaute der trägen Menschenmasse zu, die sich auf der anderen Seite des Canal Grande vorbeischob. Mein Herz pochte immer noch wie wild in der Brust, als hätte es das Memo nicht gekriegt, dass ich Alexej schon längst losgelassen hatte. Mein Mund wurde trocken und ich kramte in meiner Tasche nach einer Flasche Wasser. Ich sollte etwas sagen, irgendwas, das mich etwas weniger wie eine von ihm abhängige, liebeskranke Tussi wirken ließ.

»Ich muss unbedingt daran denken, Wasilij und Demjan heute anzurufen«, verkündete ich fast schon zu fröhlich.

»Ich kann dich nachher daran erinnern.« Alexej klang erschöpft.

Verwirrt schaute ich auf. Er hatte wieder diese latente Anspannung und krallte sich an seinen Knien fest. Ich hätte seine Hand nicht nehmen sollen. Er hatte mir nie verraten, was er während der Sklavenrebellion hatte miterleben müssen. Aber wenn es etwas Vergleichbares war wie das, was mir widerfahren war ... Vielleicht löste der Körperkontakt zu mir so etwas Ähnliches aus wie Dunkelheit bei mir. Dann sollte ich sein Verhalten doch bestens verstehen. Stattdessen hatte ich ihn immer wieder in schwierige Situationen gebracht. Und ich hatte seine Hand nicht losgelassen. Wie unsensibel war ich bitte?

»Es tut mir leid«, sagte ich.

»Ist schon gut.«

Ich nickte und schaute dann wieder auf die vorbeiziehenden Häuser mit ihren Säulen, bogenförmigen Fenstern und jahrhundertealten Gemäuern. Ein steinerner Löwe mit Flügeln thronte auf einer Säule. Er leckte sich seine Pfote, während zwanzig Touristen wie wild Fotos von ihm knipsten.

Bald schipperten wir jedoch durch Häuserschluchten unter Brücken hindurch und keine Menschenseele war zu sehen. Ich bestaunte die alten Mauern, die an manchen Stellen hervorschauten, da der Putz abgebröckelt war. Zwischen den verzierten, spitzzulaufenden Torbögen und den steinernen, opulenten Fenstersimsen vergaß ich beinahe, dass ich einen tödlichen Fluch in mir trug.

Am meisten gefielen mir die kleinen Balkone, die wie Feennester an den Gebäuden klebten. Trotzdem konnte ich die Schönheit dieses magischen Ortes nicht gänzlich genießen. »Wohin fahren wir?«, fragte ich, als die Stille zwischen uns unerträglich wurde.

»Wart es ab.« Alexejs Stimme klang wieder besser, aber die Anspannung war nicht verschwunden.

Die Wasserstraße öffnete sich zur Lagune hin. Ich drehte mich zu unserem Gondoliere um, der seelenruhig weiterfuhr. »Alexej, ich weiß nicht, ob das so eine gute Idee ist, mit so einem kleinen Boot auf das Meer rauszufahren.«

»Mach dir keine Sorgen, das macht er nicht das erste Mal.«

Ich beäugte kritisch die Wellen und die großen, motorisierten Boote um uns herum. Langsam steuerten wir auf eine andere Insel zu, die wahrscheinlich auch noch zu Venedig gehörte. Zumindest sahen die Häuser ähnlich aus.

Wie ein Wunder überlebten wir unseren kurzen Abstecher auf das Meer, ohne zu kentern. Wir schipperten wieder zwischen Häusern auf einem kleinen Kanal entlang. Hier war es ruhiger und bis jetzt hatte ich keinen einzigen Touristen zu Gesicht bekommen. Stattdessen bestaunte ich die wunderbar bunten Fassaden und die farbigen Fensterläden.

»Wo sind wir?«, fragte ich.

»Murano, die Glasmacherinsel.«

Ich lächelte. Das hier hatte einen anderen Zauber inne als der Teil von Venedig, aus dem wir kamen.

Plötzlich zischte etwas scharf an meinem Kopf vorbei und ich zog ihn erschrocken ein. Es brauchte einen Moment, bis ich verstand, dass es ein kleiner gläserner Vogel gewesen war. Er setzte sich auf einen grünen Fensterladen und beobachtete uns mit schwarzen Glasaugen.

»Es ist wunderschön«, hauchte ich.

»Wir sind noch nicht da, warte einen Moment.«

Der Gondoliere manövrierte uns in eine kleine, unscheinbare Häusergasse. Es sah mehr wie die Häuserrückseite aus. Hier blätterte die Farbe schon ab und zwischen Fenstern waren Wäscheleinen gespannt, an denen unzählige Socken, Shirts und ein paar Jeansshorts in der Brise wehten. Vor einem blassgrün gestrichenen Tor stoppten wir.

Irritiert blickte ich zu Alexej. Was an diesem Ort so toll sein sollte, verstand ich nicht. Wären wir lieber auf dem anderen Kanal geblieben, aber er nickte nur dem Gondoliere zu.

Ich wandte den Kopf und entdeckte noch rechtzeitig, wie der Mann mittleren Alters sich mit einem kleinen Messer die Handfläche aufschnitt. Kurz verzog ich das Gesicht. Das konnte nicht angenehm gewesen sein.

Sofort tropfte dunkelrotes Blut ins Wasser, aber es schien ihn nicht zu stören. Geschäftig presste er seine Handfläche an einen Stein in der Wand, auf dem ein unscheinbares Wappen mit einem Löwen eingeritzt war, das ich vorher nicht bemerkt hatte. Das Tor öffnete sich quietschend und das Boot fuhr hindurch.

Wir kamen in einen Innenhof, der von verschiedenen Häusern umgeben war. Das ganze Karree war voller Wasser und eine Galerie führte einmal außen drumherum. Zwischen ihren steinernen Bögen standen verschiedene Glaskunstgegenstände. Statuetten von Meerjungfrauen mit türkisfarbenen Schwänzen, kunstvoll geschwungene Vasen, rubinrote Glaskelche, die im Sonnenlicht glitzerten.

Ich verstand immer noch nicht und schaute Alexej an, der endlich seine Sonnenbrille abgenommen hatte.

»Nur die wahren Venezier haben Zutritt – und die Leute, die sie mitnehmen. Schau ins Wasser«, sagte er.

Ich beugte mich über den Rand der Gondel und mir stockte der Atem. Das Wasser war hier klarer, was vielleicht an den unzähligen perlmuttfarbenen Muscheln lag, die unter der Wasseroberfläche an den Häuserwänden klebten. Viel beeindruckender war jedoch das atemberaubende Muster am Grund. Aus tausenden bunten Glasscherben war ein Mosaik in Form eines Mandalas gelegt. Gleich an seinem Rand stieß es an das nächste Mandala.

Fasziniert beugte ich mich etwas weiter vor, nur um plötzlich von einem Schwall kaltem Wasser im Gesicht getroffen zu werden. Verdattert blinzelte ich, das salzige Nass brannte in meinen Augen. Von irgendwo neben dem Boot erklang ein gurgelnder Laut und es roch nach Fisch und Algen.

Ich war mental schon halb in Kampfstellung, da starrte ich in die komplett schwarzen Augen eines jungen Mädchens. Noch mal blinzelte ich, vielleicht hatte ich einen Sonnenstich bekommen. Ihre Nase war zu dünn, ihre Haut zu blass und ihre Nasenlöcher schlitzförmig. Die nassen, grasgrünen Haare klebten an ihrem Kopf und die Spitzen waberten im Wasser um sie herum wie ein grüner Teppich. Bevor ich sie mir jedoch genauer ansehen konnte, schubste sie mir mit ihrer Hand, zwischen deren Fingern sich Schwimmhäute befanden, mehr Wasser ins Gesicht. Danach verschwand sie wieder ins kühle Nass. Keine Sekunde später peitschte sie mit ihrem grünen Fischschwanz, tauchte unter der Gondel hindurch und spuckte auf der anderen Seite Alexej Wasser ins Gesicht, bevor sie wieder gurgelnd untertauchte. Eine Meerjungfrau.

Ich lachte laut auf und grinste Alexej an. »Woher wusstest du, dass ich mal eine Meerjungfrau sehen wollte?« Ich achtete jedoch nicht auf die Antwort, wenn er überhaupt etwas sagte. Denn eine andere Meerjungfrau schoss vor der Gondel aus dem Wasser und vollführte eine elegante Schraube in der Luft. Ihr Fischschwanz glänzte im Licht und tauchte geräuschlos erneut ins Wasser ein. Ich war in dem Moment so glücklich, dass ich dachte, ich würde platzen. So sorglos war ich schon lange nicht mehr gewesen, nicht nach Papas und Nikolajs Tod.

»Ich würde sagen, der Tag Pause hat sich gelohnt.« Ein Glitzern lag in Alexejs Augen.

Ich grinste so sehr, dass meine Wangen schmerzten. »Ja, das hat er.«

22

Die Träger meiner Ledertasche hätten wahrscheinlich wegen all der Notizbücher darin tiefe Abdrücke in meiner Schulter hinterlassen, wenn sie nicht mit Stenenstaub modifiziert worden wäre. Über die letzten Wochen hatte ich fünfzehn solcher Hefte vollgeschrieben und doch war ich der Lösung kein bisschen näher. Ich blies mir eine Haarsträhne aus dem Gesicht und trat durch die Haustür auf die gemusterten Steinfliesen des Treppenhauses. Wenigstens waren die Blasen an den Fersen, die ich mir in Venedig zugezogen hatte, mittlerweile vollständig verheilt. Hätte ich mehr Astron gehabt, hätte ich die Heilung magisch unterstützen können, aber mit dem Fluch …

Wenn Alexej und ich nicht so viel Zeit zusammen verbringen würden, wären wir wahrscheinlich längst tot. Doch ich war nicht gewillt aufzugeben. Heute war ich ausnahmsweise in der Bibliothek geblieben, um nicht stapelweise Bücher erneut nach Hause schleppen zu müssen. Vielleicht brachten die endlich die erwünschte Erkenntnis. Keuchend erklomm ich in der Augusthitze die letzten Stufen zu unserer Wohnung und kramte in der Tasche nach dem Wohnungsschlüssel. Ich wusste nicht, wann ich angefangen hatte, von unserer Wohnung zu sprechen, es war einfach passiert.

Zum Glück war morgen unser nächster freier Tag. Eine Pause konnte ich gut gebrauchen. Ich fand den kalten Schlüssel und drehte ihn zwischen den Fingern, um die Begegnung mit Alexej noch etwas hinauszuzögern. Obwohl ich auch, ohne auf die Uhr zu schauen, wusste, dass ich spät dran war. Er bestand darauf, jeden Tag um die gleiche Uhrzeit zu essen – wenn es nicht ausgerechnet einer der Tage war, an denen er schon nachmittags wer wusste schon wohin verschwand und erst tief in der Nacht wiederkam. Trotzdem bestand er an den anderen Abenden auf ein pünktliches Abendessen. Wahrscheinlich ein Produkt seiner steifen Erziehung – oder er wollte mich dazu bringen, auch wirklich um siebzehn Uhr mit dem Arbeiten aufzuhören. Was auch immer der Grund war – wenn ich abends über seinen trockenen Humor lachte und wir unsere liebsten Bücher diskutierten, war es so schwer zu glauben, dass er der Mann sein sollte, der so furchtbare Dinge getan hatte. Ich fing an, ihn zu mögen, ihn wirklich zu mögen und das machte mir Sorgen.

Nachdenklich kaute ich auf der Innenseite meiner Wange und steckte den Schlüssel langsam ins Schlüsselloch. Nach allem, was er getan hatte, hätte ich mich nicht vor ihm fürchten sollen? Auf der anderen Seite hatten wir alle das getan, was zum Überleben notwendig gewesen war. Ich schauderte bei dem Gedanken, was sein Vater alles unternommen hatte, nicht, um zu überleben, sondern um seine Macht zu erhalten. Sergej Breschnew war ein kühler, kalkulierender Stratege. Es hätte mich nicht gewundert, wenn er seinen Sohn unter die Räder hätte kommen lassen, um seine eigene Macht zu erhalten. I'dyna war der beste Platz für ihn. Weit weggesperrt von anderen Menschen, denen er gefährlich werden konnte.

Schnell drehte ich den Schlüssel im Schloss herum und öffnete die Tür. Eine angenehme Kälte hüllte mich ein und ich ließ meine Tasche neben mir auf den Boden plumpsen. Alexej saß bereits am Küchentisch und las, schaute aber nicht auf.

»Tut mir leid, ich bin zu spät, ich weiß. Ich zieh mir schnell etwas anderes an, dann bin ich fertig.« Ich warf ihm ein kurzes Lächeln zu.

Alexej blickte nicht mal auf. Etwas zu melodramatisch dafür, dass ich nur zu spät war. Er hielt sich verkrampft an seinem Buch fest, die Fingerspitzen fast schon weiß.

Ich legte meinen Schlüssel auf den Tisch. »Alexej? Alles okay? Willst du heute nicht essen gehen?«

Er schüttelte den Kopf, sein halbes Gesicht hinter dem Buch versteckt, die Stirn in Falten gelegt. »Eine Überraschung wartet in deinem Zimmer auf dich.«

»Wenn der Pizzakarton Fettflecken auf meinem Bett hinterlassen hat, bin ich nicht begeistert.« Ich schmunzelte und das Wasser lief mir bei dem Gedanken an ein warmes Essen im Mund zusammen. Wir hatten schon das ein oder andere Mal bei La Farfalla Pizza bestellt und einen Film angeschaut, das wäre nichts Neues. Trotzdem war die Aussicht verlockend.

»Es ist keine Pizza. Für etwaige Fettflecken bin ich nicht verantwortlich«, sagte er beinahe bissig. Alexej blätterte die nächste Seite um und hielt das Buch höher. Mehr würde ich nicht aus ihm herausbekommen, es war also wieder einer dieser Tage.

Ich verdrehte die Augen, ging dann jedoch zu meinem Zimmer. Schwungvoll öffnete ich die weiße Holztür, nur um im nächsten Moment fast rückwärtszustolpern, denn quer über meinem Bett lag ein schlafender Wasilij. Seine wuscheligen Haare waren länger geworden und kringelten sich im Nacken. Wahrscheinlich hatte Eka ihn nicht daran erinnert, dass er ab und zu zum Friseur gehen musste. Aber er war muskulöser geworden, wahrscheinlich wegen des ganzen Trainings mit den Strazh. Er grunzte im Schlaf und drehte sich mit seinem hellblauen Hemd auf den Rücken, sodass ich sein Gesicht besser sah. Ich trat einen Schritt zurück, weil mir klar wurde, dass ich mich weniger freute, als ich sollte. Trotzdem war ich dankbar, dass er da war.

»Hey, Wasilij«, flüsterte ich, ging auf Zehenspitzen zu ihm und strich ihm eine Haarsträhne aus dem Gesicht. Dann fiel mir ein, dass wir ja nicht mehr zusammen waren und er es vielleicht komisch finden würde. Ich zog meine Hand zurück. Wasilij grunzte nur und drehte sich auf die andere Seite. Was wollte er bloß hier? Unsere Beziehung wieder aufnehmen? Einen Moment lang überlegte ich, das Zimmer zu verlassen und mit Alexej zu essen. Doch dann schüttelte ich mich bei dem Gedanken.

Was bei allen Sternen dachte ich da? Mein Ex, der hoffentlich immer noch ein Freund war, den ich seit Wochen nicht gesehen hatte, lag vor mir. In Italien. Auf meinem Bett. Aber ich zog ernsthaft in Erwägung, lieber mit einem Mann essen zu gehen, den ich vor einem halben Jahr noch gehasst hatte? Die Hitze musste mein Gehirn frittiert haben. Ich schüttelte Wasilij etwas heftiger an der Schulter und endlich schlug er die Augen auf.

»Hey.« Er lächelte. Etwas Spucke hing in seinem Mundwinkel, die er mit dem Hemdsärmel abwischte.

Was war die angemessene Begrüßung für den Ex, mit dem man befreundet sein wollte? Ungelenk drückte ich ihn mit einem Arm, weil er auf dem Bett lag. Sofort überkam mich eine Welle der Übelkeit. Ich holte die Glasphiole mit dem Trank unter meinem Nachttisch hervor und stürzte sie schnell herunter, bevor Wasilij sie entdecken konnte. Den Sternen sei Dank für Alexejs Voraussicht. »Das ist ja eine Überraschung, dich zu sehen. Wie schön.« Ich lächelte ihn etwas verkrampft an.

Wasilij streckte sich und gähnte. »Finde ich auch. Komm, wir gehen was essen.«

»Das ist natürlich das Wichtigste.« Etwas in mir entspannte sich, von dem ich nicht gewusst hatte, dass es angespannt war. Ich hatte mir so oft ausgemalt, wie unsere erste Begegnung nach der Trennung sein würde. So unkompliziert hatte ich es mir nicht vorgestellt. Es war wie ein altes Kleid, das lange hinten im Schrank gelegen hatte, wiederentdeckt wurde und immer noch wie angegossen passte.

»Ich habe eben Hunger. So große Schattenschritte sind anstrengend, selbst mit Kurierdienst«, sagte Wasilij.

»Gib mir einen Moment.« Ich machte Anstalten, mein T-Shirt über den Kopf zu ziehen.

»Soll ich …« Wasilij deutete zu meiner Zimmertür, aber ich schüttelte den Kopf.

»Das war, bevor wir zusammen waren, kein Problem und es ist es auch jetzt nicht.«

Wasilij lächelte erleichtert und ich zog mir mein neues T-Shirt über den Kopf, bevor ich meine Zimmertür öffnete und er mir folgte. Alexej war aus der Wohnküche verschwunden, seine Zimmertür verschlossen. Was er wohl wieder hatte? Aber davon wollte ich mich nicht ablenken lassen. Nicht heute, nicht mit Wasilij.

»Schönen Abend, Alexej«, rief ich, bevor ich hinter uns die Tür ins Schloss zog.

Auf dem Weg zum Restaurant erzählte mir Wasilij, gefühlt ohne Luft zu holen, wie toll doch die Reise mit dem Schattenschrittkurier gewesen war. »Und die Ledersitze in der Lobby in Prag, Ira, die Ledersitze. Ich kenne nicht mal ein Auto, das so tolle Sitze hat«, sagte er und ich staunte darüber, wie unkompliziert es war. Als wären wir nie zusammen gewesen. Als wäre die Beziehung ein Fehler gewesen und jetzt drehte sich die Erde wieder richtig.

Ich hatte nie an diese Ammenmärchen von gegenüberliegenden Fokus-Emotionen für perfekte Beziehungen geglaubt. Deswegen hatte es mich nie gestört, dass wir beide Panik als Fokus-Emotion hatten. Doch während ich so mit ihm an vollen Restaurants vorbeispazierte und über alte Pflastersteine in der warmen Sommerluft schlenderte, dachte ich, dass doch ein Fünkchen Wahrheit darin steckte. Eine verräterische Stimme in meinem Hinterkopf flüsterte mir zu, dass Alexejs Fokus-Emotion Wut war. Aber ich brachte sie schnell zum Verstummen.

Wasilij war so beschäftigt mit seinen Ausführungen über sein letztes Training und der Reise, dass er erst zum Stehen kam, als wir auf der Piazza Brà standen. Die Arena strahlte schon in der angebrochenen Nacht und Wasilij schaute sich etwas verwundert um. Dann blickte er noch mal auf sein Handy. »Es muss hier irgendwo sein …«

Wir standen vor dem Ristorante La Farfalla und der Duft der frisch gebackenen Pizza stieg mir in die Nase. Außer den reservierten Tischen war jeder einzelne Tisch besetzt. Alexej buchte immer lange im Voraus, sonst hatte man keine Chance. Wasilij schaute sich hilfesuchend um und starrte auf die Karte auf seinem Handy.

»Wohin wollen wir denn?«, fragte ich und lugte über seine Schulter.

Wasilij drehte sich etwas weg, die Stirn gerunzelt. »Das soll doch eine Überraschung sein.«

»Wenn wir es nicht finden, wäre es auf jeden Fall nicht überraschend«, sagte ich mit einem Schmunzeln.

»Haha. Ich frag einfach jemanden.« Wasilij kratzte sich am Kopf. Dann stopfte er sich ein Metafrastis ins Ohr, aber keiner der Menschen, die an uns vorbeigingen, sah einheimisch aus. Er stieß einen Seufzer aus. »Na gut, du kannst mit schauen. *Farfalla* heißt das Restaurant.«

Ich grinste und zog ihn zu dem edlen Empfangspult aus Holz, an dem schon ein Kellner in frisch gebügelter Uniform auf uns wartete. Wasilij räusperte sich und steckte sein Hemd wieder in die Hose, das auf dem kurzen Weg zur Piazza Brà herausgerutscht war. »Zwei Personen auf den Namen Naganow.«

»Si, Signore«, sagte der Kellner und führte uns an einen der äußersten Tische mit frischem weißem Tischtuch, der den direkten Blick auf die Arena zuließ. Wasilij ließ sich in den Stuhl fallen und der Kellner zog mir meinen etwas zurück. Erst jetzt bemerkte ich, wie sehr ich mich an Alexejs Manieren gewöhnt hatte. Er zog meinen Stuhl immer zurück. Ich versuchte, den Gedanken abzuschütteln. Dieser Abend sollte mir und Wasilij gehören. Ich lächelte ihn an, während er in der Karte herumblätterte, auf einem Stück Ciabatta kauend, das uns der Kellner gebracht hatte.

»Du hast uns ein schönes Restaurant ausgesucht. Vielen Dank.« Ich schlug die Karte wieder zu. Schon vor dem Blick darauf war mir eigentlich klar gewesen, dass ich die gleiche Pasta nehmen würde, die ich bei meinem Besuch mit Alexej hier gegessen hatte.

»Hab ich nicht, das war Breschnew. Man muss sagen, er mag zwar ein Arsch in der Schule gewesen sein, aber er kann echt ein feiner Kerl sein. Er hat auch den Schattenschrittkurierdienst gezahlt.« Wasilij zuckte mit den Achseln, als könnte er sich das selbst nicht so ganz erklären.

Das Wasserglas in meiner Hand zersprang fast unter meinem festen Griff. Ich hätte es wissen müssen. Natürlich hätte Wasilij sich so etwas nicht selbst überlegt. Oder überhaupt daran gedacht, mich zu besuchen. Kurz war ich genervt. Doch dann fiel mir ein, dass er nicht mehr mein Freund war. Außerdem war Demjan am anderen Ende der Welt und Eka redete nicht mit mir. Wasilij war das Nächste an einem engen Freund, das ich hatte. Im Moment war ich einfach nur dankbar, ein so vertrautes Gesicht hier zu haben und Wasilij war noch nie der Planer gewesen. Ich musste mich bei Alexej unbedingt dafür bedanken.

Wasilij klappte die Karte zu und legte sie beiseite, ehe er über das weiße Tischtuch griff und meine Hand umfasste. Schnell ließ er sie wieder los. Er wurde rot wie eine Tomate.

»Entschuldige bitte, Gewohnheit«, murmelte er. Zu allem Überfluss fing neben unserem Tisch ein Geigenquartett zu spielen an. Das führte dazu, dass Wasilij noch röter wurde, wenn das überhaupt möglich war. »Sankt Petersburg ist ohne Demjan und dich nicht mehr dasselbe. Eka ist total am Abdrehen. Sie hat ihr Praktikum bei Alenjakova geschmissen und –«

»Was?« Ich starrte ihn ungläubig an. Stanislaw hin oder her, aber dieses Praktikum war ihr Traum gewesen. Sie brauchte das Praktikum für ihr Studium. Was bei allen Sternen hatte sie dazu gebracht? Die Situation mit Iwan?

Wasilij zuckte mit den Schultern und nahm einen großen Schluck Rotwein. Ein kleiner Tropfen fiel auf das blütenweiße Tischtuch wie Blut. »Sie verbringt die ganze Zeit in der Universitätsbibliothek. Eka ist davon überzeugt, dass du verflucht bist, weil du dich so seltsam verhältst. Sie hat in Demjans Wohnzimmer eine ganze Wand in Beschlag genommen und sie vollgekleistert mit Zeitungsartikeln über Breschnew und dich. Genauso wie bei uns auf der Wache bei einem Fall. Sie hat sogar die einzelnen Artikel mit Fäden verbunden. Total verrückt.«

Das kam mir vage bekannt vor. »Und was denkst du?« Meine Stimme war kaum mehr als ein Flüstern.

Wasilij schaute mich fragend an und runzelte die Stirn.

»Wegen Breschnew«, sagte ich.

»Wenn es dir hilft, das alles aufzuarbeiten, wer bin ich zu sagen, dass du es nicht tun solltest oder verflucht bist? Er hat mich hierhergeholt und schaut, dass es dir gut geht. Wie schlimm kann er dann schon sein? Vielleicht hat er sich verändert.« Wasilij zog kurz die Schultern hoch, während er einen großen Bissen von einem Ciabattastück nahm.

Er hatte recht. Selbst unter Einbeziehung unserer Umstände war Alexej trotzdem zuvorkommender, als er sein musste. Er gab sich Mühe, mir das Ganze so angenehm wie nur möglich zu gestalten. Es war mehr, als ich erwarten konnte. Mit einem leichten Lächeln auf den Lippen dachte ich an den Tag in Venedig oder unseren Kinobesuch.

»Ira, wenn du ihn magst ... es ist okay für mich. Wir waren nie füreinander bestimmt«, sagte Wasilij plötzlich.

»Was? Wie kommst du denn darauf?«

Wasilij zuckte nur mit den Schultern und kaute weiter. Einige Krümel fielen auf das nicht mehr so makellose Tischtuch. »Du solltest dich sehen, wenn du über ihn redest ... Dein Lächeln, das Leuchten in deinen Augen. Ich wünschte, irgendwann hättest du mal so ausgesehen, als du über mich geredet hast. Sollte er dir wirklich guttun ... lass dich nicht von eurer Vergangenheit davon abhalten, in der Gegenwart glücklich zu sein.«

Die Stimme von Frau Smirnowa hallte in meinem Kopf wider. Die Vergangenheit ist vorbei. *Ich definiere meine Zukunft.* Seit dem Dienstagnachmittag, an dem mich Alexej nach der Therapie abgefangen hatte, hatte ich sie nicht mehr gesehen. Es wäre zu schwer gewesen zu erklären, warum ich so viel Zeit mit Alexej verbrachte. Aber das Mantra, das sie mir vor Monaten mitgegeben hatte, war nie so wahr wie jetzt gewesen. Das Geigenquartett neben unserem Tisch stimmte eine melancholische Melodie an.

»Wann bist du so weise geworden?«, fragte ich sanft lächelnd.

Wasilij grinste schief. »Ich habe meine Momente. Lass uns lieber den Abend genießen, bevor wir hier zu sentimental werden. Breschnew hat mir den Kurierdienst erst für morgen reserviert, aber ich dachte, dass es vielleicht etwas seltsam wird, bei euch zu schlafen.« Seine Ohren färbten sich rot. »Ich habe umgebucht. Der Kurier geht heute Abend um elf Uhr. Ich war noch nie in Italien, lass uns also das Beste aus dem Abend machen und nicht in alten Erinnerungen schwelgen.« Er lächelte mich an und biss herzhaft in ein Stück der Pizza, die der Kellner eben serviert hatte. Manche Dinge würden sich nie ändern.

Der Geruch von frischem Kaffee weckte mich und bevor sich die dröhnenden Kopfschmerzen zu sehr breitmachten, stürzte ich den Trank aus der kleinen Phiole in meinem Nachttisch mit zitternden Händen herunter. Besser. Ich strich mir die Haare aus dem Gesicht und tapste im Schlafanzug in die Küche. Alexej stand bereits am Herd mit dem Rücken zu mir. Sein Shirt, das er immer zum Joggen anzog, klebte vor

Schweiß an seinem Rücken und machte jeden Muskel sichtbar. Nicht, dass ich mich beschweren würde. Trotzdem erinnerte mich eine, nach meinem Geschmack zu laute, Stimme im Hinterkopf daran, dass er vergeben war. Zumindest sein Herz.

»Wo ist Naganow?«, fragte Alexej und blickte über seine Schulter. Er hatte die Lippen aufeinandergepresst und wandte sich wieder dem Herd zu. Energisch schlug er zwei Eier in die Pfanne. Immerhin ließ er sie mittlerweile nicht mehr anbrennen.

»Gestern zurück nach Sankt Petersburg.« Ich lugte in die weiße Papiertüte auf dem Tisch, um mein Cornetto herauszufischen.

Alexej drehte sich kurz zu mir um und hob die Augenbrauen.

»Wir hatten einen schönen Abend. Es war nett von dir, ihn einzuladen. Vielen Dank«, sagte ich.

Er umgriff den Pfannenwender so heftig, dass er bedrohlich knackte. Ich hörte ihn tief einatmen. »Du hast deinen Freund vermisst und das Gejammer konnte sich ja kein Mensch anhören.«

Bei seinem abfälligen Ton runzelte ich die Stirn. Ich hatte Wasilij ihm gegenüber nur einmal erwähnt, in Venedig. Aber ich kannte ihn mittlerweile gut genug, um zu wissen, was hinter so einer Antwort steckte. Alexej wurde oft schnippisch, wenn ihm etwas zu nah ging. Es war sein Abwehrmechanismus, sobald er gekränkt und verletzt war und er seine Emotionen sonst nicht mehr unter Kontrolle hatte. Was hatte er nur gegen Wasilij? Nichtsdestotrotz korrigierte ich ihn.

»Einen Freund«, sagte ich.

»Wie bitte?«, grummelte er.

»Wir ...«, ich atmete tief ein, »Wir haben uns getrennt. Schon vor Italien.«

Alexej fror in seinen Bewegungen ein. Ich erkannte durch das dünne, durchgeschwitzte Baumwollshirt wie sich seine

Schultermuskeln anspannten. Die Stille zwischen uns, die vom Brutzeln der Eier durchbrochen wurde, knisterte bedeutungsschwer.

Wasilijs Worte schwebten durch meinen Kopf. Aber nein, Alexej liebte eine andere. Es war so einfach, mir einzubilden, dass er daran interessiert war, ob ich mit Wasilij zusammen war oder nicht – und das nicht nur aus freundschaftlichen Gründen. Leider war dem nicht so, das hatte er mir selbst erzählt. Sein Handywecker erlöste uns und Alexej zog die Pfanne vom Herd. Gesagt hatte er immer noch nichts. Er hatte mich nicht mal angeschaut.

Ich zog mit einem Quietschen den Holzstuhl des Küchentischs zurück, ließ mich fallen und starrte in meinen Kaffee. Erst nach einer Minute spürte ich Alexejs Adleraugen auf mir.

»Geht es dir …«, er schluckte schwer, »… gut?«

Das war gefährliches Terrain, auf dem wir uns bewegten. Es fühlte sich … intim an. Auf der anderen Seite waren wir doch zwangsweise fast Freunde geworden, oder? Ich schaute auf. Sein Gesicht war wieder unlesbar, nicht der kleinste Muskel zuckte. Was ich manchmal dafür geben würde, in seinen Kopf zu sehen. Ich seufzte. »Ich glaube, die Entscheidung war schon längst überfällig und wir haben endlich den Mut gefunden, es zu tun. Traurig war es trotzdem. Aber nach dem Gespräch gestern glaube ich, dass alles fast so werden kann wie früher.«

Alexej drehte sich wieder zum Herd und servierte mir wortlos ein Spiegelei neben meinem Cornetto. Dann stellte er eine neue Tasse mit dampfendem Kaffee daneben.

»Du bist besser dran ohne ihn. Ich habe nie verstanden, was du an ihm findest. Es gibt bestimmt jemanden, der besser zu dir passt«, sagte er vorsichtig, als müsste er jedes Wort sorgfältig abwägen.

»Und wer passt besser zu mir?«

»Jemand, mit dem du dich unterhalten kannst. Jemand,

der nicht denkt, ein Dotis Dynamis wäre eine Zutat für einen besonderen Kuchen. Dem du nicht hinterherlaufen musst wie ein Kleinkind. Der sich um dich kümmert.« Seine Augen waren erstaunlich offen und hellblau wie der Himmel. Trotzdem sah ich einen gewissen harten Zug um seinen Mund. Vielleicht dachte er daran, was er für sie tun würde.

Ich schluckte den Kloß in meinem Hals herunter und versuchte zu grinsen. »Also so jemand wie du?«, sagte ich stichelnd. Ich wollte nur einen Witz machen, um mein eigenes schlechtes Gefühl zu überspielen. Aber das versteinerte Gesicht von Alexej zeigte mir, dass ich zu weit gegangen war.

Es war wie immer. Da dachte ich, ich hatte ihn verstanden und plötzlich brachte eine Bemerkung alles ins Wanken. »Ich wollte dich damit nicht ärgern.« Ich verzog betreten das Gesicht.

»Hast du nicht.« Er drehte mir wieder den Rücken zu und schlug mehr Eier in die Pfanne, um sich dann mit seinem Frühstück ebenfalls an den Tisch zu setzen.

»Was machen die Versuche mit den Meerlöwenschuppen?«, fragte ich, als von meinem Cornetto nur Krümel übrig waren. Ich schaute in meine zweite Kaffeetasse. Ihr Boden erinnerte mich daran, dass ich unbedingt meinen Kaffeekonsum herunterfahren sollte.

»Wenn du nichts dagegen hast, würde ich unseren freien Tag auf morgen verschieben. Sollte alles gut laufen, gelingt mir heute ein Durchbruch. Dann könnten wir bei Bedarf die Dosis erhöhen«, murmelte Alexej und widmete sich wieder seinem Rührei.

»Das ist gut, können wir so machen«, sagte ich, Alexej nickte nur. »In der Bibliothek komme ich langsam in eine Sackgasse. Ich habe fast alle Bücher durch und außer ein paar kleinen Hinweisen, die lediglich das bestätigt haben, was wir schon wussten, gibt es nichts Neues.«

Alexej lehnte sich in seinem Stuhl zurück und musterte mich aufmerksam, sein Blick unlesbar. Er holte seinen Fokus aus seiner Tasche und warf ihn immer wieder in die Luft. Mittlerweile wusste ich, dass er das tat, wenn er nervös oder angespannt war und es verbergen wollte. Vielleicht hatte er doch mehr gehofft, dass ich eine Lösung für den Cupids Fluch finden würde, als er zugeben wollte.

Ich holte tief Luft. »Wir sollten noch mal alles von vorne durchgehen und unsere Unterlagen abgleichen. Es wäre sinnvoll, dass du mir genau erzählst, was das für eine Erinnerung war, die den Fluch getriggert hat.« Die Worte hingen zwischen uns in der Luft, aber er blaffte mich nicht gleich an.

»Lass uns heute Abend hier essen«, sagte Alexej unvermittelt.

»Okay … gibt es einen bestimmten Grund?«, fragte ich.

»Siehst du dann.« Er grinste nur frech und verschwand im Bad.

23

Die Wohnungstür öffnete sich mit einem Klicken und der Geruch von Pizza und Bolognese-Soße umhüllte mich. Das machte wett, dass ich heute in der Bibliothek rein gar nichts gefunden hatte. Ein leckeres Essen konnte ich wirklich gebrauchen. Dieses Mal hatte Alexej sogar vorher gefragt, was ich haben wollte.

Entgegen meiner Erwartung war der Küchentisch nicht gedeckt. Ganz im Gegenteil, er fehlte vollkommen. Stattdessen hatte Alexej ihn magisch verkleinert und auf den Balkon, der zur Gasse hinausging, gestellt. Ein sauberes weißes Tischtuch war darauf ausgebreitet und zwischen den glänzend polierten Weingläsern stand ein Kerzenständer mit fünf weißen Kerzen. Die Flammen flackerten in der Brise. Alexej, der neben mir auftauchte, hatte sich sogar die Mühe gemacht, ein Hemd anzuziehen.

»Alexej? Ist alles in Ordnung? Was ist das hier?«, fragte ich verwundert.

»Ich habe heute das Wassermanngras erfolgreich ersetzt.« Er zog mir den Stuhl zurück und ich setzte mich vorsichtig. Sollte ich mich umziehen? Wir waren zwar in unserer Wohnung, aber mit einer so feierlich gedeckten Tafel fühlte ich mich fast etwas unwohl. Ich trug nur das Kleid, das ich den ganzen Tag schon angehabt hatte. Zudem war es ausgerechnet das hellblaue mit den Punkten, das Alexej nicht mochte.

»Das feiern wir so groß?« Langsam rückte ich mit dem Stuhl an den Tisch, während Breschnew mir mit einer weißen Stoffserviette über den Arm gelegt Wein einschenkte.

»Unter anderem.« Sein Gesichtsausdruck war unlesbar, am ehesten noch ... aufgeregt?

Bevor ich jedoch nachfragen konnte, holte er unser Essen aus der Küche und servierte mir meine Pizza Salmone, bevor er sich mir gegenüber niederließ. Der Rand sah knusprig aus und der Duft des frischen Rosmarins und Oregano ließ mir das Wasser im Mund zusammenlaufen. Für einen Moment zuckten Alexejs Mundwinkel.

»Was?«, fragte ich.

»Ich hasse Fisch.«

Ich hob kurz die Schultern und schnitt mir ein Stück ab, in das ich herzhaft hineinbiss. Die Pizza, die Wasilij zu unserem Jahrestag mitgebracht hatte, war nichts im Vergleich zu der von La Farfalla. Kaum hatte ich den Gedanken zu Ende gedacht, nagte das schlechte Gewissen an mir. Ich sollte die beiden Männer nicht miteinander vergleichen, schon allein deswegen nicht, weil ich doch gar nicht an Alexej interessiert war. Interessiert sein sollte. Warum aber gingen mir dann Wasilijs Worte nicht aus dem Kopf? Ich hatte mich nicht wegen Alexej von ihm getrennt, oder? Das war vor Italien gewesen, bevor ich ihn wirklich kannte. Bevor ich ihn überhaupt beim Vornamen nannte oder ihn als meinen Freund bezeichnen würde. Denn das war es, war er jetzt für mich war, oder? Ein Freund. Doch in Situationen wie dieser hier zweifelte ich an meinen Gefühlen. Ein bisschen auch an Alexejs, aber das verbat ich mir gleich wieder.

Ich nippte am Weinglas. Alexej lächelte mir zu, fast schon offen. Ich wollte noch mal fragen, was wir genau feierten, da setzte sich ein rosiger, dicker Junge mit weißen Flügeln und einer weißen Stoffwindel auf unser Geländer. Er war gefühlt aus dem Nichts angeflogen gekommen. Alexej und ich wechselten einen vielsagenden Blick.

Aus seiner leicht gräulichen Stoffwindel fischte der Cupid eine zerknitterte Packung Zigaretten und ein blaues Plastikfeuerzeug. Ein knittriger Fünfzig-Euro-Schein rutschte mit hinaus und wollte in die Tiefe flattern. Seine dicke, rosa Hand fing ihn wieder ein und stopfte ihn zurück in die Stoffwindel.

Ungläubig starrte ich den Cupid an. In der ganzen Zeit in Verona hatte ich keinen einzigen zu Gesicht bekommen und jetzt ein solch … besonderes Exemplar.

»Was? Noch nie jemanden Pause machen sehen?«, blaffte er mich mit einer zu tiefen, rauchigen Stimme an. Dank meines Metafrastis', das ich vergessen hatte herauszunehmen, verstand ich ihn ohne Probleme. Er steckte sich die Zigarette in den Mundwinkel und zündete sie gelangweilt an.

»Nicht auf dem Balkongeländer von wildfremden Leuten«, sagte Alexej kühl.

Der Cupid blies ihm eine Rauchwolke ins Gesicht. »Andere Touris wären froh, wenn sich ein Cupid so nah neben sie setzen würde. Glück in der Liebe und so. Ihr seid doch frisch verheiratet, oder?«

»Wir? Nein! Nein, nein, nein, nein.« Abwehrend hob ich die Hände. Ich verbot mir selbst jeglichen Gedanken in die Richtung. Sollte Alexej den Hauch eines Zweifels riechen, könnte es unangenehm werden, für uns beide.

Der Cupid blieb unbeeindruckt und hob nicht mal eine Augenbraue. »Jedenfalls zahlen Leute wie ihr – oder dann eben nicht wie ihr – viel Geld, um nur in meiner Nähe sein zu dürfen. Also wäre etwas Dankbarkeit angebracht, oder?«

Alexej hob eine Augenbraue und fragte mit saurem Gesichtsausdruck: »Und wer zahlt gutes Geld dafür?«

Der Cupid zuckte die Schultern und nahm einen tiefen Zug an seiner Zigarette. Er blies den Rauch in die warme Abendluft, den ein leichter Windstoß gleich auflöste. »Alle möglichen Leute. Bin aber nicht mehr selbstständig, zu viel Ärger mit der Abrechnung.«

Konnte ich es wagen und ihn darauf ansprechen, dass ein

Fluch nach seiner Rasse benannt war? Ich musterte den dicken Jungen mit den blonden, lockigen Haaren. Besser nicht. »Und wo bist du angestellt?«, fragte ich.

»Ihr habt nicht viel von der Stadt gesehen, oder? Habt die Zeit lieber zu zweit in der Wohnung verbracht, heh?« Er hob vielsagend beide Augenbrauen und machte eine obszöne Geste mit seinen Händen.

Ich hätte den Cupid am liebsten vom Geländer geschubst. »Wir sind kein Paar«, betonte ich zwischen zusammengebissenen Zähnen. Zu meinem eigenen Erschrecken bemerkte ich, dass meine Wangen glühten. Hoffentlich bekam Alexej das nicht mit.

Der Cupid zuckte mit den Schultern. »Jedenfalls arbeite ich für die Pfarrei San Lorenzo, wo alle Liebeskranken hinrennen.«

Ich warf Alexej einen schnellen Blick zu. San Lorenzo, wie Bruder Lorenzo aus Romeo und Julia. Der Cupid in Verbindung mit diesem Namen – war das ein Hinweis?

»Wollt ihr eine Feder von meinen Flügeln? Soll Glück in der Liebe bringen, für fünfzig Euro seid ihr dabei.« Der Cupid hielt uns eine verknickte Daune zwischen seinem speckigen Daumen und Zeigefinger vor die Gesichter.

Alexejs Nasenflügel bebten, ansonsten glich sein Gesicht einer Maske, seine Augen kalt. »Kein Bedarf. Ich zahle fünfzig Euro, damit wir unsere Ruhe haben.«

Der Cupid zuckte erneut mit den Schultern und ließ die Feder mit der nächsten Brise davonwehen. Er drückte seine Zigarette am Geländer aus und warf den Stummel in die Tiefe. »So, muss weiter. Bis die Sonne weg ist, ist noch gut was los.« Er stürzte sich vom Geländer, fing sich kurz über der gepflasterten Gasse mit seinen viel zu kleinen Flügeln ab und schraubte sich wieder nach oben in die Luft, bevor er im Abendhimmel verschwand.

»Wir sollten dann morgen auf jeden Fall zuerst nach San Lorenzo, das ist eine heiße Spur«, sagte ich aufgeregt.

Alexej nickte nur kurz. Er rollte seine Spaghetti auf die Gabel auf und kaute langsam. Von unten aus der Gasse drang Gelächter zu uns nach oben. In dem Restaurant an der Ecke war bestimmt irgendeine Feier, wie so oft. Ich lächelte, genoss die warme Abendluft und schaute über die Dächer Veronas, die die Abendsonne orangegold färbte.

Es gab Hoffnung. Ich hatte langsam schon aufgegeben, je näher ich dem Ende des Bücherregals kam.

»Ein simples Nein hätte gereicht«, sagte Alexej nach einer Weile. Ich schaute ihn irritiert an.

Er verdrehte die Augen. »Als er gefragt hat, ob wir verheiratet sind.«

»Ach komm, das ist wohl der abwegigste Gedanke, den man haben kann. Bis vor ein paar Wochen haben wir uns bis aufs Blut gehasst und ohne den«, ich senkte kurz meine Stimme, »Fluch würden wir nicht mal miteinander reden. Geschweige denn Zeit miteinander verbringen.«

Alexejs Mundwinkel zuckte kurz, aber ich verstand sein Problem nicht.

»Freust du dich gar nicht, dass wir einen neuen Hinweis haben? Und über den Trank? Gerade warst du doch gut gelaunt.«

»Mal sehen, ob das etwas bringt.« Sein Gesichtsausdruck war finster.

»Vielleicht war das der entscheidende Hinweis. Wir finden alles heraus, lösen den Fluch und sind frei. Dann bist du mich schnell wieder los«, sagte ich betont optimistisch. Ich wollte ihm zuzwinkern, aber Alexej stocherte bloß in seiner Bolognese-Soße herum und fischte eine Tomatenhaut heraus. Er und seine Launen. Oder es plagten ihn heute trotz des Tranks die Symptome. Meinen neuen Hoffnungsschimmer konnte er mir jedenfalls nicht kaputtmachen.

Was wir eigentlich feiern wollten, erfuhr ich natürlich trotzdem nicht.

Es flogen so viele Cupids um den Kirchturm von San Lorenzo am hellen Morgenhimmel, dass ich mich fragte, wie wir das übersehen hatten. Fasziniert starrte ich noch einen Moment hoch zu den magischen Wesen, bis mich Alexejs Fluchen wieder in die Gegenwart riss.

Vergebens drückte er die verzierte Eisenklinke herunter und rüttelte an der großen Holztür der Kirche. Mein Blick schweifte über die Fassade zu einem Fenster. Davor war ein Gitter angebracht, das in der Kirchenwand verankert war. Bunte Blumen waren an die Stäbe gebunden, die von der Hitze des gestrigen Tages schon ihre Köpfe hängen ließen. Dazwischen entdeckte ich einige Schlösser, manche mit Initialen und einem Datum versehen.

Ich runzelte die Stirn und wischte meine Handflächen an den weißen Shorts ab, die ich trug. Von dem Brauch hatte ich gehört: Als Zeichen der Liebe befestigte man ein Schloss an einer Brücke. Aber hier war weit und breit kein Fluss, in den die Liebenden den Schlüssel werfen konnten. Das musste doch etwas zu bedeuten haben.

»Wir werden warten müssen, bis jemand kommt«, sagte Alexej genervt.

Ich schüttelte den Kopf und zog ihn am Handgelenk mit, das er rasch meinem Griff entwand. Wir bogen um die Ecke und mir fiel sofort ein verwittertes Holzschild auf, das Richtung Treppen auf der Rückseite der Kirche deutete. »Archivo« stand da in großen Lettern und zwei ineinander verschränkte Herzen waren darunter ins Holz geschnitzt.

Mein Herz schlug schneller und ich stieg die hellen Steintreppen herunter. Wegen der Abertausenden Füße, die hier hinabgestiegen waren, hatte sie schon runde Kanten. Unten fand ich mich vor einer weiteren verwitterten Holztür wieder, die verschlossen war. Auch hier waren zwei Herzen ins Holz geschnitzt, die von zwei Flügeln eingehüllt waren, als wollten sie die Herzen beschützen.

Ich stellte mich auf Zehenspitzen, um durch das vergitterte

Fensterchen in das dunkle Kellergewölbe zu spähen. Obwohl Alexej sich locker hinter mich hätte stellen können, blieb er auf der untersten Treppenstufe stehen. Er überragte mich wie die Engelsstatue, die ich auf dem Glockenturm in Venedig gesehen hatte.

»Und?« Er klopfte mit seinen Segelschuhen ungeduldig auf die Stufe.

»Es gibt viele Regale mit Büchern und Holzkästen. Aber kein Hinweis, was hier überhaupt gesammelt wird.«

»Wie viel Astron hast du?«, fragte er.

»Überlegst du ernsthaft einzubrechen?« Mein Mund klappte auf.

Alexej zuckte nur mit den Schultern. »Während der Sklavenrebellion hast du sicher Schlimmeres gemacht oder willst du mir etwa erzählen, dass du mit den Anschlägen auf die Fabriken der Sieben nichts zu tun hattest?« Er hob fragend eine Braue.

Ich spürte, wie mir Hitze in die Wangen stieg und räusperte mich. »Erstens habe ich nicht genug. Und zweitens will ich nicht von den Carabinieri eingesammelt werden. Das war damals eine andere Situation.«

Alexej schnaubte. »Dann müssen wir warten.«

»Buongiorno!«, erklang eine freundliche Stimme hinter uns und ich kramte in meiner Ledertasche nach dem Metafrastis, das ich mir eilig ins Ohr stopfte.

»Guten Morgen«, antwortete ich dann der Frau, die am Fuß der Treppe über uns aufragte.

»Kann ich Ihnen helfen?«, fragte sie. »Sollte ich nichts für Sie tun können, wäre ich Ihnen verbunden, wenn Sie mir Platz machen, damit ich aufschließen kann.« Sie schmunzelte und feine Fältchen bildeten sich um ihre Augen und den Mund. Bestimmt zwängte sie sich in ihrem geblümten Sommerkleid an Alexej vorbei, der offensichtlich nichts gegen ihre Berührung einzuwenden hatte. Er machte nur einen Schritt nach oben.

»Sie sind bestimmt schon da, um in Cupids Gruft für ewige Liebe zu bitten«, vermutete sie, während sie einen alt aussehenden, großen Eisenschlüssel in das Schloss steckte. »Sie müssen es ja wirklich eilig haben, wenn Sie schon vor der Öffnungszeit hier stehen.« Sie zwinkerte Alexej zu. »Wollen Sie einen Brief abgeben?«

»Was für einen Brief?«, fragte ich.

»Oder ein Gedicht.« Sie zuckte mit den Schultern. »Natürlich für Cupid, als Zeichen Ihrer Dankbarkeit. Manche geben ihr Tagebuch ab. Ganz nach der alten Tradition, als der Cupids Fluch existierte. Die ältesten Tagebücher, die wir hier haben, reichen zurück ins frühe vierzehnte Jahrhundert«, erklärte sie mit hörbarem Stolz in der Stimme. Ich musste noch verwirrter dreinblicken, denn sie schob hinterher: »Der Cupids Fluch? Sie haben sicher schon davon gehört? Romeo und Julia? Shakespeare hat sogar den Zauberer nach dieser Kirche benannt. Bruder Lorenzo.«

Nachdem ich nicht reagierte, schloss sie vor sich hinmurmelnd die Tür auf. Unterdessen wechselte ich einen fragenden Blick mit Alexej, aber er hob nur kritisch eine Augenbraue. Dann forderte er mich mit einer einladenden Geste auf, der Frau zu folgen.

Ich kam seiner Aufforderung nach und sofort schlug mir dieser typisch feucht-modrige Geruch entgegen, wie man ihn in Kellern fand. Während die Frau hinter ihren Rezeptionstisch ging und einen Schlüssel in die Kasse steckte, wehrte sich jede Faser meines Körpers dagegen, weiter in dieses Gewölbe vorzudringen, zu groß war die Ähnlichkeit mit dem anderen Keller. Egal, was für eine Entdeckung hier auf uns wartete, das war es nicht wert. Ich trat einen Schritt zurück und kollidierte mit Alexejs warmer, harter Brust.

»Alles in Ordnung?«, raunte er in mein Ohr. Seine Lippen streiften meine Ohrmuschel.

Ein Schauer lief mir über den Rücken, aber ich konnte unmöglich sagen, ob das an Alexej oder an der Gruft lag. Ich schluckte schwer. Mein Mund war trocken und meine rechte Hand suchte instinktiv meinen Fokus, der um meinen Hals hing. »Ich geh da nicht rein.« Meine Stimme zitterte.

Die Frau schien von meinem Zögern nichts mitzubekommen, sondern wuselte weiter hinter der Rezeption umher.

»Wir sind hier an dem richtigen Ort. Soll ich vorgehen und du wartest draußen?«, fragte Alexej und machte einen Schritt an mir vorbei. Besorgt musterte er mich.

Nein, ich wollte dabei sein, die Gruft war eine heiße Spur. Ich ballte kurz die Hand zur Faust. Ich konnte das schaffen. »Könntest … könntest du mit mir reden und vielleicht meine Hand halten?«, sagte ich leise, obwohl ich die Antwort schon kannte.

Wieso hatte ich überhaupt gefragt? Mir war doch klar, wie er auf Körperkontakt reagierte. Ich hätte mich ohrfeigen können. Dafür war nur die schwelende Panikattacke verantwortlich. Mit einem klaren Kopf hätte ich so was nie vorgeschlagen.

Aber Alexej schob lediglich seine warme große Hand in meine und drückte sie einmal. »Wo finden wir die Cupids Gruft?«, fragte er die Frau.

»Gleich hinter den Regalen der ganzen Dankesbriefe, im hinteren rechten Eck«, sagte sie. »Falsche Efeublätter zum Verbrennen und Feuerzeuge können Sie bei mir kaufen. Und bitte kein Kranichherzenpulver verbrennen. Das stinkt sonst den ganzen Tag.«

Ich war zu sehr darauf fokussiert, nicht in eine Panikattacke zu rutschen, als dass ich ihre Worte verarbeiten konnte. Sachte zog Alexej mich in den besagten Teil der Gruft an alten Eichenholzregalen vorbei. Die Bretter bogen sich schon von dem Gewicht von Abertausenden Briefen und vergilbten Büchern. Die Feuchtigkeit hier unten war mit Sicherheit nicht zuträglich für deren Zustand.

»Wir schauen es uns kurz an und wenn es eine Sackgasse ist, sind wir gleich wieder weg«, redete Alexej beruhigend auf mich ein und drückte meine Hand noch mal. Es klickte und ich zuckte zusammen, aber es war bloß das Deckenlicht, das flackernd aufsummte.

»Alles in Ordnung, ich bin da«, sagte Alexej, als würde er mit einem verängstigten Kind sprechen, das aus einem Albtraum erwacht war.

Die zuschnürende Panik in meiner Brust ließ etwas nach. Mein Herzschlag wurde langsamer, trotzdem klammerte ich mich an Alexejs Hand.

»Manche Bücher sind magisch.« Er zeigte auf einige bläulich leuchtende Exemplare, denen die Feuchtigkeit hier nicht zu schaffen gemacht hatte.

Dankbar über die Ablenkung versuchte ich mich darauf zu konzentrieren, konnte jedoch nicht verhindern, dass ich seine Hand so fest umschloss, dass es wehtun musste. Zumindest konnte ich so weitergehen.

Ganz hinten im Gewölbe fanden wir schließlich eine Nische, in der die marmorne Skulptur eines Cupids aufgestellt war. An manchen exponierten Stellen wie den Falten der Windel hatte sie graue Rußränder. Davor war eine silberne Brennschale platziert, in ihrer Mitte Asche und eine dicke Schicht Ruß. Einige Kerzen standen um die Skulptur auf verrußten Kerzenständern, die vor Ewigkeiten einmal silbrig geglänzt haben mussten.

Die Neugier verdrängte die Furcht. Das hier war so weit von dem Keller entfernt wie nur möglich. Meine Finger lockerten sich um Alexejs Hand und er entzog sie sofort meinem Griff. Sekunden später fuhr ich über das Banner, das sich unterhalb des Cupids um den Sockel wand. Eingemeißelte Buchstaben zierten das steinerne Band. Ich holte die magische Übersetzungshilfe aus meiner Tasche und setzte sie auf. Aber ich war zu nah dran, die Buchstaben verschwammen unter dem bläulichen Glas des Metafrastis vor meinen Augen. Ich lugte über den Rand des Brillengestells und stellte überrascht fest, dass die Inschrift in Englisch verfasst war.

»Was steht da?«, fragte Alexej ungeduldig.

»From Cupid's Hand bound forever,
No kinsmen divide what's one.
Express thy love in marriage
And death will be your friend,
cold lips tasting your cheek in passing.«

Ich runzelte die Stirn. Könnte das etwa ein direkter Hinweis auf den Fluch sein? »Das müsste through heißen.«

»Nicht, wenn der Rhythmus eingehalten werden soll«, sagte Alexej.

In diesem Moment klingelte die Glocke an der Tür und die Rezeptionistin begrüßte zwei neue Gäste. Keine Minute später trat ein tuschelndes, händchenhaltendes Pärchen zwischen den Bücherregalen hervor. Beide schauten uns erwartungsvoll an. Ich wusste nicht so recht, was sie wollten und trat lieber einen Schritt zur Seite. Die junge Frau in den kurzen Hosen klammerte sich kichernd an den Arm ihres Freundes. Mit der anderen Hand legte sie zwei papierene Efeublätter auf die Silberschale und zündete sie an, bevor sie ihn küsste.

Ich wandte den Blick ab. Plötzlich fühlte ich mich wie der Eindringling in einem so intimen Moment, obwohl sie uns gestört hatten.

Das vertraute Umblättern von Buchseiten riss mich aus meinen Gedanken. Ich drehte mich zu Alexej um, der aus einem der Holzregale ein Buch gezogen hatte, die Stirn in tiefe Falten gelegt. »Ich hätte nie gedacht, dass ich das sage, Iwanowa, aber du hattest recht.« Er schaute hoch und hielt mir das Buch unter die Nase.

Ich fing an, in dem Tagebuch einer venezianischen Kaufmannstochter zu lesen, bis ich über den Namen stolperte. Cupids Fluch. Wir waren an der Quelle angelangt.

24

Auf dem kleinen runden Tisch in dem Alkoven unter dem vergitterten Fenster stapelten sich unzählige Bücher und Briefe zwischen Alexej und mir. Die felsige Nische war in den letzten Tagen zu unserem Stammplatz geworden. An den feuchten Geruch hatte ich mich schon vor einiger Zeit gewöhnt. Alexej schrieb gerade eine Anmerkung in sein Notizbuch, klappte das Tagebuch vor sich zu und nahm sich aus dem Stapel das nächste. Seine Stirn war in leichte Falten gelegt, doch der harte Zug um seinen Mund war verschwunden. Die letzten Tage war er schlecht gelaunt gewesen, aber langsam besserte sich seine Stimmung wieder.

Ich schnalzte leise mit der Zunge, um seine Aufmerksamkeit zu erregen und zeigte Alexej eine vergilbte Doppelseite in dem alten Journal, das ich las. »Schau mal, das Zittern hat bei Giulia Mancini einen Tag nach Wirkung des Fluchs angefangen. Was sagt dir das?«, flüsterte ich.

»Dass sie ziemlich zwanghaft war, wenn sie das so genau aufgeschrieben hat? Bei den Sternen, hat sie da ihren neuen Nachnamen«, er zählte kurz leise, »fünfzehn Mal aufgeschrieben? Die Frau war ganz klar verrückt.«

»Sie war verliebt. Hinten hat sie das noch mal auf ganzen zwei Doppelseiten gemacht. Auf jeden Fall hat das Zittern sofort begonnen. Irgendwas stimmt mit der Zeitlinie nicht.«

»Das kannst du nicht wissen, Iwanowa. Vielleicht hat sie

Francesco weniger gesehen. Oder sie war krank. Oder sie hat einen Trank konsumiert, der interferiert hat. Du kannst unmöglich von einem Fall auf andere schließen.«

Er hatte recht. Das bisschen, was ich schon über die Methodik der psychologischen Forschung gelernt hatte, war, dass so ein Schluss fehleranfällig war. Ich knirschte mit den Zähnen.

Vom Eingangsbereich drangen leise mehrere Stimmen zu uns durch. Es war wieder ein Pärchen gekommen, um bei dem steinernen Cupid um ewige Liebe zu bitten.

»Wenn wir aber genug Zeitleisten von unterschiedlichen Paaren erstellen, dann könnten wir zumindest die Gemeinsamkeiten rausfinden und sehen, was uns erwartet«, flüsterte Alexej. Er zog sich ein anderes Journal aus dem Holzregal, das hinter ihm stand. »Fangen wir besser gleich an.«

Einige Stunden und unzählige Tagebücher, Briefe und Gedichte später hatten wir vierzehn Linien verschiedener Paare aufgemalt. Alle Symptome waren nun auf den Zeitstrahl übertragen. Ich beugte mich neben Alexej über unsere Aufzeichnungen und ignorierte das Stechen in meiner Brust, als er versuchte unauffällig Distanz zwischen uns zu schaffen. Bald bräuchte ich Abstand, ich konnte meine eigenen Gefühle sonst nicht mehr kontrollieren. Ob ich es wollte oder nicht, ich verfluchte die Frau, der sein Herz gehörte, wer auch immer sie war. Sie hatte sich nicht einmal gemeldet. Ganz offensichtlich hatte sie ihn nicht verdient.

»Hier hatte eine Mutter die geniale Idee, ihrer Tochter über einen Seelenfluch ihre ganze Magie zu übertragen, damit sie länger überlebt«, murmelte Alexej.

»Hat es geholfen?«

Er schnaubte. »Natürlich nicht. Die Symptome wurden etwas besser, aber der Fortschritt war relational und sie hat eben nur insgesamt mehr Magie verloren.«

Ein weiteres totes Ende. Ich musterte wieder die Zusammenfassung meiner Recherche der letzten Stunden. Mein

Zeigefinger fuhr über die rote Linie, die versetzt zu den anderen verlief. »Der Verlust der Magie ist relational bei konstanten Bedingungen. Allerdings stimmt definitiv etwas nicht mit der Zeitlinie. Entweder du hast das falsch aufgezeichnet oder die ersten Symptome nicht mitbekommen. Bei den meisten fängt es mit dem Zittern an, bei dir mit den Kopfschmerzen. Wir hängen durchschnittlich sechsundvierzig Tage hinterher«, flüsterte ich.

»Nein, seitdem ich die Erinnerungen dem Richter zeigen musste, wusste ich, dass der Fluch ausgelöst wurde. Das muss der Trigger gewesen sein. Ich habe genau auf alles geachtet. Es ist unmöglich, dass ich ein Symptom verpasst habe.«

»Vielleicht würde es helfen, wenn ich deine Erinnerungen sehen würde«, versuchte ich es wieder einmal.

»Nein.« Alexejs Stimme war schneidend und zu laut, seine Augen durchbohrten mich.

Die Frau vom Empfang, die gerade noch lautstark telefoniert hatte, verstummte für einen Moment. Sie lugte zu uns hinüber, bevor sie sich erneut ihrem Telefonat widmete.

Ich fühlte mich plötzlich um Wochen zurückgesetzt und blinzelte. »Was ist das große Problem? Der Fluch ist bereits ausgelöst.«

»Du wirst meine Erinnerungen nicht sehen. Das ist privat«, presste er zwischen zusammengebissenen Zähnen heraus.

»Privater als unser Tod? Vielleicht hilft uns das.« Ich verschränkte die Arme.

»Iwanowa, das hilft nicht und damit Schluss. Wenn wir hier schon dein Forschungsprojekt verfolgen, dann bleib wenigstens bei der Sache.«

»Mein Forschungsprojekt? Fängt das wieder an? Das ist genauso dein Leben, das auf der Kippe steht.« Mein Blut kochte. Wo kam das auf einmal her? Die ganzen letzten Tage hatte ich das Gefühl gehabt, wir wären auf einer Linie.

»Und ich habe dir gesagt, dass ich es nicht von mir aus mit solchen Nachforschungen verschwenden werde. Wir sitzen genau an der Quelle und sind keinen Schritt weiter.«

»Was machst du dann noch hier?«, platzte es aus mir heraus.

Sein zornverzerrtes Gesicht war einen Moment lang wie eingefroren. Dann glättete sich jede Falte auf seiner Stirn. Seine Augen wurden klar und kalt, seine Maske war wieder an Ort und Stelle. Wie eine Skulptur aus Eis. »Wenn du mich hier nicht willst, kann ich auch gehen.«

Ich war so überrascht von seinen Stimmungsschwankungen und von dem Streit, dass ich ihn nur anstarrte und gar nicht wusste, was ich sagen sollte.

»Verstehe.« Alexej stand auf, drehte sich auf dem Absatz um und verschwand zwischen den Regalen. Dann hörte ich das dumpfe Klingeln der Glocke an der Tür.

Wie versteinert saß ich da und konnte nicht fassen, dass wegen so einer Kleinigkeit das Gespräch derart eskaliert war. Das lag mit Sicherheit an seiner schlechten Laune der letzten Tage. Wieso war er bloß so dünnhäutig? Ich überlegte, ihm nachzulaufen. Aber er hatte auch sein Notizbuch liegen lassen und ich musste hier alles erst aufräumen. Er würde sich sicher wieder beruhigen. Ich würde ihm nachher eine Pizza und Tiramisu mit nach Hause bringen und die Sache hätte sich geklärt. Bestimmt.

Kurz vor Schließung des Archivs räumte ich wie jeden Abend alle Journale zurück. Ich wünschte Claudia, der Frau an der Rezeption, einen schönen Abend und machte einen kleinen Umweg über La Farfalla, um die Pizza und das Tiramisu abzuholen. Während ich wartete, setzte ich mich kurz auf einen Stuhl, der etwas abseitsstand. Ich drückte meine Finger an die Schläfen. Das Wetter drückte mir auf den Kreislauf, mir war etwas schwindelig und meine ganze Haut juckte.

Als ich die Stufen zu unserer Wohnung erklomm, fühlte ich mich immer noch nicht gut. Die Hand, auf der ich den Pizzakarton und das Tiramisu balancierte, zitterte leicht. Es war Zeit, dass ich wieder den Trank gegen die Symptome zu mir nahm. Ich musste Alexej unbedingt fragen, ob ich die Dosis erhöhen durfte.

Einen Moment stutzte ich, als ich den Schlüssel einmal öfter umdrehen musste als sonst. Wir schlossen die Wohnung nie von innen ab. Doch ich war zu erschöpft, um mich darum jetzt zu sorgen. Ich hatte zu wenig getrunken und alles drehte sich schon vor lauter Dehydrierung.

»Alexej? Ich bin wieder da und habe Pizza und Tiramisu dabei. Außerdem konnte ich die Zeitlinie für die Symptome rekonstruieren. Du hast wahrscheinlich einen Fehler gemacht, aber das passiert den Besten von uns.« Im Nachhinein nicht die bestgewähltesten Worte. Alexej schwieg. Verdammt.

»Ach, komm, sei nicht eingeschnappt. Wichtig ist doch, dass wir vorankommen«, rief ich in die Stille hinein und zog meine Sandalen aus. Ich blinzelte, um mich zu vergewissern, dass ich richtig sah. Alexejs Schuhe waren weg.

»Alexej? Bist du überhaupt da?«

Ich hängte meinen Schlüssel an den Haken neben der Tür. Die Pizza und das Tiramisu wollte ich auf dem Küchentisch abstellen. Aber dort standen bereits ein kleiner Messbecher und eine Glasflasche, die mit dem pink leuchtenden Trank gefüllt war. Daran klebte ein gelber Notizzettel.

Bleib so lange du willst,
Wohnung ist bezahlt.

Wenn du nach Sankt
Petersburg zurückwillst,
schreib Juri.

Er organisiert alles für dich.

Darunter eine Telefonnummer. Ich wirbelte herum. Die Tür von Alexejs Zimmer stand offen. Mir wurde eiskalt und ich stolperte nach vorne. Kein Koffer mehr, keine Kleidung, das Bett gemacht. Der Schock fuhr mir durch alle Glieder. Mein Herz pochte wie wild, malträtiert von der Erkenntnis, von der Befürchtung, dass er weg war. Ich riss die Badezimmertür auf. Nur eine Zahnbürste. Tränen schossen mir in die Augen, aber ich weigerte mich, wegen so einem Arsch zu weinen. Trotzdem fühlte es sich an, als würde ein riesiger Stein auf meiner Brust mir die Luft abschnüren.

Ich war allein. Wahrhaftig allein. In all der Zeit, in der wir uns gestritten und gefoppt hatten, hatte er mich nie allein gelassen. Ich hatte ihn immer anrufen können, er war immer greifbar gewesen. Bis jetzt. Und ich war so dumm gewesen und hatte gedacht, ich könnte mich auf ihn verlassen.

Mit zitternden Fingern zog ich mein Handy hervor, suchte seinen Kontakt heraus und wählte die Nummer. Es sprang gleich die Mailbox an, das Handy war ausgeschaltet.

Das Surren der Turbinen dröhnte in meinem Kopf. Ich warf mir eine Schmerztablette ein und spülte sie mit einem Schluck Wasser herunter. Die Kopfschmerzen waren heute fast nicht auszuhalten. Hätten sich meine Hände nicht in die Lederlehnen des Sitzes gekrallt, hätten sie unkontrolliert gezittert. Obwohl ich absichtlich wegsah, konnte ich die verstohlenen Blicke der Flugbegleiterin regelrecht spüren. Ich kuschelte mich tiefer in den gemütlichen Ledersitz wie eine Schildkröte in ihren Panzer.

Dieses ganze Desaster war meine Schuld. Ich wusste doch, dass ich mich nicht auf irgendwen verlassen konnte und trotzdem … Alexej mit seiner pseudofürsorglichen Art hatte meine Mauern niedergerissen. Und jetzt bezahlte ich dafür.

Die letzten Tage war die Wohnung am Abend zu still gewesen, der Platz mir gegenüber am Tisch im Archiv leer. Er hatte auf keine meiner Nachrichten reagiert. Gestern hatte ich es dann aufgegeben, mich selbst davon zu überzeugen, dass ich den Nachforschungen allein nachgehen konnte. Wem machte ich etwas vor?

Stattdessen hatte ich wieder und wieder jedes Wort unseres letzten Gesprächs zerpflückt. Ich wollte verstehen, wo bei den Sternen wir uns so hochgeschaukelt hatten. Jedes Mal landete ich erneut bei seinen Erinnerungen. Aber was konnte denn so schlimm daran sein? Der Fluch konnte ja schlecht zweimal ausgelöst werden und ich war doch sowieso beteiligt. Alexej hatte mir von seinem Magiedurchbruch erzählt. Wie viel persönlicher konnte es werden? Ich musste fast ein bisschen schmunzeln bei dem lächerlichen Gedanken, durch ein erneutes Auslösen des Fluchs wieder von vorne anzufangen. Aber das Lächeln verschwand schnell von meinem Gesicht.

Ohne Alexej in der Nähe war die Linie an meinem Arm deutlich schneller gewachsen. Noch ein Grund für den Rückflug. Lieber hätte ich ein tatsächliches Ergebnis mitgebracht, statt mit leeren Händen und mehr Fragen dazustehen. Außer der Unstimmigkeit der Symptome kein Hinweis zur Lösung des Fluchs. Wieso auch? Alle Liebenden waren froh gewesen, einen Ausweg für ihre Misere zu finden. Die Flüche waren mit einer magischen Bindung oder einer Hochzeit aufgelöst worden. Unsere Situation war einzigartig, in jeder Hinsicht.

Ich lehnte mich zurück und versuchte mich zu entspannen, so gut es eben ging. Das einlullende Tosen der Turbinen brachte mich endlich zur Ruhe und ich sank in einen traumlosen Schlaf, bis das Flugzeug ruckelnd auf dem Boden aufsetzte. Als ich aus der Maschine kletterte, wartete Juri bereits auf der Landebahn, eine Tür des Autos hielt er mir auf.

»Wohin?«, fragte er und musterte mich durch den Rückspiegel, sobald wir beide im Wagen saßen.

Ich presste die Lippen aufeinander und schaute aus dem Fenster. Gedankenverloren fuhr ich mit meinem linken Zeigefinger über den rechten Unterarm. Allein der Gedanke, in meine verlassene Wohnung zurückzukehren, ohne Eka, ohne Iwan, zerdrückte mir das Herz und trieb mir Tränen in die Augen. Ich war mir nicht sicher, ob ich das in meinem jetzigen emotionalen Zustand aushielt. Demjan war auf Hawaii und Wasilij auf keinen Fall eine Option. Selten hatte ich mich so verlassen und allein gefühlt. Langsam kämpften sich die stechenden Kopfschmerzen durch die dicke Decke aus Schmerzmitteln. Es gab nur einen Ort, der mir Linderung verschaffen würde. Wenn er überhaupt da war.

Juri schaute mich erwartungsvoll an, doch er hatte wenigstens den Anstand, nichts zu sagen. Hatte ich eine wirkliche Wahl? Andererseits hatte er sich nicht gemeldet. Vielleicht war ich nicht willkommen. Aber ich musste es versuchen. Wie viel schlimmer konnte es werden?

»Alexejs Wohnung«, murmelte ich.

Juri musterte mich einmal lang, aber nickte dann und drückte so schnell aufs Gas, dass ich in den Sitz gepresst wurde. Als er mit quietschenden Reifen vor Alexejs Haus hielt, zögerte ich. Ich beobachtete durch das Glas der Tür den Rezeptionisten, seine Nase in ein Buch gesteckt. Jeder glänzende Knopf an seiner Uniform war poliert.

Ich gehörte nicht hierher. Ein ehemaliges mittelloses Sklavenmädchen.

»Frau Iwanowa?«

Wie viel Zeit war vergangen? Zehn Sekunden? Fünf Minuten? Ich wusste es nicht.

»Soll ich Sie woanders hinfahren?«, fragte Juri.

Ich schüttelte den Kopf und schnallte mich seufzend ab. Juri joggte um das Auto herum und öffnete mir die Tür. Mit einer Hand half er mir nach draußen. Ehe ich mich umdrehen konnte, leuchteten nur noch die Rücklichter des SUVs auf, während er in der Tiefgarage verschwand.

Mein Blick wanderte an dem Steingebäude hoch. Vor der Tür zu stehen brachte mich nicht weiter. Zögerlich ging ich in die Lobby, als wäre es der Gang zum Schafott. Der Rezeptionist schaute auf, legte sein Buch zur Seite und erhob sich zügig von seinem Stuhl. Ich hatte zwar die sternenstaubmodifizierten Münzen, aber mein Astron würde nicht reichen.

»Kann ich Ihnen behilflich sein?«, fragte er. »In Herr Breschnews Wohnung?«

Ich war froh, dass ich nur nicken musste und hakte mich dankbar bei ihm unter. So schritt er mit mir durch den Schatten der Skulptur. In der Wohnung nickte er mir nur kurz zu und verschwand dann wieder. Es war dunkel, aber durch meine Bewegung flackerte das Licht im Flur auf. Sollte ich rufen? Vielleicht hätte ich vorher eine SMS schreiben sollen. Ich klammerte mich an meine Ledertasche.

Die Entscheidung wurde mir abgenommen, als Alexej aus seinem Schlafzimmer schlurfte. Er hatte tiefe Ringe unter den Augen und sich bestimmt seit drei Tagen nicht mehr richtig rasiert. Seine Haare waren zerzaust. Nicht wie sein sonstiger sexy Ich-sehe-so-aus-wie-gerade-aufgestanden-Look, mehr wie ein gerupftes Huhn. Wäre er ein anderer meiner Freunde gewesen, hätte ich ihn in den Arm genommen und gefragt, was los war.

Aber das war Alexej.

Und gerade waren wir nicht mal Freunde. Vielleicht waren wir es nie gewesen.

Als er mich sah, fror er ein. Für eine kleine Ewigkeit starrten wir uns nur an.

»Ich wusste nicht wohin«, flüsterte ich. »Ist es in Ordnung, wenn ich …«

»Mach, was du willst.« Alexej drehte sich um und knallte seine Zimmertür hinter sich zu.

Ich schluckte schwer und blinzelte meine Tränen weg. Mein Brustkorb war wie zugeschnürt und ich presste meine zitternden Lippen aufeinander. Immerhin konnte ich bleiben. Sollten die nächsten Tage ebenfalls so werden, konnte ich mich gleich in die Newa stürzen.

Wenigstens waren die Kopfschmerzen besser und meine Hände zitterten nicht mehr so stark. Mit schweren Füßen schleppte ich mich in das Gästezimmer und ließ mich auf das Bett fallen. Für den Bruchteil einer Sekunde hoffte ich, einfach einzuschlafen und nicht wieder aufzuwachen. Mein ganzer Kampfgeist, aufgefressen von einem schlecht gelaunten Alexej.

Ich streifte die Schuhe ab, die mit einem dumpfen Geräusch zu Boden fielen, und die Tasche plumpste daneben. Morgen war ein neuer Tag. Aber was würde anders werden? Solange Alexej nicht mit mir redete, musste ich allein zurechtkommen. Wenn ich wenigstens wüsste, was los war. Ich wälzte mich in den weichen Bettlaken von rechts nach links und konnte trotz Musik nicht schlafen. Nicht mit Alexej ein paar Türen entfernt von mir, der nicht mit mir sprach. So konnte es nicht weitergehen.

Ich griff zu meinem Handy und wählte die Nummer. Es klingelte trotz der späten Stunde nur zweimal.

»Wasilij, du musst mir helfen«, sagte ich entschlossen.

25

Die Säulen des Gerichtsgebäudes leuchteten im Scheinwerferlicht wie Knochen in der Nacht. Bei dem Gedanken fröstelte ich unwillkürlich. Wobei das auch an den Temperaturen liegen könnte, denn es war eindeutig kühler als in Italien. Allerdings war das nichts im Vergleich zu der Kälte, die mir entgegengeschlagen war, sobald ich Alexej in den letzten Tagen zufällig im Flur begegnet war.

»Ira, bist du dir sicher? Das Risiko, erwischt zu werden, ist trotz allem hoch«, riss mich Wasilijs Stimme wieder ins Hier und Jetzt. Vor uns auf der Straße fuhr knatternd ein Moped vorbei.

»Deswegen habe ich ja dich dabei.« Ich gab mir Mühe zu lächeln, aber meine Mundwinkel machten nicht mit. Meine Nerven waren zu angespannt.

»Selbst, wenn die Beweismittel noch in der Asservatenkammer lagern … Es kann gut sein, dass die Erinnerungen zusätzlich gesichert sind. Ohne den passenden magischen Schlüssel kommst du da nicht ran und der ist nicht hier. Hast du wenigstens das Aktenzeichen rausfinden können?«

»Ja. Und ich will es trotzdem versuchen.« Ich musste endlich rausfinden, was mit Alexej los war und wenn ich dafür ins Gericht einbrechen musste, um an seine Erinnerungen zu kommen, würde ich das tun. Unsere Leben hingen davon ab. Außerdem weigerte sich ein nicht so kleiner Teil in mir zu glauben, dass er mich einfach im Stich lassen würde – obwohl mich das selbst überraschte. Ich vertraute ihm. Hinter seinem seltsamen Verhalten musste irgendwas anderes stecken, dessen war ich mir sicher.

Wasilij nickte nur und zog sich ein letztes Mal seine Uniform glatt. Auf der anderen Straßenseite drehten gerade zwei Strazh ihre Runde um das Gebäude. Sobald sie außer Sichtweite waren, überquerten wir zwischen zwei Taxis die Straße und steuerten auf den Seiteneingang zu. Einen neugierigen Domovoi konnten wir nicht gebrauchen.

»Bist du dir sicher, dass Pjotr heute Schicht hat?«, fragte ich.

»So sicher wie die Sterne am Himmel stehen. Und er war nett genug zu glauben, dass du nichts Böses im Sinn hast, sondern nur etwas nachschauen willst.«

Wir blieben vor der schlichten, schweren Holztür stehen und Wasilij schaute auf seine Uhr. »Ich hoffe, er ist es wert«, sagte er, während er um Punkt 21:34 Uhr an die Tür klopfte. Diese leuchtete kurz bläulich auf und das Geräusch eines Schlüssels im Schloss schnürte mir die Kehle zu. Jetzt gab es kein Zurück mehr.

Ein junger Mann mit Dreitagebart öffnete und winkte uns schnell herein. Wasilij begrüßte ihn mit einem Handschlag.

»Geht hier rechts den Gang runter, dann kommt ihr zu den Materialräumen der Reinigungskräfte. Da sind keine Kameras oder Überwachungszauber. Von da aus gelangt ihr ungesehen in die alten Gänge der Dienstboten. Du kennst den Rest«, sagte er zu Wasilij.

»Ich schulde dir was.« Wasilij klopfte ihm kräftig auf die Schulter.

»Die nächste Runde in der Wassermanns Mühle geht auf dich.« Er zwinkerte ihm zu.

Wasilij grinste seinem Kollegen zu und dann liefen wir eilig weiter, bis wir eine unscheinbare Seitentür erreichten, die er mit Magie sichtbar gemacht hatte. Vor uns lag ein klaffendes Loch, das in einen dunklen Gang zu führen schien. Die wenigen kleinen Notlichter schafften es nicht wirklich, die Finsternis zu durchdringen.

»Da geh ich nicht rein.« Ich blieb wie angewurzelt stehen. Mein Puls trommelte in meinen Ohren und nur der Anblick der Dunkelheit erhöhte meine Atemfrequenz.

»Willst du die Erinnerungen sehen oder nicht?«

»Du weißt doch, was das Problem mit meinen Panikattacken ist«, zischte ich ihm zu.

»Ach so, ja stimmt, daran habe ich nicht gedacht«, sagte Wasilij verlegen. »Aber das ist deine einzige Chance. Willst du jetzt oder nicht? Noch können wir umkehren.«

»Das ist keine Option.« Ich umklammerte den Saum des Sommermantels, den mir Eka geschenkt hatte.

»Hast du Kopfhörer dabei, um Musik zu hören oder so?«, fragte Wasilij leise.

Ich schüttelte den Kopf.

»Ich mach Licht mit meinem Handy und wir reden, du schaffst das schon.« Er klopfte mir wie seinem Kumpel eben auf die Schulter.

Ich rief mir in Erinnerung, dass Wasilij einige Gefallen für das hier hatte einfordern müssen. Und dass Alexej in den letzten Tagen weniger als das Notwendigste mit mir gesprochen hatte. Eka hatte natürlich auch nicht auf meine Nachrichten geantwortet. So einsam hatte ich mich noch nie in Sankt Petersburg gefühlt. Es musste sich schleunigst etwas ändern.

»Ich schaffe das«, wiederholte ich also. Erst wollte ich nach Wasilijs Hand greifen, aber schon allein der Gedanke an die Übelkeit ließ meine Magensäure die Speiseröhre aufsteigen.

Wasilij lächelte kurz und ging vor.

Sobald die Tür hinter mir zufiel und das Echo durch die grob behauenen Gänge hallte, schauderte ich. Ich spürte den spinnenhaften Zeigefinger fast im Nacken und schloss schnell zum Lichtkegel von Wasilij auf.

»Ich kann dir einen Witz erzählen«, sagte er leise.

»Nein, danke. Erzähl mir lieber etwas anderes.«

»Meine Mutter vermisst dich, sie fragt, ob du wieder mal zum Frühstück kommst. Kochtipps austauschen oder so.« Er zuckte kurz mit den Schultern, während er mich durch das Gerichtsgebäude führte.

»Wenn es etwas ruhiger ist, kann ich ja mal zu Besuch kommen«, sagte ich, obwohl ich froh war, mit dieser Frau in nicht zu engem Kontakt zu stehen. Ihre und meine Vorstellung, was eine gute Freundin ausmachte, lagen ungefähr drei Lichtjahre auseinander. In ihren Augen war wahrscheinlich meine einzig gute Qualität, dass ich gerne kochte.

Mittlerweile führte der Gang leicht nach unten, der Stein war etwas rutschig unter meinen Füßen. »Wieso ist hier nichts überwacht?«, fragte ich, als wir um eine dunkle Ecke bogen und eine kalte Eisenleiter hinunterstiegen.

»Die Existenz der Gänge ist geheim. Sie wurden nach dem zweiten Weltkrieg mit Beton versperrt. Aber nach der Geiselnahme im Romanow-Fall und der Besetzung der Sicherheitszentrale wollten die Strazh Möglichkeiten haben, sich unbemerkt im Gebäude zu bewegen. Also wurden die Gänge wieder freigelegt. Tu mir also den Gefallen und behalte das für dich.«

Ich nickte und kollidierte mit Wasilijs Rücken, der plötzlich stehen blieb.

»Wir sind da. Bald ist Schichtwechsel, dann wird der Raum kontrolliert. Du hast maximal fünf Minuten, beeil dich.« Er öffnete mir eine Klappe, die nicht größer als die Öffnung zu einem Heizungsschacht war.

Vorsichtig schob ich zwei Kartonkisten aus dem Weg und kroch über ein Regalbrett in den dunklen Raum. Das grüne Notausgangsschild surrte in der Dunkelheit. Ich klopfte mir den Staub von den Knien und schaltete die Handylampe an. Zum Glück war es hier etwas heller. Der Lichtkegel schweifte über die metallenen Schwerlastregale. Es roch nach Staub, alter Kleidung und getrocknetem Blut. Einen Moment lief es mir kalt den Rücken hinunter, doch dafür hatte ich keine Zeit.

Ich versuchte die Systematik der Boxen nachzuvollziehen, konnte aber zunächst keine feststellen. Dann verstand ich, dass sie nach den letzten Ziffern sortiert waren. Das Gericht war glücklicherweise sehr entgegenkommend gewesen, was das Aktenzeichen betraf. So dauerte es nicht mehr lange, bis ich die richtige Box fand, sauber beschriftet und versiegelt. Ohne zu zögern, öffnete ich das Siegel und die Box. Ich hätte besser Handschuhe mitnehmen sollen, aber jetzt musste es auch so gehen. Hoffentlich schaute hier niemand so bald nach.

In der Box lag nicht viel. Eine braune Mappe mit Bildern aus Bratsk, die ich nicht weiter berücksichtigte. So sehr es mich in den Fingern juckte, die Zeit drängte. Allein das Suchen der Box hatte mich zwei Minuten gekostet. Zumindest entdeckte ich nun einen kleinen Safe am Boden der Box. Er schimmerte leicht bläulich und auf seiner Oberseite war eine Vorrichtung zu erkennen, auf die etwas gelegt werden konnte. Mist. War ja klar. Wo auch immer der magische Schlüssel dazu war, hier war er nicht.

Ich räumte den Safe wieder zurück und wollte umkehren, da kam mir etwas in den Sinn. Alexej würde nie einfach so jemand anderem die Kontrolle über die Erinnerungen überlassen. Dafür war er zu kalkulierend. Die Wahrscheinlichkeit, dass er selbst einen Schlüssel hatte, schätzte ich als hoch ein. Ich kaute kurz auf der Innenseite meiner Wange und kramte dann in der Hosentasche. Schließlich legte ich die Münze, die Alexej mir gegeben hatte, um in seine Wohnung einen Schattenschritt machen zu können, auf die Vorrichtung.

Nichts passierte, der Schließmechanismus ließ sich nicht öffnen. Wäre zu schön gewesen. Ich nahm die Münze runter. Ich hatte bald sowieso keine Zeit mehr.

Zeit! Das war es vielleicht. Auf die Halterung könnte das Ziffernblatt einer Uhr passen. Alexejs teure Uhr, mit der er den Arbeitszimmersafe öffnen konnte. Eilig öffnete ich den Verschluss, an dem mein Fokus und die zweite Münze baumelten. Ich legte sie auf die Vorrichtung und hoffte, dass das die Lösung war. Nichts passierte, aber als ich versuchte den Verschluss zu öffnen, klackte es und der Safe sprang auf.

Bei den Sternen, Glück gehabt. Eilig hob ich die Edelstahlkiste, die darin verstaut war, heraus und öffnete die Schnallen. Drei bläulich schimmernde Erinnerungen in Phiolen ruhten dort drinnen in ihren Schaumstoffaussparungen.

Schnell zog ich aus meiner anderen Hosentasche die Brille aus Demjans Wohnung hervor, die Wasilij für mich geholt hatte. Es war ein günstiges Modell, ohne die Integration von Gefühl und nur minimal auf dem Geruchsspektrum. Für meine Zwecke würde es reichen. Wobei billig in diesem Fall trotzdem den Kaufpreis unserer Wohnung übertraf.

Ich setzte die Brille mit den integrierten Kopfhörern auf und schraubte die erste Phiole an den Bügel in die Halterung. Es surrte und knisterte kurz in den Kopfhörern und dann begann sich die Erinnerung abzuspielen.

Die Ränder waren verschwommen, aber ich schaute auf geometrisch angelegte Hecken, die unter einer dicken Schneedecke begraben waren.

»Alexej, schau mich bitte an«, ertönte eine männliche Stimme, die ich nicht kannte.

Mir wurde etwas schlecht. Reflexartig hielt ich mich an dem metallenen Regal fest, als der Blick sich drehte. Ein gemütliches Feuer prasselte in einem großen, steinernen Kamin. Daneben stand rechts eine Skulptur eines Löwen und links die eines Drachen. Das gleiche Wappen wie auf Alexejs Siegelring. Ein Mann saß mit einer Pfeife in der Hand in einem roten Ohrensessel vor dem Kamin und schaute mir direkt in die Augen. Seine dunklen Haare die gleichen wie die von Alexej und seiner Mutter.

»Habe ich dir jemals von Mascha erzählt?«, fragte er.

Das Bild wackelte kurz, als Alexej den Kopf schüttelte. Er ging langsam auf den zweiten Ohrensessel zu, der dem Mann gegenüberstand.

Dieser zog an seiner Pfeife und wirbelte in der anderen Hand eine braune Flüssigkeit in einem Kristallglas umher, die nach scharfem Alkohol roch. »Sie war eine Sklavin im Palast deiner Großeltern. Das erste Mal fiel sie mir auf, als ich vierzehn Jahre alt war. Sie lächelte mich jeden Morgen an, wenn sie die Vorhänge in meinem Zimmer aufzog.« Der Mann starrte ins Feuer und lächelte bei der Erinnerung, um seine Augen bildeten sich Falten. »Eines Tages nahm ich meinen ganzen Mut zusammen und grüßte sie. Sie erschrak sich fürchterlich, aber nach einer Woche grüßte sie zurück.«

Alexej hatte sich mittlerweile auf den anderen Sessel gesetzt und fixierte den Mann mit seinem Blick. Das Feuer warf dunkle Schatten auf dessen Gesicht.

»Wir fingen an, uns zu unterhalten. Ich schmuggelte Bücher aus der Bibliothek in mein Zimmer, die ich ihr zum Lesen gab. Ihre Augen strahlten jedes Mal heller als die Sonne.« Er zog noch mal an der Pfeife und blies einen Rauchring in die Luft, der an der holzvertäfelten Decke verpuffte. »Als dein Großvater das herausfand, ließ er sie so sehr schlagen, dass sie eine Woche nicht laufen konnte. Es half nicht, dass ich sagte, dass ich ihr die Bücher gegeben hatte.«

Das Feuer knisterte und wurde dunkler. Mit einer lässigen Handbewegung ließ der Mann zwei weitere Holzscheite in den Kamin schweben. »Aber Mascha war ein mutiges Mädchen. Sie hatte keine Angst, wenn ich sie beim Putzen in den unteren Stockwerken besuchte.« Der Mann holte tief Luft. »Sie war das erste Mädchen, das ich jemals küsste.«

Alexej starrte in das Feuer, das sich mittlerweile die zwei Holzscheite einverleibt hatte. Ihre geschwärzte Oberfläche glänzten wie Drachenschuppen.

»Es war klar, dass es für uns in Russland keine Zukunft gab.

Wir wollten weglaufen – nach Paris«, sagte der Mann. »Ich erinnere mich noch an das Gefühl ihrer warmen Hand in meiner, die eisige Kälte auf meinen Wangen. Wir sahen schon die Laternen am Tor, als der Schuss ertönte.« Er machte eine künstliche Pause. »Ihre Eltern durften für zwei Wochen ihre Leiche nicht bergen. Die Autos, die Lieferanten, fuhren einfach an ihr vorbei, als wäre sie nichts als ein überfahrener Vogel.«

»Warum erzählst du mir das, Onkel?« Alexejs Stimme klang jünger und er schaute auf.

Der andere Mann, anscheinend sein Onkel, wirbelte immer noch die bernsteinfarbene Flüssigkeit in dem Kristallglas herum. Die Eiswürfel klimperten. »Weil mir deine Mutter von dem Mädchen erzählt hat.«

»Sie ist keine Sklavin«, zischte Alexej.

»Ist, war – das kommt doch auf dasselbe heraus. Solche Geschichten enden nicht gut, sie tun es nie. Hast du verstanden? Liebe ist eine Schwäche, die ausgenutzt wird. Die meisten Ehen sind aus gutem Grund arrangiert. Du bist mein Lieblingsneffe. Ich sage das, um dich zu schützen.« Er lehnte sich weiter nach vorne. »Es wird der Tag kommen, Alexej, da wird es jemanden geben, der dir schaden will. Und dann solltest du sie entweder vergessen oder so tief in deinem Gehirn vergraben haben, dass sie niemals jemand findet.«

Ich blinzelte zweimal, als die Erinnerung abrupt vor meinen Augen verschwand. Wieder starrte ich auf eine staubige Artefaktenbox. Ein kaltes Gefühl breitete sich in meiner Magengrube aus. Wieso sollte das relevant für den Cupids Fluch oder all seine Taten während der Sklavenrebellion sein? Die Antwort war so klar wie Glas, doch mein Gehirn weigerte sich, sie zu akzeptieren. Ich legte die Phiole mit der Erinnerung zurück und schraubte die nächste in die Brille. Einen Moment zögerte ich, aber dann setzte ich die Brille doch auf. Mein Mund war staubtrocken.

Ich stolperte zurück, als das Gesicht des Zaren direkt vor mir auftauchte. Seine blau tätowierten Augen waren aus der Nähe noch gruseliger und gaben seinem Blick einen dämonischen Ausdruck. Er lächelte ein grausames Lächeln, das auf der sternenstaubglitzernden Haut fast unterging. »Entweder du vernichtest diese lächerlichen Rebellen, die sich in der Zaubererschule in Bratsk verschanzt haben oder dein Erdlingsmädchen stirbt. Dann wird sie zu dem Dreck unter meinen Schuhen, aus dem sie gekrochen ist.«

Schon allein diese Stimme jagte mir einen Schauer über den Rücken. Mühevoll erinnerte ich mich daran, dass er seit fast einem Jahr unter der Erde lag. Er konnte mir nichts mehr tun. Trotzdem überzog eine Gänsehaut meinen ganzen Körper.

Alexejs schneller Atem rasselte verzerrt aus den Mikrofonen der Brillenbügel. »Wieso ich?«

»Alexej, hältst du es für so weise, meine Entscheidungen infrage zu stellen?« Der Nachtblaue beschwor ein Messer aus der Luft, trat näher und dem Zucken von Alexej nach zu urteilen, hatte er ihm die Wange aufgeschlitzt. Der Zar hielt die blutverschmierte Klinge vor Alexejs Augen, das Blut glitzerte rot im Licht. Er seufzte. »Aber da du mein treu ergebener Diener bist und es wissen willst: Diese Bastarde meinen, sie können sich auf die Seite der Sklaven schlagen. Und als Schüler hast du die besten Chancen, unerkannt dort hineinzukommen. Also?«

»Wenn ich es tue, bleibt sie am Leben.«

Der Nachtblaue grinste breiter. Hinter ihm erkannte ich verschwommen das Gesicht von Dmitri Kamenski, der hämisch lachte. »Zumindest für jetzt. Sei dir dennoch gewiss, lieber Alexej, dass ich Mittel und Wege finden werde, um deine Motivation hochzuhalten.«

Alexej schluckte und starrte auf seine Hände, die sich an einer gepolsterten Stuhllehne festklammerten. Seine Knöchel traten weiß hervor, so blass wie die einer Leiche.

»Ich würde dir außerdem raten, nicht auf dumme Ideen zu kommen. Denn eins kann ich dir versichern: Solltest du sterben,

stirbt sie auch«, sagte der Nachtblaue.

Alexejs brüchige Stimme hallte von den Wänden wider. »Ehrwürdiger Zar, nachtblauer Meister, nur, wenn ich die Mission erfolgreich beende, lebt sie?«

»Ach Alexej, ich wusste, du hast eine rasche Auffassungsgabe, wie dein Vater mir bestätigt hat. Du brichst morgen auf. Nimm von deinen Sklaven mit, wen du magst, meinetwegen auch Dmitri oder wer immer noch Lust hat, Zaubererblut zu vergießen. Aber in drei Tagen will ich aus Bratsk nichts mehr hören. Du hast mein Wort.«

»Das Wort reicht mir nicht«, presste Alexej heraus.

Der Nachtblaue pirschte langsam in einem Halbkreis um ihn herum, wie ein Raubtier, das seine Beute in die Ecke drängte. Er lächelte, die Zähne vor den dunkelblauen Lippen zu hell. »Weil du stets mein treuer Diener warst, lieber Alexej, und ich hier in deinem Haus zu Gast bin, gewähre ich dir einen Bluteid.«

Die Erinnerung endete erneut urplötzlich. Ich brauchte einen Moment, um zu realisieren, dass der schnelle Atem mein eigener war. Ruhig einatmen, sagte ich mir, bis vier zählen, Luft anhalten und wieder ausatmen. Meine Finger zitterten leicht, als ich die Brille abnahm und die Phiole hinausschraubte. Obwohl mir die Zeit davonlief, erlaubte ich es mir, mich kurz an ein Artefakteregal zu lehnen. Die Eisenhalter der Regalbretter bohrten sich in meinen Rücken, doch das war mir recht. Sie hielten mich mit ihren Klauen in diesem Moment.

Zumindest kurz versuchte ich an meinen sicheren Ort zurückzukehren. Ich dachte an eine Insel in türkisblauem Wasser, aber ein tätowierter Augapfel ersetzte die Sonne und die sonst so schönen Palmen wurden von Schatten ertränkt. Es brauchte eine Minute, bis ich mich wieder im Griff hatte. Ein Bluteid, dunkle Magie. Aber dafür unbrechbar. Hatte er wirklich … Eine ganze Flut von Gedanken überrollte mich, dennoch schob ich sie beiseite, nicht jetzt. Nicht, wenn ich noch nicht alles wusste.

Die letzte Phiole funkelte mir entgegen, eingebettet in Schaumstoff. Es juckte mich in den Fingern. Auf der anderen Seite hatte ich Angst. Außer Eka und mir gab es keine andere Zauberin aus einer Sklavenfamilie. Oder es ging doch um eine nicht-magische Sklavin. Allein der Gedanke, dass Alexej eine gehabt hatte, für die er so weit gehen würde, versetzte mir einen Stich.

Der stumme Alarm an meinem Handy ging los, ich hatte keine Zeit mehr. Schnell schraubte ich die neue Erinnerungsphiole ein.

Ich starrte auf schmutziges Parkett, Blut tropfte in eine schimmernde Pfütze.

»Ihr habt gesagt, wenn ich alles mache, was ihr wollt, bleibt sie am Leben!« Alexej schluchzte fast und wischte sich mit dem Ärmel über das Gesicht. Dunkelrot glänzendes Blut blieb auf dem hellblauen Hemdsärmel zurück, der an der Seite eingerissen war.

»Sie ist am Leben geblieben, oder?«, ertönte die ruhige Stimme des Nachtblauen.

Alexej zitterte am ganzen Körper, so wie der Blick bebte. »Die Kikimora hätte fast ihren Geist gebrochen! Ihr alle Reize über zwanzig Minuten zu entziehen, hätte ihrer Psyche ernsthaft schaden können! Es war doch klar, was passiert, wenn sie in den Keller gesperrt wird! Sie hat eine schlimme Gehirnerschütterung, weil sie gegen die Wand gerannt ist!«

»Und du durftest sie nach zwanzig Minuten rausholen, bevor sie sich selbst getötet hat, oder? Ich halte mich an mein Wort. Aber sie musste bestraft werden. Glaube mir, lieber Alexej, nur wegen unseres Bluteids ist sie überhaupt am Leben. Bei der Sklavenrebellion mitzumischen – pfui. Hoffentlich hat ihr kleiner Ausflug ihr den Kopf geradegerückt. Es wäre zu schade, wenn die kleine Schlampe auch dich mit in den Tod ziehen würde.«

Ich tauchte aus der letzten Erinnerung auf und sank an der kalten Wand zu Boden. Meine Beine und Hände zitterten. Die ganze Zeit hatte er mich angelogen. Der sklavenhassende Oligarchensohn ohne Herz war eine Lüge gewesen. Eine Hülle. Und ich hatte ihm geglaubt.

Plötzlich drangen durch die Tür zum Gang Stimmen.

»Ira, komm. Keine Zeit mehr«, zischte Wasilij durch das Loch zu den Geheimgängen. Seine Worte geisterten durch die unzähligen Gänge zwischen den Regalen.

Ich rappelte mich auf und stopfte die Kette in meine Tasche. Hektisch presste ich die Phiole wieder in die Schaumstoffaussparung, bevor ich die Verschlüsse der Edelstahlbox zuschnappen ließ und sie in dem Safe verstaute. Meine Finger zitterten, als ich den Kartondeckel auf die Kiste drückte und ihn an seinen Platz zurückschob. Das würde ein interessantes Gespräch werden.

26

Sobald der Rezeptionist wieder verschwunden war, riss ich die Tür zu Alexejs Zimmer auf. Er wäre fast vom Bett gefallen, auf dem er lesend lag.

»Du bist so ein Ignorant«, schrie ich ihn an. »Wieso redest du nicht mit mir?!«

Verwirrung huschte über sein Gesicht, aber dann glätteten sich seine Züge zu der mir so bekannten reglosen Maske. Der Eisprinz mit einem Herzen so groß wie die Milchstraße.

Geschmeidig stand er auf und verengte die Augen. »Iwanowa, jetzt halt mal die Luft an und sag mir, was los ist.«

»Was los ist? Erst lässt du mich in Verona sitzen und dann erfahre ich, dass du mich die ganze Zeit angelogen hast und du fragst ernsthaft mich, was los ist?« Ich griff mir das Wasserglas vom Nachttisch und schmetterte es auf den Boden. Es zersprang in tausend Teile, aber meine Wut musste irgendwo hin. »Ich habe die Erinnerungen gesehen, das ist los.«

Alexejs Gesicht wurde leichenblass, sein rechtes Auge zuckte, seine Maske außer Kontrolle. »Welche Erinnerungen?«, fragte er ruhig, doch seine Stimme zitterte.

»Willst du mich jetzt für dumm verkaufen? Deine natürlich!«

Die Eismaske zersplitterte endgültig und er funkelte mich wütend an. »Du hattest kein Recht, die zu sehen.«

»Du redest ja nicht mit mir. Als ob ich eine Wahl gehabt

hätte! Ich wollte nur wissen, wie wir in diesem Schlamassel gelandet sind.«

»Für meine Gefühle kann ich nichts! Ich habe dir gesagt, du wirst die Erinnerungen nicht sehen. Wenn du sie dir trotzdem anschaust, kann ich nichts dafür. Ich habe dich in Ruhe gelassen, du konntest immer machen, was du wolltest! Was ist dein verdammtes Problem?«

»Mein Problem ist, dass du mich angelogen hast«, schrie ich, mein Blut kochte. Ich stampfte auf und unter meinen Schuhen knirschte Glas. »Wieso bei allen Planeten hast du es mir nicht erzählt?«

»Ach, weil es so einfach ist, dem Mädchen, in das man seit Jahren verliebt ist, zu sagen: Hey, wegen mir stirbst du übrigens!« Sein Gesicht wurde rot und an seinem Hals pochte eine Ader. Die Tattoos an seinen Armen funkelten wütend.

»Du hast mich die ganze Zeit angelogen!«

»Ich habe es dir nicht erzählt, das ist etwas anderes.«

»Seit wann, Alexej?« Ich ballte die Hände zu Fäusten und richtete mich zu meiner vollen Größe auf.

Er schwieg.

»Alexej, sag mir verdammt noch mal seit wann.«

Es war, als hätte man alle Luft aus seiner steifen Oligarchenpose gelassen. Er ließ die Schultern nach vorne fallen und raufte sich die Haare. Dann schaute er kurz hoch. »Achte Klasse.« Seine Stimme war kaum mehr als ein Flüstern.

Ich stolperte zurück. Vielleicht träumte ich und würde jeden Moment in dem Flugzeug erwachen. Das konnte doch nicht sein. Das ergab alles keinen Sinn!

»Wieso hast du mir mein Leben zur Hölle gemacht? Selbst vor der Sklavenrebellion? Ich hätte nie gedacht –«

»Dass ich in dich verliebt bin? Iwanowa, hast du in dienem Leben jemals Kindergartenkinder beobachtet? Welche Mädchen ziehen die Jungs an den Haaren? Die, die sie am meisten mögen. Du hättest mich nie beachtet, wenn ich nett zu dir gewesen wäre.«

Ich machte den Mund auf und wieder zu wie ein Wassermann an Land. Wieso musste ich mich jetzt hier auf einmal verteidigen? »Es wäre sicher anders gegangen.«

»Ach, du hattest doch nur Augen für Lebedew und Naganow. Du und dein Haufen von Weltverbesserern.« Er tigerte vor dem Bett auf und ab, ließ mich aber keine Sekunde aus den Augen.

»Und dann hast du gedacht, du müsstest hier irgendwelche zwielichtigen Handel mit dem gefährlichsten Zauberer des einundzwanzigsten Jahrhunderts eingehen, um mich zu beschützen?«

»Das war die einzige Möglichkeit, dich zu retten. Du musstest ja so stur sein. Es hatte einen Grund, warum in der Tasche ein falscher Pass und ein Ticket nach San Francisco waren. Ich wollte dich so weit wie möglich vom Epizentrum entfernt wissen. Aber nein, die Dame muss natürlich weiter fleißig bei der Sklavenrebellion mitmischen und sich selbst zur Zielscheibe machen!«

Ich dachte an meine heißgeliebte schwarze Ledertasche. »Du hast sie mir geschenkt?«

»Natürlich habe ich das! Deine Freunde haben sich schließlich nicht gut genug um dich gekümmert«, rief er.

»Was hast du noch gemacht?« Eindringlich blickte ich ihm in die Augen und verschränkte die Arme.

»Das geht dich gar nichts an.«

»Natürlich geht mich das etwas an, das ist mein Leben!« Ich trat auf ihn zu und pikste ihn mit meinem Zeigefinger in die Brust. »Du sagst mir jetzt gefälligst, was du alles getan hast!« Ich unterstrich jedes Wort mit einem weiteren Pikser in seine Brust.

»Fass. Mich. Nicht. An!«

»Von dir lass ich mir gar nichts befehlen. Sag mir, was du getan hast.«

»Und was, wenn nicht?« Er funkelte mich an.

Ich ging noch einen kleinen Schritt auf ihn zu. Unsere Nasenspitzen berührten sich fast, wie damals, in dem falschen Geschäft. Für einen Moment blitzte das Eis in seinen Augen auf, bevor es gänzlich verschwand und die Luft um uns knisterte.

Ich spürte seinen heißen Atem auf meinen Wangen, sein pochendes Herz unter meinem Zeigefinger. Und plötzlich, ehe ich wusste, wie mir geschah, gruben sich seine Finger mit kräftigem Griff in meinen Hintern. Instinktiv umschlagen meine Beine seine Hüften und Alexej trug mich zur nächsten Wand. Er presste meinen Rücken dagegen und dann trafen seine heißen, festen Lippen auf meine. Reflexartig öffnete ich den Mund und küsste ihn zurück. Als seine Zunge auf meine stieß, lief mir ein wohliger Schauer über den Rücken. Ich vergrub die Finger in seinen Haaren, um den Kuss zu vertiefen, doch da ließ Alexej mich fast fallen und stolperte zurück.

Wir beide keuchten und ich starrte auf seine zerzausten Haare. Mein Herz raste, als wäre ich einen Marathon gerannt.

»Und deswegen können wir uns nicht aneinanderbinden. Es tut mir leid.« Alexej trat einen Schritt zurück in den Schatten seines Bettes und verschwand wissen die Planeten wohin.

Meine weichen Knie gaben nach und ich rutschte langsam an der Wand nach unten. Fassungslos berührte ich meine geschwollenen Lippen. Das Blut rauschte mir in den Ohren und ich spürte immer noch die Abdrücke von Alexejs Händen auf meinem Hintern. Was bei allen Sternen des Himmels war gerade passiert?

Er würde zurückkommen. Bestimmt. Ich zog die Knie an meine Brust und legte mein Kinn darauf ab, während ich meine Beine umschlang und wartete. Nein, so konnte ich nicht sitzen bleiben. Ich sprang auf und tigerte wieder vor Alexejs Bett auf und ab, vorsichtig, um nicht in die Glasscherben zu treten. Er würde zurückkommen. Wie wütend konnte er schon sein? Ich rief ihn an, er ging nicht dran. Ich versuchte es gleich noch mal. Meine Angst wandelte sich in Wut.

Wenn hier jemand das Recht hatte, zornig zu sein, dann ich! Wie hatte er das vor mir geheim halten können? Wieso hatte er nichts gesagt? Zumindest ergab so viel seltsames Verhalten auf einmal Sinn. Seine Abneigung gegen meine Berührungen, die grenzenlose Unterstützung, obwohl er nicht an eine Lösung glaubte. Ich selbst hatte quasi jeden Funken Gefühl unterdrückt, hatte ich doch gedacht, das wäre verschwendete Energie. Aber jetzt … Ich wählte wieder, doch nur die Mailbox sprang an.

Meine Beine waren müde vom vielen Auf- und Abgehen und ich hatte mich zu einer Kugel auf Alexejs Bett zusammengerollt. Sein Geruch aus der Bettwäsche lastete wie ein Schatten über mir und machte mir sein Fehlen schmerzlich bewusst.

Das Freizeichen klang laut durch den leeren Raum, aber es ging erneut nur die Mailbox ran. »Alexej, ich weiß nicht, was ich sagen soll. Das ist bestimmt die zehnte Nachricht, die ich dir hinterlasse. Bitte ruf mich zurück.« Ich legte auf und warf das Handy in die Laken. Nach fünf Sekunden krabbelte ich wieder hin und wählte noch mal seine Nummer. Die Mailbox. Wo war er? Allein bei dem Gedanken, den Palast der Breschnews zu besuchen, lief mir ein eiskalter Schauer über den Rücken. Auf der anderen Seite hatte er kaum von seiner Mutter gesprochen. Vielleicht war er bei seinen Freunden. Ich musste es versuchen, so konnte ich kein Auge zutun.

Zügig scrollte ich durch meine Kontakte. Wieso verdammt hatte ich nicht die Nummer von Ilja oder Maxim? Sie würden kaum im Telefonbuch stehen, wenn es so was überhaupt noch gab. Mir blieb nur eine Möglichkeit. Ich kramte aus der Hosentasche die Münze, die mir Alexej gegeben hatte, damit ich in die Wohnung konnte. Drache Ilja, Löwe Maxim. Ich warf sie in die Luft und sobald ich sie wieder aufgefangen und auf meinen Handrücken gelegt hatte, wählte ich. Es klingelte nur einmal.

»Juri? Könntest du mich zu Maxim fahren?«, fragte ich.

Keine zehn Minuten später öffnete er mir mit ernstem Gesicht die Autotür und brauste durch die leeren Straßen Sankt Petersburgs. Wenn er über unser kleines Drama belustigt war, ließ er es sich zumindest nicht anmerken.

Es dauerte eine gefühlte Ewigkeit, bis der schwarze Geländewagen das Anwesen von Maxim erreichte, das etwas außerhalb von Sankt Petersburg lag. Der Kies knirschte unter den Reifen und das Auto kam zum Stehen. Ich wartete keine Sekunde und stürzte nach draußen. Die drei Treppenstufen zum Eingang übersprang ich und klingelte Sturm, dann hämmerte ich an die schwarze Flügeltür.

Maxim öffnete nach einer Zeit, die mir wie eine Bestrafung vorkam. Sein seidener Schlafrock stand offen und er hatte nur eine gestreifte Pyjamahose an. Er gähnte demonstrativ, aber das war mir egal. Unter der Robe erahnte ich das Glitzern seines Tattoos. Ein Arm eines Oktopusses kringelte sich von seinem Rücken aus über dem Herzen zusammen.

»Wo ist er?«, fragte ich, bevor Maxim etwas sagen konnte und zwängte mich an ihm vorbei.

»Im Arbeitszimmer und vernichtet den guten Wodka meines Stiefvaters. Nummer drei oder Nummer vier, ich bin mir gerade nicht sicher.«

Eine ziemlich verdattert aussehende Haushälterin kam mir entgegen, die sich das zweite Mal ihre Schürze falsch herum zuband. Zwei dicke Haarsträhnen hatten sich aus ihrem eilig gebundenen Dutt gelöst. Ich hatte die Arme wahrscheinlich aus dem Bett geklingelt. Aber ich war zu nervös, um mich groß darum zu scheren. Ich schaute mich hektisch um. Zu viele verzierte Türen. Ich hatte keine Ahnung, wohin ich musste. Wie waren solche Häuser aufgebaut? Ich wirbelte herum. »Maxim, wo?«

Er seufzte theatralisch und machte eine Geste, ihm zu folgen. Ich hüpfte hinter ihm fast auf und ab. »Wenn du langsamer gehst, läufst du rückwärts«, fuhr ich ihn an, als er gemütlich

Treppenstufe um Treppenstufe ins erste Stockwerk stieg.

»Irina, es ist mitten in der Nacht und dank Alexej hatte ich heute schon genug Drama, entspann dich. Wir sind ja gleich da.« Unbeeindruckt schlurfte er über den karierten Marmorboden weiter. Dann stieg er im Schneckentempo die nächste breite Treppe hoch und schlappte anschließend durch eine Galerie mit unzähligen in Gold gerahmten Bildern. Nach gefühlt einem Lichtjahr blieb er vor einer kunstvoll geschnitzten Tür stehen. Er machte eine einladende Bewegung, bevor er kopfschüttelnd den Gang weiter entlangtrottete.

Langsam drückte ich die schwere Eisenklinke runter und stemmte die hellblau gestrichene Tür auf. Alexej lag ausgebreitet auf einem sehr teuer, sehr antik aussehenden Sofa. Das eine Bein hatte er über die Rückenlehne geworfen, das andere ausgestreckt.

»Maxim, ich habe dir schon so oft gesagt, lass mich einfach in Ruhe.« Seine linke Hand bedeckte theatralisch sein Gesicht und in der rechten hielt er eine leere Wodkaflasche, die den blank polierten Parkettboden berührte.

»Mir hast du es aber nicht gesagt.« Meine Stimme klang sanft.

Alexej zuckte zusammen, als hätte ich ihn mit Strom geschockt. Er rappelte sich auf und versuchte seine verstreuten Gliedmaßen zu sortieren. Mit zerzausten Haaren und großen Augen schaute er mich an. Panik spiegelte sich in seinem Gesicht und dann konnte ich dabei zusehen, wie die Maske auf ihren Platz fiel. Sein Blick war ruhig, seine Gesichtszüge wieder glatt, aber das Zucken seiner Mundwinkel verriet ihn.

»Was machst du hier?«, fragte er gefährlich tonlos, fast schon neutral.

Ich lehnte mich an die Tür, die sich mit einem zu lauten Klicken schloss. Irgendein Kopf eines Fabelwesens bohrte sich zwischen meine Schulterblätter. Den Hörnern nach zu schließen ein Domovoi, doch ich beachtete den Schmerz nicht. Stattdessen musterte ich Alexej, der auf der Couch mit maritimem Muster hin und her rutschte wie ein in die Ecke gedrängtes Tier. Auf einem kleinen Beistelltisch aus poliertem, dunklem Holz neben ihm stand ein Kristallglas. Die Eiswürfel darin schmolzen bereits. Die Stille zwischen uns drückte jegliche Luft aus dem Raum und lastete schwer auf meiner Brust.

»Ich habe versucht dich anzurufen«, sagte ich.

Sein Adamsapfel hüpfte nervös, als er schluckte. Vom vielen Wodka waren seine Augen etwas verschleiert, dennoch verfolgte er jede minimale Bewegung von mir.

Ich trat einen vorsichtigen Schritt auf ihn zu. Er zuckte zurück und fixierte das Etikett der Wodkaflasche, der Bann zwischen uns gebrochen. Dieser Mann hatte Menschen getötet und hatte doch Angst vor mir. Was für ein lächerlicher Gedanke. Ich ging weiter auf ihn zu, der gemusterte Parkettboden quietschte unter meinen Gummisohlen.

Alexejs Hand klammerte sich um den Flaschenhals, die Knöchel weiß. Mit der anderen raufte er sich die Haare.

»Iwanowa, es tut mir furchtbar leid.« Er blickte immer noch nicht auf. »Das war übergriffig und inakzeptabel. Ich weiß nicht, wie ich das jemals wiedergutmachen kann. Dabei habe ich dir gesagt, fass mich nicht an. Das soll keine Entschuldigung sein, aber … Es tut mir leid.«

»Das sollte es auch.«

Er schaute mich an. Für einen Moment war der Schmerz in seinen Augen sichtbar, unmaskiert und so stark, dass mein Herz stach. Bevor er seine Maske der Gleichgültigkeit wieder aufsetzen konnte, machte ich einen Satz auf ihn zu und packte ihn am Kragen. Er zuckte zusammen, als erwartete er eine Ohrfeige oder einen Schlag ins Gesicht. Stattdessen presste ich meinen Mund auf seinen. Er schmeckte nach teurem Wodka, seine Lippen waren kalt von den Eiswürfeln.

Für die längste Sekunde der Welt bewegte er sich nicht. Mich überkam der Gedanke, dass das alles hier ein Fehler war, doch dann gruben sich seine langen Finger in meine

Haare. Er gab einen zufriedenen Seufzer von sich und erwiderte den Kuss.

Ich saß rittlings auf seinem Schoß und seine eine Hand auf meinem Rücken presste mich näher an ihn, während seine andere auf meiner Wange lag. »Wir müssen dringend an deinen Bewältigungsstrategien arbeiten. Alkohol ist keine gute Lösung«, keuchte ich, als ich mich für einen Moment löste und in seine blauen Augen schaute.

»Ich arbeite an allem, was du willst.« Er zog meinen Hinterkopf zu sich, bevor er wieder seine Lippen auf meine presste.

Wir küssten uns so lange, bis meine Lippen ganz geschwollen waren. Trotzdem wollte ich nicht aufhören. Nicht einfach so. Ich hatte so lange darauf gewartet, auch wenn ich es mir jetzt erst eingestehen konnte. Das Feuer, das in mir brannte, wollte mehr, wollte ihm näher sein, wollte mehr von ihm spüren. Als jedoch meine Hände zum sechsten Mal tiefer wanderten und Alexej sie wieder festhielt und auf seine Wangen legte, löste er sich aus dem Kuss.

»Nicht hier, nicht so«, murmelte er gegen meine Lippen. Ich stöhnte frustriert und ließ meinen Kopf auf seine Schulter fallen. Alexej lachte nur leise und legte sich stattdessen seitlich auf die Couch, wobei er mich vor sich zog. Ein Seufzen entwich ihm und er legte sein Kinn sachte auf meinem Kopf ab, während sein starker Arm mich gegen seinen harten Oberkörper presste. Sanft zeichnete er Kringel und Kreise auf meinen Handrücken. Eine Weile schwiegen wir und ich genoss die Wärme und Ruhe, die er ausstrahlte.

»Aber nach der Sklavenrebellion hast du nichts mehr gemacht? Wegen der Tasche, meine ich«, fragte ich nach einiger Zeit und drehte den Siegelring an seinem kleinen Finger.

Alexej schwieg. Kurz spannte er hinter mir jede Faser seines Körpers an. Das war sein Mechanismus, wenn er etwas sagen sollte, von dem er befürchtete, dass es negativ für ihn war.

»Alexej …«

»Nur den Job – was die großen Sachen angeht.«

Ich verstand nicht ganz und konnte ihn fast mit den Augen rollen fühlen. Er räusperte sich, seine Stimme rau. »Du brauchtest Geld, also habe ich eine Arbeitsstelle für dich erfunden, die dir genug Geld bringt und sie dir über Opekun Katschjenka angeboten.«

Der Arbeitsplatz war auch zu gut gewesen, um wahr zu sein. Ich versuchte mich umzudrehen, doch sein Arm hielt mich fest. Leicht schüttelte ich den Kopf. »Ich fasse es nicht. Du hast jedes kleine Fitzelchen meines Lebens manipuliert.« Ich wollte wütend sein, aber brachte das Gefühl nicht zustande.

»Du hättest nie Hilfe angenommen. Weil du zu stur und zu bockig bist. Und zu stolz«, blaffte er mich fast an.

»Ich bin nicht stur.« Kurz wollte ich mich wieder aus seinem Griff winden wie ein Basilisk.

Doch Alexej zog mich enger an seinen Oberkörper, falls das überhaupt möglich war. »Bleib liegen, Iwanowa.« Sein Herz hämmerte immer schneller gegen meinen Rücken, im Gegensatz zu seiner ruhigen Stimme.

Ich entspannte mich erneut und kuschelte mich an ihn. Es war leichter für ihn, wenn er mein Gesicht nicht sah. Aber ich musste es wissen. »Du hast gesagt an großen Sachen. Was hast du an kleinen Sachen gemacht?«, fragte ich leise. Wieder schwieg er.

»Alexej?«, drängte ich ihn. »Wie viel schlimmer kann es werden? Ich denke sowieso schon, dass du ein kleiner Stalker bist.«

Bei dem Wort wurden seine Knöchel weiß, bis er verstand, dass ich ihn nur ärgerte. Er atmete tief ein und seufzte. »Erinnerst du dich an den Anschlag in der Metro?«

Wie könnte ich das vergessen?

»Ich habe davon … erfahren. Du warst eines der Hauptziele. Also habe ich dafür gesorgt, dass du überlebst.«

Er hatte mich aus dem Weg geschubst. Der Mann in der Lederjacke. Ich drückte mich fester an ihn und fand keine Worte für das, was er getan hatte. Was er vielleicht auch hatte tun müssen, um an diese Information zu kommen. Demjans Worte kamen mir in den Sinn. Sie konnten ihm nicht nachweisen, dass er auch Zauberer aus dem Kreis des Zaren getötet hatte. Ich atmete scharf ein, aber diese Erkenntnis besorgte mich weniger, als sie es vielleicht tun sollte. Er hatte mich beschützt. Mit allem, was er hatte. Und ich hatte ihn gehasst.

Hinter mir rutschte Alexej leicht hin und her. »Außerdem habe ich den Aufzug reparieren und ein paar kleinere Renovierungsarbeiten in deinem Haus vornehmen lassen.«

»Wie hast du das geschafft?«

»Ich … habe das Haus gekauft.«

»Die Mietminderung ist auf deinem Mist gewachsen?«

Das Schweigen war Antwort genug. Ich schaute gebannt auf das Feuer im steinernen Kamin auf der anderen Seite des Zimmers. Es war langsam zu einer dumpfen Glut zusammengeschrumpft und tauchte den Raum in ein warmes, rötliches Licht.

»Du bist unmöglich«, sagte ich, aber musste schmunzeln. »Und wieso waren meine Berührungen so ein Drama?«

Alexej schnaubte, als wäre das offensichtlich. »Hast du nicht gemerkt, wie hauchdünn meine Selbstkontrolle wird, wenn du mich berührst? Es war davor schon schwer genug, dich nicht bei jeder möglichen Gelegenheit mit einem Kuss zum Schweigen zu bringen. Und dann mussten wir so nah zusammenleben. Das war Folter. Hast du auch nur eine Idee, wie oft ich in Italien kalt geduscht habe? Zu oft. Und dieses verdammte blaue Kleid mit den weißen Punkten. Das steht dir zu gut. Ich dachte, ich werde wahnsinnig. Am liebsten hätte ich es verbrannt.«

Meine Wangen glühten und ich räusperte mich. »Aber du konntest mich manchmal berühren. Als du mich von zu Hause abgeholt hast. Oder in Venedig oder in der Cupids Gruft.«

»Ich bin kein Lüstling, der sich nicht zusammenreißen kann, wenn es dir schlecht geht«, sagte er fast schon vorwurfsvoll.

Leise summte ich und genoss seine Körperwärme. Eine Frage hatte mich die ganze Zeit schon beschäftigt und jetzt konnte ich sie endlich stellen. Ich streichelte mit den Fingerspitzen über seinen Handrücken. »Wieso nennst du mich eigentlich immer noch Iwanowa, wenn du so von mir denkst?«

»In meinem Kopf ...« Er rang nach Worten. »Ich musste den Teil mit dir abgrenzen, damit ich nichts tue, was ich bereuen werde. Ich musste dich schützen. Vor mir. Und vor ihm – wobei er dich trotzdem gefunden hat.« Alexej schnaubte.

»Wie hast du das gemacht? Das Abgrenzen, meine ich?«

»Ich habe alles, was mit dir zusammenhing, mental in eine Kiste gepackt und in einem tiefen See versenkt. Darum habe ich Mauern errichtet. Viele Mauern. Nur an dich mit deinem Nachnamen zu denken, war eine davon.«

Ich nickte langsam. Das Abgrenzen und Verpacken von Erinnerungen war eine Technik, die ich auch von Frau Smirnowa aus der Traumatherapie kannte.

»Es tut mir leid, dass der Zar dich trotzdem in meinem Kopf gefunden hat. Es ist meine Schuld. Ich habe dich nicht gut genug versteckt.«

»Das muss es nicht.« Ich entwand mich endlich seinem Griff. Vorsichtig setzte ich mich auf und legte sanft meine rechte Hand auf seine Wange. Seine Augen waren so offen und weit wie der Himmel. »Du bist kein schlechter Mann, Alexej Sergejewitsch Breschnew.«

Er wandte seinen Blick ab. »Du weißt nicht, was ich getan habe«, sagte er, seine Stimme dunkel wie die finsterste Nacht.

»Ich weiß, dass du es aus gutem Grund getan hast, und das ist genug.« Sanft strich ich über seinen kratzigen Bartansatz.

Er drehte seinen Kopf, küsste meine Handinnenfläche und schloss mit einem Lächeln die Augen. »Vielleicht sind wir schon tot«, seufzte er.

»Dann will ich sicher nicht als Geist bei Maxim leben.«

Alexej lachte leise und richtete sich auf. Dann fuhr er mit seinem Daumen über meine Unterlippe, die Hand an meine

Wange gelegt. »Komm, wir gehen nach Hause.«

Nach Hause. Nicht *zu mir nach Hause.* Ich widersprach nicht und stand schwungvoll auf, um Alexej Platz zu machen. Im nächsten Moment breitete sich auf meiner Stirn auf einmal kalter Schweiß aus. Ein schwerer Druck presste von innen gegen meine Augen. Meine Sicht engte sich von den Seiten her ein und wurde dunkler und dunkler, bis das Schwarz mich vereinnahmte.

Als ich die Augen wieder öffnete, blickte ich an Alexejs Gesicht vorbei zu einem goldenen Kronleuchter, den ich noch nie gesehen hatte. Das Licht war zu hell, es blendete mich. Die Stuckdecke war mir ebenfalls unbekannt. Mir war unendlich schlecht und mein Kopf dröhnte vor Kopfschmerzen, die ich so nicht kannte. Alexej beugte sich besorgt über mich, seine Stirn in tiefe Falten gelegt. »Irina, geht es dir wieder gut?«

»Wo bin ich? Was ist passiert?« Meine Kehle kratzte und war trocken.

»Wir sind bei Maxim. Du bist ohnmächtig geworden.« Alexejs Hand leuchtete blau und er fuhr mit ihr über meinen Körper. Zwei Zahlen flimmerten in der Luft.

»Blutzucker und Sauerstoffsättigung sind okay. Das lag an dem Fluch.« Er nahm mein Handgelenk und schaute auf die Astronanzeige, die fast leer war. »Du musst dringend schlafen, dein Körper arbeitet schon nicht mehr richtig. Und wir müssen deinen magischen Kern verstärken. Sonst schaffst du das nicht bis zum Ende.« Das Ende. Der Fluch. Richtig.

Aber sollte sich alles so weiterentwickeln, gab es mit Sicherheit einen Ausweg. Auch wenn ich mich noch nicht traute, das Alexej gegenüber zu sagen. Trotzdem rollte ich mit den Augen. Als ob mein magischer Kern einfach so verstärkt werden könnte. »Und an was Geniales hast du gedacht?«

»Es gibt nur eine Möglichkeit. Du kriegst ein Tattoo«, sagte er und half mir vorsichtig auf.

Meine zitternde Hand klammerte sich an seine und ein spöttisches Lachen entglitt mir. Als ob ich mir das leisten könnte. Da redeten wir von einer unbezahlbaren Menge Sternenstaub. Theoretisch könnte ich einen Kredit aufnehmen … Doch keine Bank der Welt würde mir so eine Summe gewähren. Außerdem könnte ich das nicht mal abbezahlen, wenn ich morgen zur Präsidentin gewählt werden würde.

Ich schüttelte leicht den Kopf. Mich überrollte wieder eine Welle der Übelkeit und ich erbrach mich beinahe. Sofort legte Alexej seinen Arm um mich und zog mich auf das Sofa. »Das kommt nicht infrage«, presste ich hervor.

»Es ist deine einzige Möglichkeit.«

Ich biss die Zähne zusammen. Obwohl ich auf dem weichen Sofa lag, schmerzten meine Glieder. »Das kann ich mir nicht leisten.«

»Das zahle ich.« Alexej rollte mit den Augen und tupfte mir mit einem Stofftaschentuch den Schweiß von der Stirn. Seine Initialen waren darauf gestickt.

»Hatten wir nicht gerade festgestellt, dass du dich weniger in mein Leben einmischen solltest? Ich will ein Mitspracherecht.«

»Liebe Irina Igorevna Iwanowa, darf ich dir ein Tattoo bezahlen?«

Ich knirschte mit den Zähnen.

»Ist das ein Ja?«, fragte Alexej.

Kurz schnaubte ich und funkelte ihn aufgebracht an.

Er zog nur eine Braue hoch. »Hast du deine Fähigkeit zu sprechen verloren?«

Ich streckte ihm die Zunge raus.

»Die Zunge scheint noch zu funktionieren.« Er besaß die Dreistigkeit zu grinsen. »Also?«

»Ich habe keine andere Wahl, oder?« Ich seufzte.

»Na also, war doch nicht so schwer.« Alexej grinste noch breiter. »Ich kümmere mich darum. Wenn ich einen Bonus zahle, kommt Madame Dubois schon morgen aus Paris. Aber jetzt lass uns nach Hause.«

Ich wollte aufstehen, doch Alexej schaute streng.

»Gerade bist du ohnmächtig gewesen. Du gehst nirgendwohin.«

Ich konnte mich nicht dazu überwinden zu protestieren, als er mich zur Tür trug. Ganz genau wie in der Nacht, als ich ihn nach dem Albtraum angerufen hatte. Stattdessen legte ich meinen Kopf an seine Brust und genoss den Geruch, den nur Alexej hatte, auch wenn sich eine leise Wodkanote dazu gemischt hatte.

27

»Alexej?«, rief ich und zog mir die Bettdecke enger um die Schultern. Mit knurrendem Magen tapste ich durch den Flur. Das Tablett mit dem frischen Orangensaft, dem perfekten Spiegelei und den etwas unförmigen und leicht angebrannten Blini hatte ich neben meinem Bett stehen lassen. Nur das kleine Gläschen mit dem Trank gegen die Symptome hatte ich heruntergestürzt. Leider war mir immer noch so schlecht, dass ich keinen Bissen hinuntergekriegt hatte.

Die Tür zum Gästezimmer stand offen, das Bett noch gemacht, die teure ägyptische Baumwolle fein säuberlich glattgestrichen. Auch die Küche war leer und der Geruch der angebrannten Blini lag in der Luft. Auf einem Teller neben dem Herd mit den zwei benutzten Pfannen stapelten sich einige kohlrabenschwarze Exemplare. Offensichtlich hatte ich schon die Besten bekommen. Ich klopfte mir das Mehl von den Fußsohlen, das sich auf dem glänzenden Fliesenboden zu kleinen Gebirgslandschaften zusammengefunden hatte. »Alexej?«, rief ich wieder.

»Hier«, ertönte es da.

Ich folgte seinem Ruf und fand ihn im gesicherten Raum hinter dem eigentlichen Arbeitszimmer. Auf der breiten Tischplatte hatte er meine ganzen Notizen aus Verona ausgebreitet, für die er sich die letzten Tage überhaupt nicht interessiert hatte.

Konnte ich ihn zur Begrüßung küssen? Wie viel Alkohol hatte er gestern getrunken? Ich war mir nicht sicher ... Er schaute immer noch nicht auf, zu konzentriert, den kleinen Fältchen auf seiner Stirn nach zu urteilen. Auf der anderen Seite war er bereit gewesen, für mich zu sterben. Er würde mich jetzt kaum verstoßen, wenn ich ihn umarmte. Am Ende entschloss ich mich dazu, meine Arme um ihn zu schlingen. Dann drückte ich einen Kuss zwischen seine Schulterblätter.

Mit einem Lächeln auf den Lippen drehte er sich langsam um und beugte sich nach unten, um mir einen Kuss zu geben, aber ich drehte den Kopf weg.

»Zähne noch nicht geputzt.«

»Mir doch egal«, sagte Alexej und küsste mich trotzdem. Es war, als wären wir die ganze Zeit von zwei separaten Mauern umgeben gewesen, die mit letzter Nacht eingestürzt waren. Sein Gesicht war offener, die Spannung zwischen seinen Schultern verschwunden. »Guten Morgen, Prinzessin.«

»Prinzessin?« Ich rümpfte die Nase.

Alexej lachte leise. »Ich muss mir einen guten Kosenamen überlegen.«

»Garantiert nicht Prinzessin. Die einzige Prinzessin, mit der du mich vergleichen darfst, wäre Mulan.«

»Wer ist Mulan?«, fragte er mit gerunzelter Stirn.

Nach der Sklavenrebellion, als das Internet geöffnet worden war, hatte ich mit Eka so ungefähr jeden Disney-Film angeschaut. Die meisten zweimal.

»Du hast viel zu lernen«, sagte ich, doch die Traurigkeit schnürte mir den Brustkorb zu und ich blinzelte die Tränen weg. Das leichte Gefühl, das meinen ganzen Körper erfüllt hatte, war so schnell verpufft, wie es gekommen war.

Sofort schaute Alexej mich besorgt an und legte seine Hand auf meine Wange. »Geht es dir nicht gut? Ist dir schlecht?«

Ich schüttelte den Kopf. »Ich ... musste nur an Eka denken.«

»Wir finden eine Lösung. Auch dafür.« Alexej strich sanft mit seinem Daumen über meinen Wangenknochen.

Ich schluckte und wischte mir mit der Hand die eine verräterische Träne weg, die es aus meinem Auge geschafft hatte. »Was machst du?«

»Ich versuche die Zeitlinie zu rekonstruieren. Du hattest recht, es passt nicht. Deswegen habe ich noch mal von vorne angefangen, damit ich nichts übersehe.« Er nickte in Richtung der ausgebreiteten Notizen hinter sich.

»Die ganze Zeit musste ich dich fast dazu überreden, weiter nach einer Lösung zu suchen, aber jetzt bist du ganz eifrig dabei?«

»Jetzt habe ich eine neue Motivation.« Er drückte mir einen Kuss auf den Scheitel. Seine Lippen verweilten länger auf meinem Kopf, als ein normaler Kuss gedauert hätte. Er atmete leicht ein und sein ganzer Körper bebte. Ich genoss diesen Alexej, der so offen war. Wenn er Probleme hatte, über Emotionen zu reden – sie zu zeigen, war sicherlich keines.

»Vielleicht sollten wir noch mal rekapitulieren, was passiert ist«, sagte ich, nachdem Alexej sich endlich dazu durchringen konnte, seine Nase nicht mehr in meinen Haaren zu vergraben. Trotzdem ruhten seine Hände weiterhin an meinen Hüften, als hätte er Angst, ich würde im nächsten Moment durch die Tür verschwinden.

Er seufzte leise, aber nickte.

»Wie genau war das mit dem Fluch? Der Nachtblaue hat dir gesagt, dass er uns verflucht?«

Alexej schüttelte den Kopf und zog mich näher an sich. »Nein. Er hat gesagt, er wird meine Motivation hochhalten. Irgendwas musste er tun, das auch unabhängig von ihm funktionierte. Sonst hätte ich dich ja einfach – wie ich es auch ursprünglich geplant hatte – außer Landes bringen können und du wärst in Sicherheit gewesen.« Er versteifte sich kurz und drückte mich dann fester an sich, als müsste er mich vor einer unsichtbaren Gefahr beschützen. »Flüche mit Triggern zu versehen war außerdem seine favorisierte Vorgehensweise. Schützt gut vor Verrat.«

»Aber wieso hat der Richter den Fluch nicht ausgelöst?«

»Das weiß ich nicht, es ergibt keinen Sinn. Deswegen habe ich auch nie die Zeitlinie hinterfragt, sondern nur auf Symptome geachtet, um den richtigen Fluch zu identifizieren.«

»Und mit den Symptomen warst du dir sicher?«

»So sicher ich sein kann, ohne zu wissen, welcher Fluch es ist. Die sind beim Cupids Fluch am Anfang ja nicht stark. Waren sie auch nicht. Etwas Schwindel, mal eine zitternde Hand. Nichts Sternenveränderndes. Sonst habe ich nichts bemerkt. Der Cupids Fluch ist der einzige mit solch milder Symptomatik am Anfang.«

An seine Brust gedrückt nickte ich und presste einen Kuss auf seinen Hals. »Ich denke in Ruhe im Bad darüber nach. Bin gleich wieder da. Vielleicht fällt uns ja was ein.«

Nachdem ich mich kurz geduscht und angezogen hatte, verbrachten wir den Morgen mit Recherche. Genau um Punkt zwölf, wie Alexej es vorausgesagt hatte, rief der Rezeptionist an, um uns Gäste in der Lobby anzukündigen.

»Allô, allô, Monsieur Breschnew?«, drang eine feine weibliche, aber bestimmte Stimme aus dem Flur zu uns. Keinen Moment später tauchte der Rezeptionist in seiner Uniform auf. Bei ihm untergehakt stand eine ältere, zierliche Frau in einem pastellfarbenen Zweiteiler mit Perlmuttknöpfen.

Alexej nahm die ausgestreckte dürre Hand in seine und deutete einen Kuss auf ihre Pergamenthaut an. Madame Dubois' graue Haare waren streng zu einem Dutt zusammengebunden und um ihre Pose hätte sie jede Ballerina des Bolschoi-Balletts beneidet.

»Madame Dubois, darf ich Ihnen die reizende Irina Igorevna vorstellen?«, sagte Alexej. Um ihren Mund bildeten sich feine Fältchen, als sie die geschminkten Lippen spitzte.

Ich trat unbeholfen einen Schritt nach vorne und fühlte mich fast genötigt zu knicksen. »Madame Dubois.« Mein Gehirn stoppte mich zum Glück, bevor ich so etwas Lächerliches tat. Stattdessen nickte ich ihr zu.

Mit erhobenem Kinn schritt sie in ihren Chanelballerinas um mich herum. Die Stirn leicht gekräuselt, musterte sie mich von oben bis unten. Sie nahm mein Kinn zwischen drei Finger und drehte meinen Kopf zur Seite. Dann seufzte sie.

»Sie aben mir eine große Erausforderung gestellt, Monsieur Breschnew. C'est presque impossible. Die einzig mögliche Stelle ist ihre Wange.«

»Ich lasse mir nicht das Gesicht tätowieren.« Schnell verdeckte ich die linke Wange, über die Madame Dubois' Finger geglitten waren, mit der Hand.

»Soyez silencieux.« Die alte Dame ergriff mit spitzen, manikürten Fingernägeln mein grünes Oberteil und hob es an.

»Mon dieu!« Sie ließ es wieder fallen, zog den Ausschnitt etwas nach unten und seufzte. »Le décolleté est notre dernière chance – letzte Möglischkeit.« Madame Dubois trat einen Schritt zurück, legte einen Zeigefinger über ihren Mund und stützte den Ellenbogen mit der anderen Hand ab.

»Kann das Tattoo nicht einfach irgendwohin?«, flüsterte ich Alexej zu.

Er schüttelte den Kopf. »Madame Dubois ist eine Künstlerin. Ihre Werke sind ganzheitlich, deswegen ist sie mit der Platzierung sehr wählerisch.«

Ohne Vorwarnung schossen die Hände der älteren Dame vor und sie presste links und rechts jeweils drei Finger gegen meine Schläfen. Ich spürte einen unbekannten Druck in meinem Gehirn, als versuchte sie, es mit ihren Händen auszudrücken. Erschrocken sprang ich zurück, aber Madame Dubois setzte mir nach.

»Ouvrez, s'il vous plaît.«

Ich verstand nicht und schaute Alexej an.

»Du sollst deinen Geist öffnen«, übersetzte er. »Sie schaut nach Erinnerungen, damit sie das Tattoo passend zu dir gestalten kann.«

»Ich lasse niemanden in meinem Geist wühlen.« Schnell trat ich einen Schritt zurück. Schon allein der Gedanke, sie könnte meine tiefsten Wünsche und Ängste sehen, die Erinnerung an meine Kindheit, ließ mich schaudern.

Ich schüttelte so vehement den Kopf, dass meine Haare mir fest an die Wange schlugen.

Alexej zog eine Augenbraue hoch und ich rollte mit den Augen. Ich war mir der Ironie durchaus bewusst, seine Erinnerungen hatte ich nicht respektiert.

Madame Dubois rümpfte leicht die Nase, ließ sich sonst ihr Missfallen allerdings nicht anmerken.

Ich verschränkte die Arme. »Wieso muss das Tattoo denn passen? Reicht nicht irgendein Motiv, damit es wirkt?«

»Mes étoiles.« Madame Dubois hatte ihre gespreizte Hand auf ihr Dekolleté gepresst und sah so aus, als ob sie gleich in Ohnmacht fallen würde.

Kurz war ich versucht, mit dem Fuß auf den Parkettboden aufzustampfen. »Ich lasse niemanden so einfach in mein Gehirn.«

Alexej hatte sich mit verschränkten Armen an die Wand neben das Porträt von seinem Hund gelehnt. Er betrachtete die Szene, bevor er sich abstieß. »Madame Dubois, könnten Sie vielleicht eine Ausnahme machen?«, fragte er mit schiefgelegtem Kopf und einem so charmanten Lächeln, dass wahrscheinlich selbst jede alte Frau ihren Krückstock für ihn aufgegeben hätte.

»Barbares.« Madame Dubois schüttelte den Kopf, atmete tief ein und setzte eine erzwungen freundliche Miene auf.

Ich wollte nicht wissen, wie viel Geld Alexej ihr versprochen hatte, dass sie das hier mitmachte, charmantes Lächeln hin oder her.

Sie schritt um mich herum und begutachtete jeden Zentimeter meiner Haut. Sofort drückte ich den Rücken etwas mehr durch und zog die Schultern weiter nach hinten. Trotzdem fühlte ich mich unzureichend. Das Gefühl wuchs mit jedem Schritt, den sie tat. Nach der zweiten Runde blieb sie vor mir stehen, die eine Hand elegant an ihr Kinn gelegt.

»Ich seh'e eine Pfau in eine Rosenbusch, oui?«

Mit geweiteten Augen sprang ich erneut einen Schritt zurück. »Ich will keinen Pfau in meinem Ausschnitt.«

Madame Dubois warf die Hände in die Luft. »Monsieur Breschnew, isch kann so nischt arbeiten.«

Alexejs Miene hatte sich keinen Millimeter verzogen. Er schritt, beide Hände auf dem Rücken, um mich herum. »Ich stimme Ihnen zu, Madame Dubois, ein wahrlich schwerer Fall.«

Ich funkelte ihn an, doch er ignorierte mich und fuhr sachte meine eine Haarsträhne entlang und strich sie aus meinem Dekolleté. Als er kurz mein Schlüsselbein mit seiner Fingerspitze streifte, erschauderte ich.

»Selbst ein Pfau kann das nicht retten. Aber wenn ein Astra-Artist das schaffen kann, dann Sie.« Sein warmer Atem streifte meinen Nacken und es kostete mich alles, gerade stehen zu bleiben.

Madame Dubois hingegen nickte selbstgefällig und glättete die unsichtbaren Falten ihres pastellfarbenen Kostümrocks.

»Was halten Sie von einem Schmetterling? Ein Bärenspinner? Umringt von Kornblumen?«, schlug Alexej vor.

Mit einem Schmetterling könnte ich tatsächlich leben.

»Monsieur Breschnew, vous êtes un visionnaire. Trés bien.«

Alexej schritt um mich herum und hob leicht seine linke Augenbraue, ich nickte fast unmerklich. Madame Dubois klatschte währenddessen in die Hände. Durch die Tür aus dem Arbeitszimmer kamen drei schlanke Männer. Waren sie die ganze Zeit schon dort gewesen? Keine Ahnung, wie der Pförtner sie unbemerkt hineingebracht hatte. Ihre weißen, seidenen Anzüge schimmerten im Licht. Schmerzlich wurde mir wieder bewusst, dass Weiß in anderen Ländern keine so große Bedeutung hatte.

Einer der Männer zog aus einer lindgrünen Ledertasche mit goldener Schnalle ein silbernes Tablett. Darauf legte er ein blinkendes, schwarzes Gerät ab, das ich noch nie gesehen hatte. Bevor ich es jedoch länger betrachten konnte, bohrte Madame Dubois mir die schwarze Spitze in die Stirn. Ich wollte zurückweichen, aber sie hielt mein Kinn in ihrem eisernen Dreifingergriff fest. Für so eine alte Frau hatte sie erstaunlich viel Kraft. Das Gerät piepte und Madame Dubois betrachtete die Anzeige.

»Oh lala, sie at viel magische Potenzial. Wer ätte das gedacht? 13,7 Gramm Sternenstaub. Plus est impossible.«

13,7 Gramm Sternenstaub nur? Wenn ich an den Nachtblauen dachte und die ganze Farbe, die unter seine Haut tätowiert gewesen war … kein Wunder, dass er verrückt geworden war.

Die drei Männer gingen nun an uns vorbei in das Wohnzimmer. Dort zogen sie aus der grünen Tasche einen antik aussehenden, gepolsterten Sessel heraus, der viel zu lange Beine hatte. Er hätte sich mehr als Barhocker geeignet.

Madame Dubois schaute mich auffordernd an. »Vite, vite.« Sie scheuchte mich in das Wohnzimmer, wo mir der eine Mann auf den Sessel half. Er sprayte mir Desinfektionsspray auf den Ausschnitt, während er sehr methodisch und neutral die Schultern meines Shirts so zur Seite schob, dass mein Dekolleté frei lag.

Ich schaute kurz zu Alexej. Seine Kiefer mahlten und er hatte eine Hand in seine Hosentasche geschoben. Der Beule nach zu urteilen, zu einer Faust geballt. Aufmunternd lächelte ich ihm zu.

»Ich muss arbeiten«, presste er zwischen zusammengebissenen Zähnen heraus. Dann stürmte er in Richtung Schlafzimmer, die Anspannung war ihm regelrecht anzusehen.

»Entschuldigen Sie mich«, sagte ich zu dem Mann, der gerade mit einem Wattebausch mein Dekolleté abtupfte. Ich kletterte von dem Stuhl hinunter und folgte Alexej. Die Balkontür in seinem, unserem, Schlafzimmer stand offen und er lehnte an der eisernen Balustrade, deren Eisenstäbe kunstvoll zu Mustern geschmiedet waren. Gerade zog Alexej tief an einer

Zigarette und blies den Rauch in die Mittagsluft. Unter ihm herrschte geschäftiges Treiben auf der Anitschkow-Brücke. Aber er hatte der Stadt den Rücken zugekehrt und starrte mit leerem Blick durch die drei schmalen, hohen Rundbogenfenster auf sein Bett.

»Ich dachte, du wolltest aufhören«, sagte ich.

»Hab ich auch.« Er nahm einen neuen Zug. »Das ist die erste seit dem Abend, an dem ich dich abgeholt habe.« Erneut blies er eine Rauchwolke in die Luft. Um seine Augen war ein harter Zug getreten, den ich nicht richtig deuten konnte.

»Alexej, was ist los? Sperr mich nicht wieder aus«, sagte ich sanft. Endlich wandte er sich mir zu, sein Gesicht immer noch regungslos. Ich erahnte nur, was für ein Kampf in seinem Inneren vor sich ging. Die Worte seines Onkels aus der Erinnerung kamen mir in den Sinn. Liebe ist eine Schwäche, die ausgenutzt wird. Ich streckte eine Hand aus und legte sie an seine Wange. Einen Moment lang stand er einfach da, so kalt und unberührt wie eh und je. Dann lehnte er sich in meine Hand und seine Eismaske schmolz weg. Er drückte die Zigarette achtlos am Geländer aus, der Zigarettenstummel leblos in seiner Hand, bis er ihn in seiner Faust zerbröselte.

»Er hat dich angefasst«, sagte er leise.

»Wer? Der Mann? Ja, das ist sein Job? Wie sollte er mich sonst auf das Tätowieren vorbereiten?«

»Seit der Nacht bei mir zu Hause ... ich kann es schlecht ertragen.« Alexej presste die Lippen fest aufeinander.

»Du meinst die Nacht, in der ich in euren Keller gesperrt wurde?«

Er zuckte kurz zusammen und seine Augen weiteten sich. Nach einer Sekunde hatte er sich wieder ganz unter Kontrolle und nickte. Ich erinnerte mich an den Moment, nachdem ich gefangen genommen und durch die Eingangshalle in einen der Speisesäle geführt worden war. Dmitri Kamenski hatte mit einem hässlichen Gesichtsausdruck fast sanft über meine Wange gestreichelt und mir versprochen, dass wir zusammen viel Spaß haben würden. Allein, wenn ich daran dachte, schüttelte es mich vor Ekel und mir wurde schlecht. Doch Alexej brauchte mich jetzt.

»Das wird nicht das letzte Mal gewesen sein, dass mich jemand berührt«, sagte ich vorsichtig.

»Ich weiß.« Er knirschte mit den Zähnen, dann schlang er seine Arme um mich und drückte mich an seine harte Brust. Er roch etwas nach Zigarette und weniger nach ihm, aber ich ignorierte das. Ich spürte ihn meinen Geruch einatmen, als er seine Nase in meinen Haaren vergrub. Unter uns hupte ein Auto laut auf der Straße. »Am liebsten würde ich dich in Plastikfolie verpacken und in einem Safe aufbewahren. Dir ist zu viel passiert.«

Ich lachte leise. »So funktioniert das nicht.«

»Ich weiß.« Er holte zitternd Luft. »Wenn ich dich schon nicht vor ihm beschützen konnte, wie soll ich es dann vor anderen machen?«

Mir wurde eiskalt und meine Hände glitten an seinem Rücken entlang nach unten. Das hörte sich so an, als ob er den Mann gekannt hätte. Eigentlich ergab das Sinn, da es ja in seinem Palast passiert war. Aber etwas fühlte sich komisch an. »Wer war es?«, fragte ich.

Alexejs Augen weiteten sich und er schob mich von sich weg. Seine Stirn war in Falten gelegt und Panik spiegelte sich in seinen eisblauen Iriden. »Ich dachte, du hättest es gewusst.« Seine Hände zitterten leicht und er klammerte sich am Balkongeländer fest.

»Alexej? Wer war es?« Meine Stimme zitterte.

Er presste die Zähne so fest aufeinander, dass seine Kiefermuskeln sichtbar hervortraten. »Mein Vater.«

Er hätte mir eine Bratpfanne ins Gesicht schlagen können, es hätte denselben Effekt gehabt. Ein dumpfer Ton summte in meinen Ohren. Ich stolperte zurück und kollidierte mit der Glastür. Spürte die Geister der Vergangenheit, wie sie an mir zogen und rissen. Bereit, mich in die nächste Panikattacke zu katapultieren. Vor meinem inneren Auge blitzte die dunkle Holztür zum Keller auf, das hämische Lachen der Kikimora dröhnte in meinen Ohren.

»Irina?«, drang seine Stimme dumpf zu mir durch.

Sergej Breschnew, Alexejs Vater hatte mich in einen verdammten Keller gesperrt. Ich wäre fast darin gestorben. Es wurde schwarz um mich herum.

»Irina?« Alexej trat vorsichtig einen Schritt auf mich zu, die Augen geweitet und streckte die Hand aus.

Das brachte mich zurück in die Realität.

»Wage es ja nicht, mich anzufassen!«, fauchte ich.

»Ich … ich dachte, du wüsstest es. So etwas hätte ich dir nie vorenthalten.« Seine Stimme klang wie ein Flehen. Neben seinem Körper ballte er immer wieder die Hände zu Fäusten, um sie im nächsten Moment erneut zu strecken. »Bitte, es tut mir leid.«

Ich schüttelte den Kopf. »Ich brauche jetzt Zeit für mich. Außerdem muss ich mir ein Tattoo stechen lassen«, sagte ich tonlos und drehte auf dem Absatz um.

Das Stechen der gefühlt hunderttausend Nadelstiche war ein dumpfer Schmerz im Vergleich dazu, wie sich mein Herz anfühlte. Zumindest hatte das den netten Effekt, dass es mich davon abhielt, in eine Panikattacke zu rutschen.

Jetzt, lange nachdem Frau Dubois mit ihren Lakaien gegangen war, saß ich immer noch auf der Ledercouch in Alexejs Wohnzimmer. Meine Finger fuhren vorsichtig über den Klebeverband, der von einem Ende des Schlüsselbeins zum anderen reichte. Alexej hatte sich nicht mehr zu mir gesetzt und ich wusste nicht, ob ich deswegen froh oder wütend sein sollte. Ich war selbst so durcheinander gewesen, dass ich mir nicht einmal das fertige Tattoo hatte zeigen lassen.

Sein eigener verdammter Vater hatte mich fast getötet. Für ihn war ich nur Dreck unter seinen polierten Schuhen.

Kurz überlegte ich, eines der schön aussehenden Bücher aus dem Regal zu nehmen und gegen die Wand zu knallen. Aber es tat mir um das Buch leid und ich ließ es. Seufzend legte ich den Kopf auf der Lehne des Sofas ab.

Was würde Frau Smirnowa mir raten? Wahrscheinlich würde sie mich fragen, wie ich mich fühlte. Verraten, allerdings hatte Alexej es mir nicht mit Absicht verschwiegen und ich glaubte ihm. Dann würde sie mich auffordern zu reflektieren, was es änderte, dass ich es wusste. Ich kaute auf meiner Unterlippe und ritzte mit dem Fingernagel Muster in das schwarze Leder. Alexejs Vater würde ich nie gegenübertreten wollen. Doch da er in I'dyna schmorte, war das kein Problem.

Egal wie wütend und verraten ein Teil von mir sich fühlte, ein anderer Gedanke drängte sich in den Vordergrund. Wie viele Nächte hatte ich wach gelegen und überlegt, warum. Wieso hatte ich überlebt, obwohl in dieser Nacht so viele gestorben waren? Enthauptet an einem Springbrunnen, damit niemand das dreckige Blut aufwischen musste. Entweder hätte ich mit ihnen den Tod finden sollen oder weggebracht werden können. Doch stattdessen war ich gefoltert worden. Warum? Das ergab keinen Sinn.

Es hatte Nächte gegeben, in denen mich nicht die Albträume, sondern diese Frage wachgehalten hatte. Aber nun konnte ich eine Antwort bekommen. Ich atmete tief ein, schlug mit den Händen auf die Couch, damit ich Alexej nicht gleich ins Gesicht boxte, wenn ich ihn sah. Dann machte ich mich auf die Suche nach ihm.

Er saß am Schreibtisch vor dem dünnen Monitor seines Computers, der sein Gesicht bläulich anstrahlte. Darauf erkannte ich das Fluchdiagramm. Alexejs rabenschwarzes Haar stand in alle Richtungen ab.

Ich lehnte mich an den Türrahmen und beobachtete ihn für eine Weile. Er starrte konzentriert auf den Bildschirm und machte sich Notizen. Eine Strähne fiel ihm ins Gesicht und ich hätte sie am liebsten zurückgestrichen. In dem Moment wurde mir klar, dass ich nicht wütend auf ihn war. Alexej hatte sich mir gegenüber nie falsch verhalten – wenn ich von den Triezereien im Peterhof absah.

Ich räusperte mich und er zuckte zusammen wie von einer Pixie gestochen. Dann wirbelte er herum, seine Augen geweitet. Ich schritt zu ihm und er sprang auf, der Schreibtischstuhl rollte nach hinten und krachte gegen den Bücherschrank. Er kniff die Augen zusammen, als erwartete er, dass ich ihn schlug. Stattdessen nahm ich sein Gesicht in beide Hände und küsste ihn. Für den Bruchteil einer Sekunde waren seine Lippen steinhart unter meinen. Dann entwich ihm ein Seufzer und er gab sich dem Kuss hin. Er umfasste meine Taille und setzte mich auf dem Schreibtisch ab, unsere Oberkörper so nah aneinandergepresst, dass nicht mal ein Blatt dazwischen passte. Doch bevor er den Kuss vertiefte, löste ich meine Lippen von seinen.

»Es tut mir leid, ich habe überreagiert«, wisperte ich.

»Als Überreaktion würde ich das nicht bezeichnen.« Alexej fuhr mit den Fingern durch meine Haare.

Ich presste die Lippen zusammen, um nicht zu stöhnen.

»Wie oft erfährt man schon, dass der Mann, der dich in einen Keller gesperrt hat, der Vater deines Freundes ist?«, fragte er.

Ich zuckte mit einer Schulter. Mein Verstand war von seiner Nähe so benebelt, dass ich fast vergessen hätte, was ich von ihm wollte. Alexejs warmer Atem strich zärtlich über meine Wangen und meine Knie hätten nachgegeben, hätte ich nicht schon gesessen. Ich wollte ihn wieder an mich heranziehen und seine Lippen auf meine pressen, aber eine Frage stach wie die Nadel der Tätowiermaschine.

»Weißt du, warum er es getan hat? Warum ich die Einzige war, die in den Keller kam? Hätte ich nicht einfach weggebracht werden können?«

Unter meinen Fingern versteifte sich Alexej. Er trat einen Schritt zurück. Sofort vermisste ich seine Wärme.

»Der Nachtblaue sagte, du müsstest bestraft werden. Für das Attentat auf die Fabrik, wie die anderen auch.« Tiefe Falten auf der Stirn gaben Alexej ein fast diabolisches Aussehen, aber ich wusste es besser. »Mein Vater kannte die Bedingungen des Bluteids. Er war sich nicht sicher, was passieren würde, wenn du gestorben wärst. Welche Vorkehrungen der Nachtblaue getroffen hatte. Also hat er dafür gesorgt, dass du überlebst.«

»Indem er mich in einen Folterkeller gesperrt hat?«

Alexej wandte den Blick ab. Er raufte sich die Haare. »Es ist meine Schuld. Wenn ich mich nie in dich verliebt hätte – das alles wäre nicht geschehen.«

Ich schüttelte den Kopf und streckte meine Hände nach ihm aus. Zögerlich trat er wieder auf mich zu. Mit den Fingerspitzen fuhr ich seine Arme hoch und runter und eine tiefe Zufriedenheit erfüllte mich, als ich seine Gänsehaut entdeckte.

»Es liegt nicht in deiner Verantwortung, was andere Menschen tun«, sagte ich und war selbst davon überrascht, wie rau meine Stimme klang.

»Aber wenn ich … wenn wir …«

»Dann wäre ich in dieser Nacht gestorben. Genau so wie die anderen.«

Über Alexejs Gesicht zog für einen Moment der Ausdruck unglaublichen Schmerzes, bis er sich wieder fing. Ich verschränkte meine Finger mit seinen und schlang meine Beine um seine Taille.

»Es ist nicht wichtig. Nicht für uns.« Sanft schüttelte ich den Kopf und leckte mir kurz die trockenen Lippen.

Alexejs Blick fiel auf meinen Mund, seine Pupillen geweitet. Langsam beugte er sich vor, gab mir Zeit, den Kopf wegzuziehen. Doch ich löste die Hände aus seinen und zog ihn das letzte Stück zu mir. Wenn er mich nicht bald küsste, würde ich in Flammen aufgehen.

Als endlich seine heißen Lippen auf meine trafen, entwich mir ein Seufzer. Alexej drängte sich mit seinem harten Oberkörper gegen meinen und küsste mich mit dem Feuer unseres ersten Kusses. Mit Zähnen, Lippen, Zunge, ich bekam nicht genug von ihm. Er zog mich leicht an den Haaren und ich stöhnte so laut, dass ich normalerweise deswegen errötet wäre. Es war, als hätte er sich die ganze Zeit zurückgehalten, um mich mit seiner Leidenschaft nicht zu erschrecken. Ich zerrte an seinem Shirt, das so nach ihm roch, und versuchte meine Beine fester um seine Taille zu schlingen. Wollte ihn noch näher an mich pressen. Doch Alexej trat einen Schritt zurück und keuchte.

Die Kälte des Raums schlug mir ins Gesicht. Selbst im dumpfen Licht des Monitors erkannte ich die Röte auf seinen Wangen. »Ich werde mich dafür die ganze Nacht hassen – ich hasse mich schon jetzt dafür –, aber wir sollten das nicht tun.« Er schnappte nach Luft. »Du bist verletzt. Unter anderen Umständen würde das hier nicht so laufen.«

Ich schüttelte den Kopf und zog Alexej wieder zu mir. Mit den Fingerspitzen fuhr ich unter sein Shirt. Er erschauderte und schloss die Augen, als ich seine harten Bauchmuskeln berührte. Jede Faser seines Körpers war angespannt und eine unmissverständliche Beule zeichnete sich auf seiner Jogginghose ab.

»Ich will dich. Jetzt«, hauchte ich.

Kaum hatten die Worte meine Lippen verlassen, warf Alexej sich wie ein Raubtier auf mich und presste mich flach auf den Schreibtisch. Der Bildschirm fiel mit einem Scheppern auf den Boden. Halbherzig versuchte ich mich aufzurichten, doch Alexej gab nicht einen Zentimeter nach. Seine harte Länge drückte unmissverständlich gegen meinen Bauch.

»Scheiß drauf.« Er übersäte meinen Hals mit Küssen, ließ aber das Tattoo aus, obwohl mir das auch vollkommen egal war. Alexej küsste mich, strich mit der Zunge über meine und ich dachte, ich würde sterben, wenn ich ihn nicht bald in mir spürte. Ich riss an seinem Shirt, bis er es endlich über den Kopf zog und in eine Ecke pfefferte. Es war keine Zeit, seinen flachen, harten Bauch zu bewundern, denn schon presste er sich erneut an mich. In mir ballte sich ein heißes Verlangen zusammen, das sich mit Zähnen und Klauen den Weg nach draußen bahnen wollte. Ich umschloss seine Oberarme und zog ihn wieder zu mir. Seine Tattoos pulsierten im Einklang mit seinem rasenden Herzschlag.

»Iwanowa, wenn du mir nicht sofort sagst, dass ich dich ficken kann, werde ich wahnsinnig«, stöhnte er an meinen Lippen.

Ich lachte heiser und küsste ihn als Antwort. Mit einem kurzen bläulichen Aufleuchten seines Fokus, der auf dem Schreibtisch lag, verschwanden meine Hose und Unterwäsche. Kurz danach spürte ich das Kribbeln des Verhütungszaubers.

Noch einmal schaute mir Alexej tief in die Augen, ein Feuer brannte in ihnen. »Sag es Iwanowa, bitte.«

»Ja.«

Damit zog er sich die Jogginghose mit einem Ruck halb nach unten und versank mit einem Stöhnen in mir. Ich war voll, gedehnt, wie ich es nicht kannte. Tief in mir pulsierte er und fachte meine Gier nach ihm noch mehr an. Ich kratzte ihm leicht mit den Fingernägeln über den Rücken und klammerte mich an ihn, als mit jedem seiner Stöße mein Höhepunkt näher rückte. Viel zu schnell und doch nicht schnell genug.

Alexej gab ein fast übernatürliches Geräusch von sich und warf den Kopf in den Nacken. »O mein Gott. Verdammt. Du fühlst dich fantastisch an.«

Ich hörte ihn nur dumpf durch den Nebel meiner Leidenschaft. Mein Kopf hing halb über der Schreibtischkante, mein einziger Gedanke, wie gut sich das anfühlte.

Alexej stieß wieder und wieder zu und saugte an meinem Nacken, während ich mich an seinen Schultern festkrallte. Ich schrie und stöhnte, aber es war mir egal. Ich wollte ihn. Mehr und mehr von ihm, bis wir zu einem verschmolzen.

»Wie verdammt lang habe ich darauf gewartet«, stöhnte Alexej. »Und dieses Kleid, Iwanowa, dieses Kleid.« Er zog mich hart an den Haaren und unterstrich jedes seiner Worte mit einem Stoß. Ich stöhnte laut auf. »Das nächste Mal ziehst du es an.«

Ich lachte heiser. Es war zu viel und gleichzeitig nicht genug. »Härter. Mehr«, keuchte ich.

Alexej veränderte den Winkel, stieß noch ein-, zweimal zu und hinter meinen geschlossenen Lidern explodierten Sterne. Ich klammerte mich an ihn, zog ihn an mich und mit einem langgezogenen Stöhnen brach Alexej auf mir zusammen. Er legte seine schweißnasse Stirn an meine und grinste.

»Fuck, Iwanowa. Wieso haben wir so lang gewartet?«

»Du wolltest mir deine Erinnerungen nicht zeigen.« Ich strich ihm eine Haarsträhne aus dem Gesicht.

»Und ich habe dich nicht mal zum Abendessen ausgeführt, seitdem wir zusammen sind«, wisperte Alexej in meine Haare.

Ich lachte. »Das kannst du morgen nachholen.«

28

Selbst von draußen leuchteten mir die weißen Tischtücher und der goldene Kronleuchter bereits durch die großen Fenster entgegen. Was hingegen fehlte, waren Gäste. Sollte der Zauberlehrling um diese Zeit nicht aus allen Nähten platzen? Als Alexej mich kurz zuvor hierhergebracht hatte, war ich davon ausgegangen, dass er sein Versprechen von gestern einlösen wollte. Jetzt war ich mir da nicht mehr so sicher.

Meine Pumps klackerten über das Pflaster und ich zog den Saum des Kleids wieder nach unten, der durch das Laufen hochgerutscht war. Alexej hatte einfach zu lange Beine. Selbst bei einem für ihn langsamen Tempo joggte ich neben ihm her. Sonst fiel ihm immer auf, wenn er mich abhängte, aber heute Abend machte er einen etwas nervösen Eindruck. »Wo gehen wir denn hin?«, fragte ich leicht atemlos.

»Hab Geduld, Iwanowa.« Alexej nahm meine Hand und führte mich um das Gebäude herum. In der Seitengasse standen riesige Müllcontainer.

»Dir ist bewusst, dass es einfachere Wege gäbe, mich zu töten, oder?«

»Ruhe jetzt.« Seiner Stimme fehlte allerdings jegliche Schärfe. Alexej klopfte an eine schmale, schwarze Holztür.

Ein Mann mit weißer Kochhaube in gebügelter und gestärkter Schürze öffnete und lächelte uns an. »Herr Breschnew,

Frau Iwanowa, ich habe Sie schon erwartet. Bitte.« Er trat einen Schritt zur Seite und gab den Blick auf eine blitzende Küche frei. Eine große Edelstahlarbeitsplatte in der Mitte nahm den meisten Raum ein, drum herum diverse Herde, Backöfen. An der Wand hingen blank polierte Pfannen, Töpfe und Messer. Alles war so hell und sauber, dass ich fast geblendet wurde.

Alexej zwinkerte mir zu und machte mit seiner Hand eine einladende Geste, bevor er mir in die Küche folgte. Neugierig schaute ich auf eine von drei Anhäufungen von frischen Lebensmitteln. Die Tomaten glänzten im Licht der Küche und bei dem Geruch des frischen Oregano und des Parmaschinkens lief mir das Wasser im Mund zusammen.

Alexej räusperte sich. »Ich dachte, wir kochen etwas zusammen. Für uns. Da ich aber absolut hoffnungslos beim Kochen bin, hilft Oleg. Er ist der Chefkoch und der Zauberlehrling hat ihm den Michelin-Stern zu verdanken.«

Oleg hatte die Tür geschlossen, lächelte mich freundlich an und verneigte sich kurz. »Auf Anweisung von Herrn Breschnew habe ich drei Gerichte für Sie vorbereitet. Da wäre zum einen italienische Pizza.« Ich lächelte, als Oleg mir den frischen Pizzateig in einer Schüssel zeigte, die mit einem karierten Tuch abgedeckt war.

Er ging zum nächsten Haufen Lebensmittel, auf dem braune Eier neben Fleisch und Schnittlauch lagen. »Und dann hätten wir noch deutsche Maultaschen oder Sushi.« Oleg zeigte mir den abgekühlten Sushi-Reis der letzten Ansammlung von Zutaten. Das rosa Lachsfilet daneben erinnerte mich daran, wie hungrig ich war.

»Du magst doch keinen Fisch.« Ich drehte mich zu Alexej um, der lächelte.

»Du aber. Sushi mit Avocado schmeckt auch gut.« Er drückte mir einen Kuss auf die Schläfe.

»Und was kochen wir jetzt?«

»Damenwahl.« Alexej zwinkerte mir zu.

Meine Finger glitten über die glatte, kalte Edelstahlplatte

und ich schlenderte an den Köstlichkeiten vorbei. »Ich denke Pizza.« Alexej hatte sie in Verona geliebt.

»Bist du dir sicher? Ich hätte gewettet, dass du Sushi wählst.«

Ich biss mir auf die Unterlippe. »Du solltest nicht wegen mir Abstriche machen. Das will ich nicht.«

»Blödsinn. Wir nehmen das Sushi.« Alexej nickte Oleg zu, der die anderen Zutaten in der Kühlkammer verstaute.

Dann ging es los, doch es war schwieriger als gedacht, den klebrigen Reis richtig auf dem Algenblatt zu verteilen. Mithilfe der Bambusmatten zum Einrollen der Algenblätter sah unser Sushi mehr wie kleine Schnecken aus anstatt kleiner Kreise. Aber der Spaß machte vieles wieder gut. Alexej stapelte unsere fertigen Werke auf einem schneeweißen Teller mit goldenem Rand. Oleg trug ihn für uns nach draußen ins Restaurant zu einem einsamen Tisch, auf dem ein silberner Kerzenhalter mit fünf Kerzen stand. Obwohl sonst kein Licht eingeschaltet war, schafften es die Kerzen, den ganzen Raum zu erhellen.

»Danke, Oleg, das wäre erst einmal alles«, sagte Alexej, als er mir den Stuhl zurückzog und Oleg auf dem Tisch neben uns eine Auswahl an verschiedenen Getränken platzierte. Er verneigte sich kurz und verschwand wieder in der Küche.

Ich lächelte Alexej an. Seine Züge wirkten im Kerzenlicht fast weich. »Das war eine schöne Idee.«

»Es ist schließlich unser erstes offizielles Date. Zum Glück habe ich so viel Geld. Nicht auszudenken, wie das ohne Anleitung ausgesehen hätte.« Er grinste.

Ich trat ihm leicht unter dem weißen Tischtuch ans Schienbein.

»Au, Iwanowa. Sei lieb, sonst esse ich alles allein.«

Mein Blick fiel auf das zerschlissene Band des Astrolabiums, das so gar nicht hierher passte. Was mein Vater sagen würde, wenn er mich jetzt sehen könnte? In Sankt Petersburgs bestem Restaurant mit dem Oligarchensohn der reichsten Familie Russlands? Ihm wäre wahrscheinlich vor allem wichtig, dass Alexej sich um mein Wohlergehen sorgte. Und das tat er. Immer noch konnte ich fast nicht begreifen, welche Risiken er eingegangen war, damit mir nichts passierte.

Alexej musste meinen nachdenklichen Blick bemerkt haben, denn er fragte: »Hast du etwas von Eka gehört?«

Ich schüttelte den Kopf und schmierte mir viel zu viel Wasabi auf das Lachs-Nori auf meinem Teller. »Ich habe Bescheid gesagt, dass ich zurück bin und gerne noch mal mit ihr sprechen will. Sie hat nur gefragt, ob ich dich weiterhin sehe. Als ich das bejaht habe, hat sie wieder nicht geantwortet.« Ich blinzelte die Tränen weg. Es hatte fünf Anläufe gebraucht, den schwarzen Lidstrich richtig zu ziehen, da wollte ich mein Make-up nicht schon nach einer halben Stunde ruinieren.

»Das tut mir leid.« Alexej ergriff über das Tischtuch meine Hand und strich sanft mit seinem Daumen über meinen Handrücken. »Soll ich mit ihr reden?«

»Das würde es nur schlimmer machen. Ekas Meinung nach habe ich mich mit dem Feind verbündet. Selbst während der Sklavenrebellion war sie nicht so ablehnend. Sie hat immer wieder gesagt, dass nicht alle Zauberer es gut finden, dass es Sklaven gibt. Dass man unterscheiden muss und nicht alle über einen Kamm scheren kann … Aber seitdem Stanislaw sie betrogen hat, ist nichts mehr davon zu spüren.« Ich verzog für einen Moment das Gesicht und nahm dann einen großen Schluck aus dem Wasserglas, um das Brennen des Wasabis zu reduzieren, doch es wurde nicht besser. Trotzdem war der Schmerz nichts im Vergleich zu dem Stechen, als mein Herz sich wegen Eka zusammenzog.

»Aber es ist schon ein bisschen überzogen, dich so lange zu meiden, nur weil du jetzt mit mir zu tun hast«, sagte Alexej vorsichtig.

Ich schüttelte den Kopf. »Du kennst Eka nicht. Ihre Mutter ist gestorben, als sie ein Baby war. Mit ihren älteren Schwestern ist sie nie warm geworden. Sie dachten, Eka hielte sich für etwas Besseres, weil sie sich immer schon für Mode interessiert hat. Es wurde schlimmer, als sie an den Peterhof kam. In gewisser Weise fühlten sie sich bestätigt.« Ich nahm eines der schwarzen Ebenholzstäbchen und fuhr mit einem Zeigefinger über das goldene, japanische Zeichen, das in die Mitte eingesetzt war. »Eka wurde nie als Mensch geschätzt und war oft unsicher. Ich glaube, Stanislaw hat ihr endlich das Gefühl gegeben, etwas wert zu sein und dann mit seinem Fremdgehen alles zerstört.«

Alexej nippte an seinem Sake und sog jedes Wort auf wie ein Schwamm. Erneut streckte er eine Hand über das Tischtuch und drückte meine Hand.

Ich drückte zurück und räusperte mich. »In gewisser Weise war ich die einzige Familie, die sie hatte. Ich habe immer zu ihr gehalten seit dem Tag, an dem wir im Treppenhaus im Peterhof zusammengestoßen sind. Das war, bevor wir überhaupt wussten, dass wir beide aus Sklavenfamilien stammen und zusammen das Zimmer teilen. Es hat sie schwer getroffen, dass ich mich für dich entschieden habe, als sie die Unterlagen gefunden hat. Vor allem weil sie ja«, ich senkte die Stimme, »nichts von dem Fluch weiß.«

Alexej nickte langsam und schenkte mir aus einer grünen Glasflasche Wasser nach, um die eine weiße Stoffserviette gebunden war. »Wir finden eine Lösung und dann könnt ihr euch wieder vertragen.«

Ich nickte langsam. »Kann ich dich was anderes fragen?« Ich kaute auf der Innenseite meiner Wange und wich seinem Blick aus.

»Alles, was du willst.«

Tief einatmend schaute ich auf. »Warum hätten wir uns nicht einfach aneinanderbinden können? Du mochtest mich davor, das hätte dir doch in die Karten gespielt. Nur, weil wir dann zusammenbleiben müssten für den Rest unseres Lebens? Oder weil wir in deinem Palast leben müssten?«

Alexejs Oberarmmuskeln spannten sich unter seinem Hemd an. »Wenn du denkst, ich könnte dir ein Leben lang so nah sein und nie einen Finger an dich legen, hältst du mich für einen besseren Mann, als ich bin.« Seine Stimme klang rau und bitter. »Außerdem gibt es da noch die ungelöste Fluchkomponente. Eine magische Bindung allein reicht nicht. Etwas fehlt und wir wissen noch nicht, was.«

»Und jetzt?« Ich griff nach seiner Hand und streichelte sanft über den Handrücken.

Er erschauderte leicht unter der Berührung, doch räusperte sich im nächsten Augenblick. »Jetzt sehen wir, ob wir nicht eine bessere Lösung finden.«

»Kamst du denn heute weiter?« Ich hatte mich bisher nicht getraut zu fragen, weil er den ganzen Tag einen grimmigen Gesichtsausdruck aufgesetzt gehabt hatte.

»Bist du sicher, dass du das jetzt besprechen willst?« Er schaute mich zweifelnd an.

Ich blickte durch die großen Fenster. Ein Pärchen schlenderte am Restaurant vorbei. Die Frau kicherte und drängte sich enger unter einem großen Regenschirm an ihren Partner.

»Es hilft ja nichts, spätestens morgen früh hat uns die Realität wieder«, sagte ich seufzend.

»Du hattest recht mit der Verschiebung der Zeitlinie. Eigentlich hätten die Symptome mit dem letzten Verhandlungstag beginnen sollen. Seltsamerweise hat der Fluch jedoch drei Wochen, nachdem ich meinem Vater geschrieben habe, eingesetzt. Das ergibt keinen Sinn. Außer, jemand anderes hat den Brief ebenfalls gelesen, aber ich war vage genug. Oder mein Vater hat es jemandem gesagt. Er sitzt mit Dmitri Kamenski in einer Zelle. Der zählt als Cousin meines Vaters vielleicht als Familie. Also selbst wenn er den Brief entdeckt hat, sollte das für den Cupids Fluch nichts ausgemacht haben.«

Bei der Erwähnung des Mörders meines Bruders zuckte ich zusammen und atmete tief ein. »Will er dich tot sehen? Dein Vater, meine ich?« Er hatte mich in einen Keller gesperrt. Ihm war alles zuzutrauen.

»Nein. Unabhängig davon, wie er Leuten wie dir gegenübersteht – er würde niemals seinen Erben riskieren. Sein Imperium. Das ist sein einziger Lebenssinn.«

»Und was machen wir jetzt?« Ich runzelte die Stirn.

»Es gibt nur eine Person, die uns Antworten liefern kann. Mein Vater. Wir werden ihn befragen müssen.«

Ich wurde steif wie ein Brett und mein Herz pochte wie wild. Kalter Schweiß breitete sich auf meiner Stirn aus. Seit dieser Nacht hatte ich ihn nicht mehr gesehen und da mir nun klar war, wer er war ...

»Ich weiß nicht, ob ich es schaffe, dich zu begleiten. Vor deinem Vater will ich auf keinen Fall eine Panikattacke bekommen. Man muss den Fokus abgeben, oder?« Mein Schlüssel brannte unter dem schicken, aber schlichten Etuikleid auf der Haut. Und das, obwohl er nicht direkt auflag, sondern auf dem Klebeverband, den Madame Dubois über meinem neuen Tattoo angebracht hatte.

Alexej nickte. »Du darfst in einem Hochsicherheitsgefängnis auf keinen Fall zaubern.«

Ich atmete tief ein. Konnte ich es sagen? Doch das war Alexej. Wenn nicht er, wer dann hätte Verständnis für mich? »Das macht mir Angst«, gestand ich langsam. »Zu wissen, dass ich mich im Zweifelsfall nicht wehren kann ... Ihm das erste Mal seit dieser Nacht wieder gegenüberzustehen.«

Alexej presste die Lippen aufeinander. »Du musst nicht mitkommen, ich kann ihn allein fragen. Das würde ich nicht von dir verlangen.«

In dem Moment wurde mir bewusst, dass er genauso wenig wie ich nach I'dyna wollte. Das bisschen, was er von seinem Vater erzählt hatte, war alles andere als etwas, das ich unter liebender Fürsorge verstand. Er brauchte mich dort mehr als ich ihn. Oder wir uns beide gleich.

Mir wurde schlecht bei dem Gedanken, Sergej Breschnew gegenüberzutreten. Aber ich wollte Alexej nicht allein in die Höhle des Drachen schicken – wortwörtlich. »Ich würde schon mitkommen. Ich weiß nur nicht, ob ich es schaffe«, murmelte ich.

Einen Moment lang musterte Alexej mich. Er legte mir das letzte Lachs-Nori auf den Teller, bevor er mir noch mal in das kleine, rechteckige Gefäß von der Sojasoße nachfüllte. »Ich habe eine Idee. Ist es in Ordnung, wenn ich dich in unseren Palast mitnehme? Wir müssen auch nicht in die unteren Stockwerke oder den Ostflügel.«

Ich nickte zögerlich und Alexej nahm mich an der Hand, nachdem er kurz auf sein Astrolabium gesehen hatte. »Reicht dein Astron für einen Schattenschritt? Das Tattoo müsste schon seine Wirkung entfalten.«

Er hatte recht. Es brannte erstaunlich wenig dafür, dass es erst einen Tag alt war und ich nickte wieder. Alexej holte aus einem kleinen silbernen Etui ein paar Scheine heraus und warf sie auf den Tisch. Ich wollte nicht hinschauen, um zu sehen, wie viel das war. Wahrscheinlich mehr, als ich in einem Monat verdiente.

Alexej drückte kurz meine Hand und wir traten durch den nächsten Schatten.

Kurz darauf kamen wir in einem Gang mit hellen Marmorfliesen an, den ich nicht kannte. An der Wand hingen zweiarmige Kerzenleuchter, in die Glühbirnen hineingeschraubt worden waren und die sich auf dem glatten Boden spiegelten. Auf der anderen Seite befanden sich hohe rechteckige Fenster mit weißen Streben, die auf den dunklen Garten hinausblickten. Einige Laternen beleuchteten die gepflegten Kieswege.

Alexej hielt immer noch meine Hand und schaute mich besorgt an. »Alles in Ordnung?«

Ich nickte. Den Sternen sei Dank waren wir direkt innerhalb des Gebäudes gelandet. Ich wusste nicht, wie ich reagiert hätte, wenn ich den Palast von außen gesehen hätte. So aber folgte ich Alexej relativ gelassen durch eine der goldenen Türen im Gang in eine große Halle. Die Decke war mindestens sechs Meter hoch und an der Wand türmten sich in wenigen Zentimetern Abstand unzählige gerahmte Bilder. Porträts von Zaren, ein zusammengerollter Drache, der auf einer Eisscholle schlief. Ich drehte mich um und entdeckte die Abbildung eines mir bekannten Domovois vor einem fast fertigen Gebäude – der Eremitage. Daneben hingen unzählige Familienbilder der Breschnews. Jedes von ihnen war ähnlich aufgebaut: Der Vater thronte auf einen Stock gestützt hinter einem Stuhl, auf dem die Mutter saß. Zu deren Füßen kauerte ein gut gekleidetes Kind, meistens ein Sohn. Sogar ein Einzelporträt von Alexej hing da, in dunkelblauem Anzug mit hellblauem Hemd.

»Was machen wir hier?«, fragte ich leise. Dennoch hallte mein Wispern von den Wänden wider und ich zuckte fast zusammen.

»Einen Moment.« Alexej schritt zielstrebig auf ein Porträt zu, das einen der geflügelten Löwen der Bank-Brücke in Sankt Petersburg zeigte.

»Wieso habt ihr eigentlich einen Löwen mit auf dem Wappen?«, fragte ich neugierig.

»Löwen symbolisieren Macht und militärische Stärke, der Drache die Magie. Niemand sollte Zweifel haben, wofür die Familie Breschnew steht.« Er fuhr mit seiner Hand am Bilderrahmen entlang. Es musste die Sklaven damals viel Zeit gekostet haben, diesen goldenen Bilderrahmen zu entstauben. Zu viele Kringel waren ineinander verschlungen und boten kleine Ecken und Nischen, die mit Sicherheit mit Wattestäbchen gereinigt werden mussten.

Es klickte laut und nun zuckte ich wirklich zusammen. Das Blut rauschte in meinen Ohren.

»Alles gut, das war nur der Bilderrahmen.« Alexej legte mir eine Hand auf die Schulter. Mein schnell schlagendes Herz beruhigte sich langsam wieder.

»Alles in Ordnung?«, fragte er.

Ich nickte, weil ich meiner Stimme nicht vertraute. Wie sollte ich so seinem Vater in I'dyna gegenübertreten?

Alexej klappte unterdessen das Bild zur Seite. Dahinter kam ein Paneel zum Vorschein. Er scannte sein Auge und gab zusätzlich einen Code in ein silbernes Zahlenfeld ein. Nach einer kurzen Sprachprobe drehte er das schwere Rad der Safetür auf, die das Gemälde verborgen hatte. Automatisch flackerte im großen Raum dahinter das Licht auf und ich blinzelte, um nicht geblendet zu werden.

Schritt für Schritt folgte ich Alexej schließlich hinein, seine Schritte klangen auf dem schwarzen Marmorboden fast gespenstisch. Am Rand des Raumes standen dunkle Glasvitrinen aus Ebenholz. In ihnen lagen auf dunkelblauen Samtkissen diamantene Diademe und schwere Halsketten besetzt mit Rubinen und Saphiren. Gekrönt wurde das Ganze von einem dunkelblauen Fabergé-Ei, das im Zentrum des Raumes ausgestellt und von einem Strahler von oben beleuchtet wurde.

Alexej ignorierte jedoch das prachtvolle Glanzstück und zog stattdessen eine der glatt polierten Holzschubladen auf, die unter den Vitrinen angeordnet waren. Auf einer dunkelblauen Halterung waren mehrere Ringe in ein Futter gesteckt, einer größer und prachtvoller als der andere. Der einzige, der mir nur annähernd gefiel, war ein schmaler silberner Ring, der von einem Diamanten unterbrochen wurde. Alexej glitt mit den Fingern über die verschiedenen Schmuckstücke, bis er bei dem Ring hängen blieb, der mir gefiel.

»Hier.« Er legte ihn auf seine ausgestreckte Hand und hielt ihn mir unter die Nase.

»Was ist das?«

»Die Ringe sind mit allem verfügbaren Sternenstaub aus unterschiedlichen Minen modifiziert. In I'dyna wirst du ihn ablegen müssen, aber als generelle Rückversicherung, sollte etwas Unvorhergesehenes passieren ... Es wäre gut, du wärst handlungsfähig. Du kannst den Stein herausdrehen. Dahinter findest du außerdem eine Notfallration Sternenstaub in einer Kammer.« Er sprach nicht aus, was ich dachte. Selbst wenn sein Vater mir nichts während unseres Besuchs antat, war es noch lange nicht gesagt, dass seine Schergen mich danach in Ruhe ließen.

Trotzdem beäugte ich den Ring misstrauisch. Er wäre praktisch. Nichtsdestotrotz wehrte sich etwas in mir, ihn anzustecken. Eine Münze an meiner Kette zu tragen, in Ordnung. Aber ein Ring? Das fühlte sich … intimer an. Näher. Wenn er mir allerdings ermöglichte, in den meisten sternenstaubgesicherten Umgebungen zu zaubern … das wäre viel wert. Ich schluckte und warum auch immer, hielt ich Alexej meine Hand hin.

Die Absurdität der Situation wurde mir Sekunden später bewusst. Ich wollte die Hand schon zurückziehen und das Schmuckstück selbst anstecken, doch da umschloss seine linke Hand meine. Er nahm den Ring zwischen Daumen und Zeigefinger und schob ihn mir vorsichtig an meinen Ringfinger. Seine Anspannung war greifbar und für einen unendlich langen Moment starrte Alexej auf meine Hand. Der Diamant blitzte im Licht und mir stockte der Atem. Es fühlte sich mehr an wie nur ein Ring an meinem Finger. Schwerer, bedeutender. Aber war es so nicht die ganze Zeit schon?

Endlich räusperte sich Alexej, ließ meine Hand fallen und wandte sich dem kleinen Tischchen in der Mitte mit dem Fabergé-Ei darauf zu.

»Das war nicht der einzige Grund, warum wir hier sind.« Alexej klappte das Ei auf, aber es war leer. Er runzelte die Stirn, hob es von seiner marmornen Platte und schaute darunter.

»Es muss doch irgendwo sein …«, redete er vor sich hin. »Wenn sich das ein Sternenwanderer geholt hat, werde ich wahnsinnig.«

Ich schnaubte. »Es gibt keine Sternenwanderer. Das sind Märchen, die man Kindern erzählt.« Meine Mutter hatte mir

Geschichten von ihnen vorgelesen. Magier mit metallisch blauen Haaren, die von Welt zu Welt wanderten und magische Gegenstände stahlen.

Alexej schaute mich durchdringend an. »Ich wünschte, es wäre so. Hoffen wir einfach, dass –«

Eine helle Stimme räusperte sich hinter uns und ich fuhr herum, die Hand ausgestreckt. Ich hatte wenig Astron, aber es würde reichen, um uns zu verteidigen. Doch die Dame, die vor uns stand, sah fast schon harmlos aus. Sie hatte ein Glas Rotwein in der Hand und strahlte eine gewisse aristokratische Kälte aus, wie es nur Oligarchenfrauen konnten. Ich nahm an, dass es an der streng kontrollierten Mimik und Gestik lag.

»Der verlorene Sohn ist heimgekehrt. Ich hätte beinahe bei den Strazh eine Sonderkommission einrichten lassen, um dich zu suchen.« Natalija Breschnewa musterte Alexej mit einer hochgezogenen Augenbraue. Ihre Eleganz, selbst in ihrem rosafarbenen, seidenen Abendmantel, hätte Madame Dubois vor Ehrfurcht erblassen lassen.

»Mutter.« Alexej näherte sich ihr und gab ihr einen angedeuteten Handkuss. »Woher wusstest du, dass wir hier sind?«

»Du hast vergessen, den Blutzauber zu aktivieren. Der stumme Alarm ist ausgelöst worden. Da hast du dem armen Jegor einen schönen Schrecken eingejagt. Ich konnte ihn gerade noch davon abhalten, hier bis an die Zähne bewaffnet mit seinen Männern den Safe zu stürmen. Das hätte deinem Besuch mit Sicherheit missfallen.« Sie schaute Alexej erwartungsvoll, beinahe tadelnd, an.

Er seufzte. »Ja, richtig. Mutter, das ist Irina Igorevna Iwanowa. Irina, das ist meine Mutter, Natalija Konstantinowna Breschnewa.«

Sie lächelte leicht. »Sehr erfreut. Bitte nennen Sie mich Natalija. Alexej hat so viel von Ihnen erzählt, dass ich das Gefühl habe, sie schon fast zu kennen.«

Alexejs Ohren röteten sich. Das hatte ich noch nie gesehen, fast hätte ich gelacht.

Natalija Breschnewa zog erneut eine Augenbraue hoch und musterte ihren Sohn.

Sollte ich ihr die Hand schütteln? Die Hand küssen? Knicksen? Oder doch lieber eine Verneigung? Am Ende entschied ich mich für ein freundliches Nicken und zupfte den Saum meines Etuikleids zurecht, der wieder etwas hochgerutscht war. »Es freut mich, Ihre Bekanntschaft zu machen.«

Sie schwenkte den Wein leicht in ihrem Glas. »Darf ich Ihnen etwas anbieten? Einen Tee vielleicht? Offensichtlich haben Sie schon gegessen.« Ihr Blick blieb an einem Reiskorn kleben, das sich beim Sushimachen an mein Kleid gemogelt hatte. Meine Wangen glühten. Schnell versuchte ich mich daran zu erinnern, dass eher sie die Verlegene sein sollte, nach all dem, was ich unter ihrem Dach durchgestanden hatte.

»Mutter, das ist hier nicht gerade der Ort, an dem sie sich am wohlsten fühlt. Wir sind nur kurz etwas holen und dann wieder weg«, sagte Alexej und stellte sich fast schon schützend neben mich.

»Seit du nach Italien geflogen bist, kriege ich bloß ab und zu eine dieser grässlichen Sprachnachrichten. Wenn ich Glück habe, jede zweite Woche einen Anruf und du möchtest gleich wieder gehen?« Sie rümpfte leicht ihre kleine, schmale Nase und winzige Falten bildeten sich an der Spitze. Es waren genug, um ihr Missachten auszudrücken, aber nicht genug, um es unelegant aussehen zu lassen. Alexej hatte seine Nase auf jeden Fall von ihr – und seine Fähigkeit für missachtende Blicke.

»Ich denke, einen lebenden Sohn zu haben, ist mehr von Belang als ein regelmäßiges gemeinsames Abendessen, denkst du nicht?«, fragte er.

»Achte auf deine Ausdrucksweise, Alexej«, tadelte Natalija ihn und schaute für eine Millisekunde hoch in eine Ecke des Raumes.

Unauffällig drehte ich mich um und sah direkt in eine schwarze Kamera an der Decke. Wahrscheinlich nicht die einzige.

»Aber gut, dann holen wir das nach. Ich bin mir sicher, unsere liebe Irina hat einige Fragen. Wie kann ich helfen?« Natalija hob leicht das Kinn und ich atmete erleichtert aus. Ich war mir nicht sicher, ob ich ein längeres Treffen mit ihr überstanden hätte.

»Wir suchen die Schuppe von Smij Gorynytsch«, sagte Alexej.

»Smij Gorynytsch wie der Drache Smij Gorynytsch? Der in den Höhlen von I'dyna gehaust hat, bevor Peter der Erste ihn getötet hat?«, fragte ich perplex. Wasilij hatte mir erzählt, dass der Besitz von jeglichen sterblichen Überresten des Drachens strengstens verboten war. Nur die Strazh, die in I'dyna arbeiteten, besaßen welche.

Alexej nickte. »Ich wollte, dass du dort zaubern kannst. Allein das Wissen hätte dir helfen sollen, die Begegnung mit meinem Vater besser zu überstehen. Die Wände dort sind immer so von seiner Magie getränkt, dass die Strazh ohne ein Teil von ihm, sei es Knochen oder Schuppe, gar nicht zaubern könnten.«

Erwartungsvoll schaute Alexej seine Mutter an, die etwas blass um die Nasenspitze war und ihre Lippen schürzte. »Ich fürchte, das ist nicht möglich. Die Schuppe habe ich schon vor Monaten deinem Vater ... bringen lassen. Zusammen mit einem Haar von dir.«

29

Über uns ragte das gigantische Portal von I'dyna empor und allein der Anblick des Drachenkopfs, der aus dem dunklen, bläulich schimmernden Fels herausgemeißelt worden war, ließ mich schaudern. Dazu kam die Statue eines bärtigen Mannes mit wehendem, fellbesetztem Umhang, der dem Biest ein Schwert in den Kopf rammte. Ich schluckte und zog den lindgrünen Mantel enger um meinen Körper, als der kühle Wind mir darunterfuhr. Im Winter musste es hier absolut eisig und trostlos sein.

»Ich bin immer noch fassungslos, dass es fünf Tage gebraucht hat, bis wir ihn besuchen konnten. Und das, obwohl du etwas gedreht hast«, murmelte ich.

Alexej zuckte mit den Schultern. »Sie können es sich eben nur einmal im Monat leisten, die Wachen zu verdoppeln. Das ist nicht umsonst das sicherste Gefängnis Russlands.«

Bei den Worten fröstelte ich und mir drehte sich der Magen um. Die Therapiestunde, die ich extra mit Frau Smirnowa angesetzt hatte, war leider nicht gerade hilfreich dabei gewesen, mich auf das hier vorzubereiten. Sie hatte vielmehr daran arbeiten wollen, wieso ich überhaupt meinen Peiniger im Gefängnis besuchte. Ich seufzte und nestelte am Armband meines Astrolabiums.

»Er kann dir nichts tun, selbst wenn er die Schuppe hat. Die Wächter sind da und ich bin es auch«, flüsterte mir Alexej ins Ohr. Er legte seine Hand auf meinen unteren Rücken und drückte mir einen Kuss auf die Schläfe.

Ich schluckte schwer. Meine Angst galt nicht nur mir, sondern auch ihm. Was wollte sein Vater mit einem Haar seines Sohnes? Einen anderen Fluch wirken? So oder so würden wir es auf jeden Fall bald herausfinden.

Obwohl eine Gänsehaut meinen Körper überzog, schob ich meine Hand in Alexejs und wagte den ersten Schritt von dem Holzplateau, auf dem wir mit dem Schattenschritt angekommen waren. Um deren Holzpfähle herum kräuselte sich die Oberfläche des Baikalsees und verzerrte unser Spiegelbild bis zur Unkenntlichkeit. Eine Holzbrücke führte in Richtung des gigantischen Tors, in das eine kleinere Tür eingelassen war, vor der zwei Strazh standen. Ein Messer baumelte über dem hellblauen Mantel des einen und ich wollte lieber nicht daran denken, wie genau es zu seinem Magiedurchbruch gekommen war. Kurz wanderten meine Gedanken zu der kleinen Ludmilla und ihrem Meister. Das Gespräch mit ihr vor der Baustelle lag eine gefühlte Ewigkeit zurück.

Mit jedem Schritt, den wir über die Holzbrücke auf die Wächter zugingen, richteten sie sich weiter auf. Der Strazh mit dem Messer machte einen Schritt auf uns zu. Der dunkle Vollbart ließ seinen ohnehin schon ernsten Blick noch grimmiger erscheinen. »Wie können wir helfen?« Seine Hände leuchteten bläulich, bereit, uns jeden Moment anzugreifen.

Alexej holte seinen Ausweis aus der Tasche. »Sergejewitsch Breschnew, Alexej. Ich bin hier, um meinen Vater zu besuchen.«

»Und was ist mit Ihnen?«, fragte der Strazh und wendete sich mir zu.

»Ich begleite ihn.« Für einen Moment blieb mir unter seinem strengen Blick das Herz stehen. Aber er nickte nur kurz und trat zur Seite, während der andere Strazh uns die Tür öffnete.

Ein Gang, der mit seinen Eisengittern an einen langgezogenen Käfig erinnerte, öffnete sich vor uns und wir begaben uns in das Innere des Berges. Alexej drückte meine Hand, als die Tür hinter uns krachend ins Schloss fiel. Kurz schaute ich über meine Schulter und schluckte beim Anblick der massiven Eisenstangen, mit denen das riesige Portal von innen versperrt war. I'dyna hatte seinen Ruf zu Recht. Ich sog scharf die Luft ein und ging weiter neben Alexej her, während wir von allen Seiten und Höhen von Strazh überwacht wurden. Kurz schauderte ich und war froh, als sich der Gang zu einem Raum öffnete.

An einem steinernen Tresen saß dort eine gelangweilt aussehende Frau, die uns über ihre silbernen Brillenränder hinweg anblickte. »Besuchsformular da drüben ausfüllen, Waffen, Telekommunikationsmedien und Fokus ablegen.« Sie nickte mit ihrem Kopf in Richtung einzelner Tische und stellte uns zwei graue Boxen auf den Tresen.

Das Plastik schabte über den glatt gehobelten Stein, als ich die Box zu mir zog und ein weiterer Schauer lief mir den Rücken hinunter.

Das Formular war schnell ausgefüllt. Aber als ich meinen Fokus neben das Handy in die Box legen wollte, zögerte ich und warf einen kurzen Blick zu Alexej.

»Ich bin da«, formte er mit den Lippen.

Schicksalsergeben übergab ich der Dame meine Box, die sie hinter sich in einem Schließfach verstaute. Sie sicherte den Verschluss zusätzlich mit einem Zauber und reichte mir einen Schlüssel, dessen Kanten sich falsch anfühlten im Vergleich zu meinem Fokus.

Mit einem summenden Geräusch öffnete sich eine weitere Tür neben dem Tresen, die von einem anderen Strazh aufgehalten wurde. Zwei grimmig aussehende Männer in hellblauer Uniform traten neben mich. Mein ganzer Körper schimmerte blau, bevor ich weitergehen durfte. Den Block in meiner Hand und den Kugelschreiber legten sie unter eine blau leuchtende Lampe, bevor sie sie mir zurückgaben. Wie zu erwarten, fanden sie weder eine Sternenstaubmodifikation noch einen Fluch und endlich durften wir passieren.

Eine junge Strazh, kräftig gebaut und die Haare streng zurückgekämmt, führte uns aus der großen Halle durch grob behauene Steingänge. Immer weiter drangen wir in die Eingeweide des Berges vor. Hier war deutlich zu erkennen, dass die Gänge vor unzähligen Jahrzehnten geschlagen worden waren, um den Sternenstaub, der hinter dem Stein geschlummert hatte, abzubauen. Die Magie hing wie schwerer Samt in der Luft. Selbst jetzt, Jahre nach seinem Tod, spürte ich die Präsenz von Smij Gorynytsch, als geisterte sein letzter Schrei durch die leeren Gänge.

Nach einer gefühlten Ewigkeit erreichten wir eine weitere große Höhle. Von deren Wänden gingen links und rechts kleine Räume ab, in die man durch Panzerglas hineinsehen konnte. Und in einer dieser Zellen spiegelte sich das grelle Licht der Neonröhren auf der Glatze von Sergej Breschnew. Er saß auf einem einsamen Stuhl an einem weißen Tisch.

Als wäre nichts gewesen.

Als hätte er keine furchtbaren Dinge getan.

Ich blieb stehen und meine Handflächen wurden feucht.

»Weitergehen!«, fuhr mich die Frau an, die uns hergebracht hatte.

»Sehen Sie nicht, dass sie kurz braucht?«, fauchte Alexej sie an und verengte die Augen, sodass er beinahe wie ein Raubtier wirkte. Erschrocken zuckte die Frau zusammen, fing sich allerdings gleich wieder und wandte verlegen den Kopf ab.

Sanft packte mich Alexej an den Schultern. »Du musst das nicht tun. Ich schaffe das allein. Du kannst umdrehen und einfach gehen.«

Ich schüttelte den Kopf. »Ich muss das machen. Für uns.«

Alexej schluckte, aber er nickte. Dann ließ er meine Schultern los und nahm dafür meine Hand. Seine Handinnenflächen waren genauso feucht wie meine, auch wenn man ihm die Spannung viel weniger ansah.

Die Schlösser wurden mit einem Klacken geöffnet und die Eisentür in den Raum schwang auf. Hinter Alexejs Vater stand ein Wächter, doch Herr Breschnew schien nicht im Geringsten davon beeindruckt zu sein.

»Dreißig Minuten«, sagte die Wächterin, die uns begleitet hatte.

Alexej nickte und ging zuerst in den Raum, wobei er mich mit seinen breiten Schultern abschirmte. Die kalten Augen seines Vaters blickten ihn an. »Alexej. Schön, dass du mal wieder zu Besuch kommst. Und du hast Gesellschaft mitgebracht. Frau Iwanowa.« Er nickte mir kurz zu und zeigte einladend zu den beiden Stühlen ihm gegenüber. »Bitte, setzen Sie sich doch.«

Ich blinzelte und Wut kochte in mir hoch. Als würden wir ihn in seinem Arbeitszimmer besuchen. Als würde er danach nicht wieder in seine Zelle abgeführt werden. Die Wut verdrängte die Angst etwas, trotzdem ließ sie mein Herz nicht weniger schnell schlagen.

Alexej wollte den Stuhl für mich zurückziehen, doch ich schüttelte unmerklich den Kopf. Sergej Breschnew hob leicht eine Augenbraue und richtete sich weiter auf, wobei er sich in seinem Stuhl zurücklehnte. Die gelbe Gefangenenkleidung sah überraschend glatt und gebügelt aus. »Ich würde Ihnen ja einen Kaffee anbieten, aber der ist schrecklich.«

Die Stuhlbeine meines Stuhls schabten über den glatten Steinboden, als ich näher an den Tisch heranrückte. Mein Herz flatterte schneller, nur Alexejs Hand auf meinem Oberschenkel beruhigte mich etwas.

Die Neonlampe über uns summte unablässig und trieb meinen Puls weiter in die Höhe. Ich erinnerte mich an mein Mantra. Die Vergangenheit ist vorbei. Ich definiere meine Zukunft.

Sergej Breschnews eisblaue Augen verfolgten jegliche kleine Bewegung wie ein Raubtier, das bereit war, sich jede Sekunde auf seine Beute zu stürzen. Ich hätte fast über die Ähnlichkeit zu seinem Sohn vor einer Minute gelacht, wenn mir nicht schon schlecht durch seine Nähe wäre.

Der Strazh hinter Herr Breschnew trat von einem Bein auf das andere. Jede Faser seines Körpers schien angespannt. Offensichtlich ging es ihm nicht viel besser als mir.

Sergej Breschnew hatte immer noch nichts gesagt. Endlich lächelte er und verschränkte die Finger miteinander, bevor er sich auf dem Tisch abstützte. »Was führt Sie heute zu mir?« Unter den Ärmeln der Gefangenenkleidung lugten die Enden von seinen Tattoos heraus. Stacheldraht. Wie charmant.

Alexej richtete sich neben mir weiter auf. »Das weißt du ganz genau.«

»Weiß ich das?«, fragte er, fast schon amüsiert.

Wie ich ihn hasste. Ich knallte den Block auf den Tisch. Der Strazh zuckte zusammen und hob für einen Moment reflexartig die Hände. Ich ignorierte ihn und schob den Block mit einer Hand darauf zu Herr Breschnew. Danach schnipste ich den Kugelschreiber zu ihm herüber. »Aus offensichtlichen Gründen können wir nicht reden. Wir waren in Verona zur Recherche. Es gibt Unstimmigkeiten.«

Herr Breschnew beäugte die Plastikhülle des Stifts, als hätte sie ihn persönlich beleidigt. Er nahm ihn mit spitzen Fingern in die Hand. Aus meiner Hosentasche holte ich den Zettel mit den vorbereiteten Fragen. Ich faltete ihn auseinander und schob ihn umgekehrt über den Tisch, sodass der Strazh ihn nicht sehen konnte. Neben mir hielt Alexej den Atem an. Sein Gesicht war unbewegt, er saß da wie eine Statue. Seine Finger bohrten sich in meinen Oberschenkel.

Herr Breschnew drehte den Zettel um und zog die Augenbrauen hoch, bevor er in einer eleganten Schrift mit seinen Ausführungen begann. Der Strazh hinter ihm lehnte sich leicht nach vorne und wollte über seine Schulter spähen.

Blitzschnell drehte sich Sergej Breschnew um, wie eine Kobra, die ihre Beute aus dem Augenwinkel sah. »Bürschchen, das ist privat. Ich sitze zwar hier, doch der Einfluss meiner Familie ist ungebrochen. Noch so ein Versuch und du findest dich strafversetzt in dem kleinsten, kältesten Dorf wieder, das Sibirien zu offerieren hat. Haben wir uns verstanden?«, sagte er mit einer so bedrohlich ruhigen Stimme, dass eine Gänsehaut meinen Körper überzog. Ich ballte die Hände zu Fäusten.

Die Augen des jungen Mannes weiteten sich kurz, aber er nickte und stolperte einen kleinen Schritt zurück, sein Rücken gegen die kalte Steinwand gepresst.

Herr Breschnew wandte sich wieder langsam uns zu und lächelte mich mit leeren Augen an. »Wo waren wir?«

Ich deutete mit dem Kinn in Richtung Zettel und versuchte mir nicht anmerken zu lassen, wie schnell mein Herz schlug. Erst jetzt öffnete ich wieder die Hände unter dem Tisch.

»Ach ja«, sagte Sergej Breschnew im Plauderton.

Hatte er die Schuppe dabei? War das alles nur ein Plan, um mich hier zu töten? Immerhin war ich verantwortlich, dass sein Sohn seine Blutlinie potenziell mit Sklavenblut verschandelte. Und was war mit Alexejs Haar? Wollte er ihm etwas antun, als Rache dafür, dass er mich geschützt hatte? Immerhin war meine Zeugenaussage der Grund für die Waffenlieferung der VGE und hatte damit den Untergang des Nachtblauen besiegelt.

Aber sein Vater schrieb lediglich eine Weile auf dem Papier, ohne sich etwas anmerken zu lassen. Er überflog den Text, riss dann den Zettel ab und schob ihn zu uns hinüber. Es war die Ausführung über die Symptome. Alexej hielt das Papier und ich überflog die Antwort. Wieder und immer wieder. Ich schüttelte den Kopf. »Das kann nicht sein. Das passt nicht mit der Abfolge. Bei mir fing es zwei, drei Monate später an als bei Alexej. Ungefähr im März. Wir sind uns sicher, dass die rekonstruierte Zeitlinie stimmt. Drei Wochen nach dem Brief begann es bei mir. Es muss etwas anderes passiert sein.«

Es war, als hätte ich einen Zauber erfunden, mit der ich die ganze Welt einfrieren konnte. Sergej Breschnew saß in dem einen Moment nur da und starrte mich an. Er schien nicht mal zu atmen oder zu blinzeln. Eine Skulptur aus Eis gewachsen.

Es knackte laut in der stillen Zelle.

Der Strazh sprang nach vorne. Seine Hände leuchteten blau und er schaute sich panisch um. Alexej hatte im gleichen Moment schützend einen Arm um mich gelegt und mich nach hinten gezogen. Er musterte seinen Vater genau.

Der Kugelschreiber in der Hand von Herrn Breschnew war in zwei Hälften zerbrochen. »Dieser. Verdammte. Bastard«, presste er hasserfüllt nach einer kurzen Pause heraus. Sein Arm zitterte leicht. Er räusperte sich und die Zornesfalte zwischen seinen Augenbrauen glättete sich wieder. »Ich hoffe, Sie sind noch eng mit Wasilij Gelbowitsch Naganow befreundet, Frau Iwanowa.«

Ich runzelte die Stirn, nickte und wollte lieber nicht darüber nachdenken, warum er von Wasilijs und meiner Freundschaft wusste.

»Nun, dann würde ich Alexej und Ihnen dringend empfehlen, ihn und die anderen Strazh um Hilfe zu bitten. Dmitri Kamenski ist da draußen irgendwo. Sie sollten ihn besser lebendig als tot finden. Er hat Sie verflucht.«

30

Auch Alexejs sonst so beruhigende Atemzüge neben mir halfen mir nicht, ein Auge zuzumachen. Ich wälzte mich hin und her, drehte das Kissen auf die kalte Seite und zog die Decke enger um meine Schultern. Gedankenverloren starrte ich zu Alexejs Schlafzimmerfenster, hinter dem das orangefarbene Licht der Straßenlaterne vor sich hin flackerte.

Wie hatten wir das außer Acht lassen können? Herr Petrow hätte der erste Hinweis sein sollen. Egal wie lang der Anwalt schon für die Breschnews tätig war, er war nur entfernt ein Teil der Familie. Wie hatten wir das so ignorieren können? Aber die Lösung war so abwegig, wie hätten wir darauf kommen sollen? Ausgerechnet Dmitri Kamenski, der Mörder meines Bruders … Immer noch überlegte ich, wann bei allen Planeten er Haare von mir geklaut hatte, damit er den Cupids Fluch wirken konnte. Alexejs Haar hatte er über Sergej Breschnew bekommen, das war klar. Aber woher meins? Endlich fiel es mir wie Schuppen von den Augen. Nach einem von Iwans Koldkey-Spielen auf der Straße, der Dieb, der mir meinen Mantel geklaut hatte. Niemals im Leben hätte ich gedacht, dass damit ein Fluch durchgeführt werden würde.

Ein tolles Hochsicherheitsgefängnis war I'dyna. Durch die Schuppe, die Natalija Breschnewa ihrem Mann hatte zukommen lassen, konnte sich ein gut bezahlter Zauberer mit einem Zauber monatelang als Doppelgänger von Dmitri ausgeben.

Und die Wachen hatten den Schwindel nicht erkannt. Es hatte nur ein Versprechen von Kamenski gegenüber Sergej Breschnew gebraucht, dass er bei der Fluchlösung helfen würde, da er »Experte« dafür war. Und zack – verhalf Alexejs Vater der Person zum Ausbruch aus I'dyna, die uns erst verfluchen sollte.

Alexej hatte falsch gelegen. Seine »Symptome« waren keine Symptome gewesen. Und dadurch, dass er den Fluch lösen wollte, hatte er Dmitri in die Lage gebracht, uns erst zu verfluchen.

Ich fröstelte und kuschelte mich tiefer ins Bett. Dabei traf ich aus Versehen Alexej mit dem Fuß, der mich mit einem Arm an sich zog.

»Schläfst du immer noch nicht?«, fragte er schlaftrunken. Er gähnte und vergrub seine Nase in meinen Haaren.

Ich schüttelte den Kopf.

»Versuch es wenigstens, jetzt können wir sowieso nichts machen und ausgeschlafen denkt es sich besser –«

Ich entwand mich seinem Griff, setzte mich auf, zog meine Knie an und legte das Kinn darauf ab.

Seufzend knipste Alexej die kleine Nachttischlampe mit dem silbernen Ständer und dem weißen Schirm an und setzte sich ebenfalls auf.

Ich verspürte das Bedürfnis, ihn zu fragen, ob er nicht irgendwo eine Packung Zigaretten versteckt hatte. »Wir müssen irgendetwas machen können«, sagte ich leise. »Es kann doch nicht sein, dass wir wegen eines lausigen Gefängnisausbruchs beide sterben müssen. Schon gar nicht wegen Kamenski.«

»Die Strazh arbeiten mit Hochdruck daran, sie verstehen die Dringlichkeit. Wir zwei machen da keinen Unterschied. Die müssen jetzt die Videos auswerten, die magische Spur. Sie finden Kamenski bestimmt.«

»Wir haben keine Zeit!« Ich schüttelte den Kopf und ließ ihn gegen die Wand fallen. »Entschuldige, so war das nicht gemeint.« Ich fuhr mir durch die zerzausten Haare und entwirrte sie mit den Fingern.

»Wir schaffen das, Iwanowa. Wir sind schon so weit gekommen. Es ist besser, als wir erwartet haben. Die ganze Zeit sind wir davon ausgegangen, dass der Fluch nicht zurückgenommen werden kann, weil der Nachtblaue tot ist. Aber der Fluchverursacher lebt und damit haben wir die besten Chancen, aus der Sache lebend und fast unbeschadet rauszukommen. Das ist eine gute Entwicklung. Und wir haben Hilfe. Wenn sie auch nicht wissen, was sie für uns wegen des Fluchs tun. Jetzt schlaf.«

Widerwillig ließ ich mich von Alexej wieder unter die Decke ziehen und er schlang einen Arm um mich. Ich spürte jeden seiner Herzschläge am Rücken und sein Atem kitzelte in meinem Nacken.

»Wir könnten uns jederzeit aneinanderbinden und das Problem wäre gelöst«, schlug ich kleinlaut vor.

Alexej wurde steif wie ein Brett, die Finger seiner rechten Hand krallten sich in sein Shirt, das ich trug.

»Nein. Das ist der allerletzte Ausweg. Außerdem ist da immer noch die eine ungelöste Fluchkomponente.«

Ich schnaubte, aber er hatte recht. Einen Faktor, der für die Lösung mit verantwortlich war, kannten wir gar nicht. Wir gingen einfach nur davon aus, dass eine magische Bindung reichen würde und die ungelöste Komponente dadurch automatisch erfüllt werden würde. Eine gegenteilige Aussage hatten wir zumindest nicht in der Cupids Gruft in Verona gefunden. Doch sollten wir uns täuschen ... Ich zupfte an meinem Ohrläppchen. »Und wenn wir bis dahin nur wenig Astron haben? Wenn wir fast nicht mehr zaubern können?«

»Dein Tattoo hilft. Wir machen rechtzeitig einen Strich unter die Suche.«

»Aber wann?« Ich traute mich nicht, mich umzudrehen und ihm ins Gesicht zu schauen. Wieso war er weiterhin so sehr gegen die Bindung? Ich konnte mir mittlerweile weitaus Schlimmeres vorstellen, als den Rest meines Lebens mit

Alexej zu verbringen. Ja, wir waren jung und nicht lange zusammen, doch durch die letzten Wochen hatte ich das Gefühl, ihn schon mein Leben lang zu kennen. Egal, was er sagte, er war ein guter Mann. Und wir hatten keine Wahl. Ich schüttelte den Kopf, aber Alexej hielt mich fest.

»Bis wie viel Astron wäre dein Leben lebenswert? In Astroskoni ausgedrückt«, fragte er.

»Ich weiß nicht ... vielleicht so 1500?«

»Wie viel hast du gerade noch?«

Ich schaute auf mein Astrolabium und entzifferte die Zahl über meiner Astronanzeige. »2300.«

Ich spürte Alexej hinter mir nicken. »Ich rechne morgen aus, wie lange das ungefähr dauert. Aber bis zu diesem Zeitpunkt suchen wir nach dem Bastard. Er kann nicht damit davonkommen. Nicht, nachdem er schon deinen Bruder auf dem Gewissen hat. Das lasse ich nicht zu.«

»Okay.« Ich kuschelte mich an Alexej. Sein ruhiges Ein- und Ausatmen lullte mich dann endlich in den Schlaf. Erstaunlicherweise verschonten mich sogar die Albträume und erst Alexejs klingelndes Handy weckte mich wieder. Sonnenstrahlen erhellten das Zimmer und machten die Lampe überflüssig. Hinter mir schälte sich Alexej aus der Bettdecke. Seine schwarzen Haare standen in alle Richtungen ab, während er sich das Telefon zwischen Ohr und Schulter klemmte.

»Breschnew«, brummte er verschlafen.

Ich hörte nur Gemurmel am anderen Ende und Alexej summte hin und wieder zustimmend. Er stand auf und tigerte vor dem Bett auf und ab, sein Gesicht ernst, aber unlesbar. »Danke.« Er legte auf und starrte auf das Handy in seiner Hand, als könnte es ihm mehr verraten.

»Und?« Ich knabberte an meiner Unterlippe und strampelte mich von der Decke frei.

»Sie haben eine Spur. So, wie es aussieht, hat Dmitri Sibirien nie verlassen. Er ist ziemlich sicher in Russland, irgendwo im Norden.«

Mein Puls raste vor Aufregung und Angst schnürte mir die Brust zu. Unbewusst fuhr ich mit dem Zeigefinger über meinen rechten Unterarm. »Da finden wir ihn nie. Die Region ist viel zu groß. Er könnte überall sein.«

Alexej schüttelte den Kopf. »Nicht für so lange. Der Herbst und der Winter werden kalt. Er braucht einen Unterschlupf und wird sich vorbereiten müssen. Ohne guten Schlaf ist nichts mit zaubern.«

»Gibt es da einen Palast von ihm oder Freunden?«

Er spannte seinen Kiefern an. »Sie warten auf die Durchsuchungsbefehle. Heute Mittag wissen wir mehr. Ich bezweifle allerdings, dass er so dumm ist. Ihm muss klar sein, dass der Schwindel früher oder später auffliegt. Der Doppelgänger in I'dyna war gut, aber nicht so gut.«

»Wir können jetzt doch nicht abwarten!« Ich sprang aus dem Bett und stapfte Richtung Ankleidezimmer. Mittlerweile wusste ich genau, wo die Shirts waren.

»Was schlägst du vor?«

»Ich weiß nicht, wir machen was, irgendwas.« Hastig zog ich mein Schlafshirt über den Kopf und wühlte in seiner Schublade nach einem neuen für den Tag. Irgendwie fühlte ich mich sicherer, wenn ich seinen Geruch in der Nase hatte. Außerdem war ein Teil von mir zutiefst zufrieden, sobald ich etwas trug, das er sonst anhatte. Meine Hände zitterten und ich zog das Shirt mühevoll über den Kopf. Ob vor Aufregung oder wegen des Fluchs konnte ich nicht sagen. »Es gibt doch Magiespürhunde. Wieso nutzen sie so was nicht?«

»Iwanowa, das dauert. Das Gebiet ist riesig.«

Das wusste ich. Natürlich wusste ich das. Wir hatten endlich – endlich – einen Hinweis, eine wirkliche Chance auf Heilung und jetzt mussten wir warten. Ich schwankte zwischen Panik und Zorn. »Wir helfen bei der Suche«, sagte ich.

»Wir können nicht selbst mitmachen, aber er wird von den besten Strazh gesucht. Zudem habe ich einige Privatdetekteien beauftragt und eine Prämie ausgesetzt. Was willst du machen? Selbst in Wanderstiefeln durch Sibirien streifen und hoffen, dass du per Zufall über ihn stolperst?«

»Vielleicht gibt es private Aufzeichnungen?«

»Irina, die Strazh durchsuchen alles, auch ohne dass ich Druck mache. Das wäre international eine zu große Blamage, wenn das rauskommt. Gerade können wir nichts tun.«

Er hatte recht, aber das machte mich nicht weniger wütend. »Argh.« Ich schlug mit der Faust gegen eine Schiebetür aus schwarz lackiertem Eichenholz – und bereute es sofort, als ein stechender Schmerz durch meine Hand fuhr. Fluchend und mit Tränen in den Augen schüttelte ich sie.

Alexej drückte mir einen Kuss auf die Stirn, nahm die Faust behutsam in seine Hände und strich sanft darüber. Unsere Hände schimmerten kurz bläulich. Der Schmerz hatte nachgelassen.

»Du sollst doch dein Astron nicht für mich ausgeben«, protestierte ich halbherzig.

»Es ist gut investiert.« Der Hauch eines Lächelns umspielte seine Mundwinkel. »Ich hole dir etwas zum Kühlen.«

Als er zurückkam, reichte er mir wortlos ein Kühlpack, das in ein Geschirrhandtuch eingeschlagen war.

Ich tigerte wieder im Ankleidezimmer auf und ab, meine linke Hand schützend um die verletzte rechte geschlossen.

»Sie werden eine Spur finden, bestimmt.« Er drückte mir einen Kuss auf den Handrücken und stellte mir eine dampfende Tasse auf eine Kommode. Vorsichtig nippte ich am Kaffee. Perfekt, wie immer. Alexej drehte sich um und schob eine der weißen Schiebetüren auf der anderen Seite des Ankleidezimmers zur Seite. Dahinter hing eine ganze Reihe gebügelter Hemden.

»Was machst du jetzt?«, fragte ich.

»Ich habe heute tatsächlich etwas zu tun.« Er zog sich ein weißes Hemd über und knöpfte es langsam zu, während er diverse Krawatten und Manschettenknöpfe in einer ausgezogenen Schublade begutachtete. »Eigentlich wollte ich es dir erst sagen, sobald es sicher ist. Aber so, wie du drauf bist, kannst du eine Ablenkung gut vertragen. Wenn du willst, kannst du mitkommen.«

Kurze Zeit später hielt Juri vor den zwei grauen Steinlöwen, die den Eingang des Four Seasons bewachten. Obwohl ich Alexej mehrmals gefragt hatte, wusste ich immer noch nicht, was wir hier überhaupt wollten. Entsprechend neugierig war ich auch, als er mir die Tür aufhielt und mir eine Hand zum Aussteigen bot, die ich mit einem Augenrollen ignorierte.

Zielstrebig führte Alexej mich an der Rezeption vorbei in die Hotelbar. Dort steuerte er schnurstracks auf einen kleinen Tisch zu. Auf dem Chippendale-Sofa dahinter saß eine gutmütig aussehende Frau. Sie war etwas jünger als meine Mutter und ihre etwas zerschlissene Jeans passte so gar nicht in das Etablissement. Das schien sie selbst ebenfalls zu denken, denn sie zupfte gefühlt alle zehn Sekunden ihre Kleidung zurecht und blickte sich nervös um. Neben ihr spielte ein Junge auf seinem Handy. Er war vielleicht zwei Jahre jünger als Iwan.

Alexej begrüßte sie mit einem breiten Lächeln und ausgestreckter Hand. »Frau Alexandrowna, wie schön, dass Sie es einrichten konnten.«

Die Frau sprang wie von einem Poltergeist gepikt auf. »Wo ist er?«

Ich verstand gar nichts. Wer war er? Vor allem – wer war sie?

»Bitte, setzen Sie sich doch. Irina.« Alexej ließ seine Hand fallen und gestikulierte mir, ebenfalls Platz zu nehmen.

Sobald wir alle auf das Sofa gesunken waren, fuhr er fort. »Ich hoffe, Sie haben Verständnis dafür, dass wir erst das Ergebnis des DNA-Tests abwarten. Wir wollen sicher sein und ihm keine falschen Hoffnungen machen.«

Die Frau musterte intensiv ihre Schuhspitzen auf dem roten Teppich, als hätte sie sich daran erinnert, mit wem sie redete. Das Summen der Magie in der Luft fehlte, sie war klar eine Sternenbenachteiligte. Der Junge neben ihr hatte nicht mal aufgeblickt. Nervös tappte sie mit einem ihrer abgewetzten Schuhe auf den roten Teppichboden. »Verzeihen Sie meine Aufregung. Wir hatten nur lange gedacht, er wäre tot und dann kam Ihre Nachricht … Es ist wie ein Wunder …« Sie schaute endlich auf und ihre Augen hatten etwas Vertrautes.

Ich verstand gar nichts mehr. War das ein Businessmeeting? Wieso hatte Alexej mich überhaupt mitgenommen?

Die Frau wandte sich an mich. »Und Sie müssen Frau Igorevna Iwanowa sein. Ich habe so Wunderbares von Ihnen gehört. Wir verdanken Ihnen so viel. Ich weiß gar nicht, was ich sagen soll.«

Wusste ich auch nicht, denn ich verstand nichts. Ich nickte mit einem erzwungenen Lächeln. Kurz schielte ich zu Alexej hinüber, der einem Kellner ein Handzeichen gab und die andere Hand ganz entspannt auf meinem Knie abgelegt hatte. Meinen Blick schien er nicht zu bemerken. Ich schnaubte, er könnte ruhig etwas sagen. »Entschuldigung, aber wer sind Sie?«, fragte ich.

»Oh, ich dachte, das wäre klar. Ich bin Elena Alexandrowna Tolokonnikowa, Iwans Tante.«

Ich sprang auf, obwohl sie mich herzlich anlächelte. »Alexej, diese Frau ist eine Schwindlerin. Iwans Tante ist gestorben. Man hat sie in einem Massengrab gefunden.«

Um uns herum blickten mich einige Hotelgäste verwundert an. Ein Pärchen, das etwas weiter links von mir auf einer Couch saß, tuschelte hinter vorgehaltener Hand.

Die rundliche Frau mir gegenüber wurde blass. Sie schüttelte vehement ihren Kopf, sodass sich aus ihrem Dutt einige Haarsträhnen lösten. »Nein, nein. Da liegt ein Missverständnis vor. Wir sind vor Beginn der Sklavenrebellion geflohen. Ich wollte nicht, dass mein Leonid hier an die Front muss. Der Meister unserer Nachbarin hat dankenswerterweise dabei geholfen, unseren Tod vorzutäuschen.«

»Wieso haben Sie sich dann nicht gemeldet?«, fragte ich.

»Wir haben es versucht! Aber es war nicht so einfach.«

»Beweisen Sie es.« Ich wollte die Arme verschränken, doch Alexej nahm meine Hand und strich beruhigend mit seinem Daumen über den Handrücken. Sanft zog er mich wieder auf das Sofa. »Es ist alles in Ordnung. Ich habe einen Hintergrundcheck machen lassen und gestern Abend wurden ihr Speichel und ein Haar zur DNA-Analyse abgenommen – von ihr und dem Kleinen. Wenn sie Iwans Tante ist, wissen wir das bald.«

»Ich bin Iwans Tante.« Elena Tolokonnikowa klang fast schon empört.

»Wieso wurde das nicht magisch überprüft?«, fragte ich.

»Wurde auch gemacht. Positiv. Aber das kann zu leicht manipuliert werden. Wir müssen sicher sein. Es wäre sonst ein zu großes Risiko«, sagte Alexej.

Ein Risiko, Iwan in fremde Hände zu geben. Vielleicht in Hände von Leuten, die ihn nutzen würden, um mich zu erpressen. Alexej ließ unausgesprochen, dass das ein Schwachpunkt wäre, mein Schwachpunkt. Iwan. Liebe ist eine Schwäche, die ausgenutzt wird.

Ich blinzelte und hielt mich unauffällig an der Lehne des Sofas fest. Der Kellner brachte mir einen Kaffee in einer weißen Porzellantasse. Ich kippte erst mal eine halbe Tonne Zucker hinein, bevor ich einen großen Schluck nahm und mir dabei fast den Mund an dem kochend heißen Kaffee verbrannte. Ich hätte jetzt gut etwas Stärkeres vertragen können.

Alexej schaute mich mit einer hochgezogenen Augenbraue an, seine stille Frage, ob alles in Ordnung war. Ich nickte leicht und musterte erneut die Frau, die uns erwartungsvoll ansah.

Mit meiner freien Hand krallte ich mich an meinem Oberschenkel fest. »Wie lange dauert denn so ein DNA-Test?«

»Wenn sie kontinuierlich durchgearbeitet haben, circa acht Stunden. Wir haben das Ergebnis bald.« Alexej drückte kurz mein Knie, dann klingelte sein Handy. »Breschnew«, meldete er sich knapp, stand auf und schritt davon.

Iwans Tante lächelte mich breit an. »Es wäre so schön, unseren Wanjuscha wiederzusehen. Es gibt in Charkiw eine hervorragende Schule für Magier. Ich habe angerufen, sie würden ihn sofort aufnehmen. Er hat so viel durchgemacht, unser Wanjuscha. Dann kann er endlich von dieser grässlichen Schule weg, mit all den furchtbaren Erinnerungen. Nichts für ungut.« Sie hielt entschuldigend die Hände hoch. »Sie können ihn jederzeit besuchen.«

Ich öffnete den Mund, um etwas zu erwidern, doch da stellte sich Alexej neben mich. »Entschuldigen Sie uns bitte, Frau Tolokonnikowa, wir müssen los«, sagte er und nickte mir zu, seine Schultern waren angespannt.

Ich murmelte ebenfalls ein paar Abschiedsworte, bevor ich Alexej folgte, der mit langen Schritten durch die Lobby marschierte. Wieder einmal kam ich kaum hinterher.

»Sie haben eine Spur, er hat ein Handy benutzt und sie konnten es orten«, sagte er über die Schulter und verlangsamte sein Tempo etwas.

»Das heißt, sie fassen ihn heute?«

Juri war schon mit dem Auto vorgefahren, die hintere Tür geöffnet. Alexej hielt mir eine Hand hin, damit ich leichter einsteigen konnte, und schüttelte den Kopf. »Sie werden ihn nicht finden. Die Koordinaten führen zu dem geheimen Jagdgrundstück für Alkonosty der Familie Kamenski.«

»Aber die sind vom Aussterben bedroht.« Entsetzt dachte ich an die frauengesichtigen, magischen Vögel. Der Gedanke, ein Wesen zu jagen, das uns so ähnlich war, ließ mich erschaudern.

»Was glaubst du, warum das Grundstück geheim ist? Die Strazh werden es unmöglich finden, selbst mit den genauen GPS-Koordinaten – die sie nicht haben. Über die Jahrhunderte wurden die Schutzzauber immer mehr verstärkt.«

Die Schnalle des Autogurts hatte noch nicht geklickt, da

drückte mich die schnelle Beschleunigung des Autos schon in den Ledersitz. »Kannst du sie nicht dorthin bringen?«

»Wir können es versuchen, aber ich bezweifle, dass es klappt. Dmitri würde vor jedem Eindringling gewarnt und fliehen.« Die Frustration in seiner Stimme war für mich deutlich herauszuhören.

»Kommst du rein?«

»Natürlich, schließlich sind wir verwandt.«

»Dann machen wir es selbst.« Ich klang entschlossener, als ich mich fühlte.

Alexej schüttelte energisch den Kopf und trommelte mit den Fingerspitzen auf seine Knie. Wenigstens drückte sein Bein beruhigend an meins. »Iwanowa, das ist keine gute Idee. Muss ich dich daran erinnern, dass er deinen Bruder getötet hat?«

»Aber das ist unsere einzige Hoffnung. Wir können ihn nicht entwischen lassen. Wer weiß, was er macht, wenn er Wind davon kriegt, dass wir ihn suchen.«

Alexej runzelte die Stirn, ein harter Zug um seinen Mund.

»Alternativ könnten wir uns magisch aneinanderbinden«, sagte ich möglichst neutral.

Alexejs Augen verengten sich. »Willst du mich etwa erpressen?«

Ich grinste. »Das würde mir im Traum nicht einfallen.«

»Irina, du unterschätzt den Ernst der Lage. Dmitri war einer der glühendsten, engsten Anhänger des Nachtblauen. Durch die Sklavenrebellion habt ihr seinen Tod mit verursacht. Dmitri wird alles in seiner Macht Stehende tun, um dir zu schaden. Verstehst du das, Irina? Er will dich leiden sehen, koste es, was es wolle.« Alexejs Blick durchbohrte mich und Sorge stand in seine eisblauen Iriden geschrieben.

»Aber er ist unsere einzige Hoffnung«, sagte ich leise.

Alexej seufzte resigniert. »Deine Entscheidung.«

»Wir machen es. Jetzt.«

Er schüttelte den Kopf. »Lass uns wenigstens bis morgen warten. Unser Astron ist nicht mehr das, was es mal war und

Dmitri ist gefährlich. Wir brauchen alle Ressourcen, die wir aufbringen können.«

»Morgen ist es vielleicht zu spät.«

Alexej knirschte minimal mit den Zähnen, fast nicht sichtbar für jemanden, der ihn nicht kannte. »Es ist zu gefährlich. Wir warten bis morgen. Dann steigen wir in den Privatjet und fliegen zum nächstgelegenen Flughafen. Juri fährt uns von dort. Damit sparen wir uns den Schattenschritt. Oder besser, wir steuern nicht den nächstgelegenen Flughafen an, sondern einen weiter weg. Wer weiß, wen er bestochen hat und welche Flughäfen er überwachen lässt. Das würde ich zumindest tun.«

Ich seufzte, aber nickte. Er hatte ja recht. Wenigstens konnten wir endlich etwas tun.

31

Juri hielt auf einem Forstweg mitten im Wald und ließ uns aussteigen. Die Reifen des Geländewagens waren mit Tannennadeln und Matsch verklebt. Zuerst hätte ich Alexej fast ausgelacht, als er seine feinen Stoffhosen in die Wanderstiefel gestopft hatte, doch wir konnten sie definitiv gebrauchen.

»Wir müssen alles Sternenstaubmodifizierte ablegen. Sonst werden die Schutzzauber gleich beim Durchqueren der Grenze ausgelöst.« Alexej schaute auf mein Astrolabium.

Ich presste die Lippen zusammen, trotzdem löste ich langsam das zerschlissene Band. Einen Moment lang hielt ich es in der Hand. Die Planeten bewegten sich so träge darauf, dass ich es kaum sehen konnte. Dann gab ich mir einen Ruck und überreichte Juri das Erinnerungsstück an meinen Vater.

»Ich werde gut darauf achtgeben, Frau Iwanowa«, sagte Juri, steckte mein Astrolabium in die Brusttasche seines hellblauen Hemdes und nickte mir ernst zu.

»Davon bin ich überzeugt.« Ich versuchte zu lächeln, aber meine Mundwinkel wollten mir nicht gehorchen. In all den Jahren hatte ich es nie abgelegt.

Leicht melancholisch beobachtete ich, wie Juri Alexejs Astrolabium, den Siegelring und das Notizbuch in Empfang nahm. Anschließend wollte ich den Ring abnehmen, den Alexej mir gegeben hatte. Doch er schüttelte den Kopf. »Der enthält den gleichen Sternenstaub wie Teile der Barriere. Das sollte keine

Probleme bereiten. Es muss ja einen Vorteil haben, dass ich mit diesem Psychopathen verwandt bin.« Sein Lächeln erreichte seine Augen nicht.

Kurz darauf übergab Juri Alexej eine schwarze Sporttasche, nickte uns zu und stieg wieder in den Geländewagen. Als die Rücklichter zwischen den Bäumen verschwanden, überzog eine Gänsehaut meine Arme. Ich trat etwas näher zu Alexej. Das war es jetzt, wir waren allein. Bevor ich jedoch weiter darüber nachdenken konnte, ertönte das Geräusch eines Reißverschlusses und ich zuckte zusammen. Aber es war nur Alexej, der aus der Tasche eine Pistole herausholte und sie mir in die Hand drückte. »Weißt du, wie man die benutzt?«, fragte er.

Ich starrte auf das kalte Stück Stahl, das sich wie ein Fremdkörper in meiner Hand anfühlte, und schüttelte den Kopf.

»Unfassbar, dass du in der Sklavenrebellion mitgemischt und trotzdem noch nie eine Waffe gehalten hast.« Er schmunzelte, wurde aber gleich wieder ernst und umfasste mich von hinten mit seinen beiden Armen. Dann zielte er mit der Waffe in meinen Händen auf einen Baumstamm etwas weiter weg. »Sie ist geladen, hier entsicherst du, so zielst du und da drückst du ab. Mach dich auf den Rückstoß gefasst, halt sie gut fest.«

Sein Zeigefinger drückte meinen fest auf den Abzug und ein ohrenbetäubender Knall ertönte. Aus einer Lärche neben uns stob kreischend ein Vogel auf. Von dem Stoß vibrierte mein ganzer Körper. Meine Finger waren eiskalt und in meinen Ohren summte es.

»Verstanden?«, fragte mich Alexej.

Ich nickte bloß.

Alexej ließ mich wieder los. Sofort vermisste ich seine Körperwärme. »Wir brauchen die hoffentlich nicht, doch mit so wenig Astron sollten wir vorbereitet sein. Ziel auf den Oberkörper, der ist am leichtesten zu treffen. Du musst ihn nicht töten. Er muss nur genug Schmerzen haben, dass er sich nicht auf seine Emotionen konzentrieren kann. Aber im Zweifelsfall: er oder wir.«

Ich schluckte noch mal und nickte erneut. »Wie viel Schuss?«

»Jetzt elf.«

»Und wie lade ich nach?«

»Wenn du ihn bis dahin nicht getroffen hast, haben wir andere Probleme«, sagte Alexej grimmig. Er legte mir ein Waffenhalfter an, überprüfte den Sitz und half mir wieder in meine Jacke. Danach schlüpfte er selbst in eins. »Außerdem hilft er uns tot nicht. Komm, wir haben nicht viel Zeit. Wir sollten die Blockhütte erreichen, solange es noch hell ist.«

Alexej warf einen kurzen Blick auf einen Kompass, den er aus der Tasche gezogen hatte und wanderte zielsicher los. Ich hatte keine Ahnung, wie er sich hier orientierte. Alles sah gleich aus. Ich stolperte ihm mehr hinterher, als dass ich ging, obwohl ich darauf bedacht war, nicht über Wurzeln zu fallen. Ab und an schaute ich mich um. Der Wind rauschte in den Tannenzweigen und hin und wieder hörte man einen Vogel zirpen, sonst war es still. Wie leicht könnte sich hier jemand verstecken, uns verfolgen und wir würden es nicht bemerken? Ich fröstelte und schlang mir die Jacke enger um den Oberkörper. Die Waffe drückte sich unangenehm gegen meine Rippen und erinnerte mich daran, dass das keine Wanderung zum Spaß war.

»Gibt es wilde Tiere in dieser Region?«, fragte ich.

»Theoretisch ja, aber sowohl die Bären wie auch die Wölfe werden uns meiden. Sie können Zauberer förmlich riechen.« Alexej warf noch mal einen Blick auf den Kompass. Wir erreichten ein Flussufer und folgten dem Verlauf eine ganze Zeit lang, bis wir wieder etwas waldeinwärts wanderten und plötzlich stehen blieben.

»Hier ist es«, sagte Alexej.

Ich sah mich verwirrt um. Wir standen mitten im Wald vor einem Findling. Um uns herum nichts außer Nadelbäume, das entfernte Rauschen des Flusses und das Zirpen der Vögel.

Alexej schaute mich ernst an. »Das ist die letzte Chance umzudrehen. Bist du dir sicher, dass wir es nicht zuerst mit Unterstützung der Strazh versuchen sollten? Dmitri wird zu allem bereit sein.«

»So sicher wie die Sterne am Himmel stehen.« Ich tastete nach der Waffe unter meiner Jacke.

»Eine Sache …« Alexej holte tief Luft. »Wenn es darauf ankommt … Lass mich es tun. Auf einen mehr oder weniger kommt es nicht an. Deine Seele ist unbefleckt. So soll es bleiben.«

Ich öffnete und schloss den Mund, aber nickte schließlich. Alexej wirkte erleichtert und ritzte sich mit einem Fingerschnipsen magisch die Handfläche auf. Sofort sammelte sich das Blut in der Kuhle und er presste es an eine unscheinbare Stelle an den Felsen. Die dunkelrote Flüssigkeit sammelte sich in einer Rune, die rot zu glühen begann. Er nickte mir einmal zu, nahm meine Hand und zog mich durch den Felsen.

Der Wald auf der anderen Seite sah nicht viel anders aus, etwas unberührter. Alexej nickte jedoch zielgerichtet mit dem Kopf in die Richtung eines von Farnen und Moos überwucherten Pfads, der zwischen den Tannen hindurchführte. »Sei auf alles gefasst«, sagte er und setzte sich erneut in Bewegung.

Ich folgte ihm mühsam, bis ein lautes Flügelschlagen das Pfeifen und Zwitschern der anderen Vögel zum Verstummen brachte. Ein scharfer Windstoß fuhr mir über die Wange, doch ich konnte nicht sagen, woher er gekommen war. Alexej bedeutete mir, still zu sein und entsicherte seine eigene Pistole. Vorsichtig sah ich mich um, erkannte aber zwischen all den Baumstämmen nichts. Meine eigene Waffe brannte an meinen Rippen. Ich überlegte noch, ob ich sie ziehen sollte, da stolperte ich und blickte zufällig nach oben. Die Kreatur befand sich genau über uns.

Sie hatte ihre schwarzen Krallen in das alte Holz geschlagen. Der dicke Ast knarrte, als könnte er jeden Moment zerbrechen. Obwohl die Alkonost ein menschliches Gesicht hatte, waren ihre Augen komplett schwarz und ihre Zähne spitz.

Ich stieß Alexej in die Rippen, der endlich nach oben sah. Die Alkonost schüttelte ihr braun und waldgrün glänzendes Gefieder, das sich perfekt in die Umgebung eingliederte. Nur an der Brust hatte sie einen hellen kreisrunden Fleck.

»Was macht ihr hier?«, fragte die magische Kreatur. Sie betonte die Konsonanten überdeutlich, sodass ein klackerndes Geräusch entstand, während sie sprach. Ganz so, als würde ein Vogel mit seinem Schnabel auf Holz klopfen. Sie legte ihren Kopf schief und musterte Alexejs Pistole, der sie langsam sinken ließ und wegsteckte.

»Wir suchen jemanden«, sagte ich vorsichtig.

»Ihr lügt. Ihr seid da, um uns zu jagen«, kreischte die Alkonost.

»Sind wir nicht«, widersprach ich.

Sie fokussierte Alexej wie ein Falke eine Maus. »Ich kann sein Blut riechen. Er riecht wie die anderen Jäger, wenn auch etwas schwächer.«

»Wo ist der andere Jäger?«, fragte ich.

»Pah! Als ob ich euch helfen würde. Ich hole meine Schwestern und dann werdet ihr dafür zahlen, was ihr uns angetan habt!« Die Alkonost schlug mit ihren Flügeln, Tannennadeln wirbelten auf und sie erhob sich zwischen den Bäumen in den grauen Himmel. Einige Vögel duckten sich unter ihr weg und suchten das Weite.

»Glaubst du, sie meint das ernst?«, flüsterte ich zu Alexej, der beruhigend meine Hand drückte.

»Alkonosty sind den Menschen wohlgesonnen. Botschafter des Paradieses. Aber nachdem sie hier gejagt werden … ich will es nicht herausfinden. Allerdings habe ich bisher von keinen Alkonosty gehört, die Menschen angegriffen haben.«

»Ich habe auch noch nie von Menschen gehört, die Alkonosty angegriffen haben – bis vor einem Tag«, murmelte ich. »Was fressen die? Hoffentlich kein Fleisch.«

»Andere Vögel. Wildgänse, Krähen, Adler und so ein Zeug. Komm, wir müssen weiter. Offensichtlich ist er hier.«

Der Pfad führte uns zu einer kleinen Lichtung, die von jungen Lärchen und Fichten gesäumt war. Einige Fichtenzapfen lagen in unterschiedlichen Stadien des Zerfalls auf dem Boden. In der Mitte der Lichtung stand eine weiße Marmorstatue. Die junge Frau mit knapp bekleidetem Oberkörper in einem Lendenschurz hatte einen gespannten Bogen in der Hand und erinnerte mich an die Abbildungen griechischer Götter. Moos überwucherte ihre Arme und vertrocknetes Laub lag zwischen den Falten ihres Rockes sowie auf ihrem Helm. Auf der Hand, die den gespannten Bogen hielt, hatte ein Vogel sein Nest gebaut.

»Artemis«, sagte Alexej, als ob das die Statue mitten im Wald erklären würde.

»Was macht sie hier?«

»Auf dem ganzen Jagdgebiet sind Statuen verteilt. Es sieht überall gleich aus, die Statuen machen den Schattenschritt einfacher.«

Nur hatten wir leider nicht genug Astron, um so durch die Gegend zu schreiten, dachte ich verbittert. »Wohin gehen wir?« Ich duckte mich vor einem tiefhängenden Ast und wäre mit dem Fuß fast in einem Mäuseloch hängengeblieben.

»Das kleinste Anwesen befindet sich ganz in der Nähe – eine Blockhütte. Sie wäre mit Sicherheit das Refugium, das ich mir aussuchen würde. Der Fluss ist nah, damit ist Wasser kein Problem und die Rundumsicht ist exzellent, es wird schwer werden, ihn da zu überraschen.«

»Was machen wir, wenn wir ihn sehen?«

Gegen meine sonstige Angewohnheit hatte ich nicht viel Zeit investiert, um mir zu überlegen, was wir tun würden, sobald wir ihn entdeckten oder wie wir ihn fangen konnten. Tot brachte Dmitri uns nichts – und er wusste das.

»Mein Astron reicht, um ihn kurz ohnmächtig werden zu lassen. Außerdem habe ich einen Elektroschocker. Sobald er gefesselt ist, rufe ich Juri an, der die Behörden verständigt.

Wir lauern ihm in der Hütte auf und nutzen das Überraschungsmoment und den beschränkten Platz.«

Das klang nicht nach einem sicheren Plan. Ich schluckte, aber wir hatten keine Zeit, uns großartig vorzubereiten. Wenn Dmitri starb, hatten wir keine besseren Chancen als jetzt. Dann konnten wir auch alles riskieren.

Alexej wanderte weiter unbeirrt geradeaus, als würden wir uns nicht gerade in eine potenziell tödliche Situation begeben. Ich keuchte, während ich über eine Wurzel stieg. Dann hielt ich einen Moment inne, als ich ein tierisches Skelett neben dem Weg entdeckte. Es war halb von niedrig wachsenden Büschen und Rankpflanzen verdeckt. Dem Kopf nach zu urteilen, handelte es sich um einen Bären. Einige Rippenbögen fehlten und eine war sogar abgebrochen. Ich wollte mir lieber nicht ausmalen, wie er gestorben war.

»Alles in Ordnung?«, fragte Alexej. Er hatte sich umgedreht und betrachtete mich mit gekräuselter Stirn.

Ich nickte, obwohl das nicht so wirklich stimmte.

Alexej strich mir vorsichtig eine Haarsträhne aus dem Gesicht. »Er hat uns noch nicht entdeckt, wir können einfach wieder gehen.«

Ich schüttelte den Kopf und drehte den Ring an meinem Finger. »Du kannst aufhören zu fragen. Er hat meinen Bruder auf dem Gewissen. Ich werde ihm nicht die Genugtuung geben, auch mein Leben zu zerstören.«

Alexej presste die Lippen aufeinander, nickte einmal kurz und zusammen folgten wir dann weiter dem Weg. Schweiß stand mir schon auf der Stirn, als wir endlich ein hoch gelegenes Felsplateau erreichten. Einige Spitzen der um die Lichtung stehenden Nadelbäume waren wahrscheinlich beim letzten Sturm abgebrochen. In deren Zentrum thronte eine rustikal aussehende, zweistöckige Blockhütte mit einem Steinkamin. Ein paar Stufen führten zur Veranda hoch. Keines der großen Fenster hatte Vorhänge. Wenn Dmitri aus einem schaute, würde er uns direkt kommen sehen.

getrunken. Meine Handflächen waren feucht und ich wischte sie schnell an der Hose ab. Die schwere Holztür schwang mit einem zu lauten Knarren auf und durch sie schritt Dmitri. Er trug eine schwarze Lederjacke, über die Schultern ein Reh gelegt, dessen Beine er mit beiden Händen festhielt.

Dann ging alles so schnell, dass ich es beinahe nicht verarbeiten konnte. Die Zacken des Elektroschockers bohrten sich in das haselnussbraune Fell des Rehs, aber wenigstens Alexejs ausgestreckte Hand traf die schwarze Lederjacke. Es polterte laut und Dmitri fiel ohnmächtig um. Mit einem dumpfen Schlag kam das tote Reh auf dem Boden auf. Sofort stürzte sich Alexej auf ihn.

»Irina«, rief er.

Ich musste mich aus meiner Schreckensstarre befreien. Alles in mir war wie eingefroren vor Angst.

Dieser Mann hatte meinen Bruder umgebracht und wer wusste schon wie viele Sklaven auf dem Gewissen. Wie hatte ich nur für eine Sekunde denken können, dass wir ihn stellen konnten?

»Irina«, rief Alexej erneut.

Ich stolperte nach vorne über den Kopf des Bärenfells, das am Boden lag. Alexej hatte Dmitri ein Knie in den Rücken gepresst und hielt mit aller Kraft seine Hände fest, aber er rührte sich bereits wieder.

»Schnell«, rief Alexej, doch es war zu spät. Eine unsichtbare Druckwelle schleuderte ihn zurück und er flog krachend gegen die Holzwand der Blockhütte. Die Federn der ausgestopften Alkonost zitterten und Staub rieselte herunter. Dmitri rappelte sich auf und sprang mit einigen Schritten auf die Glasfront zu. Meine Finger griffen nach seiner Lederjacke, er entwischte mir jedoch und wirbelte herum, seinen Fokus in der Hand.

»Alexej, das ist aber nicht nett«, keuchte er. Kamenski grinste hämisch und streckte seine freie Hand in meine Richtung aus, die schon bläulich leuchtete. Sein schwarzer Vollbart verdunkelte sein Gesicht noch mehr. »Dafür wird sie zahlen. Zwei zum Preis für einen.« Er stürzte sich auf mich.

Mit einem Schrei rannte ich ihm entgegen und warf mich auf ihn, bevor er sich genug konzentrieren konnte. Es klirrte und Glas regnete auf uns herab, als Dmitri rückwärts durch die Wucht des Aufpralls durch die Glasfront nach draußen stolperte. Scherben zerschnitten meine Kopfhaut und blieben in meiner Hand stecken. Aber der Schock war zu groß und das Adrenalin pumpte durch meine Adern, sodass ich den Schmerz nicht spürte. Dafür nahm ich umso deutlicher wahr, dass ich rittlings auf Dmitri saß, der auf dem Rücken lag, sein Fokus einige Meter hinter ihm. Blut lief sein Gesicht herunter und er funkelte mich mit verzerrtem Gesicht an. »Du verdammtes Miststück!«

Eine Scherbe steckte in seiner Wange und ohne darüber nachzudenken, drückte ich sie mit meiner bloßen Handfläche weiter in sein Gesicht. Er schrie laut auf und der metallische Geruch von Blut erfüllte meine Nase, bevor ein stechender Schmerz durch meine Hand fuhr.

Ehe ich ihm jedoch weiter zusetzen konnte, stieß er mich von sich herunter. Alle Luft entwich meinen Lungen, aber bevor ich wieder richtig zu Atem kommen konnte, stolperte Dmitri ächzend zu mir und trat mich mit seiner harten Stiefelspitze wieder und immer wieder in den Bauch. Mir wurde schwarz vor Augen und der schroffe, kalte Fels riss meine Wangen auf. Schützend rollte ich mich in Embryonalstellung zusammen und wimmerte. Hass flammte in Dmitris Augen, als er endlich aufhörte und zu seinem Fokus sprang. Er zog die Glasscherbe aus dem Gesicht und schleuderte sie weg, Blut tropfte in seinen Bart. »Dafür wirst du bezahlen!« Seine Hand leuchtete leicht bläulich, als er wieder zu mir kam und sich hinunterbeugte.

Ein Schuss zerriss die Luft und die letzten Vögel, die nicht von dem zerberstenden Glas aufgeschreckt worden waren, stoben aus den umliegenden Bäumen auf.

Dmitri schaute überrascht zum Haus und presste seine linke Hand auf seine muskulöse, rechte Schulter. Dunkelrotes Blut quoll aus der Lederjacke und tropfte auf den felsigen Untergrund.

Ich nutzte den Moment der Ablenkung und trat ihm mit voller Wucht gegen die Hand, in der er immer noch den Fokus hielt. Aber auf dem Boden liegend hatte ich nicht genug Kraft und der Winkel war nicht ideal, sodass nur sein Arm ein Stück zurückflog. Den Fokus hielt er weiter umklammert.

Alexej kam keuchend, mit zerzausten Haaren und erhobener Waffe, durch das Loch in der Glasfront gelaufen. »Ergib dich. Das Gelände ist umstellt«, presste er hervor. Er schwankte leicht, offensichtlich hatte ihm die Wucht des Aufpralls zugesetzt.

Dmitri wich grinsend zurück und ignorierte seine Schulterwunde. Er musste einen Zauber gewirkt haben, um den Schmerz nicht zu spüren. Auch die Blutung war weniger stark. »Lügner. Du kannst mich nicht töten, Alexej. Wenn du mich umbringst, tötest du dich und du weißt es.« Inzwischen stand er mit dem Rücken zum Abgrund, das unendliche Meer aus Wald unter ihm. Mit seiner breiten Gestalt wirkte er in dieser Position beinahe wie ein König, wenn auch ein grausamer.

Ich rappelte mich stöhnend auf und blickte zu Alexej, dem für einen kurzen Augenblick die Zweifel anzumerken waren. Sein Griff um die Pistole lockerte sich und sofort streckte Dmitri seine freie Hand aus, um sie ihm mit Magie zu entreißen.

»Alexej, Alexej, Alexej. Du solltest es besser wissen, als dich mit mir anzulegen«, sagte er, die Pistole nun in der Hand. »Was mache ich jetzt mit deiner Sklavenschlampe und dir?« Er steckte seinen Zeigefinger durch den Abzugsbügel und wirbelte die Waffe um seine Hand. Als hätten wir uns zum Kartenspielen verabredet. »Ich bin auch ein bisschen traurig, dass du die Poesie nicht erkannt hast. Der Fluch, vor dem du sie eigentlich retten wolltest, tötet sie. Aber da ihr euch leider viel zu gut zu verstehen scheint, kann ich mich wohl allein auf den Fluch nicht verlassen. Vielleicht töte ich euch also doch schon hier. Ich bin außerdem ungeduldig.«

Langsam und hoffentlich unauffällig griff ich unter meine Jacke. Ich musste etwas am Halfter zerren, aber endlich löste sich die Pistole. Mit zitternden Händen richtete ich sie auf Dmitri und entsicherte die Waffe. »Ergeben Sie sich jetzt. Bevor es zu spät ist.« Meine Knie waren weich, trotzdem drückte ich sie entschlossen durch. Alexejs schnelle Atmung neben mir beunruhigte und beruhigte mich zugleich.

»Du denkst, so ein lächerliches Stück Stahl würde mich aufhalten? Was ist das? Eine PMM?« Er grinste und warf die Pistole von Alexej über seine Schulter in den Abgrund. Ich hörte sie nicht aufschlagen. »Habt ihr gedacht, ihr würdet mich mit zwölf Schuss treffen?«

Plötzlich flog ein Schwarm Krähen laut krächzend über unsere Köpfe hinweg und Dmitri schaute kurz überrascht auf. Was auch immer sie zu so einem waghalsigen Manöver bewegt hatte, es war mir egal. Sie waren Ablenkung genug.

Ich schoss.

32

Übermenschlich schnell riss Dmitri einen Teil seiner Jacke vor den Oberkörper und ließ ihn zu einer Art Schild werden. Zumindest nahm ich das an, denn das Projektil prallte einfach an dem bläulich schimmernden Leder ab und fiel zu Boden. Der sausende Wind und die schreienden Krähen verschluckten das Klicken.

»Dein Bruder hatte ebenfalls Probleme beim Zielen, liegt wahrscheinlich in der Familie«, rief er.

Ich schoss wieder, ein-, zwei-, dreimal. Zwei weitere Projektile fielen auf den schroffen Felsen, das letzte streifte sein Ohrläppchen. Dmitri verzog trotz der verletzten Schulter nicht mal eine Miene.

»Das war knapp«, sagte er mit einem Grinsen, das ein Mann, dem ich beinahe in den Kopf geschossen hätte, nicht haben sollte. »Ich glaube, es reicht mir.« Er streckte die Hand in unsere Richtung aus.

Aus der Entfernung konnte er uns unmöglich verzaubern, was hatte er vor? Dann hörte ich das Klirren und harte Kratzen hinter uns. Vorsichtig spähte ich über meine Schulter.

»Runter!«, schrie ich und warf mich auf den Boden.

Alexej war etwas zu langsam und einige von den scharfen Glassplittern von der zerborstenen Glasfront bohrten sich in seinen Rücken. Die anderen flogen wie tödliche Geschosse über uns hinweg. Alexej stöhnte, aber es hatte ihn nicht tödlich getroffen. Ich schoss aus dem Liegen, doch verfehlte mein Ziel bei Weitem. Bevor ich richtig aufsehen konnte, hörte ich schwere Stiefel auf den wenigen vorhandenen Kieselsteinen knirschen.

»Ich hätte gedacht, ihr seid wenigstens etwas wehrhafter, wie langweilig«, höhnte Dmitri, als er kurz vor uns zum Stehen kam. Mit seinem Stiefel trat er auf meine Pistole und so sehr ich daran zerrte, bewegte sie sich keinen Millimeter. »Weißt du was, Alexej? Ich glaube, ich werde dich fesseln und dann deine Freundin zuerst töten. Langsam und schmerzvoll. Vielleicht auch anders meinen Spaß mit ihr haben. Das wäre doch was, Alexej?«

Mir wurde eiskalt und Alexejs Gesichtsausdruck wollte ich mir lieber nicht vorstellen. Ich schrie, schlug meine Fingernägel in seinen Unterschenkel, doch er lachte nur.

Dmitri wagte es sogar, in die Hocke zu gehen und mich mit einem abfälligen Blick zu mustern. Dann schaute er hoch zu Alexej. »Vielleicht fallen mir noch mehr lustige Dinge ein. Denn du musst zahlen, mein lieber Alexej. Hättest du dieses Stück Dreck hier nicht schützen wollen, wäre das Imperium des Nachtblauen nie eingestürzt. Sie wäre in der Nacht vom 13. Juni nie lebend davongekommen und hätte mit ihrer Aussage für Waffenlieferungen sorgen können. Interessant, nicht wahr? Wie ein kleiner Fehler meines Meisters alles zum Einstürzen gebracht hat. Genauso wie es dein Fehler war, dienem Vater einen Brief zu schreiben. Ein kleines Detail und doch so wichtig. Und damit schließt sich der Kreis.« Er richtete sich wieder zu seiner ganzen Größe auf und spuckte auf mich. Warme Flüssigkeit lief meine Wange hinunter. »Genug geplaudert. Dann wollen wir mal sehen, wie sehr sie sich mit gefesselten Händen wehren kann.«

Bevor er jedoch seine Pläne in die Tat umsetzen konnte, fiel für ein paar unendlich lange Sekunden ein dunkler Schatten auf uns. Ein weiterer Schwarm Vögel flog auf uns zu. Nein, keine Vögel, Alkonosty! Ihr Gekreische war so schrill und hoch, dass meine Ohren summten. Wären ihre Gesichter nicht so wutverzerrt, hätte der bunte Vogelschwarm fast schön ausgesehen.

Wieder war ich unfähig, mich zu bewegen. Ich war es nicht mehr gewohnt, so schnell reagieren zu müssen.

Alexej sprang auf und riss an meinem Ärmel. »Kommt mit«, schrie er. Er nahm mich an der Hand und zerrte mich in Richtung Blockhaus. Über meine Schulter sah ich, wie zwei der Alkonosty den verblüfften Dmitri an den Armen packten. Sie erhoben sich mit ihm in die Luft und rissen ihn über den Klippenrand. Sein Schrei verebbte im unendlichen Wald, als er der Pistole folgte.

Ich brauchte einen Moment, um mich aus der Schockstarre zu lösen. Dann drehte ich mich um und wir rannten über das unebene Felsplateau auf das zackige Loch in der Glasfront zu. Ich spürte den scharfen Luftzug im Nacken, bevor mich eine Kralle am Kopf streifte und mir ein Haarbüschel ausriss. Das Seitenstechen schnürte mir die Luft ab und der Puls trommelte in meinen Ohren. Trotzdem rannten wir weiter, gleich hatten wir es geschafft.

Alexej ließ mich zuerst durch das Loch steigen und deckte meinen Rücken. Er warf einen Kieselstein vom Boden in die Luft und beschleunigte ihn magisch. Einige lindgrüne, rotbraune und smaragdfarben schimmernde Federn regneten auf uns herab. Ich riss mir den Unterarm an einer scharf hervorstehenden Glaszacke auf, aber beachtete das gar nicht. Hektisch schaute ich mich in dem großen Raum um. Dort hinten war eine Tür.

»Alexej!«, rief ich.

Er machte einen Hechtsprung durch das Glas und kam rollend neben mir zum Liegen. Bevor er sich jedoch aufrichten konnte, landete eine Alkonost mit rostbraunem Gefieder und hüpfte auf ihren gelben Klauen durch das Loch. Sie stürzte sich auf Alexej, ihre Krallen bohrten sich in seinen Oberschenkel.

Sein Schrei mischte sich mit dem der Vogelgestalten. Es sammelte sich schon Blut auf den Holzdielen. Hilflos schlug Alexej nach dem Wesen, aber auf dem Bauch liegend war das fast unmöglich. Die Alkonost hielt ihn am Boden fest und flatterte wild mit den Flügeln, um auf dem sich windenden Alexej das Gleichgewicht zu behalten. Sie erwischte eine Glasvase auf einem Beistelltisch, die scheppernd zu Bruch ging. Durch das Loch drang mehr Flügelschlagen, das langsam verebbte. Sie landeten.

Ohne nachzudenken, zog ich meine Pistole und schoss. Die Kugel traf den rechten Flügel des Wesens und braune Federn stoben durch die Luft. Die Alkonost ließ von Alexej ab und flatterte nach oben, wobei sie mit ihren weiten Schwingen die Couch traf und gegen die gegenüberliegende Holzwand knallte.

»Alexej«, rief ich wieder. Er war kreidebleich, aber ich konnte ihn mit zu der Tür zerren. Eine Blutspur von ihm blieb auf dem Dielenboden und dem Bärenfell zurück. Wenigstens blockierte die wild flügelschlagende Alkonost das Loch und ihre Schwestern konnten nicht hindurch. Zumindest nicht für den Moment.

Mit aller Kraft zog ich Alexej in den anderen Raum, knallte die Tür zu und dankte welchem Gott auch immer, dass ein Schlüssel steckte. Es war ein Schlafzimmer mit großen Fenstern, die auf ein paar Nadelbäume blickten. Verdammt. Hier saßen wir auf dem Präsentierteller. Ich schaute mich hektisch um. Unter dem großen, rustikalen Bett war kein Platz für uns und mit der Designer-Nachttischlampe, die aus einem Hirschgeweih geformt war, konnten wir uns nicht gut verteidigen.

Hinter mir stöhnte Alexej und fiel auf die Knie. Wie viel Blut hatte er schon wegen der Glasscherben und der Alkonost verloren? Ich wusste es nicht. Angst schnürte meine Kehle zu und trieb mir Tränen in die Augen. Aber zuerst mussten wir sicher sein, dann konnte ich mich um ihn kümmern.

Am anderen Ende des Zimmers führte eine weitere Tür in einen begehbaren Kleiderschrank. Das sollte erst mal reichen.

Ich nahm Alexej unter den Achseln und zerrte ihn über den dicken Teppich zum Ankleidezimmer. Er war verdammt schwer, obwohl er sich mit seinem unverletzten Bein mitschob. Ich keuchte und Schweißperlen sammelten sich auf meiner Stirn.

Irgendwann erreichten wir unser Ziel und ich schloss von innen ab. Zusätzlich wuchtete ich eine niedrige Holzkommode vor die Tür. Von draußen drang das Kreischen der Alkonosty schrill an mein Ohr, das Alexejs Stöhnen ertränkte – dachte ich zumindest. Ich wirbelte herum. Alexej lag zusammengekauert auf dem Holzboden vor einem schweren Holzschrank, in dem diverse Hemden und Lederjacken neben einer Reihe von Schals hingen. Er war leichenblass und seine Augen geschlossen.

»Alexej!« Ich schlug mit zitternder Hand gegen seine Wange, aber seine Lider blieben geschlossen. »Alexej«, schrie ich. Tränen liefen mir über die blutverschmierten Wangen. Nein, er durfte nicht sterben. Mein eigener, mit ihm verknüpfter Tod war zweitrangig, er durfte mich nicht verlassen, nicht jetzt, nicht hier.

»Alexej!«

Das Blut rauschte in meinen Ohren und mich erfasste eine Panik, wie ich sie bis auf diese Nacht nie zuvor empfunden hatte. Ich musste die Blutung stoppen. Mit einer Hand riss ich ein Hemd aus dem Schrank und band es um sein blutiges Bein. Den Sternen sei Dank hatte ich mich mit erster Hilfe während der Sklavenrebellion auseinandergesetzt. Mein ganzer Körper zitterte, als sich dunkelrote Blüten auf dem weißen Hemd durchdrückten. Nein, nein, nein! Das war nicht gut genug. Ich presste die Hand darauf und der Diamant in dem Ring, den Alexej mir gegeben hatte, färbte sich rot.

Der Sternenstaub darin – vielleicht konnte ich irgendetwas modifizieren! Es war nicht viel, aber es könnte reichen, um den Stoff so zu verändern, dass der Druck groß genug war, um die Blutung zu stoppen. Meine zitternden, blutigen Hände zerrten an den Hemden und an den Schals aus Wolle,

Seide und Kaschmir. Die Wollschals waren zu löchrig, der Kaschmirschal zu kurz. Was hatte noch mal den niedrigeren Modifikationswert? Seide oder Baumwolle?

Verdammt, das hatte ich doch gelernt! 1,533 und 1,375? Die Differenz erschien nichtig, aber würde vielleicht im Zweifel entscheidend sein. Ich entschied mich für die Seide. Nach drei Versuchen klappte das Fach des vor Blut glitschigen Rings endlich auf. Ich musste nicht mal eine Erinnerung heraufbeschwören, panisch war ich genug. Ohne Pinsel tauchte ich meinen kleinen Finger in den Sternenstaub und zeichnete das Muster damit auf den Seidenschal. Schnell wickelte ich ihn um seine Wunde. Ich hielt den Atem an und wartete darauf, dass das Blut sich durchdrückte, und es passierte … nichts.

Die Modifikation hatte geholfen, aber sie hatte mich geschwächt. Schwarze Punkte tanzten vor meinen Augen und mir war schwindelig. Es hatte mich zu viel Astron gekostet. Doch ich konnte jetzt nicht ohnmächtig werden, ich durfte nicht. Ich blinzelte. Wir mussten hier weg. Schlagartig wurde mir bewusst, dass mein Handy und das Satellitentelefon in der Tasche im Wohnzimmer steckten – mit einem Haufen Alkonosty. Die Zeit war so schon knapp, wir konnten nicht länger warten. Ich wollte noch mal auf meine Astronanzeige schauen, doch ich hatte mein Astrolabium ja Juri gegeben. Wie viel Astron hatte ich?

Ich wusste es nicht.

Natürlich hatte ich von den ganzen Schreckensgeschichten gehört, die man kleinen Kindern erzählte, um sie davon abzuhalten, einfach so Magie zu wirken. Von den unzähligen Menschen, die sich bereits umgebracht hatten, weil sie ihrem Körper zu viel abverlangt hatten. Weil sie mehr Astron ausgeben wollten, als sie hatten. Doch hatte ich eine andere Wahl?

Ich konnte hier nicht herauskommen, selbst wenn Juri da draußen in der Nähe wartete. Vielleicht waren die Alkonosty so wütend, dass sie sogar in das Zimmer eindringen würden. Verständlich wäre es.

Nein, ich musste es riskieren. Um nicht zu viel Astron auszugeben, wollte ich einen nahen Ort wählen, an dem man uns schnell finden würde. Ich visualisierte den kleinen Laden, vor dem Juri kurz gehalten hatte und in dem Alexej und ich Wasser eingekauft hatten. Aus meiner Erinnerung beschwor ich das Bild der gesprenkelten Kacheln, die Milch hinter der Glasscheibe mit den Fingertapsern der Schulkinder, die vor uns da gewesen waren.

Ich ergriff Alexejs Handgelenk und dachte an Ekas verletzten Gesichtsausdruck, als ich mich für Alexej entschieden hatte. An den tanzenden Staub in meinem Zimmer, an Alexejs keuchenden Atem. Eine unfassbare Trauer erfasste mich und ich zog Alexej mit mir in den Schatten eines Wandschranks.

33

Es war dunkelrot um mich herum, irgendetwas piepste. Wieder und immer wieder. Was war das? Alles schmerzte, selbst die Fingerspitzen. War das der Tod? Keine angenehme Erfahrung. Meine Lippen waren spröde und trocken, etwas in meiner Kehle kratzte. Das Gefühl wurde von einem gleißenden, blendenden Schmerz überrollt. Das Piepsen wurde lauter, hektischer. Wieso konnte ich mir die Ohren nicht zuhalten? Der Druck im Kopf zerquetschte mir beinahe das Gehirn und war so stechend, dass mich sofort wieder Dunkelheit umhüllte.

Das nächste Mal, als ich erneut irgendetwas bemerkte, war es eine warme Hand auf meiner, die langsam hypnotische Kreise zeichnete. Es fühlte sich schön an, vertraut. Ich hätte geseufzt, doch meine Kehle war zu trocken und die Zunge zu pelzig. Der Druck im Kopf war nur noch ein dumpfes, wenn auch beharrliches Pochen und die Gliederschmerzen ein Schatten ihrer selbst. Trotzdem waren meine Augenlider zu schwer, um sie zu heben. Als die Dunkelheit wieder nach mir griff, hatte ich nicht die Kraft, mich zu widersetzen.

Ewigkeiten später, in denen ich bloß in Schwärze versunken war, weckten mich zwei leise Stimmen. Ich kannte sie, aber mein Gehirn weigerte sich, sie zuzuordnen. Meine Lider waren schwer, mit Mühe zwängte ich sie auf und strahlendes Weiß blendete mich. Der stechende Geruch von Desinfektionsmittel fuhr mir so plötzlich in die Nase, dass mir Tränen in die Augen schossen. Links neben dem Bett, auf dem ich lag, stand ein Blumenstrauß. Er war so groß, dass ich nicht mal durch die Fensterfront nach draußen blicken konnte. Auf meiner rechten Seite befand sich in wenigen Zentimetern Abstand ein weiteres ungemachtes Bett. Die Decke war zurückgeschlagen und eine Platinkugel mit dem Wappen der Breschnews lag auf dem Nachttisch.

»Alexej?«, krächzte ich und unterdrückte einen Hustenreiz.

Die Stimmen verstummten. Ein leichter Schatten fiel auf meine Bettdecke, als sich vorsichtig eine Gestalt neben den Nachttisch stellte.

»Demjan?«, fragte ich und kniff etwas die Augen zusammen. Es war alles so hell und das Fenster hinter ihm machte es schwerer, sein Gesicht zu erkennen. Er sah anders aus, ein Dreitagebart zierte sein Gesicht und unter seinen Augen lagen dunkle Ringe. Demjan wirkte älter, aber er lächelte schief. »Hallo, Irina. Du hast uns ganz schön erschreckt.«

Wasilijs verstrubbelte Haare tauchten neben ihm auf. In der Hand hatte er eine Chipstüte und griff beherzt zu. »Schön, dass du wieder da bist«, sagte er mit vollem Mund.

Ich kniff die Augen zusammen, das Geräusch der knisternden Tüte und das Krachen der Chips wie Kreissägen in meinen Ohren.

»Tschuldigung«, murmelte Wasilij mit vollem Mund und das Rascheln und Krachen hörte auf.

»Wo ist Alexej? Wo bin ich? Wie sind wir hierhergekommen?«, fragte ich und fing gleich an zu husten.

Wortlos reichte mir Demjan ein Glas mit Wasser. Unter meinen Fingernägeln war noch verkrustetes Blut, aber den Rest musste jemand abgewaschen haben. Die Schnittwunden am Arm waren genäht worden und um meine rechte Hand befand sich eine Bandage.

»Du warst für zwei Jahre im Koma«, sagte Wasilij grinsend, der sich erstaunlich gut gehalten hatte.

»WAS?« Ich setzte mich kerzengerade auf, die Augen vor Schreck geweitet. Aus Versehen schüttete ich Wasser auf meine Bettdecke und sah mich in dem Raum um. Demjan warf ihm einen missbilligenden Blick zu.

Wasilij schüttelte den Kopf. »Nein, war nur ein Scherz. Du warst fünf Tage bewusstlos. Alexej ist rausgegangen, als wir kamen.«

»Geht es ihm gut?«, fragte ich mit pochendem Herzen.

Wasilij zuckte mit den Schultern und stopfte die Chipstüte in seine Jackentasche. Einige Krümel waren auf den hellen Vinylboden gefallen. »Den Umständen entsprechend. Er muss mit Krücken laufen. Sie konnten den Heilungsprozess der Muskeln durch Magie beschleunigen, aber er war geschwächt.«

Mit meiner unverletzten Hand massierte ich einen Knoten im Nacken. »Wo ist Eka?« Egal, was zwischen uns passiert war, wenn ihr so etwas zustoßen würde, wäre ich für sie da.

Wasilij verlagerte sein Gewicht von dem einen auf das andere Bein und wechselte einen Blick mit Demjan. »Sie war hier ... als klar war, dass du es überlebst, ist sie wieder gegangen«, sagte er betreten.

Immerhin war sie gekommen. Ein Teil von mir war erleichtert, der andere Teil fühlte nur Schmerz, weil sie nicht geblieben war. »Und Iwan?«, fragte ich.

Demjan räusperte sich. »Breschnew hat ganze Arbeit geleistet. Er ist schon bei seiner Tante. Wir wollten ihm keine Angst machen. Es war knapp, Irina. Sehr knapp.«

Wasilij grinste. »Du hast es mit der Aktion auf die Titelseite des Sternenspiegels geschafft. Du hättest die Überschrift sehen sollen: Blutfehde – ist die Revolution nicht vorbei? Ehemalige Sklavin mit Breschnew-Erbe blutüberströmt in Lebensmittelgeschäft gefunden«, zitierte er aus seinem Gedächtnis.

Ich stöhnte und ließ meinen Kopf auf das weiche Kissen hinter mir fallen.

Wasilij holte aus seinem Rucksack eine zerknittert aussehende Zeitschrift heraus. »Der Sternenspiegel war nach ein paar Stunden ausverkauft, aber ich habe für dich ein Exemplar ergattert – als Erinnerung. Der Artikel steht auch online.« Er drückte sie mir in die Hand. Ein unvorteilhaftes Bild von Alexej und mir prangte auf der Titelseite, blutüberströmt vor dem Kühlregal, das ich mir in der Blockhütte vorgestellt hatte.

»Was ist mit Dmitri Kamenski?«, flüsterte ich.

Demjan runzelte die Stirn und schaute kurz zur Seite. »Sie haben seine Leiche gefunden. Alexej hat schon ausgesagt, die Strazh werden dich auch noch vernehmen.«

Verdammter Mist. Das war es, unser letztes bisschen Fünkchen Hoffnung. Es war wahrscheinlich dumm gewesen zu versuchen, ihn allein zu stellen. Aber wir hätten nicht riskieren können, dass er entkam. Jetzt war er tot. Er würde den Fluch nie rückgängig machen können. Wir hatten versagt. Ich schluckte und atmete tief ein. Was hieß das für Alexej und mich?

Demjan musterte mich besorgt. »Alles in Ordnung, Ira? Sollen wir einen Arzt rufen? Oder dich lieber in Ruhe lassen?«

Ich schüttelte den Kopf. »Es geht schon … es ist nur … viel.«

Demjan nickte und nahm meine Hand. Sofort überkam mich eine unglaubliche Übelkeit und ich übergab mich auf die andere Seite des Bettes. Hauptsächlich das Wasser, das ich getrunken hatte. Ich musste meinen beiden Jungs wirklich zugutehalten, dass keiner von ihnen das Gesicht verzog. Wortlos zauberte Demjan das Erbrochene in den Mülleimer.

Mit dem weißen Ärmel des Krankenhausnachthemds wischte ich mir den Rest meines quasi nicht existenten Mageninhalts aus dem Gesicht. Ich wollte lieber nicht wissen, bis wohin jetzt die Linie reichte. Wie neidisch ich auf Demjan war, dass er einfach so zaubern konnte, ohne darüber nachzudenken.

»Ich hole trotzdem lieber einen Arzt«, sagte Wasilij und schlurfte aus dem Zimmer. Aus dem Gang drang das typische Piepsen von medizinischen Maschinen und das Geräusch eiliger, verhallender Schritte. Der Geruch nach Desinfektionsmittel wurde stärker. Wie ich Krankenhäuser hasste. Ich fröstelte im leichten Luftzug und mein Blick fiel wieder einmal auf das leere Bett rechts neben mir.

»Wie schlägt sich Alexej? Psychisch, meine ich?«, fragte ich leise.

»Du magst ihn wirklich, oder?« Zweifelnd schaute mich Demjan an. Ich nickte nur. »Wasilij ist schon davon überzeugt, dass er ein guter Kerl ist. Allerdings hat er ihm in Verona Essen gegeben. Wasilij würde nie jemanden hassen, der ihm Essen gibt.«

Ich schmunzelte, doch Demjans Gesicht wurde ernst. »Jekaterina denkt, er ist der personifizierte Teufel.«

»Was denkst du?«

»Dass er gefährlich ist, muss ich dir hoffentlich nicht sagen ... Aber ich kenne ihn nicht, Ira. Nicht so wie du. Ich weiß nur, dass er dich über Jahre gedemütigt hat und auf einmal so tut, als wärt ihr die besten Freunde.« Demjan holte tief Luft. »Das finde ich seltsam. Er stand auf der anderen Seite der Revolution, Ira. Sklavenblut klebt an seinen Händen.«

»Tut es nicht.« Ich schüttelte den Kopf. »Nicht das der Sklaven. Wenn du wüsstest, was er alles für mich getan hat.« Ich erzählte ihm von einem Teil der Erinnerungen. Von der Tasche, vom Kauf des Hauses – von allem, was ich als unverfänglich erachtete. Vielleicht konnte Demjan Eka davon überzeugen, dass alles gut war. Ich war gerade dabei, ihm von der Aufzugreparatur zu berichten, da öffnete sich die Tür. Gleich drei Ärztinnen mit wehendem weißen Kittel stürmten durch die Tür. Bestimmt Alexejs Werk. Ich war nur einmal im Krankenhaus gewesen, als mir in der achten Klasse der Blinddarm entfernt worden war. Aber da war ich nicht halb so gut betreut worden. Von dem neu tapezierten Zimmer mit Blick auf einen Park mal ganz abgesehen.

»Frau Iwanowa, wie schön, dass Sie wieder bei uns sind«, sagte die mittlere Ärztin, die ihre blondierten Haare in einem strengen Knoten im Nacken zusammengefasst hatte. Sie schaute mich nicht mal an, sondern wischte auf einem Tablet von rechts nach links. »Wie geht es Ihnen?«

»Den Umständen entsprechend gut«, sagte ich.

Sie summte nur vor sich hin. Die Ärztin rechts von mir steckte ihr Stethoskop in die Ohren und hörte mich ab, während die andere den Verband an der Hand entfernte.

Endlich schaute die mittlere Ärztin von ihrem Tablet auf. »Ihre Heilung geht langsamer voran, als wir erwartet hätten. Was auch immer Herr Kamenski Ihnen angetan hat, Ihr magischer Kern ist geschwächt. Wir werden weitere Tests machen müssen.«

Mir war plötzlich eiskalt. Hatten sie schon Tests gemacht und waren uns auf der Spur?

»Was ist mit Alexej?«, fragte ich vorsichtig.

»Über Herrn Breschnew darf ich Ihnen keine Auskunft geben. Ich kann Ihnen aber sagen, dass er sich auf eigenen Wunsch entlassen hat. Heute ist sein letzter Tag hier. Ich hoffe, Sie sind vernünftiger.« Sie kräuselte leicht die Nase. Offensichtlich missfiel ihr das Verhalten ihres Patienten. Würde es mir auch, wenn ich den Hintergrund nicht kennen würde.

»Wann kann ich entlassen werden?« Meine Stimme war fest und entschlossen.

Die Ärztinnen ließen von mir ab und huschten schnell erneut auf ihren Platz neben der mit dem Haarknoten. Erst jetzt fiel mir auf, dass sie sich nicht mal vorgestellt hatte.

»Sie wollen ebenfalls gehen?«, fragte die Blonde.

Ich traute meiner Stimme nicht und nickte.

Die Ärztin presste ihre Lippen aufeinander. »Wir dürfen Sie hier nicht gegen Ihren Willen festhalten. Sie dürfen jederzeit gehen. Klug ist es nicht.« Sie öffnete noch mal den Mund, als wollte sie etwas sagen, aber schloss ihn doch wieder. Dann nickte sie mir nur einmal kurz zu und rauschte nach draußen. Bestimmt, um den nächsten Patienten mit ihrem missbilligenden Blick zu triezen.

Demjan beugte sich leicht vor, ich hatte ihn fast schon

vergessen. »Irina, denkst du –«, fing er an, aber ich schüttelte den Kopf. Demjan seufzte. »Ich weiß es besser, als dich mit deinem Dickschädel von etwas anderem überzeugen zu wollen.«

Ich konnte ihm nicht in die Augen sehen aus Angst, was er darin entdecken würde. Wie Eka kannte er mich zu gut und war zu aufmerksam.

»Wann musst du zurück? Nach Hawaii?«, fragte ich stattdessen.

»In ein paar Tagen.«

So wenig Zeit mit ihm. Wieso lief sie mir neuerdings immer davon? Vor einem Jahr hatte ich gedacht, dass nach der Sklavenrebellion das Leben erst anfing.

»Die Strazh werden heute wegen deiner Aussage kommen, solange die Erinnerungen frisch sind«, sagte Demjan.

Ich nickte leicht abwesend, denn meine Gedanken kreisten um mein größtes Problem. Die magische Bindung war jetzt die einzige Möglichkeit, uns zu retten. Ich hatte die Hoffnung aufgegeben, in irgendeinem alten Buch eine Lösung zu finden. Wenn es sie gäbe, hätte ein wütender Familienvater sie schon längst gefunden, um die Ehe seines Sohnes zu unterbinden.

Demjan lächelte müde und drückte mir kurz die Hand, die ich trotz der Übelkeit nicht zurückzog. »Ich gehe besser, damit du dich ausruhen kannst. Wasilij nehme ich gleich mit. Morgen kommen wir wieder, ja?«

»Vielen Dank, dass du gekommen bist.«

Demjan war im Begriff, erneut nach meiner Hand zu fassen, aber besann sich dann eines Besseren. Stattdessen tätschelte er vorsichtig mein Bein unter der Bettdecke und ging. In der Tür drehte er sich noch mal um und winkte lächelnd, bevor er verschwand.

Ich ließ mich in mein Kissen fallen. Womit hatte ich solche Freunde verdient? Wenn doch nur Eka genauso umsichtig sein würde. Das Schloss der Tür klickte.

»Hast du was verge–« Ich verstummte, denn auf einmal starrte ich in Alexejs blaue Augen. Er hatte sich auf eine Krücke gestützt. Sein ganzes Bein befand sich in einer Schiene, aber sonst sah er bis auf seinen blassen, weißen Hautton gut aus.

»Alexej!« Ich warf die Bettdecke zurück und sprang aus dem Bett. Meine Knie gaben nach und ich stolperte, doch er fing mich mit einem Arm auf.

»Nicht so schnell, moye serdtse«, sagte er. In seinen Augen funkelte schon wieder der Schalk. Moye serdtse. Mein Herz.

Ich schlang meine Arme um ihn und atmete seinen Geruch nach Zedernholz und Kardamom ein. »Du hast überlebt.«

»Haben deine Freunde etwa vergessen, dir diese nicht ganz so irrelevante Information mitzuteilen?«

»Nein, aber dich zu sehen ist etwas anderes.«

Er drückte mir einen Kuss auf den Kopf und streichelte beruhigend über meinen Hinterkopf. Ich wollte lieber nicht darüber nachdenken, wie zerzaust und fettig meine Haare aussahen.

»Das lief nicht so wie geplant«, murmelte ich und Alexej schnaubte.

»Das ist die Untertreibung des Jahrhunderts.«

Meine Wangen glühten und ich schaute zu Boden. Was sich als keine gute Idee herausstellte, denn mir wurde erneut schwarz vor Augen. Mein Kreislauf war noch nicht auf der Höhe. Alexej musste mein leichtes Taumeln mit seinen Adleraugen sofort bemerkt haben, denn er stützte mich und schob mich sanft zum Bett. Als er mir das Kissen mit einer Hand aufschüttelte und ich wieder auf die weiche Matratze sank, zog ich ihn an seiner freien Hand mit. Er beschwerte sich nicht und ich rückte ein Stück, während er seinen Arm um mich legte und vorsichtig sein rechtes Bein ausstreckte.

»Und jetzt?«, fragte ich.

Alexej schwieg. Das war Antwort genug. Wir konnten das nicht gewinnen. Wie auch? Der Einzige, der den Fluch hätte umkehren können, war tot. Es gab nur eine Möglichkeit und das wussten wir beide, trotzdem sprach Alexej es nicht aus. Ich atmete tief ein. »Dann müssen wir uns eben aneinanderbinden.«

»Iwanowa, nein. Noch sind nicht alle Möglichkeiten ausgeschöpft.«

Ich wollte mich aufrichten, aber Alexej zog mich sanft wieder zurück. Er strich mir mit dem Zeigefinger über die Augenbrauen. Selten in meinem Leben hatte ich mich so beschützt gefühlt. Ich nahm seine Hand und küsste den Handrücken. »Das ist unsere letzte Chance. Ich weiß jetzt, worauf ich mich einlasse, was es bedeutet.«

»Ein magischer Bund bedeutet für immer.«

»Ich weiß.« Die Worte hingen schwer zwischen uns in der Luft.

»Es wird der Tag kommen, an dem wirst du mich für das hier hassen«, sagte er leise.

»Wird er nicht.«

»Das kannst du nicht wissen. Ein erzwungener Bund ist schlimmer als eine arrangierte Ehe. Du wirst dein Leben lang an mich gebunden sein und kannst nichts dagegen tun. Du kannst nicht mal fremdgehen, ohne negative Konsequenzen für deine Magie fürchten zu müssen.«

»Wir werden es schaffen. Wenn ich nicht mehr will, kann ich mich immer noch umbringen«, sagte ich und grinste.

»Darüber macht man keine Witze.«

»Wer hat denn damals dem Richter gedroht?« Ich knuffte ihm leicht in die Seite. Es kam mir wie ein halbes Jahrzehnt vor, dass ich ihn dort so stoisch und eiskalt im Gerichtssaal gesehen hatte. Was wäre aus uns geworden, wenn wir nicht verflucht worden wären? Daran wollte ich nicht denken. Egal wie ausweglos unsere Situation war, er war aus meinem Leben nicht wegzudenken.

»Bist du dir sicher?«, fragte er leise und fuhr mir beruhigend mit seinen Fingerspitzen über den Oberarm.

»Ja.« Entschlossen blickte ich ihm in die Augen.

Alexej atmete tief ein und starrte über meinen Kopf hinweg auf die weißen Rosen in der Vase. Er schien nicht sonderlich glücklich zu sein. »Dann machen wir es aber richtig. Wir heiraten und binden uns magisch aneinander. So schnell wie möglich. Du hast schon genug Magie verloren.«

34

Das graue Seidentuch roch nach Rosenparfüm und stammte bestimmt aus dem Kleiderschrank von Natalija. Aber es erfüllte seinen Zweck vollkommen, denn ich konnte nicht das Geringste sehen. Ich klammerte mich fester an Alexej. Noch keinen Tag war ich aus dem Krankenhaus entlassen und entsprechend wackelig war ich auf den Beinen.

Vorsichtig schob ich meinen Fuß nach vorne. Ich meinte Gras unter meinen Stiefeln zu spüren und fröstelte in der kalten Luft, doch Alexej hatte mir schon seine Lederjacke umgelegt. Früher hätte mir die Dunkelheit Angst gemacht, mich sofort in eine nächste Panikattacke trudeln lassen. Aber jetzt, hier, mit Alexejs warmer Hand in meiner, seiner anderen auf meinem Rücken, fühlte ich mich sicher. Sicherer als ich jemals gedacht hätte, dass ich mich fühlen konnte.

»Wann sind wir da?«, fragte ich, als sich der Untergrund unter meinen Füßen veränderte. Wir bewegten uns über Pflastersteine und ich versuchte herauszufinden, wo genau wir waren. Die Luft war schwer von der Feuchtigkeit des Abends, langsam aber sicher wandelte sich der Sommer in den Herbst. Es roch nach Wasser und beinahe erwartete ich, dass wir gleich vor den Fontänen des Peterhofs ständen.

»Gedulde dich, Iwanowa.« Er drückte kurz meine Hand.

»Bald wirst du das nicht mehr sagen können.« Ich lächelte. Demjan und Wasilij hatten die Nachricht von der Hochzeit erstaunlich gut aufgenommen. Offenbar war ein so einschneidendes Lebensereignis wie ein Beinahetod gut genug, um als Rechtfertigung zu dienen, am übernächsten Tag nach der Entlassung aus dem Krankenhaus zu heiraten. Natürlich hatten sie gezweifelt, aber es war deutlich besser gelaufen, als ich gedacht hatte. Für Demjan zählte hauptsächlich, was Alexej alles für mich getan hatte. Trotzdem war die standardmäßige Drohung Wenn du ihr wehtust blablabla nicht ausgeblieben. Sollte ich die Tagebücher aus Verona richtig interpretiert haben, konnte ich ihnen nach der Lösung des Fluchs endlich alles erzählen. Das wäre eine Erleichterung.

»Wir sind da«, sagte Alexej plötzlich und löste den Knoten des Seidentuchs.

Kurz blinzelte ich, obwohl es schon dunkel war. Ich blickte auf einen kleinen Pavillon auf einer Insel, den ich von dem Picknick bei Ilja wiedererkannte. Auf dem See schwammen lauter rosa Lotusblumen, deren Stempel leuchteten wie Kerzenflammen und für die es eigentlich zu kalt sein sollte.

Darüber surrten und schwirrten ein Dutzend Feen und hinterließen silbrige Spuren Feenstaub in der Luft, der langsam Richtung Wasser glitt.

»Hast du das alles gemacht?«, fragte ich Alexej, der mich sachte an der Hand weiterzog, bis wir den Pavillon erreichten.

»Ich hatte ein wenig Hilfe.« Er schmunzelte.

Von der Decke des kleinen Pavillons hingen Lichterketten und tauchten die blau-weiß karierte Picknickdecke in warmes Licht.

»Setz dich«, sagte Alexej.

»Das ist bis jetzt das schönste Date, das du organisiert hast.«

»Dabei hatten wir nicht mal so viel Zeit für Dates. Du hast keine Ahnung, wozu ich imstande bin.« Er küsste die neue Narbe an meiner Hand, umschloss sie mit seiner. Dann schauten wir für ein paar Herzschläge dem Treiben der Feen zu.

Sogar eine kleine Gondel glitt wie von Geisterhand durch das stille Wasser, wie in Venedig.

»Bald hast du alle Zeit der Welt«, sagte ich.

Alexejs Blick wurde kurz hart. Natürlich wusste ich, dass es ihm nicht gefiel, aus welchem Grund wir heirateten. Ich stupste ihn sachte an. »Das ist nicht der Untergang der Welt. Schau, wie weit wir in ein paar Monaten gekommen sind. Vielleicht lachen wir am Ende unseres Lebens darüber, während wir unseren Enkeln dabei zusehen, wie sie sich beim Butterfest freuen.«

Der Hauch eines Lächelns schlich sich auf Alexejs Gesicht und seine Züge wurden weicher. »Vielleicht.«

Ich drückte noch mal seine Hand und stützte mich mit der anderen an der Balustrade des Pavillons ab. Die erfrischend kalte Abendluft in meinen Lungen belebte mich und ich hätte mir keinen Moment vorstellen können, in dem ich glücklicher gewesen wäre – wenn man von dem Fluch absah.

Bei einem leisen Plätschern wirbelte ich herum. Mein Puls stieg, aber es war nur ein Wassermann, der langsam neben dem Pavillon auftauchte. Er hatte ein Seerosenblatt auf seinem Kopf und leerte das Wasser aus einem Zupfinstrument, bevor er darauf zu spielen anfing. Ich erkannte die Melodie von dem Straßenmusiker mit der Geige von der Piazza Brà. Überrascht schaute ich zu Alexej, der sich vor mich hingekniet hatte. Das konnte mit der Schiene nicht angenehm sein.

»Iwanowa, Irina, du hättest mehr verdient. Ich kann die Umlaufbahn der Planeten nicht ändern, aber ich kann das Beste daraus machen. Die Umstände, wegen denen du hier bist, tun mir leid, der Rest kein bisschen.« Er räusperte sich. »Seit ich dich mit dem Wasser der Springbrunnen im Peterhof nass gespritzt habe, wusste ich, dass du eine besondere Zauberin bist. Das hast du bis jetzt mit jedem deiner Herzschläge bewiesen. Ich könnte mir mit niemand anderem vorstellen, das Schlamassel so gut zu meistern. Irina Igorevna Iwanowa, erweist du mir die Ehre und wirst meine Frau?«

Ich schlug mir die Hand über den Mund, Tränen sammelten sich in meinen Augenwinkeln. Nach allem, was in den letzten Monaten passiert war, hatte ich nicht einmal im Traum an einen solchen Antrag gedacht, doch er war einfach perfekt. »Natürlich.«

»Kannst du nicht einfach Ja sagen?« Alexej rollte mit den Augen, aber er strahlte über das ganze Gesicht. Mit leicht zitternder Hand steckte er mir einen wunderschönen Ring an. Der eckige Prinzessinnen-Schnitt des Diamanten passte perfekt zur Machart des Rings, denn links und rechts neben dem Stein ging das Platin weiter. Alexej schob ihn vorsichtig über den anderen. Ich kniete mich ebenfalls auf den Boden und presste die Lippen auf seine.

Ein blubberndes Lachen brach aus mir hervor. »Wieso hast du noch mal gefragt? Die Hochzeit ist morgen.«

»Du hast einen richtigen Antrag verdient.« Er presste mir einen Kuss auf die Haare. »Wenn schon die Umstände nicht so sind, wie wir sie gerne hätten.«

Ich küsste ihn erneut und eine wohlige Wärme durchströmte mich. Das erste Mal, seit ich das Haus meiner Eltern damals verlassen hatte, fühlte ich etwas, das mich an Zuhause erinnerte. Wie konnte ich tödlich verflucht sein, mit meiner besten Freundin seit Monaten nicht gesprochen haben und mich trotzdem so sicher fühlen?

Es traf mich wie ein Komet einen Planeten. Ich liebte ihn. Aufrichtig und ehrlich und mit meinem ganzen Herzen. Konnte ich es wagen? Er hatte viel für mich riskiert. Wenn ich die Erste war, die es aussprach, würde er nicht schreiend wegrennen, oder? Wir heirateten in weniger als vierundzwanzig Stunden. Wie viel ernster konnte es kommen?

»Ich liebe dich«, flüsterte ich gegen seine Lippen. Die darauffolgende Stille traf mich wie ein Schlag ins Gesicht.

Ich zog die Hand und den Kopf zurück und öffnete die Augen. Alexej starrte mich an. Er blinzelte. Einmal, zweimal, sein Gesicht gefährlich blank. Der Eisprinz war zurück.

Ich dachte, wir empfänden das Gleiche. Ich dachte, seine Gefühle gingen mindestens genau so tief wie meine, wenn nicht sogar tiefer. Seine Worte hallten durch meinen Kopf. Liebe ist eine Schwäche, die ausgenutzt wird. Aber ich hatte mir doch nicht alles nur eingebildet! Ich hatte immer angenommen, dass er es nicht sagte, um mir keine Angst zu machen. Dass er den Druck nicht zu groß werden lassen wollte. Aber vielleicht hatte er andere Gründe.

War das alles lediglich ein fieser Trick gewesen, damit ich mich in ihn verliebte? Was hatte er davon? Wollte er mich blamieren? Mich emotional zerstören, nachdem es dem Nachtblauen nicht gelungen war? Aber das konnte nicht sein. Nach allem, was er für mich getan hatte? Wir würden morgen heiraten. Oder war das doch einfach nur ein groß angelegter Schwindel? Ein guter PR-Gag? Würde gleich ein Reporter aus dem Wasser auftauchen und ein Bild von meinem verletzten Gesichtsausdruck machen? Mir wurde schlecht und eiskalt.

Ich stand auf und schlang den Mantel enger um meinen Körper. Einen Mantel, den Alexej mir geschenkt hatte. Die weiche Kaschmirwolle kratzte auf einmal auf der Haut. Am liebsten hätte ich das Ding ausgezogen.

Alexej raufte sich die Haare und erhob sich ebenfalls. »Ich ... wir ...«

»Ich verstehe.« Schnell wandte ich mich ab.

»Irina, warte!« Er hielt mich am Ärmel fest und sah mich flehentlich an. »Geh nicht«, flüsterte er. »Ich ... ich kann es nicht sagen.«

»Wieso nicht?«, fuhr ich ihn an.

»Ich habe es noch nie jemandem gesagt.« Alexej schaute zur Seite und wich meinem Blick aus.

Mein Mund klappte auf und jeglicher Zweifel war wie weggeblasen. Wie hatte ich nur eine Sekunde daran denken können, dass er es nicht ernst meinte? Mein Herz zog sich vor Mitleid zusammen. »Was ist mit deiner Familie?«, fragte ich leise.

»Du hast meine Eltern getroffen. Wenn ich Geschwister gehabt hätte ... ihnen hätte ich es vielleicht gesagt, im Geheimen, damit mein Vater es nicht mitbekommen hätte.« Er presste die Lippen aufeinander. »Ich habe Wege gefunden, es auszudrücken. Mit meiner Mutter habe ich einen Code, dreimal tippen mit dem Zeigefinger.« Er trat einen Schritt auf mich zu.

Ich erinnerte mich an seine Fingertipper in Venedig oder auf dem Weg nach Sibirien im Flugzeug. Der Zweifel nagte an mir. Hatte er es mir nicht schon längst gesagt? Auf seine Art? Mit jeder seiner Taten? Mit seiner Aufopferungsbereitschaft? Indem er mein Wohl über seines stellte? Ich schluckte. Mein armer Alexej. Er hatte die Schultern leicht hochgezogen und in seinen Augen sah ich die Furcht, mich zu verlieren.

»Aber ich kann es lernen, Iwanowa.« Er griff nach meinen Händen und umklammerte sie. Fast als wären sie der Anker, der ihn im Sturm vor dem Abdriften bewahrte.

Meine Gesichtszüge weichten wieder auf. Ich löste vorsichtig meine linke Hand aus seiner und legte sie auf seine glatte Wange. Er hatte sich extra noch mal rasiert und der Geruch seines Aftershaves vermischte sich mit dem von Kardamom und Zedernholz. Sanft fuhr ich ihm mit meinem Daumen über seine markanten Wangenknochen. Alexej schmiegte seinen Kopf an meine Hand, hielt sie mit seiner fest und atmete tief ein. Er hatte unendliche Geduld mit mir gehabt. War für mich über seine Grenzen gegangen, ohne jemals zu erwarten, dass ich ihm nur ein Fünkchen Dankbarkeit zeigte.

Ich schmunzelte. »Du hast Zeit bis morgen.«

Die Sorge, die seine blauen Augen getrübt hatte, verschwand. Sein Mundwinkel zuckte leicht – ein Zeichen, dass er amüsiert war. Er knuffte mich spielerisch in die Seite.

»Na gut, vielleicht auch bis übermorgen«, murmelte ich mit einem Lächeln gegen seine Lippen.

Ich betrachtete die zwei goldenen Ringe, die auf dem diamantbestickten Seidenkissen lagen. Sie funkelten im Tageslicht wie Sterne und überstrahlten dabei auch Marijas riesige Sammlung an Pinseln, Quasten, Dosen und Fläschchen, die sie in einigem Abstand auf der antik aussehenden Marmorplatte der Frisierkommode verteilt hatte. Natalija hatte das gute Stück extra für diesen Anlass in den Salon gestellt – na ja, stellen lassen.

Vor einigen Sekunden war Marija mit einer absurd großen Auswahl an Rouge in Richtung Gärten stolziert. Sie wollte den zu meinem Farbtyp und den Blumenarrangements passenden Farbton auswählen. Froh, einen Moment allein zu sein, atmete ich tief durch. Den Gedanken an die Kikimora, die einige Stockwerke unter mir in dem Kerker und Weinkeller hauste, verdrängte ich schnell. Immerhin war Natalija so sensibel und hatte eine Innenausstatterin damit beauftragt, den gesamten Ostflügel neu zu dekorieren, durch den ich damals geschleift worden war. Trotzdem war der einzige Grund, der es erträglich machte, in Zukunft hier zu wohnen, mein Fast-Ehemann. Außerdem konnte ich dann Eka alles erklären. Endlich würde sie mich verstehen und alles gut werden. In der Theorie zumindest.

Der letzte Faktor des Fluchs war mir nicht mehr aus dem Kopf gegangen. Ich war alle meine Aufzeichnungen durchgegangen, wieder und wieder. Doch ich hatte keine Erwähnung von irgendeiner weiteren Maßnahme gefunden, um den Cupids Fluch aufzulösen. Vielleicht hatte Alexej bei der Fluchanalyse einen Fehler gemacht.

Im nächsten Moment klopfte es an die Flügeltür. Erschrocken stolperte ich auf meinen Stilettos einen Schritt von der Frisierkommode weg. Fast hätte ich dabei das Gleichgewicht verloren, aber es war nur Alexej, der durch den Spalt schaute.

»Hier.« Er schlüpfte durch die schwere Holztür und war mit wenigen großen Schritten bei mir. Alexej drückte mir eine dünne Phiole in die Hand, in der eine hellblaue Flüssigkeit schimmerte.

Er hatte bereits ein strahlend weißes Hemd an, an den Ärmeln silberne Manschettenknöpfe mit Saphiren.

»Es bringt Unglück, die Braut vor der Hochzeit zu sehen.« Ich verzog das Gesicht.

»Mehr Unglück, als wir schon haben? Außerdem trägst du dein Kleid nicht.« Alexej hob herausfordernd eine Augenbraue und ich streckte ihm die Zunge heraus. Dann musterte ich die Phiole. Stirnrunzelnd schwenkte ich die Flüssigkeit gegen das Licht des Kronleuchters. Sie war fast durchscheinend, wie gefärbtes Glas. »Was ist das?«

»Eine Modifikation des Tranks gegen die Symptome des Fluchs. Das sollte die Übelkeit abklingen lassen, damit du mir nicht vor dem Altar auf die Schuhe kotzt.« In seinen Augen funkelte der Schalk.

»Ich wusste nicht, dass du an einer Modifikation gearbeitet hast.«

»Ich stecke voller Geheimnisse.« Er entkorkte eine zweite Phiole und prostete mir zu. »Auf uns.«

Ich seufzte und kippte den Inhalt herunter. Es schmeckte deutlich bitterer als sonst und hinterließ den fahlen Geschmack von Asche auf meiner Zunge, wie ich ihn nur von Phönixfedern kannte. Ich verzog das Gesicht. »Und das müssen wir jetzt immer nehmen?«

»Nein, einmal reicht.«

Ich nickte und legte die Phiole mit einem gläsernen Klicken zwischen Marijas Pinsel und das Ringkissen. Alexej platzierte seine daneben. Ich seufzte. »So hatte ich mir meine Hochzeit nicht vorgestellt.«

»Wie hast du dir deine Hochzeit denn vorgestellt?«

»Das werde ich dir jetzt nicht verraten.« Ich rollte spielerisch mit den Augen. »Zumindest wäre Eka dabei«, schob ich leise hinterher und stakste zu der Fensterreihe. Ich schaute durch eines der vielen kleinen Gläser in den Garten. Die ersten

Blätter verfärbten sich zu einem leuchtenden Orange und erinnerten mich an die Gefieder der Alkonosty. Alexej schlang von hinten einen Arm um meine Taille und legte sein Kinn auf meiner Schulter ab. Ich sah unser verzerrtes Spiegelbild im Fenster, zwei Gesichter und doch ein Umriss.

»Wenn wir das überleben, finde ich einen Weg, wie wir das ungeschehen machen und dann kriegst du die Hochzeit, die du dir wünschst.«

»Das ist nicht dasselbe, sie ist jetzt nicht dabei.« Kurz bildete ich mir ein, dass Alexej sich hinter mir versteifte. Ich knuffte ihn leicht. »Außerdem sind wir noch nicht verheiratet und du willst mich schon loswerden?«

Alexej grinste. »Ich habe mir tatsächlich bereits eine Mätresse ausgesucht. Ich dachte, Pawlowa würde diese Aufgabe vielleicht gerne übernehmen.«

Bei der Erwähnung von Ekas Namen bekam ich sofort wieder einen dicken Kloß im Hals und Tränen sammelten sich in meinen Augenwinkeln.

Alexejs Grinsen fiel ihm vom Gesicht. »Tut mir leid, das war gedankenlos.«

Ich wischte mir mit dem Handrücken die Wangen trocken. Marija würde mich umbringen, wenn mein Make-up zu sehr verschmierte. »Schon in Ordnung.« Ich schniefte.

Alexej griff mich an den Schultern und drehte mich um. »Wir werden einen Weg finden, okay?«

»Wenn wir das überleben.«

»Wenn wir das überleben.« Er wollte mir einen Kuss auf den Kopf geben, aber verzog leicht angewidert das Gesicht.

Fragend schaute ich ihn an.

»Du riechst nicht nach dir, sondern nach einem Haarspray von Marija. Nach der Hochzeit wirst du gebadet. In dem einen Bad im Meister-Schlafzimmer gibt es einen Whirlpool, genug Platz für vier Leute. Oder zwei und andere Aktivitäten.« Er zwinkerte mir zu.

»Du bist unersättlich.« Ich lachte und zwickte ihn in die

Seite.

»Das ist der einzige Grund, warum ich dich heirate. Dann ist es deine eheliche Pflicht«, scherzte Alexej und grinste.

Bei der Erwähnung der Hochzeit stieg mir wieder der Magensaft hoch. Ich atmete tief ein und versuchte ihn anzulächeln. »Jetzt geh, du musst dich fertig umziehen und ich habe eine Verabredung mit einem Kleid, das mich ersticken will.« Alexejs Mutter hatte mir das Ungetüm gezeigt und darauf bestanden, dass ich es trug. Das Hochzeitskleid war über und über mit Diamanten bestickt und mit einem Korsett zum Fürchten. Ein Geschenk von Katharina der Großen an die Familie Breschnew, modifiziert mit Sternenstaub, damit es eine Ewigkeit hielt. Ich hatte nicht protestiert. Wieso auch? Das war nicht meine Hochzeit, nicht so, wie ich sie wollte. In einem anderen Leben hätte Eka mein Kleid für mich entworfen, ich hätte mehr Zeit zur Planung gehabt. Aber das hier war kein anderes Leben.

Alexej nahm meine Hand und drückte sie kurz. »Vielleicht ist es dir ja heute besonders gewogen, weil dein Hochzeitstag ist.«

»Das bezweifle ich.«

Alexej zuckte kurz mit den Schultern und schlenderte Richtung Tür. Doch bevor er aus dem Zimmer verschwand, sah ich ein kurzes Zucken seines linken Auges, das ich nicht zu deuten wusste. Er führte etwas im Schilde. Aber was?

Ich kam nicht weiter dazu, darüber nachzudenken, denn Marija kehrte zurück, eine Dose Rouge triumphierend nach oben haltend, als wäre sie eine wertvolle Medaille. »Ich will mich nicht selbst loben, aber es passt perfekt. Bist du –« Sofort verengten sich ihre Augen, als sie mich sah. »Hast du etwa geweint?«, fragte sie lauernd.

Ich nickte nur kurz.

»Lass das gefälligst sein. Das ist zwar wasserfestes Make-up, trotzdem wollen wir kein Risiko eingehen. Solltest du furchtbar aussehen, fällt das auf mich zurück.«

Als Marija angeboten hatte, mich zu schminken, hatte ich dankend, wenn auch zögernd, angenommen. Alexej hätte die besten Make-up-Artisten aus Mailand einfliegen lassen können, doch es fühlte sich nach einem Friedensangebot an, das ich nicht ausschlagen wollte.

Marija kräuselte angewidert die Nase. »Riechst du das?«

»Was?«

»Dieser stechende Gestank von Kranichherzen.«

Ich schnupperte, nahm aber nur die Vanillenote meines Parfüms wahr. Besser gesagt, Ekas Parfüm. So war sie wenigstens etwas dabei. Während Marija mich wieder auf den Stuhl mit den gepolsterten Lehnen drückte, schüttelte ich den Kopf.

»Bestimmt hat eine der Bediensteten sich mit einem illegalen Trank hochgeputscht. Oder so ein schwachsinniges Rezept zum Zusammenbrauen von Putzmitteln aus dem Internet rausgesucht. Gutes Personal ist neuerdings so schwer zu finden«, sagte Marija mit einem vorwurfsvollen Blick und fing an, mein Make-up nachzubessern.

Ich war so taktvoll, diese Bemerkung zu ignorieren.

Sie pinselte mir das Rouge auf die Wangen, etwas auf Kinn und Stirn und schaute mich selbstgefällig an. »Ich bin einfach eine Künstlerin. Du siehst perfekt aus. Jetzt muss ich mich fertig machen. Lass dir flott dein Kleid anziehen und die Haare frisieren.«

Als fünf Minuten später zwei Dienstbotinnen in dunkelblauen Bleistiftröcken mit weißer Schürze darüber das Hochzeitskleid brachten, traute ich meinen Augen nicht. Dort, auf einem gepolsterten rosa Kleiderbügel hing ein schlichtes Kleid mit kleiner Seidenschleppe. Eines, das ich mir ausgesucht hätte und nicht dieses Ungetüm der Familie Breschnew. Ich hatte mich nur einer Person gegenüber abfällig über das Kleid geäußert. Und diese Person war Alexej. Mir kamen erneut die Tränen. Gab es etwas, das er nicht für mich tun würde?

Die beiden Dienstbotinnen halfen mir beim Anziehen.

Gleich danach kam der Hair-Artist herein und zauberte Wellen in meine mittlerweile schulterlangen Haare und fasste sie in einem losen Dutt zusammen, bevor er ein paar Blumen am Hinterkopf hineinsteckte. Dann war ich fertig, stand auf, um das Kleid nicht zu verknittern und wartete. Und wartete. Immer wieder fuhren meine Finger über die kühle Seide, aber selbst das war nicht beruhigend.

Mein Blick fiel auf die Großvateruhr mit den zwei goldenen Hirschen, die in dem verschnörkelten Regal stand. Eigentlich hätte ich schon längst abgeholt werden sollen. Endlich schwang die Tür auf und Marija steckte ihren Kopf hindurch. Ihr Haar fiel ihr in perfekten Wellen über ihre rechte Schulter, kein Härchen tanzte aus der Reihe. »Iwanowa, die Hochzeit verschiebt sich«, sagte sie in einem Tonfall, als hätte sie mir mitgeteilt, dass die Milch leer wäre.

»Was?« Ich klammerte mich fester an den Brautstrauß.

»Mach den Mund zu, das sieht furchtbar aus. Alexej muss etwas erledigen.«

»Jetzt?!?«

Marija rollte mit den Augen und schnippte eine Strähne zurück an ihren Platz, die mir gar nicht aufgefallen wäre. »Ganz offensichtlich jetzt.« Sie knallte die Tür wieder zu.

Ich tigerte in dem Raum hin und her und unterdrückte den Impuls, an meinen Nägeln zu kauen. Marija hatte sie in einem hellen Rosa lackiert und es sah bestimmt furchtbar aus, wenn der Lack an manchen Stellen abgeplatzt war. Von Marijas Zorn ganz zu schweigen. Was in aller Welt konnte Alexej wollen? Er hatte es sich doch nicht in der letzten Minute anders überlegt? Verübeln könnte ich es ihm nicht. So früh zu heiraten, nach so einer kurzen Zeit ... Schon die relativ entspannte Reaktion unserer Freunde hatte mich überrascht. Wenn mir Eka nach wenigen Wochen erklärt hätte, sie würde Stanislaw jetzt heiraten, hätte ich sie für verrückt erklärt.

Der verdammte Zeiger der Großvateruhr wanderte unablässig weiter.

Hatte Alexej es sich anders überlegt?

Gerade als ich selbst aus diesem furchtbaren Salon marschieren wollte, schwang wieder die Tür auf. Demjan hatte sein Bestes getan, damit seine Haare nicht so zerzaust wirkten, aber sie taten es dennoch. Er lächelte mich an, als er in seinem schicken Dreiteiler eintrat. »Er ist da, es geht los.«

35

Die Hochzeit und die magische Bindungszeremonie rauschten wie im Flug an mir vorbei. Nur am Rande nahm ich die vielen Blitzlichter der drei Fotografen und Natalija wahr, die sich mit einem hellblauen Seidentaschentuch die Tränchen abtupfte. Alexej hatte sogar eine Kamera für seinen Vater aufstellen lassen, damit dieser die Hochzeit aus I'dyna mitverfolgen konnte.

Schließlich nahmen wir die Glückwünsche entgegen und machten ein paar Bilder mit unserer kleinen Hochzeitsgesellschaft. Pro forma stießen wir mit Champagner an und verzogen uns dann eilig in den Salon, in dem ich mich fertig gemacht hatte. Offiziell, damit ich das Kleid durch ein kürzeres austauschen konnte. Ich vibrierte vor Aufregung. Jetzt würde sich zeigen, ob es tatsächlich etwas gebracht hatte. Es musste funktioniert haben. Die magische Bindung war unser einziger Ausweg.

Alexej lächelte mich grimmig an. »Bereit?«, fragte er.

Ich atmete tief durch und nickte dann.

Er nahm seinen Fokus aus der Anzugtasche und zauberte den Spruch für die Fluchentdeckung, schaute dabei aber etwas zweifelnd.

Sekunden später leuchtete eine blaue Linie auf meinem

Arm auf, sie reichte mir über die Schulter bis über das Schlüsselbein. Ich erstarrte.

Das war ein Fehler, das musste ein Fehler sein. Vielleicht brauchte sie länger, um zu verschwinden oder die Bindung war noch nicht wirksam.

»Alexej? Wieso ist sie da? Das war bei niemandem so.« Meine Stimme zitterte.

Seine Lippen waren blass und bildeten eine dünne Linie. »Ich weiß es nicht.«

»Irgendwas hat nicht geklappt. Bestimmt war der Bindungszauber nicht stark genug oder der Priester hat einen Fehler gemacht. Wahrscheinlich hätten wir Hochzeit und magisches Bindungsritual trennen müssen.«

»Auf keinen Fall, dafür war Herr Petrow da, um alles zu überwachen. Wir können uns sicher sein, dass er loyal der Familie Breschnew gegenüber ist. Außerdem bist du schon im Familienministerium als Familienmitglied der Breschnews geführt. Das funktioniert über Magie, nicht über einen händischen Eintrag, er hat angerufen.«

Die Linie verblasste wieder, Alexejs Astron war zu gering. Ich versuchte es. Die gleiche Linie, auch an seiner Hand.

»Das kann nicht sein«, sagte ich mit tonloser Stimme.

»Offensichtlich doch.« Alexej klang verbittert, resigniert. Er raufte sich die Haare. »Die eine Bedingung, die wir nicht entschlüsseln konnten … irgendwas fehlt.«

»Aber in keinem der Tagebücher stand etwas davon, dass sie noch was zusätzlich gemacht haben. Nichts!«

»Ich weiß.«

Langsam kroch mir die Panik in jeden Knochen. Ich hatte nie ernsthaft gedacht, dass ich sterben würde. Nur während des Kampfes mit Dmitri, doch plötzlich war es auf einmal unumkehrbar. Und wir hatten keine Zeit mehr. Die magische Bindung hätte uns retten sollen. Wieso hatte sie es nicht getan? Ich schob die Gedanken beiseite, sie waren nutzlos und verschwendeten kostbare Zeit. »Was machen wir jetzt?«

Alexej presste die Lippen aufeinander. Antwort genug.

»Nein«, schluchzte ich.

Alexej nahm mich in den Arm und fuhr mir mit seiner Hand über den Rücken. Er küsste mich auf den Kopf. »Wir machen das Beste aus der Zeit, die wir haben.«

Ich schluchzte noch mal und zog die Nase hoch. »Wie lang ist das?«

»Eine Woche? Vielleicht zwei mit viel Glück?«

Eka würde nie die Wahrheit erfahren. Ich würde sterben und unsere letzten Worte wäre in einem Streit gewechselt worden. Meine Mutter würde vollends in ihrer Depression versinken und weiß der Himmel was tun. Ich wischte mir mit dem Handrücken die Tränen von den Wangen. Der Ehering funkelte in der Abendsonne, die durch die hohen Fenster schien.

Immer wieder strich mir Alexej beruhigend über den Rücken. »Jetzt feiern wir erst mal unsere Hochzeit mit unseren Freunden. Die Zeit, die wir mit ihnen haben, ist begrenzt.«

Noch mehr Tränen liefen mir die Wangen hinunter. »Und dann?«

»Dann fahren wir am Morgen zum Flughafen.«

»Wohin fliegen wir?«, fragte ich mit Schluckauf.

»Nicht wir. Du.« Er presste einen Kuss auf meinen Handrücken.

Ich schaute ihn verwirrt an.

»Für den Fall, dass –«, er holte tief Luft, »ich war vorbereitet.«

»Und wohin soll ich?«

»Nach Berlin. Du hast morgen Uni. Einführung in die magische Psychologie ist deine erste Vorlesung. Danach kommt Statistik I, dann eine kurze Mittagspause. Nachmittags ist Grundlagen magischer Modifikationen an der Reihe. Ein ganzes Studium in einem Tag. Soweit das geht.«

Ungläubig starrte ich ihn an. »Wie hast du das geschafft?«

»Ich habe nicht darauf bestanden, dass das neue Gebäude nach mir benannt wird«, sagte er mit einem Zwinkern.

Kurz lächelte ich und bewunderte das helle Blau von Alexejs Augen. Es gab keinen Zweifel daran, was ich tun würde. Ich stellte mich auf die Zehenspitzen und drückte ihm einen Kuss auf die Wange. »Ich bleibe bei dir. Wenn ich gehe, schreitet der Fluch schneller voran.«

»Spielt das zum jetzigen Zeitpunkt noch eine Rolle?« Er raufte sich die Haare. »Du kannst wirklich gehen. Ich habe hier einiges zu regeln.«

Ich schluckte den Kloß in meinem Hals herunter. Er war der einzige Erbe und seine Mutter redete immerhin mit ihm. Es war klar, dass er vor seinem Tod die Dinge in Ordnung bringen musste. Doch allein der Gedanke, ein paar Stunden ohne ihn zu verbringen, war nicht nur wegen des Fluchs unerträglich.

»Dann werde ich dich eben begleiten. Wenn ich noch so kurz zu leben habe, will ich jede Sekunde mit dir verbringen«, flüsterte ich in sein Hemd. Es hatte bereits schwarze Schmieren von meinem Mascara. Von wegen wasserfest.

Alexej trat einen Schritt zurück und wischte mir mit einem Wattepad, das auf der Kommode lag, die Spuren meines Mascaras weg. Seine Gesichtszüge weichten auf. »Wenn du es so willst. Ich werde alle Termine absagen, außer einen morgen früh, der ist wichtig. Und das muss ich allein machen.« Seine warmen Fingerspitzen streiften meine Wange und ich nickte langsam.

»Komm, wir machen dein Gesicht sauber. Du siehst aus wie ein kleiner Panda.«

Ich hatte nicht mal die Energie, ihn böse anzuschauen. »Und dann?«, fragte ich leise.

»Dann gehen wir runter und feiern. Wie heißt es so schön, carpe diem.«

Ich versuchte zu lächeln, aber es gelang mir nicht und ich nickte erneut. Der Rest meines Lebens begann heute.

Ich lag in Alexejs Bett – in unserem Bett – und musterte die Falten, die der dunkelblaue Vorhang des Himmelbetts warf. Mein Blick fiel auf das glänzende Holz der Kommode mir gegenüber, die so aussah, als hätte ein Zeitreisender sie aus dem Barock geholt. Von da stammte sie wahrscheinlich auch mit den kunstvollen Griffen und den helleren Holzeinlassungen. Alexej war heute Morgen zu seinem Termin aufgebrochen und seit er weg war, dröhnte mein Kopf so sehr, dass ich es nicht geschafft hatte aufzustehen. Einmal hatte ich es versucht, aber meine Beine waren unter mir weggeklappt und nur mithilfe einer der Dienstbotinnen war ich überhaupt wieder zurück ins Bett gelangt. Das war es also, das schnelle Ende, das Alexej uns prophezeit hatte – und mit ihm der rapide Anstieg der Symptome. Er hatte nicht übertrieben. Wenigstens hatten wir eine schöne Feier gehabt. Beim Gedanken, dass ich letzte Nacht wahrscheinlich das letzte Mal mit Alexej Sex gehabt hatte, rannen mir die Tränen über die Wangen. Es war so ungerecht. Ich hatte mit ihm doch gerade erst mein Glück gefunden. Wieso musste es jetzt schon zu Ende sein? Ich wandte unter Schmerzen den Kopf, starrte aus dem Fenster und sah den Wolken beim Fliegen zu.

Die Sonne stand schon ein gutes Stück tiefer, als Alexej zurückkehrte. Ich spürte, dass er in der Nähe war, weil sich meine Kopfschmerzen und die Übelkeit besserten.

Eine der riesigen doppelflügeligen Türen ging auf, in denen selbst Alexej klein wirkte. Er stützte sich auf einen Krückstock mit Drachenkopf und sah so elend aus, wie ich mich fühlte. Ich rang mir ein schwaches Lächeln ab.

»Hat alles geklappt?«

»Das werden wir sehen.« Seine Lippen bildeten eine dünne Linie. »Ich brauche dich kurz unten. Kannst du laufen? Sonst lasse ich einen Rollstuhl holen.«

Ich schüttelte den Kopf. »Es wird schon gehen.« In Zeitlupe schlug ich die Decke zurück und wuchtete erst ein, dann das andere Bein über die Bettkante. Ich richtete mich auf und vor mir wurde die Welt schwarz.

»Irina?«, drang Alexejs Stimme an mein Ohr.

Ich zog mich an einem der Bettpfosten hoch und zwang mich zu einem Lächeln. »Es geht wirklich.« Schritt für Schritt ging ich mit weichen Knien auf ihn zu. Die Schlagader an seinem Hals pochte schneller als normal.

»Du bist nervös. Irgendwas ist schiefgegangen, oder?«, fragte ich.

Er lächelte grimmig, hinkte auf seinen Stock gestützt auf mich zu und bot mir seinen Arm zum Unterhaken an. »Gedulde dich, ich sage es dir in ein paar Minuten.«

Mit wackeligen Knien ging ich weiter voran, Alexejs Nähe das Einzige, was mich vor der Übelkeit bewahrte. Doch nach ein paar Schritten in den Gang mit dem großen Marmormosaik am Boden japste ich nach Luft und hielt mich an einer der goldenen Lampen fest, die in gleichmäßigen Abständen an der Wand des Ganges angebracht waren.

»Wir können wirklich Rollstühle kommen lassen.«

Ich erkannte sofort die Sorge in Alexejs Augen. »Das wäre vielleicht besser«, seufzte ich. Frau Smirnowa wäre so stolz auf mich, dass ich Hilfe zuließ. Besser spät als nie, nahm ich an.

»Das dachte ich mir.« Alexej ließ mich kurz los und sofort vermisste ich seine Körperwärme. Er griff in seine Hose, holte ein Gerät heraus, das wie eine Fernbedienung für Garagentore aussah, und drückte darauf. Was auch immer passierte, keine dreißig Sekunden später standen zwei Dienstboten mit zwei neuen Rollstühlen vor uns. Kurz wollte ich doch noch protestieren, aber er hatte recht. Ich war am Ende meiner Kräfte und so ließ ich mich nur wortlos in den Sitz fallen. Alexej tat es mir gleich. Dankbar griff ich nach seiner Hand.

Während wir durch eine Galerie geschoben wurden, schwiegen wir, beide in Gedanken versunken. Auf der anderen Seite im Ostflügel wuselten die Handwerker hin und her, obwohl das jetzt nicht mehr nötig war. Lang würde ich hier sowieso nicht mehr wohnen. Alexejs Griff um meine Hand verstärkte sich. »Ich hoffe, das war eine gute Idee«, sagte er leise.

»Was war eine gute Idee?« Ich runzelte die Stirn.

Irgendwer hatte in einem der Treppenhäuser auf den marmornen Stufen Rampen angebracht, sodass uns die Angestellten mühelos nach unten schieben konnten. Dafür musste ich allerdings Alexej loslassen, was mir schwerer fiel, als ich zugeben wollte.

»Wenn das jetzt schiefläuft: Ich habe es gut gemeint«, beteuerte er.

Ich warf einen Blick über meine Schulter. Der Zweifel war ihm ins Gesicht geschrieben, während wir endlich unten ankamen. Er hatte doch nicht Eka unter einem Vorwand hierher gelockt? Oder schlimmer, gegen ihren Willen hergebracht?

Unsere Pflegekräfte schoben uns pflichtgetreu weiter, ihre Gesichter freundlich, doch distanziert.

»Wieso sind eigentlich diese Herrschaften da?« Mühevoll deutete ich über meine Schulter.

»Mutter hat sicherheitshalber vorgesorgt, drei Ärzte und einige Pfleger eingestellt, damit wir unsere letzten Tage hier verbringen können. Eine der Gästesuiten ist umgebaut.«

Über glänzende Marmorböden fuhren wir in einen Gang im Westflügel. Wir passierten eine dunkelrot gestrichene Galerie mit hohen Fenstern, durch die ich den Springbrunnen sah. Wenn Alexej und ich nicht dem Tode geweiht wären und ich nicht in diesem Haus gefoltert worden wäre, hätte ich den Anblick fast genießen können. Aber ich erinnerte mich zu gut daran, wie das Wasser damals rot gefärbt gewesen war von den Sklaven, die der Nachtblaue vor dem Brunnen hatte hinrichten lassen. Hätte Sergej Breschnew mich nicht in den Keller zur Kikimora gesperrt, hätte mich das gleiche Schicksal ereilt.

Ich schüttelte den Gedanken ab, als wir vor die goldene Tür eines Salons gefahren wurden. Alexej gab den zwei Pflegerinnen ein Zeichen und sie lösten sich quasi in Luft auf, so schnell eilten sie davon.

Er stand unter einem Stöhnen auf. »Denk dran, ich habe es gut gemeint«, sagte er und stieß die Tür auf.

Ich brauchte einen Moment, um mich in dem hell erleuchteten Raum zu orientieren. Der ornamentreiche Parkettboden war so glatt poliert, dass sich die Marmorsäulen des Raums darin spiegelten. Auf einem teuer aussehenden Sofa mit hölzernen Drachenfüßen saß zusammengekauert eine ältere Frau in einem grauen Mantel. Sie wirkte so, als schüchterte sie schon allein der Anblick dieses Raums ein. Als gehörte sie nicht hierher.

»Mama?«, flüsterte ich.

Ihr Kopf fuhr herum und sie schaute mich an. Das erste Mal seit dem Tod von Papa mit keinem leeren Ausdruck. Für einen Moment traute ich mich nicht zu atmen. Ihre tiefen Sorgenfalten auf der Stirn waren verschwunden, aber in ihren Augen lag ein Schmerz, den ich so nicht kannte. Unter dem Mantel hatte sie ein dunkelrotes Kleid und braune Lederschnürstiefel an, die sie früher oft getragen hatte.

Ich stand mit zitternden Beinen aus dem Rollstuhl auf und ging einen wackeligen Schritt auf sie zu.

Da gab es kein Halten mehr. Meine Mama stürzte auf mich zu und schlang ihre Arme um mich. Sie fuhr mir über das Haar. »Mein Mädchen, mein armes Mädchen«, murmelte sie immer und immer wieder.

Ich wollte wütend auf sie sein, jetzt wo sie ansprechbar war. Wütend, dass sie mich nicht während der Sklavenrebellion unterstützt hatte. Wütend, dass ich nicht nur Nikolaj am Tag seiner Beerdigung verloren hatte. Doch die Wut war weg. Stattdessen weinte ich wie ein kleines Kind, das sich im Hof das Knie aufgeschlagen hatte. Sie war zurück. Sie war hier und ich hatte keine Zeit mehr.

Nach einer Weile, es hätten einige Minuten, aber auch einige Stunden sein können, hielt sie mich an den Schultern fest. Mama schaute mich mit tränenfeuchten Augen an. »Es tut mir so leid, Irischa, so unendlich leid.« Sie zitterte am ganzen

Gesellschaft der anderen. Ich hatte das Gefühl, dass sie nicht wollte, dass man sie in einer emotional verletzlichen Position sah. Jedes Mal, wenn sie etwas Traurigkeit zeigte, entschuldigte sie sich schnell und schob eine fadenscheinige Aufgabe vor, die sie zu erledigen hatte. Dann ging sie. Kein Wunder, dass Alexej seinen Gefühlen keinen Ausdruck verleihen konnte. Ich schaute zu ihm herüber. Er war blass, seine Haut und Augäpfel sichtbar gelblich wie meine.

Wir hatten uns beide gegen die Dialyse entschieden. Warum das Leiden in die Länge ziehen? Wir hatten unsere Angelegenheiten geregelt, ich hatte mit Demjan und Wasilij gesprochen, mit Iwan telefoniert. Ich hatte ihnen alles gesagt, was mir noch wichtig war. Den Rest würden sie in den Briefen erfahren, die ich ihnen gegeben hatte. Nur Ekas Briefumschlag lehnte noch an der großen Vase mit den vielen bunten Blumen auf der Kommode gegenüber. Natalija hatte bei unserem Einzug in das Krankenzimmer heute Nachmittag die Tulpen mit den hängenden Köpfen in den Vasen durch neue ersetzt. Als wollte sie mit aller Mühe den Gedanken an Tod, Herbst und Verwesung von uns fernhalten. Trotzdem erinnerten meine schmerzenden Knochen mich auch mit Medikamenten jede Sekunde daran. Ich atmete mühevoll tief ein.

»Ich hätte nicht gedacht, dass sie die Geschichte mit dem Nofretete-Fieber so gut schlucken. So eine gute Ausrede hätte ich Dr. Morojew nicht zugetraut«, krächzte ich. Meine Kehle war trocken und ich war so unendlich müde, aber ich war zu stur, um meine letzten Lebensstunden zu verschlafen. Wenigstens ersparte mir die Infusion das Trinken.

»Da steckt meine Mutter dahinter, sie hat ihn instruiert.« Alexej klang nicht viel besser als ich. »Naganow und Lebedew haben deinen baldigen Tod erstaunlich gefasst aufgenommen. Ich hätte gedacht, dass sie rebellieren, vielleicht einen Tisch umschmeißen oder sich auf den Boden werfen.«

Ich hätte wegen seines schlechten Scherzes fast mit den Augen gerollt, doch das kostete Energie. Trotzdem kämpfte sich ein Lachen hervor, das nur in einem Hustenanfall endete. Ich blickte auf den schwarzen Monitor über meinem Bett, der meine Atemfrequenz, ein EKG und andere medizinische Parameter anzeigte. Wenigstens hatte die Krankenpflegerin den Ton ausgestellt. Die dauernden Alarme hatten mich mehr gestresst als alles andere. Ich musterte die bunten Zahlen. Meine Sauerstoffsättigung lag bei zweiundneunzig Prozent. Neben den Nieren und der Leber versagten meine Lungen. Lange konnten wir nicht mehr haben. Wie viel Zeit uns genau blieb, konnten uns die Ärzte nicht sagen. Sie wussten nicht mal, was wir hatten. Unsere eigene Magie hinderte unseren Körper am Überleben und löschte sich dabei selbst aus, wie ironisch.

Ich musterte den Stuck an der Decke und dachte an all die lustigen Abende, die wir in Demjans Wohnzimmer verbracht hatten. Zu gerne hätte ich Alexej zu einem der Spieleabende mitgenommen, das würde jetzt nie passieren.

Ein Hustenanfall schüttelte ihn neben mir und er nahm mit zittrigen Bewegungen einen großen Schluck aus einer Wasserflasche. »Es tut mir leid, Irina. Am Ende konnte ich dich doch nicht beschützen«, flüsterte Alexej mit rauer Stimme.

»Es ist nicht deine Schuld. Wir hatten ein paar verrückte letzte Monate.« Ich drehte den Kopf zur Seite und schaute in Alexejs lächelndes Gesicht.

»Die hatten wir in der Tat.« Seine blauen Augen waren klar, unverdeckt, wie die See an einem sturmfreien Tag, als hätte er trotz allem seinen Frieden mit der Situation gemacht. Er war ruhig, gefasst. Ein kleiner Trost.

»Lass uns die Pflegekräfte rufen, sie sollen die Betten zusammenschieben. Du bist so unendlich weit weg«, krächzte ich und wehrte mich gegen einen neuen Hustenanfall.

Plötzlich klopfte es an der Tür. Ich schaute Alexej fragend an, aber er rührte keine Miene und drehte den Kopf weg. Das war verdächtig. Er wusste mittlerweile, dass ich die kleinste Regung in seinem Gesicht lesen konnte.

Es klopfte wieder. Wer würde so lange warten?

»Ja«, rief ich so laut ich konnte, doch es klang kläglich.

Langsam ging die dunkelblau lackierte und mit einem geschnitzten Löwenkopf verzierte Tür auf. Im Spalt erschien ein Gesicht, mit dem ich niemals gerechnet hätte.

Eka hatte dunkle Ringe unter den Augen und ihr Dutt war unordentlicher, als er es schon mit Absicht war. Unter Stöhnen wuchtete ich mich im Bett auf und blinzelte. Vielleicht war ich tot. Im Gang draußen hörte ich Wasilij und Maxim leise diskutieren. Eka rührte sich nicht.

»Komm rein«, sagte ich, meine Stimme zitterte. Ob vor Aufregung, Nervosität oder wegen des Fluchs wusste ich nicht.

Ekas Turnschuhe quietschten auf dem Parkett, als sie vorsichtig einen Schritt nach vorne machte. Der Bund ihrer Hose hing fast schon zu lose um ihre Taille, sie hatte abgenommen. Es tröstete mich etwas, dass unser Streit nicht nur mich so mitgenommen hatte, auch wenn das wahrscheinlich unfair war.

Als sie an Alexejs Bett vorbeiging, wurde sie langsamer und musterte ihn misstrauisch.

»Ich würde ja gehen, aber …« Er schaute auf seine Verkabelung und die Infusion.

Eka nickte einmal, bevor sie sich langsam auf den Stuhl zwischen Alexejs und meinem Bett setzte. Sie warf einen Blick über ihre Schulter, doch beschloss wahrscheinlich, dass Alexej in seinem Zustand keine besondere Gefahr darstellte.

Ich schluckte. »Schön, dass du da bist.« Ich brachte nicht mehr die Kraft auf, weiter so dazusitzen und legte mich wieder hin.

»Ich wusste nicht, ob du mich hierhaben willst – nach den letzten Monaten«, sagte Eka leise.

»Machst du Witze? Natürlich will ich dich sehen. Ich habe es nie nicht gewollt.« Das Tropfen der Infusion hörte sich unnatürlich laut an. Draußen zwitscherte ein einsamer Vogel, der bald in den Süden aufbrechen müsste. Wenn der Winter nicht mild werden würde und er hierblieb, wäre er dem Tod geweiht. Genau wie wir. Aber noch hatte er Zeit.

Ein bisschen zumindest.

Ich schaute wieder zu Eka. Sie ver- und entknotete ihre Hände in ihrem Schoß. Die Stille zwischen uns nahm mir fast die Luft zum Atmen, doch dann platzte es aus Eka heraus. »Es tut mir leid, Irina. Ich hätte da sein sollen.«

Ich nahm ihre angenehm warme Hand aus ihrem Schoß und drückte sie. »Du bist jetzt da.«

Tränen liefen Eka die Wangen hinunter. Schwarzer Mascara hinterließ dunkle Spuren. »Wir haben so viel Zeit verloren. Demjan hat erzählt, dass euch in Verona eine Anopheles-Mücke gestochen hat. Dadurch habt ihr Nofretete-Fieber gekriegt?«

Ich nickte, wagte es aber nicht, etwas zu sagen.

»Scheißglobale Erwärmung. Was macht die in Italien und nicht in Ägypten?« Sie versuchte zu lächeln, doch sie schluchzte nur wieder. »Das tut mir unendlich leid.« Eka wischte sich mit ihrer freien Hand das verschmierte Mascara unter dem Auge weg. »Wie viel Zeit hast du noch?«

»Ich weiß es nicht. Ein paar Tage, wenn es gut läuft?« Schon längst hatten weder Alexej noch ich genug Astron, um den Stand der Linie zu überprüfen und Natalija weigerte sich, es allzu oft zu tun.

Eka drückte meine Hand fester. »Aber jetzt werde ich nicht mehr von deiner Seite weichen. Ich bin da, bis zum Schluss. Das verspreche ich.«

Ich lächelte. Eka konnte genauso stur sein wie ich. Den Streit über Alexej würden wir nie offiziell beilegen können, solange ich lebte, trotzdem war im Notfall auf sie Verlass, wie eh und je. Allerdings brannte mir eine Frage auf der Zunge. »Ich verstehe, dass es für dich schwer war, dass ich Zeit mit Alexej verbracht habe, aber wieso hast du dich abgeschottet?«

Eka wandte ihren Blick ab. »Es fühlte sich an wie Verrat. Verrat an all dem, wofür wir gekämpft haben. Er hat sich während der Rebellion nicht auf die Seite der Sklaven gestellt.

Er war so lange unser Gegner. Ich war fest davon überzeugt, dass er dich ausnutzen würde, wie Stanislaw mich ausgenutzt hat.« Sie knabberte an ihrem Daumennagel. Schwarzer Nagellack blätterte ab und fiel wie totes Laub zu Boden. »Als er mich dann angegriffen hat – was ich bis heute nicht verstehe – und du dich auf seine Seite gestellt hast ... Es war schwer zu ertragen. Als ob du dich nicht mehr an die Nächte erinnern würdest, die wir in Schlafsäcken vor der verschlossenen Wohnungstür verbracht haben, weil wir so Angst hatten, man würde uns finden.«

Ich hätte es ihr so gerne erklärt und es zerriss mich innerlich, dass ich es nicht konnte. Der Brief musste reichen. Vorsichtig zog ich ihre Hand vom Mund weg und umschloss sie mit meiner.

»Aber Wasilij hat mir erklärt, dass er«, sie schielte über die Schulter, »viel davon gemacht hat, um dich zu schützen.«

Ich warf ebenfalls einen Blick auf das Bett neben mir. Alexej hatte Kopfhörer aufgesetzt und hörte mit geschlossenen Augen Musik. Zumindest tat er so. »Sollte das stimmen, kann ich dich besser verstehen. Wenn auch ihn nicht. Wieso hast du es mir nicht gesagt?«

»Ich wusste es selbst lange nicht. Alexej ist nicht der Beste darin, über Gefühle zu sprechen.« Ich räusperte mich. Es fühlte sich zu intim an, über Alexejs große Schwäche zu sprechen, aber Eka verdiente die Wahrheit. »Egal, was passiert ist, du warst jeden Tag in meinen Gedanken.« Eine Träne lief mir die Wange hinunter und ich wischte sie schnell mit dem Handrücken weg. »Du bist doch wie eine Schwester für mich.«

Das brachte Eka wieder zum Weinen, sie schniefte und schnäuzte in ein Taschentuch. »All die vergeudeten Monate – und jetzt stirbst du einfach.« Ein neuer Schwall Tränen lief ihr die Wange herunter und hinterließ eine helle Spur in ihrem Rouge.

»Schade, dass du nicht auf der Hochzeit warst«, sagte ich leise.

»Ich habe sie gesehen.« Sie schaute kurz auf und ihr Blick flackerte zu Alexej, der sein Bestes tat, um abwesend zu wirken. »Breschnew wollte mich überzeugen zu kommen, aber du kennst mich. Ich bin mindestens so stur wie du.« Tränen glitzerten in ihren Augen und sie umklammerte meine Hand so fest, dass es beinahe wehtat. Nie im Leben hätte ich daran gedacht, sie ihr zu entreißen. »Aber er hat mir einen Laptop dagelassen, mit einem Livestream. Natürlich konnte ich nicht anders, als zuzuschauen.« Eka lächelte durch den Schleier aus Tränen.

Deswegen die Kamera und das überstürzte Verschwinden vor der Hochzeit. Es war nie für seinen Vater gewesen. Immer nur für mich. Mir kullerten mehr Tränen aus den Augen. Ich drückte Ekas Hand fester, als die Tür aufging und Dr. Morojew eintrat.

»Frau Breschnewa und Herr Breschnew brauchen wieder ihre Ruhe. Sonst ist es keine Frage von Tagen, sondern von Stunden. Ihr magischer Kern bringt die Magie der beiden aus dem Gleichgewicht.« Er schaute Eka fast schon böse an, als täte sie das mit Absicht.

Meine beste Freundin sprang sofort von ihrem Stuhl auf. Wenn ich nicht so müde gewesen wäre, hätte ich Dr. Morojew daran erinnert, für wen er arbeitete, aber er hatte recht. Das Gespräch hatte mich Kraft gekostet und ich sehnte mich nach einem Moment allein mit Alexej. Nach Ruhe.

»Ich bleibe die ganze Zeit hier«, flüsterte Eka und drückte meine Hand ein letztes Mal. »Ruf nach mir, ja?«

»Bestimmt.« Ich lächelte sie mit schmerzverzerrtem Gesicht an. »Danke.«

»Jederzeit.«

Und dann war sie weg. Es erschien mir alles wie ein Traum. Ich drehte wieder den Kopf zu Alexej, der seine Kopfhörer abgenommen hatte.

»Hast du sonst noch Überraschungen, die du aus dem Ärmel zauberst?«, fragte ich mit brüchiger Stimme. Reden war so unglaublich anstrengend. Ich musste keinen Zauber wirken, um zu wissen, dass es nicht mehr lange dauern würde.

»Ich fürchte nein.« Alexejs Mundwinkel zuckte, er war entweder zu erschöpft oder zu sehr von Schmerzen geplagt, um zu grinsen.

»Danke«, flüsterte ich.

Alexej brummte nur bestätigend.

Wieder schluckte mich die bleierne Müdigkeit und langsam hatte ich keine Kraft mehr, gegen sie anzukämpfen. Wenn das Sterben so war, war es vielleicht nicht so schlimm.

36

Ich schloss die Augen. Alles schmerzte, mein Körper kam mir zu schwer vor. Wann hatte diese Qual ein Ende? Wieso konnte ich nicht in der wohligen Dunkelheit bleiben? Im Schlaf, im Tod, gab es keine Schmerzen.

»Hey, Iwanowa?« Alexejs Stimme klang, als wäre er unter Wasser.

Fast hätte ich ihn angefahren, dass er mich einschlafen lassen sollte, doch ich war zu dankbar, seine Stimme zu hören.

»Ich heiße jetzt Breschnewa.« Ich versuchte zu lächeln, aber ich konnte nicht mal die Augenlider öffnen und jeder Gesichtsmuskel schmerzte beim Reden. Wie viel Zeit war vergangen, seit Eka weg war? Eine Minute? Eine Stunde? Ich wusste es nicht. Meine Beine zitterten so stark, dass die Decke beinahe vom Bett fiel. Und ich war müde. So unendlich müde.

»Ich muss dir was sagen«, krächzte Alexej.

Ich hatte nicht die Kraft, ihm zu antworten und gab nur ein zustimmendes Murmeln von mir.

»Ich liebe dich.« Alexejs Stimme bebte.

Zwangsläufig musste ich lächeln, meine Beine zitterten fast unerträglich. »Ich liebe dich auch.« Mit großer Mühe öffnete ich die Augen, drehte den Kopf zur Seite und tippte dreimal mit einem Zeigefinger in die Luft, als würde ich seinen Arm berühren. Unsere Betten hatten sie immer noch nicht zusammengeschoben, ich sollte nach der Krankenpflegerin klingeln.

Alexej starrte nur zurück, die Augenringe fast in einem dunklen Blau, er war leichenblass, die Augen weit aufgerissen. »Irina?« Er setzte sich kerzengerade auf.

Was war passiert? Wieso reagierte er so seltsam? Ich verstand gar nichts mehr und zog die Augenbrauen hoch.

Alexej riss sich seine Infusion aus dem Arm und die EKG-Knöpfe von der Brust. Er wuchtete sich hoch und stolperte auf den Stuhl neben meinem Krankenbett. Kurz wollte ich protestieren, er sollte seine Kräfte sparen. Was tat er da?

»Irina?« Seine Stimme klang kräftiger, er griff nach meiner blassen Hand und umklammerte sie fest.

Ich erwartete Schmerz, fühlte aber nur Wärme. War ich schon tot? Das war es vielleicht. Ich fühlte mich ... gut. Keine Schmerzen mehr, die bleierne Müdigkeit war verschwunden. Problemlos setzte ich mich auf und schaute mich im Raum um. Das gedämpfte Licht könnte heller sein, doch es stach nicht mehr in den Augen. Im Innenhof sprudelte munter der angestrahlte Springbrunnen. Der Vogel zwitscherte immer noch, aber die Bettdecke lag still auf meinen Beinen. Fast hätte ich erwartet, über meiner Schulter meinen Körper zu sehen. Das Überbleibsel, das auf der Erde bleiben würde. Müsste Alexej dann nicht auch tot sein? Er starrte mich weiter an, als wäre ich ein Geist und umklammerte meine Hand fester.

»Irina?«

Wieso konnte er überhaupt meine Hand nehmen? Vielleicht war er ebenfalls tot? Wieso konnte er sich überhaupt in seinem fleischlichen Körper bewegen? Hatte uns dieser Fluch zu Zombies gemacht? Das fehlte noch, dass wir als Untote unser Dasein fristen mussten.

»Alexej, was ist los?«, fragte ich, aber ich hörte mich an wie sonst. War das normal für Tote? Ich wusste es nicht.

»Zaubere den Spruch zur Fluchkontrolle.« Alexejs Stimme bebte.

Also nicht tot. Ich verstand nicht. Er wusste doch genau, dass ich kein Astron hatte. Ich entzog ihm meine Hand, griff in Alexejs schwarzes Shirt und zog ihn zu mir herüber. Das würde ich als Geist nicht können, oder? Jetzt ärgerte ich mich, dass ich magische Zoologie abgewählt hatte.

Was für ein absurder Gedanke.

Entschlossen richtete ich mich auf und warf ein gläsernes Medizinfläschchen vom Nachttisch. Mit einem lauten Klirren zersprang es auf dem Boden in tausend Teile. Das könnte nur ein Poltergeist, oder? Der Überwachungsmonitor über meinem Kopf zeigte brav das EKG und die Sauerstoffsättigung an. Neunundneunzig Prozent. Ich atmete wieder normal.

»Irina, mach!«, sagte Alexej und ich gehorchte. Keine blaue Linie an meinem Arm. Auch nicht an Alexejs. Die Realität traf mich langsam, aber heftig. Keine Linie, kein Fluch.

Wir waren geheilt.

Ich schaute noch mal zur Sicherheit über meine Schulter. Kein fleischlicher Körper lag da im Bett. Ich war kein Geist.

»Aber wie …« Da fiel mir der Spruch aus der Cupids Gruft ein. »Thou must express thy love in marriage. Das war wörtlich gemeint.« Ich lachte laut auf. Tränen liefen mir über das Gesicht, dieses Mal vor Erleichterung. »Das war kein Fehler zugunsten der Rhythmik. Es ging hier wortwörtlich um den Ausdruck der Liebe.«

Ich wirkte wieder den gleichen Spruch, doch die blaue Linie blieb verschwunden. Wie besessen lachte ich und ließ mit einer Wischbewegung meiner Hand das zerbrochene Medizinfläschchen wieder zusammengesetzt auf den Nachttisch schweben. Dort stand es, als wäre es nie heruntergefallen. Meine Wangen schmerzten fast schon vom Grinsen. Blubbernde Erleichterung und Freude füllten jede Zelle meines Körpers. Das ging so viel besser, als ich gedacht hatte. Ja, wir hatten Magie verloren, aber längst nicht so viel wie befürchtet. Ich würde eine richtige Zauberin bleiben können. Und wir lebten!

Alexej vergrub seine Hände tief in den Hosentaschen der gestreiften Schlafanzughose und lächelte. Er sah müde aus.

»Jetzt du«, sagte ich lachend, doch er lächelte mich weiter einfach nur an.

»Wann anders.«

»Alexej, sei kein Spielverderber, du konntest so lange nicht richtig zaubern. Mach was.«

Er presste kurz die Lippen aufeinander, nur für eine Millisekunde, und lächelte mich dann wieder an.

Etwas stimmte nicht. Ich legte den Kopf schief. War das doch ein Traum? Oder der Tod? Ich schüttelte den Kopf und schaute auf mein Astrolabium. Mein maximales Astron war höher, als ich in meinen kühnsten Träumen gehofft hätte.

Ungefähr doppelt so hoch. Mein Magen wurde schwer wie ein Stein.

»Alexej?«, fragte ich.

Er antwortete nicht.

»Zeig mir deine Astronanzeige.« Ich griff nach seinem Handgelenk, aber er wich zurück. Trotzdem bekam ich es zu fassen. Kurz leistete er Widerstand, dann ließ er mich seinen Arm nach vorne ziehen. Die Astronanzeige war leer. Nichts. Niet. Null. Ich starrte ihn an und sah ihn schlucken.

»Was ist passiert?«, flüsterte ich. Es lief mir kalt den Rücken hinunter. Irgendetwas war hier nicht in Ordnung. War nur ich geheilt? Ich untersuchte hektisch seinen Arm. Die Linie blieb verschwunden.

»Wir müssen den Arzt rufen!« Ich wollte aus dem Bett springen, doch Alexej hielt mich zurück.

»Eigentlich solltest du das nicht jetzt rausfinden. Du solltest dich erst mal freuen, dass wir überlebt haben«, sagte er leise.

Ich schaute ihn fragend an und bemerkte zum ersten Mal, dass seine Tattoos dumpfer wirkten, weniger strahlend. Sie pulsierten nicht mehr im Einklang mit seinem Herzschlag.

»Alexej, was hast du getan?« Ich hatte eine Gänsehaut, meine Stimme klang tonlos.

»Ich habe meine Magie mit dem Brechen des Fluchs auf dich übertragen.«

Fassungslos starrte ich ihn an, ich war fast zu Eis erstarrt. »Was? Aber wie? Wann?«

»Erinnerst du dich an den Trank, den ich dir vor unserer Hochzeit gegeben habe? Das war ein Seelenfluch, der mit der Hochzeit gültig wurde. Als Bedingung habe ich das Brechen des Fluchs gesetzt. Na ja, Ilja hat das für mich gemacht. Er wusste nur nicht, welche Fluchlösung der Auslöser sein sollte. Als der Cupids Fluch verschwand, wurde meine Magie auf dich übertragen.«

Natürlich. Wieso hatte ich das nicht hinterfragt? Er hatte sogar Iwan mit seinen Hausaufgaben geholfen, als der den Seelenfluch hatte lernen müssen. Warum hatte ich nicht bei dem Geschmack von Phönixfedern und dem Geruch von Kranichherzen all meine Alarmglocken läuten hören? »Aber das war ein großes Risiko für dich.«

»Als ob das jemals eine Rolle gespielt hätte.« Er lächelte etwas traurig. »Du hast so hart für einen Platz in dieser Gesellschaft gekämpft. Ich hätte nicht damit leben können, wenn du ihn verlierst.«

»Wir hätten doch beide unsere Magie behalten können«, schluchzte ich. Tränen liefen meine Wangen hinunter. »Alexej, das ist unumkehrbar. Ich hätte das nie gewollt!«

Er legte seine Hand auf meine Wange und wischte mir eine Träne mit seinem Daumen ab. »Ich weiß, deswegen musste ich es heimlich machen.«

Ich schlug meine Hand über den Mund.Alexej, der liebe, mutige Alexej, nahm mich in den Arm und fuhr mir sachte über den Rücken.

»Ist schon gut, Iwanowa. Ich hatte Zeit, mich damit auseinanderzusetzen. Mit dem wenigen Astron wären wir unfähiger gewesen als ein Zaubererkind. So kannst du wenigstens angemessen zaubern. 1500. Das hast du damals gesagt.«

Der Mann, der alles für mich geopfert hatte, sein Leben für

mich gegeben hätte und jetzt seine Magie. Ich ließ ihn widerwillig los und schaute ihm tief in die Augen.

»Wir finden einen Weg, das verspreche ich.«

Trotz allem lächelte er. »Das ist heute nicht wichtig. Heute feiern wir das Leben.« Er streckte mir seine rechte Hand entgegen, an der seit gestern neben dem Siegelring sein Ehering glitzerte.

Ich dachte an Venedig, an die Cupids Gruft, an unsere Hochzeit. Wie oft hatte er mir die Hand entgegengestreckt und mich gestützt? Wie oft war er für mich dagewesen und hatte alles gegeben? Und jetzt hatte ich ein ganzes Leben, um ihm zu zeigen, dass es das alles wert gewesen war.

Am Ende war Liebe vielleicht keine Schwäche, die ausgenutzt wurde. Am Ende war Liebe vielleicht die stärkste Macht von allen. Eine Liebe wie Sterne. Nicht unerreichbar, sondern das ganze Universum erhellend. Ich lächelte, schob meine Hand in seine und tippte dreimal mit dem Zeigefinger auf seinen Handrücken.

Ende Band I

Liebe Lesende,

Hoffentlich hat euch Irinas und Alexejs Geschichte genau so gefallen wie mir – immerhin sind hier alle meiner Lieblingstropes mit dabei. Im Herbst 2023 geht es dann mit Eka und Maxim weiter.
An alle, die mich davor noch nicht kannten: vielen Dank für euer *Vertrauen*, und an alle, die mich schon als Autorin kennen: Danke, dass ihr diesen Weg weiterhin mit mir geht. Das macht es erst möglich, dass ich weiter Bücher veröffentliche. Aber Selfpublisher haben keinen Verlag, der Marketing für sie macht, deswegen möchte ich euch zum Abschluss um einen kleinen Gefallen bitten: Bewertet dieses Buch auf einer Plattform mit einer ehrlichen *Rezension*. Ein Satz reicht vollkommen. Oder empfehlt es Freunden, Bekannten, eurem Postboten – wer auch immer es mögen könnte. So kann ich langfristig Bücher für euch schreiben.
Zum Abschluss noch ein kleines *Goodie*, für alle, die mehr wollen: Wenn ihr euch unter diesem Link für meinen *Newsletter* registriert (www.ursajaumann.com/newsletter), bekommt ihr Zugriff auf den privaten Bereich meiner Website und kriegt noch etwas mehr Lesestoff.
Und wer jetzt so tapfer war und diesen ganzen Text gelesen hat, auf den wartet nochmal etwas Besonders: in diesem Buch gibt es ein Bonuskapitel. Schaut einfach etwas weiter hinten. Wenn ihr sonst noch Fragen zur Geschichte habt, oder euch austauschen möchtet, schreibt mir einfach auf Instagram, TikTok oder über meine Website.

Bis zum nächsten Mal,

eure Ursa

Danksagung

Wow, mein zweites Buch, das ich veröffentliche. Crazy. Deswegen gilt zu allererst mein Dank allen Lesenden und Bloggenden, die dieses Buch durch den Erfolg von "A Crown of Fangs and Fury" erst möglich gemacht haben. Schön, dass ihr da seid und hoffentlich gehen wir diesen Weg noch eine ganze Weile zusammen.

Yvonne, du bist für mich tatsächlich so viel mehr als nur meine Lektorin. Nicht nur für den Text hattest du so viel tolle Tipps. Mit dir an meiner Seite habe ich mich selbst als Selfpublisherin nie allein gefühlt.

Isabel, ich bin sehr froh, dich in den Wirren von Instagram gefunden zu haben. Auch meinen anderen tollen Testleserinnen, Vivienne, Joey und Leah gebührt ein riesen Dankeschön für eure sorgsamen Kommentare und eure Zeit. Ihr habt den Text wirklich weitergebracht.

Eigentlich ist das Schreiben eine ziemlich einsame Sache sein, gerade im SP. Aber mit Miri und Kristina hat es sich immer so angefühlt, als hätte ich zwei super tolle Kolleginnen und Freundinnen immer direkt an meiner Seite – nur eine Sprachnachricht entfernt. Danke für den Austausch mit euch.

David hat wahrscheinlich am schmerzvollsten bei dieser Geschichte erfahren, dass ich eine Perfektionistin bin. Vielen Dank, dass wir immer und immer wieder am Cover gefeilt haben, bis es so perfekt geworden ist. Ich könnte mir kein schöneres Gewand für Irinas und Alexejs Geschichte vorstellen.

Und zum Abschluss: Als SPler steht man mit dem Marketing immer etwas allein da, deswegen sind für mich meine tollen Bloggenden ein sehr integraler Bestandteil, dass dieses Buch überhaupt die Chance hat, Lesende zu finden. Tausend Dank euch, ich kann es nur immer und immer wieder sagen und doch ist es nicht genug.

Page of Fame

Anja (anja_buecherliebe)
Ann-Katrin (annisweltderbuecher)
Antje (ideenchaos_zwischendenzeilen)
Celestine (celeste_reads)
Chris (_chrisreads_)
Christin (heart.breaklibrary)
Chrissy (lumpisleseecke)
Elena (thebookwasbetteriswear)
Franci (passionate_bookowl)
Franziska (catlady_bookcase)
Geneviève (das.geheimnis.der.bücher)
Isabel (darkromantasyreader)
Janine (n.bookisch)
Jessi (jess_readfantasy)
Jessica (readerallejahre)
Jessica Eva (jd_bookworld)
Johanna (bavarianbooklover)
Julia (juli_read_books)
Julia (julias.weltderbuecher)
Julia (readerallejahre)
Julia (tinkhalessi93)
Juliane (julib_ook)
Kathi & Anna (cozycandlereads)
Kerstin (lese_kolibir)
Laura (laurasforeststories)
Leah (lesefruechte)
Lilli (booklilove)
Lilo (read_libros)
Magdalena (thebooksinmalinsdagbook)

Page of Fame

Maleen (malisbookworld)
Mandy (mandys_buecherecke)
Marina Katrin (zeilenwolf)
Martina (lesetraum.blog)
Mel (ihrebuchwelt)
Melanie (kleines_bücherregal)
Mira (miraskleinehobbywelt)
Moonie (moonies)
Nadja (naddiloves.books)
Nancy (Buchwolke7)
Netti (nettisdiary)
Nurja (buecherkaeffchen)
Peggy (_bookedbypeggy_)
Ricarda (1stBookworm)
Romana (romana_reads)
Runa (runa_elodies_words)
Sabine (sabinesuniversum)
Samira (miira.li)
Sarah (buecherbegierde)
Sarah (falling_for_those_books)
Sarah-Jane (miss.pumpkin_reads)
Soph (sophs.littlelibrary)
Sophie (so_leviosa)
Susann (die_lesende_nachteule)
Svenja (pinkie_reads)
Vanessa (bee.readytoread)
Vanny (reading_halfling)
Vivien (_book_lover_26)

Personenverzeichnis

Irina Iwanowa

Jekatarina (Eka) Pawlowa:	Beste Freundin
Demjan Lebedew:	Bester Freund
Wasilij Naganow:	Freund
Iwan Kusnezow:	Ziehbruder
Nikolaj Iwanow:	Bruder (verstorben)

Alexej Breschnew

Maxim Blinow:	Freund
Ilja Protopov:	Freund
Marija Fradkowa:	Freundin
Natalija Breschnewa:	Mutter
Sergej Breschnew:	Vater

Magiesystem

Jede*r Zauberer/Zauberin hat den Magiedurchbruch in der Kindheit bei einem stark emotionalen Ereignis. Ein wichtiger Gegenstand, der dabei ist, wird damit zum Fokus. Mit dem Fokus fällt es Zauberern/Zauberinnen einfacher, ihre Magie zu kanalisieren. Dafür beschwören sie das Gefühl, das zu der Kategorie von Zaubern passt, die sie wirken wollen (siehe Abbildung ganz vorne).

Jeder Zauber-Kategorie ist neben der Emotion einem Planeten zugeordnet. Wenn ich zum Beispiel die Farbe meiner Hose verändern würde, wäre das ein Merkur-Zauber. Dementsprechend müsste ich das Gefühl von Verwunderung kanalisieren.

Magie kann jedoch nicht unbegrenzt eingesetzt werden. Jede*r hat eine gewisse Kapazität, die eingesetzt werden kann (Astron), welche mit jedem Zauber weniger wird. Erst durch ausreichend Schlaf lädt sich Astron wieder auf.

Bonuskapitel

Irina

Die Glocke über der Tür mit den schmutzigen Fenstern klingelte, als sie hinter mir wieder ins Schloss fiel. Ich schob den schweren dunkelblauen Samtvorhang zur Seite und trat in das Geschäft. Das glatt polierte Parkett war ein seltsamer Kontrast zu den brennenden Mülltonnen und dem Auto mit dem eingeschlagenen Fenster auf der Straße.

»Hallo?«, rief ich in die schummrige Dunkelheit, die nur durch einige Petrollampen an den Wänden verdrängt wurde. Ich schien die einzige Kundin zu sein und schritt zwischen Regalen aus Ebenholz und den seltsamsten Gegenständen weiter in die Eingeweide des verwinkelten Geschäfts hinein. Mein Blick fiel auf einen Dolch, der auf einem dunkelroten Samtkissen neben einer Brille mit gelblichen Gläsern lag. Ich ließ meine Finger über den Griff gleiten, der kunstvoll mit zwei kämpfenden Drachen verziert war.

»Nimm mich. Wir könnten zu zweit so viele Menschen töten!«, echote eine dunkle Stimme in meinem Kopf.

Erschrocken zog ich die Finger zurück. Langsam streckte ich sie wieder aus.

»Ich wusste, du würdest zurückkommen«, ertönte die Stimme.

Ich ließ meine Hand sinken. Vielleicht war es ein Fehler gewesen hierherzukommen. Trotzdem blieb ich an Ort und Stelle und ließ meinen Blick weiter über das Regal mit dem Dolch schweifen. Im Fach unter der Waffe lag ein Stab aus schwarzem Eisen, in den verschiedene Edelsteine eingelassen waren. An seiner Spitze hielt eine geschmiedete Hand eine Glaskugel, in deren Inneren Nebelwirbel wanden. Sie schimmerten abwechselnd blau, grün und gelb.

»Kann ich helfen?«, fragte jemand scheinbar aus dem Nichts.

Ich zuckte zusammen und riss meinen Kopf hoch. Ein älterer Mann stand vor mir, der sich auf einen Stock stützte. Seine kurzen, metallisch blauen Haare waren streng nach hinten gekämmt, konnten aber über die beginnende Glatze und die Geheimratsecken nicht hinwegtäuschen. Mutige Frisurenwahl für einen so alten Mann. Aber Sternenwanderer waren eben ein seltsames Völkchen. Ich zog meine Schultern zurück und schaute mich noch mal um. Aus der Ecke betrachtete mich ein Rabe in einem goldenen Käfig mit bläulich schimmerndem Gefieder und blauen Knopfaugen.

Ich gab mir einen Ruck.

»Ich habe gehört, Sie können Menschen zu Magie verhelfen?«, fragte ich.

Er musterte mich durch seine runde Brille von der Kaschmirwollmütze bis zu den weißen Turnschuhen. Dann zog er sich das schwarze Jackett seines Dreiteilers glatt. Von einem Knopf führte eine goldene Kette zu der Brusttasche. »Das hat seinen Preis«, sagte er schließlich.

»Ich kann zahlen.« Ich verengte die Augen.

»Bist du dir sicher, Mädchen?«

Ich verschränkte die Arme. »Wenn Sie so mit Kunden reden, suche ich mir einen anderen Geschäftspartner.« Ich drehte mich auf dem Absatz um und schritt Richtung Tür.

»Hundert Millionen Rubel«, erklang es da hinter mir.

Ich drehte mich wieder um. »Ich nehme an, ich kann mit Karte zahlen?«

»An was genau hatten Sie gedacht?«, fragte er.

»An etwas Praktisches.«

Auf seinen Stock gestützt, dessen Knauf einen goldenen Drachenkopf darstellte, humpelte er hinter den Tresen. Statt zu klopfen, zischte der Stock bei jedem Aufsetzen auf den Boden. Mit seiner leicht gräulichen Hand zog der Mann eine Schublade auf. Anschließend stellte er mit einem dumpfen Geräusch ein silbernes, verziertes Kästchen auf den schwarz polierten Marmor des Tresens und nickte mir zu.

Vorsichtig hob ich den schweren Deckel. Auf einem seidenen Kissen lag dort ein weißer Taler, so groß wie ein Hühnerei. Ich streckte die Hand danach aus. Um mich herum begann die Welt etwas zu summen, mein Arm kribbelte.

Schnell verschränkte ich die Arme und das Summen hörte auf. »Was soll das sein?«

Der Verkäufer lächelte und fuhr zärtlich über das metallene, runde Stück. »Luftmagie. Es wird in den Arm eingesetzt.«

Ich musterte ihn mit schräg gelegtem Kopf. Seine blau glänzenden Augen verengten sich und er grinste schelmisch.

»Woher stammt das?«, fragte ich.

»Berufsgeheimnis. Interesse oder nicht?«

Mein Blick fiel auf ein Buch, zwischen dessen Seiten ein leicht bläulicher Lichtschein hervordrang. Daneben lagen ein Fotoapparat und eine kleine goldene Schatulle, die mit einem Band zugebunden war. Von Zeit zu Zeit wackelte sie, als würde sich darin etwas bemühen, nach draußen zu kommen.

»Ich nehme es«, sagte ich.

Anmerkung der Autorin

So, das ist es also, das Bonuskapitel. Wer »A Crown of Fangs and Fury« gelesen hat, dem werden die Menschen mit den blauen Haaren bekannt vorkommen, die hier als Sternenwanderer bezeichnet werden.

Was es damit auf sich hat?

Dieses Geheimnis habe ich lange gehütet und freue mich, es jetzt mit euch zu teilen: Durch alle meine Geschichten werdet ihr einen losen, roten Faden finden. Mal angedeutet, mal offensichtlicher, denn sie hängen alle zusammen. Zwar können sie trotzdem unabhängig voneinander gelesen werden, aber es wird mehr Spaß machen, wenn ihr alle kennt. Ein kleiner Bonus für die Stammleser*innen, sozusagen :)

Bleibt noch zu sagen: Willkommen in Talistas Universum.

Wenn du dich zwischen der Liebe und deinem Traum entscheiden musst …

Schon fast ihr ganzes Leben träumt Vic davon, einmal zu den legendären Drachenrittern zu gehören und den Kontinent auf einem Drachen zu bereisen. Allerdings ist Frauen der Zutritt zu der magischen Elite verboten. Vic ist jedoch fest entschlossen, ihr Ziel zu erreichen und ist sogar bereit, sich dafür als Mann verkleidet der Ausbildung zum Knappen zu stellen. Leider hat sie dabei nicht mit dem gefährlich attraktiven und zugleich arroganten Frauenhelden Sir James gerechnet, dem sie nach dem Tod ihres Herren zugeteilt wird. Während der Drachenritter sie im Training an ihre Grenzen treibt, beweist er ihr auf den Maskenbällen der Saison, dass er auch eine charmante Seite besitzt. Doch sollte er jemals von ihrer wahren Identität erfahren, könnte das ihren Tod bedeuten …

Ich betete nur stumm zu welchem Gott auch immer, dass er nicht zu Hause war. Alexej steckte währenddessen den Kompass in seine Tasche, wobei er die Blockhütte nicht eine Sekunde lang aus den Augen ließ. Ich umschloss den Griff der Pistole und versuchte mir die Zaubersprüche in Erinnerung zu rufen, mit denen ich mich verteidigen konnte – und für die mein Astron reichte.

Alexej nickte mir noch mal zu, überwand die Treppenstufen und drückte dann vorsichtig die silberne Klinke herunter, eine Hand an der Waffe. Als sich nichts rührte, betraten wir einen großen Raum mit einer Glasfront, die auf das Plateau ausgerichtet war. Entweder wuchsen die Bäume hier nicht oder sie wurden gefällt, denn eine symmetrische Schneise gab den Blick auf das nicht enden wollende Waldgebiet frei. Über dem steinernen Kamin hing ein weiblicher Kopf, neben dem sich links und rechts waldgrüne Flügel über die ganze Wand erstreckten. Als mir bewusst wurde, dass das eine Alkonost war, drehte sich mir der Magen um und ich musste mich fast übergeben.

Alexej war unterdessen leise über eine Holztreppe in das obere Stockwerk geschlichen und nach kurzer Zeit wieder heruntergestiegen. »Niemand da. Allerdings ist das Bett nicht gemacht und das Fenster gekippt.«

Ich zitterte leicht, als mir der Ernst der Lage klar wurde. Bis jetzt war es immer ein abstraktes Konzept in meinem Kopf gewesen. Aber Dmitri war hier, in diesem Haus und er würde bald zurückkommen. Und wir würden gegen ihn kämpfen.

»Wir sollten uns schnell verstecken. Da.« Alexej warf mir eine Packung Kabelbinder zu. »Wenn ich ihn überwältigt habe, musst du ihn fesseln. Ich nehme ihm seinen Fokus ab, das ist eine Platinkugel mit dem Wappen der Kamenskis. Wir können nur hoffen, dass er über die Zeit unvorsichtig geworden ist und uns nicht erwartet«, flüsterte er in die unheimliche Stille hinein.

»Verstanden.«

Alexej stellte sich hinter die Tür, holte den Elektroschocker aus der schwarzen Tasche und lächelte mich kurz an. Um seine Augen erkannte ich seine Anspannung, die er so selten zeigte.

Ich fragte mich nicht zum ersten Mal, ob wir hier nicht einen riesigen Fehler begingen. Es war wahrscheinlich unsere einzige Option, trotzdem verfluchte ich für einen Moment meine Impulsivität. Jetzt gab es allerdings kein Zurück mehr und so nickte ich Alexej kurz zu und duckte mich anschließend hinter das rustikale, dunkle Ledersofa, über dem ein braunes Fell lag.

Immer wieder spähte ich zur Seite durch die Glasfront neben mir. Dem Schatten der wenigen Bäume nach zu urteilen, war die Sonne bereits ein gutes Stück weitergewandert. Die Holzmaserung des groben Dielenbodens hatte sich mir schon ins Gedächtnis gebrannt. Vor mindestens einer Stunde hatte ich die hockende Haltung aufgegeben und mich auf den Boden gesetzt, nachdem meine Beine zum dritten Mal eingeschlafen waren. Was konnte Dmitri im Wald treiben? Hatte er mitgekriegt, dass wir da waren und war verschwunden?

Draußen heulte der Wind um die Hütte und trotz der dicken Fenster hörte ich dumpf die Vögel zwitschern, bis sie auf einmal kurz verstummten. Ich warf einen vorsichtigen Blick über die Lehne der Couch zu Alexej. Seine eine Hand leuchtete in Vorbereitung leicht bläulich und seine andere war so fest um den Elektroschocker geschlossen, dass seine Knöchel weiß hervortraten.

Leise zog ich einen Kabelbinder aus der Packung, das schleifende Geräusch des Plastiks war zu laut in der unnatürlichen Stille. Ich biss die Zähne aufeinander und nahm vorsichtig wieder die Hockstellung ein. Meine Knochen im Knie knackten und Alexej zuckte kurz zusammen. Ich hob entschuldigend eine Hand und atmete tief ein. Alles oder nichts.

Die Türklinke senkte sich und jede Faser in mir spannte sich an. Mein Herz raste, als hätte ich zehn Tassen Kaffee